Angélina
Le Temps des délivrances

Marie-Bernadette Dupuy

Angélina
Le Temps des délivrances

ÉDITIONS FRANCE LOISIRS

Édition du Club France Loisirs,
avec l'autorisation des Éditions JCL inc.

Éditions France Loisirs,
123, boulevard de Grenelle, Paris
www.franceloisirs.com

Le Code de la propriété intellectuelle n'autorisant, aux termes des paragraphes 2 et 3 de l'article L. 122-5, d'une part, que les « copies ou reproductions strictement réservées à l'usage privé du copiste et non destinées à une utilisation collective » et, d'autre part, sous réserve du nom de l'auteur et de la source, que les « analyses et les courtes citations justifiées par le caractère critique, polémique, pédagogique, scientifique ou d'information », toute représentation ou reproduction intégrale ou partielle, faite sans le consentement de l'auteur ou de ses ayants droit ou ayants cause, est illicite (article L. 122-4). Cette représentation ou reproduction, par quelque procédé que ce soit, constituerait donc une contrefaçon sanctionnée par les articles L. 335-2 et suivants du Code de la propriété intellectuelle.

© Les Éditions JCL inc., 2013
Édition originale : février 2013

ISBN : 978-2-298-06666-1

*À tous mes lecteurs
de France et d'ailleurs,
en particulier ceux d'Ukraine
et de Russie, si fidèles eux aussi.*

Note de l'auteure

Les années s'écoulent, les livres se succèdent !

Merci, chers amis lecteurs, pour votre soutien constant et l'intérêt passionné que vous portez à mes ouvrages. Comme il me serait difficile de vous répondre à tous en particulier, je le fais ici de tout cœur !

Une demande revient fidèlement au fil des courriers et des rencontres : « Une suite, écrivez-nous une suite ! » Et me voilà repartie sur les chemins de vie de Claire, du Moulin du Loup, de la blonde Hermine, de Val-Jalbert… Dans les pages que voici, j'ai eu le plaisir de retrouver Angélina au cœur de l'Ariège, ce magnifique pays de montagnes et d'eaux vives où j'ai si souvent séjourné.

Peu à peu, mes personnages sont devenus des amis, des complices, et la trame de mes jours se mêle à leur destin agité, tissé de joies et d'épreuves.

J'espère offrir à nouveau du rêve, du bonheur, un brin d'évasion à tous ceux qui m'accompagnent dans cette belle aventure qu'est l'écriture.

Marie-Bernadette Dupuy

Table des matières

1. Au cœur de la nuit 13
2. Le visiteur 49
3. Retour au pays 88
4. La colère d'un père 124
5. La chanson d'Angélina 159
6. Joseph de Besnac 196
7. La maison de l'ange 233
8. Le fils prodigue 268
9. Un rêve d'amour 306
10. Rosette 341
11. La vie de famille 379
12. L'amour de Guilhem 416
13. Le dispensaire 454
14. La mort dans l'âme 490
15. Renoncement 526
16. Rédemption 564
17. La costosida 603
18. Le bel automne 641
19. Les lois du destin 678
20. Le vent de la montagne 718
21. Une noce en hiver 756

1

Au cœur de la nuit

Village de Gajan, mercredi 18 mai 1881

Les mains d'Angélina tremblaient autour du petit corps à la peau déjà violacée. L'enfant était mort et rien ne le ressusciterait. Elle se redressa et considéra la mère encore inconsciente, dont le visage au teint jaune se dessinait, pathétique, sur le blanc de l'oreiller.

— Je n'ai rien pu faire. L'accouchement a été trop long, trop pénible, dit-elle à la vieille femme qui égrenait son chapelet, assise au chevet de la parturiente.

— Ma bru était prévenue : de vouloir à toute force donner un fils à son mari à trente-sept ans, ce n'était pas prudent. Elle a déjà fait deux fausses couches. Cette fois, elle croyait que c'était la bonne. J'disais rien, mais j'en pensais pas moins… Qu'est-ce que vous croyez, vous ? Je m'y connais. Dans la famille, on n'a jamais eu besoin de personne, personne de votre genre.

Angélina soupira. On avait attendu des heures avant de venir la chercher et, dans certains cas, le temps jouait un rôle capital.

— J'aurais peut-être sauvé ce petit si le père ne s'était pas entêté à se contenter de vos services, madame ! affirma-t-elle doucement. Mais à quoi bon discuter ? Il est trop tard.

Très droite, la jeune costosida[1] garda le nouveau-né contre sa poitrine, protégée par un tablier en toile grise maculé de traînées sanglantes. Saisie d'une poignante détresse devant l'inéluctable, elle se signa avec gravité.

Son beau regard empreint de nostalgie se posa sur le crucifix accroché au-dessus du lit et elle récita tout bas le *Notre Père* d'un ton recueilli.

— Amen ! murmura la vieille femme à la fin de la prière.

Elle se signa à son tour. « Seigneur Dieu, accueillez cet innocent dans votre paradis ; accordez-lui la vie éternelle parmi les anges du ciel ! » ajouta Angélina Loubet en pensée.

La dame ne cessait de la scruter d'un air inquisiteur. Elle finit par hocher la tête.

— On m'avait causé de vos yeux dans le village, mais faut le voir pour le croire ! murmura-t-elle. C'est pas une couleur ordinaire, ça.

En fait, personne dans le pays n'était insensible à l'éclat des prunelles de la sage-femme, pareilles à deux améthystes serties de cils d'un or sombre.

— Sans doute, madame, mais est-ce bien le moment d'en parler ? Je vous en prie, aidez-moi. Il faudrait envelopper l'enfant et le transporter dans une autre pièce. Sa mère va reprendre ses esprits ; elle demandera son pitchoun.

La porte s'ouvrit brusquement. Un homme de haute taille, le visage buriné par les travaux en plein air, fit irruption. Les cheveux gris, le nez proéminent, il jeta un coup d'œil sur le bébé, puis sur son épouse toujours inerte.

---

1. Sage-femme, en occitan.

— Alors, il est né ? interrogea-t-il d'un ton rude. Le petiot, pourquoi il fait aucun bruit ? J'avais bien dit qu'il fallait me prévenir quand il serait là !

— Je m'apprêtais à vous avertir, répondit Angélina d'une voix pleine de compassion. Monsieur Messin, votre fils était déjà mort quand j'ai pu le mettre au monde. Je suis vraiment désolée. Votre femme a souffert le martyre. Je lui ai fait respirer de l'éther, je n'avais pas d'autre solution pour la soulager. Ce produit endort parfois assez profondément, mais il a l'avantage d'atténuer la douleur.

— Comment ça ? hurla le maître des lieux. Vous l'avez droguée ? En voilà, des méthodes ! Tu as entendu ça, la mère ? Dieu tout-puissant, de l'éther !

Il s'approcha et examina l'enfant bleui au masque fripé. C'était un robuste poupon qui devait peser environ quatre kilos.

— C'était un beau gars, oui, un beau petit gars ! gémit-il. Mon héritier, mon fils ! Je me suis remarié pour ça, pour avoir un fils, et maintenant il est mort !

Accablée par la colère et le désespoir qui ravageaient les traits de l'homme, Angélina baissa la tête. Si elle déplorait de tout son cœur l'issue tragique de l'accouchement, elle ne s'en estimait pas coupable.

— Monsieur Messin, je vous en prie ! dit-elle tout bas. Le bébé était très gros et le terme, dépassé depuis dix jours. C'est un miracle que madame Messin ait survécu.

— Un miracle ? éructa-t-il. Je t'en foutrai, des miracles ! A-t-on idée, aussi, la mère, de faire appeler cette fille ?

— Ne me manquez pas de respect, monsieur ! protesta-t-elle, très digne. Je comprends votre douleur, mais elle ne doit pas vous égarer.

Un foulard blanc noué sur la nuque dissimulait sa superbe chevelure d'un roux sombre, en dégageant son visage d'une rare perfection. Âgée de vingt-deux ans, Angélina Loubet avait la réputation d'être la plus belle fille du pays et une excellente sage-femme.

Ravagé par le chagrin, Jean Messin la considérait cependant comme un suppôt de Satan. Les bras légèrement écartés du corps, les yeux exorbités, il paraissait prêt à se jeter sur elle. Sa mère, Eugénie, effarée, se leva de sa chaise et s'interposa.

— Jeannot, écoute-la donc ! J'ai tout vu, elle ne te ment pas. Tu sais que je m'y connais, mais, là, je ne pouvais rien faire. Alors, j'ai cru bon de demander les lumières de mademoiselle Loubet. Tu lui en feras peut-être un autre, un petiot, à ton épouse. Dieu donne, Dieu reprend. Il faut te plier à la volonté divine.

Angélina en profita pour poser l'enfant sur la commode où le nécessaire était préparé. L'oreiller, l'alèse en coton épais, la cuvette d'eau tiède, les langes et la layette brodée devaient accueillir un bébé bien vivant. Le cœur serré, elle recouvrit le corps d'un carré de tissu. Il lui fallait maintenant s'occuper de la malheureuse mère, dont elle avait dû inciser le périnée afin d'éviter des déchirures beaucoup plus difficiles à recoudre que des coupures nettes. C'était une femme menue aux cheveux d'un blond fade qui, malgré l'approche de la maturité, gardait une allure de jeune fille. Là, somnolente, blême, si fragile comparée à son robuste époux, elle faisait pitié à la costosida.

— La volonté divine ! tonna Jean Messin. J'ai eu beau allumer des cierges à l'église, faire une offrande au curé, mon fils est mort ! Alors, les bondieuseries, on ne m'y reprendra plus !

— Monsieur, je vous en prie, ne criez pas si fort ! protesta Angélina, bouleversée.

— Vous, fichez-moi le camp ! grogna-t-il. J'veux plus vous voir chez moi, c'est compris ?

— En aucun cas je ne partirai d'ici sans avoir prodigué des soins à votre épouse.

L'homme approcha avec un regard terrible. Il la dépassait d'une bonne tête.

— Vous êtes sourde ? J'ai pas l'habitude qu'on me désobéisse ! Sortez de cette maison, et vite ! ordonna-t-il en levant un bras menaçant.

— Non ! Je n'abandonne pas mes patientes, monsieur. Et je tiens à vous dire que je suis une personne compétente, malgré vos accusations. J'ai obtenu mon diplôme à l'hôtel-Dieu de Tarbes, où j'ai exercé.

Angélina fixa attentivement Jean Messin, qui passait une main tremblante sur sa barbe. Il n'avait pas bu, elle en était certaine. La douleur le rendait fou, il n'y avait pas d'autre explication. « Dans quel état aurais-je été, moi, si mon petit Henri était sorti mort de mon ventre, la nuit où je l'ai mis au monde, seule dans la grotte du Ker ? s'interrogea-t-elle. Cet homme se désespérait depuis des années, car sa première femme n'a pas pu lui donner de descendance. »

Elle tenait ce renseignement de la vieille Eugénie, qui s'était épanchée à son aise pendant que sa bru endurait d'atroces souffrances pour se libérer de son fruit.

— Monsieur Messin, laissez-moi faire mon travail ! insista-t-elle d'une voix radoucie. Votre mère a raison, votre femme est encore en âge de vous donner un autre enfant, si toutefois elle se remet bien des suites de ces couches fort pénibles. Pour cela, je dois l'examiner et rester à son chevet jusqu'à demain matin.

En guise de réponse, l'homme la saisit par l'avant-bras d'une poigne de fer.

— Dehors ! Allez, du vent ! J'veux plus vous voir ni vous écouter ! J'vais aller prévenir le docteur. J'aurais mieux fait de m'en remettre à lui tout de suite !

Sous l'œil consterné de sa mère, Jean Messin poussa Angélina sur le palier du premier étage et lui claqua la porte au nez. Révoltée d'être traitée ainsi, elle tambourina contre le battant.

— Il me faut ma sacoche, mes instruments ! cria-t-elle en retenant des larmes d'exaspération. Et, si vous préférez faire appel au docteur, dites-lui bien de vite recoudre votre épouse ! Et vous, madame Eugénie, je vous en prie, nettoyez-la bien, je n'ai pas eu le temps, passez-lui de l'eau phéniquée. J'en ai une bouteille dans ma trousse, la trousse en cuir rouge.

La vieille femme émit un oui hésitant. Angélina jugea que la situation virait au grotesque. « Si seulement j'avais été absente de la maison quand ces gens m'ont fait demander ! » déplora-t-elle.

Mais elle eut honte de cette pensée, indigne de l'engagement qu'elle avait pris en choisissant de succéder à sa mère, Adrienne Loubet, elle aussi costosida, dont le renom était encore très vivace dans la région, cinq années après son décès.

— Maman, que ferais-tu à ma place ? interrogea-t-elle tout bas, sans pouvoir s'éloigner d'un pas.

Épuisée autant qu'irritée, Angélina ferma les yeux. Elle avait lutté des heures pour mener sa tâche à bien en alternant les massages, les conseils, les exhortations, les prières. Hélas, madame Messin, dont c'était la première grossesse, s'était évanouie deux fois, incapable de supporter l'intensité inouïe des douleurs. L'écho de ses cris déchirants résonnait encore dans le cœur de la costosida.

« Mon Dieu, est-il permis d'endurer un tel calvaire ? songea-t-elle. Certaines femmes semblent constituées de façon à donner la vie sans encombre, alors que d'autres endurent le martyre et peuvent en mourir. »

Malgré le découragement qui l'envahissait, Angélina tenait à récupérer la sacoche en cuir qui contenait son matériel. Elle frappa deux petits coups.

— Monsieur Messin, vous n'avez pas le droit de me priver de mes instruments ! s'écria-t-elle.

La voix aiguë de la vieille s'éleva aussitôt de l'autre côté du panneau de bois peint en gris.

— Je suis désolée, mademoiselle Loubet, mon fils a tout jeté par la fenêtre. En plus, ma pauvre bru reprend ses esprits et réclame l'enfant.

Furieuse, la jeune femme dévala l'escalier. Les Messin, des éleveurs de vaches assez aisés, habitaient une solide bâtisse qui jouxtait les bâtiments réservés au bétail. Dès qu'elle fut au rez-de-chaussée, un valet de ferme se précipita à sa rencontre. Angélina le reconnut ; il s'était chargé de son cabriolet et de sa jument.

— Y faut que j'attelle vot' bête ? s'inquiéta-t-il avec un accent très chantant.

— Oui, puisqu'on me jette dehors ! rétorqua-t-elle. Excuse-moi, je dois ramasser ce qui m'appartient, dans la cour.

L'adolescent hocha la tête sans comprendre. Vêtu d'un mauvais pantalon de toile crasseux, il déambulait en gilet de corps tout aussi sale.

— Alors, l'est né, le pitchoun du patron ? s'enquit-il en suivant Angélina à l'extérieur.

— Mort-né, avoua-t-elle d'un ton sec.

Il était inutile de fournir des précisions au domestique. Cela ne ferait qu'alimenter les bavardages dans les communs, le lendemain.

— Aïe ! fit le garçon en se signant avec empressement. Et pourquoi donc ?

Elle eut un geste excédé, tandis que les mots se ruaient à ses lèvres, qu'elle dut mordiller pour ne pas crier son indignation.

« Mort-né, oui, parce que personne n'a ausculté cette future mère durant la grossesse ! Mort-né, bien sûr, parce qu'elle a gardé le lit ces dernières semaines de peur d'une naissance précoce, alors qu'il aurait fallu qu'elle marche et bouge pour stimuler l'enfant ! Selon sa belle-mère, Lucienne Messin n'avait pas été indisposée pendant presque dix mois. »

« Peut-être qu'à l'hôtel-Dieu de Toulouse, si on avait pratiqué une césarienne, le petit aurait survécu, pensa encore Angélina. Mais pas ici, ça non, pas dans ces conditions… »

Une faible clarté bleue pointait à l'est, derrière le toit d'un pigeonnier. Le soleil ne tarderait pas à se lever. Ce fut dans cette timide lumière que la jeune femme aperçut le contenu de sa sacoche, répandu sur la terre humide parsemée de brins de paille et de crottes de poules.

— Ce n'est pas possible ! soupira-t-elle.

Son spéculum en cuivre était bosselé, son cornet en buis, si utile pour écouter les battements du cœur d'un bébé dans le ventre maternel, gisait dans la boue.

Le valet, planté non loin de là, l'observait.

— Va donc atteler mon cheval, lui dit-elle. Je n'ai aucune envie de m'attarder chez ton patron.

Il fila en direction de l'écurie. Quand il revint avec son cabriolet en tenant la jument par les rênes, Angélina cherchait toujours une boîte en fer dans laquelle elle rangeait des ciseaux, des aiguilles et du fil.

— Y vous manque quelque chose, m'selle ?

— Oui, surtout mon sac en cuir, répondit-elle.

La gorge nouée tant elle s'empêchait de sangloter, elle avait rangé ses instruments dans son tablier relevé, qui faisait office de réceptacle.

— J'vas vous aider ! M'sieur Messin, l'est brave homme, sauf quand y se met en rogne. Tenez, j'la vois, moi, votre sacoche. Bougez pas, je grimpe vous l'attraper.

L'adolescent désigna du doigt une branche du marronnier planté près de la façade. Le sac pendait là, au bout de sa bandoulière.

— Merci, tu es gentil, soupira-t-elle. Sois prudent.

— C'est point haut, j'aurai vite fait.

Angélina le regarda escalader le tronc et se hisser avec habileté dans la ramure de l'arbre. Par chance, elle avait conservé sa bourse dans la poche de sa jupe. Discrètement, elle en sortit une pièce de vingt sous pour récompenser le valet. Il revint, triomphant, et lui tendit son bien.

— Tiens, voilà pour ta peine, dit-elle en lui donnant l'argent.

— J'en veux pas, m'selle. Un sourire, ça me suffirait. J'ferais bien plus pour vos beaux yeux.

— Ne sois pas sot. Un sou est un sou.

Gêné, il accepta. La jeune femme put enfin regrouper ses instruments, qu'il lui faudrait laver soigneusement. Au moment de grimper sur le siège de sa voiture, elle vit Jean Messin à la fenêtre de la chambre. Il serrait le corps du bébé contre lui, la mine farouche.

— Mon Dieu, le malheureux ! chuchota-t-elle. Allez, Blanca, au trot !

La jument quitta l'enceinte de la ferme à bonne allure. L'air frais de l'aurore caressa le front d'Angélina. Elle respira avec délice le parfum ténu des lilas qui bordaient le chemin.

— C'est fini, cette terrible nuit est finie, se dit-elle.

Cinq mois s'étaient écoulés depuis Noël, date à laquelle Gersande de Besnac, sa bienfaitrice, lui avait offert le cabriolet et la sage Blanca, une jument de race espagnole. La vieille demoiselle, charmante septuagénaire de confession protestante, agissait toujours à bon escient.

— Tu ne peux pas courir la campagne et les villages autour de Saint-Lizier à pied, ma chère enfant. Tu gagneras du temps en te déplaçant en voiture à cheval, avait-elle affirmé afin de couper court aux protestations émerveillées de sa protégée.

Malgré tous les avantages que présentait la chose, Angélina avait remarqué des réactions mitigées des familles où elle venait officier. On chuchotait sur son passage, on fronçait les sourcils, on la considérait parfois avec une méfiance instinctive. La veille encore, lorsqu'elle était entrée dans la cour des Messin, le maître des lieux avait dit assez fort :

— Regardez-la un peu, celle-là, elle se prend pour un docteur. Je lui avais pourtant fait envoyer la charrette !

C'était sur ce point que le bât blessait, comme aurait déclaré son père, Augustin. D'ordinaire, ceux qui demandaient les services d'une costosida se chargeaient de la conduire au chevet de la future mère et de la raccompagner ensuite. Mais les plus pauvres devaient se déplacer à pied, obligés de marcher souvent des heures pour solliciter l'aide d'une sage-femme. Désormais, Angélina pouvait les transporter au retour. Elle gagnait ainsi un temps précieux, et elle se félicitait de pouvoir désormais ramener à bon port, souvent au galop, le père affolé, la sœur ou la mère de ses patientes.

« Chère mademoiselle, pensa-t-elle. Que serais-je devenue sans vous ? »

Elle vouait un profond attachement à Gersande de Besnac, dont la bonté à son égard remontait à des années. Cette riche aristocrate, originaire des Cévennes, avait veillé sur l'instruction et l'éducation d'Angélina avant d'adopter Henri, son fils, né d'une passion coupable pour le beau Guilhem Lesage, un jeune bourgeois. Le petit garçon, ainsi promu héritier des de Besnac, avait échappé au triste sort des enfants bâtards. Mais c'était un secret bien gardé, et Augustin Loubet ignorait qu'il était grand-père. Remarié depuis bientôt un an à Germaine Marty, une voisine, le cordonnier coulait des jours paisibles dans la maison de sa seconde épouse, qui donnait sur le champ de foire de la cité.

— Trotte, Blanca, trotte ! cria encore Angélina dont le cabriolet déboulait sur la route qui longeait la rivière.

En cette saison, les eaux du Salat, grossies par la fonte des neiges, baignaient les racines des peupliers et des frênes plantés sur les berges. Un héron s'envola, son cou replié, les ailes déployées. La nature s'éveillait ; merles et mésanges donnaient un véritable concert dans les feuillages. La jeune femme en fut réconfortée. Le printemps était sa saison préférée. Elle ne se lassait pas de contempler les prairies semées de corolles jaunes et roses, de hautes graminées.

Elle approchait de l'antique cité de Saint-Lizier, perchée sur son promontoire rocheux, quand le soleil pointa. Ses rayons d'or pur allèrent frapper les pierres grises des remparts, ainsi que les toitures d'ocre et d'ardoise des maisons construites en étage.

« Comme je serais heureuse si ce bébé était né bien vivant, si je l'avais vu téter sa mère ! songea-t-elle. Pauvre madame Messin ! Je la plains. Si j'en juge par le caractère de son mari, il lui reprochera bientôt d'être une incapable, de ne pas lui avoir donné le fils qu'il désirait tant. Il aura cinquante ans en juillet, si j'en crois sa mère, et il veut une descendance. »

Angélina mit sa jument au petit galop. Les roues, en tournant à vive allure, projetaient des gerbes de sable et de gravier alentour. Elle ralentit à proximité de la rue pentue qui la mènerait jusqu'au clocher-porche, tout en haut de la ville. La côte était rude pour les chevaux et il était préférable de monter au pas.

— Là, Blanca, là ! chantonna-t-elle. Courage, ma belle !

Une odeur de pain chaud flottait dans l'air frais de l'aube. Cela rappela à la jeune costosida qu'elle était affamée, Eugénie Messin ne lui ayant rien offert à manger ni à boire.

« Quelles drôles de gens », pensa-t-elle au moment précis où un chien dévalait un jardinet à l'abandon, sur sa gauche. C'était un énorme pastour au poil épais, d'un blanc pur. Il émit un unique aboiement, grave et sonore.

— Sauveur, mon brave Sauveur ! Tu m'attendais ! s'écria Angélina en arrêtant le cabriolet. Monte vite !

L'animal sauta dans la voiture, plus lestement que sa taille et son poids laissaient supposer. Là, il posa sa grosse tête sur les genoux de sa maîtresse. Elle le caressa, égayée par sa présence.

— Mon Sauveur, tu aurais bien voulu m'accompagner, mais tu étais mieux à la maison. Il y avait, dans la ferme d'où je reviens, une chienne que tu aurais harcelée de tes ardeurs. J'avais pourtant recommandé à Rosette de t'enfermer dans l'écurie.

Ce petit discours terminé, Angélina poursuivit sa route. Elle emprunta la rue Neuve, pour déboucher sur la place de la fontaine. Un mendiant s'était réfugié sous le porche de la cathédrale, enveloppé d'une cape en laine brune. Il dormait, la tête appuyée contre le mur. C'était un homme aux cheveux gris et à la face sillonnée de rides.

— Il sera à l'heure pour la première messe, chuchota-t-elle. Et Octavie aussi, sûrement.

Un sourire sur ses jolies lèvres, elle évoqua la domestique de Gersande de Besnac. Octavie, ancienne protestante, s'était convertie de son plein gré au catholicisme à plus de cinquante ans. Elle paraissait déterminée à rattraper le temps perdu, car cette solide personne aux cheveux encore bruns, au teint hâlé, dévouée et joviale, assistait fidèlement aux offices du matin et du soir.

« Je vais dormir quelques heures. Ensuite, j'irai rendre visite à mon pitchoun », décida Angélina dans son for intérieur.

Elle déplorait de ne pas élever elle-même son enfant. En passant entre les arcades du marché couvert, elle imagina Henri au creux de son lit, dans cette curieuse maison à colombage construite au-dessus de la halle aux étals taillés dans le roc. Ce logement spacieux, qui datait de deux siècles, avait séduit Gersande de Besnac, souvent en quête d'originalité et éprise de beauté. Son engouement concernait aussi bien ses toilettes de prix que les objets rares, les bouquets et ses semblables. La vieille demoiselle veillait ainsi sur les coiffures de sa protégée, sur ses vêtements, sur son teint… Cela agaçait Augustin Loubet, modeste, épris quant à lui de simplicité et d'humilité, si bien que le cordonnier évitait avec soin cette aristocrate au langage précieux et au maintien un peu arrogant.

La jument s'engagea enfin dans la rue Maubec, après avoir franchi une gigantesque porte voûtée surmontée d'une tour. Au sommet trônait une cloche au timbre profond, que le carillonneur de la cité, Saturnin, mettait en branle chaque heure du jour et de la nuit.

— Mais… le portail est ouvert ! s'étonna Angélina à mi-voix. Qu'est-ce qui se passe encore ?

Elle fit entrer la voiture dans la cour. Une jeune fille sortit immédiatement par une porte basse encadrée par les sarments fleuris d'un rosier jaune.

— Ah ! m'selle ! J'vous attendais pas si tôt ! s'écria-t-elle. Je m'occupe de votre Blanca. J'ai fait du café ; il est au chaud.

Ses cheveux châtain foncé sagement rangés sous une petite coiffe blanche, ses yeux noisette brillants de joie, Rosette s'empara des rênes. Elle paraissait de fort bonne humeur.

— Pourquoi as-tu laissé Sauveur dehors ? lui reprocha son amie et patronne. Et le portail ? Je t'ai déjà demandé de le laisser fermé.

— J'suis désolée, m'selle ! Je pensais que ça vous faciliterait les choses de pouvoir au retour entrer votre cabriolet bien vite. Et, vot' cabot, il m'a filé entre les pattes.

Angélina soupira. Elle avait recueilli Rosette au début de l'hiver précédent. Issue d'un milieu misérable, livrée après la mort de sa mère à un père alcoolique et pervers, cette jolie fille de dix-sept ans peinait à se départir de sa gouaille populaire.

— Alors, m'selle ? Il était beau, le bébé ? Un gros poupon, ou une pitchounette ?

— Un garçon. Mort-né, hélas ! C'était éprouvant, Rosette, j'en suis malade. Comble de malheur, monsieur Messin a presque perdu l'esprit de douleur. Il a jeté mes instruments par la fenêtre de l'étage. Il faudra les faire bouillir. Je vais dormir un peu. Tu me réveilleras avant midi.

— Ben non, ma pauvre m'selle ! trancha la servante. Faudrait aller tout de suite chez l'aubergiste. Fanchon, sa cadette, elle a perdu les eaux. Vous savez, la grande brune qu'est mariée au facteur.

— Mon Dieu, mais c'est un peu tôt ! s'exclama Angélina. Je l'ai examinée la semaine dernière et j'ai estimé la naissance pour le début du mois de juin.

Rosette plissa son nez mutin, un éclair de malice dans le regard.

— Peut-être ben qu'ils ont mis la charrue avant les bœufs, ces deux-là, et qu'ils ont menti sur la date, ironisa-t-elle.

— Cela m'étonnerait, j'avais mesuré avec soin la taille de l'utérus et du ventre. Qui t'a prévenue ?

— Le facteur, pardi ! Il est arrivé là en gueulant comme un diable, tout rouge d'émotion.

— Mais je n'ai rien de prêt ! se lamenta la belle costosida. Rosette, aide-moi, il faut passer mes instruments à l'eau très chaude, à l'alcool et à la flamme. Je dois changer de blouse, la mienne est maculée de sang. Tiens, mets-la donc à tremper ! Je l'ai pliée sous le siège. Ensuite, n'oublie pas de la faire bouillir avec du savon et du bicarbonate de soude.

— Oui, m'selle, j'sais tout ça par cœur. Vous tracassez donc pas.

Angélina se rua dans la cuisine, où vivotait un feu de chêne, dont les braises orangées dispensaient une agréable tiédeur. La cafetière en émail bleu était posée sur un trépied. La jeune femme se servit un bol du liquide brun au fumet corsé. Rosette n'excellait pas dans la préparation de ce breuvage et elle dut le sucrer pour pouvoir l'avaler.

« Décidément, il peut se passer plusieurs jours sans un accouchement et, ce matin, je dois repartir, se dit-elle. C'est déjà une chance d'avoir pu dormir de dix heures hier soir à une heure ce matin ! »

Éduquée en matière d'hygiène par sa mère, elle se lava les mains à plusieurs reprises. Elle monta ensuite dans sa chambre afin de changer de foulard de tête et de prendre une blouse propre. Ce vêtement en coton blanc, ample et muni de poches, lui était indispensable. Dès qu'elle en nouait les cordons dans son dos, elle avait l'impression d'être investie d'une fonction sacrée, celle d'assister les femmes prêtes à mettre au monde un enfant. Plus qu'un métier, c'était une profession de foi, une volonté de vaincre la mort toujours aux aguets. « Ma chère maman, j'espère être digne de toi, songea-t-elle. Je t'assure que je ne pouvais pas sauver le bébé de madame Messin. »

C'était une douce et triste habitude que la jeune femme avait prise de converser avec le souvenir de sa mère. Elle lui demandait conseil aussi, sans obtenir de réponse, mais souvent elle se sentait inspirée et posait les bons gestes, comme si, de l'au-delà, Adrienne Loubet lui transmettait son savoir.

Quand elle descendit, le visage rafraîchi par une onction d'eau de bleuet que fabriquait le vieux frère apothicaire du couvent voisin, Angélina avait tracé un trait sur sa fatigue aussi bien que sur les pénibles moments vécus sous le toit des Messin. Rosette s'affairait en chantant tout bas :

Voici le mois de mai où les fleurs volent au vent,
Où les fleurs volent au vent si jolie mignonne,
Où les fleurs volent au vent si mignonnement.
Le fils du roi s'en va, s'en va les ramassant,
S'en va les ramassant si jolie mignonne,
S'en va les ramassant si mignonnement[1].

1. *Voici le mois de mai*, ancienne chanson française.

Cependant, en voyant la jeune femme, elle se tut quelques secondes avant de déclarer :

— Je nettoie votre matériel, m'selle. Dites, le machin en ferraille, là, il est tout cabossé.

— C'est un spéculum en cuivre, Rosette, soupira Angélina. Je devrais en commander un autre à Toulouse ; je n'avais pas prévu une dépense pareille.

— M'selle Gersande vous le paiera.

— Non, je refuse de lui soutirer sans cesse de l'argent. J'ai mis de côté, je peux payer. Ne t'avise pas de lui en parler ! Nous avons des travaux de couture à terminer, aussi.

Rosette hocha la tête. Futée et opportuniste, elle se disait qu'à la place de sa patronne elle aurait largement profité de la générosité de la vieille demoiselle.

— J'piperai pas mot, promis juré, affirma-t-elle en crachant dans la cendre de la cheminée.

— Vilaine fille ! Combien de fois t'ai-je dit de ne pas cracher ainsi ? Ce ne sont pas de bonnes manières. Tu le sais, pourtant.

— Navrée, m'selle. J'le ferai plus.

— Je l'espère, appuya Angélina qui retenait un sourire attendri.

Sans ce charmant brin de fille, elle se serait sentie bien seule. Rosette lui était devenue très chère, une amie, une petite sœur dont la gaîté à toute épreuve ensoleillait son quotidien.

— Je ne peux pas attendre que tu aies fini de tout désinfecter. Je vais vite au chevet de Fanchon. Tu n'auras qu'à m'apporter ma sacoche.

— Oui, m'selle. J'y manquerai pas. Dites, peut-être ben que l'aubergiste, elle nous offrira à becqueter, du coup.

— Nous verrons ! Dépêche-toi, surtout.

Sur cette recommandation, Angélina sortit et traversa la cour d'un pas énergique. Rosette avait conduit Blanca dans l'écurie et y avait enfermé Sauveur. Son regard violet s'attacha un instant aux fleurs évanescentes du vieux sureau qui déployait ses branches contre le mur du bâtiment. Enfin, il se posa, rêveur, sur l'immense paysage qui s'étendait au-delà du parapet en pierre moussue surplombant une pente abrupte. Depuis sa petite enfance, cette vue sur les contreforts des Pyrénées, sur la plaine qui rejoignait Toulouse, au nord-est, la fascinait. Mais ce n'était pas le moment de flâner. Vite, elle s'élança dans la rue Maubec, où elle avait fait ses premiers pas, et marcha à vive allure vers le clocher-porche.

Octavie, qui nettoyait les carreaux d'une fenêtre, la vit descendre la rue des Nobles. La domestique suspendit son geste quelques secondes en gardant le chiffon appuyé sur la vitre.

— Angélina repart, dit-elle sans se retourner. Elle vient à peine de rentrer au bercail dans son cabriolet et la voici qui court on ne sait où, à présent.

— On l'aura appelée dans la cité, fit une voix haut perchée, mélodieuse, cependant. Dis donc, Octavie, tu deviens commère, à guetter toute la journée les passants.

— Je guette seulement notre Angélina, mademoiselle.

— Hum, hum ! toussota la vieille dame assise près d'une belle cheminée en marbre, où brûlait un bon feu. Tu n'étais pas si curieuse, jadis, ma chère.

Pelotonnée dans un superbe châle en cachemire vert et or, Gersande de Besnac observa d'un œil moqueur la robuste silhouette de sa bonne. Les deux femmes vivaient ensemble depuis une trentaine d'années. Malgré leur rang social respectif, elles entretenaient une sorte d'amitié instinctive, proche du compagnonnage. Elles avaient quitté leur Lozère natale pour habiter cette modeste ville fortifiée, véritable belvédère sur les sommets des montagnes ariégeoises.

— Surtout, si tu aperçois Rosette, arrange-toi pour lui transmettre une invitation à dîner pour elle et Angélina ce soir même. Je m'ennuie. Et j'aime tant écouter les histoires de notre costosida !

— Ce n'est pas toujours réjouissant, mademoiselle, nota Octavie.

— Rabat-joie ! Angélina se montre digne de sa mère et de son diplôme. Que fait Henri ? Cela m'inquiète, quand il est aussi silencieux. Silence égale bêtise, avec ce chérubin.

La domestique poussa un gros soupir et se dirigea vers une pièce voisine, dévolue au garçonnet âgé de deux ans et demi. Assis sur un tapis d'Orient, l'enfant jouait avec des cubes en bois. Ses cheveux d'un blond nuancé de roux commençaient à boucler un peu sur la nuque. Il avait des joues rondes, de grands yeux couleur noisette et une bouche rose au dessin charmant.

— Henri ne fait aucune sottise, claironna Octavie.

Sur ces mots, elle retourna à son ouvrage. Gersande de Besnac reprit sa lecture, ses lunettes cerclées d'une monture en argent posées au bout de son nez fin et droit. Le temps n'avait pas pu altérer la joliesse de ses traits et elle s'enorgueillissait de posséder encore un très joli teint, de beaux cheveux blancs et soyeux et un regard d'un bleu pur.

— Tant qu'à rester à la fenêtre, Octavie, n'oublie pas de surveiller Rosette, ronchonna-t-elle. Je suis certaine qu'elle ne va pas tarder à rejoindre Angélina. Voyons, qui donc était en espoir d'enfant dans notre voisinage ?
— La fille de l'aubergiste, Fanchon.
— Seigneur, tu as raison ! Alors c'est elle.

Angélina aurait pu le confirmer. Elle venait d'entrer dans le logis de madame Madeleine Sérena, dont l'établissement s'ouvrait sous des arcades en pierre, en face de la cathédrale. Tout de suite, une femme bien en chair l'avait accueillie, entre rires et larmes.
— Dieu merci, vous voilà, mademoiselle Loubet ! Montez, je vous suis. Ma fille souffre le martyre ! Je l'ai installée dans ma chambre pour qu'elle soit plus à son aise. Quand elle aura son pitchoun, je pourrai lui monter ses repas, comme ça.

Fanchon Sérena, qui avait épousé Paul, le facteur de la cité, lançait des clameurs déchirantes. Elle cria encore plus fort dès que la jeune costosida approcha du lit.
— Aidez-moi, pitié ! J'vais mourir, j'ai mal, mais mal…
— Allons, calmez-vous, je dois vous examiner, dit gentiment Angélina. Depuis quand avez-vous des douleurs ?
— Boudiou, ça a commencé vers cinq heures, répliqua l'aubergiste. Paul est venu toquer chez nous et moi, aussitôt, j'ai couru chercher ma pauvre petite. Je voulais que l'enfant naisse ici, sous le toit de la famille.
— Pouvez-vous sortir, madame Sérena ? demanda la sage-femme d'un ton ferme.

— Et pourquoi ? Je sais comment elle est faite, ma Fanchon.

— Je vous en prie. Attendez sur le palier, ce ne sera pas long.

La femme obtempéra, non sans afficher une mine boudeuse. Angélina exécuta alors les gestes qui lui étaient devenus extrêmement familiers : rabattre le drap, relever la chemise de nuit, se pencher sur le bas-ventre de sa patiente. Elle gardait pour cela un air tranquille, impassible, même si l'auscultation révélait une situation délicate. Ce n'était pas le cas.

— Le bébé se présente bien, annonça-t-elle. Essayez de vous maîtriser, de ne pas trop crier, mais de respirer. De bien respirer. Nous devons œuvrer ensemble pour que la délivrance se déroule au mieux.

— Mais je croyais pas que j'aurais aussi mal ! gémit la jeune parturiente.

— Ce sont des douleurs efficaces, votre col s'est ouvert largement et, quand vous pousserez, le petit viendra vite.

— Le col ? Quel col ?

— Le col de l'utérus, murmura Angélina. C'est du vocabulaire médical, et je ne suis pas là pour vous l'enseigner. Donnez-moi votre main, Fanchon. Entre chaque douleur, reposez-vous.

Bizarrement, la grande beauté de cette jeune femme qui s'exprimait d'une voix caressante, son maintien et sa dignité eurent un effet apaisant sur Fanchon. Elle se cramponna aux doigts menus de la costosida et se détendit.

— Je n'ai plus peur, maintenant que vous êtes là, mademoiselle Loubet. Il paraît que vous avez hérité du don de votre mère, qui faisait merveille au chevet des accouchées.

— Je l'ai assistée durant deux ans, et je l'imite en toute chose. Je sais que maman considérait comme primordial de ne pas craindre l'enfantement, d'accepter le travail de son corps. Chaque spasme, même pénible, joue son rôle.

On tambourina à la porte. Madeleine Séréna s'impatientait.

— Alors ? hurla-t-elle à travers le battant.

— Faites chauffer de l'eau et apportez-moi la layette, répliqua Angélina. Prévenez votre gendre, également. Qu'il se tienne prêt à saluer son petit.

La confiance dont elle faisait preuve quant à l'issue heureuse de la naissance réconforta Fanchon. Une nouvelle douleur s'empara de son bassin, mais elle la supporta plus vaillamment.

— Très bien, je suis fière de vous.

Durant plus d'une heure, Angélina encouragea ainsi sa patiente, dont le souffle se faisait saccadé. Elle avait procédé à un autre examen, qui lui avait indiqué la progression du bébé.

— Ce ne sera plus très long, avait-elle assuré en souriant.

— Vous avez un sourire d'ange, finit par dire la future mère. Dites, ça vous va bien, vot' prénom.

De la salle de l'auberge s'élevaient discussions et éclats de voix. Les clients, des habitués, commandaient à boire, un petit verre de vin ou du café. L'escalier vibrait sous les pas de la servante, occupée à nettoyer les chambres réservées aux pensionnaires. Ce joyeux tintamarre se couronnait de chaudes odeurs de cuisine, sans doute de la volaille rôtie et des pommes de terre sautées à la graisse de porc.

— J'ai faim, malgré tout ! avoua Fanchon.

C'était une jolie fille au visage rond et aux joues roses, brune et potelée. Attendrie par sa docilité, Angélina lui effleura le front de sa main libre.

— Il faudrait me lâcher, à présent, que je puisse vous aider. Il est temps de pousser, mais en suivant mes conseils. Vous pouvez vous asseoir, si cela vous semble moins pénible.

— Et Paul ? J'espère qu'il est en bas, qu'il n'a pas fait sa tournée !

— Votre mari ne doit pas être loin. Je parie qu'il tremble pour vous, attablé sous la bonne garde de vos parents.

Tout en parlant, elle couvrit d'un linge propre le ventre proéminent de Fanchon.

« Que fait Rosette ? songea-t-elle, contrariée par l'absence de l'adolescente. Si je dois inciser le périnée, je n'ai aucun instrument. »

La porte s'ouvrit avec fracas au même instant. Madeleine Séréna fit irruption, chargée d'une bassine en zinc et d'un broc d'eau fumante. Rosette l'escortait, la sacoche d'Angélina à bout de bras. La servante de l'auberge entra aussi, les bras encombrés de pièces de layette, de linges et de langes.

— Et Paul ? s'écria Fanchon. Faut qu'il vienne dès que le petit sera là pour le mettre dans sa chemise.

Angélina hocha la tête. Dans beaucoup de foyers ariégeois, on demeurait fidèle à cette très ancienne tradition. Le père ôtait sa chemise et en enveloppait le nouveau-né qui bénéficiait de la chaleur d'un homme en pleine force de l'âge. C'était un symbole de protection et d'amour, une façon d'accueillir l'enfant dont l'origine se perdait dans la nuit des temps.

— Fanchon, Paul sera à vos côtés, je vous le promets, dit-elle. Maintenant, écoutez-moi bien. Poussez, poussez ! Madame Séréna, soutenez-la ! Placez-vous dans son dos.

Rosette, que la scène impressionnait, mordillait le ruban de sa coiffe. Elle ne s'accoutumait pas à la tension qui régnait dans la chambre et les efforts que déployait la parturiente, assortis de gémissements, lui paraissaient inhumains. Elle préféra sortir et déambuler dans le couloir de l'étage.

— Encore, encore ! répétait la costosida. Il arrive, poussez, poussez, allez, encore un peu !

Un vagissement fit écho à ces ultimes exhortations. Madeleine Séréna clama un « Merci, Seigneur » retentissant, tandis qu'un homme d'une trentaine d'années grimpait les marches quatre à quatre, exalté, les yeux brillants d'une joie délirante. C'était Paul, le facteur.

— Mon fils ! Il est né ?

— Sans doute, murmura Rosette. Mais j'sais point si c'est un pitchoun ou une pitchounette.

Le jeune homme, nommé à Saint-Lizier depuis onze mois seulement, commença à déboutonner sa chemise. Il se rua au chevet de son épouse, tandis qu'Angélina lui présentait un tout petit être rouge, couvert d'une viscosité grisâtre.

— C'est une fille, monsieur, déclara-t-elle. Une belle petite fille.

D'abord décontenancé, le père éclata de rire et se mit torse nu. Avec solennité, il entoura son enfant du vêtement immaculé qu'il avait enfilé dès les premières douleurs de Fanchon.

— J'suis heureux, mais heureux ! chuchota-t-il.

Angélina se détourna, les larmes aux yeux. Elle aurait tellement voulu qu'un pareil bonheur préside à la naissance de son propre fils, Henri ! Mais son bébé était venu au monde dans la grotte du Ker, à flanc de montagne. « J'étais si seule, si affolée ! Bien sûr, je m'efforçais d'offrir à mon petiot les soins indispensables, mais, en guise de chemise du père, il a eu un carré de lainage. Pour saluer son arrivée sur terre il n'y avait qu'un pastour errant, un brave chien... »

Ces souvenirs la blessaient toujours. Elle avait payé cher son amour pour Guilhem Lesage, un beau parleur, fils de notable et désormais marié à une autre. Le couple vivait dans une colonie française et cela rassurait Angélina.

— Qu'elle est belle, notre pitchoune ! s'égosilla Madeleine Sérena, promue grand-mère. Mais elle ressemble à sa maman, hein ? Paul, voyez donc son nez, ses sourcils...

Le père approuva, bouleversé. Debout sur le seuil de la chambre, Rosette jugea le tableau attendrissant. Cela ne l'empêcha pas de percevoir la nervosité de sa jeune patronne.

— Vous devez pousser encore pour la délivrance, Fanchon ! disait Angélina. Ensuite, je ferai votre toilette et vous pourrez recevoir votre père ainsi que vos beaux-parents. Comment s'appellera la petite ?

— Louise ! répondit le facteur. C'est un beau prénom. C'est celui de ma grand-mère.

Angélina eut un doux sourire. Sa mélancolie se dissipait. Cela ne servait à rien de remuer le passé. Son enfant se nommait Henri de Besnac et il la comblait de joie. « Mon tout beau, mon angelot, songea-t-elle. Tout à l'heure, je pourrai te serrer dans mes bras, te couvrir de baisers ! »

Avec l'aide de la servante des Séréna et de Rosette, elle entreprit de remettre la pièce en ordre et de faire disparaître les traces de l'accouchement. C'était un plaisir de partager le bonheur de cette famille, après sa triste expédition à Gajan.

« Un bébé s'épanouit, vigoureux, avide de vivre, et lance ses premiers cris, tandis qu'un autre vient au monde inerte et froid, pensa-t-elle. Je voudrais ne jamais être confrontée à de telles tragédies. Hélas, je ne peux rien contre la fatalité. »

Elle adressa un regard à sa patiente. Un peu pâle, elle se laissait asseoir dans le lit, trois gros oreillers derrière le dos. Radieuse, sa mère lui brossa les cheveux, puis elle arrangea les plis de la longue chemise propre à col brodé qui remplaçait le vêtement souillé de sang, prestement mis de côté par Angélina.

— Dites, mademoiselle Loubet, vous mangez chez nous, ce midi, déclara l'aubergiste. Avec votre servante. Rosette, c'est ça ? Elle est dégourdie, à ce qu'il paraît.

— Oui, en effet, mais ce n'est pas la peine, madame Séréna, je vous assure !

— Boudiou, faites pas de manières ! Mon mari va vous gâter, j'vous dis que ça.

Ce fut au tour du facteur de s'approcher d'Angélina pour lui remettre cinq francs. Bien que sidérée, elle n'osa pas protester.

— Vous le méritez, murmura-t-il. J'avais tellement peur de perdre Fanchon ! Autant vous le dire, ma mère est morte en couches quand j'avais dix ans. Je tiens à vous remercier, mademoiselle.

Une demi-heure plus tard, Angélina évoquait encore le visage radieux du jeune père. Elle lui avait exprimé sa gratitude d'un simple sourire, teinté d'une sincère modestie. Assise en face d'elle à une des tables de l'auberge, Rosette ne songeait qu'au festin promis. Fascinée par le décor alentour, l'adolescente jubilait. Les poutres noircies par d'innombrables feux dans la cheminée monumentale s'ornaient de chapelets de saucissons, de tresses d'oignons dorés et de trois énormes jambons en séchage.

— On a de la chance, m'selle, dit-elle enfin en caressant de la paume la nappe rouge. Deux repas gratuits la même journée ! J'ai pas pu vous prévenir, mais Octavie m'a fait signe de la fenêtre. Elle voulait me causer. Ce soir, on dîne chez m'selle de Besnac. Mine de rien, ça vous fera des économies.

— Tu as raison, Rosette. Toi, tu prends tout du bon côté. Je devrais être de meilleure humeur. L'argent que j'ai touché va me permettre de commander un nouveau spéculum à Toulouse.

— J'ai bien vu que vous étiez triste, tout à l'heure.

— N'en parlons plus.

Angélina déplaça son couteau et sa fourchette en soulevant son verre encore vide, ce qui trahissait sa nervosité. Jérôme Séréna s'approcha alors avec, à la main, une carafe remplie de vin.

— Mesdemoiselles, j'ai ordre de vous servir ce qu'il y a de mieux, une demande de la patronne. Autant dire que j'ai intérêt à obéir, sinon elle me chantera pouilles.

Goûtez-moi ce petit rosé ! Il ira à merveille avec mon pâté en croûte. Seigneur, figurez-vous que je n'ai pas eu le temps de monter voir le bébé. Mais je ne vais pas me plaindre quand la salle est pleine.

L'homme s'éloigna après avoir gratifié Rosette d'un clin d'œil paternel. Jérôme Sérena était apprécié dans la cité pour sa gentillesse et son honnêteté.

— La petite Louise grandira dans une famille unie, choyée par ses parents ct ses grands-parents, nota Angélina d'un ton amer.

— Y a pas de quoi faire grise mine, alors, m'selle.

Le reproche porta ses fruits. La jeune femme fit honneur au déjeuner, sans trop bavarder, cependant. Après la salade de cresson, les tranches de pâté et du canard rôti avec sa garniture de pommes de terre, elles eurent droit à deux grosses parts de millas rissolés et nappés de miel.

— Vous n'êtes pas causante, se plaignit Rosette.

— Je suis fatiguée, rien d'autre. Et le vin me tourne la tête. Nous ferions bien de rentrer à la maison, je dois dormir un peu.

— J'sais ce qui vous chagrine, m'selle Angélina, dit tout bas l'adolescente. Vous voudriez revoir votre amoureux, le baladin, comme vous l'appeliez.

— Luigi ? Je t'en prie, évitons le sujet. Déjà, ma chère Gersande se morfond à cause de lui. Combien de fois m'a-t-elle suppliée de remuer ciel et terre pour le retrouver ! Je le lui avais promis, à Noël, et je tiendrai cette promesse, je t'assure, Rosette. Cela me tracasse plus que tu ne l'imagines. Souvent, le soir, avant de m'endormir, je me vois parcourant des villes et des villages, interroger les gens, guetter les musiciens sur les places les jours de foire, mais autant chercher une aiguille dans une botte de foin, comme le répète Octavie. Et ce n'est pas mon amoureux, pas encore, du moins.

— Je croyais, moi... J'vous demande pardon.

Angélina termina son dessert au prix de gros efforts. Elle mangeait rarement de telles quantités à midi et cela contribuait à la rendre dolente, presque somnolente.

— Viens, sortons ! dit-elle en se levant de sa chaise.

Le patron lui fit signe d'attendre. Elle patienta sous les regards curieux et admiratifs des autres clients. On la respectait autant pour sa beauté que pour son savoir.

Il s'en racontait des choses, dans les ruelles abruptes de la cité de Saint-Lizier, sur la superbe costosida aux prunelles de la couleur des violettes dont les talus se couvraient au printemps ! On marmonnait qu'elle avait failli épouser un riche docteur de Toulouse. On chuchotait sur son passage qu'elle hériterait sûrement de la fortune de sa bienfaitrice, l'aristocrate protestante, Gersande de Besnac.

Les mauvaises langues de la petite ville entonnaient des refrains moins flatteurs. On mettait en doute la réputation de vertu d'Angélina, qui aurait été vue trois ans auparavant en compagnie du fils Lesage, un beau garçon, riche lui aussi, mais trousseur de jupons. On jugeait bizarre également ce grand chien blanc qui la suivait partout, capable de terrasser un colosse du genre de Blaise Seguin, tout assassin qu'eût été ce dernier. Les événements du début de l'hiver précédent étaient trop récents pour ne plus alimenter les ragots.

Bourrelier de son état, l'homme avait tué et violé plusieurs jeunes filles. Depuis, son échoppe était fermée et ses parents avaient déménagé, mais le spectre de ce satyre sanguinaire hantait toujours les esprits. De notoriété publique, on savait que Seguin espérait épouser Angélina et que, rendu fou par son refus, il avait tenté de s'en prendre à elle. C'était compter sans le pastour qui avait senti sa maîtresse en danger.

— Ainsi naissent les légendes ! soupirait Gersande de Besnac quand sa protégée se plaignait de susciter autant d'intérêt.

Pour l'instant, Angélina s'en moquait. Elle n'avait qu'une hâte, se reposer, mais Jérôme Sérena tardait à réapparaître. Il accourut enfin, empourpré, un large sourire sur les lèvres et une bouteille à bout de bras.

— Tenez donc, faudra la boire à la santé de la pitchoune, qui nous est venue comme une fleur grâce à vous. Ne la secouez pas, c'est de la blanquette. Un régal ! Je l'achète à un négociant de Carcassonne, près de Limoux.

— Merci, monsieur ! Ce n'était pas la peine, vraiment, protesta la jeune femme.

— Mais si, mais si.

Rosette se chargea du cadeau. Lorsqu'elles arrivèrent sur la place de la fontaine, un franc soleil frappait les pavés ocre de ses tièdes rayons. Angélina contempla avec lassitude les reflets miroitants qui dansaient sur l'eau du bassin.

Elles remontèrent la rue des Nobles. Des rosiers centenaires paraient de leur floraison bariolée le coin des venelles qui grimpaient vers l'ancien palais des Évêques, dont l'imposante façade percée de maintes fenêtres dominait la cité.

— Ce que c'est joli, le printemps ! nota l'adolescente, les joues plissées par la satisfaction. Et qu'est-ce qu'on a bien mangé, hein, m'selle ?

— Oui, ma petite Rosette. Espérons que personne ne viendra me chercher avant demain !

Une fois chez elle, Angélina se réfugia dans sa chambre. Elle éprouvait un besoin lancinant de solitude, de silence. Ses pensées se bousculaient, des souvenirs la terrassaient. Avec une sorte de rage, elle ôta sa robe et ses bas. Elle dénoua son chignon et sa longue chevelure d'un roux sombre croula sur ses épaules dénudées ainsi que dans son dos, en vagues souples un peu ondulées.

— Cela me sert à quoi d'être belle ? se demanda-t-elle en observant son reflet dans le miroir.

D'un doigt, elle fit glisser la bretelle de la fine chemisette en calicot qui dissimulait ses seins. Initiée au plaisir par son premier amant et d'une nature sensuelle, ardente, Angélina se tournait et se retournait bien souvent entre ses draps, la nuit, avide d'un corps d'homme contre le sien, affamée de baisers voluptueux.

— Luigi ne reviendra jamais, énonça-t-elle entre ses dents. Et, même s'il revenait, je ne sais plus si je l'aime.

Furieuse, elle se dirigea vers sa table de toilette, où Rosette disposait fidèlement un broc d'eau fraîche.

Elle en versa dans la cuvette toute proche et s'aspergea le visage, la nuque et le cou dans l'espoir d'apaiser ses nerfs torturés.

On toqua au même instant.

— M'selle ! Allez, ouvrez donc, j'vous ai entendue crier, là. C'est pas ma faute, je montais du linge repassé dans l'armoire du palier.

— File, Rosette. J'essaie de dormir.

— J'vous crois pas. Faudrait mieux qu'on discute ; après, vous pourrez roupiller à votre aise.

Exaspérée, Angélina rajusta sa chemisette et se posta derrière la porte.

— Rosette, j'en ai assez fait, des efforts, ma fille. Tu devais seconder Octavie comme nounou. J'ai renoncé parce que tu parles plus mal qu'un charretier ! Henri répète tout et, mademoiselle Gersande et moi, nous tenons à ce qu'il soit bien éduqué.

— Pardon, m'selle. Mais laissez-moi entrer.

— Eh bien, entre, concéda Angélina en poussant la targette.

— Regardez-moi ça ! s'exclama sa servante qui brandissait un vase garni de roses jaunes. J'viens de les cueillir pour vous. Dites, ça fera joli, près de votre pieu…, pardon, de votre lit.

Vaincue par l'air malicieux de Rosette, Angélina admira le bouquet de bon cœur.

— Toi, alors, tu as toujours des idées pour m'amadouer.

— Mon Dieu, comme vous êtes belle avec vos cheveux défaits ! Dommage que les gens vous voient pas ! Surtout certains… Le docteur Coste, ou Luigi, non, monsieur Joseph de Besnac. Si vous l'épousez, le rejeton de m'selle Gersande, ça ressemblera à une des histoires que vous me lisez, le soir, dans la gazette.

— Des histoires où tout s'arrange, où tout finit bien, renchérit la jeune femme. Rosette, te rends-tu compte ? J'ai vingt-deux ans et je suis seule, sans mari ni fiancé. J'ai donné mon enfant à une autre femme et, même si je respecte et aime tendrement Gersande, c'est pénible à vivre. Le pire, c'est d'entendre mon enfant l'appeler mère ou maman. Quand Henri saura-t-il que je suis sa mère, sa maman ? Jamais ! Pour être franche, je t'avouerai que je regrette parfois d'avoir rompu avec Philippe Coste.

— Faut pas, il était vieux et vicieux.

— Quarante-deux ans, ce n'est pas un vieillard, quand même. Et vicieux, non, là, tu exagères.

Assise sur le coffre en chêne où sommeillait le trousseau de sa patronne, l'adolescente sifflota avant d'ajouter :

— L'était forcément un peu vicieux pour faire ce métier, de soigner des femmes là où je pense, entre les jambes.

— Philippe est un brillant obstétricien. Il exerce la même profession que moi, mais il est plus qualifié.

— Foutaises ! Vous le valez dix fois !

Angélina s'était à nouveau allongée, les bras croisés sur la poitrine. Elle fixait le plafond d'un air boudeur.

— Je suis triste, Rosette.

— J'le sais bien. C'est pour ça que je suis venue vous taquiner avec mes fleurs. Vous en faites pas, y finira par se montrer dans le pays, vot' Luigi.

— Ce serait surprenant ; il a dû s'enfuir le plus loin possible de la région.

« Luigi, songea-t-elle. Luigi et son regard si noir, son teint de bohémien. Il n'a plus son violon dont il jouait si bien. Comment gagne-t-il son pain, à présent ? Si seulement il pouvait apprendre qu'il a été innocenté, que le vrai criminel est mort, qu'il s'est pendu dans sa cellule ! Et lui qui cherchait ses parents ! Comme j'aimerais lui annoncer que sa mère vit ici, dans la cité, ma chère demoiselle Gersande ! Un bel héritage l'attend et il l'ignore. »

Elle soupira, reprise par le trouble que suscitait dans son cœur cet étrange personnage volubile, au sourire d'une séduction presque animale.

— Luigi ne m'a embrassée qu'en rêve, Rosette, confessa-t-elle à voix haute. Cet homme, je l'ai vu quatre fois, peut-être cinq, et je doute de l'aimer vraiment. Mais Guilhem, c'est différent. Il demeure le père de mon enfant, celui qui m'a faite femme.

L'adolescente avait eu droit, en six mois de cohabitation avec Angélina, à bien des aveux, à bien des confidences.

— C'est surtout celui qui vous a abandonnée après vous avoir promis le mariage.

— Tu as raison. Autant ne plus prononcer son nom, plus jamais. Rosette, sois gentille, laisse-moi, maintenant ! Si je ne dors pas quelques heures, mademoiselle Gersande se plaindra de ma mauvaise mine. Et je dois être jolie pour mon pitchoun. J'ai tellement hâte de l'embrasser !

— Oui, m'selle, je m'en vais tout de suite.

Une fois seule, Angélina s'allongea et ferma les yeux. Des images dansèrent aussitôt derrière ses paupières closes. Elle revoyait le beau Guilhem, ses cheveux bruns et drus, ses traits énergiques. Ils avaient vécu une passion de plusieurs mois qui les jetait l'un contre l'autre dans la pénombre tiède des sous-bois en été, au pied d'un pan de rempart abrité du vent dès les premiers frimas.

« Je me suis offerte à lui tout entière, certaine qu'il ne me trahirait pas. Il me disait de bien douces paroles, il se montrait tendre et attentionné. Peut-être qu'il m'aurait épousée, si ses parents ne l'avaient pas éloigné de moi. Peut-être qu'il m'aimait quand même un peu ! »

Ses pensées devinrent confuses, elle sombrait dans un sommeil bienfaisant. Le visage de Guilhem s'effaça doucement pour céder la place à un autre au teint mat et au regard de braise, auréolé de boucles d'un noir de jais. C'était Luigi, dans les vêtements aux vives couleurs qu'il portait le jour où elle l'avait rencontré sur la place de Massat, une bourgade de montagne. Il jouait du violon à deux pas d'un montreur d'ours, parmi la cohue du marché, les cris des cochons et des oies, les rires des enfants.

— Luigi ! soupira-t-elle.

Angélina avait caché à Rosette combien cet énigmatique personnage l'obsédait. De plus, la jeune femme avait une dette envers lui. Par sa faute, il avait été hué et on lui avait lancé des pierres, car elle l'avait accusé de meurtres dont il n'était pas coupable. Avant d'oser l'aimer, elle devait lui demander pardon, lui dire à quel point elle regrettait de l'avoir aussi mal jugé. Mais Luigi, cet éternel errant, s'était enfui de prison et il avait disparu.

— Où es-tu, Luigi ? murmura-t-elle, tirée de sa torpeur par l'acuité de sa hantise. Reviens, je t'en prie, reviens. Ta mère, ma chère demoiselle Gersande, a besoin de toi. Reviens, par pitié !

Une larme roula sur sa joue. Elle l'essuya du revers de la main, puis un timide sourire vint fleurir sur ses lèvres d'un rose délicat. Il y avait dans la cité de Saint-Lizier quelqu'un capable de la consoler de tous les chagrins, et c'était un petit garçon, Henri, son fils. Lui seul comptait, lui seul. Elle s'endormit enfin.

Deux heures plus tard, escortée de sa fidèle Rosette, elle entrait chez Gersande de Besnac.

2

Le visiteur

Saint-Lizier, rue des Nobles, même soir
Angélina trouva son fils assis dans une chaise haute en bois verni, entre la table de la cuisine et le fourneau où officiait Octavie. Avant même de saluer sa chère amie Gersande, la jeune mère s'empressa d'embrasser le petit. En raison de l'heure, Henri de Besnac dégustait une purée de pois cassés. Un bavoir en coton blanc autour du cou, il maniait habilement sa cuillère en argent.

— Bonsoir, mon pitchoun ! s'écria Angélina, illuminée par un grand sourire ravi. Que tu es beau !

Elle l'admira à son aise. Les cheveux d'Henri frôlaient sa nuque. Ce soir-là, une raie les divisait, si bien que des boucles légères encadraient son visage encore poupin.

— Je lui ai donné son bain, dit Octavie. Mademoiselle l'a exigé. Figurez-vous que nous avons de la visite.

— Et qui ça, donc ? questionna Rosette, tout en lorgnant sur une assiette garnie de tartines beurrées coupées en lamelles. Moi, j'aime pas quand y a du monde, j'suis gênée.

— Pourtant, c'est du beau monde, ma péronnelle, plaisanta la domestique. Même que mademoiselle a hâte de présenter notre Angélina.

L'intéressée retint un soupir agacé. Elle n'avait pas fait de frais de toilette pour ce repas qui s'annonçait ordinaire et sans invité de marque. Cependant, occupée à cajoler son fils, elle ne s'inquiéta pas davantage. C'était un instant béni pour elle, de tenir Henri contre son cœur et d'effleurer de ses lèvres la peau veloutée de ses joues bien rondes. Au bonheur infini que cela lui procurait se mêlait néanmoins une pointe d'amertume, car jamais le garçonnet ne l'appellerait maman.

— Alors, Octavie, allez-vous cracher le morceau ? insista Rosette en riant. Qui c'est-y, l'invité de m'selle Gersande ?

— O'tavie, O'tavie ! claironna Henri. Veux de l'eau, moi.

— Je vais te faire boire, mon chéri, dit tout de suite Angélina. Quand tu auras fini de manger, je jouerai aux cubes avec toi. Tu te souviens, avant-hier, nous avons construit une tour et, badaboum ! tu l'as démolie.

— Tu joueras avec lui demain, Angélina, protesta la domestique. Ne fais pas attendre mademoiselle. Toi, Rosette, tu resteras ici et tu m'aideras à préparer les plats. J'ai des recommandations pour le service.

— D'accord ! répliqua la jeune fille avec sa bonne humeur habituelle. J'aime mieux m'agiter que de me poser au bord d'un fauteuil et de tenir ma langue.

— Ouais, surtout ce soir. C'est un lord qui a débarqué pour l'heure du thé, un lord anglais, Lord Brunel !

— Un lord ? répéta Rosette.

— Il s'agit d'un titre de noblesse au Royaume-Uni, expliqua Angélina. Mais que vient-il faire dans la cité ?

— À ton avis ? rétorqua Octavie. Mademoiselle a gardé des relations de-ci de-là. Le plus souvent épistolaires, comme elle dit si bien.

Rosette sifflota, intimidée par le mot « épistolaire ». Au même moment, le tintement d'une sonnette retentit dans le logement.

— Ah ! Mademoiselle m'appelle, grogna la domestique. Je reviens vite.

Elle s'éclipsa de sa démarche énergique. Une porte s'ouvrit et se referma. Mais, presque aussitôt, Octavie réapparut.

— On te réclame, Angélina, murmura-t-elle. Seigneur, tu aurais dû mettre une belle robe.

— Je ne pouvais pas prévoir que ce monsieur serait là ; personne ne m'a prévenue. Ou bien c'est encore un guet-apens de mademoiselle Gersande.

— Un guet-apens ? Qu'est-ce que tu vas imaginer ? Mais non, pas du tout ! Elle a été aussi surprise que moi quand il s'est annoncé. J'en étais comme deux ronds de flan, je peux t'assurer. Un fiacre l'a déposé dans la rue et le cocher lui a indiqué la maison. Lord Brunel voyage en train, il va prendre les eaux[1] à Luchon, comprends-tu. Au passage, il a décidé de rendre visite à mademoiselle.

— Parle-t-il français, au moins ? s'alarma la jeune femme.

— Bien sûr, mais avec un drôle d'accent.

Angélina vérifia sa toilette, en l'occurrence une longue jupe au tissu fleuri et un corsage blanc à col de dentelle. Elle lissa les mèches ondulées qui s'échappaient de son chignon, édifié avec quelques épingles.

— Mademoiselle Gersande me fera les gros yeux en me voyant aussi négligée, déplora-t-elle. Tant pis !

Elle redressa la tête et se dirigea vers le salon, dont les fenêtres étaient grandes ouvertes sur une vue privilégiée. Le soleil à son déclin teintait de rose les cimes enneigées des Pyrénées, qui composaient un magnifique tableau sur la ligne d'horizon.

---

1. Faire une cure thermale.

— Enfin, voici ma petite Angélina ! s'exclama la vieille dame, qui assortit ces mots d'un mouvement gracieux de son éventail. Je suis si contente de te présenter un inestimable ami, Lord Malcolm Brunel !

Un respectable septuagénaire se leva de sa chaise et s'inclina galamment. De haute taille, le crâne en partie chauve, il portait des lunettes cerclées d'or. En costume trois pièces de lin beige et chemise d'un blanc immaculé, il dégageait une élégance discrète.

— Je suis enchanté de vous connaître, jeune lady, dit-il avec un sourire malicieux.

Elle tendit sa main d'une finesse enfantine pour y recevoir un léger baiser, éduquée en cela par sa bienfaitrice.

— Ma chère amie Gersande m'avait écrit tant de bien sur vous ! poursuivit-il. Et elle n'a pas menti, vous êtes d'une rare beauté.

Confuse, Angélina le remercia à mi-voix, en s'asseyant sur un tabouret matelassé près du guéridon où étaient disposés un carafon en cristal et deux verres à pied.

— Nous avons bu de l'armagnac, Malcolm et moi, minauda Gersande de Besnac, rajeunie par l'exaltation joyeuse que lui procuraient les événements imprévus. C'est si gentil de sa part d'être venu jusqu'à Saint-Lizier !

— Oui, c'était un long voyage depuis Londres, se rengorgea le visiteur. Le bateau pour Douvres, ensuite le train. Paris, Bordeaux, Toulouse, et enfin la petite gare au bord de la rivière.

L'accent typiquement britannique de Lord Brunel fit sourire la jeune femme contre son gré. Il eut l'air charmé, sans se douter que c'était sa façon de prononcer Toulouse qui avait surtout amusé Angélina.

— Je suis heureux de ce dîner chez mon amie, ajouta-t-il.

— Et moi donc ! renchérit la vieille demoiselle qui, pour l'occasion, arborait des boucles d'oreilles en diamant et un superbe collier orné d'émeraudes. Je m'ennuie souvent, et de plus en plus.

Incorrigible coquette, Gersande de Besnac avait réussi à laisser son invité, le temps de mettre ses plus beaux bijoux et de se repoudrer.

— Vous êtes bien entourée, pourtant, s'étonna le lord. Votre gouvernante Octavie et le petit garçon que vous avez adopté. Un bel enfant ! Et mademoiselle Angélina…

— Cette demoiselle me manque. Maintenant qu'elle est diplômée, elle court la campagne pour soulager les femmes en couches. Nous n'avons plus le loisir de causer chiffons, robes et fanfreluches. Mais je suis fière d'elle.

Rosette fit son entrée sans y avoir été conviée. La jeune servante, tout excitée, voulait observer le visiteur qui lui faisait l'effet d'un individu extraordinaire. Sa taille de guêpe sanglée d'un tablier blanc prêté par Octavie et ses nattes cachées sous un foulard impeccable, elle fit mine de débarrasser le guéridon.

— Mademoiselle Gersande, monsieur le lord, je vous salue bien ! débita-t-elle dans un simulacre de révérence.

— Mais… veux-tu nous laisser l'armagnac ! s'indigna la maîtresse de maison. Si tu tiens à nous épier, veille donc au couvert, le service en porcelaine, celui à roses bleues sur fond ivoire. Et l'argenterie armoriée !

— Qui est-ce ? demanda Lord Brunel, non sans manifester un vif intérêt.

— Rosette, déclara Angélina. Elle travaille pour moi. Nous sommes très amies aussi. Je dirais même qu'elle joue parfois les anges gardiens.

— Je suis un homme comblé, ce soir, soupira-t-il. Que de jolies dames autour de moi.

— Vous devez être accoutumé à côtoyer de belles femmes, à la cour de la reine Victoria ! avança Gersande d'un ton gourmand.

Ces derniers mots frappèrent la jeune costosida, qui prit conscience que Lord Brunel appartenait à un autre univers, tout à fait exceptionnel à son idée. Elle se remémora un gracieux portrait de la reine Victoria qu'elle avait admiré dans l'*Illustration*, une revue qu'appréciait beaucoup Gersande de Besnac.

— Vous avez vraiment approché la reine ? s'écria-t-elle, oubliant toute timidité.

— J'étais à son couronnement, en 1837, ainsi que mon épouse, affirma Malcolm Brunel. Quelle superbe cérémonie ! Tous les pairs du royaume étaient là autour de cette jeune souveraine de dix-huit ans. Et ces robes, mes chères, ces robes merveilleuses que portaient les nobles dames !

— Racontez, mon ami, racontez, insista la vieille demoiselle, son regard lavande brillant de joie anticipée.

— Des satins, des mousselines, des brocarts, des dentelles exquises ! précisa-t-il, rêveur. Notre reine, qui est aussi impératrice des Indes, a su donner à la cour un faste digne de votre roi Louis XIV, le Roi Soleil. Et cela dure encore, même si les mœurs sont strictes et les décolletés moins profonds.

Bouche bée, Rosette buvait ses paroles. Lord Brunel eut un bon rire.

— Vous maniez à la perfection notre langue, monsieur, fit remarquer Angélina.

— Il faut dire milord, rectifia Gersande avec douceur.

— Monsieur convient très bien, assura le Britannique. Pour répondre à votre compliment, mademoiselle, je vous dirai que notre reine Victoria, dès son jeune âge, a appris à parler l'italien, le grec, le latin et le français. J'ai jugé utile de pratiquer cette dernière langue, mes fonctions m'obligeant à séjourner souvent à Paris.

Octavie, qui brûlait d'impatience dans sa cuisine, pointa le bout du nez à son tour. Elle tenait par la main le petit Henri, la frimousse soigneusement nettoyée, en blouse bleu ciel et pantalon de velours.

— Notre petit vous réclamait, mademoiselle, annonça la domestique avec déférence.

— Quel bel enfant, vraiment ! s'extasia le lord.

Il détailla tour à tour les traits ravissants d'Angélina et ceux du garçonnet. S'il trouva une ressemblance, il se garda bien de le dire.

— Viens là, Henri ! s'écria Gersande. As-tu bien dîné ?

— Oui, mère, répliqua-t-il en lançant des regards curieux au noble visiteur.

— Eh bien, maintenant, tu vas t'amuser un peu sur le tapis. Ensuite, il faudra aller te coucher. Octavie, sers-nous l'apéritif. Moi, je prendrai du porto ! Et vous, cher ami ?

— Du porto, volontiers.

— Moi aussi, j'en prendrais bien un peu ! affirma Rosette, toute contente.

La jeune fille rêvait de pouvoir s'asseoir en compagnie de sa patronne, de Lord Brunel et de mademoiselle de Besnac. Elle s'imaginait même vêtue d'une longue robe de brocart parée de dentelles dorées.

— Viens donc m'aider, toi, au lieu de bayer aux corneilles ! la chapitra tout bas Octavie. En guise de porto, tu auras de l'eau coupée de cidre, ça te suffira.

— Je blaguais ! mentit Rosette en la suivant à regret jusqu'à ses fourneaux.

Cependant, elle obtint de servir le fameux apéritif et le fit avec une application exemplaire.

— Vous avez des tartines à grignoter, précisa-t-elle d'un ton pointu, pour accompagner les radis.

— Merci, c'est mon régal, se réjouit Gersande.

La soirée promettait d'être animée et fort agréable. Par les fenêtres ouvertes du grand salon se glissait un air parfumé, riche des fragrances des premières fleurs de la cité. Dans le ciel rose et or, les hirondelles volaient à tire-d'aile en jetant des cris aigus, proches ou lointains selon leurs folles évolutions.

Sans se soucier de contrarier leur fantasque hôtesse, Angélina rejoignit Henri sur le tapis, où il jouait avec ses cubes. Elle dressa une pyramide que l'enfant renversa en riant de joie.

C'était un spectacle attendrissant, auquel fut sensible Malcolm Brunel. Il alluma un cigare, son verre de porto à la main, et se plongea dans la contemplation de la jeune femme et du petit.

— Vous avez une existence paisible, pleine de gaîté, dit-il enfin à Gersande. Je repartirai rassuré sur votre sort, ma douce amie.

— Il ne manque au tableau que mon fils Joseph. Je vous ai raconté dans ma dernière lettre comme je voudrais le retrouver et renouer des liens. Il se fait appeler Luigi ; il est musicien. Mais où déambule-t-il à présent ? Dans quel pays ?

— Si Dieu le veut, il vous reviendra. Je comprends votre espérance, votre impatience, rétorqua le lord. J'ai foi en la Providence, vous reverrez votre Joseph. Vous m'avez si bien dépeint, au fil de notre correspondance, le hasard incroyable qui a présidé à sa rencontre avec Angélina ! Il faut y voir un signe du destin.

Il avait eu du mal à prononcer le prénom et s'en excusa galamment.

— C'est un peu difficile à dire pour moi.

— Allons, pas plus que Victoria ou certains patronymes de votre chère Albion, nota la vieille dame.

— Mon arrière-grand-mère s'appelait Desirada, déclara la jeune femme. J'aurais hérité de la couleur de ses yeux, que l'on dit si rare.

— En effet, je n'avais encore jamais vu des prunelles au reflet d'améthyste, renchérit le visiteur. Desirada, Angélina…

Il s'appliquait à énoncer les sons sans trop les déformer, ce qui fit pouffer gentiment Gersande.

— Que je suis contente de vous revoir, mon ami ! soupira-t-elle. Et quelle bonne surprise. C'est vraiment une charmante attention d'avoir pensé à moi, alors que vous étiez en route pour Luchon, une ville d'eau que connaît bien notre costosida, n'est-ce pas, Angélina ?

— Costosida ? répéta Lord Brunel.

— Ici, dans notre pays, on m'appelle ainsi. C'est un mot pour désigner les sages-femmes. Vous savez sûrement par mademoiselle que je suis sage-femme !

— Oui, bien sûr. Chez nous, en Angleterre, on vous surnommerait sans doute Angie, et cela vous irait très bien.

La façon dont le diminutif avait résonné dans la pièce eut le don de séduire la maîtresse de maison. Elle imita la sonorité, ce qui donnait « andji » et frappa des mains.

— C'est ravissant ! Tellement plus original ! Qu'en penses-tu, Henri ? Henri, Angie ! Cela rime, en plus.

Perplexe, Angélina haussa les épaules. Mais le petit garçon, au même instant, lança bien fort un « andji » retentissant, tout en pointant du doigt la poitrine de sa véritable mère.

— Je t'aime, Angie, ajouta-t-il, un sourire heureux sur ses lèvres charnues. On joue encore, dis…

— Mais oui ! fit-elle, le cœur en fête.

Octavie et Rosette s'étaient glissées sans bruit dans le salon et préparaient la table ronde où on dînerait. Une nappe verte damassée couvrit le bois ciré. Les assiettes en porcelaine aux motifs de roses épanouies et à liseré d'or furent disposées, ainsi que les verres en fin cristal et l'argenterie. De délicieuses odeurs s'échappaient de la cuisine, qui contribuèrent à l'euphorie de Lord Brunel.

— On mange bien, en France, déclara-t-il. L'an dernier aussi, j'ai pris les eaux, mais à Vichy. J'avais découvert un excellent restaurant. Mademoiselle Angie, pouvez-vous me conseiller un bon établissement à Luchon ?

— Mon Dieu, non ! Je serais bien en peine, milord, dit-elle après s'être relevée d'un mouvement souple. Je n'ai séjourné qu'une soirée et une nuit là-bas, dans des circonstances assez pénibles. Mademoiselle se moque de moi, en prétendant que je connais bien la ville.

— Faut crécher à l'Hôtel de France ! s'exclama Rosette, qui se mordit aussitôt la lèvre inférieure. Pardon, il faudrait choisir cet hôtel, milord. Le patron fait les meilleures omelettes du monde.

L'intervention de l'adolescente émut Angélina. Elle se demanda à quelle occasion la jeune fille avait pu goûter une de ces omelettes, elle qui mendiait devant l'église de la station thermale, en haillons. La réponse viendrait plus tard, quand elles seraient seules rue Maubec.

— Merci, Rosette, trancha Gersande. Octavie, je suis affamée. Est-ce prêt ?

— Oui, mademoiselle. Mais il faudrait coucher Henri ; il bâille, votre chérubin.

— Je m'en charge ! s'écria Angélina.

— Dans ce cas, Angie, tu peux regarder dans la penderie du couloir, où sont rangées certaines de tes toilettes, recommanda la vieille aristocrate.

Le message était clair. Gersande de Besnac intimait gentiment à la jeune femme l'ordre de se changer. « Je ne peux pas lui en vouloir ! songea Angélina, qui avait pris Henri dans ses bras. Mademoiselle a dépensé une fortune pour moi, cet hiver. Elle tenait à ce que je sois très élégante chez les Coste, à Luchon. »

Elle se remémora avec déplaisir les heures singulières passées dans la luxueuse demeure de la famille du docteur Philippe Coste. La mère de son fiancé, cynique et excentrique, s'était évertuée à la mettre mal à l'aise.

« J'ai fini par lui jeter à la figure que mon père était un simple cordonnier et que je n'en avais pas honte ! se souvint-elle. Et, dès que Philippe m'a reproché ma conduite, je lui ai dévoilé mon passé, y compris l'existence de mon enfant. »

Sa gorge se serra. Elle embrassa le petit sur le front et les joues, avide de lui témoigner son immense tendresse, son amour maternel sans cesse frustré.

— Mon beau pitchoun ! souffla-t-elle à son oreille. Un jour, nous serons tous les deux, un jour, je ne te quitterai plus. Tu es mon trésor, mon unique trésor.

À deux ans et demi, le garçonnet se montrait très éveillé. Il la fixa d'un air intrigué, puis l'embrassa à son tour. Il manifestait à cette jeune femme qu'il voyait quotidiennement un intérêt extrême et une affection spontanée. Rosette affirmait qu'Henri se comportait différemment à l'égard d'Angélina, comme s'il sentait, au fond de lui, qu'elle lui était très proche.

Les larmes aux yeux, elle le mit en pyjama et lui brossa les cheveux, émerveillée de leur intimité et de sa douceur rieuse. Enfin, après l'avoir bordé dans son petit lit, elle entonna en patois la berceuse la plus populaire de sa terre natale, qu'elle lui avait chantée le soir de sa naissance.

Se canto, que canto.
Canto pas per you,
Canto per ma mio
Qu'es allen de you.
Aquellos montagnos
ue tan hautos soun
m'empachon de veyre
Mas amours oun soun[1].

1. Un des chants les plus célèbres du sud de la France, toujours interprété lors des veillées ou des fêtes de village.

« Seigneur ! Combien de fois ces paroles me blesseront-elles ? se demanda-t-elle ensuite. Seule dans la grotte du Ker, mon bébé contre moi, je pensais à Guilhem qui était loin de moi comme dans la chanson. Et maintenant je me dis que ces hautes montagnes m'empêchent de voir où est mon amour. Oui, mais qui est cet amour ? Luigi ! Pourquoi ne revient-il pas ? Lui si habile à se grimer, à passer inaperçu au besoin ! Il pourrait s'aventurer dans la région, au moins pour savoir si le vrai coupable des crimes a été arrêté ! »

— Angie ? appela son fils. Chante encore, encore...

— D'accord, mais après il faudra dormir bien sagement.

La sage-femme dégrafa son corsage et délaça sa jupe, tandis que les mots s'envolaient de sa bouche si rose afin de satisfaire le bambin déjà somnolent.

S'il chante, qu'il chante.
Ce n'est pas pour moi,
Mais c'est pour ma mie
Qui est loin de moi.
Baissez-vous montagnes,
Plaines, haussez-vous,
Que mes yeux s'en aillent
Où sont mes amours.

Angélina se tut. Henri dormait. Elle passa sur la pointe des pieds dans le couloir voisin, ouvrit la penderie et choisit d'enfiler une robe en taffetas mauve au bustier qui dégageait les épaules et dont le décolleté s'ornait d'un voile de dentelles arachnéennes. La jupe, très large, bruissa autour de ses jambes gainées de bas de soie.

— Autant mettre le collier assorti ! murmura-t-elle.

Elle s'empara d'un coffret en bois verni qui contenait plusieurs petits écrins en carton ou en cuir. La parure d'améthystes sommeillait là, dans un sachet en velours. « Chère mademoiselle ! se dit Angélina. Elle avait vraiment fait des folies. Et cette obstination à me voir porter du tissu de la couleur de mes yeux, et ces pierres superbes ! » Touchée, pleine de gratitude, elle défit son chignon et laissa crouler sa chevelure dans son dos. Vite, elle se brossa avant de retenir deux lourdes mèches à l'aide de peignes en écaille sertis de brillants.

— Voilà, je ferai honneur à mon amie et à son invité ! soupira-t-elle.

Son retour dans le salon fit sensation. Lord Brunel poussa un oh ! ébloui. Il quitta son siège et s'inclina :

— *My God*[1] *!* Quelle apparition, Angie ! s'extasia-t-il. Vous pourriez être présentée à la reine, ainsi parée.

Gersande de Besnac se rengorgea, fière de sa protégée. Dans son for intérieur, la vieille dame pesta encore une fois contre la détermination farouche de la jeune femme à exercer un métier aussi contraignant, à refuser aussi de briller en société. C'était un éternel sujet de querelles entre elles, mais Angélina Loubet avait toujours le dernier mot.

— Oui, vous impressionneriez beaucoup de ladies et de lords ! renchérit Malcolm Brunel.

— Trêve de flatteries, mon ami, il est temps de manger, coupa son hôtesse.

Ils prirent place à la table ronde. Octavie s'empressa de servir le hors-d'œuvre, en l'occurrence une salade de laitue et une omelette à l'oseille.

---

1. Mon Dieu, en anglais.

— J'ai fait ce que j'ai pu, bougonna la domestique. Monsieur est arrivé par surprise. J'ai pioché dans nos réserves.

— Que c'est indélicat de le dire, ma pauvre Octavie ! enragea Gersande. Une gouvernante digne de ce nom s'arrange pour faire des miracles, sans se plaindre devant les invités.

— Ce sera parfait, protesta le lord.

Rosette apporta une carafe d'eau et une corbeille de pain tranché, la bouche luisante d'une tranche de jambon dégustée en toute hâte et en cachette. Vite, elle disparut et revint avec une bouteille de vin blanc, embuée d'avoir séjourné au fond d'un baquet d'eau fraîche.

— Bon appétit, m'sieur et dames, claironna-t-elle.

— Cette jeune demoiselle est très drôle, nota leur invité.

— Oui, c'est mon rayon de soleil, renchérit Angélina.

— Un rayon de soleil qui n'en fait qu'à sa tête, ajouta Gersande, que les écarts de langage de Rosette n'amusaient pas toujours.

Cela ne gâcha en rien le parfait déroulement du dîner, qui valut de sincères compliments à Octavie. Lord Brunel apprécia particulièrement les confits d'oie garnis de cèpes et de pommes de terre rissolées, même si les champignons, de l'aveu même de la domestique, étaient des conserves faites par ses soins à l'automne précédent. Le dessert, fort simple, était cependant le régal de la maîtresse des lieux : du flan tiède, nappé de miel.

— Les liqueurs, à présent ! s'écria Gersande. Il faudrait ranimer le feu, Angie.

Même en ce printemps tiède, moins pluvieux que d'ordinaire, la vieille dame exigeait une flambée dans la cheminée. C'était Angélina qui veillait à son entretien, quand elle passait la soirée rue des Nobles.

Malgré sa toilette luxueuse, elle s'affaira près de l'âtre. Elle s'était régalée des anecdotes qu'avait racontées Malcolm Brunel sur la reine Victoria. Elle avait appris ainsi que de porter une couronne pouvait comporter de sérieux dangers, puisque la souveraine avait été victime de trois attentats, sans jamais être blessée, néanmoins. Il s'avérait également qu'avec l'âge, elle ne ressemblait plus du tout à la jolie personne du portrait publié dans l'*Illustration*. Mais c'était sans importance. L'esprit plein d'un tourbillon d'images colorées où scintillaient diamants et perles fines, Angélina se sentait encline à la rêverie.

— De la gentiane, ou du cassis, m'selle Angie ? lui demanda Rosette.

— Oh non, tu ne vas pas m'appeler comme ça toi aussi ? chuchota-t-elle.

— Ben si, c'est plus court et ça me plaît.

Sur ces mots, l'adolescente servit d'emblée un sirupeux breuvage d'une teinte violine, très sombre. Elle avait opté pour la crème de cassis, connaissant les préférences d'Angélina.

Lord Brunel et Gersande s'installèrent au coin du feu.

— Parle-nous donc de ta journée, suggéra cette dernière. C'est bien Fanchon, la fille des aubergistes, que tu as accouchée ce matin ?

— Oui, mademoiselle, mais est-ce un sujet de conversation bien opportun ? Surtout devant votre ami...

— Je comprends vos réticences, ma chère, déclara le lord. C'est tout à votre honneur de rester discrète sur vos patientes, mais je tiens à vous dire mon admiration et à vous exprimer mon respect. Les femmes qui, comme vous, font ce dur métier, dur et beau aussi, sont très souvent la providence d'une mère et d'un père. Grâce à vos mains, et les vôtres sont d'une finesse d'enfant, des enfants ont la joie de grandir et de connaître le monde.

Soudain, il baissa la tête, les yeux embués de larmes. Tout bas, il poursuivit :

— *Sorry*[1]... Mon épouse, Mary, est morte en couches à la naissance de notre quatrième fille. Le bébé n'a pas survécu. Cette tragédie remonte à une trentaine d'années, mais j'en souffre encore. Cela m'a paru une grande injustice, un deuil affreux.

— Je suis désolée, murmura Angélina.

Elle ne put s'empêcher, tant sa vocation modelait sa personnalité, d'interroger le lord :

— Que s'est-il passé ?

— Le docteur a tardé à venir. Ma mère et la bonne faisaient de leur mieux. Cela n'a pas suffi. L'enfant a été étranglé par le cordon et ma femme a eu un flux de sang. Je ne suis pas remarié. Je n'ai jamais aimé une autre femme que Mary.

Le silence se fit. Gersande, qui était au courant de cette triste histoire, fixa les flammes d'un air songeur.

— Vous vantiez mon métier, milord, et je vous en remercie, mais l'échec est inévitable, affirma enfin la costosida. Cette nuit, j'ai sauvé de justesse une femme. Hélas, son fils était mort. La douleur morale des parents, dans ce cas, me blesse et me hante. Dieu et la nature distribuent souvent de fort mauvaises cartes...

---

1. Désolé, en anglais.

Marqué par ces propos, Lord Malcolm Brunel observa attentivement Angélina. Il la jugea d'une beauté étrange, si originale qu'on aurait pu la dessiner afin de donner ses traits et son regard violet à une fée hiératique, mêlée aux humains par goût de la bonté. Il perçut aussi en elle des chagrins cachés, une sorte d'insatisfaction.

— Je suis heureux de vous avoir rencontrée, Angie ! affirma-t-il.

Elle se contenta de sourire, un peu lointaine. La fidélité de ce vieil homme à une épouse adorée l'avait bouleversée. À nouveau, elle se languissait d'aimer, d'être aimée. Ses pensées allaient vers Luigi, dont les prunelles de braise avaient le don de la troubler. « Où est-il ? Pourquoi ne revient-il pas ici, dans mes chères montagnes ? »

Espagne, Barcelone, même heure

De son lit, Luigi voyait le clocher arrogant de la cathédrale Sainte-Eulalie, pareil à une flèche de pierre toute dentelée. La nuit était tombée et le ciel virait au bleu sombre. La grande ville espagnole ne s'endormirait pas pour autant. Des maisons voisines de la rue plus bas monteraient des rires, des discussions animées, l'écho d'une querelle véhémente ou bien des chants cadencés.

— Dolorès ? appela-t-il. *¡Madre de dios*[1] *!* Dolorès ?

Il pesta encore une fois contre la maladresse qui l'avait cloué sur cette couche aux draps défaits, entre quatre murs. Dans l'espoir de gagner quelques sous, il avait fait une pitrerie de trop, sur la berge du fleuve

---

1. Mère de Dieu, en espagnol. Expression familière souvent utilisée comme juron.

Llobregat, devant un parterre de jolies filles en robes bariolées. Et c'était l'une d'elles, Dolorès Minguez, qui l'avait hébergé et avait soigné sa cheville foulée, selon le diagnostic d'un vieux docteur à la retraite, un voisin. Ce constat établi à la hâte après un examen douloureux, Luigi le réfutait au bout de trois semaines sans aucune amélioration. Il craignait d'avoir une fracture et cela l'affolait.

— Si je pouvais poser ce fichu pied gauche et prendre le large, gémit-il, le front constellé de fines gouttelettes de sueur.

L'enfermement lui était insupportable, accoutumé qu'il était à vagabonder et à dormir à la belle étoile. Après avoir poussé un juron retentissant, il prit la carafe d'eau sur la table de chevet et se servit un verre. Au même instant, une porte vitrée s'ouvrit et une femme entra.

— ¡Querido mio[1] ! susurra-t-elle d'une voix grave, aux notes voluptueuses. Pourquoi tu cries si fort ? Reste tranquille pour guérir.

Dolorès Minguez se pencha vite sur son amant. D'une main câline, elle rejeta en arrière quelques boucles noires collées sur le front moite du malade.

— As-tu faim ? J'ai fait griller des poissons, avec des poivrons comme tu aimes.

Luigi la fixa avec un air soupçonneux auquel elle répondit par un baiser gourmand.

— Tu es beau, tu me plais, dit-elle tout bas.

Assis torse nu contre le montant du lit, le jeune homme était loin de songer à la séduction qui émanait

---

1. Mon chéri, en espagnol.

de lui. Avec sa chevelure d'ébène qui frôlait sa nuque en souples ondulations, son teint basané, le dessin arrogant d'une bouche d'un rouge vif aux lèvres pleines et son regard d'un brun velouté, il suscitait l'intérêt du sexe opposé, habile aussi à conter fleurette où à charmer d'un grand sourire carnassier.

Dolorès, belle femme d'une trentaine d'années, célibataire mais peu farouche, n'avait pas résisté à l'attrait de ce mystérieux personnage qui récitait des poèmes en français, chantait et dansait sur le parvis de la cathédrale depuis deux mois. Elle s'était montrée généreuse avec le saltimbanque et l'avait suivi dans ses pérégrinations.

— *Querido mio,* répéta-t-elle, tu es bien, chez moi. Un vrai coq en pâte.

Luigi lui avait appris l'expression quelques jours auparavant. Sa maîtresse se vantait d'avoir travaillé dans une auberge française, jeune fille, et il fallait admettre qu'elle s'exprimait assez correctement. Cela simplifiait leurs relations, même si le baladin savait converser en espagnol.

— Je ne peux pas passer ma vie dans ce lit, protesta-t-il. Or, la pommade de ton prétendu docteur ne me soulage pas. Je souffre encore beaucoup. Au fait, as-tu posté la lettre que je t'ai confiée ce matin ? Demain, je voudrais me raser, aussi. J'avais mes raisons d'arborer la barbe, mais je ne tiens pas à la voir repousser.

— Les hommes sont nés pour porter moustache et barbe, *querido mio*, roucoula-t-elle, et avoir des forces. Il faut te reposer. Tu guériras plus vite.

« Malheur ! Cette femme va finir par me garder en cage, m'engraisser et faire de moi un pantin sans volonté ! » s'effara-t-il en silence.

Luigi ferma les yeux quelques secondes, accablé par le coup du sort qui le condamnait à l'immobilité. Dolorès se dirigea vers la fenêtre et contempla le clocher de la cathédrale. Sa silhouette aux formes avantageuses semblait soulignée par une vague clarté venue de l'extérieur. Elle avait de beaux seins, une taille marquée, des hanches larges et une cascade de boucles brunes descendant jusqu'au bas de son dos.

— La lettre ! As-tu posté la lettre, oui ou non ? C'est important, je demande de l'argent à un ami, mon seul ami en France.

— Comment te le donnera-t-il, cet argent ? ironisa-t-elle.

— Je m'étais renseigné avant de faire cette maudite chute. Le père Séverin m'enverra un mandat-carte[1]. Le facteur te donnera un avis. J'ai bien précisé d'établir le paiement à ton nom.

— Tu m'achèteras une bague, alors ?

— Mais oui !

Il mentait. Cet argent, s'il le recevait, Luigi comptait l'utiliser tout autrement. Cela lui coûtait de solliciter l'aide du vieux religieux qui l'avait hébergé à l'abbaye de Combelongue au début du précédent hiver, mais il n'avait guère le choix.

— *Luigi mio*, reprit Dolorès, si tu m'achètes une bague, peut-être que tu m'épouseras, après. J'ai une petite maison dans les collines. Je voudrais habiter là-bas avec toi. Il y a des orangers, un jardin, une fontaine…

Malgré tout, ces paroles émurent le baladin. Il avait trente-trois ans et ne possédait rien. Il avait même perdu

---

1. Service postal international mis en place dès 1876.

son violon, brisé par une populace en colère quand les gendarmes l'avaient arrêté pour un crime qu'il n'avait pas commis. D'accepter l'offre somme toute généreuse de sa maîtresse le mettrait à l'abri du besoin et de l'errance. Une vie toute simple à ses côtés viendrait sans doute à bout de certains souvenirs.

— Pourquoi pas ? s'entendit-il répondre.

D'un regard mélancolique, il parcourut le décor de la chambre dont il connaissait maintenant chaque détail, la fenêtre sur sa droite avec ses rideaux d'un bleu délavé, l'armoire en bois sombre en face de lui et à gauche la commode à dessus de marbre où étaient disposés une cuvette et un broc pour la toilette, surplombée d'une gravure sainte dans un cadre en plâtre doré ; il s'agissait d'une représentation de la Vierge à l'enfant. Quant au lit, il était encadré de deux petites tables et un crucifix ornait le mur peint en jaune.

— Je deviens fou, ici ! On pourrait partir pour ta maison dans les collines. Il y fera frais, cet été. Nous irons quand j'aurai reçu l'argent.

Surprise et émerveillée, Dolorès prit place au bout du matelas. Elle avait un visage carré, le nez un peu fort, un teint doré et des yeux aussi noirs que ceux de son amant.

— Mon frère Paco peut nous conduire, un dimanche. Il est gentil, Paco. Il m'a prêté quelque chose pour toi.

La jeune femme s'éclipsa un court moment et revint, la mine triomphante, une guitare à bout de bras. Luigi en frémit tout entier. Cédant à une joie fiévreuse, il s'empara de l'instrument pour le voir de plus près et en caresser les cordes d'un doigt impatient. Dès la première note, il eut un sourire ébloui.

— *¡Muchas gracias*[1] *!* s'écria-t-il. Viens là, tu es un ange, une déesse.

Elle s'approcha, ravie de le voir aussi aimable. Ils échangèrent un baiser un peu rapide au goût de Dolorès. Elle ignorait que Luigi avait prononcé un mot de trop et qu'une autre femme venait de se glisser entre eux.

« Un ange... Angélina... belle et cruelle ! Prunelles couleur de pervenche, de pierre précieuse, cheveux de soleil couchant. Celle que je surnommais Violetta, songea-t-il, soudain figé par l'acuité de l'image qui s'imposait à lui. À quoi bon ? Elle m'a estimé coupable des pires abominations. Du sang sur ces mains-là ? Mes mains seulement capables de dispenser de la tendresse, du plaisir, de la musique ? »

Il secoua la tête et s'essaya à jouer un accord. C'était différent d'un violon ; cependant, très vite, il tira de l'instrument une mélodie triste, suivie d'un air plus enjoué.

— Merci, Dolorès ! Je ne m'ennuierai plus.

En guise de répartie, elle se leva et baissa les bretelles de sa robe pour exhiber des seins lourds aux mamelons d'un brun chocolat. Sa peau brillait, un peu moite.

— Demain, tu feras ta musique ! chuchota-t-elle. Pas ce soir.

Luigi lui rendit la guitare. Comme il était handicapé par sa cheville et son pied endolori, leurs étreintes se déroulaient toujours de la même façon. Une fière cavale aux cuisses bien rondes le chevauchait, en prenant appui au dossier du lit. Il savourait sans arrière-pensée la jouissance qu'elle était habile à lui procurer, mais, une fois l'extase retombée, Angélina Loubet revenait le tourmenter.

---

1. Merci beaucoup, en espagnol.

Elle apparaissait aussi dans ses rêves, fière et droite, hautaine, pareille à une incarnation de la justice humaine dans ce qu'elle pouvait avoir d'impitoyable. Mais toujours elle le toisait d'un regard méprisant et lui tournait le dos. Au réveil, il puisait dans sa mémoire pour revivre chacune de leurs rencontres afin d'atténuer la dureté de la jeune femme dont il était encore amoureux.

Il la revoyait de préférence sur le pas d'une porte, à Massat, lorsqu'elle avait pris sa défense contre la maréchaussée. Ce jour-là, elle lui avait semblé douce et charitable, car elle avait menti pour le sauver de la prison. Il gardait également l'éclat désespéré de ses beaux yeux violets, quand la foule menaçait de le lapider.

Cela, Dolorès n'en soupçonnait rien et il avait soin de cacher cette douleur amère tapie au fond de son cœur, car, dans cette douleur, il puisait souvent un fugace bonheur au parfum de paradis perdu.

Saint-Lizier, rue Maubec, même soir

Angélina et Rosette longeaient la rue Maubec. La nuit de mai était si douce qu'elles marchaient sans hâte, en discutant à mi-voix du sympathique Malcolm Brunel.

— Vot' milord, il a décidé de prolonger son séjour, déclara la jeune fille. Dites, m'selle Angie, peut-être qu'il y a de la romance dans l'air ?

— Tu veux dire entre Gersande et lui ? s'étonna la jeune femme. Mais non, tu es sotte.

— Y a pas d'âge pour tomber amoureux. Et puis, ce serait mieux pour les deux, surtout pour votre amie. Elle se plaint souvent d'être seule.

— Tu as trop d'imagination, Rosette, trancha la costosida d'un ton las.

Elles arrivaient devant le portail en bois qui fermait la cour intérieure. Un aboiement profond s'éleva dès qu'Angélina tourna la clef dans la serrure.

— Notre brave Sauveur a dû trouver le temps long. Il va bientôt chercher à courir les femelles ; l'été approche. Un souci de plus... Tu ne devras plus le laisser échapper.

Rosette promit d'un air sérieux, mais ses prunelles brunes pétillaient de malice. Elle était tellement contente de son existence auprès de sa patronne que rien ne la rebutait.

— J'vous causerai jamais d'ennuis, m'selle, affirma-t-elle. Grâce à vous, j'ai plus faim, j'ai plus peur. Même que j'ai pu envoyer des sous à Valentine. Elle m'a écrit. J'ai eu des nouvelles de mes petits frères.

Tout de suite attendrie, Angélina lui étreignit la main. L'adolescente tenait à faire profiter de sa bonne fortune sa sœur aînée, Valentine, qui vivait à Saint-Gaudens, soumise à un père incestueux.

— J'voudrais bien savoir lire et écrire, moi aussi, soupira Rosette.

— Je vais t'apprendre, assura Angélina. J'en avais le projet, mais, à ma grande honte, je n'en ai pas eu l'occasion. Il faut compter des semaines. Le soir, ce serait bien, si on ne vient pas me chercher.

— C'est vrai, ça ! Les dames du pays accouchent souvent le soir ou au milieu de la nuit, nota la jeune fille. Quand ce n'est pas à l'aube !

— Tu as raison, Rosette. Je dois me tenir prête à n'importe quelle heure. Quoi qu'il en soit, demain nous commençons à étudier l'alphabet.

Elles entrèrent enfin dans la cour et Sauveur leur fit la fête. En dépit de sa taille et de son poids, il sautait fidèlement sur sa maîtresse, au risque de la renverser. Angélina le grondait chaque fois.

— Non, Sauveur, non ! Heureusement que j'ai quitté ma belle robe, sinon tu en aurais fait de la charpie. Grosse brute, va !

Mais elle riait enfin aux éclats, ravissante sous la clarté de la lune. Rosette l'entraîna vers leur modeste logis. Ce serait l'heure douce où, à la lumière d'une chandelle, elles s'accorderaient une tasse de tisane de verveine en échangeant maintes confidences. Elles causeraient encore de Lord Brunel, des omelettes de l'Hôtel de France, à Luchon, des rosiers de la cité haut perchée qui, bientôt, dispenseraient leur senteur capiteuse dans la nuit.

Et ni l'une ni l'autre n'entendrait, dans la plaine en contrebas où grondaient les eaux vives du Salat, le passage d'un fiacre. Le destin était en marche.

Saint-Lizier, rue Maubec, samedi 21 mai 1881

Il était neuf heures du matin. Installée à une vieille table qu'elle plaçait l'été sous le prunier de sa cour, Angélina travaillait à sa couture. Bien que sage-femme diplômée, elle continuait à confectionner pour les dames de la cité bonnets de calicot, robes et corsages. De son côté, Rosette balayait le seuil de la cuisine.

— Dites, m'selle, c'est d'un calme !

— Je ne m'en plains pas, cela me permet de terminer ce corsage. Je dois le livrer ce soir à Madeleine Sérena, qui veut l'étrenner pour la messe, demain. Hier, quand je suis allée le lui essayer, j'en ai profité pour examiner Fanchon, qui se rétablit à merveille.

— J'aime bien ça, ce que vous dites : à merveille ! Si je pouvais causer comme vous, un jour...

— Tu apprendras si tu fais des efforts. Déjà, je te félicite, tu progresses.

Flattée, Rosette balaya de plus belle. Couché de tout son long sur les pavés, Sauveur dormait paisiblement. Une profonde quiétude régnait là, à peine troublée par les trilles d'un merle. Le ciel d'un bleu pâle annonçait une journée agréable.

— Nous n'avons pas revu Lord Brunel, fit remarquer Angélina. Je suppose que mademoiselle Gersande l'a emmené visiter Saint-Girons.

— Ou bien ils se promènent dans les bois main dans la main, s'esclaffa l'adolescente.

— Veux-tu te taire !

Rosette obtempéra. Elle rangea le balai et se dirigea vers l'écurie d'un pas dansant. Son large tablier en cotonnade fleurie voleta autour de son jupon.

— J'vais donner son foin à Blanca, m'selle Angie. Ah non ! Voilà qu'on frappe.

Quelqu'un toquait en effet au portail. Un peu surprise, Angélina réprima un soupir. Une de ses patientes, Janine Piquet, devait accoucher à la fin du mois. « Le bébé est en avance ! » pensa-t-elle en se levant.

Mais Octavie, coutumière des lieux, entrait dans la cour, un panier garni de cerises d'un rouge sombre sur la hanche.

— Bonjour, mesdemoiselles, dit gentiment la domestique. Moi, je reviens du verger du père Louis. J'ai cueilli au moins trois kilos de cerises. Je voulais partager avec vous deux. Déjà au travail ?

— Il fait si bon, dehors ! répliqua Angélina. Merci pour les cerises, elles sont superbes.

Malgré cet échange d'amabilités, il était évident qu'Octavie avait quelque chose à dire. Elle paraissait embarrassée et évitait le regard de la jeune femme, ce qui n'était pas dans ses habitudes.

— Mademoiselle va bien ? s'alarma aussitôt Angélina.

— Ça oui, très bien ! Je viens de sa part, d'ailleurs. Enfin, elle m'a chargée de te prévenir… non, de m'arranger avec toi et, du coup, je suis d'abord allée au verger… et voilà…

— Octavie ! Voyons, qu'est-ce qui se passe ? Tu m'inquiètes.

— Ce n'est point facile à expliquer, Seigneur ! Mademoiselle avait l'air de trouver ça très simple, mais je suis encore toute retournée.

Rosette jeta un regard intrigué à sa jeune patronne, qui réitéra sa question. La domestique lâcha enfin, dans un débit précipité :

— Figurez-vous que Lord Brunel a proposé à mademoiselle de l'accompagner à Luchon, prendre les eaux. *Môssieur* juge que cela lui ferait du bien de sortir de chez elle et de fréquenter des gens de son milieu. Moi, je rigolais sous cape, certaine que mademoiselle refuserait. Eh ben non, elle a accepté ! Le départ est prévu pour lundi ou mardi.

Soulagée autant qu'amusée, Angélina respira mieux. Quant à Rosette, elle jubila :

— J'suis pas si sotte !

— Mais, le pire, c'est que je dois partir aussi, se lamenta la brave Octavie. Mademoiselle exige que je suive le mouvement. Il faudrait que tu gardes ton pitchoun, Angie.

Angélina ne prêta même pas attention à l'emploi du diminutif suggéré par Lord Brunel. Son cœur s'emballait, tandis qu'une joie délirante la submergeait.

— Garder Henri ? Quel bonheur ! Oh, je t'embrasse, Octavie, oui, il faut que je t'embrasse ! J'attends ça depuis sa naissance, de l'avoir près de moi du matin au soir, ainsi que la nuit !

Dépitée, la domestique se retrouva dans les bras de la jeune femme.

— Mon Dieu ! Il va me manquer, notre petit, gémit-elle. Mademoiselle exagère, j'aurais préféré rester ici et m'occuper d'Henri avec toi et Rosette. Mais je n'ai pas mon mot à dire ; c'est comme ça depuis trente ans. Je dois suivre mademoiselle, coiffer mademoiselle, aider mademoiselle à s'habiller, lui servir sa tisane le soir...

— Te mine pas, Octavie, recommanda Rosette. Luchon, j'connais, c'est plaisant. M'selle Gersande reviendra peut-être fiancée.

Sur ces mots, l'adolescente s'éclipsa en courant et disparut dans l'écurie. Angélina adressa un sourire suppliant à la brave Cévenole.

— Ne te vexe pas, ma pauvre amie, mais cet arrangement comble tous mes rêves. Tu te plairas, à Luchon, j'en suis sûre. Viens boire un verre d'eau ; remets-toi.

Elles discutèrent avec animation sous le prunier. Doutant encore de cet événement imprévu, Angélina tenait à loger son enfant le mieux possible et posait maintes questions.

— J'aurai besoin d'un lit et de draps. Que mange-t-il, le matin ? Je vous rends rarement visite de bonne heure.

Sa voix tremblait et ses yeux étincelaient. Émue, Octavie lui fournit le moindre renseignement nécessaire. Puis elle déclara tout bas, la mine soucieuse :

— Quand je te vois dans cet état, petite, je me demande si mademoiselle Gersande n'a pas commis une grave erreur en adoptant Henri. Tu es sa mère et tu devrais l'élever, pour pouvoir le chérir chaque jour que Dieu fait.

— Oui, moi aussi je regrette, avoua la jeune femme. J'ai souvent l'impression d'avoir abandonné mon pitchoun, mais c'était pour son bien, Octavie. Jamais on ne le traitera de bâtard.

Quand Rosette ressortit de l'écurie, elle trouva en larmes celle qu'elle appelait avec affection sa patronne.

— Et alors, m'selle Angie, pourquoi vous avez du chagrin ? s'étonna-t-elle. Y a pas dix minutes, on aurait dit une biquette gavée de menthe.

L'image parvint à faire sourire Angélina. L'adolescente ajouta d'instinct ce qu'il fallait.

— Devriez pas pleurer. Votre m'selle Gersande, elle pouvait très bien emmener Henri à Luchon, vu que c'est sa mère sur les papiers.

— Seigneur, en effet ! Octavie, pourquoi me laissez-vous le petit ?

— Faudrait plutôt demander ça à Lord Malcolm, insinua la domestique d'un ton énigmatique. Il a déclaré qu'un enfant de cet âge nuirait à la quiétude de leur séjour.

— Je m'en moque, après tout, trancha Angélina.

— Bon, je m'en vais, moi. Je dois préparer les malles.

— Je viendrai voir Henri après son goûter. À tout à l'heure, Octavie. Rosette, nous avons du pain sur la planche. Il faut tout préparer pour accueillir mon trésor, mon beau pitchoun.

Dès qu'elles furent seules, Angélina entraîna la jeune fille dans le grenier. Les combles du logis Loubet couvraient toute la surface de la maison et de l'ancien atelier de cordonnerie. Deux lucarnes éclairaient un fouillis poussiéreux d'immenses toiles d'araignée tendues sous les solives et l'air tiède sentait le vieux papier, le bois sec.

— Je n'ai pas mis les pieds ici depuis la mort de ma mère, précisa Angélina. Mais je sais que papa a monté des affaires qui lui appartenaient, dans une caisse en planches, une sorte de coffre.

— Qu'est-ce que vous cherchez, au juste, m'selle ?

— Mon lit d'enfant. Il était en fer et peint en blanc. Regarde, ce doit être lui, sous ce drap.

Elles découvrirent le fameux lit, dont le matelas avait été enveloppé d'une épaisse toile bise.

— Il faut l'aérer dehors, au grand air, constata Rosette. Sinon, il paraît solide.

— Oui, dépêchons-nous. Je vais laver le cadre et secouer le matelas. Je prendrai des draps propres que je plierai pour qu'ils fassent la bonne taille.

— Je m'en charge, m'selle. Vous tracassez pas, vot' petit bonhomme sera traité comme un prince. Dites, vous trouvez pas ça bizarre, vous, toute cette histoire ?

— Comment ça, bizarre ?

— J'sais pas, moi... Le milord débarque à Saint-Lizier, il fait le gentil, ensuite il invite m'selle Gersande à Luchon. Imaginez si jamais y se mariaient, ces deux-là, et que m'sieur le lord il emmène sa femme en Angleterre. Avec Henri. Peut-être ben qu'ils ont ce projet-là et, de vous confier votre petit plusieurs jours, c'est comme un cadeau d'adieu.

Angélina en resta bouche bée. Enfin, elle haussa les épaules, agacée.

— Tu as vraiment l'esprit tordu, Rosette, ou bien tu as décidé de gâcher ma joie à tout prix. C'est un vrai miracle pour moi d'avoir enfin mon enfant ici et tu n'as rien d'autre à me dire que ça ! Mademoiselle Gersande prévoit de me l'enlever, de l'emmener à Londres ! C'est idiot, stupide, imbécile ! Surtout, je considère que tu lui manques de respect, car jamais elle ne me ferait du mal à ce point. N'oublie pas aussi qu'elle espère le retour de Luigi, ce qui suffirait à la retenir au pays !

Sidérée par cet éclat de violence, Rosette recula, les larmes aux yeux.

— Vous fâchez pas, m'selle Angie, se plaignit-elle.

— Arrête de m'appeler ainsi ! Angie, ça ne me plaît pas, tu entends ?

Une grosse voix s'éleva au même instant, assortie d'un pas pesant.

— *Foc del cel*[1] *!* C'est quoi ce chahut ? Et pourquoi vous fouinez dans le grenier, vous deux ?

Augustin Loubet se dressait à l'entrée des combles, en chemise rayée et béret noir. De haute taille, le cordonnier avait un regard bleu inquisiteur, le nez busqué, le front bas et des boucles à peine grisonnantes pour ses cinquante-cinq ans.

— Papa ? s'écria Angélina. Tu es là depuis longtemps ?

---

1. Juron ariégeois exprimant la colère qui signifie : Feu du ciel.

— Le temps de t'entendre hurler, oui, depuis la cour. J'étais venu chercher un outil dans l'atelier. Je me demandais ce qui se passait et je suis monté aux nouvelles.

Livide, Angélina scrutait les traits de son père afin de savoir s'il avait compris quelque chose. Anxieuse elle aussi, Rosette se dandinait d'un pied sur l'autre.

— J'raconte que des sornettes, m'sieur Loubet, à propos de m'selle Gersande et du lord qu'a vu la reine Victoria. La patronne avait pas tort de me chanter pouilles.

— Ouais ! grogna-t-il. Je ne veux pas savoir ce que mijote votre huguenote, mais ce que vous fabriquez ici. J'ai rangé d'anciennes formes[1] et des rouleaux de cuir ; faut pas y toucher. Ce n'est pas parce que j'habite à l'autre bout de la cité que vous devez toucher aux affaires que j'ai laissées là.

— Ton cuir, les rats ont dû le grignoter, soupira sa fille.

Augustin fit non de la tête. Il regarda autour de lui d'un air suspicieux. Soudain, il aperçut le lit d'enfant.

— J'en ai besoin, décréta la jeune femme. Mademoiselle Gersande s'absente avec Octavie. Je dois garder Henri.

— Quoi ? éructa le cordonnier. Et comment feras-tu quand on viendra te chercher au milieu de la nuit ?

— J'serai là, m'sieur, murmura Rosette. Je sais m'occuper des mioches, faites-moi confiance.

— Là n'est pas la question ! tonna-t-il. Cette excentrique a cru bon d'adopter un gamin ? Elle n'a qu'à s'en

---

1. Forme de pied en bois qui servait à confectionner les chaussures. Souvent, chaque client avait la sienne.

occuper ! Tu as suffisamment de travail avec ta couture et tes patientes, Angélina. Quel âge a-t-il, ce pitchoun ?

— Un peu plus de deux ans et demi, papa, répondit la costosida, pâle d'émotion.

— Boudiou, ça galope, à cet âge, ça ne tient pas en place ! Il va grimper sur le muret, dégringoler de l'autre côté... Et le chien, tu as pensé au chien ? Une bête pareille, sait-on jamais ce qu'elle peut faire ?

— J'ai grandi dans cette maison et je n'ai pas escaladé le mur ni ne suis tombée en bas du rempart, protesta sa fille. Et Sauveur est un bon chien, il connaît Henri. Maintenant que j'ai accepté de rendre ce service, je ne changerai pas d'avis.

— Bourrique, va ! bougonna son père. Jolie, mais aussi obstinée que notre vieille mule ! Bon, je vais te le descendre, le lit. *Foc del cel*, vous pourriez vous installer chez la huguenote, non ? Elle a tout ce qu'il faut et le gamin serait moins déboussolé, le pauvre.

Cette remarque frappa Angélina, qui commença à juger un peu étrange la décision de sa bienfaitrice.

— Mademoiselle Gersande ne l'a pas proposé, dit-elle tout bas. Tant pis, je suis contente de garder ce petit. Je m'y suis attachée.

— Ouais, m'est avis que tu ferais bien de te marier et d'avoir tes propres enfants, nota Augustin. Tu dois te languir de pouponner, toi qui mets des bébés au monde presque chaque jour de la semaine.

Elle ne répliqua rien, tandis que Rosette la couvait d'un œil apitoyé. Quelques instants plus tard, ils étaient tous les trois au milieu de la cour. Mal remise de la peur qu'elle avait éprouvée, car son père aurait pu percer son grand secret, Angélina préféra s'asseoir. Elle avait encore la bouche sèche, le cœur serré.

— Prendras-tu du café, papa ? articula-t-elle avec peine.

— Non, merci. Il me faut une alène, un modèle que je croyais avoir emporté.

— Germaine se porte-t-elle bien ? insista la jeune femme afin de nouer une conversation anodine.

— Eh oui, boudiou ! De quoi se plaindrait-elle ? J'ai des commandes. Moins qu'avant, mais cela me convient. Elle a sa pension. Nous ne sommes pas les plus malheureux. J'engraisse, même, plaisanta le cordonnier. Ça, c'est une fine cuisinière, Germaine ! Bon, j'vais ouvrir mon atelier.

Angélina suivit des yeux la robuste silhouette de son père. Elle avait envie de le rattraper, de se blottir dans ses bras et d'implorer son pardon, honteuse de lui dissimuler la vérité sur son fils. Une petite main câline se posa sur son épaule.

— Soyez pas triste, m'selle, chuchota Rosette à son oreille. Ce soir, vous aurez vot' pitchoun tout à vous. Et puis, vot' papa, pourquoi vous croyez qu'il serait fâché, s'il savait ? Dites, il s'est remarié, lui.

— C'est différent, enfin ! Son veuvage lui pesait. Cela me rassure, en plus, qu'il ne soit plus seul.

Augustin Loubet ne traîna guère dans son ancien domaine. Il sortit en ronchonnant.

— Quel gâchis ! Il faudrait nettoyer là-dedans et chauler les murs.

— Un jour, papa. C'est du gros ouvrage.

Il approuva, la mine renfrognée, avant d'embrasser le front de sa fille. Quand il referma le portail, Angélina se détendit.

— Pardonne-moi, Rosette, de m'être mise en colère, dit-elle.

— J'vous pardonne, m'selle. Allez, au boulot !

Saint-Lizier, mardi 24 mai 1881

Gersande de Besnac étrennait un ensemble de voyage en soie brune orné d'un col en velours. L'échancrure de la veste cintrée laissait voir un plastron en dentelle ivoire. Très élégante, comme à son habitude, la vieille dame paraissait nerveuse.

— Vous êtes magnifique, mademoiselle, affirma Angélina, lorsqu'elle se présenta dans le salon où régnait l'agitation des départs.

— Merci, petite, mais cette expédition imprévue m'épuise déjà. Où est donc Lord Malcolm ? Octavie, tu as pris mon coffret à bijoux ?

— Mais oui, je l'ai rangé dans le gros sac en cuir rouge, mademoiselle.

La domestique avait troqué sa robe en percale grise et son tablier contre une longue jupe droite et un corsage en satin. Avec ses cheveux bruns rassemblés en un chignon impeccable et délesté de son éternelle coiffe blanche, elle avait beaucoup d'allure.

— Angie chérie, quelle aventure ! s'exclama alors Gersande. Je t'écrirai de Luchon. J'espère que notre petit Henri ne sera pas trop turbulent. Bien sûr, tu as ta clef. Si tu as besoin de quoi que ce soit, viens te servir. Du linge, du sucre, du café, des vêtements de rechange pour notre mignon…

Lord Brunel fit son apparition, un léger sourire sur les lèvres. Il salua la jeune femme avec déférence.

— Je bouscule l'ordre établi, déclara-t-il d'une voix douce où pointait un brin d'ironie. Mais notre amie commune rêvait de ce séjour, je l'ai deviné. Je la connais si bien ! Et puis, il faut croire en la Providence. Peut-être y croiserons-nous votre Luigi ?

Angélina se retint de protester. Ce « votre Luigi » lui déplaisait autant que le surnom Angie. Cependant, elle ne le montra pas et osa une question.

— Milord, comment avez-vous connu mademoiselle ? Je n'ai pas songé à vous interroger sur ce point, avant-hier.

— Gersande vous le racontera un soir, à la veillée. Ce n'est pas à moi de le faire. C'est une histoire assez compliquée.

Il la fixa avec insistance. Gênée, elle battit en retraite. Henri dormait encore, mais elle pénétra dans la chambre, pressée de le contempler, de rassasier son cœur de mère à sa seule vue. Octavie la rejoignit sans bruit.

— Mon Dieu, cela me fend le cœur de laisser ce petiot. Fais bien attention à lui, Angélina. Ne cède pas à ses caprices, surtout. Il faut de la fermeté en même temps que de la douceur. Il digère mal les fruits frais, aussi.

— Je saurai m'occuper de mon fils. Pars sans crainte. Mais dis-moi une chose, Octavie. Toi qui partages le quotidien de mademoiselle depuis si longtemps, tu semblais surprise de voir arriver Lord Brunel. Vraiment, tu ignorais son existence ?

— Pardi, je ne me mêle pas de tout ! Bien souvent je donne son courrier à mademoiselle sans jeter un regard sur les enveloppes.

— Enfin, réfléchis, cherche dans tes souvenirs. Il paraît que tu ne l'as jamais quittée ces trente dernières années, même pas une journée. Elle a forcément dû te parler d'un ami aussi cher, aussi fidèle, ou y faire allusion.

— Non, je te dis ! trancha la domestique.

Angélina en conçut une sourde angoisse. Certes, Malcolm Brunel était un charmant personnage, courtois et d'une éducation irréprochable. Mais elle ne comprenait pas certaines de ses expressions songeuses, sa façon de la dévisager.

« Pourquoi Gersande, qui devient si casanière, le suit-elle sans hésiter à Luchon ? » se demanda-t-elle.

Il était un peu tard pour avoir le fin mot de ce petit mystère et, de plus, la jeune femme ne voulait pas gâcher ses chances de garder son fils pendant trois semaines. Henri choisit cet instant pour se réveiller. Il la vit aussitôt et lui tendit les bras.

— Viens, mon pitchoun, dit-elle avec passion.

Une heure plus tard, Gersande de Besnac, Octavie et Lord Brunel montaient dans le fiacre qu'ils avaient réservé la veille d'un dénommé Albert Ravier qui gérait trois voitures de louage. Son écurie, située près du champ de foire de la cité, abritait quatre chevaux noirs à l'encolure puissante. L'homme employait des cochers compétents, toujours en redingote et coiffés d'un chapeau à large rebord.

Angélina, Rosette et Henri agitèrent la main de concert. La scène se déroulait sur la place de la fontaine, si bien que Madeleine Séréna, l'aubergiste, y assistait également, entourée de ses servantes. Le hasard voulut que Germaine et Augustin Loubet, qui se rendaient aux vêpres, fussent témoins du départ.

— La huguenote qui fricote avec un lord du Royaume-Uni ! On aura tout vu ! marmonna le cordonnier à son épouse. Boudiou, si seulement ma fille n'était pas tombée sous la coupe de cette vieille extravagante…

— Ne rouspète pas sans arrêt, Augustin, souffla Germaine. Tu auras encore des brûlures d'estomac, ce soir. Angélina paraît bien contente, elle. Vois donc comme elle tient ce petit contre elle. Quel dommage qu'elle ne se marie pas, Seigneur ! Une si belle fille !

— Ouais ! grogna-t-il. Faudrait pour ça qu'elle trouve chaussure à son pied !

C'était l'expression favorite du cordonnier, qui faisait s'esclaffer ses clients. Germaine eut un sourire attendri.

3

Retour au pays

Village de Montjoie, samedi 28 mai 1881
— Poussez, madame, poussez bien ! Encore, encore ! suppliait Angélina. Ce sera bientôt terminé, courage !

La femme qu'elle accouchait secoua la tête avec un rictus de révolte, de douleur aussi. Son regard bleu exprimait une réelle panique. Sa mère et sa grand-mère la soutenaient par les épaules et l'encourageaient également :

— Pousse, Mauricette, pousse ! Il arrive, le petit ! Écoute donc mademoiselle Loubet !

— Dis donc, ma fille, c'est ton quatrième qui frappe à la porte, tu n'as pas fait tant de manières pour les autres !

Mauricette prit une profonde inspiration, le visage crispé par la souffrance, puis elle se pencha en avant, tout le corps tendu dans un suprême effort. Un long cri de délivrance jaillit de sa gorge, tandis que la jeune costosida saisissait entre ses mains la tête du bébé.

— Il est là, bravo ! Poussez toujours, sinon vous bloquerez ses épaules, madame, recommanda-t-elle.

La parturiente émit une sorte de râle d'épuisement, mais elle avait obéi et l'enfant sortit tout entier du ventre maternel.

— Un beau garçon, affirma Angélina. Reposez-vous un peu, vous aurez vite un dernier spasme, qui annoncera la délivrance.

Le nouveau-né émit un vagissement aigu et sonore. Rouge et visqueux, il brandissait déjà ses minuscules poings serrés, les yeux fermés, la bouche grande ouverte. En réponse, Mauricette fondit en larmes. C'était une réaction assez ordinaire qui ne surprit guère Angélina. Ses pensées revenaient toutes vers Henri, qu'elle avait dû confier à Rosette dès l'aube, quand la mère de Mauricette était venue demander ses services. Depuis le départ de Gersande, c'était la première fois qu'elle devait se séparer de l'enfant pour s'absenter durant plusieurs heures.

Cela la tourmentait, car elle gardait un souvenir pénible du premier soir que son fils avait passé rue Maubec. Rien ne s'était vraiment déroulé comme elle l'imaginait. Après s'être amusé dans la cour avec une balle, le petit garçon avait réclamé « O'tavie » et sa maman. Il n'avait pas voulu de potage aux légumes et s'était contenté d'une bouillie sucrée au miel. Au moment du coucher, les choses avaient empiré. Henri pleurait beaucoup en jetant des regards effrayés sur le décor de la chambre. Le gros coffre à ferrures lui faisait peur, ainsi que les rideaux de la fenêtre. Une fois couché, après maintes berceuses, il s'était mis à sangloter de plus belle.

« J'ai dû le prendre avec moi, dans mon lit où il a fini par se calmer, se remémorait-elle. Rosette est descendue chercher Sauveur, parce qu'il réclamait le chien. J'ai cédé à ce caprice, tellement j'étais désolée qu'il soit triste. Au fond, il ne me connaît pas tant que ça. Je ne suis que sa marraine et certains jours je ne peux même pas aller l'embrasser. Enfin, les choses s'arrangent, à présent, mais il dort souvent avec moi ou Rosette. Le petit lit ne sert pas du tout. »

Songeuse, Angélina coupa le cordon ombilical. Tout de suite, la grand-mère s'empara du bébé pour le laver. Une cuvette en zinc, cabossée et rouillée, servait de baignoire. Le logement était misérable, une pièce unique aux murs de plâtre jauni. Mauricette avait mis son enfant au monde dans le lit à dossier de bois qui occupait un angle, non loin de la cheminée où le feu ronflait. Le soleil de midi peinait à éclairer les lieux, la porte étant close et la fenêtre, étroite.

— Faudra l'emmener, le petiot, mademoiselle Loubet, déclara l'aïeule, dont la lèvre inférieure tremblait. On vous l'a pas dit avant, parce qu'on a pas eu le temps, vu que Mauricette se plaignait fort du ventre.

— L'emmener ? répéta la costosida. Et pourquoi ?

C'était un cas de figure qui la navrait, lié cependant à son métier. En six mois d'exercice à Saint-Lizier et dans les villages environnants, elle avait dû confier une fillette de douze heures à peine aux sœurs bénédictines de Saint-Girons. Les religieuses se chargeaient de conduire l'enfant à l'orphelinat de Foix par le train. Angélina en gardait un pénible souvenir.

« Dans les grandes villes, ces nouveau-nés dont personne ne veut sont déposés au tourniquet. Il suffit de sonner la cloche du couvent ou de l'hospice et de repartir. Seigneur, jamais je n'aurais pu abandonner Henri ! Tant pis s'il ignore sa vie durant qui je suis pour lui. Au moins, il grandit dans l'opulence, bien nourri, bien vêtu, choyé et aimé, se dit-elle. Quel sera l'avenir de ce pauvre petit ? »

— Je ne peux pas le garder, expliqua alors sa patiente. Mon mari est mort cet hiver, alors que j'étais grosse de trois mois. J'ai placé mes deux autres gars, qui ont dix ans et huit ans, dans une ferme du côté de Pamiers.

— J'élève la plus petite, Amélie, ajouta la mère de Mauricette. Elle aura trois ans cet été. Mon époux, Jeannot, il est journalier. On ne roule pas sur l'or, ça non.

— Je m'en doute, murmura Angélina, gênée. Mais ne vous tracassez pas pour me payer.

Même si elle gagnait peu, la jeune femme possédait une maison et pouvait toujours compter sur la générosité de Gersande de Besnac.

— J'ai tué une poule, j'vas vous la donner, s'empressa de dire l'aïeule d'une voix chevrotante. Si j'avais une meilleure santé, je m'en serais occupée, du bébé. C'est que Mauricette a trouvé un emploi en ville.

— À Tarbes, précisa cette dernière. Nourrice ! J'ai encore du lait et, avec la naissance, là, j'en aurai longtemps. On m'attend la semaine prochaine. La patronne a envoyé le billet de train.

Angélina savait qu'il n'y avait pas à discuter. De surcroît, elle ne devait pas se mêler de la vie des familles dans lesquelles on la faisait entrer, en toute confiance quant à sa discrétion.

— Vous ne changerez pas d'avis ? s'enquit-elle néanmoins. Madame, et vous aussi, mesdames, c'est un acte définitif. Vous ne reverrez pas cet enfant.

Mauricette, sa mère et sa grand-mère n'hésitèrent pas une seconde. Chacune débita un oui plaintif.

— Je suis veuve et sans pension, bougonna l'accouchée.

— Très bien, il faudrait me signer un papier qui atteste la chose. Est-ce que l'une de vous sait écrire ?

Cette fois, Angélina eut droit à des non embarrassés. Cela ne l'étonna pas. Elle s'assit à la table encombrée de vaisselle sale et sortit une feuille de sa sacoche. Les femmes l'observèrent avec un profond respect pendant qu'elle rédigeait quelques lignes.

— Madame, si vous pouvez tracer une croix, là, demanda-t-elle enfin en présentant le document à sa patiente.

Dans un silence pesant, le bébé lui fut remis, enveloppé d'un carré de linge. « Il dort, le malheureux ! pensa-t-elle. Pour lui, pas de tétées, pas de baisers sur le front, du lait de chèvre, peut-être, et encore, ce serait du luxe. »

Mélancolique, Angélina grimpa dans sa calèche en tenant l'enfant contre elle. La mère de Mauricette l'aida à s'installer. Une panière accrochée à l'arrière de la voiture, solidement ficelée et garnie d'un oreiller, accueillit le petit. Cela faisait partie du nécessaire d'une sage-femme, si jamais l'enfant avait besoin d'être transporté.

— Ne vous inquiétez pas, madame, je calerai la corbeille entre mes pieds. Je dois me dépêcher, il aura vite soif. Les sœurs ont le nécessaire à l'hospice. Votre fille avait-elle choisi un prénom ? Peut-être celui du père, en hommage à sa mémoire…

— Boudiou, en voilà des causeries en l'air ! Rendre hommage à un poivrot comme mon gendre, merci bien ! Appelez-le à votre idée, Joseph, Pierre ou Jean !

C'étaient à l'époque les prénoms les plus usités, qui évoquaient des saints très connus. Mais il y avait tant de Jean ou de Pierre que, dans la plupart des villages, le baptisé héritait d'un sobriquet afin qu'on sache, au zinc du bistrot, de qui on parlait, le Jean d'Encenou ou le Jean de Mourès[1]. Ainsi entendait-on citer Jean Peillachou ou Jean Cantou.

— Pierre, alors ! soupira Angélina. Et gardez la poule. Autant la faire cuire, cela fera un bon bouillon pour Mauricette.

Quelques instants plus tard, elle quittait Montjoie par l'étroite route pavée menant droit à la cité de Saint-Lizier, distante de trois kilomètres environ. Malgré l'envie impérieuse qu'elle avait de passer rue Maubec, la jeune femme prendrait ensuite la direction de Saint-Girons.

« Je suis sotte de me tourmenter, se raisonna-t-elle. Rosette veillait sur ses frères avec soin. Elle m'a promis de ne pas laisser Henri seul une minute. Quand j'aurai déposé ce poupon, je rentrerai à la maison. Je jouerai avec mon pitchoun et je ferai sa toilette. »

Afin de ne pas secouer son protégé, elle laissa sa jument marcher au pas, une allure lente mais sans heurts. Cela l'inclinait à réfléchir, bercée par le bruit monotone des roues ferrées sur le sol.

« Le destin se joue de nos sentiments et de nos rêves. Certaines familles seraient comblées par la naissance d'un beau garçon comme celui-ci. Mauricette ne l'a même pas regardé, son bébé. Se fait-elle violence, ou bien en a-t-elle assez de mettre des enfants au monde sans pouvoir leur offrir une existence décente ? »

L'image de Jean Messin lui apparut, tel qu'il était la nuit tragique où elle avait dû constater le décès de son fils tant désiré. Cela datait de dix jours à peine.

---

1. Authentique, pratique répandue en Ariège.

« La déception et le désespoir l'ont rendu à moitié fou. Hier j'ai reçu une lettre de sa mère. Elle me conseillait de ne pas revenir examiner sa bru qui ne cesse de se lamenter, les seins gonflés de lait. »

Angélina traversait un bois de chênes à l'ombre bienfaisante, après le franc soleil de mai. Une évidence la frappa.

— Oh, là ! Blanca ! Arrête-toi ! ordonna-t-elle en tirant sur les rênes.

La jument renâcla, mais, docile, elle s'immobilisa. La jeune costosida se pencha sur le nouveau-né toujours endormi. Un duvet brun couvrait son crâne bien rond ; ses bras étaient potelés, ainsi que ses cuisses.

— Mon Dieu ! Et si… si j'osais ! chuchota-t-elle. Cet innocent ne sera peut-être pas adopté avant longtemps, s'il est adopté. J'ai l'acte d'abandon de la mère… Mais je ne peux pas me présenter chez les Messin ainsi, je n'aurai aucune chance.

Elle lança Blanca au grand trot, ce qui ne sembla en rien incommoder le bébé. Gersande de Besnac avait acheté un véhicule neuf, aux suspensions efficaces. Le petit Pierre continua à sommeiller paisiblement.

Deux heures plus tard, Angélina franchissait le porche de la ferme des Messin. Blanca poussa un hennissement aigu pour saluer un de ses congénères, parqué dans un enclos voisin. Le cheval lui répondit, ce qui fit sortir le maître des lieux. Il vit immédiatement la calèche et scruta d'un œil suspicieux la costosida et la religieuse assise à ses côtés sur le siège. Celle-ci, engoncée dans ses voiles, paraissait tenir un paquet sur sa poitrine.

— Je vais vous aider à descendre, ma sœur, murmura la jeune femme.

— Ce n'est pas la peine, mademoiselle, je vous remercie, répliqua-t-elle. J'ai l'habitude de ces voitures. Priez plutôt Dieu et la Vierge Marie pour qu'ils m'aident à trouver les bonnes paroles.

Jean Messin demeurait sur le seuil du corps de logis, les poings sur les hanches. Son expression aurait découragé n'importe quel visiteur, mais sœur Paule ne craignait pas les fortes têtes, surtout lorsqu'elle était investie d'une mission aussi importante. Elle marcha donc d'un pas déterminé vers le fermier.

Impressionnée par la volonté de la religieuse, qui avait tout de suite accepté de l'aider, Angélina patienta à prudente distance et en implorant les puissances divines.

— Monsieur Messin, je suis en compagnie de mademoiselle Loubet que vous connaissez, déclara la sœur sans préambule. C'est une personne diplômée et d'une grande honnêteté. Elle souhaiterait ausculter votre épouse afin de vérifier si madame Messin se remet de ses couches.

— Et alors ? Elle a perdu sa langue, qu'elle ne vient pas me le dire elle-même ? grogna-t-il, ébahi d'apercevoir un bébé dans les bras de la visiteuse. D'où qu'il sort, ce gosse ?

— Ah, ce pauvre petit ! fit sœur Paule. C'est un nouveau-né, un garçon, que je dois emmener à l'orphelinat de Foix. Après avoir examiné votre dame, mademoiselle Loubet me conduira à la gare.

Jean Messin se gratta la barbe, désemparé. Toujours accablé par la perte de son enfant, il s'était cependant calmé et n'était pas très fier de lui.

— Si je suis là, monsieur, reprit la religieuse, c'est pour une raison toute simple. Mademoiselle Loubet m'a demandé de lui rendre ce service, car elle pensait que vous écouteriez plus volontiers une humble servante de notre Seigneur. J'ai cru comprendre que vous l'aviez sommée de ne plus approcher d'ici.

— Bah, l'autre nuit, j'étais pas dans mon état normal, faut avouer, ma sœur, confessa-t-il sur un ton sincère. Dix ans que j'attends un héritier et mon fils né tout bleu, raide... J'ai pourtant bien prié, et j'ai allumé des cierges à l'église. Que voulez-vous, la colère m'a pris. J'en avais l'esprit retourné.

— C'est un terrible malheur, monsieur. Mais Dieu vous accordera peut-être la joie d'être père à nouveau.

Le bébé se réveilla au même instant et, affamé, enfonça un poing minuscule dans sa bouche. Jean Messin le regarda avec avidité.

— Dites, faudrait pas qu'il pleure trop fort, ce petit-là, parce que, ma femme, ça lui brisera le cœur d'entendre des cris d'enfant. Qui c'est-y, ses parents ?

— Sa mère est veuve depuis l'hiver et se place comme nourrice. Une famille dans la misère, monsieur. Pourrais-je entrer un moment à l'ombre et avoir un verre d'eau ? Il a soif.

Angélina suivait la scène depuis sa calèche. En voyant le fermier et sœur Paule disparaître dans la maison, elle descendit à son tour de la voiture et conduisit Blanca sous un arbre. Vite, elle l'attacha à une branche à l'aide des rênes, aucun valet ne se montrant pour s'occuper de la jument. Elle traversa la cour et toqua au battant de la porte restée ouverte.

— Venez, venez ! bougonna le fermier.

Ce ne fut pas sans une vive émotion que la jeune femme se retrouva dans la grande cuisine où on l'avait d'abord reçue avec politesse et déférence, avant l'accouchement tragique de madame Messin.

— Bonjour, monsieur, dit-elle d'un ton conciliant, les yeux plantés dans ceux de l'homme. Je tenais à savoir comment se portait votre épouse. Une costosida digne de ce nom doit rendre visite à ses patientes après les couches, et avant également, quand du moins on fait appel à elle dès l'approche du terme.

— Vous fatiguez pas, mademoiselle, soupira-t-il. Ma femme m'a expliqué. Le bébé tardait, mais elle ne s'inquiétait pas. Je n'ai pas eu le cœur de lui faire des reproches, tant elle fait peine à voir depuis qu'on a enterré notre petit. Montez donc, ma mère est là-haut, à son chevet. Faudrait couper son lait, aussi. Paraît qu'elle doit manger du persil.

— En effet ! La menthe est conseillée aussi, confirma Angélina qui se dirigeait vers l'escalier, dressé au fond de la pièce.

Elle gravit les marches, en espérant de toute son âme que sœur Paule parviendrait à ses fins. Irène Messin poussa une exclamation de surprise en l'apercevant. Sa belle-mère fronça les sourcils, sidérée par l'audace de celle qu'elle surnommait en son for intérieur la fille au drôle de regard.

— Eh bé ! vous n'avez pas eu ma lettre ? interrogea-t-elle sans amabilité.

— Si, bien sûr, et je vous remercie, mais je suis passée outre vos recommandations. Excusez-moi d'être entrée dans la chambre, la porte était entrouverte. Madame Messin, je voudrais vous examiner. Vous étiez un peu déchirée... vos chairs intimes.

Pour toute réponse, l'accouchée éclata en sanglots. Angélina constata alors que ses paupières étaient rougies et que son nez s'était tuméfié sous l'effet de larmes intarissables.

— J'aurais aimé souffrir bien pire encore et avoir mon bébé, là, contre moi. Oh ! mademoiselle, quel malheur ! Quand j'ai repris connaissance, mon mari m'a dit que notre fils était mort-né. Ce chagrin que j'ai...

La jeune femme approuva d'un signe de tête et prit place au bord du lit, une attitude familière qu'elle s'autorisait rarement.

— Je suis vraiment désolée, murmura-t-elle. Avez-vous fait quelques pas ? Je sais que par le passé on préconisait de garder le lit plusieurs semaines, mais j'estime préférable de renouer le plus vite possible avec ses activités quotidiennes. Surtout qu'il n'y a pas eu de flux sanguin alarmant.

— En voilà, des idées ! protesta la mère de Jean Messin en levant les yeux de son tricot. Les relevailles, c'était quarante jours après les couches, jadis. Vous, alors, c'est comme votre éther...

— Mon éther, madame, soulage mes patientes quand l'expulsion est délicate et provoque de terribles douleurs. Je n'en abuse pas. Les obstétriciens de Toulouse s'en servent dans certains cas, eux aussi. Maintenant, si vous consentiez à sortir un instant...

— Et pourquoi donc ? s'indigna la femme. J'étais là pendant l'accouchement. Examinez Irène, je me tournerai.

— Belle-maman, écoutez mademoiselle Loubet, je serai plus à l'aise.

La discussion allait s'envenimer lorsque des cris aigus de nouveau-né retentirent dans la maison silencieuse. Irène Messin se redressa sur les coudes, interloquée.

— Qu'est-ce que c'est, Seigneur ?

— J'aurais dû vous prévenir, madame, dit Angélina. Je n'osais pas me présenter chez vous seule, votre mari me l'ayant interdit. Comme je conduisais sœur Paule à la gare, car elle emmène un bébé à l'orphelinat de Foix, je lui ai demandé de m'accompagner. Monsieur Messin s'en prenait à Dieu, l'autre nuit, mais il était hors de lui, rongé par le désespoir. Là, il semble revenu à de meilleurs sentiments.

La curiosité de la vieille madame Messin fut la plus forte. Elle quitta son fauteuil et s'empressa de descendre à la cuisine.

— Un beau petit gars, né il y a trois heures environ, ajouta vite Angélina. Je ne vous cacherai pas que j'ai eu une idée, sachant que cet enfant était abandonné par sa mère.

— Dites toujours… murmura sa patiente.

Au rez-de-chaussée, sans se soucier de l'arrivée de la mère du fermier, sœur Paule abordait le même sujet, son visage au teint coloré empreint d'une grande dignité.

— Monsieur Messin, je serai franche. Certes, mademoiselle Loubet était rassurée par ma présence ici, mais il y a une autre raison. Vous avez perdu le fils tant attendu, et ce bébé que je tiens va grandir entre les murs de l'orphelinat. Les adoptions sont peu fréquentes. Dès qu'il aura l'âge requis, ce sera l'Assistance publique qui le placera dans une ferme, pour aider aux travaux des champs. Si vous le preniez sous votre aile, ce chérubin ? Il est en bonne santé, robuste, et le lait maternel fera de lui un solide gaillard. Vous feriez là une bonne action, ne croyez-vous pas ? Sans compter qu'il comblerait le vide laissé par votre enfant décédé. Pensez à votre dame ; elle serait apaisée de pouvoir pouponner.

Jean Messin ouvrit de grands yeux incrédules. Sa mère, debout derrière le banc où il était assis, protesta aussitôt.

— Faut pas l'écouter, Jeannot. Dites, on n'est pas un hospice pour indigents ! Les gens qui abandonnent leurs gamins, y sont point honorables. En plus, ma bru peut encore être grosse et donner des petits à mon fils, qui seront de la famille.

— Allons, la mère, on peut quand même causer avec la sœur. Irène, elle est plus toute jeune. On a eu du mal à le mettre en route, le fiston.

Il écrasa une larme d'émotion sans quitter des yeux le nouveau-né qui pleurait de toutes ses forces.

— Ma femme doit l'entendre, boudiou ! grommela-t-il.

— Sûr, qu'elle l'entend ! Ça, Jeannot, c'est un coup de la costosida.

— Notre Seigneur Jésus a dit : « Laissez venir à moi les petits enfants ! » cita la religieuse. Quand mademoiselle Loubet a sonné la cloche de notre couvent, je lui ai ouvert et, dès que j'ai vu le bébé, j'ai songé que cet innocent pourrait faire le bonheur d'un couple privé de la joie d'être parents.

Perplexe, le fermier hocha la tête. Il observa mieux encore le nouveau-né, qu'il aurait volontiers pris dans ses bras, tant était puissante son envie d'avoir un garçon à élever et à aimer.

— Je suppose que je devrais lui donner mon nom, marmonna-t-il.

— Si vous l'adoptiez officiellement devant un notaire, oui, répliqua sœur Paule.

— Mais tout le pays saura que c'est pas le mien.

— Et on se fichera de toi, mon fils, d'avoir ramassé un traîne-misère, gronda sa génitrice, un pli mauvais au coin des lèvres.

— Ou bien on louera monsieur pour sa générosité et sa charité, rétorqua la religieuse.

Des bruits de pas dans l'escalier les firent taire. Angélina et Irène Messin descendaient à leur tour.

— Jean, je voudrais voir ce petit, supplia la femme. Cela me fera du bien, aussi, de prendre un bébé contre moi, après avoir tenu notre pauvre pitchoun, qui n'avait pas un souffle de vie.

Sans même attendre l'avis du fermier, sœur Paule se leva et présenta l'enfant à son épouse. Elle allait s'en saisir quand Jean Messin l'en dissuada d'un non retentissant. Il se leva pesamment, une main tendue.

— Si tu le regardes et que tu t'apitoies, tu me feras la comédie pour qu'on le garde. Je n'en veux pas. Tant pis si cette maison et les terres autour sont vendues après ma mort, tant pis si je n'ai pas d'héritier, je ne vais pas m'embarrasser d'un mioche dont j'ignore tout. Vaudrait mieux repartir, ma sœur, et vous aussi, mademoiselle Loubet.

Irène fondit en larmes, soutenue par Angélina. Elle trouva la force, entre deux sanglots, de jeter un coup d'œil désespéré sur le beau petit garçon qui aurait pu devenir le sien, un nouveau-né vigoureux au teint rose, gigotant et vagissant. Mais pas un instant elle n'osa exprimer son avis ni crier son désir de garder le petit.

— Remontez donc au lit, ma bru ! ordonna sa belle-mère. L'an prochain, si Dieu le veut, vous aurez votre bébé bien à vous. Chez les Messin, on n'a pas besoin d'étrangers.

La religieuse jugea inutile d'insister. Elle recouvrit l'enfant d'un pan de linge.

— Eh bien, mettons-nous vite en route, cet innocent doit être nourri le plus tôt possible. Venez, mademoiselle Loubet.

— Mais... Vraiment, pourquoi refuser d'offrir une vie décente à ce petit ? s'écria la sage-femme.

— La mère m'a empêché de faire une bêtise, argumenta le maître des lieux. J'étais prêt à me laisser fléchir, mais, non, votre affaire ne m'intéresse pas.

— Ce n'est pas une affaire, mais un enfant de quelques heures, ajouta sèchement la jeune femme.

Sœur Paule lui adressa un regard affolé. Très vite, elle salua en s'inclinant et sortit. Angélina la suivit, dépitée.

— Au moins, nous aurons essayé, dit-elle, une fois dans la calèche. Irène Messin a consenti immédiatement à recueillir le bébé. Sa belle-mère n'avait pas à s'y opposer.

— C'était à ce monsieur de trancher ; il l'a fait sans équivoque, débita tristement la sœur. Les voies du Seigneur sont impénétrables, mademoiselle. Le destin de Pierre sera différent de celui que vous souhaitiez pour lui.

— Oh oui, l'orphelinat, des vêtements rapiécés, des nuits à pleurer et, dès ses huit ans, un rude labeur dans la montagne ou chez un métayer.

— Vous ne devriez pas prendre cet échec autant à cœur. Hélas ! vous débutez et il vous arrivera souvent de nous apporter un nouveau-né abandonné par sa famille. Votre dévouement est tout à votre honneur. Cependant, il ne vous appartient pas de placer les orphelins.

— Je le sais, ma sœur. Pardonnez-moi de vous avoir retardée et entraînée dans cette histoire sans issue.

— J'ai eu foi en la divine Providence, comme vous. Nous faisions erreur.

Angélina était affligée et déçue. Elle pensait à Luigi, qui avait cherché à retrouver ses parents durant des années, au gré des routes du sud de la France. « Il se disait un fils du vent, un baladin heureux de son sort, mais il souffrait d'avoir été renié par sa mère, son père. » Il se mêlait à l'amertume de la sage-femme sa propre expérience. N'avait-elle pas confié Henri juste après sa naissance à une nourrice de Biert, Eulalie Sutra ? Cela avait été un déchirement affreux, un de ses plus terribles souvenirs avec la mort accidentelle de sa mère, Adrienne.

— Ne vous tourmentez pas, reprit la religieuse qui scrutait son profil d'une pureté de statue. Je recommanderai Pierre aux sœurs de l'orphelinat. C'est un beau bébé ; il trouvera peut-être une famille rapidement.

— C'est vrai qu'il s'appelle Pierre, soupira Angélina. Je l'avais presque oublié.

Elle lança sa jument au trot sur la route bien droite et sablonneuse qui menait à Saint-Girons. Arrivée là, elle se fraya un passage parmi les charrettes et les fiacres qui encombraient la rue principale afin d'atteindre la petite gare qui desservait Foix, la ville la plus importante du département.

Un quart d'heure plus tard, sœur Paule et son protégé montaient dans le train, dont la locomotive exhalait un panache de fumée blanche. Angélina regarda le convoi s'éloigner, la gorge serrée, prise d'une vague envie de pleurer. « Cela me servira de leçon, se dit-elle. J'ai dû faire souffrir davantage encore madame Messin. Les miracles n'existent pas. »

Il était quatre heures de l'après-midi quand elle rentra rue Maubec. Le portail était grand ouvert, ce qui la contraria, et Sauveur ne se précipita pas à sa rencontre. « Le chien a dû s'enfuir comme à tout coup ! enragea-t-elle intérieurement. Mais où sont Henri et Rosette ? »

La cour était déserte, le logis, silencieux. Angélina détela Blanca devant l'écurie et mena l'animal dans sa stalle. Le râtelier était garni de foin et un seau d'eau propre l'attendait.

— Repose-toi, ma belle, murmura-t-elle à la jument. Tu as bien travaillé aujourd'hui. Mieux que moi.

Dans la cuisine au sol balayé, un lit de braises rougeoyait entre les chenets. Sur la table impeccable, elle aperçut une assiette couverte d'un torchon. En soulevant un coin du tissu, elle découvrit une part d'omelette dorée, parsemée de ciboulette hachée.

— Mon déjeuner ! C'est vrai, je n'ai rien avalé depuis ce matin.

Cette attention la toucha. Elle gagna l'étage sur la pointe des pieds, intriguée par le calme absolu qui régnait.

— Rosette ? appela-t-elle tout bas, car on chantonnait dans sa chambre.

Le charmant tableau qu'Angélina découvrit vint à bout de son humeur chagrine. Allongée à côté du garçonnet, l'adolescente fredonnait une berceuse en lui caressant les cheveux. Paupières mi-closes, Henri suçait son pouce, une manie qu'il avait perdue depuis plusieurs mois.

— Ce polisson veut pas dormir, m'selle, expliqua Rosette dans un souffle. Même qu'il vous réclamait. Y voulait sa ma'aine, comme il dit. J'pouvais pas vous guetter dans la cour, pour le portail. Alors, j'ai ouvert.

— Mais Sauveur en a profité.

— Ça non, m'selle Angie, vous êtes pourtant pas aveugle !

La jeune femme observa mieux le lit. La couverture épousait une forme insolite, assez volumineuse. Amusée, elle approcha et tâta la masse dissimulée là.

— On était bien gardés, dites ! pouffa Rosette.

— Quand même, un chien dans mes draps ! Il va les salir et me donner des puces.

— Mais Henri était si content ! Tiens, ça y est, votre pitchoun dort pour de bon.

Angélina s'étendit près de son enfant, éperdue de joie de le retrouver sous son toit.

— Et cet accouchement ? s'enquit la jeune fille.

— C'était pénible. Et j'ai agi par la suite sans bien réfléchir.

— Racontez donc !

D'une voix feutrée, les prunelles rivées sur les traits adorables de son fils, Angélina fit le récit détaillé de sa mésaventure. Rosette l'écouta attentivement, puis elle décréta d'un ton apaisant :

— Fallait essayer, m'selle, vous bilez pas. Le bon Dieu en est témoin, ça partait d'un beau sentiment, vot' idée… Moi aussi j'ai eu une idée pendant que je jouais à la balle avec votre pitchoun. L'atelier de monsieur

Loubet, l'est quasiment vide, maintenant. Il a raison, vot' père, faudrait tout nettoyer, chauler les murs, bien laver les carreaux. Ça vous ferait une grande pièce en plus.

— Et qu'en ferais-je, petite sœur ? lui demanda tendrement Angélina.

L'adolescente eut un sourire ébloui. Elle tremblait d'émotion chaque fois que sa soi-disant patronne usait de ces mots-là.

— Un dispensaire, annonça-t-elle d'un air triomphant.

— Comment ça, un dispensaire ! Je ne suis ni docteur ni infirmière, Rosette. Pourquoi as-tu pensé à un dispensaire ?

— Une fois, Valentine y a emmené Rémi, notre frère, parce qu'il toussait beaucoup. C'était à Saint-Gaudens. Je les ai accompagnés. Figurez-vous que ça m'a plu, cet endroit, tout blanc, avec une jolie dame qui portait une blouse blanche aussi. Elle a examiné Rémi et elle nous a donné du sirop. Je me souviens, il y avait une mère avec son nourrisson malade. J'ai fait qu'imaginer la chose. Il y aurait une armoire vitrée avec vos produits, l'alcool, les bandages, la pommade de consoude et vos ustensiles ; une banquette couverte d'une toile cirée, des chaises et, dans un coin, vot' bureau, une table vernie et de quoi écrire. J'suis sûre que, m'selle Gersande, ça lui plairait, mon idée, et qu'elle vous donnerait des sous.

— Même si je le voulais, je ne serais pas autorisée à tenir ce genre d'établissement. Je suis sage-femme, rien d'autre. En plus, je refuse de vivre aux crochets de mademoiselle.

Angélina était navrée de la décevoir. Mais Rosette ne s'avoua pas vaincue.

— Vous n'êtes pas obligée d'appeler ça un dispensaire ni de dépenser une fortune, juste de l'huile de coude. Dans le grenier, y a des meubles qui servent à rien. Je les astiquerai. Des patientes viendraient se faire ausculter avant leur terme. Les bébés, après leur naissance, vous savez très bien vous en occuper. Tenez, ce serait un moyen aussi d'apprendre aux dames du pays votre fameuse hygiène, qu'à cause de vous, à présent, je dois me laver partout avec du savon. Dites pas le contraire, le mois dernier, vous étiez tout ennuyée en revenant de Lacourt parce que la femme que vous aviez accouchée était sale, très sale.

— Je m'en souviens, hélas ! Que veux-tu, Rosette, certaines femmes croient que faire la toilette de leur intimité relève du péché, que seules les filles de mauvaise vie se lavent. Je prêche dans le vide chaque fois que je conseille à une patiente d'user d'eau et de savon. Je me vois contrainte de les laver moi-même afin d'éviter tout risque d'infection en cas de blessure.

— Pouah ! fit l'adolescente. J'vous plains, m'selle. Et les messieurs, faudrait qu'ils aient ce souci itou !

— Rosette, coquine, tu n'as pas honte ?

Malgré la réprimande, Angélina riait tout bas, égayée par l'air malicieux de sa jeune amie. La remarque n'était pas fausse, cependant, si bien qu'elle finit par concéder :

— Oui, il faudrait…

Et elles rirent de plus belle.

Saint-Lizier, rue Maubec, dimanche 29 mai 1881

Assis au milieu du lit, Henri jouait avec une brosse à cheveux. Malgré les doutes d'Angélina, qui se préparait pour la messe, le petit garçon s'accoutumait à sa nouvelle existence, choyé par deux jeunes personnes pleines d'entrain. Il ne réclamait plus sa maman et « O'tavie », même s'il en parlait souvent. Rue Maubec, il avait pris goût à gambader pieds nus sur les pavés de la cour ou à grignoter une tartine de confiture à l'ombre du prunier, vêtu d'une simple chemisette en coton et d'un pantalon de coutil. Sauveur ne quittait pas l'enfant. Le gros chien vouait au petit une affection exclusive, le suivant pas à pas et se couchant à ses côtés.

— Vous avez vu ça, m'selle ? Celui qui toucherait au pitchoun, il passerait un sale quart d'heure, répétait Rosette.

— J'aimerais avoir un cliché photographique d'Henri et de Sauveur, répondait Angélina, surtout quand mon petit cajole cette grosse bête blanche comme neige qui devient alors douce comme un agneau.

La jeune femme était consciente que le pastour avait eu un rôle décisif dans ce qu'elle nommait non sans une pointe d'ironie l'acclimatation de son enfant. Ce matin-là, elle tâchait de lui expliquer que le chien ne pourrait pas entrer dans la cathédrale.

— Veux emmener 'auveur, disait-il pour la troisième fois en bredouillant dans son langage qui gommait certaines lettres de l'alphabet.

— Mon petit Henri, ce n'est pas possible. Sauveur va rester ici, dans l'écurie, et quand nous reviendrons tu le retrouveras.

Vêtue d'une longue jupe en cotonnade brune, d'un corsage parme au plastron de dentelle, Angélina nouait ses cheveux en chignon haut. Par souci de coquetterie, elle laissa une mèche ondulée crouler sur son épaule droite. Rosette, elle aussi occupée à sa toilette, poussa un sifflement :

— Ce que vous êtes belle, comme ça, m'selle Angie !

— Angie par-ci, Angie par-là ! rétorqua-t-elle. Je finis par y prendre goût.

— Belle, Angie ! claironna Henri avec une grimace malicieuse. Emmener 'auveur à messe, Angie !

Sa mère le regarda, attendrie. Dans son costume de velours bleu foncé à col blanc, ses boucles châtain clair lissées par le peigne, il lui parut si adorable qu'elle se jeta sur lui et le souleva.

— Galopin, fripon, chenapan ! chantonna-t-elle en le faisant tournoyer. Tu es un malin, toi ! Mais Sauveur restera là quand même !

Le petit riait aux éclats, heureux de ce jeu qui changeait sa vision de la pièce. Le plafond aux poutres sombres était plus proche que d'ordinaire, la fenêtre et ses rideaux en lin semblaient tourner autour de lui et la jeune femme qui s'appelait marraine sentait bon la lavande, ainsi que le savon à l'huile d'amande. Confusément, malgré son très jeune âge, il la trouvait jolie et cela le fascinait.

— Au cou, au cou ! s'écria-t-il. Au cou, Angie.

Elle le prit contre sa poitrine et il serra ses bras autour de son cou, avant de l'embrasser sur les joues avec une expression de pur ravissement.

— Que tu es gentil, mon pitchoun ! murmura-t-elle, les larmes aux yeux.

Ce fut un instant capital pour Angélina. Elle se promit de devenir officiellement la mère de son enfant pour ne pas avoir à lui mentir ; cela passait aussi par l'aveu de la vérité à son père et à la cité entière.

« Je le ferai ! songea-t-elle sans cesser de câliner son petit garçon. Tant pis si je ne peux plus exercer, je deviendrai couturière. Je dois tout sacrifier à Henri, tout. Les gens me jugeront, ils me montreront du doigt, je m'en moque. Je suis prête à quitter le pays pour m'installer dans une autre ville. Gersande comprendra ; au mieux, elle me suivra, Rosette et Octavie aussi. »

— M'selle, faut partir, on sera en retard, sinon, s'inquiéta l'adolescente. Je descends la première pour enfermer Sauveur.

— D'accord, nous arrivons.

Bizarrement, Henri oublia son caprice d'emmener le chien à la messe. L'office religieux ne signifiait rien pour lui, mais il se montrait d'une sagesse exemplaire, impressionné par la foule des fidèles, la hauteur des voûtes, les fresques peintes dont les dessins colorés l'intriguaient. Et puis, il y avait la musique, les sonorités profondes et solennelles des grandes orgues.

Le trio franchit bientôt le passage du clocher-porche pour dévaler d'un bon pas la rue des Nobles. Là, il croisa une voisine, bigote accomplie, qui jeta un coup d'œil étonné sur l'enfant.

— Bonjour, mademoiselle Loubet, dit-elle d'un ton sec. Mais c'est le garçon de mademoiselle de Besnac, celui qu'elle a adopté ! Il paraît qu'elle et sa bonne sont en villégiature à Luchon.

— Elles prennent les eaux, répliqua Angélina.

— Sans ce pauvre petit ? Et cette dame vous l'a confié ? Vous le gardez, c'est ça ?

— Oui, madame Vinet, je le garde ; je suis sa marraine.

La femme leva les yeux au ciel d'un air outré. Dès qu'elle les dépassa, leur opposant un dos grassouillet, Rosette lui tira la langue.

— Vipère ! susurra l'adolescente. Grenouille de bénitier !

— Chut ! fit Angélina. En voilà, une conduite, juste avant de communier !

— Non, mais vous avez vu sa mine ? Elle m'a toisée des pieds à la tête !

— C'est que tu es charmante ! Dépêchons-nous.

La jeune fille ajusta la blouse ample d'un bleu pâle qu'elle portait sur une jupe de la même teinte. Elle vérifia si sa coiffe blanche était bien d'aplomb sur ses cheveux bruns nattés en arrière.

Elles furent vite sur la place de la fontaine, que le soleil du matin baignait d'une clarté presque argentée. La terrasse de l'auberge, ombragée par quatre tilleuls, accueillait déjà ses premiers clients, qui allaient déguster un verre de vin blanc ou de liqueur de gentiane, une plante aux larges fleurs jaunes, poussant sur les hauteurs de la montagne. Plusieurs voitures étaient à l'arrêt le long du mur de la cathédrale, les chevaux surveillés par leur cocher.

— Y en a, du monde ! constata Rosette.

— Oui, la foi des paroissiens se ranime à la belle saison, plaisanta Angélina. L'hiver, il n'y a pas une telle foule.

Elle se sentait forte, délicieusement légère, heureuse, alors qu'elle tenait la main de son fils dans la sienne. Le hasard la confronta à son père et à son épouse, à quelques mètres du parvis.

— Bonjour, papa, bonjour, Germaine. Quel beau dimanche, n'est-ce pas ? s'écria-t-elle.

Le cordonnier était passé deux fois rue Maubec au cours de la semaine. Il avait aidé Rosette à vider son ancien atelier, sans cesser d'observer Henri de Besnac. Là encore, il fixa l'enfant avec insistance.

— Tu reconnais mon père ? chuchota Angélina au petit. Veux-tu l'embrasser ?

Elle hissa l'enfant à la hauteur du visage d'Augustin. Celui-ci eut alors un mouvement de recul qui désempara la jeune femme. Germaine s'indigna, en restant souriante néanmoins.

— Laisse ce petit te faire la bise, enfin ! Quel ours tu fais !

— Nous verrons ça après l'office, grogna-t-il. Je ne suis pas d'humeur à bêtifier devant un gamin venu on ne sait d'où.

Sur ces mots lourds de menaces, le cordonnier pénétra dans la cathédrale en entraînant Germaine. Rosette fit la grimace.

— Eh bé ! m'selle Angie, l'est lunatique, vot' père !

— Ou bien il a compris que je lui mens depuis longtemps. En tout cas, cela ne sert à rien d'assister à la messe après avoir refusé le baiser d'un innocent bambin de deux ans et demi. Et puis, ça m'est égal.

Angélina reposa son fils sur le sol et elles entrèrent à leur tour pour s'asseoir sur un des derniers bancs, les notables de la cité et des environs prenant toujours place près du chœur, où de larges chaises paillées étaient disposées.

« Pourquoi papa a-t-il dit ça ? s'interrogeait Angélina. À chacune de ses visites, il a été gentil avec Henri. Et là, il prononce ces paroles dures, injustifiées même, puisque nous lui avons fait croire qu'Henri était le neveu d'Octavie... Octavie qui, de plus, s'est convertie au catholicisme ! »

Elle retint un soupir et se concentra sur le déroulement de la messe. Rosette lui tapota la main comme pour la rassurer. Peu à peu, la jeune femme s'apaisa grâce au débit monocorde du prêtre, à la sonorité du latin qu'elle appréciait et aux chants que l'assistance entonnait. L'air frais embaumait un mélange d'encens et des senteurs florales des grands bouquets de lys et de roses qui ornaient l'autel.

Assis de l'autre côté de l'allée centrale, Augustin Loubet ne se retourna pas une seule fois. Mais Germaine s'agitait et, dès qu'elle eut repéré sa belle-fille, elle lui adressa un nouveau sourire plein de cordialité.

« Maman aurait apprécié cette brave femme. Elle veille sur papa et ne s'impatiente jamais », songea Angélina.

Son regard erra alors un peu plus loin, se riva un instant au crâne dégarni du maire de la cité et se posa sur les épaules minces de son fils cadet qui se destinait au séminaire. Soudain, à sa grande surprise, elle identifia la figure austère d'un homme qu'elle voyait de trois quarts, occupé à discuter avec son voisin.

« Honoré Lesage, le père de Guilhem ! s'effara-t-elle en silence. Il ne venait plus à la cathédrale depuis des mois ! »

En étudiant le fameux voisin, elle eut un choc violent, accentué par une pénible impression d'irréalité, rêve ou cauchemar éveillé, elle ne savait plus très bien.

« Mon Dieu, mais c'est Guilhem ! Il est revenu des îles ! »

Avec une acuité cruelle, elle reprenait possession de la silhouette de son amant, de son port de tête hautain, de sa nuque puissante, de ses cheveux bruns drus, de sa stature imposante. Pour répondre à son père, le jeune homme lui présenta son profil. « Il n'a pas changé ! Seigneur, qu'il est beau ! »

Une vague dévastatrice de souvenirs la submergea en balayant au passage les années de séparation. Désarmée, tremblante, la bouche sèche, elle était de nouveau la jeune fille amoureuse soumise au désir viril de Guilhem, d'abord vierge affolée sous ses caresses, puis élève docile à la découverte d'un plaisir de plus en plus vertigineux. D'un geste instinctif, elle effleura ses lèvres, comme après leurs baisers fougueux.

— M'selle, appela Rosette très bas, presque à son oreille, dites, ça va ? Vous êtes blanche à faire peur.

— Là-bas, au premier rang, Guilhem Lesage, répondit-elle d'une voix quasiment inaudible.

Elle avait chaud, à présent, et ses vêtements lui pesaient. Son jeune corps frustré vibrait jusqu'au malaise.

— Merde alors ! marmonna l'adolescente.

Un vieillard qui se trouvait à proximité émit un oh ! scandalisé. Il fustigea d'un œil furibond celle qui avait poussé un tel juron en pleine messe dominicale.

— Désolée, m'sieur, soupira Rosette. J'ai une crampe au mollet.

Angélina prêta à peine attention à l'incident. Bouleversée, elle ne quittait pas Guilhem des yeux. Bientôt, il se tourna vers une jolie femme blonde au teint rose et, brièvement, il lui caressa la joue. « Son épouse, sûrement ! pensa-t-elle. Une personne de son rang, riche, bien éduquée, qui comble de joie la famille. »

Son émotion reflua et vira à la colère. Cet homme l'avait abandonnée, trahie. À cause de lui et de sa fourberie, elle avait dû accoucher seule dans une grotte de la vallée de Massat, se priver de son enfant, mentir et mentir encore. Enfin, elle eut peur. Le retour de Guilhem lui apparut sous un autre angle. Il pouvait chercher à la revoir ou la rencontrer par hasard, et surtout découvrir l'existence de leur fils.

— Rosette, chuchota-t-elle, je t'en prie, sors tout de suite et emmène Henri à la maison. Ne discute pas et sois très discrète. Ne te fais pas remarquer.

La jeune fille fit signe qu'elle avait compris. Angélina se pencha vers le garçonnet et lui dit à l'oreille qu'il allait retrouver Sauveur très vite. La promesse eut l'effet escompté et il suivit docilement l'adolescente. Soulagée, la jeune femme put reprendre son calme.

« J'aurais pu partir, moi aussi, se dit-elle, mais j'en suis incapable. Et mon père me le reprocherait, si je m'en allais avant la communion. »

Une nervosité extrême la terrassa. Sourde aux prières reprises en chœur, insensible aux accents de l'orgue, elle hésitait sur l'attitude à prendre. Ses pensées se heurtaient, contradictoires, affolées.

« Guilhem est peut-être de passage ici. Il ne restera pas, et j'ai tout intérêt à l'éviter. Mais, s'il revient pour de bon, je ferai mieux de faire en sorte qu'il croie, comme tous les gens de la cité, qu'Henri est bel et bien le neveu d'Octavie, adopté par Gersande. Mon Dieu ! Si seulement ma chère demoiselle était là, elle saurait me conseiller. Je n'ai qu'à sortir maintenant et à m'enfermer à double tour chez moi. De toute façon, Guilhem se moque de ce que je suis devenue. M'a-t-il cherchée parmi les fidèles. Non, pas une seconde. »

Angélina se répéta que son amant avait à présent une épouse et que le destin les avait séparés à jamais. Ce fut dans un état second qu'elle se leva à la fin de la messe.

Le prêtre préparait les hosties. « Je n'irai pas ! décida-t-elle. Je ne suis que mensonge et incertitude. J'ai péché, j'ai aimé hors des liens sacrés du mariage, je n'ai pas le droit de feindre la pureté ni d'afficher une bonne conscience. »

Prise d'un malaise, subissant des vagues de froid et de chaleur alternées, elle se précipita dehors. Le sang cognait à ses tempes et une sensation de nausée l'accablait.

« Guilhem, maudit sois-tu ! songea-t-elle, appuyée au mur le plus proche, en plein soleil. Non, non, je ne te maudis pas, tu ignorais que j'attendais un enfant, notre enfant. Et ta mère ne voulait pas de moi, elle me haïssait parce que j'étais la fille d'Adrienne Loubet. »

Une main compatissante se posa alors sur son bras, tandis qu'une voix douce s'inquiétait :

— Ma pauvre demoiselle, ça ne va pas fort, on dirait. J'ai toujours un petit flacon d'eau de mélisse dans mon sac. Voulez-vous en respirer, ou mieux, en mettre deux gouttes sur votre langue ? Ça requinque !

Angélina reconnut Madeleine Séréna, l'aubergiste, tout endimanchée, qui la dévisageait avec gentillesse.

— Oui, merci, madame, dit-elle tout bas. Je ne sais pas ce que j'ai, un éblouissement, sans doute.

— Bien sûr, il fait froid dans la cathédrale et, quand on sort, la chaleur vous saisit. Venez donc chez nous manger un morceau.

— Plus tard, peut-être.

Le précieux liquide élaboré par l'apothicaire du couvent, le vieux frère Eudes, eut raison de l'étourdissement dont souffrait la jeune femme.

— Je me sens vraiment mieux, admit-elle. Comment se portent Fanchon et la petite Louise ?

L'aubergiste ouvrit de grands yeux amusés. Enfin, elle haussa les épaules en riant :

— Aussi bien qu'hier matin, quand vous êtes venue les ausculter toutes les deux.

— C'est vrai, je les ai vues hier. Excusez-moi, madame Sérena.

— Allez, je file, sinon mon mari va me gronder. Et je vous invite, à midi, avec votre servante. Il y a des pieds de cochon aux haricots.

— Je ne vous promets rien, répondit Angélina, que la seule évocation d'un plat chaud et gras à souhait écœurait.

Déjà, alentour, on quittait l'ombre du sanctuaire pour s'éparpiller sur la place de la fontaine. Elle espérait prendre la fuite, mais sa belle-mère la rejoignit. Imposante dans une robe beige à froufrous, Germaine arborait une mine de conspiratrice. Incorrigible bavarde, elle savait tout sur tout le monde et ne résistait pas au plaisir de cancaner, ce que déplorait Augustin. Cette fois, cependant, cela semblait plus sérieux que d'ordinaire.

— Seigneur, Angélina, méfie-toi ! Je n'ai pas osé te prévenir. J'aurais dû ! Mais, si j'étais montée rue Maubec, ton père aurait eu la puce à l'oreille.

— Qu'est-ce qu'il y a, Germaine ?

— Oh ! tu peux m'appeler maman. Je t'aime beaucoup, petite, et je n'ai pas envie que tu sois dans l'embarras. Augustin causait d'une commande avec le maire. Je me suis faufilée dehors pour te voir. Quelqu'un a craché son venin et ça te concerne, misère de misère !

Livide, la jeune femme craignait le pire et elle n'avait pas tort.

— De quoi s'agit-il ? Parle vite, Germaine, par pitié !

— Tu aurais fricoté avec un gars et il t'aurait mise enceinte, il y a trois ans de ça, voilà ! Et devine un peu qui s'est permis de te calomnier ainsi ? Une certaine Eulalie Sutra. Elle vend des saucissons et du jambon sur le marché de Saint-Girons. Je ne sais pas comment, mais ton père a eu vent de la chose. Depuis, il est d'une humeur affreuse, il marmonne, il grogne... Tu devrais déjeuner chez nous, à midi, et lui faire comprendre que ces ragots ne tiennent pas debout.

— Oui, je viendrai. Je te remercie, Germaine.

— Maman, voyons ! Ça me ferait tant plaisir que tu arrives à m'appeler maman. Vite, je me sauve, sinon Augustin se doutera de quelque chose.

Bouleversée, Angélina lutta vainement contre la panique qui l'envahissait. Les jambes en coton, un point douloureux à la poitrine, elle aurait voulu crier ou sangloter. « Moi qui voulais tout avouer à papa, ce matin ! s'effara-t-elle en silence. Je suis mise au pied du mur, à présent. Mon Dieu, aidez-moi ! Que dois-je faire ? Mentir encore, nier, accuser cette peste d'Eulalie d'inventer des fadaises ? Ou bien soulager enfin ma conscience en partageant mon secret avec mon père ? »

Elle revit le visage chafouin de la nourrice à qui elle avait confié Henri. C'était au village de Biert, juste après ses couches clandestines dans une grotte isolée. « Eulalie Sutra ! Elle et sa mère semblaient soupçonner ma faute. Elles n'arrêtaient pas de me poser des questions sur les parents de mon fils et Eulalie m'a jeté à la figure qu'elle ne donnerait pas son lait à un bâtard. Et moi, j'ai dû lui raconter des sornettes ! Seigneur, je ne serai donc jamais en paix ! »

Angélina en était là de ses cogitations lorsqu'elle vit Guilhem Lesage et son épouse avancer dans sa direction. Le soleil faisait paraître la femme encore plus blonde et rose. L'inconnue portait une jolie toilette en soie bleu clair dont la robe ample révélait un ventre bien rond. « Oh non, non, elle est enceinte ! songea-t-elle. De six mois environ. »

Quant à Guilhem, il offrait au grand jour des traits embellis par la maturité d'un futur père. Aussi élégant que sa femme, en redingote grise, pantalon noir et chemise à jabot, il bombait le torse, ses cheveux bruns coupés très court, une fine moustache ornant sa lèvre supérieure. Son regard vert, pailleté d'or, épinglait littéralement Angélina qui n'avait plus la possibilité de s'échapper.

— Mademoiselle Loubet ! s'exclama-t-il. Quelle heureuse surprise ! Léonore, je te présente une amie d'enfance.

La dénommée Léonore eut un sourire poli et inclina la tête, tout en serrant plus fort le bras de son mari. La beauté qu'il désignait comme une amie d'enfance ne lui inspirait aucune sympathie, mais plutôt une jalousie instinctive. Mince, dotée d'une poitrine ravissante, la taille bien marquée, cette mademoiselle Loubet avait de plus des yeux admirables, d'une couleur rarissime, celle des violettes en fleur ou de l'améthyste. Et ces prunelles aux cils d'or paraissaient de purs bijoux dans un visage exquis, d'une délicatesse fascinante.

— Bonjour, madame, déclara tout bas Angélina.

Elle obtint en réponse un bonjour sec à peine marmonné. Guilhem, lui, d'excellente humeur, se lança dans un petit discours.

— Nous avons quitté les îles ; le climat ne convenait pas à ma tendre épouse. Me voici de retour au pays et j'en suis tout à fait enchanté. Je vais gérer les terres des Lesage. Il faut une poigne ferme et mon père n'a plus l'énergie nécessaire. Mes frères ont d'autres chats à fouetter. Mais j'ai appris que tu avais obtenu ton diplôme de sage-femme et que tu exerces ici, dans notre cité.

— Ici et ailleurs, précisa-t-elle d'une voix nette.

Un sentiment de révolte la faisait bouillir intérieurement. La voix de Guilhem, suave, bien timbrée, enjôleuse, ranimait des heures passionnées qu'elle avait tenté d'oublier. Cet homme-là lui avait volé son innocence, il avait abusé de sa naïveté, de l'amour ébloui qu'elle lui vouait.

— Et que faisais-tu dans les îles ? demanda-t-elle néanmoins, un peu remise du trouble que lui avaient causé ces retrouvailles.

— Je gérais une plantation de canne à sucre dont mon beau-père est propriétaire. Nous avons eu là-bas notre premier enfant, un garçon baptisé Bastien. Il est resté au manoir avec sa nounou. Il n'a que treize mois. À cet âge, je le dispense de la messe.

Il éclata d'un rire mâle, triomphant, qui acheva de dissiper la confusion d'Angélina. Certes, il était toujours aussi beau et séduisant, mais trois ans s'étaient écoulés qui l'avaient forgée, endurcie. Elle percevait aujourd'hui la vanité de son ancien amant et son égoïsme. « Tu n'as pas dû souvent t'interroger sur mon sort, se dit-elle. Que je sois désespérée, affreusement malheureuse, tu n'en avais que faire. Tu t'es marié avec une riche héritière que tu prétendais adorer sans te soucier de moi. Tu as un autre fils, mais je veillerai à ce que tu l'ignores ta vie durant ! »

Léonore s'impatientait. C'était une jolie fille, avec des yeux bleus étroits sous des sourcils très blonds. Le nez un peu fort, elle avait des joues et une bouche charnue sûrement agréables à embrasser.

— Eh bien, au revoir, Angélina, dit Guilhem d'un air soudain agacé. Il ne faudrait pas être en retard pour le déjeuner dominical. Où est père ? Et le phaéton ?

— Au revoir ! répondit-elle.

Presque aussitôt, Honoré Lesage en personne se détacha d'un groupe d'hommes en grande conversation. De haute taille, grisonnant et les lèvres pincées, il avait une expression méprisante. Il se garda bien de saluer Angélina, la gratifiant même d'un coup d'œil menaçant.

— Venez, Léonore, la voiture est avancée. Guilhem, où as-tu la tête ? Notre cocher te faisait signe, pourtant !

— J'arrive, père. Je ne me souvenais pas qu'il y avait autant de monde à Saint-Lizier. J'en suis étourdi.

Il ponctua cette excuse d'un nouveau rire, comme s'il avait débité une plaisanterie très drôle. Puis, se découvrant seul près d'Angélina, il dit à voix basse :

— Je dois te parler. Ce soir, dans notre grange du bois de chênes, à la nuit tombée.

Sur ces mots, il s'éloigna d'une démarche rapide, en martelant de ses bottes de cuir rouge les pavés de la place.

« Quel culot ! pensa la jeune femme. Non, mais quel culot ! Je n'irai pas, ça non ! »

Malade d'indignation, de colère impuissante, Angélina remonta la rue des Nobles le plus vite possible. Rosette attisait le feu sous une marmite en fer ; assis à même le sol, Henri jouait avec ses cubes. Couché près de lui, Sauveur le couvait de ses bons yeux bruns.

— Ah, m'selle ! J'ai ôté ses beaux habits au pitchoun et je réchauffe le ragoût d'hier soir. Vous n'avez pas l'air dans votre assiette, dites !

— Ne t'en fais pas, je m'en remettrai. Je ne peux rien t'expliquer pour le moment.

Elle désigna son fils d'un mouvement de la tête. Immédiatement, Rosette se rapprocha, avide de confidences.

— Mais si, causez donc.

— J'ai peur, petite sœur, je suis terrifiée ! Ce dimanche avait si bien commencé.

Elles se réfugièrent près de l'évier en granit, qu'une ouverture ovale éclairait. Là, en chuchotant, Angélina avoua à Rosette les derniers événements.

— Que faire ? gémit-elle. Vis-à-vis de mon père, surtout. Le rendez-vous avec ce goujat, je n'irai pas. Mais, à la prochaine occasion, je lui signifierai que je n'ai rien à lui dire, encore moins à la nuit tombée. S'il imagine que je vais me jeter à son cou ! C'est ce qui me blesse le plus, son attitude. Quoi ! Monsieur est marié, père d'un garçon, et sa blonde épouse en attend un deuxième. J'y vois enfin clair ; il m'a toujours traitée en catin et il a usé de moi sans scrupule. S'il compte recommencer, il le regrettera.

— Calmez-vous, m'selle, vous me faites de la peine, à trembler comme ça.

— Je ne tremble pas.

— Si je vous servais un dé à coudre de gnole, la bouteille que vous a donnée Octavie ? Rien qu'un dé à coudre, hein, histoire de vous fouetter le sang.

— Je veux bien, Rosette.

Désemparée, Angélina s'installa sur le banc dressé le long du mur. Henri abandonna alors son jeu et trottina vers elle. Sans babiller comme à son habitude, l'enfant grimpa sur ses genoux et posa sa joue sur les dentelles de son corsage. Il se mit à sucer son pouce, paupières mi-closes.

— Mon petit chéri, tu me fais un câlin ! s'extasia-t-elle.

Au bord des larmes, Angélina fut contrainte de prendre une décision. Sans la présence de Guilhem dans le pays, elle aurait volontiers confessé la vérité à son père. Ardent défenseur de la morale, Augustin Loubet l'aurait sévèrement blâmée, voire reniée de son cœur, mais, avec le temps, il lui aurait pardonné.

« Mais à quoi cela servirait-il ? se tourmenta-t-elle en caressant les cheveux soyeux du petit. Comment revenir en arrière ? Mademoiselle Gersande l'a adopté, il porte son nom et c'est la meilleure des protections à l'encontre des Lesage. De toute façon, même si Guilhem apprenait qu'il m'a donné un fils, il s'en moquerait sans doute, ou bien il n'aurait qu'une idée, que cela demeure un secret, justement, que sa famille l'ignore. La roue a tourné, le sort a tranché. Je suis sotte d'avoir peur. Non, tout doit demeurer ainsi. Henri de Besnac est mon filleul, le neveu d'Octavie. Et papa n'aura pas le choix, il devra y croire également. »

Rosette lui tapota l'épaule avant de brandir un minuscule verre à demi rempli d'un liquide translucide.

— Allez, buvez-moi ça cul sec ! conseilla l'adolescente d'un ton autoritaire.

Angélina obtempéra. L'alcool la revigora. Elle se sentit prête à affronter l'homme qu'elle respectait le plus sur terre, Augustin Loubet.

4

La colère d'un père

Germaine, veuve Marty, désormais épouse Loubet, fixait son plat de cassoulet d'un œil dépité. Le repas s'achevait et ni son mari ni leur invitée, Angélina, n'avaient fait honneur à sa cuisine pourtant savoureuse. Les haricots, luisants de graisse d'oie et de jus de tomate, tiédissaient, ainsi que les saucisses et le gros morceau de lard piqué d'un clou de girofle.

— Augustin, tu n'as presque rien avalé, se plaignit-elle. Et toi, petite, c'est pareil.

— Je n'ai pas faim, Germaine, je suis désolée.

La pauvre femme commençait à regretter d'avoir convié sa belle-fille à déjeuner, surtout sans avertir le cordonnier. Celui-ci, déjà de fort mauvaise humeur, avait carrément fait grise mine en voyant Angélina entrer, un bouquet de roses à la main. Le père et la fille s'étaient mis à table sans avoir échangé un mot, murés dans un silence oppressant.

— Eh bien, je vais chercher le dessert, déclara Germaine d'un ton chagrin.

— Je t'aide à débarrasser ! s'écria Angélina, malade d'appréhension à la perspective de la discussion qu'elle devait provoquer.

La maison de Germaine donnait sur le champ de foire, en contrebas des murs du couvent. C'était un logement assez confortable avec deux petites chambres à l'étage et, au rez-de-chaussée, une grande pièce qui servait de cuisine et de salle à manger. Une porte communiquait avec l'ancienne échoppe où Alphonse Marty, le premier mari de la maîtresse des lieux, vendait du grain de semence. Augustin s'était installé là, rassemblant tous ses outils comme il pouvait. Le local exigu avait l'avantage d'être facile à chauffer l'hiver et sa clientèle l'estimait plus aisée d'accès.

Après avoir transporté la marmite et les assiettes sales près de l'évier, Angélina reprit sa place à table sous l'œil noir de son père.

— Ne me regarde pas comme ça, papa, soupira-t-elle.

— *Foc del cel !* grogna-t-il alors. J'ai le droit de me demander pourquoi tu nous honores de ta présence ce dimanche, toi qui ne viens jamais par ici !

— Mais, Augustin, je t'ai dit que j'avais invité ta fille ! s'exclama Germaine. Ce n'est pas sa faute, Seigneur ! Je n'ai pas eu le bonheur d'être mère et ça me fait plaisir.

Elle déposa sur la table un compotier en verre garni de belles cerises d'un rouge sombre en poursuivant à l'adresse d'Angélina :

— Tu aurais dû venir avec ta servante et le petit de Besnac, Angélina. Ils auraient sûrement mangé de meilleur appétit, eux.

— Une autre fois, répondit très bas la jeune femme.

Son cœur cognait dans sa poitrine, tellement elle redoutait de mentir encore ; pire, de se défendre, les yeux dans les yeux de son père, des accusations d'une Eulalie Sutra fondées sur une vérité écrasante.

— Papa, inutile de jouer la comédie plus longtemps, se décida-t-elle. En fait, à la sortie de la messe, Germaine m'a confié ce qui te tracasse. Pardonne-moi, Germaine, mais si personne n'aborde le sujet je n'ai plus qu'à m'en aller.

— *Diou mé damné*[1] *!* Tu ne pouvais pas tenir ta langue, toi ! bougonna-t-il en foudroyant sa malheureuse épouse d'un regard furibond.

— Augustin, quand il y a un abcès, faut le crever, pardi ! rétorqua-t-elle. Tant pis si tu es fâché !

— Papa, comment as-tu pu te laisser atteindre par de tels ragots ? avança Angélina sans réelle conviction.

Elle peinait à feindre l'indignation, l'innocence bafouée. Le cordonnier ne s'en rendit pas compte.

— Tu me connais ! Je ne plaisante pas avec la morale et le nom des Loubet n'a jamais été sali. Quand Victorin, un vieux client, m'a rapporté les commérages de cette bonne femme, j'ai vu rouge.

— Je te comprends, concéda-t-elle. Mais tu as dû te souvenir d'elle, d'Eulalie Sutra ? Maman avait eu recours à ses services comme nourrice, et à sa mère aussi, Jeanne Sutra. Elles sont de Biert, un village de la vallée de Massat.

— Tu ne m'apprends rien, trancha Augustin Loubet. Ma fille, je préfère te dire franchement ce qui me tourne dans la tête depuis hier matin. Il y a eu anguille sous roche, et ça date de trois ans environ. Boudiou, je ne suis pas si crétin ! Ce gamin que tu avais placé chez ces femmes, en nourrice, je me suis demandé si ce n'était pas le petit Henri ? Que tu aies eu un enfant hors des liens sacrés du mariage, ça, personne ne me le fera gober, mais je ne serai pas fier de toi si tu as osé vendre ce pitchoun

1. Dieu me damne.

à ta vieille amie huguenote. Pourtant, ça expliquerait les sornettes d'Eulalie Sutra. Elle a pu penser que c'était ton fils, si tu t'en occupais beaucoup.

Angélina devint blême, figée par la surprise. Elle demeura bouche bée, les traits défaits.

— Mais, papa, as-tu perdu l'esprit ? bredouilla-t-elle.

Le cordonnier tapa du poing sur la table, ce qui fit sursauter Germaine.

— Non, j'ai les idées claires, figure-toi ! Et je me pose des questions depuis un bon bout de temps !

— Dans ce cas, tu aurais pu me le dire plus tôt !

— Je ne me mêle pas des affaires d'autrui, moi ! Hélas, j'ai souvent eu le sentiment que, toi, tu obéissais en aveugle à ta mademoiselle de Besnac !

L'air mauvais, le cordonnier scrutait le visage de sa fille. Désemparée, elle hésitait à répondre. L'attaque ne portait pas sur son éventuel déshonneur, comme elle le supposait, non, son père la soupçonnait de tout autre chose.

— Pourquoi détestes-tu autant Gersande ? hasarda-t-elle d'une voix faible. Les protestants ont été persécutés, je te le rappelle. Pourtant, ils prient le même Dieu que nous.

— Là n'est pas le propos, Angélina. Eulalie Sutra, elle prétend que tu es venue chercher le gamin à Biert, un jour, y aurait deux ans de ça.

— En effet, papa.

— Et qu'est-ce que tu en as fait, de ce petit ? Parce que je me souviens bien qu'à la même époque Octavie a hérité d'un neveu tombé des nues.

— Au fond, tu t'intéresses beaucoup aux affaires des autres, père ! s'insurgea Angélina. Tu fais semblant de ne rien voir, de ne rien entendre, mais tu épies tout le monde. Il a suffi des fadaises d'une langue de vipère pour que tu déballes tes doutes, après des mois à te taire. Même si j'avais confié ce petit garçon à Gersande, quel mal aurais-je fait ? Puisque tu as si bonne mémoire, rappelle-toi donc que je t'avais expliqué, il y a trois ans, que la mère de l'enfant ne pouvait pas l'élever, qu'il était né d'un adultère.

— Ouais, un bâtard, de la graine semée dans le péché ! gronda le cordonnier. Et toi, ma fille, tu t'es faite complice de ça ? Crois-tu qu'Adrienne se serait compromise ainsi ? Ta mère avait prêté serment en recevant son diplôme ! Une costosida doit témoigner d'une vertu exemplaire, de valeurs morales et d'une honnêteté sans faille. Bah, je ne suis pas dupe ! On cause assez dans le pays de tes belles toilettes, de ton cabriolet et de ta jument, une bête de prix. Cet argent, d'où il sort ? Pas de la bourse de tes patientes, boudiou ! ça, j'en mettrais ma main au feu ! Toujours les largesses de Gersande de Besnac ! J'ai honte de toi, ma fille !

Germaine émit une plainte effarée. Augustin lui apparaissait sous un nouveau jour, intransigeant et froid. Il avait rarement évoqué sa première épouse et le prénom d'Adrienne venait de résonner sous son toit. Bouleversée, elle fondit en larmes.

— Papa, cette discussion ne sert à rien ! s'emporta Angélina. Il fallait avoir honte de moi bien avant, si tu m'estimes capable de vendre un enfant. Tu fais de la peine à Germaine, en plus. Je sais mieux que quiconque qu'une sage-femme a l'obligation de mener une existence exemplaire. Tu ne peux même pas concevoir les sacrifices que cela implique !

La jeune femme luttait pour ne pas sangloter. Elle déplorait, de surcroît, de s'égarer dans des dénégations absurdes. « Tant de souffrances cachées, tant de pleurs versés ! pensait-elle. Et pourquoi ? À cause de la dureté, de l'égoïsme des hommes ! Guilhem qui m'abandonne, Philippe Coste qui me traite comme une moins que rien, papa qui ne songe qu'à son honneur, terrifié par le scandale ! Mais Henri est un cadeau du ciel, mon unique trésor, mon fils ! »

— Oui, de grands et cruels sacrifices ! jeta-t-elle avec un air de défi. Je souhaitais tant succéder à maman, être digne d'elle ! Gersande, que tu méprises sans raison, a essayé de me dissuader d'exercer ce métier. Elle se disait prête à m'offrir une boutique de confection pour dames à Saint-Girons. Et toi, papa, comme mademoiselle d'ailleurs, tu me poussais au mariage, avec Philippe Coste, notamment, un brillant médecin, qui pouvait me procurer une vie facile. J'ai choisi ma voie seule, parce que j'aime mon métier et que je suis fière de sauver des mères en difficulté et de permettre à des nouveau-nés de respirer, de découvrir notre monde. Mais cela m'a coûté, oui !

— En quoi donc ? éructa Augustin. Vas-tu te plaindre d'avoir passé une année à Toulouse en tant que boursière ? En plus, je t'ai laissé la maison de la rue Maubec et tu y es à ton aise avec ta servante.

— Rosette est une sœur, une amie avant tout.

Germaine se leva et sortit une bouteille de vin cuit d'un placard. Elle était en pleine détresse. Rien ne se déroulait selon ses prévisions. Angélina n'avait qu'à démentir les ragots de la nourrice et tout s'arrangerait.

— Voyons, mon homme ! s'écria-t-elle. Qu'est-ce que tu as à lui reprocher cette histoire stupide, qu'elle aurait vendu le petit Henri à mademoiselle de Besnac ? Moi, je pensais que tu te tourmentais surtout rapport aux mensonges de cette sale bonne femme, la nourrice.

— Quand même, j'ai l'œil pour ces choses ! répliqua-t-il. Si ma fille avait été enceinte, je m'en serais aperçu. À l'époque, j'habitais avec elle.

— Mon pauvre papa ! soupira tout bas Angélina.

— *Foc del cel !* Est-ce que tu te fiches de moi ? rugit-il. Ça veut dire quoi, mon pauvre papa ?

— Rien, je te plains d'être aussi dur, aussi aveugle au fond. Allons, sois franc, qu'aurais-tu fait ou dit si j'avais porté un enfant, il y a trois ans ? s'enflamma-t-elle. Tu m'aurais jetée à la rue, chassée de nos murs et de ton cœur de père ! C'est ça ? Avoue !

— Mais, es-tu devenue folle, ma fille ? s'étonna-t-il, mortifié par cet éclat de violence.

Il la dévisageait, incrédule. Angélina était livide, les lèvres décolorées. Elle respirait précipitamment. Soudain, il eut peur de ce qu'il lisait dans ses magnifiques prunelles violettes.

— Henri est mon fils, mon pitchoun, ton petit-fils ! lâcha-t-elle d'un trait. Alors qu'il était condamné à grandir sous l'opprobre public comme tous les bâtards, Mademoiselle Gersande lui a donné son nom et en a fait son héritier par amitié pour moi. Je n'avais qu'elle vers qui me tourner, elle était la seule personne capable de m'aider sans me juger.

Un silence de plomb s'abattit sur les trois protagonistes de la scène. Augustin Loubet posa ses larges paumes bien à plat sur la table et baissa les yeux. Germaine prit un mouchoir et en tamponna ses paupières, la mine déconfite, totalement éberluée.

— Pardonne-moi, papa, ajouta Angélina. Je craignais tellement de perdre ton respect, ton amour ! J'ai accouché dans la grotte du Ker et j'ai donné mon petit en nourrice à Eulalie Sutra. À compter de ce jour de novembre, je n'ai fait que mentir à tous, à toi, à mademoiselle Gersande, et même à confesse.

La jeune femme s'attendait à une explosion de fureur, à des hurlements de mépris, à des paroles haineuses, mais le cordonnier restait muet. Germaine retenait son souffle, redoutant sûrement une réaction encore plus terrifiante.

— Qui est le père ? s'enquit-il enfin d'un ton froid. Si tu avais eu le courage de m'avouer ta faute, je jure devant Dieu et ses saints que tu aurais été mariée le mois suivant au gars qui t'avait déshonorée. Et tu n'aurais été ni la première ni la dernière à s'être laissé embobiner par un beau parleur ! Qui est le père ?

— Papa, à quoi bon ? implora-t-elle. Henri a un nom et une famille.

— Jamais je ne pourrai embrasser ce petit ni le faire sauter sur mes genoux, jamais ! tonna Augustin. S'il avait été légitimé, élevé par ses parents, oui, j'aurais pu me réjouir d'être grand-père. Tu as préféré le couvrir d'argent, faire en sorte qu'il grandisse dans la soie et le velours, sous la férule d'une vieille excentrique dont même ses compères parpaillots[1] rougiraient. Mais ton enfant grandit dans le mensonge, ma fille, rien d'autre ! De le couvrir d'or n'y changera rien.

---

1. Autre surnom péjoratif donné aux protestants.

Ces paroles avaient un tel écho de vérité qu'Angélina en fut terrassée. Son père ne se trompait guère. L'adoption officielle à laquelle elle avait consenti la séparait irrémédiablement de son fils, peut-être pour de longues années.

— Sors d'ici, petite, ordonna le cordonnier. Et tu fais bien de taire le nom du bandit qui t'a engrossée, car si par malheur je le croisais au coin d'une rue, je pourrais lui planter une alène dans la gorge.

— Papa, je t'en prie !

— Tu n'es plus rien pour moi, rien ! Je ne veux plus entendre ta voix, plus jamais, ni te revoir. Je te renie, Angélina, à défaut de te maudire ! Sors d'ici, et vite !

C'était au tour d'Augustin d'être blafard, la face décomposée par le chagrin. Néanmoins, il se contenait, dévasté par une rage intérieure qui étreignait son cœur.

— Si je t'expliquais mieux, tu comprendrais ! insista la jeune femme. Le père d'Henri m'a trahie et je le hais. Il ne sait pas qu'il m'a donné un enfant. Papa, j'espérais tant qu'un jour tu connaîtrais mon fils et que tu l'aimerais !

Germaine sanglotait sans bruit. Elle considérait Angélina avec un mélange de compassion féminine et d'horreur. Ce n'était pas tant à cause de sa faute passée, car bien des filles convolaient en toute hâte, ayant mis la charrue avant les bœufs, comme on disait dans les campagnes. Mais la jeune femme avait su duper son monde en affichant une conduite irréprochable, alors qu'elle ne valait pas mieux que certaines.

— Es-tu sourde ? Va-t'en donc ! renchérit-elle. Tu fais souffrir ton malheureux père ! Eulalie Sutra n'a raconté que la vérité sur toi. J'aurais juré mes grands dieux que tu étais la personne la plus vertueuse que je connaisse. Quand je pense que j'allais te défendre contre tous ceux qui jaseraient à tort et à travers !

Sa belle-mère se moucha bruyamment. Quant à Augustin, il fixait avec obstination la pointe de son couteau afin d'éviter de regarder Angélina.

— Je vous demande pardon, murmura celle-ci. Je n'en pouvais plus de te mentir, papa. Je donnerais tout ce que j'ai pour revenir en arrière. J'ai manqué de courage, je te l'accorde, j'aurais dû te dire ce qui m'arrivait, que j'attendais un enfant. Mais j'étais persuadée que tu me chasserais de la maison, que tu me renierais, comme tu viens de le faire. Je suis désolée.

Elle avait le corps et l'âme meurtris. L'abcès était crevé ; cependant, du fiel s'en écoulait qui allait gâcher son existence et celle de son père.

— Sors ! glapit de nouveau Augustin. Tu peux garder la maison de la rue Maubec, puisqu'elle appartenait à la famille de ta mère. Adieu, petite !

— Oh, papa, papa ! supplia-t-elle en se jetant à ses genoux. Si tu savais comme je t'aime ! Tu es l'homme le plus loyal de la terre et je t'ai menti. Mais j'avais peur. Maman était morte, j'ai cru agir pour le mieux.

Augustin la repoussa sans brutalité. Il marcha vers son atelier et en ouvrit la porte qu'il claqua derrière lui. Il y eut le bruit sec d'une clef tournée dans la serrure. Toujours en larmes, Germaine ne put que hoqueter :

— Mon Dieu, quel malheur, quel grand malheur !

— Pardon ! balbutia une dernière fois Angélina.

Elle sortit. Le soleil la surprit. Sa lumière vive filtrait à travers le feuillage des platanes du foirail. Elle avait l'étrange impression de quitter un lieu obscur, glacé, et de retrouver tout à coup sans la mériter la chaleur de ce dimanche de printemps.

« Qu'est-ce que j'ai fait ? se demanda-t-elle. Pourquoi ai-je crié la vérité à papa, aujourd'hui ? » Elle retint un soupir, se jugeant stupide. Le matin même, en câlinant son fils, elle avait décidé de révéler l'identité de l'enfant à son père. Puis, confrontée à Guilhem et saisie d'une peur irraisonnée, elle s'était résignée à garder le secret encore longtemps. « Mais je n'ai pas pu. Je devais parler, je devais le dire, qu'au moins papa sache qui est Henri ! »

Accablée, elle remonta sans hâte vers la place de la fontaine.

Augustin Loubet la suivit des yeux, le nez à la vitre de son échoppe. Il était assommé par ce qu'il venait d'apprendre, profondément déçu, plus triste que furieux. Sa fille lui apparaissait comme une étrangère, une inconnue en qui plus jamais il n'aurait confiance et dont il éviterait le chemin à l'avenir.

— *Foc del cel !* grogna-t-il en frappant l'établi du poing. Adrienne, ma pauvre Adrienne, si tu savais ! Une vipère couvait dans l'œuf, et non le cygne immaculé que je croyais.

Germaine, elle, tambourinait à la porte.

— Mon homme, ouvre donc, que nous causions. Ne te rends pas malade, va !

— Fiche-moi la paix, boudiou ! rétorqua-t-il durement.

— Oh, ça alors ! geignit-elle.

Il ne l'avait encore jamais rabrouée ainsi. Elle pleura de plus belle, écœurée.

— Je n'y suis pour rien, moi, dans vos histoires ! s'exclama-t-elle. Augustin, tu m'entends ?

Envahi par une rage impuissante, le cordonnier balaya du plat de la main une partie de ses outils et des pièces de cuir. Enfin, il décocha un grand coup de pied dans le tabouret qui lui servait de siège. Affolée par ce vacarme, son épouse se boucha les oreilles en maudissant intérieurement sa belle-fille, responsable de ce désastre.

— J'ai perdu mes deux fils en bas âge ! hurla-t-il alors. Et maintenant, je vivrai avec l'image de mon petit-fils né dans le péché et vendu à une vieille folle de huguenote ! *Foc del cel !* Un p'tit gars que je n'approcherai jamais tant que j'aurai un souffle de vie !

Ensuite, ce fut le silence. Nul ne vit l'orgueilleux Augustin Loubet pleurer sans bruit, le front appuyé au montant de la fenêtre.

Angélina trouva Henri endormi. Rosette l'avait fait déjeuner et l'avait couché pour la sieste. Elle contempla longuement le petit garçon avant de rejoindre l'adolescente dans la cuisine.

— Mon père sait la vérité au sujet de mon fils. Il m'a reniée, sans vraiment être aussi en colère que je l'aurais imaginé, mais c'était comme dans un cauchemar, déclara-t-elle d'un ton las. La pauvre Germaine, elle, doit me maudire.

— Eh merde ! soupira Rosette.

Pour une fois, aucun reproche ne lui fut adressé sur ses écarts de langage. Abasourdie, Angélina semblait sourde et aveugle. Néanmoins, elle parvint à raconter l'essentiel de la scène, non sans trembler de tout son corps.

— Vot' papa, il reviendra à de meilleurs sentiments. Là, il était fâché, mais ça va faire du chemin dans sa tête, vous verrez.

— Tu ne le connais pas. Même s'il avait envie de me pardonner un jour, il se l'interdirait, imbu de ses principes, hanté par son sens de l'honneur. À présent, je me demande à quoi cela sert de lui avoir tout avoué. J'aurais mieux fait d'agir autrement, de faire en sorte qu'il voie le plus souvent possible Henri, qu'il puisse jouer avec lui et le promener.

— Ce qu'il a fait l'autre jour, vot' papa, quand il est passé par ici pendant que vous étiez à Montjoie. Il avait même promis au petit de lui apporter un sifflet en roseau.

— Seigneur, j'ai tout gâché !

— Non, la fautive, c'est l'autre, Eulalie Sutra, la nourrice. Elle aurait pu tenir sa langue, celle-là ! Si j'la croise, je lui crêpe le chignon, à cet' vipère. Elle a mis le doute chez m'sieur Augustin. De toute façon, c'était fichu !

— Tu as raison, Rosette. Quoi que j'aurais fait, quoi que j'aurais dit, le mal était fait. Quand je pense que j'ai accouché Eulalie de son troisième petit et que je lui ai sûrement évité d'être atteinte d'une fièvre puerpérale, souvent fatale ! Quelle ingrate ! Je voudrais tant que mademoiselle Gersande soit là ! Il suffit qu'elle s'absente pour que tout vire au drame. Guilhem est de retour ; je préférerais savoir Henri rue des Nobles, sous la garde d'Octavie.

L'adolescente fit la grimace. Parfois, elle peinait à comprendre les angoisses d'Angélina.

— Nom d'un chien, m'selle ! Ce bandit de Guilhem, il peut pas deviner qui c'est, vot' pitchoun, enfin ! Et, même s'il devinait, qu'est-ce que ça ferait ?

La jeune femme cacha son visage entre ses mains. Elle était perdue, envahie par des sentiments contraires, une anxiété intolérable.

— À vous voir, on dirait que vous l'aimez toujours, celui-là, et que vous avez envie de lui jeter à la figure qu'il vous a fait un beau petiot, ajouta Rosette.

— Peut-être ! Je voudrais surtout pouvoir élever mon enfant aux yeux du monde, qu'il ait un père et un grand-père !

— Faites une croix là-dessus, m'selle Angie. Faut vous résigner, hein, ça marchera jamais comme vous voulez.

Angélina approuva d'un air désabusé. Elle perçut cependant un bruit de sabots dans la rue. On frappa au portail quelques secondes plus tard.

— Va ouvrir, je te prie !
— Et si c'est Guilhem, je dis quoi ?
— Ne t'inquiète pas, il n'osera pas venir jusqu'ici.

Rosette traversa la cour à toute vitesse et revint bien vite, escortée d'un homme d'une trentaine d'années au teint rouge et aux cheveux d'un blond gris. Angélina se leva prestement pour aller à sa rencontre.

— Mademoiselle Loubet ? s'écria-t-il. Dieu merci, vous êtes là ! C'est ma femme. Faut venir, par pitié… J'ai mon cheval, dehors. Je vous emmène ! On habite le hameau de Rozes, là-bas, en face de la cité.

— Je viens, monsieur ! Le temps de prendre mon sac et ma blouse. Mais je préfère vous suivre en voiture. Rosette, va atteler Blanca !

— Non, y a pas le temps ! gémit l'homme. Ma femme, elle souffre tant ! Je crains de la trouver morte !

— Bien…

Angélina s'empara du nécessaire et, sans discuter davantage, elle sortit au pas de course. Le visage de ce mari affolé lui était étranger, mais cela ne la surprenait pas trop. Des familles venues des départements voisins s'établissaient souvent au bord du Salat, car deux papeteries embauchaient des ouvriers à longueur d'année.

— Donnez-moi la main ! bredouilla l'inconnu qui avait sauté sur le dos d'un robuste cheval à la robe brune et à la crinière fournie. L'animal n'était pas sellé, mais simplement équipé d'une couverture pliée et maintenue par une sangle.

La jeune femme eut l'impression d'être soulevée dans les airs, tant le cavalier avait de la poigne. Elle dut se tenir à lui, peu accoutumée à monter sans l'appui des étriers.

— Cramponnez-vous ! recommanda-t-il.

Tout de suite, il lança sa bête au galop sur les pavés, ce qui effraya Angélina. Elle ferma les yeux quand ils franchirent le clocher-porche à vive allure, mais les rouvrit pendant la descente de la rue des Nobles.

— Doucement ! supplia-t-elle, en regrettant amèrement de ne pas avoir pris sa calèche. Vous allez nous tuer et cela ne sauvera pas votre épouse !

— N'ayez pas peur ! rétorqua-t-il d'une voix forte.

La cavalcade insensée continua, par la place de la fontaine, puis par la rue Neuve, une des plus abruptes de la cité.

— Seigneur, arrêtez ! hurla-t-elle, terrifiée.

Elle se tenait à lui, ses bras noués autour de sa taille. Jamais personne dans le pays n'avait osé dévaler au grand galop ces voies aux pavés glissants qui plongeaient vers les berges du fleuve.

— Vous n'avez rien à craindre ! assura l'homme tandis qu'ils atteignaient le pont.

Avec un effroi sacré, Angélina aperçut les blocs de rochers qui émergeaient de l'eau vive, couleur de métal argenté. Elle revit le corps de sa mère gisant là, brisé, animé d'un dernier soupir. « Sainte Vierge, protégez-moi ! implora-t-elle en silence. Si je meurs aujourd'hui, ce sera sans avoir embrassé mon enfant, sans avoir pu dire adieu à ceux que j'aime ! Je ne veux pas mourir, non... »

Ces moments épouvantables eurent un effet paradoxal. Elle jugea soudain dérisoire tout ce qui n'était lié à sa survie. Son père l'avait reniée, mais elle parviendrait bien un jour à obtenir son pardon. Guilhem ? Comment avait-elle pu trembler devant lui ? Ce n'était qu'un coureur de jupons, un lâche, et elle se promit d'aller au rendez-vous fixé, le soir même afin de le rabaisser, de l'humilier. Enfin, il lui semblait peu important que son pitchoun se nomme Henri de Besnac ou Henri Lesage, pourvu qu'il soit en bonne santé, choyé, qu'elle puisse le cajoler et l'écouter babiller.

La course se poursuivit. Après le pont, c'était la route empierrée menant à Saint-Girons, parsemée de sable. Angélina poussa un soupir de soulagement, encore incrédule. « Ce cheval aurait pu tomber et se rompre les os. Nous aussi, nous risquions gros ! » songea-t-elle, saisie de colère à l'égard de l'étranger.

— Excusez-moi, mademoiselle ! cria-t-il alors en se retournant à demi.

Toujours au galop, ils grimpèrent un chemin bordé de haies et d'arbustes sauvages. Les toits d'un hameau apparurent, puis les murs des maisons. L'homme stoppa net sa monture devant l'une d'elles, dont la cheminée envoyait vers le ciel bleu un épais panache de fumée blanche.

— C'est là ! dit-il en glissant au sol. Venez, nous avions envoyé chercher une matrone du bourg de Senteraille, mais elle voulait découper les chairs de ma femme et sortir le bébé avec une pince. Ma sœur m'a dit que Lucia en mourrait. Pourtant, j'avais choisi de sauver l'enfant. Maintenant, je ne sais plus.

Il avouait cela sur le seuil, en retenant Angélina par le bras. Elle s'impatienta.

— Plus tard ! le coupa-t-elle. Chaque seconde compte, dans certains cas.

À peine eut-elle passé la porte que la costosida se trouva sous le feu de plusieurs regards anxieux. Elle salua ces gens d'un léger signe de tête. Il y avait là la fameuse matrone, occupée à tisonner le feu, la mine renfrognée, un couple âgé manifestement en train de prier, ainsi qu'une femme dont la coiffe blanche à deux pans encadrait un visage très doux noyé de larmes. Quant à la parturiente, elle mordait un chiffon torsadé, allongée sur la table nappée d'un drap. Sa jeunesse stupéfia Angélina ; auréolée d'une chevelure d'un roux orangé, elle ressemblait à une fillette grandie un peu vite. La chemise ouverte dévoilait une poitrine menue, des côtes saillantes et un ventre délicatement bombé.

— Madame, je dois vous examiner ! dit-elle à mi-voix. Et il vaudrait mieux respirer à votre aise que de garder ce tissu dans la bouche. Monsieur, aidez-moi. Prenez-lui ce linge et relevez-la en la soutenant par les épaules.

Angélina enfila sa blouse et ouvrit son sac qu'elle posa sur un coffre voisin. Sa dignité et l'autorité naturelle dont elle faisait preuve lors des accouchements imposèrent le respect, excepté à une personne, la matrone. Vêtue d'une robe à la propreté douteuse, sanglée d'un tablier crasseux, elle se mit à bougonner, furibonde :

— Comme si j'savais point ce que j'devais faire, par sainte Marguerite[1] ! Au point où on en est, l'enfant va mourir et la mère avec... Le père, il m'a ben dit qu'il fallait sauver l'enfant ! Qu'est-ce qu'elle fera de mieux que moi, la costosida ?

— Nous le saurons bientôt ! trancha sèchement Angélina en se penchant entre les cuisses de la jeune femme qui, libérée du bâillon improvisé, hurlait de douleur. Madame, je vous en prie, calmez-vous ! Je sais que vous souffrez le martyre, mais essayez de respirer, de détendre votre corps. Tous vos muscles sont tétanisés, je le sens.

Il fallait procéder à l'abri d'un drap afin de ménager la pudeur de la parturiente. Le diagnostic fut rapide. Envahie d'une grande paix, celle qui précédait un acte grave, fatidique, Angélina réfléchissait. Ce cas s'était déjà présenté à l'hôtel-Dieu de Toulouse, lorsqu'elle étudiait sous la férule de madame Bertin, sage-femme en chef, et du docteur Coste, obstétricien. Fidèle aux pratiques de sa mère, elle exposa la situation d'un ton ferme.

— Madame, écoutez-moi ! Votre bébé s'est placé en position transversale, ce qui explique vos difficultés à l'expulser. Il paraît vigoureux. Je peux le faire bouger par des massages afin de faire basculer sa tête à l'endroit voulu. Ensuite, en vous incisant, je suis certaine qu'il viendra au monde très vite. J'ai été amenée à cette manipulation durant mes études. N'ayez pas peur. Respirez !

---

1. Patronne des sages-femmes.

Pour la première fois, sa jeune patiente la regarda en oubliant de gémir et de crier. Elle parut fascinée par sa beauté, au point d'esquisser un faible sourire.

— Alors, je ne vais pas mourir ? bégaya-t-elle. Vous allez me sauver ? Mon bébé aussi ?

— Avec l'aide de Dieu et la vôtre, je crois que oui, affirma Angélina d'une voix douce. Madame, je sais que vous endurez des douleurs difficiles à supporter. Mais, si vous pouvez les tolérer encore un peu et suivre chacun de mes conseils, nous ferons du bon travail.

Alentour, c'était le silence le plus total. La matrone elle-même avait cessé de récriminer pour épier le moindre geste de cette jeune costosida qui était si sûre d'elle et de sa science.

Le futur père ne bougeait plus. Il continuait à soutenir sa petite épouse par les épaules. Il put ainsi observer le massage en apparence très simple qu'effectuait Angélina, les traits tendus, les yeux rivés sur le ventre de sa patiente. Ensuite, il y eut un deuxième examen, plus long, à l'abri du drap, pendant lequel, de ses mains fines et agiles, elle parvint à orienter l'enfant vers le col de l'utérus, suffisamment dilaté.

— Poussez maintenant ! ordonna-t-elle à la femme. Tenez-la, madame, qu'elle puisse s'appuyer contre vous.

Elle s'adressait à la dame à la coiffe sévère, qui se tenait à l'écart près de la cheminée. Tout de suite, elle obéit.

— Bien, c'est bien ! s'exclama Angélina quelques instants plus tard. Poussez encore, encore, ne reprenez pas votre souffle ! Bravo, madame, bravo !

Le bébé s'extirpa de sa prison de chair avec un long cri vindicatif. La costosida, ravie, le prit délicatement contre sa poitrine.

— Un garçon ! annonça-t-elle. Un superbe garçon !

Certes, le nouveau-né était plus menu que la moyenne. Il devait peser à peine trois kilos, mais il gigotait et lançait des vagissements aigus. Le père le contemplait, en extase.

— Que Dieu soit loué ! murmura-t-il. Mademoiselle Loubet, comment vous remercier ? Sans vous...

— Oui, merci, merci ! haleta la jeune mère. Vous êtes un ange du ciel, je crois !

— Simplement une sage-femme diplômée qui a pu travailler auprès de médecins compétents. Mais ne parlons pas de moi. Je dois couper le cordon du bébé et veiller à la délivrance.

Angélina éprouvait un sentiment de résurrection. L'exercice de son métier lui conférait toujours une énergie bienfaisante, une paix singulière. Dès qu'elle constatait la bonne santé de l'enfant et l'état satisfaisant de sa patiente, une griserie la prenait et elle louait Dieu et la Sainte Vierge dans le secret de son cœur.

— Il faudrait servir un bouillon de poule à cette jeune dame si courageuse, déclara-t-elle bientôt.

On s'affairait à ses côtés. La vie revenait, ordinaire et savoureuse, au sein de cette famille qui avait cru au pire. La costosida, dont on admirait le moindre mouvement, disposa d'une cuvette d'eau chaude et de linges immaculés afin de laver la mère et son bébé.

— Il serait temps de faire les présentations ! s'écria le père avec un sourire radieux. Jean-René Sadenac, mademoiselle, et ma tendre épouse, Sidonie. Mes parents, Paul et Marie Sadenac, ma sœur, Bertrande, qui se destine au Carmel.

La matrone, elle, demeurait assise au coin de l'âtre. Angélina lui adressa un coup d'œil agacé, sans se permettre néanmoins de la congédier.

— J'vous tire mon chapeau, mademoiselle Loubet, grogna-t-elle enfin. Moi, on m'disait de sauver le petiot, alors... Même que madame Ricard, la voisine, elle est partie chercher monsieur le curé.

— Oui, c'est vrai, ajouta Jean-René Sadenac. Et c'est madame Ricard, notamment, qui m'a conseillé de monter à Saint-Lizier vous demander secours. Malgré votre jeunesse, vous jouissez d'une solide renommée dans ce pays. Une renommée bien méritée.

Angélina gratifia l'homme d'un sourire discret. Discrète, elle était obligée de l'être, de ne poser aucune des questions qui lui brûlaient les lèvres. « Je suis sûrement moins jeune que Sidonie Sadenac, se disait-elle. Mon Dieu, on lui donnerait à peine quinze ans ! Et d'où viennent ces gens ? Que font-ils ici ? »

— Mademoiselle, accepterez-vous un verre d'eau fraîche coupée de vin ? proposa la sœur de Jean-René.

— Tout à l'heure. Je voudrais surtout installer ma patiente dans un lit confortable, qu'elle se repose un peu avant de mettre le bébé au sein.

Immédiatement, la vieille madame Sadenac ouvrit une porte qui communiquait avec une chambre ensoleillée. La fenêtre offrait une vue agréable sur un champ de blé encore vert, parsemé de coquelicots.

— Ma bru pourra-t-elle marcher ? s'inquiéta-t-elle.

— Non, votre fils la portera, elle ne doit pas peser lourd, affirma Angélina.

Il était rare de trouver un logement aussi propre. Les meubles étincelaient et un bouquet de fleurs champêtres ornait le manteau en bois d'une petite cheminée. La literie était au diapason, fleurant bon la lavande.

— Habitez-vous ici depuis longtemps ? osa-t-elle demander tout bas à la femme qui tapotait le couvre-lit.

— Nous sommes arrivés au mois de mars. Mon fils est contremaître à la papeterie Boulier. Nous venons du Gers. Comment vous dire notre gratitude, mademoiselle ! Cela aurait été un grand malheur de perdre Sidonie.

— Je suis très heureuse d'avoir pu sauver votre bru et votre petit-fils. Mais cela m'a coûté une des plus terribles frayeurs de ma vie. Monsieur Sadenac a mené son cheval à une allure folle dans les rues pentues de la cité.

— Oh, c'est un bon cavalier, vous ne couriez aucun danger.

Angélina en doutait encore. Des bruits de voix la firent se retourner. Le curé de Senteraille entrait dans la pièce voisine, escorté d'une robuste quadragénaire au chignon brun dont la voix rauque résonna aussitôt.

— Bon, elle est venue, la demoiselle Loubet ? Oui, j'ai eu raison de vous causer d'elle. La costosida de Saint-Lizier, je l'avais vue à l'œuvre cet hiver. Elle a mis au monde les jumeaux de ma nièce... Je peux vous dire que sa mère, madame Adrienne qu'on l'appelait chez nous, c'était comme un ange dans la maison quand elle entrait. Et telle mère, telle fille.

Ces paroles émurent aux larmes la jeune femme qui baissa la tête. « Chère maman ! Pardonne-moi si, du paradis, tu connais mes péchés. Si ton nom est honoré encore des années grâce à moi, je serai moins triste, moins honteuse. »

Un remue-ménage suivit : la matrone partit, après avoir réclamé son dû, une pièce d'argent pour le déplacement et les premiers soins. Le prêtre félicita les parents du nouveau-né et s'enquit de l'heure du baptême, fixée au lendemain. Enfin, Jean-René Sadenac put allonger son épouse dans le lit de la chambre.

— Tu m'es rendue, mon trésor ! chuchota-t-il à son oreille.

Sur cet aveu, il ressortit, vif et exultant d'une joie évidente. Angélina étudia de nouveau le visage de Sidonie, de plus en plus intriguée par son apparence juvénile.

— J'ai quinze ans ! confessa la nouvelle mère. Vous avez une façon de regarder, on lit vos pensées !

— Quinze ans !

— Oui, et Jean-René a trente-deux ans. Nous nous sommes mariés il y a neuf mois et trois semaines. C'était moi qui lui avais demandé de me sacrifier à notre enfant, car je voulais absolument que ce petit être, fruit de notre amour, vive et grandisse. Mais vous avez déjoué le destin.

— Je ne crois guère en la destinée, en ce qui concerne les accouchements, répondit la costosida, charmée par l'éloquence de la jeune mère. Plus nous connaîtrons les secrets du corps humain, plus nous pourrons vaincre la mort. Je suis aussi les enseignements de ma mère, Adrienne, qui exerçait ici dans la cité et ses environs. Elle pratiquait ce massage dont vous avez bénéficié.

Bertrande Sadenac entra sur la pointe des pieds. Elle portait le bébé emmailloté, le crâne couvert d'un bonnet en calicot bleu ciel.

— Quel est votre prénom, mademoiselle Loubet ? interrogea alors Sidonie. Je voudrais vous rendre hommage. Si j'avais eu une fille, je l'aurais appelée comme vous.

— Angélina.

— Quel dommage... Il n'y a pas d'équivalent pour un garçon. Jean-René me laisse choisir. Ce sera donc Célestin, car cela me fera penser à un ange, l'ange qui m'a sauvée.

— Célestin, c'est très joli, admit Angélina. Maintenant, admirez votre fils, il a vos traits, je crois, et un duvet roux comme nous deux.

— Moi, je suis bien plus rousse que vous, nota la jeune mère.

Elle eut un sourire malicieux, puis son visage s'adoucit, tandis que sa belle-sœur lui donnait le bébé.

— Mon enfant, chuchota Sidonie. Un miracle ! J'ai cru que je ne verrais pas le soleil se coucher ce soir, que je ne pourrais pas embrasser ce petit être merveilleux. Que Dieu soit remercié, et vous aussi, Angélina.

— Je reviendrai demain vous examiner et prendre des nouvelles de Célestin, déclara la sage-femme. Cette fois, avec ma calèche et ma jument. Votre mari était tellement inquiet à votre sujet qu'il m'a quasiment enlevée sur son cheval. Je l'ai bien regretté. C'était effrayant.

— Je suis désolée, vraiment ! Mais il ne vous aurait pas mise en danger. Son cheval a le pied le plus sûr du monde.

Sidonie et Angélina discutèrent encore un bon moment en présence de Bertrande Sadenac qui s'était éclipsée pour rapporter de l'eau fraîche agrémentée de vin blanc. Mais, quand Jean-René revint dans la pièce après avoir pris congé du curé, la costosida se leva et s'apprêta à quitter les lieux.

— Mademoiselle, ne partez pas si vite, protesta-t-il. Je vais vous ramener chez vous, à une allure tranquille, cette fois, je vous le promets. Acceptez ceci, également. Je voudrais vous donner davantage, car vous m'avez fait le plus cadeau de la terre, en ce dimanche.

L'homme lui tendit une bourse en cuir rebondie.

— Cela me paraît beaucoup trop ! dit-elle tout bas.

— Je vous en prie ! Cet argent vous sera utile ! insista-t-il.

— Merci, monsieur. J'en ferai le meilleur usage possible.

Dans la cuisine, Angélina salua Marie et Paul Sadenac, en grande conversation avec la voisine, madame Picard, qui bondit de son siège et vint se placer devant la jeune femme.

— Vous me reconnaissez, mademoiselle Loubet ? s'écria-t-elle.

— Oui, bien sûr. C'était en février, chez votre nièce, à Taurignan. Comment vont les jumeaux ?

— De beaux poupons. Des goulus, pour sûr ! Il a fallu une nourrice ; la maman n'avait pas assez de lait pour les deux. Quant à votre mère à vous, elle peut reposer en paix, car vous lui faites honneur, ça oui !

— Merci, madame ! balbutia Angélina, prise d'une poignante envie de pleurer. Je me suis promis d'être digne d'elle ma vie durant.

Vite, elle sortit, trop émue à la seule évocation de la douce Adrienne. « Maman chérie, tu me manques tant ! J'aurais voulu que tu puisses voir mon petit Henri et l'aimer », songea-t-elle, la gorge serrée pour ne pas sangloter.

Jean-René Sadenac la trouva ainsi, toute pâle, l'air égaré. Il vit par la même occasion comme elle était belle, et perçut sa force et sa fragilité.

— Vous êtes une étrange personne, fit-il remarquer, parfois pleine de volonté, presque hautaine, surtout dans l'exercice de votre métier, et d'un coup on dirait une enfant perdue en proie à de douloureux tourments.

— Vous n'êtes pas ordinaire non plus, rétorqua-t-elle avec un sourire mélancolique. Mais, comme votre épouse, vous êtes d'agréable compagnie et d'une excellente éducation.

— Moins que vous, cependant, nota-t-il.

Elle le regarda mieux. Les cheveux bruns ondulés, il arborait une moustache assez fine, et avait des yeux gris vert, un nez aquilin et une bouche étroite. Il était grand et musculeux. De lui se dégageait une séduction naturelle.

— À cheval, mademoiselle ! s'écria-t-il en lui désignant l'animal attaché à un anneau du mur.

— Mais je peux rentrer à pied, hasarda-t-elle. Marcher ne me fait pas peur et je n'en ai pas pour très longtemps.

D'un gracieux mouvement de tête, elle montra la cité frappée de soleil qui faisait face à la colline où se dressait le hameau. Dominées par les tours de l'ancien palais des Évêques, les toitures de la ville haute s'étageaient dans un camaïeu de couleurs ocre. On distinguait sans peine les dentelles sombres des balcons en bois, les rubans de pierre grise que dessinaient les remparts et les pans de verdure des jardins conquis sur la pente rocailleuse.

— Je tiens à vous ramener, insista-t-il avec un grand sourire. Je vous ai empêchée de venir en calèche. Alors, à cheval !

Le retour vers Saint-Lizier fut effectivement paisible. Cela gênait un peu la jeune femme d'être assise derrière cet homme au verbe fleuri qui lui rappelait un peu

Luigi. Elle était obligée de s'accrocher à sa veste, soucieuse aussi de ne pas exhiber ses chevilles. Monter à califourchon, en robe, n'était pas pratique et contraire aux bonnes mœurs, pour une fille. « Je n'y ai pas pensé une seconde, à l'aller, se dit-elle. Seigneur, si on m'a vue perchée sur ce cheval, cramponnée à un inconnu, les commères s'en donneront à cœur joie ! »

Tout le trajet, elle veilla à rabattre sa jupe afin de cacher ses mollets gainés de soie beige. Un trouble insidieux l'envahissait sous le pas cadencé de leur monture. Ce corps masculin, si proche du sien, éveillait en Angélina une langueur oubliée. Elle avait envie de poser sa joue contre le dos de Jean-René, de se réconforter à son contact. C'était quelqu'un de simple, de droit en amour, cela se devinait.

« Comme ce doit être bon d'être l'épouse d'un tel homme, attentionné, passionné, intelligent, dévoué ! J'espère que Sidonie et lui seront heureux de longues années. Elle n'a pas hésité à l'aimer, malgré ses quinze ans à peine, mais elle a eu raison ; il ne l'a pas trahie, lui, ni abandonnée. »

Assaillie de souvenirs, elle rougit et ferma les yeux. C'était toujours la vision de Guilhem couché sur elle, sa bouche sur la sienne, ou bien mangeant ses seins de baisers. Elle croyait entendre les mots qu'il soufflait à son oreille, paroles d'un amant exalté par le désir. Il répétait qu'elle était belle, la plus belle de toutes, qu'il l'adorait.

Son ventre se noua lorsqu'elle évoqua l'instant crucial où il la pénétrait, où elle se tendait vers lui, entièrement offerte, cambrée, suffoquée par un délire sensuel quand son sexe la faisait sienne, ardent, conquérant. Dans ses bras, elle était sans volonté, docile à la moindre de ses exigences. Il avait parcouru de ses doigts et de sa langue experte chaque parcelle de son corps tout neuf, la faisant défaillir d'un plaisir inouï, sa chair de femme irradiée de mille étincelles subtiles. Elle aimait aussi le sentir étourdi par la violence de sa jouissance, le regard voilé, la respiration saccadée, ce qui la menait aussitôt à sa propre extase.

— Mademoiselle Loubet, demanda Jean-René Sadenac, puis-je au moins monter cette rue au grand trot, la rue, là, qui rejoint le clocher ?

Angélina tressaillit. Ils étaient déjà place de la fontaine. Deux enfants jouaient au cerceau autour du bassin. Ils poussaient un cercle en bois peint à l'aide d'un bâton. Le cheval fit un écart afin de les éviter, si bien que la costosida dut se tenir bien fort à la taille du cavalier.

— Non, je poursuivrai à pied, répliqua-t-elle, inquiète de ce que penseraient les gens de la cité en la voyant en pareille situation.

Après la pénible scène avec son père dont Germaine, fort bavarde, avait été témoin, elle souhaitait afficher une conduite exemplaire, à outrance s'il le fallait. « Sans doute, papa ordonnera à sa femme de tenir sa langue, mais rien ne prouve qu'elle le fera. Je suis maintenant un objet de mépris pour ma belle-mère », se dit-elle.

Jean-René Sadenac l'aida à descendre, sans prendre la peine de mettre lui-même pied à terre. Elle ajusta son sac sur son épaule et recula un peu.

— À demain, monsieur. J'irai visiter votre épouse.

— Nous ne nous verrons pas, mademoiselle ; j'embauche à six heures du matin jusqu'au soir. Mais j'ai confiance en vos soins. Je sais que je retrouverai ma Sidonie et mon fils en bonne santé.

Il la salua d'un sourire chaleureux et fit faire demi-tour au cheval. Angélina lui tourna le dos et marcha vite vers l'ombre de la rue des Nobles.

« Ce soir, j'irai au rendez-vous de Guilhem, pensa-t-elle. Je veux entendre ce qu'il tient à me dire, rien d'autre ! »

Bois de Saint-Lizier, le soir
Guilhem était bien là, debout dans la pénombre de la vieille grange en ruine qui avait abrité leurs premiers ébats amoureux. En l'apercevant dans le halo de sa lanterne, Angélina eut envie de s'enfuir, effarée à l'idée de leur isolement, bouleversée aussi par les réminiscences de leur brève passion. Sans quitter son refuge, il lui fit signe de se hâter. Sa grande silhouette hiératique était vêtue d'une longue cape de drap brun. Attaché au fond du bâtiment, son cheval renâcla, nerveux.

— Je craignais que tu ne viennes pas, dit-il quand elle avança vers lui. La lune se lève. Soyons prudents, on pourrait nous surprendre.

— Tu crains pour ta réputation de bon époux et de bon père ? attaqua-t-elle aussitôt. Je n'ai que peu de temps ; tu seras vite de retour au manoir.

— Angélina, murmura-t-il en la saisissant aux épaules, pose ta lanterne, enfin ! Ce matin, au sortir de la messe, nous ne pouvions pas parler franchement.

— En effet, ironisa-t-elle. Que me veux-tu, Guilhem ? J'estime que nous n'avons guère à discuter. Tu es marié, tu as un fils et un deuxième enfant s'annonce.

— Je n'ai pas eu le choix, petite diablesse, trancha-t-il. Mais je ne t'ai jamais oubliée, pas un instant.

La jeune femme se raidit, sur la défensive. Le poids écrasant du chagrin que cet homme lui avait causé la soulevait d'une haine fulgurante et réveillait toute sa rancœur.

— Menteur, sale menteur ! cracha-t-elle. Tu m'as laissée seule avec des promesses de retour, de fiançailles. Sans le facteur qui m'a renseignée, je n'aurais pas su que tu étais parti dans les îles après une brillante union avec quelqu'un de ton rang. Imagines-tu ce que j'ai enduré ? Combien j'ai souffert ! Et pas une lettre, pas un signe de toi ! Si seulement j'avais reçu de tes nouvelles, ne serait-ce que pour me demander pardon !

Elle préférait ne pas révéler son altercation avec Eugénie Lesage, la mère de son amant, leur querelle ayant tragiquement abouti au décès de la dame, malade du cœur. Pourtant, c'était ainsi qu'Angélina avait appris son mariage.

Il l'enlaça et la serra contre lui sans chercher à l'embrasser. La jeune femme hésita à se débattre. Elle avait tellement rêvé de ce retour ! Dans ses rêves, Guilhem l'étreignait ainsi, comme le plus inestimable des trésors.

— Tu dois me croire, Angélina, j'ai confié à mes parents les sentiments que je te portais. Je voulais me fiancer et t'épouser, toi et toi seule, avoua-t-il d'un trait. Mais, dès que j'ai prononcé ton nom, ma mère est devenue à moitié folle. Elle hurlait que jamais tu n'entrerais dans notre famille, et d'autres insultes affreuses. Mon père m'a dit peu après que c'était à cause de ta mère, Adrienne, qui aurait causé le décès de ma sœur. J'ignorais cette triste histoire, j'étais pensionnaire, à l'époque.

— Maman n'était pas coupable. Elle a même sauvé la vie de ta mère qui portait dans ses entrailles un bébé déjà mort et bien trop gros.

— Tu es au courant ?

— Bien sûr ! Mon père me l'a confié après les obsèques de ta mère. J'ai appris ainsi que les Lesage méprisaient les Loubet et que j'avais donc peu de chance de te revoir un jour. À quoi bon remuer le passé, Guilhem ? Il est trop tard.

— Il n'est pas trop tard pour s'aimer, Angélina ! rétorqua-t-il avec rudesse. Mets-toi un peu à ma place. Ma mère était fragile et je considérais de mon devoir de la ménager. Mon père m'a proposé ce mariage, un mariage de raison, d'intérêt. J'ai consenti afin d'avoir la paix, de partir au loin, puisque je devais renoncer à toi. Mais, hier, en revoyant la cité sur son rocher, les ombrages de ce bois derrière le palais, j'ai frémi d'une fièvre délicieuse, car j'allais te retrouver. Et tu es encore plus belle, ma petite chérie. En plus, tu es restée célibataire, ce qui m'a ravi le cœur. J'en étais sûr, tu m'attendais, je le savais.

Cette fois, Angélina se dégagea de son étreinte, furieuse.

— Quelle vanité, Guilhem ! s'écria-t-elle. Je t'attendais ? Non, j'en avais assez de t'attendre. Tu m'as prise vierge, tu m'as entraînée dans ta débauche en m'endormant avec des flatteries et des compliments de quatre sous ! Pire encore, le soir de ton départ, tu m'as laissé de l'argent. J'en ai versé des larmes de honte et d'amertume quand j'ai compris que tu m'avais en quelque sorte payée pour mes bons services. Peut-être que tu comptes recommencer, me coucher sur le sol, user de moi à ton aise et rentrer dormir près de ta chère Léonore ! Je ne serai jamais ta maîtresse, ça non ! Mon métier exige que je sois vertueuse et je me suis efforcée de l'être, mais ce n'était pas par fidélité à un lâche, à un goujat !

Révoltée, vibrante de rage, elle ramassa la lanterne posée par terre et recula.

— Non, ne pars pas ! la pria-t-il. Angélina, tu n'as pas pu changer à ce point.

— Mais si ! Tu as quitté une jeune fille de dix-huit ans qui avait foi en ta loyauté et cette fille-là n'existe plus. Je suis même certaine qu'en ce moment tu tentes juste de me séduire par orgueil, par vice.

Guilhem se rua sur elle et la fit taire d'un baiser impérieux, où il exprimait son désir, tout en la maintenant d'un bras implacable. Elle s'était couverte d'un châle en soie, sur un corsage en cotonnade, si bien qu'il put à sa guise, de sa main libre, s'emparer d'un de ses seins et en agacer le mamelon.

— Ma beauté, ma chérie ! balbutia-t-il. Toi seule as su me combler, me rendre fou.

Elle subit à nouveau ses lèvres chaudes, audacieuses, qui maintenant s'égaraient sur sa nuque et son cou. Un vertige la prit, tissé des souvenirs que tous deux partageaient et de la réponse instinctive de son corps aux caresses de Guilhem. Il perçut sa proche reddition et décupla ses efforts.

— Angélina, je t'aime toujours ! Tu es mienne, tu hantais mes rêves !

Il ponctua ces propos d'une plainte amoureuse et tomba à genoux. Habilement, il retroussa sa jupe et son jupon pour appuyer son front contre son bas-ventre. Elle lâcha la lanterne dont le verre se brisa. La flamme s'éteignit.

— Non, non, arrête ! gémit-elle.

Il avait déchiré sa culotte en linon, trop affolé pour en déboutonner l'ouverture. Vite, avec une avidité bestiale, il embrassa sa fleur intime, dont il avait si souvent vanté le parfum de miel tiède. Elle plongea ses mains dans sa chevelure drue, afin de le repousser, mais il se montrait d'une telle frénésie qu'il résista.

Elle émit de petits cris étonnés, transportée dans un délire sensuel par cet homme qui rendait hommage à sa délicate chair de femme. Soudain, ce fut elle qui le retint, haletante, tandis que son bassin ondulait doucement, secoué de spasmes involontaires. Guilhem but à cette source secrète, lui aussi terrassé par une jouissance fulgurante. Il tarda à se relever, à demi enfoui sous sa jupe. Dégrisée, Angélina eut alors conscience de ce qui venait d'arriver.

— Mon Dieu ! Va-t'en ! bredouilla-t-elle.

Il se redressa sans hâte. Il faisait trop noir pour qu'ils puissent se regarder.

— Alors ? Ose me dire que tu ne m'aimes plus, marmonna-t-il.

— Je n'ai rien à dire, soupira-t-elle. Va-t'en ! Cela ne doit jamais se reproduire. Reste au manoir auprès de ton épouse, à qui tu ne sembles guère fidèle.

— Pitié, pas un mot sur Léonore, coupa-t-il. Elle m'a donné un fils. J'ai une profonde affection pour elle. Mais toi, toi… Il faut nous revoir, Angélina.

Il tenta de la prendre par la taille, mais elle se déroba, hagarde.

— Guilhem, je t'en prie ! Je ne retomberai pas dans tes filets. Tu espérais que je te saute au cou, que je te supplie de m'aimer encore ?

— Tu as quand même couru à ce rendez-vous, nota-t-il, sarcastique, et tu n'es pas beaucoup plus farouche que jadis.

— Sale mufle ! jeta-t-elle durement en le giflant. J'ai été faible, je l'admets, et je n'ai aucune excuse. Mais cela me servira de leçon. Je t'éviterai comme la peste, puisque je suis capable de me laisser trousser dans les bois.

— Angélina, s'écria-t-il, pardonne-moi. J'ai cru que tout allait recommencer. Écoute, je veux bien faire mon mea culpa. Oui, j'aurais dû t'écrire, mais je jugeais cela inutile. Si je l'avais fait, tu aurais reçu des mots d'amour et de regrets. J'étais emporté par le courant de ma nouvelle vie, le voyage en bateau, la découverte des îles, la gestion de la plantation. Et le bébé, ça a été un don du ciel. Si tu savais comme il est beau, mon Bastien !

Ce fut le coup fatal qui atteignit la jeune femme en plein cœur.

— Ton Bastien ! dit-elle très bas, la gorge nouée.

Elle serra les dents afin de ne pas lui jeter à la figure qu'il avait un autre fils, l'aîné, le premier né.

— Bien sûr, il est beau, répliqua-t-elle dans un souffle hébété. Alors, oublie-moi et retourne dans ton foyer. L'existence est si fragile ! Elle tient à un fil. Ne gâche pas tout en t'obstinant à me rencontrer. Adieu, Guilhem. Je déplore d'être venue. Nous avons parlé dans le vide et laissé libre cours à nos sens. C'est un péché, et je ne suis pas fière de moi.

— Un dernier baiser ?

— Surtout pas !

Angélina se rua dehors. La lune éclairait le sous-bois de ses rayons bleuâtres. L'air embaumait l'humus rafraîchi et une senteur fugace mêlée au parfum plus tenace des prairies voisines, hérissées de hautes herbes en floraison.

« Adieu, adieu, Guilhem ! se répétait-elle en courant sur le sentier qui rejoignait la rue Maubec à travers des éboulis rocheux nappés de mousses. Je garde le plus précieux de tes cadeaux, mon cher petit Henri, mon fils, notre fils. »

5

La chanson d'Angélina

Barcelone, Espagne, samedi 11 juin 1881
Luigi désespérait de recevoir l'argent qu'il avait demandé à son ami, le père Séverin. Il en venait à douter des promesses de Dolorès, qui affirmait avoir posté sa lettre.

Ce matin-là, morose, le baladin jouait de la guitare, en quête de refrains français. Sans la coquette somme qu'il attendait, il refusait de partir pour la maison dans les collines dont sa maîtresse continuait à lui vanter les agréments. Il faisait de plus en plus chaud dans la grande ville catalane, malgré la brise dispensée par la Méditerranée à certaines heures de la journée.

Sa cheville était quasiment guérie. Il pouvait maintenant marcher à l'aide d'une canne, ce qui lui déplaisait beaucoup. Aussi préférait-il demeurer dans la petite chambre haut perchée, d'où il contemplait le clocher de la cathédrale avec tant d'insistance qu'il aurait pu en dessiner chaque détail d'architecture.

Des pigeons blancs venaient souvent se poser sur l'appui de la fenêtre, toujours grande ouverte. Luigi leur distribuait des miettes de pain ou des morceaux de ces gâteaux à l'anis qu'il n'appréciait guère.

— Quel est donc cet air ? se demanda-t-il tout bas, exaspéré. Je l'avais entendu dans ce village, à Biert, le soir de la Saint-Jean d'été.

Son regard noir, teinté d'un éclat brun doré selon son humeur, se riva à un point invisible du mur qui lui faisait face. Irrésistiblement, le visage d'Angélina se dessina tel qu'il le revoyait en pensée, celui d'une jeune fille d'une beauté ineffable, aux traits délicats et harmonieux, aux prunelles envoûtantes. « Des yeux couleur de printemps ou d'automne, songea-t-il. Je lui ai dit, lors de notre première rencontre, qu'elle avait volé leur couleur aux violettes d'avril, aux colchiques d'octobre, aux lilas du mois de mai. La plus étonnante des créatures, cette Angélina, à la fois enfantine, rieuse, forte et sévère. Autant l'oublier pour de bon. Elle a dû se marier. Qui ne voudrait pas lier son sort à une pareille enchanteresse ? Eh bien ! moi, Luigi, prince du vent et des grands chemins. »

Il eut un rictus ironique pour se moquer de lui-même. Au fil des mois écoulés, sa gaîté et son entrain s'étaient étiolés au profit d'une sorte d'amertume mélancolique.

— *J'ai reçu une flèche empoisonnée*, fredonna-t-il. *L'amour est prisonnier, de l'autre côté des Pyrénées... Un si bel amour, non, un bel objet d'amour !*

Ces mots trouvèrent un écho dans son esprit. Il se souvenait à présent de la chanson écoutée un soir de juin, à Biert.

Ces belles montagnes qui tant hautes sont...
M'empêchent de voir où mes amours sont !

— Mais oui, c'est ça ! Des hommes l'ont chantée dans leur patois si proche de l'espagnol, parfois. *Se canto !*

Bêtement heureux, il se crut de retour dans la vallée de Massat, libre vagabond au cœur pétri de rêves confus.

De sa voix grave et caressante, il se mit à fredonner. L'irruption de Dolorès, en robe jaune et châle noir, le fit taire.

— *Querido mio,* tu as de la visite ! *Madre de dios,* veux-tu te lever de ce lit et t'arranger un peu ? C'est un prêtre, qui est là, à côté.

— Un prêtre ! s'écria Luigi en se levant précipitamment. Comment est-il, *querida*[1] ? Vieux, le crâne dégarni et voûté ? Non, je suis sot, mon cher ami le père Séverin n'aurait quand même pas fait le voyage !

— Il n'est pas vieux. C'est un jeune prêtre blond, beau garçon, minauda sa maîtresse.

Le baladin lissa d'une main nerveuse ses boucles noires et ajusta sa chemise.

— Va le chercher, vite ! murmura-t-il. Je suis sûr qu'il vient de la part du père Séverin. Miracle, Dolorès, nous allons pouvoir couler des jours tranquilles dans ta campagne. Laisse-nous seuls, surtout.

Elle lui souffla un baiser du bout des lèvres et s'éclipsa d'une démarche dansante. Presque aussitôt, le religieux entra dans la pièce. Il portait une bure d'un marron poussiéreux et des sandales en corde. Une croix en buis ornait sa poitrine.

— Luigi ? s'enquit-il en marquant un temps de surprise.

— Oui, mon frère, pour vous servir. Excusez ma tenue qui vous déconcerte un peu, je le vois bien. Ciel, j'ai passé des semaines sur ce lit à cause de ma blessure, enfin, de ma jambe malade. Asseyez-vous là, sur la chaise.

---

1. Chérie, en espagnol.

Frère Zacharie, qui n'était pas prêtre mais novice à l'abbaye de Combelongue en Ariège, balaya d'un œil perplexe le décor environnant. Il considéra la guitare posée en travers du lit aux draps défaits, la table de chevet encombrée d'une carafe de vin rouge et d'épluchures d'orange, des vêtements entassés sur un coffre dont la plus grande partie traînait à même le plancher. Il fit signe qu'il resterait debout.

— Vous venez de la part du père Séverin ? interrogea Luigi d'un ton réjoui.

— En effet, mon supérieur m'a prié de mener à bien une mission de cœur, selon ses propres mots. Je devais vous remettre ceci et m'assurer de votre santé.

Le religieux sortit de sa besace une bourse en cuir noir rebondie et une lettre cachetée à la cire rouge.

— Merci, je vous remercie ! s'enflamma le saltimbanque en riant tout bas.

— Je vous laisse, monsieur, répliqua frère Zacharie en saluant d'un air impassible.

— Mais où allez-vous ? Barcelone est vaste. Nous pouvons vous loger. Quand repartez-vous à l'abbaye ?

Désemparé par la vivacité et la familiarité de Luigi, le visiteur s'efforça d'afficher un calme olympien.

— Je vous sais gré de votre gentillesse, mais j'ai un endroit où loger et je ne repars pas immédiatement pour Combelongue. En fait, je suis en route vers Saint-Jacques-de-Compostelle, ce qui m'a permis de rendre ce service au père Séverin.

Après cette brève explication, le frère Zacharie s'en alla. Dolorès, elle, réapparut, frémissante de curiosité.

— Alors, Luigi ? Tu as l'argent ?

— Oui ! Ciel, je bénis l'univers entier et mon cher père Sévérin. Je savais qu'il m'aiderait. Cet homme mérite sa place au paradis, si le paradis existe.

— *¡Madre de dios!* Veux-tu te taire *¡querido mio!*

Les yeux brillants, Luigi soupesait la bourse en cuir. Il achetait déjà en imagination de nouveaux vêtements, un violon d'occasion, une boucle d'oreille en or...

Câline, la jeune Espagnole se blottit contre lui pour chuchoter :

— Tu vas m'offrir une bague, tu as promis.

— Je n'ai qu'une parole, Dolorès, répliqua-t-il avant de l'embrasser à pleine bouche. Demain, nous irons nous promener sur *Las Ramblas*[1]. Tu mettras ta plus jolie robe, la rouge et noire. Il y a des boutiques jusqu'au vieux port. Tu auras ta bague. Maintenant, je voudrais lire la lettre du père Sévérin. Va me préparer quelque chose à manger, je suis affamé, d'un coup.

— Oui, *querido*. Du riz et des langoustines, ça te plairait ?

Il approuva distraitement, l'enveloppe cachetée entre les mains. Une émotion étrange l'envahissait, juste à toucher ce papier épais et un peu craquant. Soudain, il se revit là-bas, au creux d'un vallon ombragé, entre des murs séculaires, sous la bienveillante protection du vieux religieux.

Par le plus grand des hasards, Luigi avait retrouvé en Ariège le prêtre qui avait veillé sur ses jeunes années d'orphelin à Lyon. « Je volais une carpe dans le bassin de l'abbaye et j'ai été surpris par un des moines. On m'a

---

1. Avenue de Barcelone très fréquentée, lieu de commerce et de promenade.

conduit au supérieur. C'était lui, le père Séverin, se souvint-il. Il m'a reconnu tout de suite, malgré ma défroque de troubadour loqueteux. »

Ses doigts tremblèrent en dépliant la feuille couverte d'une élégante écriture régulière. Luigi ferma les yeux une seconde, comme si ces lignes pouvaient le blesser, l'affaiblir. Il respira profondément et commença à lire.

Mon cher enfant,

J'ai éprouvé un vif soulagement en recevant enfin de tes nouvelles, après des mois à me tourmenter sur ton sort. Pourquoi as-tu refusé l'argent que je te proposais, le soir où tu as quitté notre abbaye ? Je t'envoie la même somme de grand cœur, dans l'espoir que tu en fasses bon usage et surtout que tu consentes à revenir sur la terre de tes ancêtres, sous la protection divine dont il ne faut jamais douter.

J'avais hâte de te faire savoir que tu n'es plus accusé des actes odieux qui ont provoqué ta fuite en Espagne. Le véritable coupable a été arrêté en décembre et, pris de remords, il a mis fin à ses jours en prison. Il s'agissait d'un certain Blaise Seguin, bourrelier à Saint-Girons.

Certes, tu pouvais encore être jugé pour ton évasion de l'hôpital de Saint-Lizier, d'autant plus que tu avais molesté ton gardien, mais, en dépit de mes rhumatismes, j'ai enfourché ma mule pour rendre visite au brigadier de police et plaidé ta cause. Qui, dans ta situation, car tu étais promis à la guillotine, n'aurait pas tenté d'échapper à un châtiment inique ? Aucun innocent ne consent à mourir pour une faute qu'il n'a pas commise. Épris de justice, ce brave homme s'est rangé à mon avis et tu ne risques plus aucune peine de prison.

Je me fais vieux et j'attends sans impatience l'heure où Dieu me rappellera à lui. Je n'ai qu'un souhait, te revoir une dernière fois afin de partir en paix, si j'ai pu semer un grain de raison dans ton esprit si fantasque. Je voudrais te savoir établi, menant une vie honnête et simple.

Mon enfant, que Dieu te garde de suivre des chemins trop détournés et qu'il me donne la joie de te bénir, toi qui as été privé de l'affection des tiens et que je considère un peu comme mon fils.

Père Séverin

Bouleversé, Luigi serra la lettre contre son cœur. Il avait les larmes aux yeux, ce qui lui arrivait rarement. Fébrile, il tint cependant à la relire mot par mot, de plus en plus exalté. Des images virevoltantes le traversèrent : des sentiers de montagne bordés de bruyères ou de gentianes, des ruisseaux argentés courant sur des roches sombres et luisantes, des hameaux aux toits d'ardoise, des sous-bois humides, et tant de fleurs gorgées d'eau, fleurs sauvages des prairies. Il avait parcouru tant de vallées, de plaines, de collines et cueilli si souvent, d'une main désinvolte, violettes et primevères. Des violettes…

— Mais alors, elle aussi, elle sait, murmura-t-il. Si le père Séverin, de son abbaye pétrie de silence, a su que j'étais bel et bien innocent, Angélina le sait également. Sapristi ! En voilà, une nouvelle !

Il esquissa un pas de danse, s'empara de la guitare et joua avec frénésie une courte mélodie endiablée. Puis il chanta, en s'accompagnant de l'instrument.

> *Dessous ma fenêtre est un oiselet*
> *Toute la nuit chante, chante pour ma mie !*
> *S'il chante, qu'il chante, chante pas pour moi,*
> *Chante pour ma mie, qui est loin de moi...*

Les paroles lui étaient revenues, précises, obsédantes. De l'autre côté des Pyrénées, il reverrait sa mie, la belle Angélina. Mais Dolorès mit fin à la complainte. Elle se rua dans la chambre, une assiette à bout de bras.

— *¡Querido mio!* s'exclama-t-elle. Tu es content ? Alors, je suis contente aussi. Installe-toi sur le lit et mange donc...

Luigi fixa les langoustines grillées et le riz nappé de sauce d'un regard absent. Il serait volontiers parti sur l'heure, sans même dire adieu à sa maîtresse.

— Pose ça, Dolorès, dit-il doucement. Je dois te parler d'abord d'une chose grave, très grave.

La jeune femme perdit son expression radieuse. Sa bouche esquissa une grimace inquiète.

— Je suis désolé, je ne peux pas te mentir. Dolorès, tu m'as donné un toit, tu m'as soigné, nourri, aimé, et je t'en remercie de toute mon âme. Mais je dois m'en aller. Je n'irai pas à la campagne. Le père Séverin me réclame et je serais bien ingrat de ne pas voler à son chevet. Enfin, il n'est pas alité ni mourant, mais il me réclame quand même, comme le fils qu'il n'a pas eu. J'espère que tu me pardonneras.

Il se tut, prêt à affronter les foudres de sa maîtresse. Elle le dévisagea longuement d'un air incrédule avant de formuler une série d'imprécations en espagnol, où il était question du vieux religieux, de l'inconstance masculine et de sa faiblesse pour un incorrigible voyageur. Enfin, livide, elle éclata en gros sanglots.

— *Querido mio,* je le savais, que tu me quitterais ! Je le sentais, là, dans mon cœur. Dis, tu reviendras ? Luigi, *querido*, il faudra revenir !

Il aurait pu lui promettre un prompt retour, la bercer de douces paroles trompeuses. Il n'en fit rien, incapable de la duper.

— Non, Dolorès ! Si je pars, je ne reviendrai pas. Écoute, tu m'as rendu heureux, tu as été généreuse et je tiens à être sincère, loyal. J'ai besoin de ma liberté, j'ai besoin d'errer où bon me semble et de dormir sous les étoiles. Je rêve de voir Paris, les rivages de l'océan Atlantique, et je veux rendre visite au père Séverin, un saint homme. J'ai une dette envers toi. La bague, je veux que tu l'achètes. Choisis un joli bijou et, quand tu l'auras à ton doigt, tu penseras à moi.

— Je penserai à toi longtemps, rétorqua-t-elle, un peu consolée.

Luigi lui caressa la joue. Il jugea préférable de taire les sentiments qu'il vouait à une autre femme, cette perle de glace et de feu, là-bas, au-delà des montagnes.

— Je m'en irai demain matin, ajouta-t-il. Nous avons encore toute une journée et toute une nuit !

En guise de réponse, Dolorès posa enfin l'assiette sur le bout du lit et lui tendit les bras.

Saint-Lizier, dimanche 12 juin 1881

Gersande de Besnac était de retour. En la voyant dans son fauteuil près de la cheminée en marbre, Angélina éprouva une joie et un soulagement immenses, une impression de sécurité retrouvée.

— Mademoiselle, vous êtes devenue une mère pour moi, avoua-t-elle. Ces jours sans vous, je me sentais perdue, presque abandonnée, malgré le bonheur que j'ai eu de garder Henri.

— Angie chérie, soupira la vieille dame, toi aussi tu m'as manqué. Luchon est une jolie ville, très animée et, si je me suis bien distraite, je pensais à toi du matin au soir et à ce petit garçon tant aimé qui ensoleille ma vie.

Elles se tenaient les mains, toutes deux émues, ravies de se retrouver.

— Moi, je n'étais pas à mon aise, annonça Octavie, qui enlevait la poussière d'une table à grands coups de plumeau. Me tourner les pouces comme ça, bayer aux corneilles, ça ne me vaut rien. Je ne faisais que ressasser des souvenirs de ma jeunesse, au point d'en pleurer la nuit dans mon lit.

Angélina adressa un sourire compatissant à la domestique, dont elle connaissait le douloureux passé. Une épidémie de choléra avait fauché son mari et sa petite fille de deux ans, là-bas, dans les Cévennes.

— Ma pauvre Octavie, dit-elle gentiment, sais-tu, Henri t'a beaucoup réclamée. Et vous aussi, mademoiselle. Il va être tellement content !

Rosette devait amener l'enfant pour le repas de midi. Il y avait à cela une raison bien simple : la jeune femme avait tenu à venir seule pour informer Gersande de ce qui s'était passé durant son absence. Elle le fit en présence d'Octavie, pour qui elle n'avait pas de secret.

— Mon Dieu, nous voilà bien ! s'exclama celle-ci quand elle fut au courant du retour de Guilhem Lesage et des liens rompus entre Angélina et son père.

— Seigneur Dieu ! renchérit la vieille demoiselle. Quel gâchis, Angie ! Quelle mouche t'a piquée de crier la vérité à la face de ce malheureux Augustin ? Germaine ne tiendra jamais sa langue.

— Oh que si ! se récria la jeune femme. Elle aime mon père. Elle se taira de peur de le blesser encore davantage ou de le perdre, car avec son caractère épineux il serait capable de la laisser pour s'en aller je ne sais où...

— Ciel, comme les hommes sont intransigeants ! soupira Gersande. Il n'a que toi comme enfant et il te renie. Il fallait m'envoyer un télégramme, je serais rentrée aussitôt. Et ce Guilhem ! Il pensait que tu n'attendais que lui, que tu tomberais dans ses bras. C'est à vous dégoûter de la gent masculine. Lord Brunel m'a déçu, lui aussi.

— Mais en quoi ? s'étonna Angélina.

— Je préfère ne pas en parler, pas tout de suite. Tout ce que tu viens de m'apprendre me préoccupe beaucoup, petite. Et si nous quittions le pays ? Plus rien ne nous retient, au fond. Ton père a juré de ne plus te voir ni t'entendre, alors que Guilhem te tournera sans cesse autour, pareil à un loup affamé de chair fraîche. J'ai assez de fortune pour acheter une maison ailleurs, et je mettrai celle-ci en vente. Tu peux exercer n'importe où, Angie. En plus, nous habiterions toutes ensemble, Rosette, toi, Octavie, Henri et moi. Que dirais-tu d'emménager à Foix, ou bien à Toulouse ? Saint-Gaudens m'a paru une petite bourgade agréable. Et Tarbes. Pau serait une ville plaisante, également.

Angélina était stupéfaite devant la proposition. Jamais elle n'avait envisagé de déserter la maison natale, ni sa belle cité perchée sur une couronne de remparts.

— Non, cela ne me dit rien, murmura-t-elle. Mon père me pardonnera peut-être un jour. Sans oublier Luigi, votre fils !

— Luigi ! Ne l'appelle pas ainsi. C'est Joseph, mon fils Joseph, rectifia d'une voix tendue la vieille dame. Là encore, par quel miracle reviendrait-il ici, à Saint-Lizier ? Il se croit toujours accusé de crimes abominables. Même s'il osait s'aventurer dans la région, ne serait-ce que pour te revoir, nous ne pouvons pas être partout à la fois. Il a pu errer du côté de Biert ou de Massat, de Toulouse... Tu me l'as souvent répété, Angie, nous n'avons aucune chance de le croiser, à moins que le hasard se montre bienveillant. Pour être sincère, petite, je crois que je ne le reverrai jamais, ce fils que j'ai abandonné. Ce sera mon ultime punition.

— Allons, allons, mademoiselle, ronchonna Octavie. Ayez confiance en la divine Providence. Vous n'êtes pas à l'article de la mort, il vous reste bien des années à vivre. L'idée de Lord Brunel m'a semblé futée, à moi...

— De quoi s'agit-il ? s'enquit Angélina.

— Malcolm m'a suggéré de faire publier une annonce dans plusieurs journaux français, en signifiant à Luigi qu'il était innocenté et qu'un membre de sa famille le recherchait, expliqua Gersande. Je n'y crois guère. L'imagines-tu épluchant la presse, lui que tu m'as dépeint comme un baladin, un saltimbanque toujours par monts et par vaux ?

La jeune femme fit la moue. Elle ne parvenait plus à rêver de cet étrange personnage au regard envoûtant. Elle avait tant de soucis, de tourments intérieurs. De savoir Guilhem au manoir des Lesage, si près de la cité, la maintenait dans un état singulier, entre colère, exaltation et langueur. Son corps demeurait marqué par la savante caresse que son ancien amant lui avait imposée... ou offerte, selon l'angle sous lequel elle considérait la chose. Cela la peinait aussi de confier à nouveau Henri à sa vieille amie et à Octavie. L'enfant s'était habitué au logis de la rue Maubec, aux rires de Rosette, aux câlins d'Angélina. Surtout, il s'était attaché au gros pastour blanc, ce qui risquait de causer problème. « Sauveur n'a pas sa place chez mademoiselle et je n'aimerais pas m'en séparer », songea Angélina.

— Angie ? Tu es bien pensive, s'inquiéta sa bienfaitrice. Alors, vraiment tu ne voudrais pas que nous partions ? Nous ne sommes pas obligées d'aller très loin. Une trentaine de kilomètres peut suffire. L'essentiel serait de ne pas être l'objet de médisances, et de fuir Guilhem Lesage.

— Pourquoi pas Foix ? proposa Octavie avant de regagner la cuisine.

La brave domestique s'était ennuyée ferme à Luchon, et elle jubilait de reprendre possession de ses casseroles.

— Laissez-moi y réfléchir. J'admets que ce serait peut-être une bonne solution. Mais il faudrait un jardin pour Sauveur et une écurie. Blanca et la calèche me sont indispensables.

— Évidemment, trancha Gersande de Besnac. Il faut dénicher une maison de maître, avec une cour intérieure, un jardin et plusieurs pièces. Qui sait, tu pourrais trouver là-bas un époux digne de toi, de ta beauté et de ton intelligence.

Angélina songea, mi-agacée, mi-amusée, que son amie recommençait à vouloir la marier.

— Je n'ai pas envie d'un mariage de raison, mademoiselle, comme celui qu'a fait Guilhem. J'avais cru comprendre que vous auriez bien voulu me voir épouser votre fils, Joseph.

— Oui, de vous savoir réunis aurait comblé tous mes vœux, mais je ne suis ni sotte ni pétrie d'optimisme. Je suis consciente aussi que cet homme, même né de ma chair, est un parfait inconnu, un étranger pour moi, même si j'ai ressenti une vive émotion quand j'ai croisé son chemin, à Biert. Ciel, il ressemblait tellement à son père ! Enfin, trêve de vaines rêveries. Ma petite, il nous faut agir au mieux en protégeant Henri des commérages et de son géniteur.

— Quel vilain mot, déplora Angélina.

Elles se turent un long moment. Gersande contemplait ce grand salon qu'elle appréciait tant, avec ses fenêtres en enfilade qui donnaient sur les montagnes, ses boiseries peintes en vert pâle, son plancher lustré. Angélina fixait ses mains, des mains menues, habiles à donner la vie, mais également vives à coudre des points minutieux sur les tissus les plus fins.

— Rosette a eu une idée, il y a quelques jours, déclara-t-elle soudain. Elle m'a conseillé de transformer l'atelier de mon père en dispensaire. Je l'ai tout de suite découragée et nous n'en avons pas reparlé depuis. Mais je viens de constater que cela me plairait.

— Un dispensaire ! Seigneur, c'est stupide ! Tu n'es ni médecin ni infirmière.

— Je lui ai répondu exactement cela, mademoiselle.

Octavie, qui apportait des fruits frais dans un compotier en cristal, mit son grain de sel :

— Cette Rosette, elle en a dans la tête, affirma-t-elle. Un endroit pareil, ça serait bien utile par ici. Vous pourriez consulter certains après-midis les futures mères et les nouveau-nés.

Nerveuse, Angélina se leva de sa chaise. Elle promena un œil mélancolique sur la ligne encore neigeuse des Pyrénées, au sud.

— Non, mademoiselle a raison, c'est bel et bien stupide. À Foix, en effet, je pourrais peut-être gagner un peu d'argent, mais pas ici, dans la cité. En plus, je suis qualifiée comme sage-femme, rien d'autre.

Elles continuèrent à discuter encore plus d'une heure, sans Octavie cette fois, car elle préparait le déjeuner. Rosette arriva à midi pile avec Henri et le pastour.

— Oh ! mon beau petiot ! s'exclama la domestique dès qu'elle les reçut dans le vestibule. Vite, que je te bise ! Tu m'as bien manqué !

L'enfant fut soulevé du sol, cajolé et embrassé. Il paraissait un peu intimidé, mais cela ne dura pas. Ensuite, on le conduisit à Gersande, qui versa une larme.

— Mon chérubin, mon mignon ! Que tu as bonne mine ! Es-tu content de me revoir ? demanda-t-elle tout bas. De revoir ta mère qui t'aime très fort ?

Angélina eut le cœur serré en voyant la mine perplexe de son fils, qui n'osait pas répondre. « Il n'a que deux ans et demi, le pauvre enfant, et il ne sait plus trop où il en est ! se dit-elle. Nous l'avons gardé trois semaines, Rosette et moi. C'est long, à cet âge. Je ne m'étais jamais posé de question sur son existence entre deux femmes assez âgées, qui pourraient être ses grands-mères. Mais il y a des enfants élevés par leurs grands-parents, quand ils n'ont plus ni mère ni père. Ce n'est pas le cas d'Henri. »

Elle vit Gersande attirer le petit sur ses genoux et lui lisser les cheveux. La vieille dame semblait contrariée.

— Il faudra vite te baigner et te mettre un joli costume, soupira-t-elle. Tu sens le chien. Angie, Rosette, pourquoi porte-t-il ce pantalon en grosse toile et une simple chemise sans manches ?

— Ben, parce qu'il est plus à son aise pour jouer dans la cour, pardi ! répliqua l'adolescente. Vous savez, m'selle, le pitchoun, il est toujours couché avec le chien. Y sont inséparables, ces deux-là. Même que Sauveur monte sur le lit pendant la sieste d'Henri.

Angélina eut un sourire d'excuse pour expliquer :

— Nous ne voulions pas le chagriner. Au début il était un peu perdu, sans vous. Il a beaucoup pleuré le premier soir. Rosette et moi, nous avons pris des libertés.

— Peut-être, cependant il porte mon nom, et je le destine à un brillant avenir. Il fera de sérieuses études dans un pensionnat religieux, il recevra de moi et de ses professeurs une éducation choisie, décréta Gersande.

— Mais il n'a pas trois ans ! protesta Angélina. Ma chère mademoiselle, malgré la profonde affection que j'ai pour vous et tout le respect que je vous dois, je pense avoir mon mot à dire au sujet de cet enfant. Il s'est épanoui, à la maison ; je l'entendais rire tout le long de la journée. Peu importe qu'il soit propre ou sale, qu'il sente le chien ou l'eau de Cologne, il a joui des privilèges d'un garçonnet de son âge, il a gambadé dans les prés, cueilli des fleurs, et je l'ai promené en calèche. Mon Dieu, il frappait des mains tant cela le charmait.

— Ouais, ça, il aime Blanca aussi ! J'vous jure, il était bien heureux avec nous autres, renchérit Rosette, qui sentait une tension singulière chez la vieille demoiselle.

— J'en suis certaine, concéda Gersande. Mettons fin à cette discussion et pardonnez-moi mon humeur.

Je rentre fatiguée, l'âme en peine et, de surcroît, j'apprends de mauvaises nouvelles. Octavie ! Le déjeuner est-il enfin prêt ?

— Oui, oui ! Rosette, viens m'aider ! cria la domestique depuis la cuisine.

Le repas se déroula dans une atmosphère plus sereine. Gersande de Besnac détestait être affamée et, une fois rassasiée, elle fut plus conciliante. C'était sans compter Henri qui, dès qu'il dut aller à la sieste, s'accrocha au collier du pastour.

— Il vient avec moi, 'auveur ! gazouilla-t-il.

— Non, mon petit. Ce chien dormait dans ton lit quand tu étais chez ta marraine. Ici, je ne suis pas d'accord, trancha la maîtresse des lieux d'un ton sec. Et pas de caprices, je te prie !

Octavie, Rosette et Angélina échangèrent un regard consterné. La vieille dame avait rarement fait preuve d'une telle sévérité à l'égard de son petit protégé. Il fit une grimace de dépit, la bouche pincée, puis il éclata en sanglots.

— Angie, Angie ! gémit-il en courant vers Angélina pour qu'elle le prenne dans ses bras.

— Voilà le résultat de ce lamentable fiasco ! hurla alors Gersande en quittant son siège. Dieu tout-puissant, je suis à bout !

Sur cette exclamation, elle se drapa dans son châle en soie et marcha d'un pas chancelant jusqu'à sa chambre. Rosette poussa un léger sifflement de surprise, tandis qu'Angélina consolait son fils. Accablée, la domestique prit place à la table, sans même penser à débarrasser.

— Mademoiselle n'est pas dans son assiette, confessa-t-elle très bas. Je ne l'avais pas vue ainsi depuis des années.

— Est-ce Lord Brunel, le responsable ? hasarda la jeune femme du même ton presque inaudible.

— Bien sûr ! avoua Octavie. Venez donc dans la cuisine, on sera plus tranquilles pour causer. J'aurais bien voulu te prévenir, Angélina, que tout allait de travers, mais je n'en ai pas eu l'occasion. On s'est quasiment sauvées de Luchon. J'ai bouclé les valises pendant que milord était aux thermes, j'ai trouvé un fiacre et hop ! la gare et le train de huit heures hier soir. En arrivant ici, on s'est couchées. Ce matin, Rosette m'a aperçue à la fenêtre du salon ; comme ça, vous avez su qu'on était de retour.

— Et j'ai accouru, soupira Angélina. Dis-moi vite ce qu'il y a de si grave.

— Lord Malcolm Brunel connaissait mademoiselle depuis toujours. Ses parents venaient en France acheter des truffes et du vin fin, dans le Sud, et ils s'étaient liés d'amitié avec les parents de mademoiselle. À l'en croire, madame Gersande et Lord Malcolm avaient dansé ensemble lors de leur première rencontre, dans le château des de Besnac, mais moi, à cette époque, je n'étais pas encore au service de la famille. Ils se seraient revus certains étés et mademoiselle aurait volontiers épousé cet Anglais, qui était fort beau dans sa prime jeunesse. Mais, un jour, il lui a écrit qu'il était marié. La suite, tu la sais, Angélina. Mademoiselle s'est enfuie avec un comédien ambulant. Curieusement, elle et Lord Brunel sont restés grands amis, par correspondance.

Octavie reprit son souffle. Blotti contre sa mère, Henri s'endormait, bercé par le ronron du récit.

— Enfin, nous voici à Luchon. Des balades en calèche autour de la ville, des repas dans les meilleurs restaurants et des causettes à n'en plus finir. Moi, mes pauvres petites, j'avais une chambrette à l'hôtel et je me reposais. Ils étaient toujours de sortie, mademoiselle et le lord. Il fallait écouter la musique dans le parc des Quinconces, car un orchestre jouait sous le kiosque ; il fallait admirer la cascade d'enfer, au bout d'une piste poussiéreuse. Je me disais, c'est louche, ça sent les fiançailles entre ces deux-là. Si tu avais vu mademoiselle, Angie ! Elle resplendissait, elle riait, elle s'achetait des colifichets, des caramels...

— Dites, ça fait rêver ! s'extasia Rosette. Moi, je me suis pas amusée comme ça, à Luchon...

— Quand on est riche, fillette, tout devient facile, affirma la domestique d'un air sérieux. Mais on n'est pas plus heureux pour autant. Je me dépêche de vous raconter le fin mot de l'histoire. Hier midi, donc, notre môssieur Malcolm invite mademoiselle à déjeuner. Je n'y étais pas, bien sûr. Mais je la vois entrer dans ma chambre en larmes, livide, une main sur le cœur. Lord Brunel lui avait bien parlé mariage, mais, hélas ! il s'agissait d'une jolie Londonienne de cinquante-deux ans, une veuve, Lady je ne sais quoi. Je crois bien que mademoiselle espérait l'épouser, et qu'elle a un gros chagrin. Et qui dit chagrin, chez elle, dit sautes d'humeur, nerfs à vif et crises de colère.

Navrée pour son amie, Angélina secoua la tête.

— Il lui aurait demandé conseil ? avança-t-elle. Est-il aveugle, ou idiot, cet homme ? Mademoiselle paraissait rajeunie et toute guillerette ; il aurait pu comprendre qu'elle espérait une déclaration de sa part.

— Comme quoi j'étais pas si sotte, moi, triompha Rosette. Qu'est-ce que j'vous disais, m'selle Angie ? Y avait de la romance dans l'air, mais que d'un côté. Merde, alors !

— Rosette ! Je ne veux plus entendre ça !
— Sûr ! se récria Octavie. Faut songer à l'éducation du pitchoun.

L'enfant sommeillait, le pouce dans la bouche, un pied effleurant le dos de Sauveur qui était resté debout contre la chaise d'Angélina.

— Je vais porter Henri dans son lit, dit-elle. J'en profiterai pour rendre visite à Gersande. J'ai de la peine pour elle.

La domestique fit la moue en ajoutant :

— Peut-être qu'elle t'en dira plus qu'à moi, mais j'en doute. Mademoiselle a toujours eu de l'orgueil. Là, elle souffre dans son amour-propre.

— Ou dans son amour tout court, hasarda Rosette, réjouie d'avoir vu juste dès le début. Maintenant, Octavie, je te fais la vaisselle ; j'ai besoin de me rendre utile.

Angélina les laissa. Sur la pointe des pieds, son précieux fardeau dans les bras, elle se rendit dans la chambre dévolue au garçonnet. Il y faisait frais et sombre. En couchant le petit, elle perçut l'écho de sanglots étouffés et son cœur se serra. Vite, elle passa dans la pièce voisine, aux murs blancs, au mobilier d'une grande sobriété. Gersande de Besnac pleurait tout son soûl, le visage enfoui au creux d'un oreiller. Des voilages beiges protégeaient le lit, mais si fins qu'ils étaient transparents.

— Mademoiselle, chère mademoiselle ! Je vous en prie, calmez-vous ! murmura-t-elle en s'asseyant au bord du matelas.

— C'est toi, Angie ? Ciel, je ne devrais plus t'appeler ainsi, puisque ce surnom vient de cet individu retors. Mais c'est tendre et facile à dire. Angie chérie, je suis si triste !

La vieille dame se retourna, les joues roses et le bout du nez rougi par les larmes.

— Je suppose qu'Octavie t'a confié ma déconvenue. Sinon, tu ne serais pas là, à me regarder avec pitié.

— Avec compassion, rectifia la jeune femme. C'est différent. Voyons, Gersande, vous espériez vraiment épouser cet homme ? Cela m'étonne, car vous auriez été tenue de partir en Angleterre. Et nous, alors ?

— Tiens, tu me donnes du Gersande, à présent ? L'heure est grave, dans ce cas ! Angie, je me suis montrée d'une crédulité honteuse, et cela m'a valu une belle humiliation, une sorte de gifle morale. Malcolm était si prévenant, si aimable ! J'ai vécu des jours merveilleux, là-bas, à Luchon. Je découvrais les joies que connaissent certains couples de partager des moments exquis, d'être impatients, aussi, dès le matin, de retrouver la personne qui les comble et les enchante. Ce n'était qu'une illusion. Hier, Lord Brunel, tout mielleux, commence à me parler mariage. J'ai cru que mon cœur allait exploser dans ma poitrine.

— Que vous a-t-il dit ?

— Il a abordé le sujet ainsi : « Ma très chère Gersande, j'ai un aveu à vous faire. Je ne me croyais pas capable d'apprécier autant ce séjour en votre compagnie et cela me pousse à reconsidérer mon célibat entêté. Je voulais rester fidèle au souvenir de ma femme. Je crois que c'était un dur sacrifice que je m'imposais ! » Et patati, et patata ! enragea Gersande.

— Il faut avouer que ce discours pouvait vous troubler.

— Mais oui ! Ensuite, il me demande conseil : « Qu'en penseriez-vous, mon amie de toujours, si je me remariais avec une des femmes les plus charmantes que Dieu a mise sur mon chemin. Spirituelle, bien éduquée, de beaux yeux clairs… » Là, je vibrais d'exaltation, j'en tremblais, Angie. Hélas, le couperet est tombé quand il a déclaré : « Lady Béatrix, ma cadette d'une vingtaine d'années, veuve également. » Mon Dieu, on m'aurait poignardée, j'aurais moins souffert.

Angélina retint un sourire, amusée par ces derniers propos, un peu exagérés.

— Vous étiez amoureuse à ce point ? s'enquit-elle d'une voix apaisante.

— Je n'en sais rien. J'étais flattée d'être choyée et adulée. Il me prenait le bras et caressait mes mains. Ce n'était que de l'amitié.

— Il vous avait déjà déçue par le passé, n'est-ce pas ?

— Ah ! Encore Octavie ! Quelle vieille pie, celle-là !

— Ne soyez pas aigrie ni méchante, mademoiselle. Cela ne vous va pas. Et je répète ma question. Qu'auriez-vous fait si Malcolm Brunel vous avait demandée en mariage ? Vis-à-vis d'Henri et de moi ?

— J'aurais refusé, bien sûr, trancha Gersande. D'après ce que j'ai vaguement compris, milord a prévu d'honorer sa Lady Béatrix, une jeunesse comparée à lui et, pour ma part, ces choses-là ne m'intéressent plus du tout. Cela ne m'empêche pas d'être froissée, vexée et de fort mauvaise humeur. Pardonne-moi, je me suis montrée insupportable, ce matin. Au fond, Henri serait bien plus heureux élevé par toi et Rosette. Bah ! Tu es sa marraine, tu veilleras sur son éducation future, car je ne vivrai plus très longtemps.

La jeune femme saisit les mains de son amie et les étreignit. En dépit de quelques querelles égrenées au fil des mois, elles étaient liées autant que de proches parentes.

— Pitié, ne parlez pas de votre mort ! Mademoiselle, je n'ai plus que vous. Mon père va s'enfermer des années dans sa fureur, armé de ses farouches théories sur l'honneur ; Guilhem a fondé une famille. Que deviendrai-je sans vous, sans Octavie ? Si cela peut vous redonner courage, j'accepte de quitter la cité et de vous suivre dans une autre ville. C'est la meilleure solution, en fait. Henri grandira entouré de nous quatre. Je préfère être franche, cela me brise le cœur qu'il revienne habiter ici. J'aurais aimé le garder rue Maubec. Surtout qu'il ne veut plus se séparer de Sauveur ! Et le pastour lui rend bien son affection.

— Tu ramèneras ton fils chez toi après la sieste, décréta la vieille dame. Je me proclame malade pendant deux semaines au moins, si ce n'est davantage. Il me faut ce temps pour digérer ma mésaventure avec Lord Brunel, à qui je n'écrirai plus une ligne. Encore un personnage libidineux, ragaillardi à l'idée de sa nuit de noces ! Je plains cette Béatrix. Elle tiendra un sac d'os entre ses bras.

Du coup, Angélina éclata de rire. Gersande l'imita, mais en sourdine.

— Tu as raison, il vaut mieux en rire qu'en pleurer, commenta-t-elle d'un ton cependant nostalgique. J'ai cru qu'il était encore possible d'aimer et d'être aimée, à mon âge, bientôt soixante-douze ans. Un vrai miroir aux alouettes ! En plus, Lord Brunel est plus riche que moi ; ma fortune n'était même pas un atout dans mon jeu. Petite, va brûler des cierges à la cathédrale afin de ramener Joseph dans le pays. Tu vois, c'est la huguenote, comme dit ton père, qui te le demande. Je voudrais tant être rassurée sur son sort, pouvoir le chérir et en faire mon héritier, sans pour autant léser Henri.

— Ce point me tracasse, mademoiselle. Si Luigi... pardon, si Joseph revient et qu'il apprend sa véritable identité, il me prendra pour une usurpatrice, une fille vénale qui lui aura volé ses biens.

— Chut, pas de sottises ! Joseph s'inclinera devant tes beaux yeux et j'ai de quoi le pourvoir suffisamment. Maintenant, ma douce enfant, je vais dormir un peu. Au réveil, j'aurai sûrement les idées plus claires. Il nous faut chercher une demeure digne de nous. Comme ce sera drôle ! Nous irons en visiter toutes les deux, très élégantes, difficiles à satisfaire.

Angélina embrassa la vieille demoiselle sur le front et sortit. Une fois dans le couloir, elle eut conscience de la décision qu'elle avait prise. « Partir d'ici ! Mon Dieu, je n'en ai aucune envie, mais ai-je le choix ? Pourquoi s'attacher à des murs, à un lieu en particulier, surtout si je peux ensuite partager le quotidien de mon fils et échapper à Guilhem ? Je pourrai louer ma maison ; cela me fera une sorte de rente. Un jour, je reviendrai. Plus tard, bien plus tard. »

Elle retrouva Rosette et Octavie qui bavardaient dans la cuisine et la conversation avait encore pour sujet un éventuel déménagement.

— Dites, m'selle, ce serait du luxe d'habiter sous le même toit, claironna l'adolescente. Et pourquoi pas à Saint-Gaudens ? Comme ça, je verrais ma sœur plus souvent. Valentine, elle serait contente, mes frères aussi.

— Nous verrons, Rosette. Je viens d'accepter la proposition de mademoiselle, mais nous ne savons pas encore où se niche notre futur foyer. Et j'ai une bonne nouvelle, nous gardons Henri pendant plusieurs jours encore.

Octavie fit grise mine avant de servir du café bien chaud à ses invitées.

— Faudra quand même venir déjeuner de temps en temps avec le pitchoun, supplia-t-elle.

— C'est promis, répondit Angélina. Qui résisterait aux bons plats que tu prépares ? Je pense en outre qu'Henri a besoin d'être entouré de nous quatre. N'aie crainte, nous nous arrangerons toujours.

Rosette eut un sourire ébloui, certaine d'avoir trouvé une seconde famille. L'avenir lui paraissait aussi lumineux que le ciel printanier qui s'étendait au-dessus des toitures du vieux palais des Évêques.

Saint-Lizier, vendredi 8 juillet 1881
Il était presque minuit. Allongée dans la pénombre, Angélina ne parvenait pas à trouver le sommeil. Il faisait très chaud depuis trois jours et l'air nocturne demeurait étouffant. Octavie répétait que cela promettait un bel orage et Rosette confirmait en prétendant que les hirondelles de la cité volaient de plus en plus bas, un signe infaillible, selon l'adolescente.

« Qu'il vienne, cet orage ! pensait la jeune femme, seulement couverte d'un drap. Cela apporterait de la fraîcheur. »

Nerveuse, oppressée sans raison précise, elle décida de se relever. Henri dormait dans son petit lit en fer forgé, veillé par le gros pastour dont la forme blanche constituait une masse imposante sur le bois sombre du plancher. Gersande de Besnac s'obstinait à se dire malade, si bien qu'Angélina gardait toujours son fils, et ce, avec une joie infinie.

— Reste ici, Sauveur, chuchota-t-elle. Protège bien mon enfant.

Sur le palier, elle tendit l'oreille. De la chambre voisine, aucun son ne lui parvenait. Rosette s'assoupissait toujours vite, à peine couchée. Angélina descendit l'escalier et longea le couloir étroit situé entre un mur humide et la cloison à colombages délimitant la grande cuisine.

— Je vais en profiter pour vérifier mon registre, se dit-elle tout bas.

C'était un de ses devoirs sacrés de costosida, du moins, à son sens. Elle avait acheté un gros cahier à couverture grise, relié en tissu noir, afin d'y noter le prénom et le nom de famille de ses patientes, accompagnés de quelques mots sur le déroulement de leurs accouchements. Les pages comportaient des lignes horizontales et des traits verticaux qui ouvraient trois colonnes sur la droite. Dès qu'elle avait obtenu son diplôme, Angélina Loubet s'était astreinte à tenir ce qu'elle appelait son registre. Chaque observation sur les parturientes et les bébés pouvait l'aider à éclaircir un autre cas.

Silencieuse, elle alluma une chandelle, plaça le bougeoir sur la table et se dirigea vers le placard aménagé près de la cheminée. Équipé d'étagères, le réduit renfermait le cahier, des flacons d'alcool et certains de ses instruments, ainsi qu'un encrier et le porte-plume indispensable.

Sa chemise de nuit en satin rose, légère et ample, voletait autour de son corps au rythme de ses allées et venues.

« Que c'est agréable ! Il fait plus frais en bas, constata-t-elle. Et un peu de solitude ne me fera pas de mal. »

Avec Rosette et Henri, la maison était le plus souvent très animée. Le petit garçon, plus libre de ses mouvements que chez Gersande de Besnac, devenait turbulent. Quant à la jeune fille, elle vaquait aux tâches ordinaires en sifflant ou en chantant, quand elle ne dansait pas au milieu de la cour.

Angélina ne s'en plaignait pas, car cette semaine encore elle avait dû s'absenter une nuit entière et une longue journée pour donner la vie à deux enfants, l'un à Taurignan, au bord du Salat, l'autre à Saint-Girons, rue Saint-Valier. Aussi, au retour de ses expéditions, elle appréciait de retrouver son fils et Rosette, flanqués du chien, tous trois très heureux de l'accueillir.

— Voyons un peu, chuchota-t-elle en ouvrant le fameux registre.

Son porte-plume à la main, sans l'avoir trempé dans l'encre, elle suivit une ligne bien précise :

Sidonie Sadenac, quinze ans ; l'enfant se présentait en position transversale. Retournement effectué sans peine après le massage dit d'Adrienne Loubet.

Cela la fit sourire. Elle était allée rendre visite à la très jeune accouchée. La mère et le bébé se portaient à merveille. La costosida relut ensuite le compte rendu de sa visite chez les Messin, de Gajan.

Enfant mort-né en raison d'un terme de dix mois.

— Seigneur, quelle tristesse ! Quand je pense qu'ils auraient pu adopter le beau petit gars né à Montjoie.

Songeuse, elle fixa l'âtre noir où même les braises du soir s'étaient éteintes. Les traits hautains de Guilhem lui apparurent, un peu flous.

— Guilhem m'a scrupuleusement obéi, soupira-t-elle. Il n'a pas cherché à me revoir et c'est tant mieux.

Contre son gré, cependant, Angélina revécut la scène de la grange, dans le bois de chênes. Elle debout, ses jupes retroussées, son ancien amant à genoux, rendant un ardent hommage à son sexe. Les joues en feu, elle se replongea dans la lecture du registre et feuilleta les pages.

Fanchon Bertrand, épouse du facteur. Dix-neuf ans. La naissance a été facile et rapide. Louise, le bébé, est en parfaite santé.

D'autres noms encore, celui d'une certaine Félicité, qui avait mis au monde un superbe poupon de quatre kilos trois jours auparavant.

« Guilhem ! Si tu frappais au portail en cette nuit d'été, je n'aurais pas la force de te résister, s'effara-t-elle, une main sur sa bouche comme pour ne pas faire cet aveu tout haut. Les jardins embaument, la cité est couverte de roses de toutes les couleurs... Sous les remparts poussent de la menthe et du thym ; de la plaine monte le parfum des foins. Je voudrais m'allonger sur l'herbe, nue, et te sentir peser sur moi. Tu me redonnerais le plaisir inouï que je n'ai pas pu oublier et la sensation d'amour, si violente, si bouleversante qui me laissait presque en extase. Tu dis m'aimer encore, malgré ton épouse et ta famille. Moi, je ne sais plus. »

Elle avait honte de s'avouer qu'elle succombait surtout au désir, au besoin lancinant d'un homme. Ce fut à cet instant précis qu'elle crut entendre de la musique, encore lointaine, indistincte. Cela venait sûrement de la rue. Surprise et intriguée, elle marcha jusqu'à la porte, qu'elle laissait ouverte durant la nuit. Tout de suite, la senteur subtile des roses jaunes de sa cour la grisa. Un quartier de lune se dessinait à la cime du prunier, sur un ciel bleu sombre aux rares étoiles.

— Mais qui joue ? s'étonna-t-elle tout bas.

Les battements de son cœur s'accélérèrent. Angélina avait reconnu la mélodie, celle de la chanson qui évoquait pour elle son beau pays de montagne et que tous les anciens des terres occitanes fredonnaient les soirs de fête : *Se canto*. Quant à l'instrument, c'était un violon, elle l'aurait juré. D'un pas timide, elle s'avança au milieu de la cour et scruta les pans d'ombre le long des murs qui la cernaient.

— Luigi ? appela-t-elle dans un souffle. Luigi, est-ce vous ?

Elle marcha jusqu'au portail et tourna la clef dans la serrure. Que verrait-elle, si elle entrebâillait le battant ? De découvrir la silhouette fantasque du baladin lui semblait impossible, et pourtant elle avait la certitude insensée qu'il était enfin revenu.

— Luigi ? murmura-t-elle encore dès qu'elle fut dans la rue.

Les paroles de la chanson déferlaient dans son esprit, drainant aussi des images, des chagrins, des joies enfuies.

Montagnes, baissez-vous,
Plaines, haussez-vous
Que je puisse voir
Où sont mes amours...

Angélina regarda de chaque côté, mais rien ne bougeait, pas même un chat en maraude. Et le violon jouait toujours avec délicatesse, juste effleuré par un archet que l'on aurait dit amoureux des cordes.

« C'est Luigi, oui, c'est lui », songea-t-elle.

Désemparée, envahie par l'étrange impression d'être au sein d'un rêve éveillé, elle demeurait immobile, fascinée, sans soupçonner une seconde qu'il l'admirait avec un indicible bonheur, perché sur le toit de l'écurie. La nuit était claire et il ne perdait rien du tableau ravissant que lui offrait Angélina, ses longs cheveux dénoués, simplement vêtue d'une fine chemise qui dévoilait ses formes adorables. Quand elle était sortie dans la cour, il avait ressenti une sorte d'émerveillement enfantin.

« Alors, c'était bien vrai, elle existe, ma Violetta, avait-il pensé. Elle n'est ni déesse ni diablesse, c'est une beauté émouvante et fragile. »

Il lui avait suffi de prendre la route au bord de la Méditerranée et de monter dans un train à Collioure pour arriver à Foix. De là, enivré par sa liberté reconquise, un petit pécule en poche, le saltimbanque avait flâné de villages en hameaux sous le couvert des sapins et des hêtres géants qui se dressaient en lisière des prairies d'estive. Avec l'argent du père Séverin, il avait fait l'acquisition d'un violon de qualité médiocre et il s'était habillé à son goût, c'est-à-dire d'une large tunique blanche, d'un gilet de cuir noir fort usé et d'un pantalon en toile rouge. Un foulard de même teinte, noué sur sa tête, le protégeait du soleil et maintenait ses boucles noires en arrière.

Sans cesse, Luigi espérait que la jeune femme l'apercevrait, attirée dans la bonne direction par la provenance de la musique. Mais les hautes maisons d'en face renvoyaient les sons alentour, si bien qu'Angélina s'obstinait à chercher dans la rue et non en hauteur. Cela finit par le rassurer, car, malgré sa faconde et son audace, il cédait à une vive appréhension, mêlée d'une timidité nouvelle. « Comment l'aborder ? Que lui dire ? s'interrogeait-il. Et quel accueil réservera-t-elle au bohémien que je suis, fils du vent, peut-être, mais fils de rien, aussi. Je voulais me contenter de rôder dans la cité et d'approcher sa porte, mais il a fallu qu'elle allume une bougie et qu'elle veille à l'heure où les honnêtes gens dorment. Par chance, elle ne m'a pas vu en sortant, accroupi sur ce toit. »

Il avait eu l'adresse de la costosida en questionnant un vieillard assis à l'entrée du pont sur le Salat. En attendant la nuit, propice à ses déambulations discrètes, il s'était abrité de la chaleur sous l'arche du pont où il avait grignoté un quignon de pain, les yeux rivés sur la surface mouvante de l'eau. Loin de passer inaperçu, il avait suscité la curiosité de Germaine Loubet, la veuve Marty comme on la surnommait encore, qui allait acheter une brioche à la boulangerie, et sidéré Saturnin, le vieux carillonneur, qui logeait près du clocher-porche.

Ainsi, Luigi, qui ignorait ses origines et son patronyme, Joseph de Besnac, avait réussi la prouesse de passer sous les fenêtres de sa mère et de se cacher dans une venelle obscure, juste derrière l'écurie des Loubet.

« Je reviendrai, décida-t-il en posant son archet et son violon. Misère ! Je manque de courage vis-à-vis de cette demoiselle que je connais si peu, en fait. »

Il reculait prudemment lorsqu'Angélina jeta un coup d'œil sur le toit, intriguée par l'arrêt de la musique et un léger bruit de pas. Elle ne vit qu'une tache claire, l'ample tunique du baladin, et le reflet d'une boucle d'oreille.

— Mon Dieu, Luigi, mais descendez de là ! bredouilla-t-elle.

Il avait déjà disparu. Affolée et incrédule, Angélina comprit cependant qu'il n'avait qu'une issue, la ruelle longeant le mur arrière du bâtiment. Elle allait se ruer de ce côté quand un aboiement sonore, rauque et profond, retentit dans la cour. Le pastour se rua par le portail entrouvert. Rosette suivait, Henri en larmes pendu à son cou.

— M'selle Angie ? Qu'est-ce que vous fabriquez dehors ? Le chien m'a réveillée, tellement il grognait. Du coup, le pitchoun s'est mis à pleurer.

Partagée entre son instinct maternel et l'envie de parler avec le mystérieux et insaisissable Luigi, Angélina ne savait plus que faire. Elle parvint à retenir Sauveur par son collier au moment où il sortait, tout hérissé et les crocs menaçants.

— Sage, mon chien, ordonna-t-elle. Rosette, je t'en prie, rentre à la maison et emmène cette bête féroce. Il y a sans doute un chat sur le toit, j'ai entendu miauler et je suis allée voir.

— À d'autres ! ironisa l'adolescente. C'est bien rare que vous baguenaudez dans la rue à moitié nue à cause d'un matou. Moi, je croyais qu'on venait encore vous demander pour une naissance, pardi !

Déçue et enfin consciente de sa tenue légère, Angélina rentra la première sans lâcher le pastour. Elle était étonnée d'avoir menti à Rosette, sa confidente de chaque instant. « Je courais vers cet homme, folle que je suis. Je préférais le cacher dans l'espoir de me retrouver seule devant lui. Il va partir et je ne le reverrai pas. »

Mais elle se raisonna. Si Luigi avait disparu presque une année avant de ressurgir, ce n'était pas un hasard. Il n'avait pas hésité à grimper sur le toit de l'écurie, d'où on pouvait aisément observer la cour et la maison.

« Il est venu pour moi ; il a trouvé la rue Maubec, mon cher vieux logis. Donc il n'ira pas bien loin, se disait-elle, mi-inquiète, mi-réjouie. Je dois lui parler. Mademoiselle Gersande sera si heureuse, et lui aussi. N'errait-il pas en quête de ses parents ? »

Rosette épiait la moindre expression de son visage, certaine qu'Angélina dissimulait un fait important. Calmé, Henri se frottait les yeux en bâillant.

— Remonte le coucher, Rosette. Mieux, prends-le dans ton lit. Je vous accompagne. Je vais me changer. Et garde le chien, qu'il ne réveille pas les voisins.

— Et vous ? Où c'est-y que vous comptez galoper ? chuchota sa servante d'un air malin.

— Luigi… répliqua-t-elle. Excuse-moi, j'ai été stupide de te mentir, mais, après tout, ce feu follet était bel et bien perché sur le toit comme un chat.

Tout de suite en extase, Rosette gravit l'escalier avec l'énergie de ses dix-huit ans. Un rire silencieux plissait ses joues. Angélina passa dans sa chambre, ôta sa chemise et enfila une robe en calicot bleu foncé à manches mi-courtes et peu décolletée. Fébrile, elle mit une culotte et un jupon.

« Il m'attend dans la ruelle, pensa-t-elle, la bouche sèche à force d'émotion. Mon Dieu, faites qu'il soit là, que je puisse vite lui annoncer la bonne nouvelle. Il a une mère et cette mère habite à une centaine de mètres. »

Rosette la rejoignit sur le palier. Elle trépignait d'excitation.

— Filez donc ! Henri s'est rendormi et je ne le quitte pas d'un centimètre. Le bon Dieu a écouté mes prières, il vous a envoyé votre amoureux. Ce que j'suis contente, m'selle Angie ! Enfin, même si c'est pas un vrai amoureux, c'est le rejeton de m'selle Gersande.

Angélina l'étreignit avec affection et l'embrassa sur le front.

— J'y vais, petite sœur. Seigneur, j'en tremble ! C'est bizarre, j'ai l'impression de bien le connaître, et en même temps je me dis que c'est un étranger. La dernière fois que j'ai croisé son regard… Mon Dieu, il était blessé, couvert de sang, insulté par la foule qui lui lançait des pierres, cela à cause de moi !

— Je sais, m'selle. Vous me l'avez raconté souvent.

— Et si Luigi était là pour se venger ? Rosette, je suis d'une naïveté ! Pourquoi aurait-il envie de me couvrir de fleurs, alors que je l'ai accusé des crimes les plus odieux ? Je ne ressors pas. Je vais plutôt courir fermer à clé le portail et la porte d'en bas.

— M'selle Angie, chuchota l'adolescente, une belle fille comme vous, on lui pardonne tout. Vot' Guilhem a pas pu vous oublier ; m'sieur Luigi, c'est du pareil au même.

Angélina n'était pas de cet avis. Guilhem Lesage avait eu ses faveurs pendant des mois et sa chair en était marquée. Entre le baladin et elle se dressaient des images de violence, assorties d'un climat de méfiance. Soudain, un détail la rassura.

— Rosette, il jouait l'air de *Se canto* sur son violon, cette chanson que j'aime tant et que ma mère me fredonnait en me berçant, celle que je chante à Henri, bien souvent. S'il me voulait du mal, il n'aurait pas joué cet air-là !

En guise de réponse, l'adolescente la poussa vers l'escalier.

— Courez, vite, vite ! murmura-t-elle.

Angélina se retrouva dans la rue, le cœur cognant à grands coups. Elle s'aventura jusqu'au milieu de la venelle sombre sans discerner aucune silhouette. L'étroit passage débouchait sur un portillon en planches assez vétuste, qui donnait accès à un jardinet abandonné.

— Luigi ? appela-t-elle très bas. Je vous en prie, où êtes-vous ?

Elle se glissa dans le jardin. Ses pieds chaussés de sandales foulèrent de la menthe en floraison dont le parfum suave et familier la troubla, car c'était pour elle le parfum même d'une chaude nuit d'été.

— Luigi, nous devons parler. Je ne sais pas où vous vous cachez, mais c'est grave, c'est très important.

Un imperceptible craquement dans la pénombre d'une haie de lilas la fit tressaillir. Nerveuse, elle porta une main à sa poitrine. Soudain, elle crut distinguer un mouvement, toujours sous les arbustes.

— Vous êtes là, bien sûr, dit-elle d'un ton radouci. Et vous ne pourrez jamais vous comporter en personne ordinaire, de celles qui frappent à une porte au lieu de grimper sur un toit pour jouer du violon. Luigi, vous avez bien fait de revenir au pays, car vous êtes innocenté ; le coupable a été arrêté. Et, puisque j'en ai l'occasion, je voudrais vous demander pardon de toute mon âme et de tout mon cœur. J'ai tellement regretté ma sottise, mon aveuglement ! Pardon !

Elle n'osait plus bouger ni avancer vers les lilas. De la plaine s'élevait le bruit de la rivière sur les rochers, ainsi que l'écho lointain d'un attelage lancé à vive allure.

— Luigi, j'ai quelque chose à vous rendre, ajouta-t-elle en désespoir de cause. Alors, sortez de votre cachette.

Ses yeux s'accoutumant à l'obscurité, Angélina fut vite désappointée. Il n'y avait pas âme qui vive alentour.

Déçue, elle marcha d'un bon pas sous la haie. Une ronce lui griffa la joue, une autre égratigna son poignet.

— Que je suis bête ! enragea-t-elle. J'ai parlé dans le vide et j'attendais bien sagement une réponse.

Vexée, elle virevolta et s'éloigna. Mais, à l'angle d'un petit cabanon, quelqu'un bondit et lui barra le chemin.

— J'étais là, Violetta ! J'ai tout entendu et je suis ému aux larmes par votre repentir, déclara Luigi sur un ton solennel.

Angélina retint un cri apeuré, tandis que le nom de Violetta résonnait dans son esprit, ramenant avec lui le souvenir de leur première rencontre. Il l'avait surnommée ainsi malgré ses protestations.

« Je montais ma pauvre mule, la vieille Mina, et je rentrais à Saint-Girons, malheureuse de quitter mon bébé. Ce diable de baladin m'avait escortée, rieur, moqueur. Violetta... à cause de mes yeux. »

— Eh bien, seriez-vous devenue muette en quelques secondes ? pérora-t-il.

— Non, non, mais un peu effrayée par vos façons de disparaître et d'apparaître.

— Alors, que pouvez-vous bien avoir à me rendre ? J'ai trouvé ! Un baiser, un délicieux baiser !

Elle le dévisageait, stupéfaite qu'il ait si peu changé. Son regard sombre brillait comme s'il captait la moindre source de lumière, en l'occurrence la clarté diffuse de la lune.

— Luigi, pitié, soyez sérieux. Tenez, cela vous appartient, je l'ai ramassé sur le champ de foire, à Biert, parmi les débris de votre violon. Mon Dieu, ce gâchis, par ma faute !

Angélina lui tendit la médaille en or que Gersande de Besnac, trente-trois ans plus tôt, avait accrochée sur le bonnet de son fils et que le musicien gardait précieusement, car c'était le seul lien qui le rattachait à sa famille inconnue.

— La médaille ! dit-il d'une voix tendue. Merci, belle dame. Merci, vous me rendez la vie !

6

Joseph de Besnac

Saint-Lizier, même nuit
Angélina répéta en pensée les mots que venait de dire Luigi : « Merci, belle dame. Merci, vous me rendez la vie ! » Cela la réconforta. Si ce modeste bijou signifiait autant pour l'éternel vagabond, il augurait des retrouvailles réussies avec sa mère, Gersande.

— Je croyais ne plus jamais tenir ce bout de métal entre mes doigts, soupira-t-il. C'est aimable à vous d'en avoir pris soin, et encore plus de me le redonner.

— Je ne suis pas une voleuse, rétorqua-t-elle avec maladresse. Enfin, ce n'est pas ce que je voulais dire… Je le gardais précieusement dans l'espoir de vous le remettre.

Luigi s'écarta un peu pour s'appuyer au mur le plus proche. Il avait fait maintes acrobaties ce soir-là et sa cheville s'en ressentait. De plus, l'émotion l'affaiblissait ; ses jambes lui semblaient en coton.

— C'est trop d'un coup, avoua-t-il. Vous revoir, ma chère Violetta, et récupérer mon talisman, car cette médaille me servait de talisman, d'amulette si vous préférez. Vraiment, ce pays me joue des tours. Mon cœur résistera-t-il ?

— Mais oui ! assura-t-elle en souriant.

Il fut bouleversé par ce sourire. Au fond, elle avait changé.

— J'avais le souvenir d'une jeune fille farouche, prompte à juger et à pourfendre les méchants, et je découvre une femme très douce dont la voix me transporte de joie.

Le fantasque saltimbanque se réfugiait derrière son verbiage habile. La présence d'Angélina le rendait vulnérable et, désemparé, il avait presque envie de s'enfuir. Elle, pendant ce temps, le regardait avidement. Il était moins grand que dans ses souvenirs. Il était amaigri, aussi, mais ses traits réguliers et l'arc de ses sourcils noirs lui paraissaient d'une séduction accrue.

— Des retrouvailles sous ce discret clair de lune, c'est assez romantique, fit-il remarquer. Belle dame, si nous causions dans un lieu plus tranquille ! En fait, je suis las, très las.

— Ce jardin me convient, trancha la jeune femme. Le parfum de la menthe et des roses m'enchante. Mais asseyons-nous, si vous êtes fatigué. Tenez, là, sur cette planche qui devait servir de banc. Elle est posée sur deux pierres, c'est solide.

Angélina s'étonnait d'être aussi à l'aise. Luigi ne l'intimidait même plus, peut-être parce qu'elle connaissait sa filiation avec Gersande de Besnac. « Oui, c'est sûrement pour ça, songea-t-elle. Il m'est familier, et je suis tellement contente qu'il soit revenu. » Elle tentait d'analyser le tumulte de ses sentiments, sans bien y parvenir. Elle était à la fois joyeuse, émue, impatiente, anxieuse et prudente, ce qui la poussait à discuter sans lui apprendre immédiatement ce qu'elle savait.

— Soyez sincère, dit-elle quand ils furent installés côte à côte. Pourrez-vous me pardonner le mal que je vous ai fait l'été dernier ? J'étais terrifiée par la mort de mon amie Lucienne, à Toulouse, et par celle de la petite serveuse de l'auberge de Biert. Certes, j'aurais dû réfléchir. Vous n'aviez pas l'attitude d'un pervers, mais sait-on vraiment quel masque nous présente un assassin ? J'ai besoin de votre pardon. Mon erreur m'a hantée durant des mois et j'étais très inquiète à votre sujet, puisque vous vous étiez évadé de l'hôpital gravement blessé.

— Je suis touché par votre sollicitude à rebours, concéda-t-il d'un ton neutre. Marchandons, Violetta. Je vous échange mon pardon contre un baiser. Sans être un individu lubrique, de vous sentir si proche, de contempler vos lèvres ravissantes et de ne pas y goûter, cela me rend malade.

— Mon Dieu, vous allez trop vite ! se rebella-t-elle.

— Arrêtez d'invoquer Dieu, il est souvent sourd aux prières humaines, même si, je le confesse, il a veillé sur moi par l'intermédiaire d'un brave religieux.

— Seriez-vous un mécréant sans foi ni loi ?

— Cela dépend des jours, admit-il. Alors, ce baiser qui vous absoudra de vos fautes ?

— En aucune façon ! protesta-t-elle, soudain intimidée, obsédée aussi par la révélation qu'elle devait lui faire. Un baiser n'est pas sans conséquence. Ou bien sur la joue, rien d'autre.

— Va pour la joue, dit-il tendrement.

Elle s'exécuta en toute hâte, troublée par l'odeur de sa peau et de ses cheveux.

— Sommes-nous quittes ? interrogea-t-elle avec un brin de coquetterie.

— Je m'en contenterai. Mais qu'aviez-vous de si grave à me dire ? C'est le moment ou jamais. Pas de témoins gênants, rien que la lune, quelques étoiles et les parfums de ce jardinet.

— Oui, je crois que c'est le bon moment. Vous devrez m'écouter attentivement, car je me demande comment vous expliquer…

— Attendez un peu ! s'écria-t-il en lui coupant la parole. Cela me semble inouï que nous soyons ensemble, à deviser en bons amis. Si vous étiez hantée par le remords, moi, j'étais hanté par vous, par votre beauté, par vos prunelles violettes. Hélas ! je me disais que c'était inutile de chercher à vous revoir, et j'étais prêt à vivre maritalement avec une certaine Dolorès, qui m'a hébergé à Barcelone. Le destin en a décidé autrement, le destin et moi, surtout. Mais une minute encore. Vous avez toujours ce gros chien blanc ?

— Sauveur ? Oui, et il n'a pas apprécié votre sérénade nocturne.

— Et cet enfant que j'ai entendu pleurer dans les bras d'une jeune fille, ils sont de votre famille ?

Embarrassée, Angélina se souvint que Luigi ignorait tout de son existence. Il lui parut opportun de donner quelques explications.

— La maison m'appartient, je l'ai héritée de ma mère. J'ai obtenu mon diplôme de sage-femme à la fin de l'automne et j'exerce ici, dans la cité où je suis née. On m'appelle le plus souvent la costosida, un mot du patois occitan. La jeune fille, c'est Rosette, ma servante, ma petite sœur de cœur, aussi. Je l'ai recueillie alors qu'elle mendiait devant une église. Mais je vous raconterai sa tragique histoire une autre fois. Luigi, cette médaille…

— Et l'enfant ? insista-t-il. C'est le sien ?

Angélina eut alors l'impression d'être au bord d'un gouffre vertigineux, celui du mensonge, un piège dans lequel elle s'était déjà précipitée tête baissée à plusieurs reprises et qui ne lui avait apporté que des ennuis.

— Non, ce n'est pas le sien, répliqua-t-elle d'une petite voix. Il s'agit de mon filleul. Je vous dirai son histoire aussi, mais plus tard. Je le garde jusqu'à dimanche prochain.

Luigi fixa le ciel en silence. Quelque chose l'intriguait au plus haut point. Angélina et lui s'étaient croisés quatre ou cinq fois, toujours dans une atmosphère tendue. Soit ils se querellaient, soit ils plaisantaient sur un ton ironique. La jeune femme n'était plus la même. « Son comportement diffère en tout point de celui de mes souvenirs. Je la sens confiante et d'une gentillesse émouvante. Pourquoi ? » songea-t-il. Néanmoins, elle restait d'une beauté exceptionnelle et cela le chavirait.

— Comme c'est étrange ! dit-il enfin. Vous me promettez bien des récits, ce qui me laisse croire que nous nous reverrons souvent, ou du moins suffisamment longtemps pour que je vous écoute à loisir.

— Oui, nous nous reverrons. Et je dois vite vous parler, maintenant. Luigi, cette médaille qui était accrochée au velours de la boîte de votre violon, il y a des initiales gravées au revers.

— Je le sais, mais je ne suis pas devin, et ces lettres entrelacées ne m'ont jamais rien révélé.

Hésitante, de crainte de lui causer une trop forte émotion, Angélina tergiversa encore.

— Ce sont sûrement les initiales d'un de vos parents !

— Je suppose… Violetta, pitié, oublions ça et dites-moi ce qui vous a rendue si douce et si aimable. Cela mérite récompense et je meurs d'envie d'un autre baiser, sur la joue au pire, ou bien ailleurs.

Il s'approcha. Elle devina sa moue suppliante et fut sur le point de céder.

— Pas encore ! Soyez sérieux, soupira-t-elle.

Sans réfléchir, elle lui prit la main et la serra entre ses doigts menus. Sidéré, il savoura cette étreinte inattendue.

— Comment vous dire ? Luigi, je vous en conjure, ne mettez pas en doute les paroles qui vont suivre.

Il se passa alors un événement tout à fait ordinaire dans le quotidien de la costosida. Un attelage déboula rue Maubec, qui s'arrêta devant le portail. Angélina tendit l'oreille, bouche bée.

— Flûte ! On vient me chercher ! s'exclama-t-elle.

— À cette heure ? s'étonna-t-il.

— Les enfants viennent au monde à n'importe quelle heure du jour ou de la nuit, hélas ! Je dois m'en aller ! Déjà, on sera surpris en me voyant débouler de la ruelle.

— Mais qui, « on » ?

— Celui ou celle qui tambourine au portail, à présent, dit-elle en se levant. Luigi, je vous en prie, ne partez pas de la cité. Patientez un peu ; je vais être obligée d'atteler ma jument et de prendre la calèche ; vous pourrez disposer de l'écurie, il y a une stalle vide avec de la paille propre. Promettez-moi d'être là à mon retour, de ne pas disparaître.

De plus en plus surpris, il la considéra d'un œil flatté.

— Quel homme manquerait à cette prière ? Je vous attendrai cent ans s'il le faut.

Angélina s'éloigna en bénissant ce jardinet à deux pas de chez elle, d'où les bruits de la rue parvenaient sans peine.

— J'arrive, me voilà ! cria-t-elle dès qu'elle aperçut un phaéton noir tiré par deux chevaux gris.

L'homme qui cognait au battant de bois se retourna. C'était Guilhem Lesage.

— Guilhem !

— Dieu merci, tu es là ! rétorqua-t-il, apparemment si soucieux qu'il se moquait bien du lieu d'où elle surgissait.

— Que se passe-t-il ? s'enquit-elle.

Il était bien éduqué et il n'aurait pas osé mener un tel tapage dans le simple but de la voir.

— C'est Léonore ! Viens vite, je t'en supplie ! Elle souffre beaucoup et elle perd du sang. Mon père a envoyé un valet en quête d'un docteur, mais je n'ai confiance qu'en toi. Viens, je t'en prie !

Immédiatement, il eut en face de lui une costosida en alerte, diligente et précise.

— Je vais chercher ma sacoche et une blouse propre, dit-elle. À combien de mois de grossesse est ta femme ? Quand je l'ai vue, j'aurais dit cinq ou six mois.

— Elle commence son huitième mois, d'après le docteur que nous avons consulté la semaine dernière.

— Tant mieux, cela me rassure. Je me dépêche. Surveille tes chevaux, ils s'agitent beaucoup.

— Fais vite, par pitié !

C'était là une prière qu'Angélina connaissait par cœur, le cri de bien des maris : « Faites vite, pitié ! » Guilhem n'était en rien différent des hommes qui imploraient ses services, s'en remettant à sa science et à son savoir.

— M'selle Angie, s'alarma Rosette quand la jeune femme entra dans la cuisine, j'me suis levée à cause du bruit dehors. Alors, vous avez trouvé Luigi ?

— Oui, mais là, je dois partir avec Guilhem. Son épouse risque d'accoucher cette nuit.

— Quoi ? s'écria l'adolescente. C'est lui qui fait ce boucan ?

— Rosette, ne me pose plus de questions, je n'ai pas le temps d'y répondre. Ne sois pas surprise si tu trouves un drôle de personnage dans l'écurie ; j'ai dit à Luigi qu'il pouvait s'y installer.

— Vous, alors ! Pourquoi pas dans un coin de la cour sur une paillasse ? Y peut quand même prendre ses aises dans la maison, m'sieur de Besnac.

— Chut, il n'est pas encore au courant ! s'empressa de dire Angélina, qui avait fini de rassembler ce dont elle aurait besoin. À plus tard, Rosette. Occupe-toi bien d'Henri si je ne suis pas là demain matin.

— Ben, j'ferai comme d'habitude. Je retourne pioncer, moi.

— Dormir, on dit dormir ! rectifia Angélina avant de courir rejoindre Guilhem.

En mari malade d'inquiétude, il mena son attelage au galop. Assise sur la banquette arrière de la voiture, l'esprit vide, Angélina voyait défiler les peupliers plantés au bord du Salat.

« Je vais entrer dans le manoir des Lesage, dont j'ai tant rêvé à l'époque où j'aimais cet homme. Combien de fois ai-je admiré ce petit château du haut de la colline ? Ciel, que j'étais crédule ! »

Le train d'enfer que son ancien amant imposait aux chevaux empêchait toute conversation. La jeune femme se prépara à soigner Léonore comme n'importe quelle patiente, en espérant qu'il n'y aurait pas une nouvelle tragédie.

« Ces gens ont accusé maman d'être responsable de la mort de leur fillette, par le passé. Honoré Lesage ne doit pas apprécier ma venue. Tant pis, je n'ai pas peur de ce monsieur qui me toise avec mépris. »

Elle se sentait forte, capable de tenir tête au monde entier, et sa propre détermination la déconcerta. « C'est grâce à Luigi. J'ai pu lui demander pardon, et il m'a pardonné. Seigneur, que j'étais bien en sa compagnie ! »

Le phaéton s'arrêta brusquement. Angélina constata qu'ils étaient en bas d'un perron en pierre calcaire, devant le manoir aux fenêtres presque toutes illuminées. Un domestique se précipita afin de conduire les bêtes en sueur aux écuries.

— Viens vite, je crains le pire ! balbutia Guilhem en l'aidant à descendre.

Elle le fixa droit dans les yeux pour l'interroger.

— Ton père est-il au courant ? Lui as-tu dit que tu allais me ramener ici ?

— Oui, bien sûr ! Il a d'abord refusé, puis il s'est plié à ma volonté. Les vies de mon épouse et de mon enfant sont en jeu. Alors, les vieilles rancunes, je n'en ai cure.

L'ayant saisie par le bras, il pénétra dans le hall sans rien ajouter. Ils gravirent aussitôt un large escalier en pierre, garni d'un tapis de velours rouge maintenu par des baguettes en cuivre. Angélina nota au passage le luxe tapageur de la demeure, dont la décoration typique du Second Empire mettait à l'honneur les dorures, les tissus lourds et brillants et les meubles en marqueterie.

— Guilhem, ton épouse a-t-elle fait une chute ? demanda-t-elle tandis qu'ils longeaient un couloir sur lequel donnaient une enfilade de portes.

— Non, les douleurs se sont déclarées d'un coup sans raison aucune, dit-il. Voilà, c'est ici. Clémence, ma belle-sœur, se trouve à son chevet ; nos deux bonnes aussi.

Il poussa le battant peint ivoire et souligné de dorures. Angélina, qui enfilait sa blouse, découvrit un lit colossal à baldaquins. Léonore gisait là, paupières mi-closes, livide. Les deux domestiques se tenaient à distance, en robe noire, tablier et coiffe blanche, l'air terrifié. Clémence Lesage, la femme du frère aîné de Guilhem, était assise sur une chaise. Un chapelet entre les doigts, elle priait à voix basse.

— Madame, appela la costosida, pouvez-vous me parler ? Je ferai mon possible pour vous aider.

Léonore ouvrit les yeux et aperçut le regard compatissant d'Angélina Loubet, un regard aux reflets de pierre précieuse qui lui fit pousser une plainte.

— Guilhem, gémit-elle en tendant une main vers son mari, je ne veux pas de cette fille ici ! Où est le docteur ? Ton père m'a promis qu'un docteur viendrait.

Malgré son état de faiblesse et les spasmes répétés de son ventre, Léonore Lesage semblait résolue à chasser l'intruse de sa chambre.

— Guilhem, dis-lui de partir. Oh ! Mon Dieu, j'ai mal, comme j'ai mal !

Sa tête blonde roula de droite à gauche, puis de gauche à droite. Son corps se tordit sous les draps.

— Voyons, ma chérie, ne fais pas l'enfant ! trancha Guilhem. Mademoiselle Loubet a une excellente réputation. Je tiens à ce qu'elle t'examine et qu'elle établisse son diagnostic. Le docteur va bientôt arriver. Mieux vaut deux avis, deux personnes compétentes.

Angélina patientait. Elle n'avait pas coutume de prendre en charge une future mère si celle-ci n'y consentait pas. Le cas s'était déjà produit. Certaines parturientes, sans motif précis, refusaient sa présence, s'en remettant à l'expérience de leur mère, de leur grand-mère, ou d'une voisine supposée capable de mener à bien une naissance.

— Les douleurs se rapprochent, déclara alors Clémence Lesage d'une voix nette. Je pense, hélas, que l'enfant se présente. Tout à l'heure, Léonore hurlait à fendre l'âme.

— Perd-elle encore du sang ? s'enquit la costosida, ce point-là étant le plus préoccupant.

— Non, le flux s'est arrêté, répliqua la jeune femme, dont les cheveux châtains étaient coiffés en bandeaux lisses de chaque côté d'un visage ordinaire à la bouche mince.

— Cette comédie me lasse ! s'emporta soudain Guilhem. Vous autres, sortez !

Il s'adressait aux domestiques qui obéirent promptement. D'un geste autoritaire, il rabattit le drap et la couverture, dévoilant son épouse recroquevillée sur le flanc. Du sang souillait sa longue chemise de nuit en batiste rose.

— Madame, je vous en prie, laissez-vous examiner, dit doucement Angélina. Acceptez pour votre bébé, un petit être innocent qui vous comblera de joie s'il survit. Vos premières couches se sont-elles bien déroulées ?

Léonore lui adressa un coup d'œil affolé sans daigner répondre.

— Il n'y a pas eu de problèmes, indiqua Guilhem. Ma femme était à trois semaines environ de son terme, mais l'enfant pesait trois kilos. Nous avions trouvé une bonne nourrice et il a vite profité.

Toujours dans l'expectative, Angélina demeurait près du lit. La situation lui pesait. Elle pensait que cette jeune mère, capricieuse en apparence, avait dû écouter des ragots sur elle ou sur sa mère, Adrienne Loubet. « Honoré Lesage avait osé frapper maman et porter plainte contre elle, se disait-elle. Guilhem se moque de cette lointaine affaire, mais je parie que son épouse me prend pour une créature redoutable, une incapable... Ou bien il y a autre chose ! »

Clémence crut bon d'intervenir. Elle posa son chapelet sur la table de chevet, se leva et se pencha sur sa belle-sœur.

— Léonore, soyez raisonnable, à la fin ! J'habite le pays depuis trois ans et je vous assure que mademoiselle Loubet est aimée, qu'elle est respectée pour son savoir et son talent d'accoucheuse. Ce n'est guère chrétien de sacrifier votre enfant à des préjugés stupides.

Contre toute attente, Léonore fondit en larmes en bredouillant un oui presque inaudible.

— Allez-y, ajouta-t-elle en fermant les yeux et en s'allongeant sur le dos.

Ces deux mots s'adressaient à Angélina qui ne perdit pas de temps. En silence, Clémence se proposa de l'aider par toute son attitude vigilante. Elle lui donna un grand linge immaculé pour qu'elle procède à l'examen en ménageant la pudeur de Léonore. Mais Guilhem s'éloigna quand même et se posta à une fenêtre.

— Le bébé s'annonce, déclara la costosida. Il va falloir être courageuse, madame. Il se présente par le siège, et un petit pied est déjà engagé. Avez-vous envie de pousser ?

— Non, non, j'ai mal, j'ai très mal, rétorqua sa patiente. Et c'est trop tôt, il ne faut pas qu'il vienne maintenant.

— La nature en a décidé autrement, madame, soupira Angélina. Rassurez-vous, il a toutes ses chances, grâce aux fortes chaleurs que nous connaissons. De plus, il sera assez formé pour téter votre lait.

La femme poussa un cri rageur.

— Moi, nourrir un enfant, jamais !

Son mari revint à la charge, la mine sombre. Il pointa un index impérieux en direction de la porte, comme pour englober dans ce geste l'ensemble de la région.

— Nous dégoterons une nourrice. Léonore, ma chérie, voudrais-tu à présent suivre les conseils d'Angélina ! Je descends prévenir mon père et donner des ordres en cuisine.

— Oui, j'ai besoin d'eau bouillante, d'eau fraîche et de linges propres, déclara la jeune sage-femme. La layette est-elle prête ?

— Je m'en occupe, affirma Clémence Lesage. Il y a de l'eau et du savon, ici, sur la commode.

Résignée à enfanter sur l'heure, Léonore baissa sa garde. Elle n'avait pas le choix, même si l'intonation de Guilhem, lorsqu'il avait prononcé le prénom d'Angélina, résonnait douloureusement dans son cœur. Cette superbe fille aux yeux violets était sa rivale, elle le savait depuis ses fiançailles par une indiscrétion de sa belle-mère. Deux mois avant sa mort brutale, Eugénie Lesage avait semé son venin en racontant comment elle avait évité à son fils cadet de faire une grosse bêtise.

— Ce nigaud voulait épouser une diablesse, une rouquine de bas étage ! lui avait-elle confié. Sa mère, Adrienne, passait pour une sorcière et, d'ailleurs, elle a tué mon bébé dans l'œuf, j'en suis sûre.

Superstitieuse, Léonore avait avalé tout ce qu'elle entendait. Son adolescence passée sur l'île de La Réunion, où les populations locales prônaient des croyances païennes inquiétantes, l'avait familiarisée avec les récits d'envoûtement et de mauvais sorts.

— Madame, dit Angélina, détendez-vous, sinon nous n'arriverons à rien. Soyez attentive au travail de votre corps et aidez votre enfant.

Ce discours insolite sidéra la parturiente, qui avait mis son fils Bastien au monde en hurlant et en se crispant.

— Me détendre ! haleta-t-elle. Pauvre idiote, je ne peux pas, j'ai mal.

Le sang de la costosida ne fit qu'un tour. Elle eut envie de gifler cette insupportable jeune femme qui osait l'insulter.

Mais, à sa grande surprise, Clémence Lesage se chargea de la défendre :

— Vous devriez avoir honte, Léonore ! Ce ne sont pas des manières de personne bien éduquée. Mademoiselle Loubet est de toute évidence mille fois moins idiote que vous ! Si vous continuez à la traiter ainsi, je dirai à Guilhem ce qui s'est passé hier !

— Non, je vous en prie !

— Laissez, ce n'est pas grave, dit Angélina qui se lavait les mains avec soin. Mettons ceci sur le compte de la souffrance, de la panique. Quand j'étudiais à l'hôtel-Dieu Saint-Jacques, à Toulouse, une patiente m'a agressée. J'ai eu l'avant-bras griffé et le pouce mordu au sang. Un accouchement constitue une rude épreuve, si bien que les tempéraments nerveux s'en trouvent accentués. Madame Lesage, je voudrais à présent que vous respiriez à fond. Je dois recommencer l'examen, mais là je vais attraper la jambe du bébé, la seconde, pour éviter un risque de fracture lors de l'expulsion. Ce sera pénible ; j'en suis désolée. Ensuite, dès que je vous dirai de pousser, surtout, obéissez !

Léonore approuva d'un signe de tête. Radoucie, Clémence lui bassina les tempes avec un mouchoir imprégné d'eau de Cologne.

— Que s'est-il passé hier ? s'enquit la costosida. Si cela concerne cette naissance, n'hésitez pas à m'en parler. Je préférerais le savoir. Tout ce que j'entendrai ne sortira pas de cette pièce, car je suis tenue à la plus grande discrétion vis-à-vis de mes patientes.

Elle guetta une réponse, tout en massant avec de l'huile de millepertuis le périnée de la future mère. Le vieux frère Eudes, l'apothicaire du couvent, lui en préparait deux fois par an. L'onction assouplissait les chairs et atténuait un peu la douleur.

— Ma belle-sœur est tombée d'un escabeau assez rudement sur le bas du dos, finit par avouer Clémence tandis que Léonore gardait le silence. Par chance, je n'étais pas loin et je l'ai aidée à se relever. Tout de suite, elle a perdu du sang, mais ce n'était pas affolant. Guilhem attendait ce deuxième enfant comme le Messie, si bien que Léonore m'a suppliée de ne pas révéler qu'elle s'était livrée à de pareilles acrobaties. Tout ça pour une sottise, en plus.

— J'en sais suffisamment, coupa Angélina. Après tout, bien des femmes grimpent sur des escabeaux... Je n'ai pas besoin de savoir pourquoi, mais une chose est sûre : une chute de ce genre peut déclencher l'accouchement.

— Ne dites rien à Guilhem, par pitié ! bredouilla Léonore.

— Je ne dirai rien. Voilà, pendant que nous discutions, j'ai pu dégager le membre du bébé. Maintenant, poussez ! Madame Clémence, il nous faudrait de l'aide, qu'elle puisse être soutenue et se cramponner à d'autres personnes.

— Je sonne ! s'écria la belle-sœur.

Très vite, les deux bonnes revinrent et suivirent les directives qu'on leur donnait. Peu après entrèrent Guilhem et un homme en redingote noire, qui souleva son chapeau en se présentant :

— Docteur Ruffier. Alors, où en sommes-nous ?

Sans se défaire de son manteau, le médecin s'approcha du lit. Il souleva le pan de drap sous lequel officiait déjà Angélina.

— Seigneur, un siège ! Laissez-moi donc faire, mademoiselle !

— Je ne vois pas pourquoi, répliqua-t-elle, le corps du bébé entre les mains. Madame Lesage, courage, c'est presque terminé. Une longue poussée et vous verrez votre fils, car c'est un garçon.

Guilhem eut un bref cri de joie, tandis que son épouse, la face congestionnée, hurlait à pleine gorge sous l'effet de l'ultime spasme qui la libérerait.

— Et voilà ! annonça Angélina qui penchait le nouveau-né en avant pour qu'il recrache les glaires obstruant ses poumons à peine formés.

Un frêle vagissement retentit. Comblé, Guilhem ôta sa chemise et en enveloppa le bébé.

De revoir son ancien amant torse nu troubla Angélina autant que le geste solennel qu'il avait eu pour respecter la tradition ancestrale du pays.

— Un fils ! Merci, mon Dieu ! dit-il d'une voix étranglée par l'émotion. J'avais promis à Bastien qu'il aurait un petit frère. Je te félicite, Léonore, ma chérie. Tu viens de me faire un très beau cadeau.

Sur ces mots, il redonna l'enfant à Angélina, puis il se pencha et embrassa sa femme, encore brisée par l'effort fourni.

— Tu pouvais avoir confiance en mademoiselle Loubet, murmura-t-il. C'est une précieuse amie d'enfance.

Angélina détourna les yeux, gênée. Une roseur lui était montée aux joues, de se trouver près de cet homme dont se dégageait une impression de force virile indéniable. « J'ai tant de fois été blottie contre cette poitrine-là, que je caressais du bout des doigts ! songea-t-elle. Et ces bras-là, musclés, hâlés, me serraient avec tant de passion que j'en frémissais d'un bonheur immense. Mais il n'est que mensonge et autorité. La preuve, le lendemain de son retour ici, il m'a affirmé qu'il m'aimait encore. Je vois bien, moi, qu'il aime son épouse ! »

Ce n'était guère le moment de brasser de telles idées. Elle coupa le cordon ombilical et ausculta soigneusement le bébé sous l'œil perplexe du docteur Ruffier.

— A-t-il des chances de survivre ? lui demanda-t-il enfin. Il me paraît malingre.

— Je l'estime tout à fait viable, monsieur, répliqua-t-elle. Il respire bien et il suce son pouce avec vigueur.

Il pourra donc téter et prendre du poids bien vite. Le plus important est de le garder au chaud et de beaucoup le nourrir.

— Je ne vous avais pas encore rencontrée, mademoiselle, dit le médecin. Pourtant, vous commencez à établir votre renommée. Quelques mois après avoir obtenu votre diplôme grâce au docteur Coste, c'est une prouesse.

La pique venimeuse porta ses fruits. Vexée, Angélina se redressa, le bébé niché au creux de son coude, drapé de la chemise de Guilhem.

— Que voulez-vous dire, monsieur ? interrogea-t-elle sur un ton sec.

— Vous m'avez très bien compris, je crois, ironisa-t-il. Bien, puisqu'on m'a dérangé pour rien au milieu de la nuit, je prends congé. Monsieur, madame, toutes mes félicitations. Mademoiselle Loubet, transmettez mon bon souvenir à votre protecteur, ce cher Philippe Coste. Je viens de m'établir à Saint-Girons, mais j'avais un poste à l'hôtel-Dieu de Tarbes il n'y a pas si longtemps. Personne ne vous a oubliée, là-bas.

Stupéfaite devant l'animosité manifeste du personnage, un quadragénaire à la moustache noire et aux prunelles étroites, Angélina demeura silencieuse un court instant, ce qui lui permit d'imaginer des conversations très personnelles entre les deux médecins, dont elle aurait été l'objet.

— Je m'en réjouis, dans ce cas, rétorqua-t-elle. Pour ma part, je m'efforcerai de vite vous oublier, car vous êtes fort impoli et déplaisant, monsieur Ruffier. De plus, même si j'avais obtenu mon diplôme sans le mériter, comme vous le supposez, je n'oserais pas, comme vous le faites, approcher une femme en couches avec les ongles sales et une redingote poussiéreuse. Mais peut-être ignorez-vous combien de malheureuses mères sont mortes de la fièvre puerpérale à cause du manque d'hygiène de prétendus docteurs !

Médusé, l'homme fronça les sourcils. Il s'empressa néanmoins de quitter la chambre.

— Bien dit ! s'écria Clémence Lesage. N'est-ce pas, cher beau-frère ?

Moins enthousiaste, Guilhem marmonna un oui. Il caressait les cheveux de Léonore, tout attendri parce qu'elle pleurait sans bruit.

— Il faut te reposer, ma chérie, soupira-t-il. Margot m'a promis de trouver une nourrice dès demain matin. Tu peux te fier à elle, notre cuisinière est à notre service depuis une vingtaine d'années.

Encore secouée par l'incident, Angélina emmaillotait le bébé. Elle le jugeait disgracieux ; il avait les traits trop accentués pour son minuscule visage. Il ne devait pas peser plus de deux kilos.

« Tu es fier de ta descendance, Guilhem, pensait-elle. Mais tu as un autre fils, Henri, notre fils, l'aîné de tes enfants, un beau petit garçon, intelligent et sensible. Si tu m'avais épousée, aurais-tu été aussi gentil avec moi, aussi tendre, après la naissance de notre petit ? Sans doute… »

Mélancolique, elle confia le nouveau-né à Clémence, qui surveillait le travail des domestiques, occupées à remettre la chambre en ordre.

— Je vous remercie, mademoiselle Loubet, déclara bien fort la belle-sœur de Guilhem. Sans vous, cet innocent ne serait peut-être pas en vie.

— Je suis tenue de passer demain et les jours suivants pour m'assurer de la santé de la mère et de l'enfant, répondit-elle. Mais, si vous préférez consulter un docteur, cela m'est égal.

— Reviens, bien sûr, trancha Guilhem. Si ce médecin a les ongles sales, il n'examinera pas ma femme.

— D'accord, je viendrai.

Angélina avait hâte de partir. C'était une épreuve pour elle de voir le couple enlacé, qui chuchotait en échangeant des sourires. Et puis, il y avait Luigi au bout du chemin du retour, et c'était comme une lumière très douce dans la nuit qui la guidait vers l'avenir, elle que le passé prenait à la gorge.

— Je vais te raccompagner, dit alors le jeune homme.

— La raccompagner ? protesta Léonore. Demande donc au cocher de la reconduire. Ne me quitte pas, Guilhem, je t'en prie. Et rhabille-toi, voyons !

— Je ne serai pas long, affirma-t-il tandis qu'une des bonnes lui apportait une chemise propre. Repose-toi, pendant ce temps. Je dois aussi régler ses honoraires à mademoiselle Loubet. Je vais dire à père de monter admirer notre petit Eugène. J'ai choisi ce prénom afin de rendre hommage à ma mère, Eugénie, précisa-t-il à l'attention d'Angélina.

Elle se débarrassa de sa blouse blanche et de son foulard. Sous la clarté du lustre aux pampilles de cristal, ses cheveux d'un roux sombre scintillèrent, parure d'or rouge qui servait d'écrin à son visage au teint délicat, presque nacré. Ses prunelles évoquaient plus que jamais des améthystes à l'éclat subtil. « La beauté du diable ! enragea Léonore. Mon Dieu, pourquoi avons-nous quitté les îles ? » Harassée et furieuse, elle se cacha sous le drap brodé aux initiales des Lesage. Dans le couloir, Angélina toisa durement Guilhem.

— Je me contenterai de votre cocher. Tu ferais mieux de rester auprès de ta femme.

— Il n'en est pas question ! Je te suis si reconnaissant !

Elle n'insista pas. Au fond, cela n'avait guère d'importance. Ils descendirent l'escalier en silence. Dans le hall, elle constata que les hautes portes à double battant en chêne doré étaient fermées. Elle imagina sans peine les pièces adjacentes, salon, salle à manger, bibliothèque, Guilhem lui ayant un jour décrit l'agencement du rez-de-chaussée.

— Je suis navré, mon père semble déterminé à ne pas te saluer ni te remercier, murmura son ancien amant. Que veux-tu, il vit avec une tonne de rancœur sur le dos, ce qui n'arrange pas son caractère. Depuis le décès de mère, il se montre acariâtre. Seule Clémence parvient à lui arracher des sourires.

— Ta belle-sœur est charmante et très gentille, concéda Angélina. Où est ton frère aîné ? Paul, je crois ?

— Là, dans le salon avec notre père. Je suis désolé, Angélina, tu n'es pas la bienvenue sous ce toit, hélas ! Excepté pour moi.

— Je m'en moque, dit-elle très bas. Je fais mon métier. Si on sollicite mes services, je viens, quoi qu'il m'en coûte. C'était le cas cette nuit. Mais j'ai réussi à considérer ta femme comme une patiente ordinaire... enfin plus impolie que la moyenne.

Ces derniers mots lui avaient échappé. Guilhem s'inquiéta aussitôt.

— Léonore t'a manqué de respect ?

— Un peu. Rien de grave, et je suis habituée aux crises de nerfs des parturientes. La souffrance les égare. N'en parlons plus.

Ils furent bientôt devant la porte des écuries. Angélina apprécia la tiédeur de l'air, parfumée par des floraisons invisibles ; elle devinait que le parc voisin était planté d'espèces assez rares. Le cocher, en homme prévoyant, n'avait pas dételé les chevaux, se contentant de leur donner du foin au beau milieu de l'allée du bâtiment.

— Je n'aime pas ces manières, Macaire ! tonna Guilhem. Tu as intérêt à me balayer la moindre brindille avant mon retour. Sors les bêtes, vite !

L'écurie disposait d'une autre porte, ouverte dans le mur du fond. Cela permettait aux attelages de stationner entre les box et de repartir sans avoir à reculer. Penaud, Macaire grimpa sur le siège du phaéton et fit claquer sa langue, les rênes en main.

Les chevaux prirent le pas aussitôt.

— Cela m'arrangerait bien, cette disposition-là, nota Angélina. Mais je n'ai pas à me plaindre de ma jument. Blanca obéit à la voix et ma calèche est si maniable que je n'ai jamais de soucis.

— Comment t'es-tu payé un cheval et une voiture ? s'étonna-t-il. Ah ! Que je suis sot, encore ton fameux protecteur, ce docteur de Toulouse. Coste, c'est bien ça ?

Elle ne daigna pas lui répondre. Tout de suite, il la saisit par le poignet.

— Quel rôle joue ce médecin dans ta vie ? C'est ton amant ? Dis-le-moi, Angélina, j'ai le droit de savoir.

— Tu n'as aucun droit sur moi, aucun. Quant à Philippe Coste, nous étions fiancés, l'été dernier, mais j'ai rompu. Je n'avais pas envie de dépendre de lui ni de renoncer à mon métier à seule fin de parader dans la bonne société. Je tiens à ma liberté, pour résumer.

L'attelage déboula dans la cour d'honneur. La jeune femme se précipita d'une démarche rapide vers le phaéton. Guilhem remplaça le cocher, puis il lui tendit la main.

— Assieds-toi à côté de moi que nous puissions causer un peu, lui intima-t-il l'ordre.

Elle s'exécuta, consciente qu'ils avaient tout intérêt à régler leurs comptes, et le plus vite possible. Dès qu'ils furent sur la route, Guilhem l'interrogea de nouveau d'un ton beaucoup plus inquisiteur.

— Fiancés ! As-tu couché avec lui, avec Coste ? S'il t'a aidée à obtenir ton diplôme, c'est sans doute en contrepartie de tes faveurs, et quelles faveurs ! Belle comme tu es, quel homme n'irait pas décrocher la lune pour t'avoir ?

— Ne sois pas insultant, riposta-t-elle froidement. Je ne t'ai guère résisté, par le passé, mais j'avais une excuse, je t'aimais de tout mon être, de toute mon âme. Je croyais vraiment que tu serais mon mari et que nous serions ensemble jusqu'à la fin de nos jours. Cet amour m'est resté chevillé au cœur pendant plus d'un an après ton départ. J'avais une telle foi en toi, en tes grands discours, en tes promesses... Si tu savais, Guilhem ! La veille de Noël, j'avais briqué toute la maison, certaine que tu reviendrais, et même que tu demanderais ma main à papa. Une fillette naïve, voilà ce que j'étais, pleine de rêves stupides ! Depuis, j'ai compris bien des choses.

— Pardonne-moi, Angélina ! Je n'ai pas trop réfléchi à ce que tu ressentais. J'étais si loin de la France, sous un autre climat, confronté à un mode de vie si différent d'ici, marié, de surcroît !

— Marié à une jolie fille que tu sembles adorer, malgré tout. Une union de convenance qui se termine en romance, en somme.

— Partager le quotidien d'une personne et dormir près d'elle créent forcément des liens affectifs, soupira-t-il. Quand Bastien est venu au monde, j'ai éprouvé une infinie gratitude. Léonore avait tant souffert ! Les hommes ne sauront jamais ce qu'endurent les femmes pour donner la vie. Moi, je peux t'assurer que cela m'a impressionné et, tout en me montrant un époux autoritaire et ferme, j'admire Léonore et je la couvre de cadeaux, je l'entoure de sollicitude et de tendresse. De là à l'aimer comme je t'ai aimée, toi... comme je t'aime encore...

Angélina se serait volontiers bouché les oreilles afin de ne plus rien écouter. Elle jeta un regard sur le profil de Guilhem au dessin arrogant. C'était sans conteste un très bel homme, qui lui plaisait toujours.

— Tais-toi ! s'exclama-t-elle. Si tu étais revenu célibataire et que tu me disais les mêmes paroles, je pourrais peut-être me laisser séduire une deuxième fois. Mais tu comprendras que c'est impossible, désormais.

Guilhem prit les rênes d'une main. De l'autre, il lui caressa les cuisses.

— Je te prouverai le contraire, affirma-t-il. Je te l'ai même déjà prouvé, il me semble.

— Tais-toi ! répéta-t-elle, les joues en feu.

— Je ne me tairai pas, parce que j'ai la certitude que tu m'aimes toujours. Je craignais de te retrouver mariée, mais tu es libre et tu revendiques ta liberté. Si tu as couché avec ce docteur Coste, ça m'est égal. La chair est faible, dit-on… Léonore ne sera pas rétablie avant des semaines ; autant que nous en profitions.

— Mais, Guilhem, tu parles et tu agis sans te demander une seconde ce que je souhaite, moi. Tu m'as abandonnée sans scrupules, tu reviens marié et père de famille et je devrais d'emblée accepter une liaison coupable, sous prétexte que ton épouse légitime vient d'accoucher. Presse un peu tes chevaux, j'en ai assez entendu !

Elle repoussa violemment sa main. Le phaéton longeait le cours du Salat. Il faisait très sombre, à cause des peupliers centenaires qui se gorgeaient de l'eau de la rivière et atteignaient des proportions gigantesques.

Guilhem arrêta ses bêtes et enlaça sa passagère. Il lui imposa des baisers dans le cou et sur la tempe. Elle se débattit, furieuse.

— Laisse-moi ! Je ne veux pas, non, non…

— Angélina, mon amour, ma petite fleur, tu ne peux pas me refuser ! Je t'aime, je ne pense plus qu'à toi depuis que je t'ai revue. Même avant, tu m'obsédais. Les rêves que je faisais, là-bas, dans les îles… Toi, nue, couchée sous moi, comme dans les bois. Tu te souviens de cette combe où tu me rejoignais, si docile à mes caprices, si douce ! Angélina…

Il touchait ses seins et essayait de relever sa jupe. Affolée, elle le frappa en plein visage.

— Je rentrerai chez moi à pied ! hurla-t-elle en tentant de sauter à terre.

— Je t'en prie, reste ! gronda-t-il en l'étreignant plus fort. Si tu as peur pour ta réputation, nous serons prudents. Tiens, là, ce ne serait pas long… Au bord de l'eau, l'herbe est tendre, dis.

Il semblait pris d'un délire sensuel qui le rendait sourd et aveugle. Avec un cri rageur, il lui imposa un baiser ardent. À demi suffoquée, révulsée, la jeune femme, pliée en arrière, dut subir la langue dure et impérieuse de son ancien amant. Elle le frappa à nouveau, dans le dos, prise de panique. Les chevaux se mirent à hennir et à piaffer. Malade de désir, Guilhem n'y prit pas garde. Dès qu'il reprit son souffle, Angélina hurla de plus belle :

— Lâche-moi, tu n'es qu'un salaud !

Le vocabulaire de Rosette lui était venu aux lèvres tout naturellement, sous l'effet de la terreur et de la fureur. Une voix enjôleuse résonna en écho à son cri.

— Si vous lâchiez cette jeune dame, puisqu'elle vous le demande ! C'est un conseil. Je pourrais me fâcher. Je déteste qu'on force une femme.

Luigi grimpa dans le phaéton d'un bond et, tout aussi prestement, il piqua la pointe de sa dague entre les épaules de Guilhem qui, sidéré, se jeta sur le côté.

— D'où sort cet olibrius ? éructa-t-il, car il avait pu discerner, malgré la pénombre, l'accoutrement excentrique du baladin.

— Je sors de la côte d'Adam, comme tout un chacun, rétorqua Luigi. Et mieux vaut être un olibrius qu'un gredin de la pire espèce, car je parierais, monsieur, que vous êtes le mari de la malheureuse créature que mademoiselle vient d'accoucher. Et quel mari ! Fidèle, courtois, à l'instar de tous ces bourgeois qui fréquentent les bordels.

— Je ne vous permets pas ! grogna Guilhem.

Angélina, qu'il avait libérée, ne perdit pas de temps. Elle s'empara de sa sacoche et descendit de la voiture. À quelques pas de là se tenait Blanca. Sa jument, inquiète, renâclait, attachée à la barrière d'un pré.

— Navré, je n'ai pas besoin de votre permission pour dire la vérité, déclama Luigi en rangeant sa dague à la ceinture. Je vous tire ma révérence, monsieur.

Sur ces mots, il sauta au sol en riant. Toute tremblante, la jeune femme eut un élan vers lui.

— Mais qui est-ce ? Bon sang, Angélina, tu ne vas pas suivre ce bohémien ! cria encore Guilhem.

— Si, j'ai confiance en lui. J'ai l'honneur de te présenter Joseph de Besnac, quelqu'un de valeur, ce dont tu ne peux guère te vanter.

Troublée d'avoir prononcé bien fort ce patronyme secret, elle s'éloigna en courant pour se réfugier contre Blanca, qui était seulement équipée d'un bridon en cuir et de rênes. Le baladin la gratifia d'un regard plein d'incompréhension.

« Par quel prodige Luigi est-il arrivé jusqu'ici ? » songea-t-elle, étonnée qu'il ait pu la tirer de ce mauvais pas.

— On se reverra, menaça Guilhem Lesage en faisant demi-tour.

Il poussa ses chevaux au grand galop. Infiniment soulagée, Angélina se mit à pleurer.

— Merci ! Je vous remercie, de tout mon cœur ! balbutia-t-elle. Mais pourquoi êtes-vous venu sur cette route ?

Luigi s'approcha de son pas dansant. Il flatta l'encolure de la jument avant d'expliquer tout bas :

— Je m'ennuyais, dans votre écurie. La Providence m'a envoyé une jeune fille fort accorte, gracieuse et charmante, qui m'a offert du pain et du vin. Bavarde, aussi, cette Rosette ! J'ai su que vous étiez demandée au manoir des Lesage et, de nature insomniaque, j'ai décidé de guetter votre retour à la croisée de ces chemins que Rosette, encore elle, m'avait indiquée. Regardez, le jour se lève. J'en ai vu, des aurores, mais, celle-ci, je ne l'oublierai pas, car vous êtes près de moi.

Elle se tourna un peu et découvrit, à l'est, une vague luminosité grise teintée d'or. Presque immédiatement, les oiseaux improvisèrent un joyeux concert de trilles pour saluer la fin de la nuit.

— Qu'avez-vous dit à ce malotru, tout à l'heure, Angélina ? interrogea alors le baladin. Pouvez-vous me répéter le nom dont vous m'avez affublé ?

— Joseph de Besnac ! articula-t-elle avec peine, la bouche sèche.

— Comment savez-vous que j'ai été baptisé Joseph ? Il n'y a qu'une personne au courant sur cette terre, le père Séverin qui m'a élevé. L'avez-vous rencontré ?

— Non, mais vous faites erreur, quelqu'un d'autre connaît votre prénom.

Elle tremblait encore et hoquetait, secouée de sanglots. Apitoyé, il lui tapota l'épaule d'un geste fraternel.

— Vous êtes à bout. Il vous faut dormir. Sans compter la façon dont ce bellâtre vous a rudoyée. Quand je vous ai vue entre ses griffes, j'ai béni le ciel d'être là et de pouvoir voler à votre secours.

Angélina appuya son front contre le flanc chaud de la jument. Elle devait parler maintenant, c'était inutile de repousser l'instant fatidique des aveux.

— Vous vous appelez Joseph de Besnac et votre mère habite rue des Nobles, à cent mètres du clocher-porche ; il s'agit de Gersande de Besnac, une exquise grande dame de la noblesse cévenole.

— Mais voici qu'elle délire, ma Violetta ! plaisanta-t-il, tout à fait incrédule. Allons, laissez-moi vous hisser sur ce fier destrier, qui est remarquablement bien dressé. Je monterai en croupe derrière vous. Nous serons vite à l'abri de votre modeste demeure.

— Luigi, je vous en prie, je suis sincère ! Pourquoi refusez-vous de m'écouter ? C'était ça que je devais vous dire de si important. Par le plus grand des hasards, votre mère était ma bienfaitrice depuis le jour de ma communion. Cette médaille qui vous est si chère, elle l'a touchée et reconnue aussitôt. Elle n'a qu'un désir, celui de vous revoir, de vous retrouver. Mon Dieu, je ne peux pas tout vous raconter ici, mais il faut me croire.

— Bien, vous m'en direz plus après quelques heures de sommeil, décréta-t-il. Je vous ramène au bercail.

Il l'aida à monter sur le dos de Blanca, sauta lestement en croupe et prit les rênes.

— Mais… vous n'avez pas l'air ému, bredouilla-t-elle. Vous devriez être tout content, même bouleversé ! Vous devriez me poser mille questions ! Luigi, dès le premier jour de notre rencontre, vous m'avez avoué que vous cherchiez vos parents depuis des années.

— Il me faudra des preuves, émit-il d'un ton sec. Je n'ai pas envie d'être déçu. De plus, votre plus grand des hasards me paraît un peu trop opportun. Allons, en route.

La jument, qui n'était pas habituée à porter deux personnes, ne pressa pas l'allure. Son pas tranquille finit par bercer Angélina. La tête renversée en arrière sur l'épaule de Luigi, elle s'endormit bien avant de parvenir à la rue Maubec.

« J'en ai des choses à apprendre sur toi, ma belle Violetta, songeait le garçon, heureux de sa présence alanguie. Que je sois un de Besnac, comme tu le prétends, ou un éternel orphelin, je voudrais te garder dans mes bras toute ma vie. »

Saint-Lizier, huit heures plus tard,
samedi 9 juillet 1881

Angélina fut très surprise de se réveiller dans sa chambre. Le rideau en lin était tiré, filtrant la clarté vive du soleil. Elle posa ses mains à la hauteur de sa poitrine et constata qu'elle était en chemisette de linon. La maison lui parut plongée dans le silence.

« Mais quelle heure est-il ? » s'inquiéta-t-elle, délicieusement reposée.

Les événements de la veille lui revinrent dans un chaos d'images et de sons : la musique du violon, la discussion avec Luigi au fond du jardinet, l'arrivée en tempête de Guilhem, l'accouchement de Léonore, la tentative de séduction de son ancien amant, et encore Luigi à qui elle avait révélé ses origines.

— Mon Dieu ! murmura-t-elle. Octavie dirait que le diable tirait les ficelles, cette nuit.

La jeune femme s'apprêtait à se lever quand on frappa à sa porte.

— Rosette ? appela-t-elle.
— Oui, m'selle. J'peux venir ?
— Entre !

L'adolescente fit irruption à sa manière brusque, pimpante sous une petite coiffe blanche et en corsage fleuri. Ses cheveux châtains étaient soigneusement nattés.

— Dites, j'osais pas faire de bruit, moi, parce que vous aviez besoin de sommeil. Mais, là, il est midi passé.

— Midi ! s'étonna Angélina. Et Henri, que fait-il ?

— Vous tracassez pas, il joue en bas avec ses cubes, Sauveur le surveille.

— Et Luigi ? Tu as fait sa connaissance, d'après ce qu'il m'a dit.

— Ben oui, m'selle Angie. Même que c'est un rude beau gars, vot' bohémien. M'en veuillez pas, hein, de lui avoir expliqué où vous étiez partie, hier soir. Il tient pas en place, cet homme-là. Il a mangé et bu, ensuite fallait qu'il se promène à cheval. J'ai bien compris, va. Il avait hâte de vous revoir.

Amusée, Angélina s'assit au milieu de son lit. Elle ne se souvenait pas être montée dans sa chambre et cela la troublait.

— Comment suis-je arrivée là, Rosette ?

— M'sieur Luigi vous a transportée dans ses bras et moi j'ai fait le reste, une fois que vous étiez allongée. Je vous ai déshabillée comme j'ai pu. Voilà !

— Merci, petite sœur. J'étais épuisée, vraiment épuisée.

— Tiens, pardi, vous ne dormez jamais votre soûl, alors !

L'âme en paix, Angélina s'étira. Elle projetait de se rafraîchir, d'enfiler une jolie robe et de rendre visite à mademoiselle Gersande. « Je lui annoncerai la bonne nouvelle avec ménagement. Peut-être vaudrait-il mieux que Luigi se présente un peu plus tard ! »

— As-tu préparé le déjeuner, Rosette ? demanda-t-elle avec entrain. Je suis affamée.

— Oui, m'selle, des pommes de terre au lard, votre régal !

— Et Luigi, où a-t-il dormi, au fait ? Tu avais raison, je ne suis guère charitable de lui avoir proposé l'écurie. Nous allons libérer ta chambre ; tu t'installeras avec moi, ici. Tu vois, il ne faut pas se fier aux apparences ; je n'oublierai plus la leçon. Tout bohémien qu'il soit, Luigi, c'est une grande âme, un homme loyal et respectueux.

Confuse, Rosette s'assit au bout du lit. Elle contempla Angélina un instant avant d'approuver avec ferveur.

— Ça, je veux bien le croire, m'selle Angie. Moi, les apparences, je leur fais pas trop confiance, déjà. Seulement, y a un souci. M'sieur Luigi, il s'en est allé.

— Quoi ?

— Ce matin, pas longtemps après vous avoir ramenée.

— Mais t'a-t-il dit où il allait ? Il s'est absenté pour la journée, c'est ça ? Enfin, Rosette, il t'a bien dit quelque chose ?

La jeune fille eut un geste d'impuissance avant d'ajouter :

— Oui, il m'a dit au revoir, et merci pour mon joli sourire.

Exaspérée, Angélina se leva précipitamment. Elle se mit à déambuler de long en large dans la pièce, de la cheminée d'angle à l'armoire et de son lit au coffre qui contenait son trousseau.

— Ciel, il est insupportable ! s'écria-t-elle enfin. Nous devions parler, c'était important. Il va revenir ce soir, il faut qu'il revienne. Maintenant, je n'ose pas annoncer à mademoiselle Gersande que son fils est là, dans la cité, car il est capable d'avoir pris la fuite. Descends surveiller Henri, Rosette, je m'habille.

— Bien, m'selle Angie.

— Pitié, ne m'appelle pas ainsi.

— Si, ça me plaît, pouffa l'adolescente. Même que m'sieur Luigi, il a trouvé ça charmant, ce p'tit nom.

Rosette se sauva en riant. Contrariée, Angélina s'aspergea d'eau fraîche. Elle se frictionna le visage, le cou et les bras avec du savon. Elle se rinça et se sécha, sans parvenir à se calmer. « J'étais tellement heureuse qu'il soit là ! songea-t-elle. J'espérais le voir en plein jour et discuter avec lui. »

Soudain attristée, elle prit place sur un tabouret et défit ses tresses échevelées. Une évidence s'imposait à elle : la solitude lui pesait. Ce devait être bien agréable de former un couple et de partager les épreuves de l'existence ensemble. Luigi l'avait aidée ; sans lui, elle aurait eu du mal à se débarrasser de Guilhem.

« Guilhem que je n'aime plus, je viens de m'en apercevoir, pensa-t-elle encore. Un égoïste vaniteux, hypocrite, sûr de sa séduction, qui croit pouvoir s'octroyer tous les droits ! Je vais écrire au manoir pour avertir les Lesage que je n'y mettrai plus les pieds. Qu'ils fassent appel au docteur Ruffier ! En voilà un qui va bien dans leur décor au luxe tapageur. »

Peu à peu, cependant, Angélina se rassura. Luigi n'avait pas pu reprendre la route et s'éloigner de la cité, pas après les révélations qu'elle lui avait faites.

« Il voudra connaître sa mère. Je ne dois pas avoir peur, il reviendra. Je vais quand même prévenir Gersande. Son enfant perdu est là, quelque part, dans les bois, au bord de la rivière ou sur un toit. »

Cela la fit sourire.

« Mon prince du vent et de la misère, se dit-elle, émue. Au fond, Luigi se montre aussi capricieux, fantasque et attachant que ma chère mademoiselle. Il reviendra, ce soir, à l'heure douce où le soleil se couche. »

Rêveuse, elle demeura assise un long moment, les mains jointes sur ses genoux, les épaules drapées de sa chevelure mordorée aux souples ondulations.

— C'est peut-être lui, mon époux, l'homme que j'aimerai et qui m'aimera, chuchota-t-elle enfin. Je voudrais tant que ce soit lui !

Abbaye de Combelongue, Ariège, même jour
Le père Séverin et Luigi se promenaient dans le jardin de l'abbaye, enclos de murs palissés de vignes et de clématites. Dans des parterres entourés de petites clôtures en osier poussaient les herbes médicinales que les frères employaient pour la confection de liqueurs, de baumes et de tisanes. Le vieux religieux prenait plaisir à désigner chaque plante à son protégé, dont l'arrivée impromptue le comblait de joie.

— La sauge, si précieuse pour soigner bien des maux, l'hysope, sa cousine, notre bosquet d'absinthe, tout en fleurettes jaunes et le thym, souverain contre les refroidissements, la menthe, le persil, la ciboule au parfum aillé…

— Laquelle de vos herbes guérit le doute, la crainte de souffrir du mal d'amour, mon cher père ? s'enquit le baladin.

— Le millepertuis pourrait apaiser la sensation de crainte, mais je n'ai pas de remède contre les tourments du cœur, mon enfant. Viens, allons nous asseoir sur ce banc, à l'ombre des buis. Il y fait frais. Que le Seigneur soit remercié en ce beau jour d'été pour la grâce que j'ai reçue de te revoir sain et sauf.

— Je ne pouvais pas me dérober à votre supplique, mon père, rétorqua Luigi avec tendresse. L'argent que vous m'avez envoyé devait servir à mon retour, en priorité.

— C'était une prière, et non un ordre.

— Certaines prières ont un écho impérieux, nota le baladin.

Ils échangèrent un sourire complice, puis ils prirent place sur le banc en pierre aux anfractuosités emplies d'une fine mousse verte.

— Depuis quand es-tu en Ariège ? interrogea le vieillard d'une voix très douce.

— Je suis descendu du train en gare de Foix, il y a trois jours. Ensuite, j'ai marché dans la montagne. J'ai encore le goût de dormir à la belle étoile, au pied d'un hêtre. Mes pas m'ont emmené vers Saint-Lizier où j'ai revu Angélina Loubet. J'avais pourtant décidé de vous rendre visite en premier lieu, quand j'ai quitté Barcelone.

Le père Séverin hocha la tête d'un air résigné. Il jeta un regard de côté au profil de Luigi, dont il avait si souvent admiré le dessin harmonieux.

— Tu pensais encore à cette jeune fille ?

— J'aurais voulu l'oublier, mais je n'ai pas pu. En la revoyant, d'abord à quelque distance, je me suis senti condamné à l'adorer jusqu'à ma mort. Je jouais du violon sur le toit de son écurie, pétri d'intentions peu louables, comme de la séduire, de rabattre son caquet, car elle s'était montrée dure et injuste. Mais, quand elle m'a parlé, ce n'était plus vraiment la même. Il y avait dans ses intonations et ses regards une sorte d'affection à mon égard, de la sollicitude. Et elle m'a pris la main… Du coup, je ne sais plus que penser.

— Pense surtout en honnête homme, Joseph, trancha le religieux. Je te défends bien de chercher à séduire cette demoiselle. Si tu l'aimes autant, propose-lui le mariage.

— Le mariage ? Moi, endosser le costume des braves citoyens, travailler pour nourrir des enfants dont je ne veux pas ? Renoncer à ma liberté ? J'en serais incapable. Pour être franc, je ne crois pas que cette superbe jeune personne, bien éduquée, qui jouit d'une maison lui appartenant et du statut de sage-femme, consentirait à épouser un saltimbanque de mon acabit. Mais autre chose me préoccupe, père Séverin, et j'ai grand besoin de vos conseils.

— Parle, mon enfant, je t'aiderai dans la mesure du possible.

Luigi contempla en silence l'ordonnance parfaite du jardin. Le soleil à son zénith parait de reflets scintillants les feuillages et les corolles des fleurs. Le ciel, d'un bleu lavande, était parsemé de petits nuages cotonneux. Une paix infinie régnait là, dans l'enceinte de l'abbaye de Combelongue.

— Angélina savait que je me nommais Joseph, ce qui est déjà surprenant. Mais elle prétend que je suis Joseph de Besnac, le fils d'une aristocrate cévenole. Pire encore, ma mère habiterait Saint-Lizier… Gersande de Besnac.

— Dieu soit loué, cher enfant ! Ce sont les initiales de cette dame qui figuraient à l'envers de ta médaille, ce modeste bijou que tu as égaré, hélas !

— Mais quel nigaud je fais ! s'exclama Luigi en extirpant la médaille de sa poche. Angélina me l'a rendue hier soir. J'ai observé ces deux lettres entrelacées à plusieurs reprises ce matin, sans faire le rapprochement. Un G et un B, Gersande de Besnac, oui, bien sûr ! Alors, la belle dame de mes pensées disait la vérité. *Mordious*[1], ça ne me plaît guère, cette histoire ! Et je n'ai pas l'intention de rendre visite à celle qui m'a donné la vie et s'est débarrassée de moi sans remords.

Sidéré par cet aveu véhément, le religieux se signa. Il peinait souvent à comprendre le comportement de Luigi qui, pour lui, était encore le garçon de jadis, un élève studieux et un musicien talentueux.

— Tu auras enfin les réponses aux questions que tu te posais, Joseph, hasarda-t-il. Si madame de Besnac vient des Cévennes, sa région d'origine n'est pas très loin de Lyon, où tu as été confié à notre couvent. Durant toutes tes années d'errance, tu disais chercher ta famille. Pourquoi refuser ce grand bonheur ?

Luigi ramassa un galet blanc et le fit sauter en l'air, le rattrapant chaque fois d'une main experte. Cela lui coûtait de peiner le vieux religieux qu'il aimait comme un père.

— Les rêves ont le mérite d'être des rêves, inoffensifs pour la plupart, déclara-t-il en continuant à jongler. Ma quête m'autorisait à changer de ville, de village, de hameau, à apitoyer les jolies filles, à étudier les visages afin de déchiffrer sur un nez, une bouche ou des sourcils une éventuelle parenté. Mais affronter ma véritable mère, écouter ses mensonges ou son repentir, non, sans façon ! Je ne suis pas un saint, mon cœur n'est pas taillé dans un diamant sans défaut. Père Séverin, j'ai bien peur, en face de cette dame, d'éprouver un sentiment qui me terrifie.

— Mais lequel, Joseph ? s'alarma le vieil homme.

— La haine. Oui, j'ai peur de haïr ma propre mère…

---

1. Juron typiquement gascon, variante de morbleu.

7

La maison de l'ange

Abbaye de Combelongue, même jour
L'amertume et la violence qui avaient vibré dans la voix de Luigi en prononçant le mot « haine » venaient de toucher le père Séverin en plein cœur. Le saint homme avait consacré son existence à Dieu et son engagement était profond, entier. Bien souvent, il s'était efforcé de ramener à de meilleurs sentiments certains de ses semblables, marqués par de terribles épreuves ou en proie à des pulsions mauvaises. De Joseph, son protégé, il ne pouvait accepter de tels propos.

— Mon enfant, tu t'égares sur une voie semée d'épines et cela me peine beaucoup, répondit-il après quelques minutes de réflexion. À quoi bon haïr celle qui t'a mis au monde ? Cette femme n'a peut-être pas agi par désintérêt ou égoïsme. Avant de la juger et de la renier, tu dois l'écouter, connaître ton histoire. Crois-moi, le mépris et la colère ne mènent à rien. Tu dois pratiquer le pardon des offenses, car seuls l'amour et la bonté peuvent te sauver.

— Me sauver ? s'étonna le baladin d'un ton lugubre. Je ne suis pas en danger.

— Oh que si ! Et tu me déçois, Joseph. Cette jeune personne, Angélina, tu prétends l'aimer, justement, mais sans envisager un instant de l'épouser. J'en conclus que tu voudrais l'entraîner dans une relation coupable qui entacherait son honneur et le tien. Quant à cette dame, elle peut éclaircir les pans d'ombre de ta naissance. Chacun tire profit de savoir la vérité. Tu as eu un père, qu'il soit mort ou vivant aujourd'hui, et ta mère espère te revoir. Pourquoi gâcher tes chances d'avoir enfin une famille ? Je pense que tu as peur, mon pauvre enfant, et c'est là où tu me déçois, car je t'ai toujours estimé courageux. Il en fallait, de la bravoure, pour quitter l'asile de notre couvent et partir sur les routes sans un sou en poche. Quel âge avais-tu ? Quinze ou seize ans...

— Peu importe, trancha Luigi. J'ai gagné mon pain grâce à mon violon. Je n'ai jamais mendié. Cela m'a permis aussi de terminer mon éducation, car les rencontres que j'ai faites avec mes frères humains se sont révélées instructives. J'ai pu étudier tous les sentiments, le dédain, la méfiance, la raillerie, mais également la compassion et la charité. Ce qui me faisait le plus souffrir, c'était de voir une jeune mère câliner son petit, le prendre sur ses genoux pour écouter ma musique, et l'embrasser. Dans ces moments-là, père Séverin, j'éprouvais de la haine pour celle qui m'avait abandonné. Je suis navré de vous décevoir.

Ils demeurèrent silencieux pendant de longues minutes. Le religieux méditait sur les mystères insondables de l'âme. Joseph de Besnac, lui, se demandait quelle réaction avait eue Angélina en découvrant qu'il avait quitté la cité.

« Sera-t-elle triste, furieuse, dépitée ? Je ferais mieux de ne jamais la revoir, de retourner auprès de Dolorès qui, elle, au moins, consentirait à feindre la vie conjugale sans me parler mariage. Non, je suis idiot, je ne peux pas tricher à ce point. Et Angélina n'a pas l'air décidée à convoler, elle tient à sa liberté comme moi. Mais qui est cet homme, ce rustre imbu de sa virilité ? Il osait l'embrasser et la toucher ! »

— Joseph, appela tout bas le père Séverin, quelles idées brasses-tu encore, pour serrer les poings et avoir cette mine sombre ? Je voudrais te proposer une chose, afin que tu sois à l'écart des vicissitudes du monde pendant quelque temps. Reste ici à l'abbaye, fais une retraite parmi nous. Tu pourrais composer de la musique sur l'harmonium de la chapelle, nous aider au potager et quoi encore... Cela te permettra aussi de réfléchir à ce que tu as de mieux à faire vis-à-vis de ta mère et de la jeune Angélina. Je me doute que tu ne prieras pas avec nous dès matines, mais tu seras à l'abri, nourri, logé, et je serai à ta disposition pour discuter autant que tu voudras. Accorde-moi cette joie, Joseph.

— Comment refuser, mon cher père ? soupira Luigi. Vous avez raison, un séjour entre ces murs me sera profitable.

Ils scellèrent leur accord d'un sourire. Un merle vint sautiller au pied du banc, en livrée noire et le bec jaune. D'un rosier voisin s'envola un scarabée vert et or.

« Ici, je serai en paix, pensa le baladin. Personne ne viendra me chercher à Combelongue. Même pas toi, ma belle Violetta, surtout pas toi. »

Cet amour qui l'investissait cœur, corps et âme l'effrayait, car il n'y voyait aucune issue. Quant à la révélation que lui avait faite Angélina, elle le plongeait dans un marasme pénible, incapable qu'il était à son âge, en pleine maturité, de s'imaginer confronté à sa mère. Il en avait trop rêvé et sans doute aurait-il préféré en rêver encore des années.

Aussi, durant plusieurs jours, Luigi s'enfermerait au sein de ce vallon verdoyant, sous la protection du père Séverin.

Saint-Lizier, rue des Nobles, vendredi 15 juillet 1881, six jours plus tard

Angélina venait de s'asseoir en face de Gersande de Besnac, autour du guéridon en marqueterie qui accueillait si souvent le plateau pour le thé ou le jeu de cartes de la maîtresse des lieux, adepte des réussites. C'était le soir et un soleil oblique dorait les boiseries de la grande pièce aux fenêtres ouvertes.

— Alors, petite ? s'enquit tout bas la vieille dame. Il n'est pas revenu ?

— Non, mademoiselle, et j'en suis sincèrement désolée. Si j'avais su que Luigi disparaîtrait à peine réapparu, je ne vous aurais pas parlé de sa courte visite.

— Ne dis pas ça ! Nous savons ainsi qu'il est vivant et qu'il a décidé de te revoir. Là où tu as eu tort, ma chère petite, c'est de lui avouer tout de suite son identité et de lui dire que j'habitais la cité. Tu aurais dû attendre un peu. S'il s'est enfui ainsi, c'est pour ne pas être confronté à moi, j'en ai la conviction. Je ne peux pas lui en vouloir. Quel enfant consentirait à connaître la mère qui l'a abandonné tout petit ?

Gersande essuya une larme. Elle pleurait beaucoup depuis qu'Angélina lui avait annoncé, euphorique, le retour de l'insaisissable baladin. Sans cesse, elle revivait la scène : Angélina qui entrait dans le salon, escortée de Rosette, d'Octavie et du petit Henri. Sans cesse, elle entendait ces mots dont l'écho la hantait : « Mademoiselle, c'est un miracle, Luigi est là, chez nous, à Saint-Lizier. Votre fils ! »

Mais son attente avait été vaine, son espérance, fauchée à peine née. Luigi ne daignait pas se manifester. Le chagrin la rongeait.

— Il ne tient pas à rencontrer la mère qui l'a condamné à l'errance, à une existence de saltimbanque, ajouta-t-elle avec un regard voilé par une profonde détresse. Angélina, mon vieux cœur ne résistera pas à cette épreuve. Je n'ai plus la force de croire que Joseph me pardonnera.

Très gênée, Angélina ne sut que répondre. Chaque matin, lorsqu'elle se réveillait, elle était certaine que Luigi allait frapper au portail ou surgir de l'écurie, mais les heures s'écoulaient sans le ramener. Le soir, elle y croyait à nouveau et tendait l'oreille, attentive au moindre bruit dans sa cour.

— Mademoiselle, je vous en prie, vous devez garder confiance. J'ignore où il se cache, mais il ne doit pas être bien loin. Allons, ne pleurez pas ; donnez-moi votre main.

Octavie entra sur la pointe des pieds et proposa un cordial d'une voix compatissante.

— Oui, merci, sers-moi un verre de vin de noix, concéda la vieille dame. Et toi, Angie, sois gentille, raconte-moi encore tout.

Patiemment, Angélina fit de nouveau le récit du retour de Luigi, sans omettre aucun détail. Sa bienfaitrice buvait ses paroles, la mine affligée, dans une attitude coupable.

— Vraiment, il t'a défendue des assiduités de Guilhem Lesage ? C'est un beau geste, ça ! Il a de l'audace, du courage !

— Mais bien sûr, chère mademoiselle ! Je vous le répète, c'est un personnage fascinant. Excentrique, cabotin, mais fascinant.

— Dieu tout-puissant ! Comme je voudrais entendre sa voix, observer ses mains et son visage, le toucher une fois au moins, m'assurer qu'il existe ! gémit la vieille dame, d'une pâleur inquiétante.

Octavie fixait sa patronne avec une réelle anxiété. La domestique avait confié ses craintes à Angélina la veille ; cela faisait beaucoup d'émotions en quelques jours pour Gersande de Besnac. Au dépit amoureux succédait la poignante frustration de savoir son fils tout proche et pourtant inaccessible.

— Si vous causiez d'autre chose un peu ! proposa-t-elle. Ça ne sert à rien de vous ronger les sangs, mademoiselle, et toi, Angélina, change-lui donc les idées ! Tenez, j'ai du neuf, moi, car ce matin, à l'étal du charcutier sur la place, j'ai appris que la maison de l'ange serait à vendre. Il y a un beau jardin derrière avec un magnolia. C'est grand, là-dedans !

— La maison de l'ange ? s'étonna la jeune femme.

— Je l'appelle comme ça depuis que je vis dans la cité, expliqua Octavie. Voyons, la maison en face de la fontaine. Un ange est sculpté sur le fronton en pierre, au-dessus de la porte.

— Je l'ai toujours vue fermée.

La conversation eut le mérite de distraire un instant Gersande. Son regard bleu clair se raviva tandis qu'elle hochait la tête.

— Ma brave Octavie, si nous déménageons, c'est pour éloigner Henri de la famille Lesage. Nous n'allons quand même pas nous installer place de la fontaine. Moi aussi on m'a fait une proposition intéressante, une très belle demeure à Saint-Gaudens, entourée d'un parc et qui dispose d'une annexe à verrière. Angélina pourrait y ouvrir son fameux dispensaire. Ah, tous ces projets nous tenaient à cœur, avant ! Maintenant, que faire ? Si Luigi revient, il ira rue Maubec et...

— Et j'y serai, termina la jeune femme. Rien n'est décidé, mademoiselle. Vous n'avez pas acheté une autre maison et nous ne bougerons pas d'ici tant que Luigi jouera les fils du vent, comme il le dit si bien. Mais nous pouvons prendre le train pour Saint-Gaudens la semaine prochaine pour visiter cette maison à vendre. Nous déjeunerons à la terrasse d'un bon restaurant. En cette saison, c'est agréable.

— Mais oui, renchérit la domestique. Je garderai Henri, ce jour-là. Il me manque, notre pitchoun. Et il faudra me laisser le chien. Je l'aime bien, ton Sauveur, Angélina. Avec une bête pareille, on se sent protégés. Qu'est-ce que vous en dites, mademoiselle ?

Gersande sortit un mouchoir de batiste brodé et tamponna ses yeux meurtris. Elle eut ensuite un faible sourire :

— Peut-être que cela m'aiderait à oublier ce qui me tourmente. Nous emmènerons Rosette, dans ce cas ; elle pourra revoir sa sœur. La pauvre petite se préoccupe tant d'elle et de ses frères ! Je lui donne une pièce chaque semaine et elle expédie vite un mandat à Valentine, en fin de mois. Quelle misère ! J'ose me plaindre, alors qu'il y a des malheureux en pagaille, sur cette terre.

Attendrie, Angélina s'exclama :

— Je vous retrouve enfin, mademoiselle. Lord Brunel vous avait changée. Les hommes ne doivent pas nous influencer ou nous pousser dans une direction qui ne nous plaît pas. Quand je pense que je rêvais d'épouser Guilhem ! Je n'aurais pas pu vivre avec un individu aussi hypocrite, aussi autoritaire.

— Hélas ! Je crains que tu n'en sois pas débarrassée, ma petite, déplora Gersande. Tu lui as appartenu par le passé, il pense avoir encore des droits sur toi. Ce serait bien pire s'il découvrait que vous avez eu un enfant.

— Faites-moi confiance, il ne le saura jamais ! s'enflamma Angélina. Mais je serai obligée de dire la vérité sur Henri à Luigi. Par la force des choses, mon pitchoun sera son frère, puisque vous l'avez adopté. Mon Dieu, nous nous sommes mises dans une situation inextricable. Cela me tourmente tant que j'en perds le sommeil. Réfléchissez ! Comment Luigi nous jugera-t-il ? Et puis, il devra garder le secret, lui aussi.

Passionnée par la discussion, Octavie s'était assise à leurs côtés. Elle crut bon de donner son avis.

— Mais il comprendra bien que vous avez agi toutes les deux dans l'intérêt du petit !

— Souhaitons-le. Seigneur, nous devrions absolument quitter le pays ! réitéra la vieille dame. Avec Joseph, bien sûr. Peu à peu, nous formerons une famille ; il le faut.

Angélina secoua la tête d'un air désabusé, le cœur étreint de pénibles pressentiments. Elle rêvait d'amour, d'une union solide tissée de joies charnelles et spirituelles, mais cette belle espérance lui semblait condamnée. « On ne force pas le destin, songea-t-elle. Ma pauvre amie s'imagine déjà entourée par son fils et moi, mariés, évidemment, mais cela me paraît improbable. Rien ne prouve que nous sommes faits l'un pour l'autre. » Elle se remémora les déclarations enthousiastes du baladin, mais, avec le recul, ces paroles perdaient de leur superbe et sonnaient faux.

— Angie, qu'est-ce que tu as ? s'inquiéta Gersande. Tu sembles accablée.

— Je le suis, mademoiselle. Je crois que nous nous berçons bien à tort de douces perspectives. Je ne vous ai pas tout dit sur votre fils. Luigi m'a confié sans hésiter qu'il entretenait une liaison à Barcelone avec une certaine Dolorès. Qu'il veuille me séduire, je n'en doute pas, mais il ne doit pas être si amoureux de moi qu'il le prétend.

Gersande et Octavie eurent la même expression consternée. Soudain, Angélina comprit à quel point ces deux femmes, plus âgées qu'elle, vivaient sur leurs souvenirs respectifs, sans avoir eu une seconde chance en amour. La domestique s'était retrouvée veuve très jeune après avoir mis en terre son mari et leur fillette de deux ans, victimes d'une épidémie de choléra. Confinée dans l'ombre de sa patronne, elle n'avait pas eu l'opportunité de se remarier. Quant à sa bienfaitrice, elle avait vécu à trente ans révolus une courte romance avec le père de Luigi, sans jamais rencontrer ensuite un homme avec qui partager le quotidien.

« Chère mademoiselle, elle a vraiment cru que Lord Brunel la courtisait. Quelle naïveté ! Égale à la mienne, en somme, constata-t-elle dans son for intérieur. Cela doit me servir de leçon. Luigi me tient de charmants discours, mais je suis déjà tombée dans le piège, avec Guilhem. »

— Nous verrons bien ce que nous réserve l'avenir, dit-elle à voix haute. Je dois rentrer, maintenant.

— Oui, nous allons dîner, Octavie et moi. Ramène-nous Henri demain. La maison est triste sans lui.

Angélina promit et s'empressa de sortir. Elle se sentait triste, dépouillée de ses plus douces illusions. En montant la rue des Nobles vers le clocher-porche, elle ne prit même pas la peine de regarder alentour comme elle l'avait fait à l'aller, au cas où une silhouette masculine avec des boucles noires au vent d'été surgirait d'une ruelle ou du pas d'une porte, un violon à la main. Pourtant, un homme l'arrêta devant la maison du vieux carillonneur. À sa grande surprise, elle reconnut son père. Augustin Loubet, un chapeau de paille sur ses cheveux grisonnants, en chemise et pantalon de toile, arborait une mine tragique.

— Papa ? s'écria-t-elle. Mon Dieu, que se passe-t-il ?

Le cordonnier la considéra d'un air hagard. Angélina ne l'avait pas revu depuis leur terrible querelle ni même rencontré par hasard dans la cité. Très émue, elle dut lutter pour ne pas fondre en larmes.

— J'ai besoin de tes services, lâcha-t-il du bout des lèvres. C'est Germaine ; elle est très malade.

— Mais je ne suis pas médecin, papa, protesta-t-elle, affolée. Tu me fais peur. Dis-moi ce qu'il y a ? Je peux atteler Blanca et aller prévenir le docteur Buffardaud.

— *Foc del cel !* Tu refuses de la soigner ? gronda-t-il. Il faut que tu comprennes que Germaine ne veut pas d'un docteur. À vrai dire, ce dont elle souffre relève de ton métier. Elle perd du sang, beaucoup de sang.

— Bien, papa, je viens le plus vite possible. Je dois quand même récupérer ma sacoche et une blouse propre.

Rentre auprès de ton épouse, je vous rejoins. Mais, quand je l'aurai examinée, il faudra prévenir le docteur.

Augustin approuva en se signant. Il était blême, défiguré par une sorte de frayeur sacrée. Angélina ne put résister et lui caressa l'épaule.

— Je me dépêche. Ne perds pas de temps toi non plus, retourne auprès de Germaine.

Il s'éloignait lorsqu'une voix aiguë appela. Rosette dévalait la pente, Henri à son cou, talonnée par le pastour.

— M'selle Angie, voilà vos affaires, s'égosilla l'adolescente. Je l'avais bien dit à vot' papa, qu'il vous croiserait en chemin. Paraît que sa dame est souffrante.

— Je sais ! Merci, Rosette, je gagne de précieuses minutes grâce à toi. Tu devrais rendre une petite visite à mademoiselle Gersande, qui n'a pas le moral du tout. Henri lui manque. Attends-moi chez nos amies, je serai plus tranquille.

— Où tu vas, ma'aine ? demanda alors l'enfant.

— Je vais travailler, mon pitchoun, murmura la jeune femme.

À deux pas de là, Augustin Loubet observait la scène. Il fixait surtout le garçonnet aux joues rondes et au sourire innocent. Mais Angélina le dépassa en courant. Il la suivit.

Germaine Loubet accueillit la costosida avec une plainte déchirante. Toute rancœur oubliée, elle lui saisit aussitôt les mains.

— Angélina, Dieu merci, tu es venue ! Je ne sais pas ce que j'ai, mais je crois que la mort me guette.

— Allons, ne parlez pas ainsi. Il peut s'agir de votre retour d'âge, qui est parfois éprouvant, voire spectaculaire. Nous sommes entre femmes, nous pouvons en discuter.

Le cordonnier avait accompagné sa fille jusqu'à la porte de la chambre conjugale, au premier étage, mais il n'était pas entré. C'était une pièce de dimension moyenne aux murs tapissés d'un papier fleuri bon marché, où se dressait un grand lit aux montants de bois sombre, encadré de deux tables de chevet en face d'une haute armoire. Un crucifix surplombait la couche réservée au couple, orné d'un rameau de buis desséché.

— J'ai mal, ajouta Germaine. Je n'ai jamais eu ce genre de douleur, sais-tu ? Augustin était si inquiet qu'il voulait m'emmener à l'hôtel-Dieu.

— Et le docteur ? Pourquoi refusez-vous qu'il vienne ?

— Pour qu'il regarde à cet endroit-là ? Ça non !

— Je suis obligée de vous examiner également, Germaine, fit remarquer Angélina. Depuis quand dure le flux de sang ?

— Boudiou, ça m'a pris vers midi après une grosse douleur et ça n'arrête guère.

Intriguée, soucieuse aussi, la jeune femme repoussa le drap et la couverture. Durant ses études à Toulouse et à Tarbes, elle avait pratiqué nombre d'accouchements sans avoir à ausculter des personnes de l'âge de sa belle-mère. Avisant une cuvette sur un des chevets, elle sortit une savonnette de sa sacoche et se lava les mains.

— Étiez-vous encore indisposée régulièrement ? s'enquit-elle, certaine d'être confrontée à un problème lié à la ménopause, un terme savant qu'utilisaient les obstétriciens pour désigner l'arrêt des règles et la perte de la fécondité.

— Mais non, ça ne se produisait plus, avoua Germaine tout bas, gênée d'aborder ce sujet. Même que j'avais des bouffées de chaleur et des malaises. Je me disais que c'était le retour d'âge. Boudiou, ça me fait drôle que tu me voies comme ça !

— Ne vous tracassez pas, c'est mon métier, je suis habituée. Respirez bien. Fermez les yeux, si vous préférez.

Angélina procéda à l'examen en priant le ciel de ne rien déceler de grave. « Papa a déjà perdu maman, il serait désespéré si un malheur survenait », songea-t-elle.

Elle avait presque terminé quand sa patiente poussa un cri déchirant et se cambra, tétanisée. C'était une femme corpulente ; le sommier en grinça.

— Seigneur, que j'ai eu mal ! sanglota-t-elle peu après.

— Ce n'est pas étonnant, dit la costosida en se redressant. Germaine, vous faites une fausse couche. D'après la palpation de votre utérus, le fœtus devait avoir trois mois et demi ou quatre mois.

— Seigneur, ce n'est pas possible ! Je n'ai jamais pu être mère, hélas ! Alphonse, mon premier mari, me l'a assez reproché !

Angélina ne répondit pas tout de suite. La médecine progressait sans cesse, mais bien des énigmes demeuraient, notamment sur la procréation. Certains couples ne pouvaient pas avoir d'enfant et on en ignorait la cause. Le plus souvent, on estimait que l'épouse était stérile. Des docteurs plus avisés incriminaient l'homme. Le cas de Germaine leur donnait raison, ainsi que d'autres cas similaires.

— Il se pourrait que la faute revînt à monsieur Marty, avança prudemment Angélina. Enfin, quand je dis faute, c'est une façon de parler. Il n'y a pas de coupable quand il s'agit de stérilité ; c'est seulement un problème naturel, encore mystérieux pour la science. Toujours est-il, ma chère Germaine, que vous étiez enceinte.

— Boudiou, que j'ai honte ! geignit-elle en se cachant le visage entre les mains. À mon âge !

— Vous n'êtes pas si vieille, enfin, chuchota Angélina. Il y a des femmes qui ont leur dernier enfant à cette période de leur vie. Germaine, ne pleurez pas. Vous allez encore ressentir de violentes douleurs. Il faut respirer, vous calmer… Quand vous aurez expulsé le fœtus et que le flux de sang sera tari, il n'y aura plus de danger. Mais je devrai vous surveiller, car des humeurs viciées sont à craindre. À présent, dites-moi où trouver des linges pour vous panser. Dans l'armoire ? Il me faudra aussi de l'eau bouillante.

Sa belle-mère acquiesça entre deux hoquets de chagrin et d'humiliation. Apitoyée, Angélina se pencha sur elle et lui caressa la joue.

— Vous n'avez rien fait de mal. La nature en a décidé, un petit être a été mis en route, mais sans doute ne pouvait-il pas venir au monde, en raison de votre âge, justement. Qu'est-ce qui vous tourmente autant ?

— J'aurais voulu épouser Augustin jeune fille. J'avais déjà le béguin pour lui, mais il ne me voyait pas. Ensuite, il s'est marié avec Adrienne, une beauté comme toi. Au moins, ton père, il m'aurait donné des petits. Ça m'a coûté, de ne pas en avoir. Pourquoi crois-tu que je te demandais de m'appeler maman ? Personne ne me dira maman, jamais !

Germaine se tourna sur le côté, suffoquée par un nouveau flot de larmes.

— Je suis désolée, soupira la jeune femme. Maintenant, nous devons travailler ensemble. Et il serait bon que je prévienne mon père de ce qui se passe.

— Augustin ? Boudiou, pauvre homme. Il n'en croira pas ses oreilles.

Angélina s'empressa de sortir de la chambre. Elle dévala l'escalier étroit. Le cordonnier fit irruption depuis la cuisine, de plus en plus livide.

— Alors ? Est-ce grave ?

— Non, papa, rassure-toi. Mais comment te dire...

Elle avait conscience d'être mêlée à l'intimité de ce couple et cela la troublait. Jamais auparavant elle n'aurait pensé à cet aspect du remariage de son père : les relations charnelles.

— Me dire quoi ? gronda-t-il. *Diou mé damné*, cause donc ! Je préfère savoir.

— Germaine fait une fausse couche ; elle était enceinte d'environ trois mois et demi. C'est très douloureux, mais elle se remettra.

De blafard, Augustin Loubet devint cramoisi. Il piqua du nez et s'absorba dans la contemplation de ses chaussures.

— *Foc del cel !* bougonna-t-il.

— Je suis navrée pour vous, papa.

— Navrée, navrée, tu en as de ces mots ! Nous n'avons plus l'âge de pouponner. Si j'avais pu supposer que...

— Que cela pouvait arriver ? acheva sa fille. Ce n'est pas fréquent pour une primipare, mais la nature n'en fait qu'à sa tête.

— Épargne-moi ton jargon médical, trancha-t-il. Tu es sûre que Germaine ne risque rien ?

— Une surveillance sera nécessaire, surtout si la fièvre se déclare dans les jours qui viennent. Papa, je tenais surtout à te tranquilliser. Là, il me faut de l'eau bouillante et de l'eau froide. Prépare-lui aussi un potage, du vin sucré. Germaine va se sentir faible, quand ce sera fini. Je remonte !

— Attends, dit-il d'une voix radoucie en lui prenant le bras. Je te remercie, Angélina. Si tu pouvais garder ça secret, aussi.

— Cela me semble évident, rétorqua-t-elle. Dans mon métier, la discrétion s'impose.

Le cordonnier la regarda. Très digne, vêtue d'une ample blouse blanche, un foulard sur ses beaux cheveux, elle se présentait à lui en costosida, investie de son rôle et de son savoir. Il ne put s'empêcher de l'admirer.

— Moi aussi, je te remercie, papa, ajouta-t-elle avant de s'élancer vers l'étage. De me faire confiance…

Il fallut plus de deux heures à Germaine Loubet pour perdre son fruit, né des tendres étreintes partagées avec son second époux. Augustin s'était chargé de monter l'eau demandée sur le palier, sans oser entrer. Enfin, Angélina l'invita à prendre place au chevet de sa femme.

— Console-la, papa, lui souffla-t-elle à l'oreille. Elle est très triste et bien fatiguée.

Sur ces mots, elle descendit, encombrée d'une grosse panière remplie de linges souillés qu'elle rangea à l'endroit indiqué par sa belle-mère.

« Je préviendrai madame Eudoxie et sa nièce, demain, qu'elles viennent chercher tout ça, se dit-elle. Germaine ne doit faire aucun effort pendant une bonne semaine. »

Il s'agissait de deux lavandières établies sur la route de Saint-Girons et qui, moyennant paiement, blanchissaient du linge pour les ménagères aisées de la cité et des environs.

Angélina passa dans la cuisine, où son père avait allumé une lampe à pétrole. Assoiffée, elle mangea des prunes vertes disposées dans un plat en porcelaine.

« J'aurais pu avoir un petit frère ou une petite sœur, pensait-elle, émue. Mon Dieu ! Comme papa était confus quand je lui ai appris la chose ! »

Cela la fit sourire, mais elle avait envie de pleurer à son tour. Durant les heures passées auprès de sa patiente, elle avait mis de côté ses propres soucis ; cependant ils l'assaillaient à nouveau avec encore plus de virulence.

— Qui me consolera, moi ? murmura-t-elle.

Une soupe de légumes mijotait au coin du fourneau à bois. Elle en remplissait un bol avec l'intention de le porter à Germaine quand le cordonnier la rejoignit.

— Ma pauvre femme s'est assoupie, annonça-t-il. Veux-tu que je la réveille pour qu'elle mange ?

— Non, elle a besoin de repos. Papa, je ne peux pas rester toute la nuit ici. Tu dois veiller sur elle. Touche son front souvent et fais-la boire. Si tu crois qu'elle a de la fièvre, viens vite me chercher. Hélas, je n'ai aucune certitude que l'utérus soit vraiment vidé. Dis-lui de ne pas s'alarmer si elle perd encore du sang. Je reviendrai à six heures du matin, peut-être avant.

Angélina parlait rapidement, ce qui trahissait son anxiété.

— Je m'occuperai bien d'elle, affirma Augustin. Rentre donc rue Maubec avec ton petit. Ton filleul, n'est-ce pas ?

— Papa ! Ce n'est guère le moment de se quereller !

— *Foc del cel*, écoute-moi donc au lieu de monter sur tes grands chevaux aussitôt. J'ai réfléchi, pendant que tu étais là-haut avec Germaine. Il t'en a fallu, du courage, pour accoucher seule dans une grotte et confier ton fils à une nourrice. Si Adrienne avait été de ce monde, elle t'aurait pardonné ta faute et le pitchoun serait né légitimé, parce que, ta mère et moi, nous aurions réussi à démasquer le responsable et il t'aurait épousée. Sans Adrienne, je ne valais plus rien de bon, je me contentais de grogner et de boire un peu trop en douce. Ce soir, à force de me ronger la cervelle, j'ai compris que tu avais fait de ton mieux. L'honneur est sauf. Tu es la marraine d'Henri, ton enfant a un nom et un héritage. Tu t'es sacrifiée, *Diou mé damné !* peut-être à cause de moi, pour m'éviter d'avoir à rougir de ma fille.

— Oui, en grande partie, papa, car j'ai eu souvent la tentation de m'enfuir loin d'ici avec mon bébé. Mais tu n'es pas le seul en cause. Ce sacrifice, comme je te l'ai déjà dit, je l'ai fait aussi pour pouvoir étudier, devenir sage-femme et succéder à maman. Je lui ai promis sur sa tombe d'être une costosida digne d'elle.

Augustin hocha la tête. Il avait souffert des absences répétées d'Adrienne au cours de leur vie commune et Angélina suivait la même voie.

— Quel avenir te prépares-tu, ma fille ? interrogea-t-il d'un ton amer. Tu aurais dû épouser ce docteur Coste. Je ne suis jamais en paix, à t'imaginer dehors au milieu de la nuit ou à l'aube, qu'il neige ou qu'il pleuve.

Touchée par la sollicitude bourrue de son père, elle se rapprocha de lui.

— Tu m'as pardonné ? demanda-t-elle timidement.

— Je suis chrétien, répliqua-t-il d'un ton grave. Ce n'est pas à moi de te juger. Sache-le, si tu m'avais avoué que tu attendais un enfant, je ne t'aurais pas chassée comme tu le croyais. Tu étais sous ma protection ; je n'avais plus que toi au monde. Nous aurions quitté le pays, la maison de la rue Maubec une fois vendue, et Henri serait mon petit-fils.

La poigne de fer qui enserrait le cœur d'Angélina céda brusquement. Elle se jeta dans les bras ouverts d'Augustin.

— Papa, je t'aime tant !

Il l'étreignit, bouleversé. Ce corps mince secoué de frissons, c'était un peu d'Adrienne, de leurs ancêtres respectifs, de leurs fils morts tout petits, aussi.

— Tu es mon sang, ma descendance et, ton pitchoun, j'en crève de ne pas le prendre à mon cou, confessa-t-il, la gorge nouée. À dater de ce soir, tu viendras manger chez nous chaque dimanche avec Henri et Rosette. Je lui ferai des jolies chaussures, au bébé, parce que ta huguenote lui en achète chez le marchand qui ne sont pas tout à fait à ses pieds. J'ai l'œil, va !

Angélina l'écoutait, délicieusement apaisée de sentir sous sa joue le tissu de sa chemise en lin, imprégnée de l'odeur du tabac hollandais dont il bourrait sa pipe. Son père lui pardonnait et c'était un vrai miracle. Elle recula un peu pour le regarder et s'imprégner de la bonté qui brillait dans ses yeux. Enfin, timide, elle osa un baiser sur sa joue. Il eut un mince sourire et l'étreignit à nouveau.

« Alors, ce sera à la maison de l'ange que nous pourrons être tous ensemble, songea-t-elle. Il n'est plus question de partir loin de Saint-Lizier. Merci, mon Dieu, bientôt je verrai Henri sur les genoux de son grand-père. Je dois annoncer la bonne nouvelle à mademoiselle Gersande. »

Du bas de la rue des Nobles, Angélina aperçut de la lumière derrière les fenêtres du salon. Octavie et Rosette devaient guetter son retour. Elle pressa le pas, toute contente, encore incrédule. Avant de la laisser sortir, son père l'avait embrassée sur le front et ce tendre baiser avait scellé leur réconciliation.

« Pourvu que Germaine se rétablisse vite. Seigneur, je ferai un effort, je l'appellerai maman, désormais », se promit-elle.

Quand la domestique lui ouvrit, un doigt sur la bouche pour lui intimer l'ordre d'être la plus silencieuse possible, elle comprit que toute la maisonnée dormait.

— Viens donc à la cuisine ! chuchota Octavie. J'ai préparé de la tisane de tilleul. Rosette dort avec Henri dans la chambre d'appoint. Mademoiselle s'est couchée en premier. Moi, tu me connais, je n'ai pas de mal à jouer les oiseaux de nuit. Installe-toi, petite, je vais éteindre la lampe du salon.

Fébrile, Angélina s'assit à la table, sur laquelle se dressaient un bougeoir et sa chandelle allumée. Son esprit bouillonnait de projets, à présent.

« Si mademoiselle achète la maison de l'ange, je pourrai ouvrir une clinique au second étage. Il y a sûrement plusieurs chambres, vu le nombre de fenêtres. J'écrirai à Philippe ; il saura me renseigner. Je ne sais pas si je suis habilitée à gérer un petit établissement privé... Non, pas à Philippe, autant ne pas renouer de relations avec lui, même épistolaires. Madame Bertin, la sage-femme de l'hôtel-Dieu, à Toulouse, sera de bon conseil. »

Octavie la surprit en pleine rêverie, un sourire exquis sur ses lèvres roses.

— Eh bien, ma belle, à quoi penses-tu ? Peut-être bien à Luigi ?

— Non, il ne s'agit pas d'amour, loin de là. Je suis comme Perrette et son pot de lait dans la fable de La Fontaine, je bâtis mille choses en imagination.

— Il y en a deux autres qui ont beaucoup causé, ce soir. Mademoiselle et ta Rosette. Elles partent mardi prochain pour Saint-Gaudens par le train de sept heures, avec toi, évidemment. La gamine est folle de joie parce qu'elle reverra sa sœur et qu'elle lui fera des cadeaux. À ses frères aussi. Mademoiselle a été généreuse. Elle lui a donné un beau châle en cachemire pour Valentine et des boîtes de pâtes de fruits qu'elle avait achetées à Luchon avec Lord Brunel.

— Mardi, c'est trop tôt, protesta la jeune femme. Ce voyage devient d'ailleurs inutile. Je ne veux plus quitter la cité. Octavie, papa m'a pardonné, il tient à connaître Henri et à nous inviter à déjeuner chaque dimanche. Je lui briserais le cœur en m'en allant d'ici. Nous n'avons plus besoin de visiter cette propriété de Saint-Gaudens. La maison de l'ange me plaît davantage. Nous aurons pignon sur la place de la fontaine, au grand soleil hiver comme été.

— Rosette sera déçue, la pauvre, elle se réjouissait de rendre visite à sa sœur, déplora la domestique en servant de la tisane à Angélina, qui respira avec bonheur le subtil parfum du tilleul sucré au miel. Et cela distrairait mademoiselle. Elle m'inquiète, en ce moment. Je l'observe en cachette ; elle porte souvent une main à la hauteur de la poitrine, la bouche crispée. Si son fils refuse de la connaître, elle tombera malade pour de bon.

Angélina approuva gentiment. Il lui incombait de satisfaire tout son petit monde.

— Si ma belle-mère va mieux lundi soir, nous irons à Saint-Gaudens, concéda-t-elle. Je ne veux contrarier personne. Quant à Luigi, je suppose qu'il lui faut un peu de temps pour réfléchir. Il reviendra.

Saint-Gaudens, mardi 19 juillet 1881

En toilette couleur pêche et ombrelle de soie, Gersande de Bersac marchait avec dignité sur la promenade qui surplombait la ville basse de Saint-Gaudens. Les platanes dispensaient une ombre fraîche dont profitaient les terrasses des trois cafetiers établis là, le long de ce belvédère très fréquenté qui offrait une vue magnifique sur la chaîne pyrénéenne. Angélina et Rosette, elles aussi très élégantes, encadraient la vieille demoiselle.

— Alors, petite, tu ne viens pas visiter la maison avec nous ? s'enquit Gersande auprès de l'adolescente.

— Non, je crains de vous mettre en retard si je rends visite à ma sœur en milieu d'après-midi. Comme ça, je suis sûre d'éviter le père, aussi.

Pour rien au monde, Rosette n'aurait dit « mon père ». Le possessif lui semblait trop affectueux.

— Déjà, je suis bien contente d'avoir déjeuné au restaurant. Boudiou, quel régal !

— C'était quand même très copieux, nota Angélina. Ce soir, un bouillon me suffira.

Elles discutèrent encore de la saveur du foie gras truffé servi sur de fines tartines grillées et de l'abondance des cèpes qui accompagnaient des confits de canard luisants de graisse.

— Le dessert m'a enchantée, affirma Gersande, revigorée par cette escapade hors des remparts de Saint-Lizier. Du sorbet, du véritable sorbet à l'abricot ! Vous vous rendez compte, mes enfants, qu'il faut pour cela transporter d'énormes blocs de glace, arrachés sur les hauteurs de la montagne ? Et cette glace voyage jusqu'à Toulouse ou Bordeaux. L'humain est vraiment d'une rare ingéniosité.

Angélina écoutait distraitement, heureuse de cette journée si différente des autres. Après avoir émis quelques réticences, elle avait consenti à partir. Germaine n'avait pas eu de fièvre et semblait se rétablir. Si on cherchait la costosida, il fallait s'adresser à la matrone de Taurignan, une brave sexagénaire fort compétente, comme l'indiquait un message accroché sur le portail de la rue Maubec.

Il y avait quand même une petite ombre au tableau, l'absence d'Henri. Sa mère se disait que le garçonnet aurait apprécié le fameux sorbet à l'abricot et qu'il aurait pu faire un tour sur les ânes à la robe brune qui se louaient le temps d'une balade d'un bout à l'autre de l'esplanade.

« Mais mon petit fait encore la sieste et, par ces chaleurs, il est aussi bien au frais avec Octavie et le chien », se raisonna-t-elle.

Songeuse, le visage ombré par une capeline en paille, elle attirait bien des regards masculins, dans sa robe en mousseline mauve qui dévoilait ses épaules laiteuses à travers une écharpe de soie violette. Réunie en une lourde natte dans le dos, sa chevelure captait le moindre éclat de lumière.

— Vous avez l'air d'une princesse, m'selle Angie, avait déclaré Rosette dans le train. Dommage, vous êtes pas souvent habillée comme ça...

La jeune femme avait souri, plus amusée que flattée. Elle appréciait d'être à son avantage, mais n'en tirait aucune vanité. Sa tenue préférée demeurait une blouse blanche ou grise bien propre et un foulard noué autour du front.

— Tu es ravissante toi aussi, avait-elle répondu.

Et c'était vrai. Rosette arborait une jupe blanche à motif fleuri d'un semis de bleuets et de coquelicots, avec un corsage bleu. Par coquetterie, elle avait laissé libres ses cheveux châtain foncé, brillants et à peine ondulés. Le plus joli, c'étaient son expression extatique, son regard d'une gaîté enfantine. Tout l'intéressait, les banquettes des wagons du chemin de fer, les marchands ambulants, jusqu'à la vaisselle du restaurant et aux détails de la nappe.

Gersande s'était émue de cette capacité d'émerveillement et par ce qu'elle révélait des souffrances endurées par Rosette, qui avait connu toute jeune la misère du cœur et du corps. Là encore, elle admirait l'adolescente dont la démarche trahissait l'excitation et l'enthousiasme.

— Petite, où loge ta sœur ? demanda-t-elle. Il ne faut pas manquer le train du retour, à dix-sept heures. Angie, mieux vaut convenir d'un rendez-vous à une station de fiacre, que l'on nous conduise ensuite à la gare.

— Vous faites pas de bile, m'selle Gersande. Je galope comme une chèvre, moi. Le quartier des tanneries, j'sais par où y aller vite fait. Je descends une rampe, là, sous le belvédère, et après je longe la rivière. Dites, le notaire qui vous fera visiter la maison, blaguez un peu, qu'il pense avoir des acheteurs.

— Ce ne serait pas charitable, fit remarquer Angélina. Nous lui expliquerons que nous sommes décidées pour une autre propriété, mais que nous voulions quand même voir cette maison-là.

— Oui, parce que cela me change les idées, renchérit Gersande. Et sait-on jamais ? J'ai de l'argent à placer. Si ce bien me plaît, je pourrais l'acquérir et le louer un bon prix.

— Ce bien ? s'étonna Rosette.

— On dit ça en parlant d'une terre, d'un immeuble, d'une ferme, petite, s'esclaffa la vieille dame. Allons, file chez ta sœur ! Tu as les bonbons et le châle ?

En guise de réponse, l'adolescente brandit en l'air le cabas en cuir noir qui contenait ses cadeaux.

— Je file. À tout à l'heure, alors ! J'serai à la station de fiacre devant l'hôtel de ville.

Angélina la retint par le bras pour l'embrasser sur la joue.

— Sois prudente, surtout, recommanda-t-elle.

— Promis. Je réciterai mon alphabet à Valentine. Elle sera toute surprise que je devienne savante.

Rosette s'éloigna en trottinant sur ses escarpins en toile. Les vêtements qu'elle portait lui venaient d'Angélina, qui les avait retouchés à sa taille.

— Qu'elle est charmante ! soupira Gersande. Notre rayon de soleil ! Si tu n'as pas le temps de lui apprendre à lire, je m'en chargerai.

— C'est une excellente idée. Vous êtes douée pour éduquer les jeunes filles, j'en suis un exemple vivant, ma chère mademoiselle. Sans vous, je n'aurais pas eu assez d'instruction et je ne serais pas sage-femme. Je vous dois tant !

— Veux-tu te taire ! coupa celle-ci en riant. Tu as tiré profit de l'expérience de ta mère ; il n'y a pas de meilleure école. Maintenant, dépêchons-nous. Ce notaire va rouiller sur place.

Elles se dirigèrent vers une rue transversale, proche de la collégiale Saint-Pierre[1], en discutant tout bas de la maison de l'ange qui restait au centre de leurs préoccupations, car le propriétaire habitait Auch et ne viendrait pas en Ariège avant le mois de septembre, selon les dires du maire de la cité.

— Armons-nous de patience, conclut Gersande de Besnac. Vois-tu, aujourd'hui, j'ai repris espoir grâce à toi, ma chère enfant en qui j'ai trouvé une fille selon mon cœur. Je respecte ton choix, puisque tu te sens assez forte pour tenir Guilhem Lesage à l'écart. En outre, tu es réconciliée avec ton père. Allons, allons, voici sans doute maître Guérand.

Un homme en noir, un porte-document à la main, faisait les cent pas sur le trottoir voisin. Il fut tout sourire quand Angélina foula les pavés pour le saluer, escortée d'une dame âgée au maintien admirable.

La scène se déroulait exactement comme l'imaginait Rosette, tandis qu'elle empruntait une impasse insalubre. La jeune fille relevait sa jupe pour ne pas la salir, écœurée par l'odeur désagréable des tanneries toutes proches. Elle avait un peu oublié ces ruelles étroites jonchées d'immondices où s'alignaient des masures trapues. Cela lui causait un malaise indéfinissable. Elle se sentait coupable d'avoir échappé à toute cette misère, mais soulagée aussi.

« Mes pauvres petits frères vivent là, tandis que, moi, je dors dans des draps propres, parfumés à la lavande, se

1. Église classée monument historique en 1840.

disait-elle. Valentine ne mange pas à sa faim, alors que j'ai de la soupe tous les soirs. »

Des peaux de bœufs et de vaches séchaient au soleil, suspendues à des cornes insérées à même la maçonnerie de certains murs. Les mouches pullulaient, en nuées mouvantes, dans un bourdonnement continuel. À cent mètres du logement de sa famille, Rosette hésita. Elle avait envie de s'enfuir, de rejoindre Angélina et la vieille demoiselle. Ce n'était plus son monde, là, elle avait su s'en échapper, quitte à mendier des semaines de village en village et à grappiller des fruits dans les vergers.

« Je suis si heureuse à Saint-Lizier ! » pensa-t-elle encore.

Elle eut le regret de son quotidien, rythmé par l'allumage du feu, la préparation du café, les lessives, la cuisine, toutes les tâches faciles qu'elle effectuait en chantant.

— J'suis devenue bien lâche, moi, chuchota-t-elle. Faut au moins que je donne mes cadeaux et que je bise ma frangine.

L'adolescente évoqua le doux visage émacié de sa grande sœur et les minois tristes de ses frères. Honteuse d'appréhender ces retrouvailles, elle marcha plus vite, déterminée à leur offrir une heure de joie, une heure de fête.

« Je leur raconterai comment j'attelle la jument. Ma Valentine, je lui brosserai les cheveux, vu que j'ai emporté en cachette des rubans pour nouer à ses nattes. Les petiots se jetteront sur les friandises, ça oui ! » s'encouragea-t-elle.

En ce début d'après-midi, le quartier était plongé dans le silence, les ouvriers, hommes et femmes, travaillant jusqu'au soir. Rosette s'arrêta devant une porte dont la peinture rouge était tout écaillée par les intempéries. Elle respira un bon coup et toqua du poing.

— Valentine ! C'est moi, ta p'tite sœur. Ouvre donc. Je t'avais dit dans ma lettre que je viendrais te voir un de ces quatre. Mais, la lettre, c'est m'selle Angie qui l'a écrite. Pareil, elle vient avec moi à la poste signer les mandats. Titine !

Elle frappa à nouveau, fébrile. Son cœur cognait fort tandis qu'elle échafaudait des suppositions. « Y ont pas pu déménager, vu qu'elle encaisse les sous. Malheur ! peut-être ben que le père l'a fait embaucher aux tanneries, ce fumier ! »

Rosette tourna la poignée en vain. Elle se pencha et aperçut la clef dans la serrure.

— T'es là, alors ! appela-t-elle. Titine, réveille-toi, ouvre, je suis pressée ! Valentine ?

L'adolescente fixa l'étroite fenêtre, également fermée, qu'un rideau grisâtre voilait. Le soleil tapait dur. Le front en sueur et les mains moites, elle s'obstina à cogner encore contre la porte.

— Quand même ! enragea-t-elle.

Logique, Rosette ne perdit pas de temps à croire que sa sœur et ses frères étaient plus loin, au bord de la rivière, car la clef était dans la serrure. Il y avait donc quelqu'un à l'intérieur. Déçue et furibonde, elle entreprit de contourner le pâté de maisons afin de se faufiler dans un passage exigu qui longeait l'arrière de ces taudis construits à la hâte. Un rat détala d'un tas de déchets ; elle dut plusieurs fois éviter des amas d'une boue douteuse, qui empestait.

— Pardi ! Nous aussi on vidait le seau par la petite porte de derrière, ronchonna-t-elle.

C'était la seule issue qui lui restait pour pénétrer à l'intérieur et s'assurer de la santé de Valentine. Des idées noires l'assaillaient : leur père avait pu lui faire un autre enfant et sa sœur était trop faible, incapable de se lever. « M'selle Angie l'a sauvée, y a presque trois ans, mais là, qui c'est qui l'aidera si elle a des couches difficiles ? » s'alarma-t-elle.

La porte de derrière était entrouverte. Ce fut en tremblant d'émotion que Rosette se glissa dans le réduit où s'entassaient un balai dégarni, le seau d'hygiène, une pelle et un parapluie. Tout de suite, elle perçut le bruit caractéristique d'une grosse mouche bleue, qui devait tourner dans la chambre voisine au battant entrebâillé. Puis il y eut l'odeur, tenace, affreuse, plus prégnante encore que celle des tanneries.

— Valentine, ma Titine ! appela-t-elle à mi-voix.

Elle avança, envahie par un terrible pressentiment. Le lit lui apparut et elle vit que sa sœur y gisait, la face jaune marbrée de mauve, les paupières closes et la bouche béante. Des mouches se posaient ici et là, tandis que la grosse mouche continuait à voler au plafond. Le drap sur lequel reposait Valentine était souillé sous ses fesses d'un sang bruni.

— Mon Dieu ! Elle est morte ! bredouilla la jeune fille.

Cela devait dater d'au moins deux ou trois jours. Sans oser approcher, Rosette jeta un coup d'œil sur le sommier réservé à ses frères.

« Les petits sont pas là, bien sûr ! songea-t-elle. Ma pauvre Titine a crevé toute seule comme un chien ! »

Saisie d'épouvante, effrayée et profondément choquée, l'adolescente n'entendit pas un souffle rauque dans l'autre pièce. Quand la porte de communication avec la cuisine s'ouvrit à la volée, elle ne put même pas pousser un cri, muette d'horreur. Son père, titubant, se dressait devant elle.

— Té, qui c'est-y ? La Rosette fagotée en dame ! Et alors, d'où tu sors, toi ? éructa-t-il avec un rictus.

Il était ivre, complètement ivre, le regard halluciné. Le doigt pointé sur le cadavre de Valentine, il bafouilla :

— Ta sœur, c'est rien qu'une fainéante, elle veut plus se lever, bordel ! Depuis qu'elle s'est fichu une aiguille dans le ventre, la v'là qui roupille.

— Et mes frères, y sont où, mes frères ? aboya Rosette, submergée par une rage immense. Qu'est-ce que tu leur as fait, à eux aussi ? Tu vas causer, sale poivrot ?

— Oh ! Pas sur ce ton, ma poulette ! Les garçons, y a un moment qu'y sont à l'Assistance publique. Paraît qu'ils étaient mal tenus ! Pardi, ta sœur flemmardait, alors.

À demi folle de chagrin et de fureur impuissante, la jeune fille serra son cabas contre sa poitrine. Elle allait sortir et courir prévenir les gendarmes. Valentine était morte à cause de cet homme ignoble, repoussant, véritable loque humaine qui les avait suffisamment fait souffrir.

— Pauvre salaud ! hurla-t-elle. Tu finiras en tôle, ça, j'te le jure !

Devant ce désastre, des sanglots la suffoquèrent. Il n'y aurait pas de fête, pas de joie, et sa sœur ne mettrait jamais le beau châle en cachemire sur ses épaules.

— Je te hais ! T'es pas un père, t'es qu'un salaud ! hoqueta-t-elle, aveuglée par ses larmes.

D'un bond, il fut sur elle et l'empoigna par le cou. Son haleine avinée et acide souleva le cœur de l'adolescente.

— Non, mais dis donc, toi, j'vas t'apprendre le respect ! D'abord, où t'as traîné, tout ce temps ? T'envoyais des sous à ta sœur parce que tu faisais la pute, hein ?

Ses doigts noueux renforcèrent leur prise. Il la poussa ainsi vers la cuisine. Au risque d'être étranglée, Rosette dut avancer.

— Maintenant que t'es là, toi, va falloir me faire à manger, et gagner du pognon. Le contremaître, à la tannerie, y m'a viré, ce con !

L'homme articulait mal, la respiration sifflante. Il cherchait ses mots, sans lâcher sa fille qui roulait des yeux effarés.

— Ma belle poulette, grogna-t-il. C'est que tu sens la rose, eh, Rosette !

— Lâche-moi, gros cochon ! gémit-elle en reprenant ses esprits, enfin consciente du danger qui la menaçait.

Elle laissa tomber le cabas par terre pour pouvoir le frapper. Mais les coups qu'il reçut ne firent que l'exaspérer davantage. Rouge, l'œil fixe, il attrapa l'adolescente à bras-le-corps et la jeta violemment sur le sol.

— J'vas t'apprendre à me fausser compagnie, petite catin !

La chute avait été si rude que Rosette hurla de douleur. Elle hurla plus fort quand il se coucha sur elle de tout son poids.

— Non, p'pa, non ! implora-t-elle, tétanisée par une peur innommable. Non !

D'un bras, il lui broyait le haut de la poitrine au point qu'elle suffoquait. De sa main libre, il se dégrafait et retroussait sa jupe à une vitesse sidérante. Elle tenta de gesticuler, de se libérer, mais il exhibait des dents jaunes, prêt à la mordre, comme il avait mordu Valentine au cou la première fois.

Plongée dans un cauchemar abominable, Rosette eut une sorte d'éblouissement, prête à s'évanouir. Une souffrance déchirante dans sa chair intime la ranima. Son père l'avait déflorée et il s'agitait en elle, avec de brefs râles de plaisir.

— Non, non ! se mit-elle à geindre.

Tout s'était passé si vite ! Il eut un dernier spasme et roula sur le plancher, en ricanant, son désir satisfait. L'adolescente se releva, hébétée. Avisant une bouteille en verre sur la table, elle s'en empara et courut la briser sur le crâne de l'ivrogne.

— Tiens, charogne, crève donc ! Tu mérites pas autre chose, crève, crève !

La bouteille éclata en deux morceaux. Du sang coulait sur le front de l'homme qui ne bougeait plus. Rosette lui décocha des coups de pied, mais ses jambes n'avaient plus aucune force. Alors elle se rua vers la porte, tourna la clef et sortit en courant.

Elle courut sans se retourner, sans s'arrêter, jusqu'à la large rue qui montait en pente abrupte vers la haute ville. Là, essoufflée, hagarde, elle s'abrita dans l'ombre d'un porche en pierre.

« De quoi j'ai l'air ? » se demanda-t-elle, soucieuse de son apparence.

Avec des gestes maladroits, elle lissa sa jupe en s'assurant que le tissu ne portait pas de taches ni aucune trace du malheur qui lui était échu. Du bout des doigts, elle arrangea ses cheveux et les plis de son corsage. Assoiffée, elle se promit de boire à la prochaine fontaine et de s'y laver les mains et le visage. Dans un semi-délire, la vision d'une eau limpide et fraîche affolait son cœur.

« Faut pas que ça se voie, faut pas ! » se répétait-elle.

La douleur entre ses cuisses n'était rien comparée au sentiment de répulsion qui la rongeait, mêlé d'un effroi rétrospectif. Son père avait réussi, il l'avait souillée, salie, il lui avait volé ce à quoi elle tenait le plus, sa pureté de vierge. En une poignée de minutes à peine, il l'avait rabaissée au rang de Valentine, dont il usait comme d'une épouse depuis des années.

« Mon Dieu, faut pas que ça se voie ! » se dit-elle encore.

Rosette parvint sur le belvédère. Tout était en place, les platanes et leurs larges feuilles d'un vert tendre, les terrasses des cafés, les ânes bruns attachés à une corde. Des couples se promenaient et des enfants jouaient au cerceau. Le matin, quand elle était arrivée là, le ciel, les façades, le sable, tout avait la couleur du paradis. « Si personne le sait, ce sera un peu pareil, j'serai la même que ce matin », se disait-elle, droite et fière.

Enfin, elle put se désaltérer à une fontaine, après avoir actionné la pompe. L'eau sur ses joues, sa bouche et son nez lui redonna un peu de courage.

« Le porc, le goret, il a fait ça vite, il m'a eue ! » se désola-t-elle encore.

Les cloches de la collégiale Saint-Pierre s'ébranlèrent et sonnèrent quatre coups d'un timbre métallique, néanmoins mélodieux. Rosette s'installa sur un banc et, une fois de plus, avec une minutie scrupuleuse, elle vérifia sa toilette et ses chaussures. Elle toucha ses cheveux et sa figure.

Une femme qui passait, un panier sous le bras, éclata de rire en l'observant :

— Vous êtes impeccable ! Votre galant n'aura pas à se plaindre, l'apostropha-t-elle.

L'adolescente répondit d'un sourire. Elle devait sourire, c'était impératif. Angélina et Gersande ne comprendraient pas, si elle ne pouvait plus sourire.

Une heure plus tard, elle les retrouva à la station de fiacre. La voiture était retenue, le cocher perché sur son siège.

— Alors, Rosette, as-tu fait une belle surprise à ta sœur ? s'enquit immédiatement la vieille demoiselle.

— Ça oui, on peut le dire, répliqua-t-elle d'un ton enjoué. Vos caramels, ils ont eu du succès.

— Tu n'as pas l'air très contente, s'inquiéta Angélina, plus perspicace. Comment se porte Valentine ?

— Ben, je crois qu'elle a eu un souci, encore, mais elle a pas voulu causer de ces choses devant les petits.

— Seigneur, quelle misère ! déplora Gersande très bas, de crainte que leur conversation ne soit entendue. Lui as-tu donné l'argent que je t'avais confié ?

— Je leur ai tout donné, même vot' cabas en cuir, m'selle Angie. Dites, faut se dépêcher ! Le train, faut pas le louper.

Quand elles furent assises dans le compartiment, Angélina étudia avec sollicitude les traits altérés de Rosette, qui lui semblait étrangement silencieuse.

— Tu es triste, petite sœur, murmura-t-elle. Tu es sûre que Valentine va bien ?

— Certaine ! mentit l'adolescente. Et oui, j'suis triste. Ça m'a fait bizarre de revoir mes frères et ma Titine, après deux ans et demi. Ils vivent dans la crasse et moi je suis bien tranquille chez vous, logée, nourrie, blanchie, et aimée aussi, je crois. En plus, je sais que j'y retournerai jamais, là-bas. Y sont pas si malheureux, au fond. Même le père, paraît qu'il devient raisonnable. Je quitterai plus la cité, parole !

Sa gorge se serrait. Elle se tut. Apitoyée, Gersande lui tapota l'épaule. Angélina respecta la mélancolie de sa protégée, tout en lui prenant la main avec tendresse.

— N'aie pas peur, nous te garderons toujours, lui dit-elle. Du moins, jusqu'à ton mariage.

Ces mots-là transpercèrent Rosette. Elle ferma les yeux et feignit de bâiller. « Faut pas que ça se voie ! pensait-elle, épuisée. Mais elles ont rien vu du tout. »

Rassurée, elle pria en silence pour l'âme de Valentine, dont le visage en décomposition allait la hanter des jours, des mois, des années.

8

Le fils prodigue

Saint-Lizier, samedi 23 juillet 1881
Angélina nettoyait ses instruments, aiguilles, scalpel et spéculum, ce dernier flambant neuf. Elle l'avait commandé chez un pharmacien de Saint-Girons afin de remplacer celui qui avait été endommagé par Jean Messin, le fermier. Par mesure de précaution, elle stérilisait son nécessaire médical dans de l'eau bouillante additionnée d'alcool à quatre-vingt-dix degrés.

La maison de la rue Maubec, son petit logis, comme elle la surnommait, était très silencieuse. Rosette faisait les lits à l'étage. « D'habitude, elle chante en travaillant, s'avisa la jeune femme. La pauvrette, elle doit encore penser à sa sœur et à ses frères. J'aurais dû la dissuader de leur rendre visite, mais cela lui faisait tellement plaisir ! Et Henri n'est pas là, c'est souvent pour lui qu'elle fredonne des comptines. »

L'enfant avait repris ses habitudes, sous la férule d'Octavie et de Gersande, qui gardait également le pastour. Le grand chien blanc s'était attaché au petit à un tel point qu'il refusait de suivre sa maîtresse.

— Tant pis pour moi, si tu préfères jouer les nounous, avait plaisanté Angélina en le caressant.

Dès le lendemain de leur journée à Saint-Gaudens, une famille du village de Lorp avait fait appel à elle. C'était une jeune patiente de vingt ans, qui allait mettre au monde son premier enfant. Angélina était restée l'après-midi et la nuit entière à son chevet. Un garçon de trois kilos et deux cent cinquante grammes en parfaite santé avait couronné ses efforts. Le père, fier de son rejeton, s'était montré généreux. Il avait récompensé la sage-femme d'une casserole en cuivre, de trois sacs de farine blanche et d'une tresse d'oignons. Rosette avait décidé de pétrir du pain et des brioches pour le repas du dimanche chez Augustin Loubet.

Tout en s'affairant, un tablier noué à sa taille, Angélina laissait ses pensées mener une danse un peu désordonnée. « Germaine pourra bientôt se lever. Elle n'a pas développé d'infection. Seigneur, que j'étais gênée quand je lui ai rendu visite hier soir ! Elle m'a demandé comment éviter de concevoir un autre enfant et je n'ai pu que lui conseiller l'abstinence. »

Du coup, elle eut un sourire malicieux en imaginant la déconvenue de son père, privé du devoir conjugal. En fervent catholique, le cordonnier refuserait de se retirer avant de répandre sa semence, à moins que le curé, consulté sur ce délicat problème, y consente.

« Enfin, mademoiselle Gersande a retrouvé sa bonne humeur. Elle est optimiste et pleine d'entrain. Je n'ai pas eu de nouvelles des Lesage ; Guilhem a forcément reçu ma lettre où je lui disais de faire appel au docteur Ruffier. Léonore est jeune et bien nourrie, elle sera vite remise. »

Elle constata qu'elle n'éprouvait vraiment plus aucun sentiment pour son ancien amant, ni la moindre pointe de jalousie en évoquant sa blonde épouse au caractère détestable. De même, elle avait trop de projets pour déplorer la disparition de Luigi. Il était libre, vivant, en bonne santé, et il suffisait de patienter. Tel qu'elle le connaissait, il surgirait un beau matin comme un diable farceur jaillit d'une boîte.

— M'selle, appela alors Rosette, qui venait de descendre sans bruit l'escalier, dites, j'ai vu par la fenêtre de votre chambre qu'il y a un cavalier devant le portail. Tenez, voilà qu'il entre, ce m'sieur, sans même frapper !

— Tu n'avais pas donné un tour de clef ?

— Non, j'ai oublié, répondit l'adolescente d'un ton laconique.

— Mon Dieu, c'est Guilhem, je m'en doutais ! s'écria-t-elle après avoir jeté un regard dans la cour. Ma parole, il se croit chez lui !

En pantalon d'équitation, chemise blanche et canotier, le visiteur toqua contre la porte ouverte du bout de sa cravache. Sans attendre, il franchit le seuil, l'air ravi de découvrir enfin la maison natale d'Angélina.

— Je suis désolé de faire irruption ainsi, mesdemoiselles, commença-t-il, mais, par cette chaleur, je n'allais pas rester dans la rue.

— Tu n'as pas appris la politesse, dans les îles ? s'exclama Angélina, furieuse. Qu'est-ce que tu veux ?

Il leva les yeux au ciel deux secondes, comme si la hargne de la maîtresse des lieux le surprenait et le choquait. Ensuite, il observa les instruments disposés sur un linge immaculé, dans lequel la sage-femme allait les emballer.

— Dis à ta servante de sortir, je n'ai pas coutume de parler en présence des domestiques, rétorqua-t-il.

— Rosette est mon amie, même ma sœur. Mais, oui, elle va sortir, simplement pour ne pas entendre tes sottises.

La mine indifférente, l'adolescente se dirigea vers la porte.

— J'vais m'occuper de la jument, m'selle Angie, dit-elle sans entrain. Pouvez causer avec monsieur. Ce que j'm'en fiche, moi !

Angélina la suivit des yeux, contrariée de la voir aussi morose. Guilhem, lui, proclama :

— Tu te choisis de drôles d'amies. Où l'as-tu ramassée, celle-là ? Tu devrais exiger d'elle un langage plus soigné !

— Il y a des gens au verbe haut qui cachent une âme toute sale, répliqua-t-elle sèchement. Rosette vaut mieux qu'eux.

Il haussa les épaules et regarda à nouveau autour de lui avec une curiosité évidente. Malgré la rusticité du décor, la pièce dégageait une harmonie certaine, grâce aux murs chaulés de blanc rosé, aux bouquets de fleurs et aux vieux meubles patinés par les ans.

— Ton épouse se remet-elle bien de ses couches ? interrogea la jeune femme. Et le bébé ?

— Léonore est encore alitée, évidemment. Quant au petit Eugène, nous l'avons mis en nourrice. Le docteur Ruffier nous en a recommandé une. Au fait, quand il est revenu, il avait les ongles propres ; j'ai vérifié.

Cela fit sourire Angélina. Guilhem, qui la dévorait des yeux, en frémit tout entier.

— Que tu es belle ! chuchota-t-il. Sais-tu que j'ai acheté un daguerréotype ? J'ai rapporté des clichés de La Réunion. Il faudra que je te les montre. Je voudrais te photographier. Ainsi, je pourrai te contempler à mon aise.

Sur ces mots, il s'assit à la table et ôta son canotier. Elle eut la pénible impression que le jeune homme envisageait de lui rendre visite fréquemment, sous n'importe quel prétexte, comme s'ils étaient de bons amis.

— Guilhem, tu ne devrais pas venir chez moi. Là, je l'admets, le voisinage peut supposer que tu viens pour ton épouse, car tout le pays parle de ton retour et de la naissance de ton deuxième fils. Mais j'ai une réputation à défendre.

— Ta réputation ! Qui se laisse trousser dans une grange obscure ? La belle Angélina Loubet. Viens un peu par là, tu es si jolie dans cette robe blanche !

Elle recula vivement et s'empara du tisonnier. Il éclata de rire.

— Je me moque des conséquences. Si tu me touches, tu auras une marque en pleine face ! le menaça-t-elle.

— D'accord, d'accord, calme-toi, petite folle, soupira-t-il. Figure-toi que je venais te présenter mes excuses pour l'autre matin et te payer tes honoraires.

— T'excuser de t'être conduit en rustre, alors que tu n'as qu'une idée, recommencer ? ironisa-t-elle.

— Est-ce ma faute si ta seule vue me fait perdre la tête ?

— Dans ce cas, évite de me croiser ou d'entrer ici comme si tu étais chez toi !

Douché par son ton froid, Guilhem sortit une bourse en cuir de sa poche et en extirpa trois pièces d'argent.

— Cela te convient-il ? demanda-t-il en les posant sur la table.

Angélina se débarrassa de son arme improvisée. Cependant, elle ne prit qu'une des pièces.

— Merci ! Il est inutile de me donner autant. Tu ne m'achèteras plus, Guilhem.

— Bécasse ! tonna-t-il en se levant. Je pourrais te combler, te couvrir de cadeaux. Mais j'avoue que tu n'es pas de ces femmes avides d'or et de bijoux. Aussi pourquoi ne pas prendre ce qui est gratuit, ma chérie ? Souviens-toi, nous en avons eu, du bon temps, tous les deux ! Tu finiras par te dessécher si tu ne fréquentes pas un homme.

Elle eut un léger rire de gorge, infiniment moqueur. Pourtant, la remarque l'avait blessée.

— À moins que tu fricotes avec ce farfelu qui a osé pointer sa dague de pacotille sur moi ? hasarda-t-il. Dis donc, ta vieille huguenote, elle s'appelle bien Gersande de Besnac ? Serait-ce son fils, ce Joseph dont tu m'as lancé le nom comme si tu te rengorgeais à sa place de la particule ?

Angélina perçut sa vexation. Riches et influents, les Lesage enviaient sûrement les aristocrates, affublés d'un patronyme plus impressionnant.

— Oui, il s'agit de son fils unique.

— Elle n'a pas honte de son rejeton ? Ce matin encore, il faisait des pitreries au marché de Saint-Girons, acoquiné avec un montreur d'ours. Je t'accorde une chose, c'est un assez bon violoniste.

La nouvelle fit son chemin dans le cœur d'Angélina, à la fois mortifiée, car le baladin n'avait pas daigné venir en premier lieu rue Maubec, et soulagée, puisqu'il pouvait arriver d'un moment à l'autre.

— On peut très bien être noble et artiste, affirma-t-elle.

Les yeux vert et or de Guilhem s'assombrirent. Il s'approcha de la jeune femme et la toisa.

— Tu l'as pris pour amant ? Vas-y, dis-le-moi ! Tu n'as jamais été farouche. Pourquoi aurait-il guetté ton retour l'autre matin, sinon ?

Furieuse, Angélina le gifla de toutes ses forces. Il se tint la joue, médusé.

— Ça, tu me le paieras cher, marmonna-t-il. Je te rendrai la vie infernale, sale petite peste !

— Tu as déjà brisé ma jeunesse, cracha-t-elle, alors, continue, ne te gêne pas ! Comment veux-tu que je me marie ? Les hommes sont si orgueilleux qu'ils souhaitent épouser une vierge, afin de satisfaire leur instinct de mâle, au pire, une jeune veuve fortunée, l'argent compensant la perte de l'innocence ! Pourquoi crois-tu que Philippe Coste a renoncé au mariage ? Parce que j'ai eu la sottise de lui confier le bel amour que j'ai eu pour toi, le don total de moi que je t'ai fait, bernée par tes faux serments.

Ce discours eut le mérite de stupéfier Guilhem. En parfait égoïste, il n'avait jamais songé aux conséquences de leur liaison. Pris d'un vague remords, il se radoucit.

— De toute façon, je préfère que tu sois encore libre, j'aurais mal supporté de te savoir dans le lit d'un autre, soupira-t-il. Angélina, à quoi bon se quereller ? Je te l'ai dit et redit, je t'aime toujours autant. Accepte d'être ma maîtresse. Je n'en peux plus, tu m'obsèdes, j'en perds le sommeil.

— Eh bien ! je connais la solution. Retourne dans tes îles lointaines avec Léonore et tes enfants. Je ne te céderai pas, plus jamais.

Elle recula pour échapper à ses bras qui allaient la saisir par la taille.

D'une démarche vive, elle contourna la table et courut rejoindre Rosette dans l'écurie. L'adolescente brossait la jument d'un geste répétitif, le regard voilé de larmes.

— Petite sœur, qu'est-ce que tu as ? s'étonna-t-elle.

— J'sais point, m'selle Angie. J'fais que penser à Valentine et aux petiots. Y me manquent ! Ça m'passera.

— Je suis désolée, Rosette. Hélas, je ne peux rien faire pour eux. Sois franche, tu aimerais que je recueille tes frères ici et je n'en ai guère les moyens. Mais mademoiselle Gersande serait peut-être disposée à nous aider.

Elle se tut, car Guilhem traversait la cour à grands pas. Elles entendirent le portail s'ouvrir, puis se refermer. Son cheval émit un bref hennissement et le bruit des sabots s'éloigna sur le pavé des rues.

— Ouf ! Il est parti ! chuchota Angélina.

— Y vous a cherché misère, m'selle ?

— Oui et non. Disons qu'il me tient des propos déplaisants. Mais je suis assez grande pour me défendre. C'est toi qui m'inquiètes, Rosette.

— Faut pas, j'vous assure.

La jeune fille fit un large sourire, après avoir frotté ses yeux.

— Fini, j'pleurnicherai plus. Pour mes frères, pas la peine de vous biler, y vont à l'école, oui, Valentine m'a dit ça. Après tout, je suis ben bête de me tracasser. Je vais pétrir la pâte à brioche ; elle lèvera au soleil. Ce soir, je ferai bien chauffer le four. Votre papa se régalera.

Angélina attira Rosette contre elle et la cajola. Son cœur débordait d'affection pour cette adolescente si courageuse, laborieuse et dévouée.

— Sais-tu, Guilhem prétend avoir vu Luigi au marché ce matin, lui confia-t-elle à l'oreille. Cette fois, je n'en parle pas à mademoiselle. Mais il y a des chances qu'il vienne jusqu'à Saint-Lizier.

— Sans doute, et faudra le convaincre d'aller chez m'selle Gersande. Bon, au boulot, je dois pas lambiner.

Rosette se dégagea doucement de l'étreinte de sa patronne. Elle se sentait indigne de sa tendresse, comme elle s'était interdit de câliner le petit Henri, la veille. Chaque parcelle de son corps lui semblait souillée, viciée. Rien n'y faisait. Elle s'était lavée à grande eau pendant l'absence d'Angélina, elle avait brûlé dans la cheminée sa culotte en calicot, déchirée à l'entrejambe et maculée d'un peu de sang. Sans cesse, aussi, Rosette revivait les courtes minutes durant lesquelles son père l'avait jetée au sol et forcée avec une habilité redoutable. C'était si bref et si violent, dans son souvenir, que cela aurait pu ne pas s'être produit.

« J'ai qu'à me dire que j'ai fait un cauchemar, se disait-elle. Pour Valentine, c'est pareil, j'ai qu'à me dire qu'elle est vivante. » Mais tout était vrai. Une question la taraudait. Le monstre imprégné d'alcool qui l'avait salie, l'avait-elle laissé assommé ou mort ? Elle espérait l'avoir tué ; cependant, cela lui paraissait improbable. « Les crapules ont le crâne dur, songeait-elle. De toute façon, il va vite crever, tellement il boit ! »

Le plus difficile restait de donner le change. Nuit et jour, les images défilaient, atroces. Elle croyait même sentir encore la pestilence du taudis. Rosette ne pouvait ni fredonner ses refrains préférés, ni rire. À peine si elle arrivait à sourire en se contraignant. Elle ne pouvait pas davantage raconter à Angélina ce qui s'était passé à Saint-Gaudens. Elle obéissait à une sorte de réaction instinctive de défense qui lui interdisait de prononcer les mots capables de la salir, car, dits à haute voix, ils donneraient un poids terrifiant à la tragédie qu'elle voulait gommer de son esprit et de son cœur.

« Faut que je fasse des efforts, décida-t-elle en précédant Angélina dans la maison. Sinon y vont tous finir par comprendre qu'il y a eu du grabuge là-bas. Peut-être ben que, le père, s'il est encore vivant, les gendarmes le ficheront en prison, quand ils trouveront Valentine. »

La jeune fille trouva un exutoire à son chagrin en pétrissant la pâte jaune clair qui fleurait bon le froment. Elle mit dans son œuvre de boulangère occasionnelle une énergie frénétique. De ses poings serrés, elle écrasait, tassait la matière souple et malléable, assoiffée d'une vengeance silencieuse.

« Et prends ça ! Tiens, tiens, voilà, encore un coup dans ta vilaine trogne ! » pensait-elle en imaginant qu'elle frappait son père.

Angélina ne vit rien de la scène. Elle était montée dans sa chambre pour se rafraîchir et changer de vêtements. Un corsage sans manches en soie rose eut son agrément, ainsi qu'une jupe en cotonnade beige. Elle releva en chignon roulé la tresse qui rassemblait sa chevelure flamboyante. Si Luigi venait jouer du violon sur le toit de l'écurie, elle voulait être à la hauteur de ses compliments, même si lesdits compliments n'étaient que des boniments de foire.

« Au moins, il me fait la cour, c'est agréable, songea-t-elle. Cette fois, je l'amènerai de gré ou de force rue des Nobles, chez mademoiselle Gersande. »

Elle aurait été bien surprise d'apprendre que Luigi, à cette heure précise, était allongé dans le jardinet abandonné, tout proche de la maison. À l'ombre de la haie de lilas, il admirait le jeu du soleil entre les feuillages, une tige de menthe au coin de la bouche qu'il mordillait avec délectation.

Sa large chemise blanche ouverte sur un torse doré orné d'une légère toison brune, il avait les bras repliés sous sa tête en guise d'oreiller. Ses prunelles noires exprimaient une étrange détresse.

« Violetta, belle Angélina ! Es-tu dans ton modeste logis ? Si oui, que fais-tu à cette heure ? se demandait-il. Penses-tu à moi ? Que penses-tu de moi ? »

En retenant un soupir, il étira ses jambes musclées par des années de marche.

— Quand le clocher sonnera cinq coups, j'irai chez cette femme qui m'a mis au monde, déclara-t-il à mi-voix.

Luigi avait aisément obtenu l'adresse de Gersande de Besnac. Le premier badaud rencontré place de la fontaine lui avait montré du doigt les fenêtres d'une construction assez particulière, aux murs barrés de colombages, chapeautant les arcades en pierre des Halles. Sa dégaine insolite avait attiré l'attention de l'aubergiste, Madeleine Séréna, qui promenait sa petite-fille Louise, dans une voiture d'enfant.

« Quel drôle de type ! » s'était-elle dit, un brin méfiante.

Cependant, l'individu portait un étui à violon et elle avait failli l'aborder afin de lui proposer de jouer à la terrasse pour la clientèle du soir. De plus, c'était un bel homme, malgré ses cheveux trop longs et l'anneau d'argent qu'il portait à l'oreille.

« Un bohémien ! » avait estimé quant à lui le vieux frère Eudes, en chemin pour le cloître de la cathédrale.

Augustin Loubet lui-même avait aperçu Luigi alors qu'il marchait sous les arbres du foirail. Le cordonnier avait surtout remarqué la qualité des bottes en cuir de l'inconnu.

— Un étranger, avait-il bougonné. Un Italien ou un Catalan. Mais qu'est-ce qu'il vient faire dans la cité ? Je préviendrai Angélina, demain, qu'elle n'oublie pas de fermer le portail à double tour.

Tout ça, Luigi l'ignorait. L'eût-il su que cela l'aurait amusé. Accoutumé à intriguer, à plaire ou à déplaire, il se moquait bien de l'opinion des gens. Pour l'instant, il se préparait à affronter sa mère.

« Que lui dirai-je ? Un "madame" méprisant ou un "maman" larmoyant ? Les deux seraient inappropriés et de mauvais goût. Je la dévisagerai avec perplexité et je jetterai : "Vous, qui m'avez abandonné !" Là, je me tairai, les bras croisés sur ma poitrine, en homme blessé. »

Il se redressa, impatient, mais plein d'appréhension. La cloche se mit en branle. Son timbre grave annonçait aux habitants de la cité qu'il était cinq heures du soir.

— Non, déjà ! pesta Luigi. Courage, mon ami, courage, fils du vent !

D'un bond, il fut sur pied. Il secoua ses boucles noires où s'accrochaient quelques brindilles, remit son gilet en cuir et noua le cordon qui fermait sa tunique blanche.

— Allons-y !

Il tenait à éviter Angélina, si bien qu'il fut très prudent, au sortir de la ruelle, en pointant le nez rue Maubec. Elle pouvait être chez elle ou arriver bientôt, et il ne tenait pas à la croiser. Il espérait aussi ne pas la trouver rue des Nobles, car, si la jeune femme assistait à ses retrouvailles avec sa mère, il serait obligé de jouer la comédie, d'être poli et aimable, ce dont il n'avait aucune envie.

« Personne en vue, se dit-il en s'élançant. Courage, ce n'est qu'un mauvais moment à passer. Comme me l'a répété le père Séverin, je saurai à quoi m'en tenir sur cette femme. Il ne faut pas fuir la vérité. »

Luigi aperçut bientôt les fenêtres du logement de Gersande. Les hautes maisons bourgeoises qui bordaient la rue en pente lui firent l'effet d'un défilé de falaises menaçantes, malgré l'abondance des rosiers dont la floraison colorée embaumait. Son cœur cognait dans sa poitrine, il faillit dix fois rebrousser chemin. Seuls les sermons affectueux du vieux religieux qui l'avait élevé le poussèrent en avant.

Il franchit une première porte, celle donnant dans les Halles et grimpa un large escalier en pierre. Une seconde porte, en beau bois clouté, celle-là, lui apparut sur l'unique palier doté d'une fenêtre aux vitraux bariolés.

« Ciel ! Qu'est-ce que je fais ici ? » se demanda-t-il, malade de nervosité.

Mais son poing toqua avec énergie, sans qu'il eût réfléchi à son geste. Aussitôt, un aboiement caverneux, grave et sonore, retentit.

— Sage, Sauveur, fit une voix à l'accent chantant. Qui est-ce ? Angie ? Mais non. Que je suis sotte ! Le chien ne gronderait pas ! Qui est-ce ?

Le baladin pouvait encore s'enfuir, dévaler les marches, se ruer dans la rue et filer vers la campagne. Il prit sa respiration et répondit bien fort :

— Le prétendu Joseph de Besnac.

Il y eut alors un terrible silence. Luigi crut percevoir un trottinement rapide, les gémissements du chien et, assez lointain, l'écho d'une discussion.

« Je sème une belle panique, à mon humble avis », songea-t-il, toujours tenté d'échapper à la confrontation avec sa mère.

— Je vous ouvre, monsieur ! lui cria-t-on. J'enferme le pastour. Patientez !

Pendant ce temps, à demi folle d'émotion et d'angoisse, Gersande examinait son reflet dans le grand miroir au-dessus de la cheminée du salon. Elle ajustait son foulard en soie et rectifiait une mèche neigeuse autour de son front.

— Mon Dieu ! Et Angélina qui n'est pas là, se lamenta-t-elle. Joseph... Mon enfant, mon fils, il veut me voir. De quoi ai-je l'air, Seigneur !

Henri eut conscience de l'atmosphère soudain tendue, presque électrique. Octavie gesticulait, incapable de faire obéir Sauveur. La grosse bête refusait d'entrer dans la cuisine. Le petit abandonna le livre d'images qu'il regardait et courut vers l'animal.

— Laisse Sauveur avec moi ! s'égosilla-t-il. Méchante, O'tavie, laisse-le !

Désemparée, la domestique entraîna l'enfant et le pastour dans la cuisine. Vite, elle en claqua la porte et, dans un élan effaré, elle ouvrit à Luigi.

— Entrez, monsieur, bredouilla-t-elle, les joues en feu et la coiffe de travers. Excusez-moi, je vous ai fait attendre !

— Rien de grave, madame, j'ai attendu trente-trois ans, alors, quelques minutes de plus... rétorqua-t-il.

Il hésitait. Cette grande femme aux formes imposantes était-elle sa mère ? L'âge pouvait convenir, mais le tablier qu'elle arborait et ses mimiques gênées ne s'accordaient pas au nom pompeux de sa génitrice.

— Seriez-vous Gersande de Besnac, madame ? interrogea-t-il néanmoins.

— Non, non ! bafouilla Octavie. Entrez donc, mademoiselle est dans le salon. Je vais vous conduire.

Luigi se composa un visage dur, froid, réprobateur, mais, au fond de lui, il éprouvait une peur affreuse. C'était la même peur que ressentait Gersande, debout près du guéridon, les jambes tremblantes et les mains jointes à la hauteur de sa taille.

La vieille dame n'avait pas imaginé ainsi ces retrouvailles inespérées. Il manquait Angélina au tableau, car la jeune femme connaissait un peu Joseph et aurait pu jouer les conciliatrices. Quant à Henri, elle aurait préféré le savoir rue Maubec, avec Rosette.

— Mademoiselle, monsieur votre fils est là, bégaya Octavie qui s'esquiva prestement afin de rejoindre Henri et le chien.

L'instant était solennel : Gersande et Joseph se faisaient à présent face, dans la lumière dorée de la fin d'après-midi. D'abord, ils se fixèrent longuement, chacun étudiant à satiété le visage de l'autre.

« Comme elle semble fragile, pensait Luigi. On dirait qu'elle est diaphane. Ce devait être une très jolie femme, jeune. Je ne lui ressemble en rien. »

« Dieu tout-puissant, je crois revoir William, son père, se disait Gersande, bouleversée. Ces boucles d'ébène, ce teint hâlé, ce regard de braise… Mais Joseph est beaucoup plus beau ; tout aussi séduisant, mais plus beau, oui, plus grand aussi. »

— Asseyons-nous, mon enfant, émit-elle alors d'une voix mourante.

— Je vous en prie, pas de mièvrerie ! trancha-t-il. J'ai passé l'âge d'être qualifié d'enfant, et je n'ai aucune preuve de notre parenté.

Blessée par tant de froideur, Gersande frissonna. Elle prit place dans son fauteuil, en s'excusant.

— Je suis obligée de m'asseoir. Je ne me sens pas très bien, monsieur, balbutia-t-elle.

Luigi eut vaguement honte, car c'était une femme d'un certain âge et elle n'avait pas l'air en bonne santé.

— Faites donc ! dit-il. Moi, je préfère rester debout. Venons-en à ce qui nous concerne tous deux, madame. Si je suis là, c'est pour avoir des explications sur cette histoire de médaille qui ferait de nous un fils et sa mère. Je l'admets, ce sont peut-être vos initiales au revers du bijou, mais peut-être pas...

Toute tremblante, Gersande constatait qu'elle ne s'était pas trompée. Cet homme lui en voulait et il ne lui pardonnerait jamais d'avoir été abandonné.

— J'ai accroché moi-même ma médaille de baptême à ton béguin[1] en toile bise, dit-elle en réprimant un sanglot, la tête penchée de côté, pareille à une bête agonisante. Mes doigts tremblaient, je pleurais toutes les larmes de mon corps. Je tenais à ce que tu aies sur toi quelque chose de moi. Je t'en supplie, Joseph, ne me juge pas sans rien savoir de mon passé. J'ai pu être forcée à cet acte odieux, j'ai pu ne pas avoir le choix.

Du coup, très ému à son tour, Luigi prit place sur une chaise, à deux pas du fauteuil de la vieille demoiselle.

— Si vraiment vous n'avez pas eu le choix, je vous écoute.

Elle considéra le parquet ciré d'un œil hagard. Fallait-il mentir encore, servir la fable qu'elle entretenait depuis des années, au point souvent de la croire véridique, du

---

1. Bonnet en tissu que l'on mettait aux bébés.

moins en ce qui concernait la disparition de son enfant ? Octavie y croyait, Angélina aussi. Avec son talent de comédienne, elle avait su se mettre en scène dans le rôle d'une mère ayant cru perdre son bébé dans les flammes d'un incendie, qui aurait frappé la pouponnière d'un orphelinat, à Lyon. Mais c'était faux.

Le lourd secret qui hantait ses nuits, devait-elle le révéler au principal intéressé, à l'unique victime de son égoïsme ?

— Tu ignores tout de mon existence, commença-t-elle, la bouche sèche. Mais, le plus important, c'est que tu saches comment tu es venu au monde, car tu es né d'un grand amour partagé. Ton père se faisait appeler William, en hommage à l'auteur anglais, Shakespeare. C'était un comédien ambulant et, pour le suivre sur les routes, j'ai quitté ma famille, de riches protestants. Mes parents possédaient un beau domaine en Lozère et moi j'avais refusé tous les possibles fiancés qui leur convenaient, mais qui me déplaisaient. J'avais trente ans quand je me suis enfuie avec William.

— Jusque-là, l'histoire me convient, coupa Luigi d'un ton sincère.

Il demeurait impassible, un sourire narquois sur ses lèvres sensuelles. Cependant, intérieurement, il vibrait de curiosité. La gorge serrée, il évitait de trop regarder Gersande, afin de ne pas céder à l'attendrissement.

— Hélas ! la suite est moins belle. Nous avons parcouru les routes de France avec notre petite troupe, mais, après un hiver rigoureux, ton père est tombé très malade. Il a succombé à la phtisie dans mes bras, avant ta naissance. Je n'avais plus un sou et les autres comédiens m'avaient mise à l'écart. La sage-femme qui m'accouchait m'a proposé de te confier à un couvent.

Octavie interrompit la confession de sa patronne en se dressant sur le seuil du salon, Henri pendu à son cou, le chien tenu en laisse d'une main.

— Mademoiselle, je sors ! dit-elle. Le petit veut se promener ; vous serez plus tranquille, comme ça.

— Bien, bien, murmura Gersande.

Luigi reconnut l'enfant. C'était le garçonnet qu'il avait aperçu dans la cour d'Angélina. Il ne s'en étonna guère, ayant déduit que la jeune femme était très liée à la vieille aristocrate.

Durant ce court intermède, Gersande hésita encore. Elle pouvait servir à son fils le récit mélodramatique qu'elle avait bâti de toutes pièces afin d'atténuer sa faute passée et de ne pas être jugée par son entourage. Mais ce serait trahir une nouvelle fois Joseph et lui offrir de sa mère une fausse image.

« J'arrive à la fin de ma vie ; autant dévoiler la noirceur de mon âme, ma fatuité, ma frivolité, pensa-t-elle. J'ai devant moi le seul être sur terre qui mérite la vérité. Il me haïra, certes, et ce sera ma punition. Il est temps de payer, Gersande de Besnac, grand temps ! »

— Je vous écoute, insista-t-il. Vous étiez dans la misère et vous m'avez déposé au tourniquet des innocents. Facile, on pose le poupon dans la caisse garnie de paille, on sonne la cloche et de braves religieuses se chargent de l'orphelin. Cela dit, il y a des mères capables de travailler pour nourrir leur progéniture, quitte à être servantes.

L'attaque dérouta Gersande, qui eut une expression éperdue. Elle avait mal au cœur, chaud et froid, et une veine battait follement à sa tempe gauche.

— Voudrais-tu, pardon, voudriez-vous, monsieur, vous lever et me donner un cordial à boire ? Dans le buffet, là-bas, il y a une bouteille et des verres. Je suis désolée, je crains d'avoir un malaise.

— Ne faites pas tant de manières ! protesta-t-il. Appelez-moi Luigi ! Je ne suis ni monsieur ni Joseph. Je ne suis plus votre petit Joseph... Bon, trouvons de quoi vous remonter.

Malgré sa hargne, il se leva et lui apporta le vin cuit et deux verres.

— Buvons ensemble, madame ! ironisa-t-il. Je n'en mène pas plus large que vous.

Gersande avala d'un trait le breuvage qui la revigora. Sans tergiverser davantage, elle se lança dans le pire des aveux.

— Ce que tu vas entendre te répugnera, Luigi. Octavie, qui me tient compagnie depuis des années, l'ignore, Angélina aussi. Voilà... c'est difficile à dire. J'ai refusé de t'abandonner ; je t'ai gardé. L'aubergiste où nous avions logé, ton père et moi, m'a engagée comme servante. Elle m'a attribué une soupente où le soleil et l'air frais ne pénétraient que rarement. Mais tu étais là, toi, mon trésor le plus précieux. Je t'allaitais et je te couchais dans une panière pour aller travailler. Je dois ajouter que j'avais écrit à mes parents afin de leur conter ma triste situation. Ils n'ont en aucune façon voulu me secourir. Sur les routes, parmi les comédiens, je m'étais accommodée de la faim, du froid et de la pauvreté par amour pour William. Mais ma condition de servante me confinait à la misère et, au bout d'un an, je n'en pouvais plus. Tu portais des haillons et tu t'étais blessé plusieurs fois en essayant de quitter cette maudite soupente. Je me demandais chaque nuit, tandis que tu dormais contre moi, comment je pourrais t'offrir une éducation digne de ton rang et de l'intelligence de ton père. Je me reprochais de te condamner à une existence étriquée, dépourvue des agréments dont j'avais bénéficié, moi, unique héritière d'une riche famille.

La vieille demoiselle se tut, le souffle court. Elle était si pâle que le baladin s'alarma.

— Ce que vous me dites m'incline à la pitié, à l'indulgence, avança-t-il d'une voix moins sévère. Allons, finissez-en !

— J'ai écrit à ma mère, encore une lettre désespérée. Elle m'a répondu pour me proposer un arrangement. Je pouvais revenir au bercail et jouir de ma fortune, à condition de me séparer de mon bébé, qu'elle considérait comme un bâtard. Et je t'ai sacrifié, Joseph !

Gersande marqua une pause, à la suite de laquelle elle hurla, les yeux écarquillés :

— Oui, je t'ai sacrifié à ma vanité, à ma soif de luxe et de confort ! J'ai consenti à cet odieux chantage ! C'est ainsi que je t'ai remis au frère convers d'un couvent, à Lyon, le cœur brisé, brûlante de honte et de remords. Tu avais un an et un mois. Tu ne comprenais pas ce qui t'arrivait ; tu m'as dit au revoir en agitant ta menotte... Oh, Seigneur ! J'ai souffert le martyre, dans la diligence qui me ramenait vers Mende, où je me suis cloîtrée dans le manoir des de Besnac. Dès la mort de mes parents, je suis partie te chercher, mais tu t'étais enfui.

Luigi, tête baissée, ruminant avec un air grave ce qu'il venait d'apprendre.

— Bravo ! grogna-t-il enfin. Vous avez du cran de me confesser votre bassesse, votre égoïsme sans égal. Au moins, je ne peux pas douter de la véracité de vos paroles.

— Quelque part, mon pauvre enfant, je suis soulagée. Rompue à l'art de la comédie grâce à ton père qui me faisait jouer de petits rôles, j'ai débité une tragique fable à Octavie et à Angélina.

— Laquelle ?

— Je prétendais t'avoir abandonné dès la naissance et je donnais le beau rôle à ma famille. Ils m'auraient pardonné, allant jusqu'à m'offrir de rentrer avec toi au domaine. Là, je courais te chercher au couvent, toi, petit bébé de deux mois, mais tu avais péri dans un incendie. J'ai tissé des détails comme quoi, si j'espérais te retrouver, c'était qu'un enfant aurait réchappé du brasier, toi, bien sûr.

Gersande ne put en dire plus. Elle éclata en sanglots et se cacha le visage entre les mains.

— Mais j'avais mes raisons d'espérer te revoir un jour, puisque je savais que tu étais vivant. Du moins l'étais-tu à seize ans, quand je suis allée au couvent, après la mort de mes parents. J'étais libérée de leur joug, de leur chantage, et je voulais te reprendre. Mais tu t'étais enfui.

Un détail d'importance interpella alors le baladin. Il pointa un index inquisiteur en direction de sa mère :

— Qui vous a renseignée, quand vous êtes retournée à Lyon, dans ce couvent ? s'enquit-il.

— Le frère Marc, je crois. Pourquoi ?

— Ah ! Je ne m'en souviens pas, il se peut qu'il s'agît d'un novice. Il est regrettable, madame, que vous n'ayez pas rencontré alors le père Séverin, un saint homme qui m'a servi de père. Il m'a enseigné les belles-lettres, le latin, le grec, la musique, la droiture aussi. Mais passons. Que vous importe mon enfance ? Néanmoins, si ce charitable religieux vous avait informée en personne de ma disparition, j'aurais pu croire que vous êtes vraiment allée me demander, quinze ans après m'avoir rejeté de votre cœur, de votre riche famille.

— Je te jure que j'y suis allée, Luigi ! se récria Gersande.

— Cela ne change rien. Il était un peu tard, madame, pour me prouver votre amour de mère. Vous avez vu juste sur un point, vous me répugnez. Mes rêves étaient bien plus beaux, et j'ai eu tort de conserver cette médaille. Si je suis venu aujourd'hui, sachez-le, c'était pour connaître mon histoire. J'en ferai peut-être une triste complainte que je chanterai dans les foires. Adieu, madame ! J'ai hâte de respirer l'air pur des montagnes, de ne plus vous voir, surtout.

Il se leva en attrapant l'étui à violon qu'il avait posé à ses pieds. Prise de panique, la vieille dame agita les bras en criant :

— Non, ne pars pas, pas tout de suite. Tu es mon héritier. Tu dois accepter l'argent qui te revient et les titres de propriété. Luigi, laisse-moi effacer la misère que tu as endurée, à errer de ville en ville.

— Moi, recevoir un héritage qui empeste ? Non, je ne prendrai pas un sou. Cette fortune, vous l'avez acquise en me sacrifiant, comme vous le dites si bien. Comment en profiterais-je ? J'ai vécu de mon art et de la bonté des femmes sans jamais m'abaisser à de viles actions. Je continuerai ainsi.

— Mon Dieu ! gémit Gersande. Pitié, aie pitié ! J'ai eu honte pendant des années. Je t'ai demandé pardon des milliers de fois.

— Hélas, je n'ai rien entendu. Trêve de lamentations, je ne vous salue pas, madame de Besnac, ou mademoiselle... Nous nous reverrons en enfer.

Sous un masque méprisant, derrière son verbiage cruel, Luigi souffrait le martyre. Il sortit à grands pas sans se retourner. Mais, par un concours de circonstances auquel Octavie n'était pas étrangère, à peine dévala-t-il l'escalier qu'il se trouva nez à nez avec Angélina. Octavie suivait, escortée du pastour et du petit Henri.

— Luigi ! s'exclama la jeune femme. Pourquoi partez-vous déjà ? Et mademoiselle, comment va-t-elle ?

— C'est le dernier de mes soucis, rétorqua-t-il.

Le baladin tenta de s'enfuir, mais elle le saisit par un bras. À moins d'être brutal, il dut demeurer sur place.

— Belle dame, un conseil, laissez-moi m'envoler loin des bassesses humaines, la pria-t-il. Je n'oserais pas ôter vos jolis doigts de mon poignet, mais je vous prie de lâcher prise.

Angélina nota ses traits altérés et sa respiration précipitée. Il était blême et son regard était fuyant. Pour un peu, elle l'aurait cru au bord des larmes.

— Pourquoi n'en faites-vous qu'à votre idée ? lui reprocha-t-elle. C'était trop simple de venir me trouver rue Maubec, et que nous rendions visite tous les deux à mademoiselle Gersande ?

La domestique, elle, ne s'était pas attardée au milieu des marches. Flanquée de l'enfant et du chien, elle s'était ruée dans l'appartement haut perché. Elle en ressortit bien vite en appelant à l'aide :

— Seigneur, Angie ! Viens vite, mademoiselle a eu un malaise ! Mon Dieu, la malheureuse !

La jeune femme libéra Luigi et grimpa à toute allure jusqu'au palier. Elle s'élança vers le salon. Gersande gisait de tout son long sur le sol, face contre terre, inanimée.

— Mademoiselle ! Oh ! non ! non ! gémit Angélina en la prenant dans ses bras pour la retourner. Octavie, apporte un peu d'eau-de-vie, que je lui en fasse avaler une goutte. Dieu, qu'elle est blanche ! Mais je sens le pouls…

Terrifié, Henri se mit à pleurer. Dans son affolement, Octavie n'arrivait pas à déboucher la bouteille d'alcool. Circonspect, Luigi fit son entrée. Encore secoué par l'entretien houleux qui avait précédé, il éprouva un début de frayeur, craignant que la vieille dame ne soit morte par sa faute.

— Mademoiselle, je vous en prie, revenez à vous, implorait Angélina en tapotant les joues blafardes de sa bienfaitrice.

Soudain, elle vit Luigi et l'apostropha rudement.

— Que lui avez-vous dit ? Bien sûr, vous n'avez pas été capable de lui pardonner, orgueilleux, borné, égoïste comme tous les hommes ! Ces derniers jours, elle n'était plus que l'ombre d'elle-même à cause de vous qui refusiez de faire sa connaissance !

— J'aurais pas dû m'en aller d'ici, moi, déplora Octavie. Mais je voulais te prévenir, Angie. J'ai cru bien faire.

La jeune femme lui fit signe qu'elle avait eu raison. Elle essaya de soulever Gersande.

— Laissez-moi vous aider, lui dit Luigi en se penchant sur le corps inerte de la vieille dame. Où dois-je la transporter ?

— Dans sa chambre. Henri a peur, le pauvre pitchoun ! Il faudrait que le docteur vienne. Je crains une attaque. Elle n'a pas le cœur solide.

Pendant qu'il tenait sa mère contre lui, le baladin put la contempler de près. Il étudia son profil délicat, l'implantation de sa chevelure, le grain de sa peau. Il y avait longtemps, cette femme-là avait aimé un saltimbanque de son espèce ; pour lui elle avait tout quitté. Avec ce William qui demeurerait à jamais un inconnu, Gersande de Besnac, sans aucun doute une ravissante rebelle, l'avait conçu, lui. « Mon sang, ma chair, se surprit-il à songer. Ma mère ! »

Fébrile, Angélina repoussait drap et couverture. Elle superposa deux oreillers.

— Installez-la les jambes étendues, le haut du corps soulevé, ordonna-t-elle. Mon Dieu, pourquoi ne revient-elle pas à elle ? On dirait une syncope. Et Rosette qui n'est pas là ! Elle aurait eu vite fait d'aller chercher le docteur Buffardaud.

— Dites-moi où il habite et j'irai, proposa Luigi.

— Non, je vous défends de franchir la porte ! Vous êtes capable de vous enfuir, de disparaître un an ou deux. Ce n'est pas une solution. J'ignore ce qui s'est passé entre mademoiselle et vous, mais je le saurai et vous me rendrez des comptes.

Il constata qu'en dépit de sa colère Angélina pleurait d'angoisse et d'exaspération.

— Calmez-vous, murmura-t-il. Du vinaigre, il faut du vinaigre ! C'est grandement efficace.

Sans attendre sa réponse, il fila dans la cuisine. Octavie, en larmes, consolait Henri. Le chien grogna, couché devant la domestique et l'enfant.

— Sage, grosse bestiole ! tonna Luigi. Madame, où rangez-vous le vinaigre ?
— Là, dans ce placard d'angle, bredouilla-t-elle.
— Merci.
Tout en déambulant à vive allure dans le logement, il ne perdait aucun détail du décor dont l'harmonie lui plaisait. Ce n'était que teintes pastel, du vert pâle, du rose tendre, du mobilier ancien et raffiné, de lourdes tentures de velours. Son œil noir se riva au passage à la grande bibliothèque garnie d'ouvrages reliés et aux bouquets de roses.

« Une femme de goût, se dit-il. Cela ne sent pas le bourgeois imbu de son capital, non, on se croirait dans un vieux château enchanté. »

Poète et vagabond, Luigi admit à contrecœur qu'il pourrait habiter ce genre d'endroit. En rejoignant Angélina, il crut bon d'affirmer le contraire.

— C'est sinistre, ici, jeta-t-il d'un ton sec. Je croyais trouver plus de dorures et de faux marbres chez une aristocrate !

— Taisez-vous ! le coupa-t-elle. Quelle importance cela a-t-il, enfin ! Dites-moi plutôt comment vous utilisez le vinaigre ? J'ai repris son pouls ; il est faible.

— Eh bien, si je n'ai pas le droit de sortir, envoyez Octavie chez le docteur. Quant au vinaigre, regardez.

Il versa le liquide au creux de sa main et, sans hésiter, en frictionna les joues, le front et le cou de Gersande. Il humecta aussi un coin de drap et le lui fit respirer.

— Dieu merci, elle réagit, elle cligne les yeux ! s'extasia la jeune femme.

— Je m'étonne qu'une costosida dédaigne les vertus du vinaigre, pérora-t-il. J'étais à meilleure école que vous.

— Peut-être, mais je m'en moque. Mademoiselle, je vous en prie, c'est votre Angie. Dites-moi quelque chose !

Elle caressa avec une infinie tendresse le visage de sa bienfaitrice. Gersande entrouvrit les paupières et exhala un soupir.

— Petite, j'ai cru mourir. Mon fils, il est parti, il ne reviendra pas, cette fois, articula-t-elle péniblement. Je n'ai pas pu l'embrasser.

Luigi s'était écarté afin de ne pas être vu. Il tenait à écouter la suite, mais sans se montrer. Dans son soulagement, la jeune femme n'y prêta pas attention.

— Ma petite enfant chérie, tu me restes, toi, ajouta Gersande. Je suis bien punie, sais-tu. Quand Joseph s'en est allé, j'ai voulu le rattraper. J'ai eu un vertige et le salon s'est mis à tourner autour de moi. J'avais une grosse douleur là, au cœur. Je suis tombée... Après, je ne me souviens de rien. Angélina, comme il est beau, mon Joseph ! Et qu'il parle bien, l'éloquence de son père, sa verve. Mais il me méprise et je le comprends. Je suis fière de lui, oui. Il n'est pas cupide, il refuse son héritage.

— Mademoiselle, respirez un peu, recommanda Angélina. Vous tremblez, vous êtes brûlante et puis...

Elle désigna Luigi d'un mouvement de tête pour avertir la vieille dame de sa présence, mais celle-ci continua, en proie à une exaltation alarmante.

— Je dois te parler, petite, que tu puisses lui dire à quel point je l'aime, si tu le revois. Il me toisait, hautain, droit comme la justice, et il avait la prestance de son père ! Mon fils, mon unique enfant, je l'ai perdu.

Redoutant un nouveau malaise, Angélina abandonna sa place au chevet de Gersande. Elle prit Luigi par le coude et l'entraîna près du lit.

— Votre fils est encore là, mademoiselle. Nous avons eu très peur pour vous. Maintenant, il vous faut du repos. Je vais demander à Octavie de prévenir le docteur. Désirez-vous du thé, ou du café bien sucré ?

Gersande fixa Luigi avec une expression de pure adoration, puis elle se détourna en pleurant. Une honte immense la submergeait, si bien qu'elle souhaitait être engloutie sur l'heure dans les ténèbres.

— Laissez-moi, supplia-t-elle. Je ne veux rien, ni docteur, ni thé, ni café. Sortez ! Ayez pitié de moi !

Luigi s'empressa d'obéir. À présent, une foule de questions se bousculaient dans son esprit. Il désirait tout savoir sur l'amitié qui unissait Angélina et sa mère, sur ce petit garçon, le filleul de la jeune femme, et sur bien d'autres sujets encore. Il se sentait au centre d'un drame dont la trame passionnelle le fascinait.

Angélina quitta la pièce à regret en promettant de revenir bien vite. Dès qu'ils furent dans le vestibule, ils échangèrent un regard de défiance réciproque.

— Chère demoiselle Loubet, m'accordez-vous la permission de me réfugier rue Maubec, dans votre écurie ? La jument est fort aimable, ce qui n'est pas toujours le cas de sa maîtresse. Je vous fais le serment de ne pas disparaître, puisque cela vous chagrine. De plus, quand c'est demandé si gentiment par la plus belle fille de la cité, comment la décevoir ?

Il ponctua ces paroles d'une mimique pathétique, ce qui arracha un faible sourire à Angélina.

— Ne me décevez pas, alors, soupira-t-elle. Cela me peinerait vraiment si vous n'étiez pas chez moi demain matin.

— Demain matin ? Pas avant ?

— Ou ce soir, cela dépendra du diagnostic du médecin et de l'état de mademoiselle. Si c'est nécessaire, je dormirai près d'elle. Vous devez le savoir, j'aime beaucoup Gersande. C'est comme une seconde maman pour moi. Et ne taquinez pas Rosette, elle a du chagrin, elle aussi.

— Je ne suis pas d'humeur à taquiner qui que ce soit, assura-t-il. Soyez sans crainte, Angélina, je vous attendrai.

Luigi sortit en la saluant d'une légère inclinaison de la tête. La jeune femme se glissa dans la cuisine et prit Henri dans ses bras.

— Mon beau petit, mon chéri, tu as eu peur, mais tout va s'arranger, chuchota-t-elle en le couvrant de baisers.

— Bobo, maman ?

— Maman était un peu malade. Elle se repose, trésor. Octavie, je t'en prie, va chercher le docteur.

— J'y cours, Angie. Mademoiselle a repris connaissance, je crois. Je l'ai entendue te parler. Elle a crié, aussi.

— Je la crois profondément choquée. Je crains que son cœur ne résiste pas.

— Seigneur Dieu, Sainte Vierge ! s'affola la domestique. Je me dépêche.

La brave Cévenole partit, en chaussons et sans même ôter son tablier. Angélina continua à cajoler son enfant. Le chien les observait de ses bons yeux bruns.

— Viens, Sauveur, nous allons veiller mademoiselle.

Elle pénétra sans bruit dans la chambre, Henri à son cou, l'animal sur ses talons. Gersande sanglotait doucement.

— Va embrasser maman, dit tout bas la jeune femme au garçonnet.

Henri grimpa sur le lit et se nicha près de celle qu'il considérait comme sa mère. Troublé de la voir pleurer, il toucha ses cheveux et sa joue de ses petits doigts. Sauveur s'en mêla, en poussant des plaintes dignes d'un chiot.

— Chère mademoiselle, vous inquiétez ceux qui vous aiment bien fort, déclara alors Angélina. Allons, tournez-vous un peu et faites-nous un sourire. Luigi finira par vous pardonner, j'en suis certaine.

La vieille demoiselle fit l'effort de se redresser sur un coude, en partie décoiffée, le visage défait par le désespoir, le nez tuméfié, elle qui était toujours si soignée, si élégante.

— Non, il ne pourra pas, ni toi, petite, car je t'ai menti. Je n'ai plus de courage, je voudrais m'endormir et ne pas me réveiller.

— Voyons, ne dites pas de sottises, pas devant Henri. Quand le docteur sera venu et qu'il vous aura examinée, nous dînerons tous ensemble à votre chevet.

— Je t'ai honteusement menti, Angie, répéta Gersande.

— Chut ! Vous me conterez ça plus tard, ce ne doit pas être bien grave. En plus, jamais je ne vous jugerai, car vous ne m'avez pas jugée quand j'ai mal agi.

Bercée par la voix douce de la jeune femme, Gersande s'allongea sur le dos et entoura d'un bras câlin l'enfant qui suçait son pouce.

— Que Dieu te bénisse, Angélina, soupira-t-elle. Toi seule sauras peut-être apaiser la colère de Luigi, oui, toi seule.

Pendant ce temps, rue Maubec, Luigi entrait à sa manière acrobatique dans la propriété. Il aurait pu frapper au portail, mais, nerveux, envahi par de sombres pensées, il avait préféré faire un détour par le jardinet abandonné et escalader un ancien pan de rempart, puis un muret abrupt. De là, il lui suffisait de sauter à pieds joints dans la cour.

C'était une entreprise assez périlleuse pour détendre son corps crispé par une somme inhabituelle d'émotions, l'exercice se compliquant de la nécessité de transporter son violon.

— Me voici chez Violetta, dit-il tout haut, content de son petit exploit.

— Z'êtes pas bien, vous, de me faire une peur pareille, répliqua une voix féminine.

Rosette étendait du linge. Elle l'avait vu apparaître à un endroit où nul n'apparaissait jamais.

— C'est le vide, de ce côté-ci, ajouta-t-elle.

— Un vide ? Non, jolie demoiselle. En fait, sous ces remparts s'étagent des parcelles de rochers et de terre, des jardins, aussi.

Elle approuva d'un air las avant de soulever un paquet de torchons humides.

— N'empêche, pour moi, c'est du vide, le ravin, la falaise, et en bas, la rivière, soupira-t-elle. Mais qu'est-ce que vous fichez là ? Octavie est venue chercher m'selle Angie à cause de vous ! Elle a dit que vous étiez en train de causer à m'selle Gersande !

— Que de demoiselles dans cette cité ! s'exclama Luigi. Puis-je vous aider ?

L'adolescente le dévisagea avec une expression morose.

— À quoi ?

— Le linge… Et à sécher ces larmes sur vos joues.

— Vous pouvez étendre cette blouse, là. Pour le reste, ça vous regarde pas. J'ai ben le droit de chialer !

Si Rosette faisait d'ordinaire des efforts pour améliorer son langage, elle n'en avait plus le courage ni l'envie. Elle avait cru s'élever au-dessus de la misère, de la crasse et du vice, mais son propre père l'avait fauchée en plein envol. Elle se sentait désormais rivée au sol, condamnée à la fange, à la boue.

— Pourquoi vous êtes pas resté rue des Nobles ? demanda-t-elle, vaguement intriguée.

— Je n'avais plus rien à y faire. Je suis venu ici, avec la permission d'Angélina. Pire, avec l'interdiction d'en bouger. Je vais m'installer dans l'écurie ; il y a une stalle vide. Un peu de paille fraîche me suffira, de l'eau, et la compagnie de Blanca. Je ne voudrais pas vous importuner, mademoiselle.

Il lui adressa un sourire plein de douceur, tout en arrangeant de son mieux la blouse sur la corde. D'instinct, Rosette perçut la bonté de cet homme.

— J'ai jamais rencontré quelqu'un de vot' genre, avoua-t-elle.

— Merci, c'est un compliment qui me va droit au cœur. Quant à vous, charmante Rosette, si je peux vous appeler Rosette...

— Mais oui !

— Eh bien ! Rosette, je gardais de vous le souvenir d'un oiseau chanteur, pinson ou alouette, si gai que j'en avais été ravi. Certes, nous ne nous sommes pas vus longtemps, le soir où j'ai échoué dans l'écurie il y a plus d'une semaine déjà, mais vous fredonniez en traversant la cour quand vous m'avez apporté à boire. Même quand je vous ai quittée après avoir monté Angélina dans sa chambre, vous chantiez encore. Attendez, quelque chose de très entraînant… Il était question d'un cheval et d'une selle ! J'y suis. *Ma jambe me fait mal, boute selle, boute selle, ma jambe me fait mal, boute selle mon cheval !*

— C'est un air de chez nous, un chant de Noël, expliqua-t-elle. J'suis née en Provence. Ouais, je l'aimais bien, cet air-là. J'me rappelle, Valentine, elle me l'avait appris quand on étaient gamines. Valentine, c'est ma grande sœur.

Rosette se tut, la gorge serrée. Elle ramassa la panière à linge et s'éloigna vers la maison. Luigi n'osa pas la suivre. Il s'assit sous le prunier et sortit son violon. Très vite, il retrouva la musique de la ballade provençale, dont le rythme cadencé lui plaisait. La mine songeuse, il fredonna les paroles.

— Jouez donc aut' chose, misère ! s'écria l'adolescente du seuil de la cuisine. Ça m'retourne le cœur, ce soir. Je suis pas d'humeur.

Sidéré, le baladin cessa tout net. Il avait espéré bavarder tranquillement avec Rosette, dont l'entrain et la malice l'avaient amusé, mais, là encore, le marasme était au menu.

— Eh flûte ! s'écria-t-il. Votre mauvaise humeur me donne envie de prendre la clef des champs. Tant pis pour Angélina !

— Écoutez, m'sieur Luigi, on a pas gardé les cochons ensemble, nous deux ! J'ai l'humeur que j'veux quand j'veux, c'est pas vos oignons. Vu que j'suis servante ici, je peux vous donner de quoi manger et boire, rien d'autre.

Sur ces mots, elle se remit à pleurer et lui tourna le dos. Du coup, il se releva et s'approcha avec circonspection.

— Excusez-moi, soupira-t-il. Je suis maladroit. Ce n'était pas facile de me trouver confronté à ma mère. J'ai rêvé durant des années de ce moment, mais il me laisse un goût très amer et les idées à l'envers.

— Vous plaignez pas, au moins elle est vivante, vot' maman. La mienne, j'aurais tout donné pour pas qu'elle meure ! sanglota Rosette. Zut, un peu plus et mes brioches cramaient.

Elle se rua vers un étroit fourneau en fonte calé près de la cheminée, dont elle ouvrit la porte. Une délicieuse odeur se répandit dans la pièce.

— Puis-je entrer ? s'enquit Luigi.

— Ben oui, m'selle Angie n'y verrait pas de mal. Vous êtes poli, c'est déjà ça ! Y en a qui se croient tout permis, comme môssieur Lesage.

Du moment que Rosette pouvait déverser sa fureur désespérée contre une personne qu'elle méprisait, cela la soulageait.

— Ce midi, ce jean-foutre est encore venu tracasser m'selle Angie, renchérit-elle. Passez-moi donc un chiffon, que je puisse prendre le plat sans me brûler.

Elle considéra avec un pauvre sourire deux grosses brioches à la croûte dorée. Leur chaud fumet de boulangerie tortura l'estomac vide de Luigi.

— Je suppose que ces merveilles sont réservées au repas dominical, déplora-t-il. Dommage !

— Vous bilez pas, j'vais vous servir une part de tarte aux prunes et un verre de cidre, affirma l'adolescente, attendrie. Je sais ce que c'est, moi, d'avoir le ventre creux. Sans m'selle Angélina, j'serais encore à mendier. Y a pas meilleure qu'elle sur terre.

Intéressé, le baladin prit place à la table. Il étudiait chaque mimique de Rosette avec une franche sympathie.

— Et Gersande de Besnac, qu'en pensez-vous ? interrogea-t-il.

— Vous voulez me tirer les vers du nez, mais j'suis point si niaise, je dirai rien de trop.

Elle déambulait de la cheminée au placard et de l'évier en pierre au buffet. Après avoir reniflé une dernière fois, elle consentit à lui confier son opinion.

— M'selle Gersande, c'est une grande dame. Cette femme-là, y a pas plus généreux. Elle s'en fiche, de ses sous, elle les jette par les fenêtres, ça, elle aime la dépense. Tenez, combien de fois elle m'a glissé de belles pièces d'argent en douce dans la poche de mon tablier pour que j'envoie un mandat à ma sœur ? Même que, l'autre jour, on est allées à Saint-Gaudens, mademoiselle, Angélina et moi, et j'ai mangé dans un restaurant. Oui, monsieur ! Pas une gargote ni une auberge, un endroit beau comme tout, avec des couverts argentés et des nappes rouges. J'ai goûté du sorbet à l'abricot... Et m'selle Gersande, elle me fait des bises aussi, et ça lui met la larme à l'œil.

Luigi hocha la tête. Il aurait sûrement jugé la vieille dame charmante et pleine de qualités si elle n'avait pas été la mère qui l'avait abandonné de son plein gré.

— Connaissez-vous mon histoire, Rosette ? dit-il après un silence.

— Oui, m'selle Angie me l'a assez rabâchée. J'suis sa confidente, sa p'tite sœur, qu'elle dit souvent. J'sais tout sur vous. Même que vous avez une tache de naissance en bas du dos.

La jeune fille pouffa, les joues rouges, sans cesser de pleurer, pourtant.

— Désolée, ça doit être ce temps lourd, j'ai les nerfs en pelote. Faut pas lui en vouloir, à vot' maman, elle en a, du regret, à vot' sujet. Depuis que j'habite la cité, j'suis tous les quatre matins rue des Nobles, j'peux vous dire qu'elle se languissait de vous, m'selle Gersande. Voilà ! Mangez donc !

Elle avait déjà disposé devant lui une part de tarte et un verre de cidre. Après s'être répandu en remerciements, Luigi se décida à déguster la pâtisserie.

— Un régal ! admit-il. Je suis gâté.

Rosette s'était assise elle aussi. Les bras croisés, appuyés au bois de la table, elle le regardait sans vraiment le voir, perdue dans le gros malheur qui la ravageait. Il la fixa, touché par sa joliesse, ses nattes brunes, son nez retroussé, l'éclat voilé de ses yeux couleur noisette.

— J'ai encore des questions, dit-il, les doigts autour du verre de cidre. Hélas, si je vous les pose, vous m'accuserez de vilaines intentions. Mais comprenez-moi, demoiselle, j'étais un simple saltimbanque, libre de mes faits et gestes, sans famille aucune. Tout à coup, j'ai une mère, on agite une fortune à ma barbe comme on tend une carotte à un âne et Angélina, à qui me lient de sombres mésaventures, me défend de m'enfuir. Je suis un peu perdu.

— Z'êtes pas le seul, va ! Mais vous, au fond, c'est dans le bon sens. Parce que, la vie, c'est pas toujours drôle. Vous êtes tout content, tout joyeux, et voilà qu'une tuile vous tombe sur le crâne et c'en est fini de rigoler, de se croire le plus fort, ou la plus forte. Vous, m'sieur Luigi, de quoi vous vous plaignez, à la fin ? Vous étiez pauvre, sans personne à aimer, et vous devenez riche, avec une maman !

— Vu comme ça, en effet, je devrais me réjouir, concéda-t-il d'un ton lugubre. La nuit porte conseil. Demain, je saurai peut-être quoi penser de tout ça. Et Henri, ce petit garçon, le filleul d'Angélina ? De qui est-il l'enfant ?

L'adolescente sursauta, désemparée. Très vite, elle rétorqua prudemment :

— Vous n'aurez qu'à demander à Angélina, ce ne sont pas mes affaires. Le pitchoun, j'en causerai point. Mais je l'aime fort et y a pas plus mignon. Il parle de mieux en mieux, ça, il est finaud. J'suis comme qui dirait sa nounou.

— Bien, je me contenterai de ces renseignements. Passons à ce monsieur Lesage, le jean-foutre. De qui s'agit-il ?

— Faites pas l'innocent, enfin ! Vous l'avez menacé d'un couteau. M'selle Angie me l'a raconté.

— Ah ! Je vois à quel affreux personnage vous faites allusion, dit Luigi. Allez, je ne vous ennuie plus, Rosette, même si je m'inquiète de vous trouver si triste.

Elle se leva, tentée de bavarder encore. La présence du baladin la distrayait de son malheur.

— Je ne suis pas si triste que ça, se défendit-elle. Je vis sous l'aile d'un ange, alors…

Médusé par ces mots teintés d'une poésie innée, Luigi garda le silence. Le soleil couchant inondait la pièce d'une clarté orangée. Il sut alors qu'il ne s'enfuirait plus, qu'il prendrait le temps de partager le quotidien de Rosette, d'Angélina et de Gersande de Besnac. Chacune représentait une énigme pour lui. Chacune était différente, avec des secrets et des rêves au fond du cœur.

— Ma chère enfant, annonça-t-il en sortant sans hâte, je vais méditer vos sages paroles dans la fraîcheur du soir.

Il reprit son violon et joua une mélodie mélancolique, ses prunelles sombres rivées au cercle de feu qui irradiait l'horizon, là-bas, sur la vaste plaine brumeuse. Rosette l'écouta, réfugiée au coin de l'âtre éteint. La musique lui vrillait l'âme et la blessait au plus profond d'elle-même. Sans bruit, elle se remit à pleurer.

9

Un rêve d'amour

Saint-Lizier, même soir

Angélina rentra à la nuit tombée. Elle trouva Luigi sous le prunier, occupé à noircir de notes une page de cahier à l'aide d'un crayon en graphite. Il avait allumé une chandelle, dont la flamme s'agitait au moindre souffle de brise. La jeune femme constata qu'il n'y avait aucune lumière dans la cuisine.

— Où est Rosette ? demanda-t-elle.

— Montée se coucher, grogna-t-il. Une seconde ! Vous me faites perdre le fil de mon travail.

Elle était lasse et nerveuse. Sans manière, elle s'assit à un mètre de lui, sur l'herbe sèche.

— Avez-vous dîné, Luigi ?

— Oui, il y a peu de temps. Après m'avoir offert de la tarte et du cidre, Rosette m'a donné une assiette de ragoût, des pommes de terre et du lard. C'était succulent. L'auberge me plaît ! Je vais prendre pension.

— Surtout, ne vous inquiétez pas de la santé de mademoiselle Gersande, s'offusqua-t-elle. N'importe qui m'aurait tout de suite posé la question.

— Je ne suis pas n'importe qui, mais son fils. Alors, comment cette dame se porte-t-elle ?

— Le docteur l'a trouvée très agitée et affaiblie. Les battements de son cœur ne sont pas réguliers. Il lui a fait prendre du laudanum, malgré mes protestations. Maintenant, bien sûr, elle dort profondément.

— Le sommeil est souvent réparateur, concéda-t-il en rangeant dans une petite sacoche cahier et crayon. Elle doit se remettre de ses émotions.

— Comme vous êtes froid, impitoyable ! soupira Angélina, révoltée. Pas une once de compassion dans votre voix, pas un éclat d'inquiétude dans vos yeux. Je suis déçue…

Luigi approuva d'un air distrait. Il répliqua :

— Gersande de Besnac est une étrangère pour moi. Je ne l'avais jamais vue ni entendue. J'ai passé une heure en sa compagnie, à peine une heure. Je ne peux guère ressentir pour elle de la compassion ou de l'inquiétude.

— Mais c'est votre mère ! s'écria-t-elle.

— Disons qu'elle m'a mis au monde. Je préfère cette formule. Écoutez-moi bien, à présent, Angélina. Si je suis revenu ici, ce n'était en aucun cas dans l'espoir de retrouver ma famille. Un ami, mon seul ami sur cette terre, a répondu à la lettre que je lui avais écrite de Barcelone. Autant être franc, je lui demandais de l'argent. Il a eu la bonté de m'octroyer une belle somme, tout en m'apprenant que j'étais innocenté des crimes atroces dont vous-même m'aviez soupçonné, pour ne pas dire plus. Cet homme vit en Ariège, c'est le père supérieur de l'abbaye de Combelongue, à quelques kilomètres d'ici. Vous pouvez imaginer ma joie de ne plus être un assassin en fuite. J'aurais pu rester dans les bras de Dolorès, mais le père Séverin me suppliait de lui rendre visite une dernière fois. Comment refuser ? Il est âgé et je l'aime tendrement.

Stupéfaite, la jeune femme dévisagea Luigi comme si elle ne l'avait jamais bien vu. Elle eut l'impression qu'il se dévoilait enfin, qu'il renonçait à son masque de baladin désinvolte au langage fleuri. Il lui parlait sans fioritures, tout à coup. C'était déconcertant.

— Vous n'êtes donc pas revenu pour moi ? interrogea-t-elle tout bas, un peu déçue.

— Mais si, sur ce point, je n'ai pas menti. Angélina, pendant des mois j'ai pensé à vous. Je devais vous revoir, être sûr que vous existiez vraiment, avec vos cheveux d'or rouge et vos yeux violets. J'avais l'espoir de vous séduire enfin. C'était un joli rêve d'amour, brisé net par le destin.

— Mon Dieu, ne dramatisez pas ! s'indigna-t-elle.

— Laissez-moi terminer. Je comptais user de mon charme pour conquérir une superbe créature, froide, distante, et je me retrouve en face d'une sorte de sœur de charité, pleine de douceur à mon égard, qui me contemple comme si je tombais du ciel. Sur le coup, je n'étais pas mécontent, j'étais même ravi, je l'admets. Mais, alors que je vous tire des griffes d'un gredin, que j'espère un baiser en récompense, vous m'annoncez quelque chose d'incroyable. Ma mère vit dans la cité, et elle m'attend ! Je viens de réfléchir à tout ceci. Votre amabilité, votre affection, elle était due à Joseph de Besnac, le fils prodigue dont se languissait une vieille égoïste.

— Je ne vous permets pas d'insulter mademoiselle, protesta Angélina.

— Cessez donc de l'appeler mademoiselle ! Cela devient pénible. Donnez-lui du maman, puisqu'elle est une seconde mère pour vous. Au fond, tout ça change la donne et pourrait changer nos relations.

Il avait raison, Angélina le savait. Elle avait appréhendé cette éventualité et Luigi l'exposait avec bon sens.

— Autant être franc, je n'étais pas préparé à ce coup de théâtre, ajouta-t-il sur un ton amer.

— Moi qui croyais vous rendre heureux en vous apprenant le plus vite possible que votre mère était là, vivante ! Quand je vous ai tendu la médaille, vous étiez bouleversé. Je me réjouissais par avance de vos retrouvailles avec Gersande. D'après ce que j'ai compris, cela a mal tourné. Vous n'avez pas pu lui pardonner. Mais enfin, Luigi, elle a souffert de vous perdre ; je connais toute l'histoire. Seigneur, si vous saviez comme elle tremblait en revivant les scènes tragiques qui l'ont hantée des années. La nurserie de l'hôtel-Dieu en feu, son bébé de deux mois tué dans l'incendie... Elle allait vous chercher, elle vous aimait. Et il y a eu cette sœur, celle qui prétendait qu'un des nourrissons avait disparu. En raison de ce doute, votre mère gardait l'espoir de vous revoir avant de mourir.

— Ciel, c'est pathétique ! murmura le baladin, les yeux mi-clos. Vous feriez un excellent avocat. Mais avouez que j'étais néanmoins abandonné à un sort funeste, orphelin, sans foyer ni amour, sans l'amour d'une mère tel que je le concevais, capable de se dresser devant un fauve furieux pour sauver son petit, capable de tout pour le garder contre son sein. Si vous aviez un enfant, Angélina, pourriez-vous le laisser à des inconnus, tout juste né ? Non, de cela je suis certain. Je pense, comme Rosette, que vous êtes pétrie de bien des qualités, d'où le prénom que vos parents vous ont choisi, Angélina !

Très gênée, la jeune femme se leva. Elle avait dîné avec Octavie, mais elle alla dans la cuisine obscure chercher des prunes jaunes. Luigi guetta son retour en caressant le bois verni de son violon.

— Il y a parfois des circonstances où une mère songe d'abord au bien de son enfant, dit-elle d'une voix tendue. Gersande a voulu vous mettre à l'abri de la misère dans laquelle elle vivait. J'aurais peut-être agi comme elle, car je n'ai rien d'un ange. Je ne vaux pas mieux que les autres, sachez-le ! Pourquoi serions-nous obligés d'être exemplaires, valeureux ? Chacun lutte pour avoir un toit, du feu, de la nourriture. Les actes d'héroïsme, les gens ordinaires n'y sont pas tenus. Autre chose, il faut être au chevet d'une femme en couches pour prendre conscience des souffrances qu'elles endurent, de la solitude de certaines, une fois qu'elles tiennent leur bébé. Voulez-vous un exemple ? Il n'y a pas si longtemps, à la fin du printemps, j'ai été demandée à Montjoie, un village voisin. J'avais à peine mis au monde un beau garçon que la grand-mère m'annonce que je dois le conduire aux sœurs de Saint-Girons. La misère, toujours la misère, un mari mort durant l'hiver, pas un sou vaillant. Une costosida a la pénible tâche de remettre les enfants abandonnés à une congrégation religieuse. J'en ai eu le cœur brisé.

Angélina demeura silencieuse. Ému, Luigi s'empara d'une de ses mains qu'il étreignit avant de la porter à ses lèvres et d'y déposer un baiser respectueux.

— En somme, votre métier a des allures de sacerdoce.
— Oui, il exige une existence exemplaire, le célibat le plus souvent, la plus grande discrétion sur ce qu'on voit chez nos patientes et beaucoup d'indulgence pour les faiblesses humaines, de cette indulgence dont vous manquez.

Bizarrement, Luigi garda secret le terrible aveu que lui avait fait Gersande de Besnac. Sans doute, en découvrant la vérité sur la vieille dame, Angélina se serait montrée moins sévère envers lui, mais elle aurait été blessée, aussi, devant l'ampleur du mensonge dont s'était rendue coupable « mademoiselle » sa seconde mère. Son silence sur ces détails lui était également dicté par la pudeur, car, selon lui, cette navrante histoire ne concernait qu'eux et personne d'autre. Ainsi tissait-il un premier lien avec Gersande, en acceptant leur parenté.

— Soit, je vous parais intransigeant, mais je le répète, je n'étais pas préparé à cet entretien, pas plus qu'à endosser le costume d'un aristocrate. Joseph de Besnac ! Quel choc j'ai eu quand vous m'avez désigné par ce patronyme ! Moi, le fils du vent, le prince des chemins, je me pensais l'enfant perdu d'une famille de bohémiens. Ciel, nous gâchons ce soir d'été exquis à discuter âprement. Qu'est-ce que je vous disais ? La nuit déploie ses parfums, les étoiles scintillent en multitude, l'herbe tiède est douce et, assis près d'une beauté sans pareil, j'oublie de la courtiser. Angélina, que dois-je faire, au juste ?

— Baisser les armes, témoigner un peu de pitié à mademoiselle Gersande qui est si bonne. Sans essayer de vous fléchir, je voudrais vous confier à quel point ma propre mère me manque. Vous venez de retrouver la vôtre. Mettez votre orgueil et vos ressentiments de côté.

— Rosette m'a tenu le même discours à sa façon. Dites, cette jeune fille me semble bien triste ! Moi qui avais apprécié sa gaîté, ses refrains chantés à tue-tête, elle me fait peine à voir.

Angélina défit son chignon afin de soulager un début de migraine. Sa chevelure opulente croula sur ses épaules. La chandelle se mourait, mais sa clarté dorée jetait encore des reflets sur l'ovale de son visage et dans ses yeux violets à l'expression mélancolique. Luigi fut frappé d'une joie presque douloureuse.

— Diable, vous êtes décidément trop belle ! jura-t-il.

— Merci, soupira-t-elle. Mais ne vous inquiétez pas pour Rosette. Nous l'avons emmenée à Saint-Gaudens, Gersande et moi. Là-bas, elle a rendu visite à sa sœur aînée et à ses petits frères après deux ans de séparation. Depuis, elle est triste, je vous l'accorde. Nous en avons parlé. Elle se reproche d'être plus chanceuse, d'être choyée, ici. Cela passera. Je la connais, elle a le désir forcené d'être heureuse et de s'instruire.

— Angélina, soyez sincère avec moi, je sais me taire si nécessaire. Henri, ce petit garçon que j'ai revu rue des Nobles, votre filleul, Rosette est sa mère ? Les gredins abondent, qui profitent d'une adolescente livrée à elle-même. Vous les avez recueillis, peut-être après ses couches. C'est tout à votre honneur et à celui de Gersande de Besnac. Sinon, pourquoi Rosette a-t-elle refusé de me dire qui était cet enfant ?

Ce fut un moment fatidique pour la jeune femme. Elle pouvait écourter leur conversation en promettant des explications les jours prochains. Mais elle était résignée. Une romance serait vaine et, si cela la désolait, elle espérait au moins un peu d'amitié. « J'avais fait le même rêve d'amour que Luigi, pensa-t-elle très vite. Un rêve condamné. À quoi bon tricher encore ? Et comment lui mentir, puisqu'il s'agit de son frère adoptif, lui qui porte son nom, Henri de Besnac ? »

Angélina souffla la bougie dont la cire se répandait. Une pénombre bleuâtre les baigna, Luigi et elle. Des grillons chantaient alentour une modeste mélodie nocturne, si familière qu'ils n'y prêtaient pas attention.

— Comme tout est paisible, n'est-ce pas, dit-elle d'une voix vibrante de nervosité. Le rosier jaune que maman avait planté nous offre son parfum ; la menthe et le thym embaument. Vous avez raison, d'aussi exquises soirées devraient être consacrées à des futilités, à la danse ou au rire. Nos retrouvailles sont tellement étranges, elles ne ressemblent en rien à ce que j'avais imaginé. Et vous êtes si grave, maintenant, si sage !

— Ma parole, vous me reprochez de ne plus faire le pitre.

— Non, il fallait bien que j'aie une autre vision de vous et que vous sachiez qui je suis. Luigi, je vous crois loyal et, si je vous fais une confession, j'ai la certitude que vous ne me trahirez pas. Le petit Henri est mon fils.

Totalement sidéré, le baladin resta muet plusieurs secondes. Enfin, il répéta d'une voix altérée par la surprise :

— Quoi ? Votre fils ? Comment est-ce possible ?

La jeune femme s'empressa d'ajouter :

— Je vous en supplie, écoutez-moi. Si vous m'interrompez, je n'oserai pas aller au bout de ma confession. Alors, laissez-moi terminer. Ensuite, vous aurez le droit de me juger… Tout a commencé il y a plus de trois ans, un soir de juillet où il y avait bal place de la fontaine.

Elle lui fit grâce des détails de sa passion pour Guilhem Lesage. Ils s'étaient aimés, voilà tout. Tandis qu'elle parlait, ses mains fines et gracieuses ponctuaient de légers mouvements les mots les plus difficiles à dire. Luigi sut comment elle avait accouché seule dans la grotte du Ker, où était entré un pastour blanc, le brave Sauveur. Les noms défilaient, Jeanne et Eulalie Sutra, l'oncle Jean Bonzom, son épouse Albanie, Philippe Coste, Blaise Seguin.

Minuit sonnait au clocher-porche quand Angélina évoqua sa réconciliation avec Augustin Loubet, son père. Abasourdi, Luigi lui demanda sèchement :

— Est-ce tout ? Vraiment tout ? Vous n'avez rien omis, rien dissimulé ?

— Non. Est-ce que vous me méprisez ? s'alarma-t-elle, le devinant oppressé à sa respiration saccadée.

Le baladin rangea son violon dans l'étui. Il s'étira et se leva lentement, engourdi après plus d'une heure à rester immobile.

— Un peu, avoua-t-il sans méchanceté. Je comprends surtout ce qui vous unit à ma mère. Vous êtes toutes deux complices, rusées et égoïstes. À part ça, je n'ai pas à vous juger, vous, Angélina. Je n'ai rien d'un saint, j'ai péché moi aussi, j'ai commis des erreurs, j'ai menti, débité des promesses d'amour le cœur vide de ce sentiment. Ciel ! Que je voudrais être encore à Barcelone près de Dolorès. Une femme simple, droite, qui couchait avec moi parce que je lui plaisais. Pour cela uniquement, elle m'offrait de partager sa vie à la campagne au milieu des orangers.

Tremblante et au bord des larmes, Angélina s'écria :

— Vous allez repartir !

— Pas tout de suite. Je serais bien sot de laisser un bel héritage me passer sous le nez. Je n'ai qu'à prendre exemple sur ma mère, à jouer les égoïstes et les profiteurs, d'autant plus que je dois compter avec mon jeune frère, Henri. Pour l'heure, je vais dormir dans l'écurie, je suis fatigué. Demain, je m'installerai rue des Nobles. Mes rêves sont en miettes, écrasés sous votre charmant petit pied, mais je viens de grandir d'un coup. Ma chère, Joseph de Besnac vous salue. Ne cherchez plus Luigi le saltimbanque, il s'est envolé avec ses dernières notes de musique.

Il lui fit une révérence exagérée et s'éloigna. D'abord terrassée par cette attitude dédaigneuse, elle réprima un sanglot. « Il n'y aura entre nous ni amour ni amitié », se dit-elle.

Elle se leva à son tour, prête à se réfugier dans sa chambre et à pleurer tout son soûl, quand une brusque colère l'envahit. Sans réfléchir, elle courut vers l'écurie et rattrapa Luigi au moment où il allait y pénétrer.

— Au fond, vous êtes comme tous les hommes ! aboya-t-elle avec hargne. Je suis persuadée d'une chose, ce qui vous a le plus dérangé, dans mon récit, c'est d'apprendre que j'ai eu une liaison avec Guilhem Lesage et que le docteur Coste m'a contrainte à une relation charnelle. Je ne suis plus la pure et angélique Violetta que vous comptiez séduire. Le mot est de vous : séduire ! Il n'était guère question d'amour, d'engagement ou de fiançailles ! Désolée si mes propos vous choquent, mais, depuis bientôt cinq ans je suis plongée dans la vie intime de mes contemporains et je sais combien ces messieurs apprécient la virginité, une virginité dont ils ont honte, quand il s'agit de la leur et qu'ils ont passé un certain âge.

Un quartier de lune était monté dans le ciel d'un bleu sombre. Sa lumière laiteuse faisait d'Angélina une créature un peu fantasmagorique au visage blanc, aux yeux étincelants et à la bouche frémissante.

— La liberté, en fait, ne siérait qu'aux hommes, reprit-elle. Ils prennent leur plaisir et après ils s'en vont sans se soucier des conséquences. Valez-vous mieux qu'un Guilhem ? Qui vous dit ce que ressent Dolorès depuis votre départ ? Elle est peut-être enceinte et, à cause de votre frivolité, cette malheureuse élèvera seule son enfant. Vous étiez tout disposé à faire de même avec moi, me conquérir et me laisser derrière vous !

Luigi l'écoutait, interloqué par sa véhémence qu'il devinait empreinte d'amertume, d'humiliation.

— Taisez-vous donc ! s'exclama-t-il.

— Non, je ne me tairai pas ! Je vous ai ouvert mon cœur, j'ai eu le cran de vous révéler mon passé et vous me tournez le dos, vous me méprisez.

— Bon sang, j'ai de quoi ! Il y a un an, vous me dénonciez aux gendarmes, j'étais livré en pâture à une foule de paysans en fureur. Je reviens ici, vous montrez patte de velours parce que je suis le fils de votre bienfaitrice et vous m'apprenez la machination que vous avez ourdie autour de ce pauvre innocent, Henri.

À présent ivre de rage et de chagrin, Angélina le saisit par les épaules. Elle lui murmura de très près :

— Ce n'est pas une machination, seulement des femmes seules qui ont essayé de donner une vie meilleure à un petit garçon. Sans Gersande, mon enfant serait un bâtard !

Elle était si proche de lui qu'il eut un élan instinctif vers elle, autant pour la faire taire que sous le coup d'un désir impérieux. L'enlaçant avec fermeté, il s'empara de ses lèvres, tièdes et satinées. Ce fut un baiser orageux, chargé d'électricité, auquel Angélina ne se déroba pas. Elle y répondit même avec fougue, assoiffée des sensations voluptueuses dont son jeune corps était frustré. Des ondes inouïes de douceur et de fébrilité la parcoururent, irradiant tout son être. Jamais encore elle n'avait ressenti une telle volupté. Luigi, lui aussi, cédait à un vertige enivrant, bouleversé par un plaisir d'une essence nouvelle, si particulière qu'il en aurait pleuré.

Ils s'éloignèrent l'un de l'autre comme si la foudre les avait frappés, à bout de souffle, hébétés, effarés de ce qu'ils venaient de pressentir.

— Pardonnez-moi, dit-il. Je n'ai jamais embrassé une femme contre son gré. Certes, je ne vaux pas mieux que Lesage !

— Ce n'est rien, vraiment, mentit-elle. Bonsoir !

Angélina s'éloigna en lui tournant le dos. Elle se retrouva enfin dans la pénombre de sa chambre, encore haletante, dolente d'émotion. Sans même se dévêtir, elle s'allongea sur son lit.

« Pourquoi a-t-il fallu que cet homme-là soit le fils de Gersande ? se révolta-t-elle en silence. Pourquoi, mon Dieu ? Il y a trop d'obstacles désormais entre nous. »

Bien qu'épuisée, elle eut toutes les peines du monde à s'endormir. Rosette la réveilla au petit jour.

— M'selle Angie, une dame a frappé au portail, tout à l'heure. Sa fille est dans les douleurs, les premières douleurs. Il faudrait que vous partiez assez vite ; ces gens habitent sur la route de Castillon, avant le bourg de Moulis. Une maison aux volets jaunes avec des potées de géraniums sur les fenêtres. Ils ont l'air à leur aise, côté argent. Y a une matrone, là-bas, mais le mari vous connaît de réputation et y veut que ce soit vous.

— Je me prépare, Rosette, répliqua la costosida, déjà debout. Fais-moi du café, je te prie, bien fort. Et viens là, que je te bise, comme tu dis. Tu as une petite mine, ces temps-ci.

L'adolescente se laissa cajoler. Elle eut un sourire puéril en frottant sa joue contre celle de la jeune femme.

— J'suis point si gaie que d'habitude, mais, ce matin, j'me sens mieux. Ah, la famille ! Ça vous cause des soucis !

— À qui le dis-tu ! J'aimerais que tu ailles prendre des nouvelles de mademoiselle Gersande ; je ne pourrai pas passer comme prévu. J'espère que Luigi ne la tourmentera pas trop ! Il pense s'installer rue des Nobles. Figure-toi que, cette nuit, je lui ai confié toute la vérité sur Henri, sur Guilhem et même sur le docteur Coste. C'était une rude épreuve pour moi, mais je me sens libérée d'un grand poids.

— Ben vous, alors ! marmonna Rosette. Quand vous décidez de causer, vous y allez pas par quatre chemins ! Bon, je descends faire chauffer de l'eau. J'vais allumer le réchaud à alcool pour gagner du temps, vu que j'ai laissé éteindre la cheminée, hier.

Angélina approuva d'un signe de tête. Elle enfila une robe grise ainsi que des bas propres et natta ses cheveux. Quand elle rejoignit l'adolescente au rez-de-chaussée, celle-ci tournait avec énergie la manivelle du moulin à café.

— Je vais atteler Blanca.

— Entendu, m'selle. Regardez donc, j'ai plié vot' blouse et sorti votre sacoche. Le café sera bientôt prêt.

Avec une sorte d'impatience mêlée de crainte, la jeune femme se glissa dans l'écurie. La jument la salua d'un hennissement amical. Luigi dormait, couché en chien de fusil dans le râtelier de la stalle voisine. Son gilet en cuir, roulé, lui servait d'oreiller.

« Comment s'est-il perché là-dedans ? s'étonna-t-elle. Il a pris la vieille couverture qui sert à protéger mes jambes quand il pleut ! »

Irrésistiblement attirée, elle s'approcha sans bruit pour observer le baladin assoupi. Un flot de tendresse fit battre son cœur, à le voir ainsi, livré à son regard, sans défense. Elle détailla ses traits, plus harmonieux au repos, et fixa sa bouche d'un rouge fascinant. Sa tunique délacée laissait deviner son torse mince à la peau dorée.

« Mon rêve d'amour ! songea-t-elle. Resteras-tu un rêve, ou est-ce que je pourrai t'aimer ? »

Le souvenir du baiser échangé la brûlait tout entière. Il lui fallut un effort de volonté pour ne pas caresser une boucle noire sur le front du dormeur. Elle recula et commença à harnacher la jument. Toujours pressée de se dégourdir au grand air, l'animal tapa du sabot contre le bat-flanc.

— Oh, Blanca, veux-tu te tenir tranquille ? gronda Angélina.

Vite, elle conduisit la bête dans la cour, où la calèche était remisée sous un petit hangar. Là, avec dextérité, elle attela la jument. Rosette accourut, la sacoche à bout de bras et un baluchon en toile à l'épaule.

— Filez boire votre café, m'selle Angie, je l'ai bien sucré. Je surveille Blanca et je charge vos affaires.

Elles échangèrent un regard de connivence, accoutumées à ces départs précipités, où chaque geste précis, bien orchestré, avait son importance. L'adolescente ouvrit en grand les battants du portail, puis elle retint la jument par les rênes.

Cinq minutes plus tard, Angélina descendait la rue des Nobles, en ayant garde d'actionner son frein, la pente étant conséquente. Elle eut une pensée pour le déjeuner dominical chez son père. « Peut-être que je serai de retour à midi, mais rien n'est moins sûr. Je peux avoir confiance en Rosette, elle ira prévenir papa. Nous mangerons les brioches au goûter, quoi qu'il arrive, et avec lui. »

Elle chassa Luigi de son esprit, de même que leur discussion et leur baiser enflammé. Il fallait des piliers solides à son existence de sage-femme et c'était la bonté d'Augustin, les rires de son pitchoun, les précieux moments passés auprès de Gersande et d'Octavie. « Monsieur Joseph de Besnac devra trouver sa place parmi nous. Sinon, il n'aura qu'à rejoindre sa Dolorès à Barcelone. »

Angélina arriva une demi-heure plus tard devant la maison aux volets jaunes. Elle avait poussé Blanca au grand trot sur la route sablonneuse, parallèle au Salat dont les eaux étaient basses en cette saison. Dès qu'elle arrêta la calèche, des cris rauques et des plaintes lui parvinrent d'une fenêtre du premier étage.

Un homme d'une quarantaine d'années, brun et costaud, se rua dehors et attrapa les rênes de la jument.

— Vous êtes mademoiselle Loubet ?

— Oui, j'ai fait le plus vite possible.

— Montez, par pitié, mon épouse devient folle, tellement elle souffre !

Angélina découvrit un tableau coutumier, une chambre où s'était réuni un aréopage de femmes, la mère de la patiente, la grand-mère, et sans doute une sœur, une cousine, une tante, ou bien des voisines pleines de bonnes intentions. On l'accueillit avec des visages inquiets et des exclamations soulagées en réponse à son bonjour discret.

— Mademoiselle, les douleurs ont débuté vers quatre heures du matin, expliqua l'une d'elles, elles sont de plus en plus fortes. La pauvre Emma en perd le sens commun.

— Je dois l'examiner. Je vous en prie, écartez-vous un peu.

Angélina nota que tout était préparé pour la venue de l'enfant, une bassine d'eau fumante, des langes immaculés, la layette pliée sur le dessus d'une imposante commode en bois sombre et verni. Des brocs s'alignaient sous la fenêtre, ainsi que deux seaux d'hygiène fermés par un couvercle. Mais la future mère se tordait sous un drap, qui révélait un ventre énorme et distendu. Elle criait toujours, de véritables hurlements d'agonie.

— Madame, je suis la costosida, lui dit-elle d'une voix nette. Je ne pourrai pas vous aider si vous ne vous calmez pas.

Âgée d'environ trente ans, la tête couverte de frisettes châtain clair, la femme lui adressa un regard affolé.

— Mais j'ai peur, ajouta-t-elle. Je vais peut-être mourir ! Je serai déchirée de partout, mémé l'a dit.

— Déjà, le simple fait de me parler vous apaise, vous en oubliez de crier, rétorqua Angélina. Puis-je procéder à l'examen ?

— Oui, faites…

Selon les exigences du siècle, elle se plaça sous le drap, penchée entre les cuisses de sa patiente. D'abord, elle palpa son ventre et écouta les battements du cœur du bébé à l'aide d'un cornet en bois. Ensuite, elle effectua la palpation du col.

— Ce ne sera vraiment plus très long, annonça-t-elle en se redressant. Mais je suis presque certaine que vous allez mettre au monde deux enfants, madame !

Le cercle des femmes poussa des cris de surprise.

— Dieu tout-puissant ! gémit une vieille au chignon gris. C'est-y possible, une affaire pareille ?

Une adolescente très brune de peau dévala l'escalier pour avertir le père. Concentrée sur la tâche à accomplir, Angélina se lava les mains au savon. Elle avait pris soin de cacher une chose, à savoir que l'un des bébés se présentait par le siège.

— Mesdames, j'ai besoin de vous ! déclara-t-elle. Je vais vous indiquer une manière de faire qui donne de bons résultats.

Elle leur montra comment se placer, afin de bloquer les jambes de la parturiente et de soutenir son dos en la maintenant par les épaules.

— Voilà ! Madame, à présent, vous devez pousser en aspirant de l'air régulièrement. Surtout, si je vous demande d'arrêter de pousser, obéissez bien. Cela vous évitera d'être déchirée, comme vous le craignez tant.

Malgré toute sa volonté, la dénommée Emma hurla de plus belle, mais elle poussait avec vigueur, la face crispée, les yeux exorbités, le front constellé de sueur. Angélina rejeta le drap qui l'embarrassait et se mit à genoux au bout du lit, se félicitant de trouver un simple sommier, sans boiseries ni armature en fer forgé.

— C'est bien, madame ! Bravo, vous êtes courageuse, allez-y, encore, encore ! Du cran, ça vient.

De ses mains habiles, la costosida dégagea des chairs écartelées un petit corps rose, dont elle avait vu en premier les fesses minuscules.

— Un garçon ! s'écria-t-elle en écho au vagissement du nouveau-né.

Angélina déposa le bébé devant elle en pinçant le cordon. La mère haletait, la tête renversée en arrière.

— Reposez-vous, madame. Dès que vous sentirez un spasme, il faudra pousser encore.

— Oh non, non ! se lamenta la femme.

Il se produisit alors un événement inhabituel. Le père entra en trombe dans la chambre. Il avait entendu les pleurs du petit et, à bout de patience, il était monté. Les hommes n'assistaient que très rarement à un accouchement et la mère d'Emma voulut l'empêcher d'avancer. Il protesta avec virulence :

— J'ai le droit d'être là ! Si mon épouse meurt, je veux lui dire adieu. Elle se meurt, n'est-ce pas ?

— Mais non, assura Angélina. Elle vous offre un beau cadeau, deux enfants, monsieur.

Cinq minutes plus tard naissait un second garçon, la réplique exacte de son frère jumeau.

— Merci, Seigneur ! murmura la plus vieille des femmes en se signant. Merci, Sainte Vierge !

L'atmosphère devint plus légère, chacun tenant à commenter cette double naissance. On se réjouissait, on s'extasiait autour de la sage-femme qui coupait les cordons et nettoyait l'entrejambe de sa patiente à l'aide d'un linge imbibé d'eau additionnée d'alcool.

— Madame, vous pouvez être fière, murmura-t-elle. Vous avez deux magnifiques garçons.

— Grâce à vous ! soupira la mère. Dès que j'ai entendu votre voix, j'ai essayé de me raisonner. Ces derniers jours, je souffrais de partout, des genoux, du dos, du ventre. J'étais sûre que j'allais mourir, que le bébé était trop gros. Mais je n'ai pas senti vos mains.

— Pourtant, le premier, l'est sorti par le siège, commenta quelqu'un. Dis donc, Emma, pas étonnant si tu étais si grosse, ils ont l'air de peser un bon poids, en plus d'être deux !

Le père, lui, admirait ses fils. Sans pudeur, il pleurait en silence, émerveillé.

— Quand le Ciel vous comble ! répétait-il.

Un clocher voisin sonna dix coups. Toute surprise, Angélina eut l'impression d'être là depuis beaucoup moins de temps. Elle poursuivit son travail habituel en auscultant les petits et en veillant à l'expulsion du placenta.

« Il n'y avait qu'une poche, se disait-elle. Parfois on en trouve deux bien distinctes et les enfants peuvent être très différents, être fille et garçon, même. »

Consciencieuse, elle se promit de noter les détails de cet accouchement dans son registre. Quand elle eut veillé à tout ce qui la concernait, l'homme lui proposa de descendre boire un verre de mousseux.

— De la blanquette ! Elle est fameuse, je la fais venir de l'Aude. Un régal, mademoiselle. Je vous en offrirai une bouteille.

La mère d'Emma, promue grand-mère, se chargea de payer les services de la jeune femme de deux louis d'or.

— Non, c'est trop, protesta-t-elle. Deux francs d'argent suffisent.

— Allons, allons ! Prenez donc, marmonna le père. Vous emporterez aussi des girolles ; j'en ai ramassé quatre kilos dans les bois, hier. Et des myrtilles ; elles sont belles, cet été, sucrées à point. Tenez !

Angélina remercia, sincèrement touchée par tant de gentillesse et de générosité. Quand elle fut enfin au pied des remparts de Saint-Lizier, à l'entrée du pont sur le Salat, midi sonnait au clocher de la cathédrale. La messe du dimanche s'achevait.

« Je serai fidèle au rendez-vous de papa, songea-t-elle, ravie. Nous ferons un véritable festin. »

Rue des Nobles, même jour, même heure, dimanche 24 juillet 1881

En cette fin de matinée, Octavie entendit frapper à la porte. Le pastour se hérissa, tout de suite en alerte, puis il se calma, la truffe frémissante. La domestique s'enquit de l'identité du visiteur et en entendant un Joseph de Besnac sonore, elle retint son souffle, ne sachant pas si elle devait se réjouir ou s'inquiéter.

— Entrez, monsieur. Mademoiselle dort encore, dit-elle cependant avec déférence au jeune homme. Elle était si fatiguée...

— Laissez-la dormir. Bonjour, ma brave Octavie ! fit Luigi avec un sourire moqueur. C'est bien ainsi que l'on s'adresse à une domestique ? Il faudra m'enseigner l'art et la manière, car je n'ai pas été accoutumé à traiter mes semblables en esclaves.

Médusée, la Cévenole eut une mimique dubitative. Elle aurait donné cher pour ne pas être seule avec cet étrange personnage.

— Je ne suis point une esclave, répliqua-t-elle timidement.

— J'aurais cru le contraire. Bien ! Pouvez-vous me montrer mes appartements ? ajouta-t-il en entrant dans le vestibule. Je suis le fils aîné de la maison ; je suppose que tout était préparé pour me recevoir ?

Le ton acerbe désempara Octavie qui, avant son irruption, épluchait des pommes de terre en gardant un œil sur le petit Henri.

— Je peux vous conduire à la chambre que mademoiselle réserve à ses amis de passage, qui sont bien rares, bougonna-t-elle. Le dernier, c'était un lord, oui, Lord Brunel. Mais il faudra vous contenter d'une pièce, dites ! Et ce serait gentil de patienter, je n'ai pas dix bras.

La domestique retourna dans la cuisine. Luigi songea que cette femme ne se laissait pas impressionner. Cela l'amusa. Il la suivit, la mine faussement hautaine. De jouer la comédie était la seule parade qu'il trouvait à ses rancœurs, à son désir plus ou moins conscient de vengeance. Néanmoins, Octavie ne lui avait causé aucun tort. Soucieux d'équité, il fut incapable d'être vraiment désagréable.

— Prenez votre temps. Au fond, je ne suis pas pressé. Alors, voyons un peu cet enfant. Si petit, si mignon, il m'a déjà volé une part de mon héritage.

— Comment le savez-vous ? s'étonna naïvement la domestique.

— Je pourrais prétendre que j'ai le don de double vue, mais la vérité est toute simple. Angélina m'a fait des aveux complets, hier soir. Au moins, je suis au courant de toutes les vilénies qui ont germé entre ces murs.

— Allons donc, des vilénies ! Vous exagérez, monsieur Joseph ! À l'époque, quand ça s'est décidé, cette histoire d'adoption, mademoiselle Gersande n'imaginait pas retrouver son fils, enfin, vous, et Angélina hésitait beaucoup. Ça lui brisait le cœur, cet arrangement.

Luigi eut une mimique ironique. Il observait Henri, assis dans un fauteuil en osier adapté à sa taille, qui tournait une balle en baudruche entre ses menottes. Couché devant lui, le pastour somnolait. Le petit garçon avait les traits d'Angélina, mais, étant donné ses yeux limpides vert et or et ses légères boucles châtain clair, la filiation n'était pas évidente. Attendri par son minois poupin, il lui chatouilla la joue.

— Ne l'enquiquinez pas, hein, recommanda Octavie. Pour une fois qu'il est sage ! Rosette va venir le chercher pour l'amener déjeuner chez monsieur Loubet, le père d'Angie.

— Je ne m'attaquerai jamais à un innocent bambin, protesta-t-il. Et pourquoi appelez-vous Angélina ainsi ? C'est charmant, certes, mais un peu particulier.

— Lord Brunel a prétendu qu'à Londres on la surnommerait Angie. Ça nous a bien plu, à mademoiselle et à moi. Rosette s'y est mise aussi. C'est tout ce qu'il a laissé de bon, celui-là !

La robuste Cévenole souleva le couvercle d'une marmite, d'où s'échappa aussitôt un fumet odorant, aux fragrances de vin blanc, de thym et de poisson.

— Mais cela fleure bon, dit Luigi. À quelle heure le repas sera-t-il servi ?

Il avait repris un ton pointu, dépourvu de naturel. Octavie, qui n'était pas dupe de cette attitude affectée, poussa un soupir et l'invectiva :

— Vous fatiguez donc pas à faire de l'esbroufe ! Pour votre gouverne, je vous le dis, mademoiselle déjeune à une heure de l'après-midi, dans son salon.

— J'ignorais que les subalternes se permettaient de parler sur ce ton à leurs patrons, argumenta-t-il.

— Jusqu'à nouvel ordre, vous n'êtes pas mon patron, rétorqua-t-elle, excédée.

On frappait à la porte. Luigi se précipita pour ouvrir, certain qu'il s'agissait de Rosette. L'adolescente, en le voyant, eut un faible sourire.

— Bonjour, m'sieur, dit-elle tout bas. Je vous ai pas trouvé, ce matin. Pourtant, j'avais fait du bon café.

— Je suis parti à l'aube me promener dans les bois et respirer l'air frais. Angélina m'a réveillé en sortant la jument. Mais j'ai fait semblant de dormir.

— Ben ouais, on l'a demandée du côté de Moulis. Est-y prêt, le pitchoun ? J'dois le conduire chez m'sieur Augustin.

Rosette entra et se dirigea d'un pas traînant vers la cuisine. Octavie hocha la tête :

— Toi, t'es toujours à l'heure, petiote. Allez, file avant que le garnement se salisse ! Je t'ai entendue causer avec monsieur Joseph. Angélina n'ira pas chez son père ? Tu ne seras guère à ton aise, seule avec ces gens.

— Bah, y a toujours moyen de causer de la pluie et du beau temps. Moi, je fais comme c'était prévu. Viens-tu, Henri ?

L'enfant courut vers la jeune fille qui, si souvent, le prenait à son cou pour l'embrasser. Mais elle n'en fit rien et, comme il s'accrochait à sa jupe, elle le gronda.

— Non, j'te porte pas, aujourd'hui. Faut me donner la main, t'es un grand garçon.

— Si, au cou, insista le petit en commençant à pleurer.

— Prends-le donc, enfin ! se récria Octavie. Ma pauvre Rosette, tu lui donnes des habitudes et, d'un coup, tu changes d'idée !

Tiré de sa torpeur, Sauveur jugea utile d'aboyer, inquiet d'entendre les cris de son protégé.

— Y peut bien marcher, quand même ! s'égosilla l'adolescente avec un regard anxieux. Je change pas d'idée, c'est juste que j'ai mal au dos, voilà ! Il devient lourd, Henri !

— Qu'est-ce que tu me chantes ? se moqua la domestique. Lourd, lui ? Bon, à quoi ça rime de brailler ? On va réveiller mademoiselle. Henri, tu as entendu, il paraît que Rosette a mal au dos. Tu dois marcher, mon p'tit gars.

Luigi assistait à la scène, intérieurement ravi par toute cette agitation. Il augurait bien des jours à venir, nourri, logé, et diverti par les querelles et les problèmes quotidiens de ces trois femmes.

— Quel mouflet capricieux ! décréta-t-il, jouant la carte de la réprobation. J'ai été élevé dans la discipline, moi, pas dans le velours et la soie. Vous en ferez un sale garnement.

Personne ne prit garde à l'apparition de Gersande, qui traversa d'un pas chancelant le vestibule. En peignoir de satin bleu et les cheveux coiffés d'un bonnet en calicot, la vieille femme s'appuya au chambranle de la porte. En apercevant Luigi, elle dut retenir une plainte, violemment émue. Son cœur s'affola à nouveau, au point qu'elle en suffoqua presque.

— Que se passe-t-il ? demanda-t-elle dès qu'elle put respirer à son aise.

— Mademoiselle ! Mon Dieu, il ne fallait pas vous lever, le docteur l'avait interdit ! déplora Octavie.

— Les cris du petit m'ont réveillée. Bonjour, Joseph. Bonjour, Rosette. Alors, mon trésor, qu'est-ce que tu as ? interrogea Gersande en s'approchant de l'enfant.

— 'Osette, elle est méchante, se plaignit-il.

— Mais non, Rosette s'occupe toujours bien de toi. Il faut lui obéir. Sais-tu ? Le chien a envie de se dégourdir les pattes. Tu vas le balader sur la place. Dépêche-toi et sois bien poli avec monsieur et madame Loubet. Tu auras un sucre d'orge demain matin, si tu es gentil.

— Oui, maman, répondit Henri, alléché par la promesse d'une friandise.

Gersande n'avait pas oublié le repas du dimanche prévu chez le cordonnier. Tremblante, gênée de se montrer dans une tenue qu'elle estimait négligée, elle recula vite pour regagner sa chambre. Impossible, Luigi lui décocha un regard perplexe. Ses envies de tracasseries en tous genres s'effritaient, car cela le répugnait de tourmenter une femme âgée, de toute évidence en mauvaise santé.

— À plus tard ! Je tiendrai Sauveur en laisse ! leur cria Rosette, qui avait réussi à emmener Henri par la main.

Octavie et Luigi se retrouvèrent seuls, face à face. La domestique était songeuse.

— Rosette est de mauvais poil, confia-t-elle. Mal au dos, et quoi encore ! Elle est toute jeune ! Bon, je vais vous montrer la chambre, à présent que je suis tranquille. Ensuite, je vous servirai de la matelote d'anguilles.

— Un instant, ma brave Octavie ! s'écria-t-il. Je voudrais dire deux mots à ma chère mère !

— Hum, si vos deux mots la mettent dans le même état qu'hier soir, vous feriez mieux de la laisser en paix. Mais je préfère la prévenir que vous voulez lui causer. On entre pas comme ça chez une dame, non mais... il vous faudra apprendre les bonnes manières, monsieur Joseph.

Douché par l'autorité de la Cévenole, Luigi se garda bien de répondre. Rien ne se déroulait selon ses prévisions. Il avait tenté de taquiner la domestique et elle lui tenait tête. Gersande de Besnac lui faisait pitié et il cherchait en vain la haine éprouvée la veille à son égard. Quant à Angélina, sa belle Violetta, il ne pensait qu'à la revoir, tout en étant profondément déçu par son passé tumultueux.

« Deux amants, un fils ! se disait-il en arpentant le salon. Cela fait beaucoup à mon goût. Mais elle est tellement belle ! Et ce baiser, boudiou, ce baiser ! On pourrait mourir, après un pareil baiser. »

Son attention fut attirée par un petit cadre doré, qui renfermait une peinture. C'était le portrait d'une jeune fille à la chevelure blonde, au visage de madone, au regard céleste.

— Bon sang, qui est-ce ? s'étonna-t-il à mi-voix.

Octavie le surprit en pleine contemplation. Elle eut un geste vers le tableau.

— C'est mademoiselle à vingt ans. Moi qui l'ai connue à cette époque, car j'étais servante dans une ferme proche du domaine de ses parents, je peux vous dire qu'elle était encore plus jolie en vrai. Elle avait un teint de porcelaine et elle était si gracieuse !

Troublé, le baladin fronça les sourcils en se livrant à un examen plus minutieux.

— En effet, j'aurais dû m'en douter, avoua-t-il.

— Toute menue, mais forte comme un gars, qu'elle était. La preuve en est qu'elle a pu me décrocher de la corde, quand j'ai essayé de me pendre. Je lui dois la vie, à mademoiselle, même si ma vie, à ce moment-là, elle valait plus rien à mes yeux.

— Pourquoi ?

— J'avais perdu mon mari et ma petiote de deux ans. Le choléra ! Quand on met en terre ceux qu'on aime, monsieur Joseph, la douleur est si terrible qu'on a envie de les rejoindre. Voilà ! Mademoiselle vous attend.

Luigi retint les mots de compassion qui lui venaient aux lèvres. Il pénétra dans la chambre de sa mère avec circonspection. Recoiffée et poudrée, elle était assise contre le dossier de son lit, deux gros oreillers la soutenant. Elle lui dédia un regard bleu et humide où il déchiffra une angoisse insoutenable.

— Joseph, je suis un peu plus présentable, n'est-ce pas ? C'est gentil d'être revenu. Octavie m'a confié que tu souhaitais t'installer ici, et cela me fait grand plaisir, sais-tu ! Je veux que tu te sentes chez toi. Il faudra me dire quels aménagements tu désires. Si tu as besoin d'argent, je peux t'en donner tout de suite, j'ai une cassette, là, au fond de l'armoire.

La vieille dame le fixait avec une telle passion désespérée qu'il se détourna, embarrassé. Elle semblait vouloir s'imprégner de ses traits, de ses gestes, de son souffle même.

— Madame, je veux mettre certains détails au point, répliqua-t-il. Je suis confronté à divers petits soucis. Déjà, même si je m'estime capable de jouer les Joseph de Besnac, je tiens à être appelé Luigi. J'avais le projet un peu stupide de me déguiser en aristocrate, mais je viens d'y renoncer.

— Que veux-tu dire ? s'inquiéta Gersande d'une voix faible.

— Je comptais dès aujourd'hui vous soutirer vos deniers, dépenser votre fortune en vêtements, me couper les cheveux, arborer une montre en or, des épingles de cravate, mais cela ne m'amuse plus. Hier soir, j'ai signifié à Angélina que Luigi avait disparu, et depuis je me sens un peu mal, car j'ai vécu avec cet autre moi-même durant vingt ans. Le choix était ardu, mais je préfère être Luigi, le bohémien sans foi ni loi. Aussi, je ne veux plus entendre ce prénom de Joseph et je ne ferai aucun effort pour avoir une apparence autre que la mienne.

Gersande approuva d'un air docile, conciliant, alors qu'elle ne comprenait guère en quoi c'était si important.

— De plus, ne vous faites pas d'illusion. Je logerai chez vous, mais surtout pour préserver la réputation de la costosida Loubet, celle de la gentille Rosette, aussi. Un homme seul accoutré bizarrement qui se prélasse entre deux jeunes femmes, cela ferait scandale. Même si Angélina n'est pas un exemple sur le chapitre de la vertu, à quoi bon détromper les honnêtes gens ! Elle perdrait des patientes et ces patientes-là seraient privées de ses excellents services. Je ne tiens pas à endosser cette affreuse responsabilité.

La vieille demoiselle tiqua, car il avait accusé Angélina.

— Sur quel ragot te bases-tu pour mettre en doute la vertu de cette jeune femme ?

— Ce ne sont pas des ragots, mais ses propres confidences. J'ai eu droit à une confession totale en bonne et due forme. C'était édifiant, mais je me croyais un curé tenu de lui accorder l'absolution.

— Et toi, je suppose que tu lui as révélé la vérité sur moi ? Elle doit me maudire, à l'heure qu'il est.

— Non, j'ai gardé secrets vos abominables aveux, madame. Rassurez-vous, je ne suis pas un fauteur de troubles et, quelque part, j'ai peut-être envie que votre entourage garde une bonne opinion de vous. Poursuivons la mascarade, celle du fils perdu et retrouvé, de la mère éplorée victime d'un sort cruel. Ainsi, on croira que vous m'aimiez un peu, jadis... Mais je ne pesais pas lourd dans la balance, comparé à votre soif de luxe. Sincèrement, j'ai du mal à digérer la chose et il faudrait un miracle pour que je vous porte une once d'affection un jour.

Livide, Gersande mit une main sur son cœur. Elle tamponna ses tempes d'un mouchoir.

— Je ne peux pas te le reprocher, Luigi, dit-elle. Tu me fais un beau cadeau quand même, en habitant sous mon toit. Au moins, je saurai que tu es là, je te verrai, j'entendrai ta voix et ton pas. Pardonne-moi, je n'ai plus de force. Je vais me reposer encore un peu. Tu diras à Octavie que je n'ai pas faim. Et j'insiste, même si tu n'es pas intéressé, cette maison t'appartient désormais, comme mes capitaux et le domaine en Lozère, un bel immeuble bourgeois au Puy-en-Velay. Dès que je me sentirai vaillante, nous irons chez un notaire et tout ceci sera couché sur le papier. Maintenant, je t'en prie, prends ma cassette. Achète-toi un cheval, une voiture légère, un phaéton et... un violon.

— Un piano ! Est-ce qu'il y a de la place ici pour un piano ? s'enquit-il, le visage soudain illuminé de joie.

Il avait l'air d'un enfant ébloui. Gersande ferma les yeux un instant et des larmes coulèrent sur ses joues. Elle venait d'avoir la vision fugace de son fils tel qu'il devait être petit garçon, si toutefois à cet âge tendre il avait eu l'occasion de s'émerveiller.

— As-tu été très malheureux, au couvent ? demanda-t-elle, haletante.

— Non, d'étudier la musique m'a procuré un grand bonheur. C'est plus tard que j'ai souffert, quand je suis parti à la conquête du vaste monde. Par chance, il y a eu de douces et jolies personnes qui m'ont offert de la tendresse et m'ont ainsi réconcilié avec la gent féminine. Mais restons-en là. Vous êtes lasse. Il faut vous préserver, le temps d'établir votre succession chez un notaire.

Luigi sortit de la pièce sur cette pique vénéneuse, tandis que la vieille dame, secouée de gros sanglots, chuchotait :

— Il n'a pas pris la cassette, mon petit, mon enfant. Mon Joseph... Je voudrais tant te gâter, te chérir !

Chez Germaine et Augustin Loubet, même jour

Henri sur ses genoux, Angélina dégustait une part de brioche. Son père avait débouché la bouteille de vin mousseux et il venait de servir son épouse la première. Pour l'occasion, Germaine avait quitté son lit et pris un fauteuil. Si elle était encore fatiguée et avait le teint pâle, sa bonne humeur et son appétit annonçaient un prompt rétablissement.

— Il faut trinquer à notre famille, proposa-t-elle. Quel bon repas, grâce à toi, Angélina, et à toi, Rosette. Je n'ai jamais mangé d'aussi bonne brioche.

— Merci bien, m'dame. Ça me plaît, la pâtisserie.

— Et tu as accommodé les girolles comme il faut, renchérit le cordonnier. Je me suis régalé.

Augustin Loubet était souriant et jovial. Rosette ne l'avait jamais vu ainsi et cela éveillait en elle de pénibles regrets. Depuis le début du déjeuner, elle l'observait, le cœur gros, surtout quand, admiratif, il couvait Angélina d'un œil protecteur. Il alignait les « ma fille » d'une voix chaleureuse, et il en allait de même avec le petit Henri. « Peut-être bien que c'est un homme sévère, m'sieur Loubet, qu'il a voulu la renier, sa fille, mais ça empêche pas qu'il l'aime fort, qu'il lui ferait jamais de mal, pensait-elle. C'est pareil avec le pitchoun. Y voulait pas le connaître, il en avait honte, mais il fond devant lui. J'aurais bien voulu avoir un père comme ça, moi. »

L'adolescente endurait un véritable martyre. Elle n'avait plus goût à rien et déplorait cet état de choses à chaque instant. Ce repas du dimanche, comme elle l'aurait apprécié, avant… Les brioches lui paraissaient insipides et fades, le vin pétillant également. Les rires, les bavardages, les facéties d'Henri, tout lui parvenait dans une sorte de brouillard. Elle se sentait honteuse, mauvaise.

« J'ai même fait pleurer le petit, lui qu'est si gentil, se disait-elle. Mais j'vais le salir en le prenant à mon cou, j'veux plus qu'y me bise, ça non ! »

Toute à sa joie d'être là, Angélina la regardait à peine. En d'autres circonstances, elle aurait perçu le malaise de son amie, mais elle profitait pleinement de ces moments inespérés. C'était inouï d'être à la table de son père et de le voir embrasser Henri. Un tel revirement la rendait optimiste. Elle en venait même à penser que Guilhem ne la tourmenterait plus et que Luigi s'apprivoiserait.

Il lui suffisait aussi de songer au baiser qu'ils avaient échangé pour être parcourue de délicieux frissons des pieds à la tête.

— Et les myrtilles ? s'écria tout à coup Germaine. J'aurais bien fait de la confiture, mais c'est long à cuire et je ne me sens pas encore d'aplomb... Il ne faut pas les gaspiller. Ce monsieur a été tellement généreux.

— *Foc del cel*, il pouvait l'être ! s'esclaffa Augustin. Deux fils d'un coup !

Sans donner de détails indiscrets, Angélina s'était empressée, dès son arrivée, de raconter la naissance des jumeaux de Moulis, en s'extasiant encore sur la rapidité de cet accouchement pourtant peu ordinaire.

— Nous ferons de la confiture et je vous en porterai un pot, affirma-t-elle. N'est-ce pas, Rosette ! Rosette !

— Oui, m'selle. Excusez, je rêvassais. J'suis étourdie, ces jours-ci.

Augustin tendit un index en l'air, la mine soudain grave.

— Ne sois pas trop étourdie, petite. Certaines négligences peuvent coûter cher. À ce propos, enfermez-vous bien à clef le soir et reprenez le pastour avec vous. J'ai vu un drôle de type, hier, un saltimbanque. Il portait un étui à violon. Ces gens-là font peut-être de la musique, mais ils sont habiles à voler votre bourse ou un cheval. C'est pour ça, Angélina, que je t'ai conseillé de rentrer Blanca dans notre écurie, tout à l'heure, puisque tu es venue ici directement depuis Moulis. *Diou mé damné !* Tu pouvais prendre le temps de monter rue Maubec ; je n'allais pas te gronder !

Le cordonnier eut un bon rire. Cela ne dura pas.

— Papa, nous n'avons rien à craindre de cet homme, déclara Angélina. J'attendais que nous ayons terminé le repas pour t'en parler. Il s'agit de Joseph de Besnac, qui se fait appeler Luigi, le fils de mademoiselle Gersande.

— Luigi ? éructa le cordonnier. *Foc del cel !* Luigi… Celui que tu as accusé des crimes de Blaise Seguin ? Alors, il n'est pas mort ? Les journaux écrivaient qu'il avait dû agoniser au coin d'un bois, après son évasion ! Tu penses si je m'en souviens, tu étais assez mêlée à cette triste histoire. Mais dis-moi, c'est un huguenot, lui aussi ? Sa vieille mère va en rougir, de voir son parpaillot de rejeton déambuler dans un accoutrement pareil.

— Non, il n'est pas protestant, trancha la jeune femme. Et il ne causera aucun trouble dans la cité. Cet homme s'habille différemment des autres, mais cela ne fait pas de lui un voleur. C'est un musicien de talent, un artiste !

— Un artiste, quel grand mot ! ricana le cordonnier, sensible aux inflexions de voix de sa fille.

Il n'était pas sot et savait reconnaître certains signes. « Comme elle le défend ! songea-t-il. Ça ne m'étonnerait pas qu'il lui plaise bien, ce Luigi. Boudiou, si elle l'épousait, sa fortune serait assurée. Les choses rentreraient dans l'ordre, aussi, vu que le pitchoun porte le même nom, déjà. Angélina de Besnac ! Qu'est-ce que tu dirais de ça, Adrienne ? Notre petiote avec une particule, riche jusqu'à la fin de ses jours ! »

— Hélas, les retrouvailles avec Gersande sont délicates, ajouta au même instant Angélina. Luigi ne lui pardonne pas d'avoir été abandonné deux mois après sa naissance.

— Crois-moi, il finira par trouver des excuses à sa mère, amadoué par le bel héritage qu'il fera, commenta Germaine.

La conversation se poursuivit autour du retour de Joseph de Besnac. Henri était allé jouer dans la cour, toujours flanqué du pastour. Rosette les avait suivis, attirée par la treille couverte d'une vigne exubérante. L'adolescente cueillit une grappe de raisins encore très verts et la dégusta. Des guêpes tournoyaient entre les feuilles.

— Ne te fais pas piquer, Henri, recommanda-t-elle, tirée de sa torpeur par l'acidité des fruits. Tu vois ces petites bêtes qui bourdonnent, là ? Elles peuvent te piquer et tu aurais très mal.

L'enfant la boudait encore. C'était un trait de son caractère. À deux ans et huit mois révolus, le fils de Guilhem se révélait parfois ombrageux et de plus en plus capricieux.

— T'es une vilaine, 'Osette, jeta-t-il.

— Et toi, tu sais même pas dire les r. Il faut dire Rosette, pas 'Osette, marraine et pas ma'aine ! rétorqua-t-elle, envahie par un étrange besoin de le taquiner. Est-ce que je t'appelle Hen'i, moi ?

Vexé, le garçonnet courut vers elle. Il lui donna une tape sur la main, comme le faisait souvent Octavie quand il désobéissait.

— Méchante, méchante ! hurla-t-il.

Devant ce petit bonhomme qui, la tête levée, la regardait avec colère, Rosette céda à un mouvement de rage.

— Oui, j'suis méchante, dit-elle en le giflant. Tiens, ça t'apprendra !

Henri poussa aussitôt des clameurs horrifiées, la bouche béante et les yeux fermés. Angélina, qui guettait l'issue de la querelle par la porte-fenêtre grande ouverte, se rua dans la cour. Outrée autant que stupéfaite, elle invectiva durement l'adolescente.

— Comment as-tu osé le frapper ? Mais tu as perdu l'esprit ? Un enfant de cet âge ! Tu le tourmentais avec cette histoire de r. Il ne peut pas comprendre, enfin !

Vite, elle enlaça son fils et le cajola. Le petit pleura de plus belle, accroché à son cou, le visage empourpré sous l'effet du chagrin.

— J'suis désolée, m'selle Angie, bredouilla Rosette. Mais vous avez vu, il m'a tapée, aussi. Jamais mes frères y ont osé me tenir tête comme ça !

— Sa tape n'a pas dû te faire bien mal, s'indigna Angélina. Rentre rue Maubec, je ramènerai Henri dans la calèche. Hein, mon petit, tu seras content de te promener en voiture. Nous ferons le grand tour par les bois et tu tiendras les rênes avec moi.

Elle lui fit encore de douces promesses, tandis qu'il reniflait en s'apaisant peu à peu. Germaine et Augustin ne firent aucun commentaire, même si, au fond, ils jugeaient l'adolescente dans son droit.

Rosette traversa la cuisine en aveugle. Elle les salua d'un murmure :

— Au revoir, m'dame, au revoir, m'sieur.

La gorge nouée, elle retenait des sanglots de panique, de terreur. Tout s'écroulait sous ses pas, l'abîme allait l'engloutir. Une fois sur le champ de foire, elle dévala la rue en pente en direction de Saint-Girons et se précipita dans un vaste pré en bordure de la rivière.

— J'ferai plus de tort à personne, balbutiait-elle. Plus jamais…

10

Rosette

*Saint-Lizier, rue des Nobles, même jour,
trois heures plus tard*

Angélina entra chez Gersande de Besnac à dix-sept heures. Le ciel se voilait et les montagnes, à l'horizon, se drapaient de brumes grises. Octavie essuyait la vaisselle, debout entre l'évier de grès et la table où elle disposait les assiettes et les verres propres.

— Je ramène Henri, annonça la jeune femme. Il se couchera tôt. La journée l'a fatigué, surtout qu'il n'a pas fait de sieste. Je vais lui donner son bain.

— J'ai tenu les 'ênes de Blanca ! s'écria l'enfant.

— Ça alors, mon pitchoun, tu es un vrai cocher, maintenant, répliqua la domestique, amusée.

— Oui, en partant de chez mon père, j'ai suivi le chemin dans le bois de chênes et je suis allée rue Maubec par les remparts. Le temps de dételer la jument et nous voici. Comment se porte mademoiselle ? Luigi s'est-il installé ici ?

Octavie remarqua la nervosité d'Angélina. Elle l'attribua au temps orageux.

— Je baignerai Henri. Tu ferais mieux de rendre visite à mademoiselle. Je l'ai aidée à s'habiller et elle a repris sa place favorite dans le salon. Quant à ton Luigi, quel énergumène ! Boudiou, sûr qu'il a pris ses quartiers chez nous. Mais, s'il continue son manège, je vais tourner en bourrique. Figure-toi que, pour le déjeuner, je le sers à la table ronde, près de la fenêtre. Une salade de laitue et de la matelote d'anguilles. Tu sais que je la réussis ! Il goûte, me réclame du sel, ensuite du vin blanc, et se plaint de la cuisson. Après ça, monsieur exige du café avec de la crème fraîche, mais je la ponds pas, moi, la crème, un dimanche.

— Je te plains, ma pauvre Octavie. Je crois qu'il fait exprès d'être aussi désagréable.

— Sans doute, je ne crois pas que ce soit un mauvais bougre, au fond. Enfin, il se plaît dans ses appartements, comme il dit, la grande chambre du second étage qui a vue sur la montagne, que Lord Brunel aimait tant. Monsieur joue du violon.

Angélina approuva. Elle avait entendu la musique en entrant. Elle embrassa Henri et se rendit dans le salon, où Gersande étalait des cartes sur son guéridon.

— Mademoiselle, je suis soulagée de vous revoir là, occupée à vos réussites... Quelle jolie robe ! Je ne l'avais jamais vue.

— C'est la toilette que je comptais porter pour ton mariage avec le docteur Coste. De la soie grège avec le plastron en perles et ces fleurs brodées. Une merveille ! Mais je n'ai plus d'intérêt pour toutes ces choses, telles que mes corsages et mes bijoux. Mon Dieu, si tu savais à quel point Luigi a été cruel, ce matin ! Il m'a conseillé de tenir bon jusqu'à ce que nous allions chez le notaire, au sujet de son héritage. J'ai beaucoup pleuré, encore.

— Là, il exagère vraiment ! s'enflamma la jeune femme. Rien ne l'autorise à vous traiter ainsi.

— Peu m'importe, petite. Mon fils m'est revenu et il habite entre ces murs. Dès que je pense qu'il est bel et bien là, à la maison, je suis malade de bonheur. Il aura son piano et un meilleur violon. Même s'il a décidé de me torturer, une torture mentale seulement, je tiens à le préciser, Luigi n'a pas attendu longtemps pour s'installer chez moi, sa mère. Je dois m'armer de courage et lui prouver que je l'aime de toute mon âme. Au fil des jours, il sera plus enclin au pardon.

— Mais oui, il vous pardonnera, ayez confiance.

Angélina restait debout, ce qui contraria Gersande. Elle avait envie de bavarder en buvant le thé avec elle, selon une habitude qui leur était précieuse.

— Assieds-toi un peu, je t'en prie, insista-t-elle. Angie, pourquoi as-tu révélé toute la vérité sur toi à Luigi ?

— Comment faire autrement ? Il fallait bien lui expliquer l'adoption d'Henri et ce qui nous avait conduites à cette solution. Maintenant, il me méprise et nous a mises dans le même sac.

— Nous le ferons changer d'avis, assura Gersande qui semblait ragaillardie. Mon Dieu, j'ai faim ! Veux-tu sonner Octavie qu'elle serve le thé et des biscuits ?

— Je le lui dirai avant de sortir. Excusez-moi, mademoiselle, mais je dois rentrer et parler à Rosette. Je l'ai sermonnée, chez mon père, car elle a giflé Henri. Je me demande ce qui la rend aussi hargneuse. Qu'elle soit triste, je le conçois et je ne lui ai fait aucun reproche, mais qu'elle passe ses nerfs sur mon enfant, je ne le tolérerai pas.

— Cela dit, Angie, Henri arrive à l'âge des caprices et il peut se montrer insupportable dès qu'on ne fait pas ses quatre volontés.

— Ce n'était pas le cas. Rosette l'a taquiné sans raison valable. Enfin, il n'a pas encore trois ans ; il est sans défense.

— Seigneur, que de tracas ! gémit la vieille dame. Va vite, et revenez dîner. Luigi appréciera peut-être votre compagnie si la mienne le rebute. En passant, il ne faut plus du tout l'appeler Joseph, mais Luigi.

— Ah ! fit la jeune femme. Que ce monsieur est lunatique ! Hier soir, il prétendait être devenu Joseph de Besnac. Faites attention, mademoiselle. Si mon petit Henri est capricieux, votre fils à vous l'est encore davantage. Pourtant, il a plus de trente ans, lui !

Sur cette courte tirade véhémente, Angélina tourna les talons et laissa sa bienfaitrice muette de stupeur.

*

Rosette écoutait tinter les cloches de Saint-Lizier. Celles de la cathédrale donnaient la réplique au bourdon de bronze du clocher-porche. Plus loin, dans les villages environnants, les carillons sonnaient aussi. Il était six heures du soir.

Ce joyeux concert la berçait. Du flanc de la colline où elle était assise, elle pouvait admirer le dessin des Pyrénées, dont la ligne anguleuse découpait le ciel d'un gris mauve. Encore plus loin, au nord, du côté de l'immense plaine, roulaient de gros nuages noirs striés d'éclairs argentés.

— L'orage viendra pas par ici, soupira-t-elle. J'voudrais bien, pourtant !

Elle avait eu la tentation de se jeter dans le Salat, mais les eaux de la rivière étaient très basses. Peut-être qu'en hiver, à l'époque où le courant devient tumultueux, l'adolescente se serait laissé entraîner. Elle en doutait encore. « J'pouvais pas faire ça à m'selle Angie. Si on avait trouvé mon corps sur les rochers comme sa pauvre maman, m'dame Adrienne Loubet, elle aurait eu trop de peine, la patronne », pensait-elle, un brin de paille entre les dents.

Elle qualifiait à nouveau Angélina de patronne depuis sa fuite, tout simplement parce qu'elle s'était comportée comme telle.

« Sûr de sûr, j'suis plus sa p'tite sœur ! J'aurais pas dû claquer le pitchoun. Ça se voit pas, une servante qui tape le gamin de sa patronne. » Rosette demeurait sidérée d'avoir eu ce geste-là. Elle poussa un gros soupir en relevant le bas de sa jupe. La toile légère, grise à fleurettes roses, était déchirée à deux endroits à cause des ronciers qu'elle avait franchis, en haut d'un talus.

— Je m'en fiche, soliloqua-t-elle à mi-voix. J'serai plus jamais coquette, alors... Elle est foutue, ma jeunesse !

Ce constat lui fit ôter sa coiffe de calicot blanc, nouée par des rubans sur la nuque. Elle l'utilisa pour essuyer la sueur qui coulait de son front.

— Faut bien que je m'en aille, et au diable, même. Tiens, si j'savais où il est, Rémi, mon frangin, j'irais le chercher et on partirait sur les routes, rien que nous deux.

Rémi était l'aîné de ses frères, placé comme berger sur les estives à l'âge de huit ans, sans même avoir une paire de sabots. De santé fragile, mal nourri et mal vêtu, il y avait de fortes chances que l'enfant n'ait pas survécu à la rudesse du climat montagnard.

— Ma parole, on est maudits, dans la famille ! cria-t-elle soudain.

Le visage fermé et les lèvres tremblantes, Rosette fixa d'un œil hagard les toits de Saint-Lizier et la tour crénelée du couvent. Là-bas, elle avait cru pouvoir être heureuse, apprendre à lire, dormir sans la peur lancinante de son père, habile à rejoindre Valentine dans son lit dès qu'elle avait eu un début de poitrine.

— Il m'a eue, ce fumier ! cracha-t-elle. À cause de lui, maintenant, j'peux plus retourner chez m'selle Angie. Sûr, elle m'aime plus, elle me chassera.

Accablée par la fatalité, la jeune fille hocha la tête. La mort lui avait paru attirante, quelques heures auparavant, mais elle manquait de cran pour se supprimer.

— Pardi ! Point de corde, j'peux pas me pendre, dit-elle d'un ton moqueur. La seule chose que j'peux faire, c'est de foutre le camp du pays.

Elle se leva, secoua sa jupe et s'engagea dans un sentier étroit qui délimitait la pâture. Des moutons la regardèrent passer, couchés à l'ombre d'un chêne. L'adolescente marchait vite en soliloquant.

— Je demanderai du travail dans une ferme, ou dans les usines à Toulouse. M'selle Angie, je lui ferai plus honte, j'la ferai plus crier non plus. Cet air fâché qu'elle a eu ! Jamais elle m'avait parlé comme ça, jamais… Bien fait pour moi, fallait pas que je touche au pitchoun.

Un coup de tonnerre ébranla le ciel, aussitôt suivi d'un deuxième grognement sourd, terrifiant. L'orage se rapprochait. Bientôt, de grosses gouttes tièdes tombèrent, dispersées, puis de plus en plus serrées.

Rosette reçut la pluie comme une bénédiction. Elle agita les bras en courant en tous sens. Jadis, quand elle était une fillette innocente, on lui avait dit qu'il ne fallait pas courir ni gesticuler sous l'orage, car la foudre pouvait vous frapper.

Mais elle s'en souciait peu, défiant les éléments en furie dans l'espoir confus d'être rayée du monde des vivants.

Saint-Lizier, même soir
Angélina courait sous la pluie battante au milieu de la rue des Nobles. Elle avait cherché Rosette dans la maison, des combles à l'atelier de cordonnerie, de l'écurie au hangar. Elle s'était même aventurée au fond de la ruelle voisine pour appeler l'adolescente depuis le jardinet abandonné, en se penchant vers les flancs vertigineux de la falaise.

À présent, follement inquiète, elle se reprochait d'avoir été aussi sévère avec celle qu'elle aimait à l'égal d'une sœur. « Mon Dieu, faites qu'elle soit chez mademoiselle ! Je la verrai tout de suite en entrant... non, j'entendrai sa voix, elle sera dans la cuisine, avec Octavie ; il le faut ! »

Il n'en fut rien. La domestique lui ouvrit avec une expression incrédule.

— Mais tu es trempée ! A-t-on idée ? Tu aurais dû enfiler un manteau ou prendre un parapluie. Et Rosette, où est-elle ? Mademoiselle me disait que vous veniez dîner toutes les deux.

— Seigneur ! Rosette n'est pas avec vous ? Octavie, elle est partie à cause de moi.

— Partie, partie ! Et où ça ? Que vas-tu imaginer ? La petite a dû aller se promener, l'orage l'a surprise et elle s'est abritée quelque part.

— Peut-être, oui, murmura la jeune femme.

Luigi fit son apparition. Il avait descendu sans bruit l'escalier intérieur menant à l'étage. Toujours vêtu de son ample tunique blanche à manches larges, les cheveux attachés sur la nuque, il salua Angélina d'un signe de tête, secrètement ravi de la revoir.

— Vous me paraissez bouleversée, dit-il.

Troublée également, elle approuva, la mine dépitée.

— C'est Rosette. Je ne sais pas où elle est. Tout à l'heure, je n'ai pas pris la peine d'entrer chez moi, je me suis contentée de mettre Blanca à l'écurie. Je croyais que Rosette était dans la maison, mais non.

— Fi de loup ! s'exclama-t-il. Une jolie fille de son âge a quand même droit à un peu de liberté, surtout le dimanche.

— Ce n'est pas la question ! s'insurgea-t-elle. Rosette ne me quitte jamais sans me dire où elle va. C'est que je l'ai sermonnée, je lui ai parlé durement cet après-midi.

Tout bas et très gênée, Angélina raconta ce qui s'était passé chez son père. Une angoisse irraisonnée la poussait à faire cette confession, comme si un aveu sincère avait le don d'infléchir le destin.

— Te mets pas dans un état pareil, Angie, bougonna Octavie. Rosette était de mauvaise humeur, aujourd'hui. Tiens, à midi, elle a refusé de prendre le petit dans ses bras. Il ne faut pas non plus lui laisser croire qu'elle a tous les droits. Sans toi, elle mendierait encore son pain. Tu as bien fait de la gronder. Non, mais, gifler le pitchoun, on aura tout vu !

Luigi haussa les épaules avant de déclarer d'un ton froid :

— Votre pitchoun, comme vous dites, me semble avoir un sale caractère. Si on ne peut plus punir un mouflet capricieux... De surcroît, ce gamin a de qui tenir !

— Que voulez-vous dire ? s'indigna Angélina. Je crois être patiente, et peu exigeante.

— Et alors, il n'est pas né du Saint-Esprit, votre cher Henri, il a aussi un père comme tout un chacun.

Excédée, elle ne prit pas la peine de lui répondre et se dirigea vers le salon. Gersande avait entendu l'écho de la discussion ; elle interrogea la jeune femme dès qu'elle la vit.

— J'ai cru comprendre que tu cherches Rosette ? Ne t'en fais pas, elle va rentrer avant la nuit. Vexée, elle aura préféré marcher un peu. Ce n'est plus une enfant, quand même ! Nous la traitons souvent en fillette, mais, à son âge, tu donnais naissance à ton petit.

— Vous dites vrai, et je me rendais à Biert sur le dos de notre mule en empruntant les gorges de Peyremale qui ont sinistre réputation. Mon père s'en inquiétait, mais cela me faisait rire. J'avais tort... Mademoiselle, je suis si anxieuse ! Déjà, Rosette était toute triste depuis qu'elle avait rendu visite à sa sœur et moi je la congédie, je la renvoie rue Maubec. En fait, je l'ai traitée en servante et je le regrette bien. Pour moi, elle fait partie de la famille.

Depuis le seuil de la pièce, Luigi écoutait. Il s'avança, désinvolte, l'œil brillant d'ironie.

— Vous avez coutume, Angélina, de vous montrer injuste, de rejeter les gens dans les ténèbres. J'en sais quelque chose.

— Oh, vous ! Cette conversation ne vous concerne pas. En plus, je vous ai présenté des excuses, des excuses sincères. Vous comptez me jeter souvent à la figure mes erreurs passées ?

— Tout ce qui a lieu sous ce toit me concerne, trancha-t-il d'une voix dure. Je suis chez moi, ici, contrairement à vous.

Gersande piqua du nez sur son jeu de cartes. Elle n'osait pas protester, dans sa crainte de s'opposer à son fils retrouvé.

— Dans ce cas, je m'en vais, s'écria Angélina. J'attendrai Rosette rue Maubec ! Je voulais un peu de réconfort, être rassurée, mais je me suis trompée d'adresse.

— Angie, calme-toi, supplia la vieille dame.

Mais Angélina, humiliée, courait vers la porte principale qui claqua presque immédiatement.

— Eh bé ! si ça réveille pas le petiot ! ronchonna Octavie. Le trésor qui dort à poings fermés !

Luigi était déçu. Il pensait sa belle Violetta plus combative. Au fond, c'était surtout son départ précipité qui le désolait. Sa seule présence lui suffisait, même s'ils devaient s'affronter, s'envoyer des piques cruelles.

— Quel caractère, elle aussi ! Je plains mon frère adoptif d'avoir été conçu par deux tempéraments passionnés. Ne froncez pas les sourcils, madame, j'ai vu Guilhem Lesage à l'œuvre ; on aurait pu croire qu'il allait dévorer Angélina toute crue. Enfin, certaines femmes apprécient les goujats.

— Pas elle, protesta Gersande. Et, sur le plan de la goujaterie, tu n'es pas en reste.

— Je ne vous permets pas de me juger. J'ai toujours respecté les femmes, je ne leur ai jamais rien imposé.

Il se tut, songeant qu'il venait de mentir. La veille, il avait embrassé Angélina d'une manière impérieuse, sans lui laisser l'opportunité de refuser son baiser. « Mais cela lui a plu, se défendit-il en pensée. Je parie qu'elle en mourait d'envie. »

Désabusé, il ouvrit le quotidien de samedi, *Le Petit Journal*, auquel Gersande de Besnac était abonnée depuis son arrivée dans la région. Il en parcourut les gros titres, puis le replia. Sa mère l'observait, étonnée du bonheur insensé qu'elle éprouvait à le voir là, assis dans le salon. En dépit de la froideur dont il faisait preuve à son égard, son fils était près d'elle. Tout à l'heure, Octavie leur servirait à dîner. C'était un tel miracle ! Elle ne parvenait que péniblement à s'intéresser à une autre personne que lui.

— Luigi, demain, il faudra t'occuper d'acheter un piano. Nous pourrions l'installer ici, dans cette pièce.

— Non, dans ma chambre. Je ne tiens pas à être dérangé par les allées et venues de votre bonne, ni par l'enfant.

Il croisa et décroisa ses jambes musclées en se mordillant le pouce. La perspective de disposer d'un instrument dont il rêvait depuis l'adolescence l'exaltait, mais il s'inquiétait pour Rosette. « Elle peut faire une mauvaise rencontre, si elle traîne son chagrin dans la campagne. Il fera bientôt nuit. J'espère qu'elle va rentrer au bercail », se disait-il.

Octavie s'amena silencieusement. Elle posa son regard sur Gersande, puis sur Luigi.

— Faut-il allumer le feu, mademoiselle, avec cette grosse pluie ?

— Volontiers, j'aime les flambées, par ce temps.

Tout de suite, Luigi eut un élan pour se charger du feu, mais il se rassit aussi vite, estimant qu'il devait lutter contre sa nature serviable.

— Pour ce soir, j'ai mis à cuire des haricots verts et je compte accommoder la viande de midi en sauce meurette. Monsieur Luigi, est-ce que je peux prendre le journal, si vous l'avez lu ?

— Faites, faites ! soupira-t-il. J'évite de lire la presse, de toute façon. J'ai ma propre opinion sur le monde et je me fiche de celles des journalistes. Trop souvent, les bassesses humaines alimentent les colonnes. Il faut du sensationnel, de l'horreur.

— Moi, quand même, je me régale en lisant le feuilleton, répliqua Octavie. *Nana*, d'Émile Zola[1]… Au petit matin, quand je suis tranquille dans ma cuisine, ça me change les idées.

— On reproche à ce romancier d'écrire des insanités, fit remarquer Gersande. Mais je l'apprécie.

— Pour ma part, je préfère les philosophes de la Grèce antique, affirma Luigi. Hélas, sur les routes, j'avais peu l'occasion de me plonger dans la littérature. Vous avez une bibliothèque bien garnie, madame, je rattraperai le temps perdu.

Le visage de la vieille dame s'illumina. C'était une promesse à ses yeux. Son fils n'avait pas l'intention de lui fausser compagnie.

— Chacun de ces livres t'appartient, déclara-t-elle avec une telle complaisance que cela irrita le jeune homme.

Octavie froissait le papier et entassait du petit bois, courbée en avant. Une fois encore, Luigi faillit proposer de la remplacer.

---

1. Publié en feuilleton dans les quotidiens dès 1880.

— C'est vrai qu'il y a de vilaines choses, aussi, dans les journaux, dit alors la domestique en se redressant, une feuille du quotidien à la main. Écoutez ça, mademoiselle : *Macabre découverte dans le quartier des tanneries de Saint-Gaudens – Alerté par une pestilence extraordinaire, un couple d'ouvriers a fait appel aux gendarmes. Ils ont trouvé le corps décomposé d'une femme, morte sans aucun secours, dans la plus tragique des solitudes.*

— À Saint-Gaudens ! se récria Gersande. Mon Dieu, quelle horreur ! Nous y étions mardi. En plus, dans le quartier des tanneries. Rosette a rendu visite à sa sœur ; peut-être qu'elle est passée non loin de l'endroit où gisait cette malheureuse.

— Sa sœur aînée, Valentine ? demanda Luigi.

— Oui, comment connais-tu son prénom ? s'étonna sa mère.

— J'ai beaucoup discuté avec Rosette. Elle m'a vanté votre extrême générosité, elle m'a parlé du repas que vous avez pris dans un beau restaurant qui l'a fortement impressionnée. Cette jeune fille a le don de m'attendrir, avec son accent du Midi, sa gouaille, sa fragilité. Elle est très jolie.

Gersande approuva, mortifiée. Elle persistait à rêver d'un mariage entre son fils et Angélina, mais, à écouter Luigi, elle s'alarma. Il pouvait tomber amoureux de Rosette et l'épouser.

— C'est bien affreux de mourir tout seul, déplora Octavie au même instant. Faut espérer qu'elle n'a pas souffert avant de s'éteindre, cette femme, là, dans le journal.

— Indique-t-on son identité ? interrogea Luigi.

— J'en sais rien, monsieur. Je viens de brûler la page. Je n'ai lu que le gros titre et la phrase en dessous.

Il eut un geste fataliste et se leva. Après une courbette digne d'une comédie, il prit congé.

— Mesdames, je sors. Servez le dîner sans moi si je ne suis pas de retour à l'heure.

— Où vas-tu ? s'exclama Gersande d'une voix tremblante.

— Rue Maubec, afin de savoir si Rosette est rentrée sagement. Si c'est nécessaire, j'aiderai Angélina à la chercher.

Rassurée, la vieille dame ferma les yeux. Elle aurait tellement souhaité recevoir un baiser de Luigi, le tendre baiser d'un fils à sa mère, sur la joue ou le front !

— À plus tard ! chuchota-t-elle.

*

Angélina faisait les cent pas dans la cuisine. Il faisait si sombre dehors qu'elle avait allumé la lampe à pétrole. La maison lui paraissait terriblement vide, hostile, froide, sans la gracieuse silhouette de Rosette, sans sa voix et ses rires.

Elle prenait conscience de l'importance qu'avait l'adolescente dans sa vie et se reprochait d'autant plus sa dureté à son égard.

— Elle va rentrer, c'est obligé ; elle ne peut pas me laisser comme ça, sans que je puisse lui demander pardon, murmura-t-elle. Combien de fois devrai-je implorer le pardon des gens que j'aime ?

Incapable d'accomplir le moindre geste ordinaire, elle allait et venait, les bras croisés sur sa poitrine, le regard affolé. Des grondements de tonnerre résonnaient encore au loin, assourdis. Dehors, une pluie fine silencieuse vernissait les pavés de la cour et le carré d'herbe autour du prunier.

— Rosette, reviens ! supplia tout bas Angélina.

Terrassée par le remords, elle appuya son front au manteau de la cheminée et pleura enfin. Cela l'empêcha d'entendre le bruit du portail qui s'entrouvrait. L'instant d'après, le grand pastour blanc se dressait sur le seuil de la porte restée béante. Le chien se secoua.

— Sauveur ! dit-elle, déjà rassurée. Rosette, c'est toi ?

L'attente s'achevait. Angélina eut la certitude que la jeune fille était passée chez Gersande, qu'elle avait emmené l'animal et qu'elle allait entrer d'une seconde à l'autre. Infiniment soulagée, dans sa hâte de la serrer contre elle et de la consoler, elle s'élança.

— Rosette ! Seigneur, merci, merci ! criait-elle.

Mais ce fut Luigi qui apparut.

— Où courez-vous ? demanda-t-il. Rosette n'est toujours pas là ?

— Non ! gémit-elle. Mon Dieu, comme je suis déçue ! J'ai cru que c'était elle. Il fait presque nuit.

Un sanglot la fit taire. Le baladin la sentit effrayée, en pleine détresse.

— J'étais venu aux nouvelles, avoua-t-il. Cela me tracassait, moi aussi. Avez-vous fait le tour de la cité ? Il faut la chercher, maintenant, l'appeler. Prenez un châle, je vais atteler la jument.

— D'accord, je veux bien, balbutia-t-elle. Vous avez bien fait de prendre Sauveur avec vous, il retrouvera peut-être Rosette.

— Je ne l'ai pas pris, comme vous dites, il m'a suivi quand je suis sorti. À propos, un animal de cette taille n'a rien à faire chez madame de Besnac. Il serait plus utile ici, à garder deux jeunes femmes seules.

— Mon père pense la même chose, reconnut-elle. Mais Henri ne veut pas se séparer du chien.

— Décidément, ce gamin a tous les pouvoirs, ironisa Luigi. Je vous ferai remarquer que, ce soir encore, Sauveur était couché devant la porte de la chambre, car Octavie refuse qu'il dorme dans la même pièce que votre rejeton. Votre grosse bestiole a préféré se balader plutôt que de rester enfermée.

Angélina ne répondit pas. Elle se souvenait de la tragédie qui avait eu lieu à Noël dernier. Sauveur s'était échappé afin de voler au secours de Rosette, la sauvant in extremis du sort abominable que lui réservait Blaise Seguin, ce monstre de perversité à face humaine.

— Brave chien ! soupira-t-elle en le caressant.

Émue, elle monta dans sa chambre et s'enveloppa d'un châle en laine. La pièce de tissu sur les épaules, elle songea à la sollicitude dont faisait preuve Luigi. « Il est attentionné et sensible. Pourquoi essaie-t-il d'être dur, cruel, même ? »

Renonçant à comprendre, elle descendit et le rejoignit près du portail, alors qu'il faisait reculer Blanca entre les brancards de la calèche.

— Où avez-vous appris à atteler un cheval ? s'enquit-elle.

— Au couvent. J'accompagnais le père Séverin dans ses pérégrinations et c'était moi qui attelais son mulet. Ce n'est pas très compliqué.

— Je n'étais pas habile avec le harnachement, au début, avoua Angélina.

Il ne daigna pas répliquer. Grave et taciturne, il acheva sa tâche.

— Selon vous, où Rosette pourrait-elle se cacher ? demanda-t-il enfin.

— Je n'en ai aucune idée. Elle sort rarement d'ici. C'est son bonheur de tenir la maison et de cuisiner pour nous deux. Au pire, elle va jusqu'à la boulangerie, rue Neuve, et chez mademoiselle, qui lui donne une pièce pour garder Henri.

— Grimpez donc ! soupira-t-il. Est-ce gênant de laisser votre portail ouvert ?

— Non, peu importe ! Sauveur, viens ! Il peut suivre la calèche, nous n'irons pas vite.

Le bohémien opina et prit place sur le siège à ses côtés. Blanca se mit au pas en secouant sa crinière blanche.

— J'ai si peur ! avoua aussitôt Angélina. J'ai à peine prêté attention à son départ, chez mon père. J'étais certaine de la trouver à la maison. J'avais l'intention de discuter avec elle.

— Peut-être qu'elle a fui cette discussion, justement, hasarda-t-il. Si elle s'estime en faute, Rosette retarde le moment des explications.

— Son geste était tellement surprenant ! Rosette aime beaucoup Henri, elle s'en occupe depuis plus de six mois sans jamais perdre patience.

— Pensez-vous qu'il y a quelque temps elle ne se serait pas sauvée ainsi ?

— Je pense surtout qu'il y a quelque temps, comme vous dites, elle n'aurait jamais frappé le petit. Elle a changé, depuis peu. Henri peut se montrer agaçant, comme tous les bambins en bas âge, mais cette gifle était superflue.

— Sans vous offenser, un petit garçon adulé, choyé par quatre femmes, risque d'abuser de la situation. Il aura vite l'impression d'être le roi du monde. Il lui faudrait l'autorité d'un père ou bien, à défaut, celle d'un grand frère. Je jouerai ce rôle avec délectation.

— Je vous le défends, s'indigna-t-elle.

— Légalement, j'en aurai le droit ! ironisa-t-il avec un sourire moqueur, qui échappa à Angélina.

Elle retint des larmes d'exaspération, mais se garda de provoquer une querelle. Luigi menait à présent la jument sur la route caillouteuse bordant le plateau rocheux sur lequel avait été érigé, des siècles auparavant, le palais des Évêques. Angélina scrutait le couvert des énormes chênes qui avaient poussé là, dans des veines de terre.

— Rosette ! appela-t-elle soudain. Rosette, viens, je t'en prie !

Le pastour trottait derrière la voiture, sans manifester d'intérêt pour les talus ou l'entrée des nombreux sentiers sillonnant le sous-bois.

— Il ne sent rien, déplora la jeune femme qui venait de se retourner pour surveiller l'animal. Mon Dieu, mais où est-elle ?

— Un peu de patience, recommanda Luigi. Dites-moi plutôt depuis quand précisément Rosette a changé. Je l'ai constaté moi-même à mon retour. Déjà, je l'ai trouvée en larmes, et bien amère.

— Depuis que nous sommes allées à Saint-Gaudens, admit-elle. Dans le train, je me suis inquiétée de la voir triste et abattue. Nous en avons parlé le soir et le lendemain, mais Rosette m'a fourni d'excellentes raisons d'être morose. Voyez-vous, elle s'estime privilégiée de pouvoir habiter rue Maubec, de manger à sa faim et de gagner un peu d'argent. Sa sœur aînée et ses frères subsistent dans des conditions misérables. Là, elle était toute contente de leur avoir apporté des sucreries et d'avoir fait cadeau d'un joli châle pour Valentine. Contente, mais honteuse également d'avoir échappé à cet enfer.

— Un enfer ! Comme vous y allez ! Certaines personnes ont une existence pauvre, je vous l'accorde, mais ils peuvent connaître de bons jours.

— C'était un enfer pour Rosette, trancha Angélina qui se refusait à dévoiler les abus incestueux dont se rendait coupable le père de l'adolescente. Cela ne vous concerne pas, au fond, nous ne sommes pas sous le toit des de Besnac. Je suis libre de mes faits et gestes.

Il accusa le coup et se jugea un peu ridicule d'avoir joué les chefs de famille.

— Excusez-moi, dit-il très vite. Je n'aurais pas dû vous dire ce genre de choses. Mais nous parlions de Rosette. Elle a dû avoir des tracas ou un chagrin, à Saint-Gaudens… Bon, autant vous confier un doute que j'ai. Ce soir, Octavie nous a lu le gros titre d'un journal. On y fait état d'une femme découverte morte dans le quartier des tanneries. Des voisins se sont inquiétés à cause de l'odeur affreuse. Et si c'était la sœur de Rosette ? Elle l'aurait vue ainsi et, choquée, se serait enfuie. Cela justifierait ses pleurs versés en cachette, son attitude insolite et sa nervosité. Attention, ce n'est qu'une vague supposition, car je l'avoue, Rosette m'a entretenu de Valentine comme d'une personne bien vivante, mais…

— Mais quoi ?

— J'ai remarqué un détail. Dès qu'elle prononçait son prénom, sa voix vibrait douloureusement. Un musicien remarque ces notes subtiles dans le timbre d'autrui, qui trahissent des émotions trop fortes pour être vraiment étouffées, dissimulées…

— Non, Luigi. Vous avez une imagination fertile, mais non. Rosette ne m'aurait jamais caché la mort de Valentine. Pourquoi la cacher, d'ailleurs ? Où seraient son père et ses frères, dans ce cas ? Oh ! Regardez, là-bas, j'ai cru voir quelqu'un dans le cimetière.

— Je l'ai vu aussi, mais c'est une femme assez corpulente, pas une jeune demoiselle.

Angélina se redressa un peu et scruta l'allée principale bordée de tombes.

— Vous avez raison, ce n'est pas Rosette. Prenez ce chemin, en face. Il grimpe sur la colline voisine et rattrape le village de Montjoie.

— Je préférerais suivre la route et descendre ensuite jusqu'à Saint-Girons.

La jeune femme consentit d'un oui anxieux. Les paroles de Luigi commençaient à l'influencer. Elle réfléchissait. « Rosette ne chantait plus, ne riait plus. On aurait dit une âme en peine. Et si c'était bien ça qui l'avait rendue malade ! Rien d'étonnant, si la malheureuse a vu sa sœur morte… Non, non, je n'y crois pas. Elle nous aurait prévenues, mademoiselle et moi. Le quartier des tanneries, c'est quand même populeux ! »

— Cet article devait donner l'identité de la défunte, déclara-t-elle tout haut.

— Je n'en sais rien, Octavie a brûlé la feuille après avoir lu les gros titres. Ce n'est pas difficile de vérifier.

Écrivez à la gendarmerie de Saint-Gaudens, racontez que vous êtes parente avec une personne de ce quartier et ils vous renseigneront.

— Oui, je ferai la lettre tout à l'heure, en rentrant. Je vous remercie, je dois en avoir le cœur net. Seigneur, ce serait terrible, si Valentine était morte !

Ils se turent, tous deux envahis par de sombres pensées. Leur quête s'avérait ardue, improbable. Luigi revint dans la cité et fit le tour de la fontaine.

— Allez interroger les sœurs de l'hôtel-Dieu. Rosette a pu s'y réfugier, dit-il.

— Pas elle. Je la connais mieux que vous, elle n'est pas très pieuse et se méfie des religieux. Comment la retrouver ? Elle peut se terrer dans les bois alentour et ne pas répondre si on l'appelle. Il est tard. En marchant d'un bon pas, elle a pu dépasser Montjoie, même Gajan. Après ce sont des hectares de forêt et de vallons.

— Sans compter qu'elle a pu prendre le train. Avait-elle un peu d'argent ?

— Peut-être. Luigi, allons à la gare. Je questionnerai les cheminots et le guichetier.

Il secoua les rênes pour lancer Blanca au trot sur la route sablonneuse qui conduisait à la ville voisine, distante de trois kilomètres environ. Ni Angélina ni le baladin ne s'étaient aperçus de la disparition du pastour.

Trois heures plus tard, après avoir de nouveau traversé les bois s'étendant à l'est de la cité, ils étaient de retour rue Maubec. La maison leur présenta une façade sombre, sans aucune lumière derrière les fenêtres.

— Mon Dieu, elle n'est toujours pas là, se lamenta Angélina. J'ai tant prié pendant le trajet ! Je me disais que je verrais la lueur d'une bougie et que Rosette sortirait, tout étonnée de mon absence. Comment vous remercier, Luigi ? Sans vous, je n'aurais pas eu le courage de faire tout ce périple ni d'interroger autant de gens.

— C'était la moindre des choses, répliqua-t-il. Si je connais peu Rosette, même très peu, les moments que j'ai passés en sa compagnie m'ont marqué. Je me sens proche d'elle. Elle chantait si bien ! Elle était franche, gaie, amusante, ravissante, fraîche... enfin, avant ce fichu voyage à Saint-Gaudens.

Malgré son angoisse, Angélina éprouva une légère pointe de jalousie, comme si on la dépossédait d'un bien précieux. Luigi l'avait accoutumée à une cour pressante, à des compliments exaltés, mais il semblait à présent uniquement occupé du sort de Rosette. Elle se reprocha tout de suite ce sentiment. « Cela prouve qu'il est charitable, protecteur et dévoué », pensa-t-elle. C'était des qualités propres à l'adolescente et elle s'en rendit compte, ce qui la consterna davantage encore.

Terrassée par le remords et le chagrin, elle fondit en larmes.

— Je suis désolée ! balbutia-t-elle. Tout est ma faute. Je voudrais tant serrer Rosette dans mes bras pour la réconforter.

— Votre pastour nous la ramènera peut-être, puisqu'il nous a faussé compagnie, hasarda Luigi, touché par ses sanglots.

— Cela aussi, je me le reproche. Si j'avais vu partir Sauveur, nous aurions pu le suivre.

Le jeune homme ne résista pas à la tentation. Avec une grande délicatesse, il enlaça Angélina et la cajola comme s'il agissait d'une enfant.

— Là, là ! Rosette reviendra, j'en suis persuadé. Elle cuira encore des brioches dans le fourneau et repassera vos blouses en chantant à tue-tête.

— Mais s'il est arrivé un accident ? hoqueta-t-elle, blottie contre lui.

— Il faut rester confiants. Allons, calmez-vous. Descendez de la calèche, je me charge de dételer Blanca et de lui donner du foin et de l'eau. Je vous rejoins... Si vous aviez de quoi casser la croûte ! Je suis affamé.

Elle se hâta d'allumer la lampe à pétrole qui trônait sur le buffet, ainsi que deux chandelles, une sur l'étagère surplombant l'évier, la deuxième sur la table. Tout était en ordre, ce qui ranima sa peine.

« Rosette avait fait griller du lard ; elle sait que je l'aime refroidi et croustillant dans la salade. Le pain est enveloppé dans un torchon bien propre. Rosette, où es-tu ? »

Perdue dans ses pensées, elle se remémora sa déconvenue en constatant que la jeune fille n'avait rien emporté. Une fois encore, elle envisagea la seule solution possible. « Elle s'est enfuie en sortant de chez mon père sans revenir ici, donc sans rien emporter. Il y a là-haut, dans sa chambre, le foulard qu'elle adore, jaune avec des cerises dessinées, et son livre de lecture où elle déchiffre l'alphabet. C'était de l'affolement, de la panique, à cause de moi, de la façon dont je l'ai traitée. Pourquoi reviendrait-elle ? »

Luigi trouva Angélina le visage entre ses mains, attablée devant une assiette garnie de fromage, de tranches de pain et de prunes rouges dans un bol.

— Vous pleurez encore ? s'enquit-il.

Elle baissa les mains, en tournant vers lui ses yeux embués de larmes.

— Je m'efforce d'arrêter de pleurer, avoua-t-elle. Cela ne sert à rien. Je suis de plus en plus inquiète. J'ai la conviction aussi que Rosette souffrait en secret et que j'ai été aveugle, sourde et égoïste.

— Ce n'est qu'une partie du problème ! admit le baladin, morose. Il fait nuit noire et, pour l'instant, il serait vain de continuer à la chercher.

— Voulez-vous un verre de vin ? proposa-t-elle.

— Non, merci. Je vais manger un peu et rentrer rue des Nobles. Octavie doit veiller pour m'ouvrir la porte ; je n'ai pas pris la clef. Je ne suis pas habitué aux serrures, aux maisons, en somme. Bien des gens s'étonnaient quand je leur disais que je dormais à la belle étoile, au pied d'un arbre, ou dans une grange à foin, mais c'est très agréable. La liberté est précieuse. Je me demande si je supporterai longtemps d'être prisonnier de mon plein gré, soumis au rythme des repas et du thé.

Angélina le regardait découper de petits morceaux de tomme de brebis, les poser sur la mie du pain, puis croquer. La voix de Luigi, grave et suave, berçait sa peine, son angoisse.

— Chez Dolorès, reprit-il, j'étais immobilisé par une mauvaise foulure à la cheville, ou une fêlure, peut-être, le docteur n'étant pas un excellent praticien. Je me suis ennuyé affreusement, coincé sur un lit. Par chance, cette charmante personne savait me distraire, à la nuit tombée. Je parle de Dolorès, pas du médecin.

Encore une fois, l'aiguillon de la jalousie piqua la jeune femme au vif.

— Avez-vous refermé le portail ? demanda-t-elle d'un ton sec.

— Je l'ai laissé entrebâillé. Pour le chien... Ciel, que vous êtes froide, parfois.

— Excusez-moi ! Mais de vous entendre parler des autres femmes avec tant de douceur ou de compassion me blesse. Moi, vous me méprisez. Je tenais à votre amitié, à défaut d'amour. J'ai tout perdu pour avoir tenu à vous confesser mon passé. Au fond, sauf dans mon métier, je vais d'échec en échec. Guilhem m'a trahie en fauchant ma jeunesse, en profitant de mon innocence. J'aurais pu épouser un docteur réputé qui m'a rejetée également, parce que je ne supportais plus de lui mentir. Rosette ensoleillait ma solitude et je l'ai fait fuir. Quant à mademoiselle Gersande, elle ne respire plus que pour vous, son fils.

— Il fallait s'y attendre. Vous oubliez un point important. Votre père vous a pardonné et il vous a rouvert sa porte et son cœur. Ce n'est pas si mal, un père tolérant. J'aurais voulu connaître le mien, ce comédien au teint basané, assez séduisant pour conquérir une belle aristocrate telle que ma mère.

Luigi se leva et déambula dans la pièce. Il aurait volontiers repris Angélina contre lui, avide du parfum sucré de sa chair et de sa chevelure. Ce n'était pas un simple désir d'homme ; il éprouvait surtout de la tendresse et de la pitié pour elle, car elle disait vrai. Sa jeune existence avait été piétinée par Guilhem Lesage. Quant à Philippe Coste, le baladin en savait trop peu sur lui et il évitait de le juger.

— Ce docteur n'a jamais essayé de vous revoir ? interrogea-t-il.

— Il m'a envoyé une lettre où il quémandait mon pardon et s'avouait prêt à reconsidérer notre rupture, murmura-t-elle, mais je ne souhaitais plus l'épouser, surtout après ce qu'il m'avait fait. J'étais heureuse ici avec Rosette et j'avais obtenu mon diplôme, je pouvais exercer. Depuis, je n'ai guère eu de nouvelles ; une carte très polie à Pâques, rien d'autre.

— Bon sang ! Écrivez-lui, tentez votre chance ! Comment pouvez-vous préférer une vie de labeur payée une fois sur quatre ou avec des poulets, comme vous me l'avez dit l'autre soir. Vous seriez une parfaite femme de médecin, élégante, fortunée, respectée.

Sa tirade révolta Angélina. Luigi n'avait vraiment aucun sentiment pour elle, sinon il ne l'encouragerait pas à se marier avec un autre homme. À bout de nerfs, elle bondit de sa chaise et courut vers lui.

— Je ne serai la femme de personne, hurla-t-elle. Vous êtes comme eux, comme Guilhem, comme Philippe, doué pour les boniments et les grandes déclarations d'amour qui n'ont qu'un but, me posséder, profiter de mon corps ! Autant finir vieille fille ! Jamais une once de sincérité, de passion réciproque. Je ne trichais pas, moi, j'avais foi en Guilhem. J'étais sûre qu'il me sauverait du déshonneur et que nous serions heureux avec notre fils. Partez ! Sortez de chez moi ! Allez plutôt torturer votre pauvre mère avec votre intransigeance et vos rancœurs ! Partez, vous entendez ! Partez !

Elle s'élança dans le couloir situé au fond de la cuisine, qui menait à l'escalier. Vite, elle gravit les marches et s'enferma à double tour dans sa chambre, suffoquée par des sanglots de désespoir et d'incrédulité.

Ruines du donjon de Montesquieu-Avantès, le lendemain matin

Le jour se levait, salué par les chants d'oiseaux. C'était une aube grise et brumeuse. L'air rafraîchi embaumait la terre humide d'un vague parfum de fenaison. Rosette ouvrit les yeux, toute surprise de se trouver là, entre des murs arrondis drapés de ronces exubérantes et de lierre au feuillage vert sombre. Elle se souvint très vite, cependant, de son arrivée dans ces ruines dissimulées par des chênes centenaires et des sapins. « Ouais, j'ai arraché des fougères, plein de fougères, pour me faire un lit. »

De son refuge, entre les troncs d'arbre, elle distingua le clocher du village situé en contrebas de la colline. L'église était entourée d'un petit cimetière. Plus loin, dans un pré, des moutons broutaient, formes blanches sur le vert de l'herbe.

« J'me demande bien où je suis », songea-t-elle.

Elle avait marché au hasard des sentiers, au sein d'un paysage composé de creux et de bosses, de vallons étroits et de buttes semées de rochers. Durant plus de trois heures, elle avait erré en changeant souvent de direction. Les frondaisons la protégeaient de la pluie. Dès qu'elle croisait le cours d'un ruisseau, elle se désaltérait.

« Ce que j'ai eu faim, hier soir ! pensa-t-elle encore en s'étirant. J'avais oublié comme c'est pénible d'avoir le ventre creux. »

Son isolement l'apaisait autant que les kilomètres parcourus la veille dans un état second, proche du délire.

« J'suis ben tranquille, ici. Personne peut me gronder, personne peut me regarder dans les yeux. »

Elle s'assit en tailleur, jambes croisées sous sa jupe, et observa le décor environnant. Il restait un pan de toiture en passe de s'effondrer en haut du donjon, une construction médiévale modeste livrée à la végétation depuis des siècles.

— Chouette, y a des mûres, j'crèverai pas de faim, dit-elle tout haut.

Le son de sa voix l'impressionna.

Rosette avait décidé de survivre au jour le jour en continuant à s'éloigner le plus possible de Saint-Lizier et d'Angélina. De façon inconsciente, elle liait la jeune femme à Valentine, au passé odieux qu'il fallait à tout prix effacer, renier, faire disparaître. « Si je quitte ce pays, j'arrêterai peut-être de penser à ma sœur et à mes p'tits frères », se dit-elle.

Avec la volonté farouche de vaincre ses hantises, elle secoua la tête. Peu à peu, la vision de Valentine, sa face marbrée de jaune et de mauve, ses orbites creuses et cernées de brun s'estomperaient, comme le bourdonnement de la grosse mouche bleue au plafond de la chambre, là-bas, dans le quartier des tanneries. Le monstre à l'haleine avinée vautré sur son jeune corps, cela pouvait aussi s'oublier, ainsi que les années de honte à cacher aux gens l'affreuse vérité. Seul Rémi était le fils de sa mère. Ses trois autres frères étaient nés des viols répétés d'un père qui usait de sa fille aînée comme d'une épouse légitime.

— M'selle Angie, elle savait tout ça, d'où j'venais, et, forcément, elle pouvait pas vraiment m'aimer. C'était de la pitié qu'elle avait pour moi. Eh zut ! faut plus que j'y pense, à m'selle Angie. J'ai frappé son pitchoun. Ça, elle me le pardonnera pas.

Résignée, Rosette se leva et commença à grappiller des mûres sur les ronciers. Les baies presque noires étaient sucrées et juteuses. Elle quitta l'enceinte du vieux donjon pour en manger encore. Bien qu'occupée à sa dégustation, elle entendit pourtant des bruits de pas. « Merde ! jura-t-elle intérieurement. Parole, on peut pas me foutre la paix ! »

Elle retourna vite à l'abri des ruines. Échevelée et couverte de vêtements humides et tachés de boue, elle se doutait qu'on se méfierait d'elle. « C'est sûrement quelqu'un du village qui cherche des champignons, se rassura-t-elle. Y viendra pas fouiner par ici. »

Les pas, pesants et lents, se rapprochèrent. Des branches craquaient, tandis qu'une respiration haletante troublait le silence. Les oiseaux s'étaient tus, dérangés par l'intrus. Inquiète, Rosette se plaqua contre un des murs. Soudain, un grand chien blanc lui apparut, langue pendante. Son poil neigeux était jauni par l'humidité et constellé de petits chardons sur le poitrail.

— Sauveur ! Bon sang de bois, qu'est-ce que tu fous là, toi ? gémit-elle.

L'animal vint la renifler. Satisfait, il se frotta à ses jambes.

— Merde ! T'es tout seul ? Ben non, pourquoi tu serais tout seul ?

Tétanisée, Rosette guetta l'ouverture du donjon, prête à voir surgir Angélina. De longues minutes plus tard, la fugitive soupira de soulagement. Elle s'était aventurée hors des murs et les environs étaient déserts. Merles, mésanges et pinsons reprenaient leur concert.

— Tu t'es échappé de chez m'sieur Augustin ? demanda-t-elle au chien. Tu m'as suivie ? T'es pas rapide, dis donc ! Il t'a fallu toute la nuit pour m'trouver.

Elle le caressa, émue, et entreprit de le débarrasser des boules épineuses emmêlées dans son épaisse fourrure.

— Faut pas rester avec moi, Sauveur. Notre petit Henri, y va pleurer fort s'il te voit pas au réveil !

La jeune fille éprouvait une vague admiration pour Sauveur, capable de suivre sa piste durant des heures.

Elle finit par penser que l'animal, au moins, lui était attaché, sinon il n'aurait pas cherché à la rejoindre.

— J't'e garderais bien, grosse bestiole, mais j'pourrais pas te donner à manger. Octavie, elle a toujours des os, des couennes de lard pour toi, des croûtes de fromage... Sais-tu chasser, seulement ?

Elle s'assit à nouveau. Fatigué, le chien se coucha à ses pieds. Elle ignorait que les pastours, excellents gardiens de troupeaux, affrontaient les ours et les loups sur les pâtures d'altitude et que, bien souvent, ils se nourrissaient d'un agneau mort ou d'un chevreuil blessé.

— Repose-toi, va ! murmura-t-elle. Après, il faudra rentrer chez m'selle Gersande, ou rue Maubec, chez Angélina. J'espère que tu vas pas te perdre en chemin ! Pauvre bête, t'es un bon gros chien.

Reprise par une envie de pleurer incontrôlable, elle grimaça. Sauveur avait apporté avec lui une foule de douces images, la cour de la rue Maubec au mois de février, Angélina et elle qui laissaient en riant des empreintes dans la neige tombée en abondance ; l'air glacé sentait bon le feu de bois et, le soir, elles avaient dormi près de l'âtre, sur un matelas.

Rosette revoyait aussi le beau salon de Gersande de Besnac, à l'heure du thé, les boiseries peintes en vert clair, les rideaux d'un rose foncé, la cheminée en marbre. Un jour l'avait marquée en particulier ; la vieille demoiselle s'était amusée à lui montrer tous ses bijoux ; elle lui en avait même fait porter avant de lui offrir, avec une mine de conspiratrice, une broche en argent ornée d'une perle. S'ajoutait encore le bon sourire d'Octavie lorsqu'elle lui préparait des crêpes.

— C'était ma famille, dit-elle d'une voix tremblante. Tout le monde était gentil avec moi, même m'sieur Augustin. Celui-là, il fait semblant d'être froid et rude ; en vrai il a le cœur tendre et chaud, bien chaud.

Le regard voilé d'une poignante nostalgie, elle s'abîma dans une foule de pensées qu'elle ne tarda pas à marmonner, à l'instar d'une complainte.

— Si j'quitte le pays, si j'abandonne m'selle Angie qui m'a recueillie, je donne la victoire à mon fumier de père. Y m'aura tout pris, mes frères, ma Valentine, ma fleur[1] ! J'ai pas été foudroyée, hier, c'est peut-être ben un signe du foutu destin. En quoi ça m'empêche de rigoler et de chanter, ce qu'il m'a fait, ce vieux salaud ? Seulement, voilà, ma sœur, elle est morte. Même pas de messe pour elle, pas d'enterrement. Si j'la savais couchée dans la terre et bénie par un curé, ça irait mieux dans ma tête.

Une heure plus tard, après d'autres réflexions énoncées du même ton dubitatif, elle se leva, affamée malgré les mûres qu'elle avait mangées.

— Dis, Sauveur, si je fiche le camp loin, très loin, qui c'est-y qui repassera les blouses de la costosida ? Qui lui fera son café, le matin ? Faudrait au moins que je fasse des excuses, rapport à la gifle. Celle-là, si je pouvais la reprendre et me la flanquer... M'selle Angie, elle pouvait pas me dire : « Amen, t'as eu raison de taper mon pitchoun, Rosette. » La pauvre, elle était toute joyeuse de déjeuner chez son papa, de boire de la blanquette, et je lui ai gâché son dimanche, elle qui a toujours été si gentille pour moi, plus gentille que Valentine, même !

1. Se disait alors de la virginité.

J'suis bien bête, moi, d'avoir perdu la boule comme ça. Allez, debout, Sauveur, on rentre chez nous. Y a pas moyen, j'peux pas m'en aller de la cité. Viens, paresseux, secoue tes puces !

Rosette sortit de son refuge. Circonspect, le chien finit néanmoins par lui emboîter le pas. Parvenue en bas de la colline, elle longea le lavoir communal. Deux femmes y lavaient leur linge.

— Bonjour, mesdames ! leur cria-t-elle. Dites, est-ce que je suis encore loin de Saint-Lizier ?

— Par la route, cinq kilomètres, indiqua la plus âgée. Vous descendez sur Audinac, ensuite faudrait tourner vers Montjoie. Vous pouvez pas vous tromper, y a trois cloches au clocher.

— D'où tu viens, donc ? demanda l'autre, plus familière. T'en as, un beau pastour !

— Bah, j'reviens de loin, trancha Rosette. Merci bien !

Elle agita la main. Sa gaîté naturelle venait à bout de ses chagrins et de ses hontes. Après avoir croisé un calvaire dressé à un carrefour, elle se mit à chanter :

Ma jambe me fait mal, boute selle, boute selle !
Ma jambe me fait mal, boute selle mon cheval !

Un peu plus loin, un taillis de ronces couvert de baies luisantes l'arrêta net. Elle examina son foulard à peu près sec et décida de l'utiliser comme panier de fortune.

— Eh, Sauveur ! j'vais cueillir plein de mûres et, ce soir, j'ferai une grande tarte pour m'selle Angie. Misère, et les myrtilles du monsieur aux jumeaux ! La confiture ! J'devais les mettre en confiture, ces fichues myrtilles…

Les travaux à venir la réjouissaient. Il faisait frais et le chien furetait sur ses talons. « J'serai heureuse quand même ! Voilà ! » se promit Rosette.

Saint-Lizier, même jour

Luigi était retourné au petit matin chez Angélina, mais il n'y avait personne rue Maubec. Dans l'écurie, Blanca mâchonnait son foin. Le baladin avait pu constater que le portail était resté entrouvert. Mise au courant, Gersande ne comprenait pas où était sa protégée. Aussi avait-elle supplié son fils d'aller presque toutes les heures vérifier si la jeune femme n'était pas de retour.

— Angélina n'est toujours pas là, annonça-t-il vers midi. Hier soir, elle était vraiment très inquiète pour Rosette. Je suis certain qu'elle a décidé de la chercher, mais à pied. Ne vous tracassez pas, nous aurons des nouvelles bien vite.

Après cette affirmation, Luigi s'était retiré dans sa chambre haut perchée, l'immeuble de la rue des Nobles, qui datait de trois siècles, ayant la particularité d'être construit sur deux étages, en surplomb du salon dont la structure reposait sur les Halles. De sa fenêtre, il pouvait contempler la chaîne pyrénéenne, les toits en cascade de la cité et la ville de Saint-Girons, établie sur les berges du Salat.

Gersande, quant à elle, se rongeait les sangs. Octavie n'avait plus de mots pour la réconforter.

— D'abord Rosette, maintenant Angélina ! Et si nous avions affaire à un nouvel assassin, un individu lubrique qui les aura tuées ?

— Enfin, mademoiselle, le chien a disparu lui aussi. Il est forcément avec l'une d'elles.

— Moi, je veux mon Sauveur, affirma Henri, qui jouait avec ses cubes sur le tapis.

— Sauveur reviendra, mon chéri, dit la domestique d'une voix douce. Sois patient et bien sage. Nous avons des soucis.

— Il ne peut pas comprendre, Octavie ! s'impatienta la vieille dame.

— Que si, il comprend ! Et vous, mademoiselle, vous voyez tout en noir. Angie a pu se rendre chez une patiente sans prendre la calèche, puisque la jument avait beaucoup trotté hier soir.

— Peut-être, mais, selon Angélina, il n'y avait aucune naissance d'annoncée, ni dans la cité ni à proximité. Pas avant l'automne. Je t'en prie, Octavie, va quand même toquer chez monsieur Loubet. Il saura sûrement où est sa fille, lui.

— Déranger le cordonnier, ça non, protesta la domestique. On est suffisamment nombreux à s'inquiéter. S'il n'a pas vu Angie, lui aussi se fera du mouron.

— Du mouron ? s'indigna Gersande de Besnac.

— Du souci. Les jeunes disent ça ! Notre petite Rosette aussi.

— Je te défends de les imiter ! Et prépare un bon déjeuner, Luigi doit avoir faim, déjà. Ouvre donc un bocal de confits d'oie avec des pommes de terre sautées.

Octavie leva les yeux au ciel. « Monsieur Luigi », gronda-t-elle pour elle-même. Il se montrait gourmand et exigeant, celui-là. Elle pesta en silence, mais se hâta d'obéir. La mère et le fils ne tardèrent pas à se retrouver attablés pour le repas, suivi du café.

L'après-midi s'annonçait très chaud et interminable pour Gersande et Octavie. Le baladin refusa tout net de monter encore une fois rue Maubec.

— Envoyez votre bonne, grogna-t-il. J'irai ce soir, pendant votre cérémonie du thé. J'ai du travail. Je compose.

— Je t'en supplie, va au moins vérifier si Rosette n'est pas là, insista sa mère.

— Si par miracle cette jeune fille décide de revenir, elle viendra sans doute d'abord chez vous. Mais je pense qu'elle découvre la liberté d'aller à sa guise sur les routes. Je l'envie un peu.

— Joseph, ne dis pas ça... pardon, Luigi, aie pitié, gémit la vieille dame, au bord des larmes. Qu'un homme vagabonde et gagne son pain sur les foires, je le conçois, mais pas Rosette, qui peut faire de mauvaises rencontres.

Furibonde, Octavie ôta son tablier et se coiffa d'un chapeau de paille. La cathédrale sonnait deux heures. La Cévenole grimpa jusqu'à la rue Maubec et revint bredouille, rouge et moite de sueur.

— Personne ! lâcha-t-elle. Seigneur, il faudrait encore un orage ! Le soleil tape dur.

Luigi était dans sa chambre et Henri faisait la sieste. Le cœur lourd, Gersande prit un livre, tandis que la domestique s'attelait à sa vaisselle.

Quelques heures plus tard, gare de Saint-Lizier

Depuis le quai de la gare, Angélina jeta un regard navré vers les remparts de sa chère cité. Elle était dans un tel état d'énervement qu'elle négligea l'offre d'un cocher de fiacre et s'élança à l'assaut des rues abruptes d'un pas rapide. Le teint rosi par la touffeur de l'air, elle fut bientôt rue Maubec. Il était quatre heures et demie, et la faim lui tordait l'estomac. Cependant, elle aurait été bien incapable de déjeuner à Saint-Gaudens, après sa visite à la gendarmerie.

« C'était Valentine, se répéta-t-elle encore une fois. Valentine Bisserier. Il aura fallu cette horrible tragédie pour que j'apprenne le nom de famille de Rosette. »

Un peu essoufflée par le rude effort qu'elle s'imposait, elle déboula d'une ruelle étroite qui lui évitait de passer sous les Halles, et donc sous les fenêtres de Gersande. De là, elle franchit le clocher-porche et, avec un réel soulagement, longea enfin la rue Maubec. La disparition de Rosette s'expliquait, Luigi avait vu juste.

« Nous allons te retrouver, petite sœur », songea-t-elle, déterminée à remuer ciel et terre pour tenir parole.

Elle traversait la cour quand une chanson lui parvint de la porte de la cuisine grande ouverte, alors qu'elle l'avait fermée en partant à six heures du matin. Seule Rosette connaissait la cachette de la clef, seule Rosette chantait ainsi, d'une voix fluette et aiguë.

J'suis descendue dans mon jardin,
Pour y cueillir du romarin,
J'en avais pas cueilli trois brins...

Angélina courut jusqu'au seuil. Un délicat parfum de pâtisserie et de fruits cuits au sucre l'assaillit. Sous la table, une masse blanche somnolait.

— Sauveur ? Rosette ? Rosette, où es-tu ?

— Ben, là, m'selle Angie, répondit l'adolescente en surgissant du coin de l'évier, derrière elle. Et vous ? J'me demandais, parce que la jument était à l'écurie.

Elles se dévisagèrent, frappées d'une joie immense. Rosette s'était lavée et recoiffée. Elle arborait une robe rose usagée en lin beige sous son tablier gris. Pour sa part, Angélina portait un chapeau en paille fine équipé d'une voilette. Son front et ses pommettes étaient constellés de perles de sueur.

— Ma petite sœur ! s'écria-t-elle en lui ouvrant les bras. Ne fais plus jamais ça, je t'en prie, ne t'en va pas, plus jamais ! Je n'ai pas dormi de la nuit. Luigi et moi, nous t'avons cherchée partout, aussi bien en ville que dans les bois.

Sur ces mots, elle l'étreignit avec fougue en l'embrassant sur chaque joue.

— J'suis navrée, m'selle Angie, j'voulais pas causer d'ennuis. Mais j'avais la tête et le cœur à l'envers. Quand vous m'avez renvoyée sur les roses, j'ai piqué une colère et j'ai fichu le camp. Le chien, ce malin, y m'a retrouvée ce matin dans une ruine, là-bas. Tant mieux, hein, parce que, sans lui, vot' Sauveur, j'serais peut-être partie plus loin pour toujours… J'vous demande mille fois pardon d'avoir giflé Henri.

— Pardonne-moi aussi, Rosette, murmura Angélina. Je me suis emportée sottement sans avoir compris que tu étais très malheureuse. Petite sœur, je reviens de Saint-Gaudens. Je sais la vérité, Valentine est morte. Les gendarmes m'ont reçue et ils m'ont volontiers donné des renseignements. J'avais bien précisé que tu étais à mon service. Tu l'as vue, c'est ça ? L'autre jour, tu l'as vue morte et tu ne m'as rien dit. Pourquoi, Rosette, pourquoi m'as-tu caché une chose aussi grave ?

La jeune fille tremblait de tout son corps. Elle bredouilla, haletante :

— Comment diable vous avez deviné, pour ma sœur ?

— Octavie a lu un article dans le journal devant Luigi. Il s'inquiétait que tu sois triste, que tu aies autant changé. Finalement, il s'est demandé si cette femme découverte morte dans le quartier des tanneries n'était pas ta sœur aînée. J'avais besoin de savoir ; j'ai pris le train à l'aube. Tu aimais tant Valentine ! Tu as enduré ce grand chagrin toute seule ! Il ne fallait pas ! Les peines se partagent comme les joies.

— Et mon père ? interrogea tout bas l'adolescente.
— Il a disparu.

Angélina resserra son étreinte. Blottie contre elle, Rosette ferma les yeux. Au moins, elle n'était pas devenue une criminelle.

11

La vie de famille

Rue Maubec, même jour, même heure,
lundi 25 juillet 1881

— Ton père a disparu ! Tu entends ? Ton père à disparu, répéta Angélina. Mais les gendarmes le recherchent. On suppose qu'il a laissé ta sœur seule ou qu'il a eu peur en la découvrant morte et qu'il a pris la fuite. Rosette, viens t'asseoir, tu trembles.

Livide et le regard affolé, l'adolescente prit place sur le banc dressé près de l'âtre.

— Que s'est-il passé exactement, tu peux me le dire, à présent ? demanda la jeune femme.

— C'était tout fermé. J'ai contourné les bâtiments, les autres maisons, pour entrer par la p'tite porte de derrière. Si vous aviez vu ça, m'selle Angie ! La crasse, les déchets partout ! Quand j'ai pu avancer dans la maison, y a eu l'odeur, une odeur affreuse, et là j'ai trouvé Valentine. Morte. Y avait des mouches, ça puait. J'ai lâché mon cabas et j'me suis sauvée. C'était désert, hein, pas de petits frères, personne. Je pouvais même plus réfléchir, comme si on m'avait cogné la tête avec une grosse pierre. J'me suis reposée sur l'esplanade, j'me suis rafraîchie à une pompe. J'vous le jure, m'selle, j'ai pas pu vous en parler. J'voulais pas que ça se sache, parce que je me sentais sale, tellement sale que j'avais peur de salir tout le monde, vous, m'selle Gersande, le pitchoun. Cette odeur, l'odeur de la mort, j'avais l'impression qu'elle me collait partout.

Rosette avouait ainsi une partie de ce qu'elle avait ressenti, sans révéler la vérité au sujet de son père. Cela, elle devait l'oublier.

— On s'était bien amusées, toutes les trois, le voyage en train, le restaurant, la promenade ! poursuivit-elle. J'avais pas envie d'étaler de la misère sur ces beaux moments. Quelque part, j'me disais que Valentine, elle souffrirait plus, qu'elle était tranquille. Après, j'ai eu honte, je me reprochais de m'être sauvée. Et ça tournait si fort dans ma tête et dans mon cœur que j'en devenais folle.

— Je te comprends, mais il fallait me faire confiance, Rosette. Je suis désolée de te dire ces choses, mais les gendarmes ont découvert ta sœur le lendemain de ta visite. Il y a eu une autopsie. Ensuite elle a été enterrée dans la fosse commune. D'après le médecin légiste, Valentine a succombé à un avortement qu'elle aurait pratiqué elle-même. C'est très dangereux. Même une matrone experte peut commettre une erreur irréparable en acceptant de se livrer à cet acte contre nature. Les langues des voisins se sont déliées, bien sûr. Tes frères étaient placés depuis cet hiver à l'Assistance publique et ton père devait boire l'argent de tes mandats. Il a été renvoyé de la tannerie. Une femme prétend l'avoir aperçu il y a quelques jours. De toute évidence, il avait abandonné ta sœur à son triste sort.

Rosette se rassurait. Angélina ne semblait pas mettre en doute sa version. Elle feignit la surprise et renchérit :

— C'est mieux, pour les petits, d'être à l'Assistance. Au moins, ils seront tenus propres et bien nourris.

— Mon Dieu, cet homme qui vous a engendrés ne mérite pas de porter le nom de père ! s'enflamma Angélina. Si Valentine a tenté de se débarrasser de son fruit, c'est à cause de lui. Il continuait à abuser d'elle. Je me revois, dans cette masure où tu m'avais emmenée, près de la voie ferrée. Il neigeait, tu étais si maigre ! Et terrifiée à l'idée de perdre ta sœur qui accouchait. Je l'ai délivrée d'une petite fille, morte, et cela soulageait la mère. Seigneur, j'ai vite compris !

— Oui, le père, il s'en fichait qu'elle soit grosse à longueur de temps. Il l'a tuée, ma Valentine, c'est lui qui l'a tuée.

Elle serrait les poings, la bouche pincée, avec une telle expression de haine sur le visage que cela effraya presque Angélina.

— J'espère qu'il va vite crever ! cracha-t-elle entre ses dents.

— Il faudrait surtout le mettre hors d'état de nuire. Si vous aviez osé le dénoncer, il serait en prison depuis longtemps. Mais il vous menaçait, je sais, il vous frappait. Ma pauvre Rosette, comme tu as dû souffrir, avec ce secret qui te torturait. Je suis navrée pour Valentine, tellement désolée. Hélas, comme tu le dis, son calvaire est terminé.

— Ma sœur, elle repose en paix. Je m'en fiche si c'est dans la fosse commune. Là ou ailleurs, le père la touchera plus. Oh, zut ! Attendez un peu. Vous sentez ? Ma tarte aux mûres, elle sera trop cuite, zut de zut !

L'adolescente courut jusqu'au fourneau en fonte qui dégageait une chaleur incommodante en cette saison. Vite, elle ouvrit le four.

— Ouf, elle n'est pas cramée ! Dès que je suis arrivée ici, chez nous, j'ai pétri de la pâte et allumé le feu. J'sais pas si vous avez remarqué, mais la confiture de myrtilles mijote. Ça vous a coûté tout le pain de sucre[1], misère.

— Nous en rachèterons un à l'épicerie. Je suis si heureuse que tu sois là !

Angélina se releva et l'étreignit encore. De sentir sous ses doigts les épaules de Rosette la réconciliait avec la vie. Elle se promit de ne plus se plaindre, de commencer chaque journée de bonne humeur, en reléguant aux oubliettes les affres de l'amour, amour passé ou espéré. Guilhem et Luigi n'auraient plus de prise sur elle.

— Nous allons reprendre nos douces habitudes, déclara-t-elle en embrassant son amie. Le soir, leçon de lecture, chansons et repassage. Je voudrais aussi que tu continues à faire des efforts dans ta façon de parler. Ce n'est pas méchant de ma part, mais tu aimes être coquette et, une jolie fille pomponnée qui pousse autant de jurons, qui mange la moitié des mots, avoue que c'est dommage. Surtout si tu m'accompagnes au chevet de mes patientes pour m'assister. Tu as une famille, Rosette, une nouvelle famille ; c'est aussi une question de respect vis-à-vis de Gersande et de moi. Mais je sais que tu es très malheureuse. Si tu n'y arrives pas tout de suite, je ne te ferai aucun reproche.

Bouleversée et les yeux noyés de larmes, l'adolescente approuva dans un murmure :

---

1. À l'époque, le sucre se vendait surtout sous forme d'un gros cône compact emballé de papier. On en cassait des morceaux.

— C'est ce que je me disais, ce matin. Vous êtes ma famille, vous, m'selle Gersande, Octavie et Henri. Mais, le pitchoun, il ne m'aimera plus du tout, à présent.

— Veux-tu te taire ! Henri t'aime toujours. De toute façon, il faut se montrer plus sévère avec lui. J'en discuterai avec Gersande. Luigi m'a ouvert les yeux sur notre attitude, à toutes les quatre. Nous sommes en admiration devant ce bout de chou et il en profite. Un peu d'autorité ne lui fera pas de mal.

— M'sieur Luigi, il est futé, soupira Rosette. S'il avait pas tiqué sur cet article du journal, j'aurais pas pu respirer à mon aise, vu que je vous cachais mon chagrin. Futé et beau garçon, hein, bien gentil, aussi.

Ces paroles énoncées sur un ton affectueux firent songer à Angélina que, décidément, le baladin et la jeune fille semblaient s'accorder à merveille. « Tant mieux ! pensa-t-elle. Si Luigi peut la consoler, oui, tant mieux. » Au fond, cela la peinait quand même. Elle se le reprocha, puisqu'elle venait de prendre de bonnes résolutions concernant sa vie sentimentale.

— Si nous goûtions la tarte, maintenant ! s'écria-t-elle. Je n'ai rien avalé de la journée.

— J'vous imaginais pas en route pour Saint-Gaudens, moi ! commenta Rosette. Vous, alors…

— Je n'ai même pas prévenu mademoiselle de mon expédition. J'espère qu'elle ne s'est pas inquiétée. J'aurais dû laisser un message sur la porte.

Elles s'attablèrent devant le gâteau encore chaud et une carafe d'eau. Sauveur, lui, s'était allongé au fond de la pièce, là où le sol était le plus frais.

— C'est mon ange gardien, vot' chien, s'extasia Rosette.

— Oui. Désormais il restera avec nous.

Les deux jeunes femmes s'entretinrent encore à mi-voix de la mort de Valentine, un décès injuste qui demeurait fiché dans leur cœur à l'instar d'une douloureuse épine.

— Je ferai dire une messe pour ta sœur, conclut Angélina. Nous mettrons des cierges chaque dimanche à la cathédrale.

Luigi les trouva ainsi, à parler tout bas l'une près de l'autre. Il n'avait pas frappé au portail, toujours entrouvert.

— Quel soulagement ! s'écria-t-il. Mais ce n'est pas très gentil de nous tenir dans l'ignorance de votre retour, mesdemoiselles. Madame de Besnac était prête à s'arracher les cheveux, Octavie enchaînait les *Pater noster*. Rosette, ma chère Rosette, où étiez-vous ?

Rougissante, elle tendit vers le visiteur son joli visage.

— On s'en fiche, où j'étais, j'suis revenue grâce au pastour qui m'a suivie.

— Sage parole, vous êtes là, saine et sauve, c'est le plus important. Et vous, Angie ?

Il avait prononcé le diminutif avec une intonation moqueuse, dépourvue de l'affection manifeste dont il faisait preuve en s'adressant à l'adolescente.

— Je suis allée à la gendarmerie de Saint-Gaudens, expliqua-t-elle sans se soucier de son persiflage. C'était plus rapide que d'écrire une lettre et d'attendre une réponse.

— Et alors ? demanda-t-il, soudain grave.

— Votre intuition était bonne et je vous remercie de m'avoir avertie. C'était bien Valentine, cette malheureuse femme.

Secoué, Luigi s'assit par terre, dos au mur. Il fixa Rosette avec une extrême compassion.

— Je l'avais vue comme ça, ma frangine, morte, avec de drôles de couleurs sur la figure, reconnut la jeune fille. Là où j'ai été bête, c'est de pas le dire à m'selle Angie. Mais j'pouvais pas, c'était trop horrible, là !

Elle désigna son front et son cœur avant de fondre en larmes. L'immense tendresse qu'elle venait de lire dans le regard sombre du baladin avait vaincu sa résistance nerveuse.

— Pleure, ma petite, pleure, murmura Angélina en la prenant contre elle.

Dans certains cas, les mots sont faibles et insipides. Luigi préféra garder le silence, tout en observant les jeunes femmes enlacées.

— Paraît que j'ai causé bien du tracas, bredouilla Rosette. Je m'en irai plus, promis.

Elle souriait, à présent, entre deux sanglots. Luigi lui adressa à son tour un grand sourire, si lumineux, si magnifique à voir qu'Angélina en fut saisie, transpercée. Cet homme, elle aurait pu l'adorer, le vénérer, s'offrir à lui corps et âme si le destin n'en avait décidé autrement. Une vague d'amour qui la fit tressaillir déferla en elle.

« Jamais il ne m'a souri ainsi, jamais ! songea-t-elle. Et je crois qu'il ne me sourira jamais ainsi. Rosette doit lui inspirer des sentiments profonds ; moi il me désire, rien d'autre. »

Certaine d'avoir perdu toute chance de trouver grâce aux yeux du baladin, elle se concentra sur l'adolescente, qu'il lui appartenait dorénavant de chérir encore davantage, d'éduquer, aussi.

— Luigi, une part de tarte aux mûres ? proposa-t-elle d'un ton aimable.

— Volontiers, ma chère, minauda-t-il. Pour être sincère, je suis venu ici plusieurs fois dans la matinée. Octavie est montée après le déjeuner. Nous étions très inquiets, rue des Nobles. Je n'ai donc pas eu beaucoup d'appétit. Maintenant, j'ai une faim de loup.

Il poussa un grognement en dévoilant des dents superbes. Rosette éclata de rire et s'empressa de couper une portion de la pâtisserie.

— Tenez, m'sieur le loup ! s'écria-t-elle.

Du coup, Angélina pouffa à son tour, égayée. Elle décida de déboucher la dernière bouteille de cidre que lui avait offerte le mari d'une patiente et qui était au frais sous l'escalier. Bientôt, ils trinquaient ensemble, sous l'égide de Luigi.

— À la musique et aux deux plus jolies filles de la cité ! clama-t-il. Et à ma perte, car moi, le fils du vent, le prince des chemins, si j'ai souvent droit à pareil traitement, je vais prendre goût à la vie de famille.

— Oui, on serait une sorte de famille bizarre, renchérit Rosette, un peu ivre. Moi, j'aurais bien voulu un grand frère de votre genre, m'sieur Luigi. On dirait que, m'selle Gersande, c'est notre grand-mère, à Angie et à moi. Mais ça reste votre maman. Et Octavie, la tante aux joues rouges. Le cousin, c'est le chien, le bon gros Sauveur.

Les nerfs tendus comme une corde prête à se rompre, l'adolescente riait encore, mais avec des sanglots dans la voix.

— Qui jouerait le rôle du père ? eut le malheur de demander le jeune homme.

— Il en faut pas, de père, trancha Rosette, le regard dans le vague. Ça sert à rien, j'vous jure.

— Chut ! fit Angélina. Petite, calme-toi, tu trembles. Tu es épuisée.

— Non, mais faut lui expliquer, à m'sieur Luigi, que les pères, ils sont pas tous comme le vôtre, hein… Voilà, m'sieur Augustin, il fera le père.

Perplexe, le baladin scruta les prunelles violettes d'Angélina. Elle baissa vite la tête en murmurant :

— Je crois que ce cidre était trop fort en alcool. Luigi, ce serait préférable de nous laisser. Allez rassurer Gersande, je n'ai pas le courage de ressortir.

— Vous l'aurez pourtant si on vient implorer vos services, dit-il. J'espère que ce ne sera pas le cas, vous semblez lasse. Mesdemoiselles, je cours m'acquitter de ma mission et, si vous êtes intéressées, j'ai composé une petite mélodie cet après-midi. Je voudrais votre avis.

— Venez demain matin avec votre violon, suggéra la jeune femme.

— Ou bien rendez-moi visite avant le dîner, rétorqua-t-il en la fixant intensément. Sinon, votre chérubin n'aura pas eu de baiser maternel de la journée. Angie, vous n'avez quand même pas oublié Henri ?

Il esquissa une grimace fort comique qui contredisait ses reproches.

— On viendra, balbutia Rosette. J'veux biser le pitchoun et m'selle Gersande ; et Octavie, ma famille à moi.

— Nous viendrons, Luigi, approuva doucement Angélina. Je vous raccompagne. Cela me permettra de fermer le portail à clef.

Elle avait besoin d'être seule avec lui quelques minutes et le prétexte lui paraissait cohérent. Fut-il dupe ? Il traversa la cour d'un pas lent, la mine rêveuse.

— Ce serait justice de m'en apprendre plus sur la mort de Valentine, hasarda-t-il devant l'écurie. Que s'est-il passé ?

— Un avortement aux conséquences fatales, avoua-t-elle tout bas. N'en parlez ni à votre mère ni à Octavie, par pitié pour Rosette. Elle a été très choquée. Je sais qu'elle n'aura aucune envie de nous entendre en discuter.

— Mon Dieu, quel malheur ! gronda-t-il.

C'était bien une des premières fois qu'il invoquait Dieu, mais Angélina évita de le lui faire remarquer. Elle le sentait touché, effaré.

— Je suppose que c'est un homme tel que vous les décrivez, égoïste, uniquement soucieux de son plaisir, qui a abandonné cette pauvre fille ? ajouta-t-il.

— Vous témoignez tant de bonté à Rosette ! Je peux bien vous dire la vérité. Le coupable n'est nul autre que leur père.

Elle lui raconta à mi-voix comment elle avait rencontré la jeune fille et dans quelle odieuse circonstance.

— Je voulais le dénoncer, déjà, mais, selon Valentine, elles auraient été condamnées à une misère plus terrible encore, cet ignoble individu ramenant quand même de l'argent.

— Bon sang, ce type mériterait d'être pendu haut et court ! Je comprends mieux l'indignation de Rosette quand j'ai prononcé le mot père. La pauvre petite a dû maudire ce pervers bien souvent. S'en est-il pris à elle ?

Il avait le souffle court et le regard agrandi par la répulsion qui le terrassait.

— Non, Dieu merci ! Elle a su lui échapper. C'est ainsi que je l'ai revue à Luchon qui mendiait sur le parvis de l'église, un matin glacial.

— Que vous êtes bonne et pleine de compassion ! chuchota-t-il, ce qui la surprit beaucoup.

Il lui caressa la joue, puis, livide, il sortit et s'élança d'une démarche rapide dans la rue Maubec. Angélina le suivit des yeux. Elle effleura son visage d'un doigt timide, comme pour recueillir l'empreinte invisible de cette caresse inespérée.

Rue des Nobles, le soir

Malgré la lumière rose du crépuscule qui inondait le salon, Octavie avait allumé des bougies. Le couvert était mis pour cinq personnes sur une nappe blanche. Les verres de cristal étincelaient. Angélina, qui venait de coucher Henri avec l'aide de Rosette, s'attarda dans le couloir où elle retint la jeune fille par le bras.

— Tu vois, je disais vrai, mon pitchoun était très content de te retrouver ! Il t'a fait la fête ! J'en étais presque jalouse.

— Oui, ça, j'en ai eu chaud au cœur. En plus, on soupe ici. Paraît que c'est m'sieur Luigi qui a eu l'idée. Octavie me l'a dit. En plus, elle doit manger avec nous. Ça ne lui plaît pas tant que ça.

— Si son fils lui demandait de marcher sur les mains, même à son âge, mademoiselle Gersande y parviendrait, murmura Angélina, d'humeur joyeuse.

Elle avait comme viatique le baiser échangé et la caresse sur sa joue. Cela suffisait pour l'instant à la combler.

— Ce que j'suis contente ! Et vous êtes encore plus belle quand vous souriez. Dites, je fais un peu attention à ma façon de parler, vous avez vu ?

— Non, mais j'ai entendu. Et je te félicite.

Elles rejoignirent la vieille dame, fidèlement installée devant son guéridon. Les fenêtres étaient grandes ouvertes, et avec l'air plus frais entrait le cri lancinant des hirondelles, qui volaient inlassablement au-dessus des toits.

— Mes chères petites, s'exclama-t-elle, c'est un soir béni, un soir de fête. Pensez un peu ! Un dîner tous ensemble ! Octavie m'a promis un festin. Il y a du sauté de lapin à la persillade et des flans à la vanille. J'étais tellement soulagée quand Luigi m'a annoncé que vous étiez de retour, l'une et l'autre ! Il faudra nous raconter ton aventure, Rosette. Tu aurais dormi dans une ruine, m'a dit très vite Angie. Asseyez-vous, enfin…

— J'ai couru sous l'orage, aussi, affirma l'adolescente. J'ai même pas pris la foudre.

— Nous allons déboucher du champagne en ton honneur, promit Gersande. Tiens, notre musicien !

Luigi avait fait son apparition sur le seuil de la pièce, son violon à la main. Sa chevelure noire lavée et brossée, il était torse nu, sans doute par goût de la provocation.

— Mesdames, dit-il, puis-je avoir votre attention ? Angélina, est-ce que cela compromettra le sommeil de votre enfant si je joue maintenant ma mélodie ?

— Il ne dort pas tout à fait ; je pense qu'il en sera apaisé. Henri est capricieux, mais il apprécie la musique et les chansons, répliqua-t-elle avec un brin de malice.

Octavie quitta la cuisine, un torchon sur le bras. Le teint empourpré, car il faisait très chaud près du fourneau à bois, elle s'appuya au chambranle.

Après un vague sourire, Luigi se dirigea vers la cheminée. La tête penchée de côté, il cala son instrument sous son menton et leva l'archet. Dès les premières notes empreintes d'une subtile mélancolie, Gersande versa une larme. Le son du violon demeurait doux, délicat, puis il se fit plus aigu, plus intense, au gré de nouveaux accords plus ardents. L'impression de poignante tristesse laissait place à des étincelles de joie et d'espoir, si bien que la domestique commença à battre la mesure de son pied droit.

En extase, Rosette se balançait un peu sur sa chaise. Quant à Angélina, paupières mi-closes, elle s'abandonnait à la rêverie. Des femmes présentes dans le salon ce soir-là, elle était la seule à avoir côtoyé Luigi au cours de son existence errante. Elle le revoyait vêtu de sa veste en peau de loup, les yeux étincelants, au sein d'un paysage hivernal, dans la vallée de Massat.

« Que veut-il nous dire, avec cette musique ? se demanda-t-elle. Les accents en sont tour à tour poignants ou très gais. Cela me fait penser à lui, oui, à lui qui cherchait ses parents, séduisait par ses pitreries et son éloquence, mais qui au fond souffrait de la solitude, de la faim et du froid. »

Le baladin termina sur des accords endiablés, puis il salua son petit public. Il reçut des applaudissements enthousiastes.

— Comme tu as du talent ! soupira sa mère. Il te faut un piano dès demain.

— C'était bien joli, bravo ! ajouta Octavie. Je me sentais toute jeune, comme au temps où je gardais les brebis de mon oncle, sur le causse.

— Merci du compliment, répliqua Luigi. Cela me touche, car c'était mon but, d'éveiller des souvenirs ou des sensations.

— Moi, je me croyais toute gamine, à Perpignan, quand ma pauvre maman me fredonnait ses ritournelles, articula laborieusement Rosette. C'est d'elle que je tiens ma manie de chanter du matin au soir.

— Je vous remercie aussi, demoiselle, déclara-t-il tendrement. Et vous, Angélina ?

Elle hésita, gênée. Il lui était difficile d'avouer bien haut qu'elle n'avait songé qu'à lui, à sa vie de saltimbanque.

— Disons que j'ai revu un étrange personnage, se décida-t-elle à répondre. Un exubérant baladin, capable de sauter d'une péniche en marche sur la berge du canal, toujours à s'aventurer dans de folles acrobaties. Un homme débordant de fantaisie qui peut dormir dans les râteliers à foin ou sous la frondaison d'un arbre. Je me trompe peut-être, mais j'ai eu le sentiment que vous évoquiez en musique vos pérégrinations de jadis.

— Fine mouche, s'étonna-t-il. Et encore ?

— Je ne sais pas, admit-elle.

— Alors, je vous révélerai le secret des dernières notes. Au bout de bien des errances, votre exubérant baladin, comme vous le dites, découvre un foyer, du feu dans la cheminée, une table mise, des femmes soucieuses de l'accueillir et de le choyer ; il s'en réjouit. Maintenant, dînons, j'ai faim.

Gersande de Besnac adressa une action de grâce au Seigneur. Son fils ne l'avait pas mise à l'écart, ni en parole ni dans son regard. Elle appartenait à ces femmes qu'il venait d'évoquer et c'était le début de la rédemption, un frêle espoir éclos dans son cœur de mère.

Soucieuse de ne pas le heurter par trop de gratitude ou de ferveur, la vieille dame sut rester impassible, simplement souriante, investie de son rôle de maîtresse de maison.

D'un geste gracieux, elle leur désigna l'endroit où s'asseoir, tandis qu'Octavie grommelait :

— Je ne pourrai pas être au four et au moulin. Monsieur en a, des trouvailles, de vouloir que je mange là, dans le salon avec vous autres.

— Monsieur ne savoure pas vos repas, toujours exquis, en vous sachant debout en cuisine, à avaler vite fait ce qui traîne dans les casseroles, répartit Luigi, qui l'avait entendue. S'il le faut, je ferai le service, comme au couvent pour les frères.

— Il ne manquerait plus que ça ! gémit la Cévenole.

— Moi aussi, je peux servir ! s'écria Rosette.

— Nous irons chacun notre tour, sauf mademoiselle, trancha Angélina d'un ton ferme. Si nous goûtions à cette superbe salade, tout d'abord !

Ils s'attaquèrent à la laitue, tendre et craquante à la fois, agrémentée de rondelles d'oignons et de cornichons. Octavie s'éclipsa ensuite et rapporta le sauté de lapin, servi dans un plat en terre brune vernissée. Grillée à point, la viande luisait de graisse sous son décor d'ail et de persil émincés, comme les pommes de terre coupées en dés.

— Du lapin ! Mon régal ! commenta Luigi. Il m'est arrivé d'en attraper au collet, de les dépecer et de les faire cuire sur un feu.

— C'est interdit de chasser au collet, intervint Angélina.

— Et cruel ! insista Octavie. Ces bestioles meurent étranglées.

— Pourquoi ? Je ne sais pas ce que c'est, moi, un collet, intervint Rosette.

— Un lacet, une cordelette avec laquelle on fabrique un nœud coulant, suspendu à la bonne hauteur sur un sentier tracé par un animal, précisa le jeune homme. Je me vante, car, la seule fois où j'ai pu attraper un lapin, cela m'a brisé le cœur. Cependant, je l'ai mangé quand même, sinon sa mort aurait été inutile. Ensuite, je me suis contenté de pêcher des truites dans les torrents ou de croquer des pommes et des poires.

Ces aveux bouleversèrent Gersande qui, depuis des années, se régalait de la cuisine d'Octavie. Elle eut du mal à savourer la viande, pourtant parfaitement accommodée.

— Ne faites pas cette mine navrée, madame, lui dit Luigi. Mes joues creuses inclinaient souvent les fermières ou leurs servantes à la générosité. Je glanais des morceaux de lard, du pain frais, un saucisson… ou bien des baisers, et même mieux.

— Ciel, pas de détails ! s'esclaffa sa mère.

Amusée, Angélina se prit à envier les femmes qu'il avait croisées et séduites. Jeunes ou non, jolies ou non, le baladin au regard de braise avait dû les récompenser à sa manière. Elle eut un frisson, car elle avait osé s'imaginer nue dans les bras de Luigi, bouche contre bouche. Sa sensualité à fleur de peau la rendait très faible devant le désir. Elle en avait fait l'expérience avec Guilhem et Philippe Coste. Son corps exigeait de l'amour, des caresses, des baisers, ce dont il était privé depuis de longs mois.

« Il pourrait devenir mon amant, se dit-elle, envahie par une langueur grisante. Rien d'autre… Non, il ne faut pas. Ce serait un péché. »

Luigi l'observait discrètement. Angélina portait un corsage en calicot blanc sans manches qui dévoilait la naissance de ses seins et ses beaux bras aux muscles déliés. Ses lèvres brillantes d'un rose sombre étaient demeurées entrouvertes ; elle respirait un peu trop vite. Son instinct viril en éveil, il perçut la fièvre qui la tourmentait.

« Bon sang ! Au diable l'honnêteté, les convenances, son passé et le mien ! songea-t-il. Je n'en peux plus, je veux cette femme. Cette nuit, j'irai chez elle. »

Au même instant, Octavie proposa du fromage. Rosette bondit de son siège pour aller en chercher à la cuisine.

— Chère petite ! soupira Gersande. Je lui ai parlé de sa sœur, tout à l'heure, pendant que tu donnais le bain à Henri, Angie. Je lui ai proposé d'acheter une concession ici, à Saint-Lizier, et de faire transférer la dépouille de Valentine, mais elle a refusé. Quelle tragédie !

La vieille demoiselle n'en dit pas davantage. Sans réfléchir, Luigi lui saisit la main quelques secondes.

— Le plus important n'est pas la tombe et le décorum, madame, mais nos pensées, nos prières pour ceux qui ne sont plus parmi nous, dit-il tout bas. Rosette vénérera le souvenir de sa sœur et, s'il y a un au-delà, Valentine le saura.

Sur ces mots, il relâcha vite son étreinte. Bouche bée, Gersande lui dédia un regard éploré qui exprimait une immense reconnaissance.

— Tu as raison, Luigi, dit-elle d'une voix tremblante.

Angélina détourna la tête. La dureté du jeune homme était donc factice et sa froideur fondait comme neige au soleil. Elle présuma qu'il vouerait bientôt à sa mère une vive affection. « Malgré ses plaisanteries acerbes et ses discours sentencieux, il n'est que tendresse. »

Rosette revint encombrée d'un plateau en bois laqué sur lequel étaient disposés des fromages du pays, des tommes de chèvre et de brebis.

— On donnera les croûtes à Sauveur, annonça l'adolescente. Vu que le dîner est presque terminé, je peux vous raconter comment il m'a retrouvée, le pastour.

Tous l'écoutèrent ravis, tant elle était drôle. Pas un ne soupçonna à quel point Rosette avait souffert durant son escapade, une souffrance morale qui lui faisait appeler la mort. Elle se dit vexée, fâchée, repentante et affamée, mais jamais désespérée. Ils supposaient cependant qu'elle avait dû beaucoup pleurer sa sœur aînée et qu'elle leur cachait encore la violence de ce chagrin.

Dès qu'il fut question du dessert, Luigi se leva et fit le service. « On dirait qu'il a toujours habité ici, remarqua Angélina en silence. Il paraît à l'aise. Sans doute, ce logement lui plaît-il. Je voudrais lui donner rendez-vous, ce soir, plus tard, dans le jardinet abandonné qui sent si bon la menthe et le thym. »

Lorsque le baladin lui présenta une coupelle garnie de flan vanillé, elle le remercia d'une voix câline. Le bras de Luigi frôla le sien et, encore une fois, ce fut comme si des fluides mystérieux naissaient à la surface de leur chair. « A-t-il ressenti la même chose que moi ? » s'interrogea-t-elle, sidérée, émerveillée.

— Et le champagne ! s'exclama Gersande, qui ressassait avec délectation l'instant où son fils lui avait pris la main. Octavie, tu l'as bien mis au frais ?

— Oui, mademoiselle. Je ne suis pas encore gâteuse !

— Ce sera un baptême pour moi, ce champagne, nota Luigi. Je n'en ai jamais bu. Est-ce du véritable champagne ?

— Cela va de soi, monsieur, rétorqua la domestique. Il fallait bien ça pour ce dîner en famille.

— Je vous l'avais bien dit, moi, qu'on était une famille, une drôle de famille, hein, m'selle Angie ? intervint Rosette. Ce que je suis contente. Comme vous, m'sieur Luigi, je connais le goût de la blanquette et du mousseux, mais pas du champagne.

Soudain, on tambourina à la porte. Le chien aboya.

— Qui est-ce ? s'alarma Gersande. Nous étions si tranquilles !

— Tais-toi, Sauveur ! gronda Octavie. Boudiou ! on va me réveiller le pitchoun.

Rosette courut aux nouvelles. Elle réapparut très vite en escortant l'aubergiste, Madeleine Sérena.

— Seigneur, mademoiselle Loubet, je me doutais bien que vous étiez ici, chez madame de Besnac. Il faut venir, je vous en prie, notre Louise, elle est très malade et le docteur est parti en villégiature.

Affolée, elle se tordait les mains. Elle précisa :

— J'avais envoyé une de mes serveuses chez vous, rue Maubec. Comme il n'y avait personne, j'ai eu l'idée de toquer ici.

— J'arrive, s'écria Angélina en se levant. Vous me direz en chemin de quoi souffre votre petite-fille. Rosette, viens avec moi. Si j'ai besoin de ma sacoche, tu iras la chercher.

— Non, j'y vais tout de suite et je vous rejoins. Où elle habite, Fanchon ?

— Ce soir, ils sont à l'auberge avec Louise, son mari et elle. Ils soupaient avec moi. Tout à coup, la petite a commencé à s'agiter et à hurler. Elle était écarlate. Je les ai installés dans une chambre.

Angélina sortit aussitôt, suivie de près par une Madeleine Séréna au comble de la panique.

— Je ne suis pas médecin, madame, déplora la jeune femme une fois dans la rue. Mais je ferai de mon mieux. À Toulouse, j'ai travaillé à la pouponnière. Je pourrai peut-être établir un diagnostic.

— Ça, j'en suis sûre ! Mon Dieu, pourvu que notre Louisette n'ait rien de grave.

Dès qu'elle vit l'enfant, la costosida céda à une peur viscérale. Le nourrisson, âgé de deux mois et deux semaines environ, avait le teint cramoisi et hurlait spasmodiquement. Fanchon et son époux, Paulin, le facteur de la cité, affichaient le même visage terrifié. Après les avoir salués d'un signe de tête, Angélina les questionna :

— Quand a-t-elle commencé à pleurer ? Après une tétée ? A-t-elle fait des selles aujourd'hui ? C'est sans doute une colique, mais il faut savoir ce qui l'a provoquée.

Son premier geste fut de dévêtir le bébé qui était soigneusement emmailloté et de lui ôter ses langes. Avec une extrême délicatesse, elle palpa son abdomen du bout des doigts. Cela parut soulager la petite.

— Quand j'y pense, Louise n'a pas fait de selles depuis avant-hier, avoua la jeune mère.

— Depuis avant-hier ? Ce n'est pas normal du tout. Un enfant nourri au sein a rarement ce genre de problème. Je veux dire par là qu'il n'est pas constipé.

— Mon lait s'est tari, mademoiselle Loubet. Ma pitchoune, elle boit du lait de vache, maintenant. Ça fait presque une semaine.

Angélina faillit s'impatienter, car le renseignement était primordial, alors que ni la grand-mère ni Fanchon ne le lui avaient communiqué.

— Ne cherchez pas plus loin, trancha-t-elle. Cette petite ne supporte pas le lait de vache. Prenez-vous toutes les précautions d'hygiène ?

— C'est-à-dire ? s'enquit Madeleine Sérena, voyant que le jeune couple semblait interloqué.

— Il faut faire bien bouillir le lait, qui doit provenir d'une étable très propre. Et le couper à l'eau bouillie. Le biberon aussi et la tétine doivent être stérilisés dans de l'eau bouillante. Ciel, pauvre mignonne, tu as très mal au ventre !

Elle souleva le bébé, entièrement nu, et le berça contre sa poitrine. Louise était dodue et son crâne était couvert d'un duvet blond. Ses yeux bleu-gris exprimaient une poignante incompréhension.

— En plus, elle a de la fièvre, déclara la jeune femme. Je vais la soigner. Rosette doit m'apporter ma sacoche, où je garde des tisanes. Déjà, il me faudrait de l'eau tiède, de l'eau bouillante et du savon.

— Je m'en occupe, mademoiselle Loubet, promit l'aubergiste, en partie rassurée.

— Fanchon, pourquoi votre lait s'est-il tari ? Et pourquoi ne m'avez-vous pas prévenue ? Cela peut être dû à un aliment que vous avez mangé. Il faudrait tenter de remettre la petite au sein pour éviter d'autres coliques.

— C'est vrai, ça ! Notre fille ne pleurait pas souvent quand tu l'allaitais, fit remarquer le jeune facteur.

— Mais j'avais le bout des seins en charpie, protesta Fanchon. Une voisine m'a dit que je pouvais donner du lait de vache. Elle m'a conseillé de prendre du persil, beaucoup de persil, que ça couperait mon lait. J'en pouvais plus, moi, de souffrir chaque fois que Louise tétait. Je saignais, mademoiselle Loubet, c'était un martyre.

— Si vous m'aviez consultée, je vous aurais recommandé une pommade à base de saindoux et d'amandes pilées qui fait merveille. Votre enfant ne supporte pas le lait de vache, elle est trop petite. Du lait de chèvre aurait mieux convenu, mais c'est un peu tard. Maintenant, pour qu'elle soit en meilleure santé bien vite, il lui faudrait une nourrice. Sinon, elle va dépérir et avoir sans cesse des coliques.

Rosette entra, essoufflée. Après un rapide bonsoir, elle présenta sa sacoche à Angélina.

— Merci, Rosette, soupira-t-elle.

Son projet d'ouvrir un dispensaire ou une clinique privée s'imposait de nouveau. Elle était navrée de constater encore une fois les conséquences de l'ignorance manifeste de certaines mères, de leurs proches également, grands-mères ou voisines. « Si le propriétaire de la maison de l'ange refuse de vendre, tant pis, je m'établirai rue Maubec. Les travaux et les dépenses seront moindres ainsi », songea-t-elle.

Angélina passa la moitié de la nuit au chevet de Louise, entourée par les parents du bébé, Rosette et Madeleine Séréna. Quand elle se prépara à quitter l'auberge, l'enfant dormait enfin.

— J'ai pu la soulager, mais vous êtes témoins, dit-elle, ses selles empestaient. Vous avez vu comment j'ai procédé pour provoquer leur expulsion ! C'est à votre portée. À son réveil, donnez-lui de l'eau bouillie sucrée au miel. Et mettez-vous vite en quête d'une nourrice. Il n'y a pas d'autre solution. Elle doit être allaitée demain dans la journée.

— Je crois qu'il y a une femme, route de Gajan, qui a bonne réputation, hasarda Fanchon. Ce n'est pas loin de chez nous.

— J'enverrai une serveuse au petit jour, affirma la grand-mère, épuisée par des heures de veille.

— Bien, je vous laisse. Viens, Rosette.

Elles remontèrent la rue des Nobles bras dessus bras dessous en bavardant. Avant de passer sous les arches de pierre des Halles, l'adolescente nota qu'il n'y avait plus de lumière chez Gersande de Besnac.

— Tout le monde est couché, m'selle Angie, sauf nous. Du coup, on n'a pas bu le champagne.

— Nous le dégusterons un autre soir. Je suis désolée, c'est ma faute.

— Vous ne pouviez pas refuser de soigner cette pauvre pitchoune.

Angélina s'aperçut alors qu'elle n'avait plus du tout pensé à Luigi, uniquement préoccupée de la petite Louise. La flambée de désir qui l'avait étourdie s'était éteinte.

« Mon métier avant toute chose, s'étonna-t-elle en son for intérieur. Combien de fois papa a-t-il dû renoncer à se coucher auprès de maman ? Il s'en plaignait assez. Si je me marie et si j'ai un deuxième enfant, je devrai renoncer à exercer. »

— Vous dites plus rien, m'selle ? fit Rosette.

— Je dors debout. Allons vite au lit. Qui sait, on pourrait encore avoir besoin de mes services. Je dois me reposer. Mais nous aurons à discuter, demain. Je suis décidée, je vais ouvrir mon dispensaire pour les mères et leurs nourrissons.

— Je vous aiderai. Dites, j'aurai une blouse blanche, moi aussi ?

— Bien sûr.

Elles se sourirent. L'avenir leur paraissait plein de précieuses promesses.

Saint-Lizier, trois semaines plus tard,
lundi 15 août 1881

Il faisait très chaud, mais cela n'empêchait pas une vaillante équipe de travailler avec ardeur. Un homme en vieille chemise de toile, un foulard sur ses longs cheveux noirs, déblayait les gravats qui jonchaient le sol de l'ancien atelier du cordonnier Augustin Loubet. C'était Luigi, armé d'une pelle et d'un râteau, le front moite de sueur. Non loin de là, en tablier gris et coiffée d'un chapeau de paille, Rosette chantait à tue-tête, une truelle à la main. Elle étalait sur un mur de la chaux mêlée de sable.

> *J'ai deux grands bœufs dans mon étable,*
> *Deux grands bœufs blancs marqués de roux.*
> *La charrue est en bois d'érable,*
> *L'aiguillon en branche de houx.*
> *C'est par leur soin qu'on voit la plaine*
> *Verte l'hiver, jaune l'été ;*
> *Ils gagnent dans une semaine*
> *Plus d'argent qu'ils n'en ont coûté.*
> *S'il me fallait les vendre,*
> *J'aimerais mieux me pendre*[1] *!*

---

1. Chanson populaire française, paroles de Pierre Dupont (1821-1870).

Angélina et Augustin, quant à eux, nettoyaient l'espace ménagé sous l'escalier, enfin frappé par la lumière du soleil après des décennies d'obscurité. La fameuse cloison en colombage et pisé datant de plus d'un siècle avait été abattue.

— Dites, ça agrandit vraiment ! s'extasia Augustin. On ne s'en rendait pas bien compte quand c'était encombré de gravats. Il faudrait faire pareil dans ta cuisine, ma fille.

— Plus tard, l'an prochain, protesta-t-elle. Je n'apprécie guère les travaux. C'est si salissant ! Mais je suis contente, nous avons presque terminé.

— Oui, m'selle Angie, renchérit Rosette en sacrifiant le dernier refrain de sa chanson. Encore une semaine et le dispensaire sera prêt à ouvrir.

— Et vous recevrez votre première patiente, ajouta Luigi, le visage maculé d'une poussière blanchâtre.

Angélina eut une moue dubitative. Elle était partagée entre exaltation et angoisse, à présent qu'elle touchait au but. Dès qu'elle avait fait part de sa décision à Gersande de Besnac en présence de Luigi, ils l'avaient encouragée dans son projet. Un élément d'importance avait joué, le propriétaire de la fameuse maison de l'ange avait écrit au maire de la cité afin de stipuler qu'il ne vendrait pas son bien, du moins pas avant des années.

— Tant pis ou tant mieux ! s'était-elle écriée. Je me fie au destin, mais il faudrait vite aménager l'atelier de mon père.

La première semaine avait été employée à établir la liste du matériel indispensable, à contacter des fournisseurs, à poster des commandes ou à les télégraphier. Luigi, Octavie, ainsi que Germaine et Augustin avaient arpenté la vaste pièce sombre et d'allure vétuste pour ensuite tracer des plans et déterminer ce qui devait être démoli ou préservé.

Une exaltation commune avait suivi, sonnant le début des travaux. Rosette avait donné le premier coup de pioche dans la cloison en pisé.

— J'ai tout de suite causé de la démolir, cette cloison, le soir où Angélina m'a amenée ici, avait-elle déclaré.

Il y avait eu beaucoup de discussions, de rires, de bruits et de débris divers à évacuer au fond de la cour, près du hangar. On se couchait tôt, on se levait encore plus tôt. Luigi dormait rue des Nobles et, souvent, il arrivait le matin avec une brioche tiède et un pot de miel pour prendre le petit-déjeuner avec Angélina et Rosette.

La costosida, qui avait dû procéder à deux accouchements sans complication aucune, s'émerveillait de la bonne volonté dont chacun témoignait. Si les aménagements la bouleversaient un peu dans ses habitudes, elle ne regrettait pas cette épuisante entreprise, car cela lui avait permis de voir Luigi tous les jours et d'apprendre ainsi à le connaître. Elle en était devenue amoureuse au point de se lever avec la délicieuse impression d'évoluer dans un rêve.

Escortée par Henri, Octavie leur apportait fréquemment le repas de midi et ils se restauraient à l'ombre du prunier, sur une table récupérée dans le grenier.

Gersande de Besnac, qui n'avait encore jamais posé un pied rue Maubec, s'était décidée à visiter la maison de sa protégée et, trois fois déjà, elle y avait dîné en joyeuse compagnie au crépuscule, lorsque le soleil dispensait ses derniers rayons d'un or incarnat.

— Quel endroit charmant, Angie ! avait-elle dit, ravie. Tu as raison de l'appeler ton petit logis. Cette cour fermée de murs avec le panorama sur la vallée, ce magnifique rosier jaune qui couvre la façade, c'est d'un romantisme...

Le vœu de Rosette semblait s'être exaucé : ils formaient une famille, unis soit par les liens du sang, soit par l'amitié et l'affection. À la grande surprise d'Angélina, son père avait tout de suite sympathisé avec Luigi. Quand elle écoutait l'ancien saltimbanque discuter mortier et plâtre avec le cordonnier, tous deux de fort bonne humeur, cela ravivait l'espoir secret qu'elle avait enfoui au fond de son cœur.

Là encore, Augustin abandonna son balai pour aider le jeune homme à soulever un morceau de poutre en chêne qu'ils avaient scié le matin même et qui pesait lourd.

— C'est bientôt midi, annonça Rosette. Je dois préparer de quoi casser la croûte. Octavie ne viendra pas aujourd'hui ; elle me l'a dit tout à l'heure quand je suis allée à la boulangerie. Figurez-vous, m'selle Angie, qu'on s'est croisées, Octavie et moi, et on a causé un brin.

— Papa rentrera déjeuner chez lui, dit Angélina. Nous ferons une omelette et de la salade.

— Dites, vous avez l'air de bien vous entendre avec m'sieur Luigi ? chuchota alors l'adolescente. Ce qu'il est gentil, quand même !

— Chut, il revient.

Elles regardèrent le baladin franchir la porte, ôter son foulard et le secouer. Derrière lui, les poings sur les hanches, Augustin Loubet bougonnait. Il héla sa fille.

— Dis donc, il te faudrait un sol carrelé, dans ton dispensaire. Tu nous répètes du matin au soir tes principes d'hygiène, mais tu ne pourras pas lessiver de la terre battue. Et ça coûte cher, du carrelage !

— Un plancher neuf suffira, papa.

— Il n'y a pas de soucis d'argent, monsieur Loubet, coupa Luigi aussitôt. J'ai pris en charge toutes les dépenses.

— *Diou mé damné !* Dans ce cas, mieux vaut des carreaux noirs et blancs ! s'écria le cordonnier, enchanté.

Il savait que les de Besnac jouaient les mécènes, mais il s'inquiétait régulièrement au sujet des frais, comme pour estimer combien Gersande et Luigi sacrifiaient à sa fille.

— Bien, je descends au foirail. Germaine compte sur moi. Elle n'aime pas manger toute seule. À cet après-midi.

— D'accord, m'sieur Loubet. Il faudra commencer à sortir les meubles du grenier, nous deux, que je les astique à la térébenthine, déclara Rosette avec entrain. Allez, je vais mettre le couvert au frais dans la cuisine et fouetter les œufs pour l'omelette.

Angélina et Luigi se retrouvèrent en tête-à-tête au milieu des planches fendillées et des plaques de plâtre, un fouillis d'où se dégageait une odeur particulière de pierres humides et de bois sec.

— Vous avez fait la conquête de papa, dit-elle en souriant.

— Peut-être, mais, en déliant les cordons d'une bourse, ce n'est pas très difficile.

— Il n'y a pas que ça. Je crois qu'il vous apprécie vraiment.

Il la fixa avec insistance sans lui confier le fond de sa pensée. Selon lui, le cordonnier espérait les voir mariés dans un avenir proche et se montrait aimable afin de ne pas compromettre cette future union.

— Dimanche prochain, j'irai à l'abbaye de Combelongue, rassurer mon cher ami le père Séverin, annonça-t-il enfin. Il doit prier pour moi et surtout se demander comment se sont passées les retrouvailles avec ma mère. Il sera heureux d'apprendre ce que je fais de mes journées. De me savoir occupé à pousser une brouette et à manier une pelle le réjouira.

— Je pourrai vous y conduire en calèche, proposa-t-elle d'un ton neutre, alors que son cœur cognait dans sa poitrine.

— Je vous remercie, mais vous seriez obligée de m'attendre, peut-être la journée entière. Une femme n'a pas sa place là-bas, surtout pas vous.

— Pourquoi dites-vous ça ?

— En raison de votre grande beauté, éprouvante pour les nerfs masculins, Angélina. Ce serait introduire une louve dans une bergerie.

Il eut un rire amusé, dénué de toute méchanceté. Luigi avait considérablement changé d'attitude. Il continuait à appeler sa mère madame, mais Gersande croyait percevoir dans ce mot qui la tenait à distance une note cordiale. Familier avec Octavie, il l'avait apprivoisée et la domestique ne jurait plus que par lui. Rosette avait droit à une tendresse fraternelle qu'il lui témoignait en paroles, ou bien en la gratifiant d'une légère caresse au menton. Elle ne s'en offusquait pas, persuadée que le baladin était fou amoureux de sa « m'selle Angie ».

— Je ne suis pas si belle ! rétorqua la jeune femme, un peu vexée par son refus. Coupons la poire en deux, je vous dépose à Rimont, au carrefour. Vous ferez la route pour l'abbaye à pied et je rentrerai ici.

— Pourquoi ? interrogea-t-il dans un souffle. Pourquoi souhaitez-vous me faciliter le déplacement, Angélina ? Je pense qu'il est plus sage de nous tenir à l'écart l'un de l'autre.

Luigi s'approcha d'elle, comme incapable de résister à l'appel muet qu'il déchiffrait dans ses yeux limpides.

— Je suis hanté par le baiser que je vous ai volé, avoua-t-il. Si je me retrouve à vos côtés dans la campagne, je ne pourrai pas résister. Sachez-le, je ne serai pas l'ignoble séducteur que vous avez dépeint, et j'aurais honte de profiter de votre faiblesse de jeune femme privée d'amour.

— Taisez-vous ! lui intima-t-elle l'ordre. C'est cruel de me dépeindre ainsi.

Soudain, Angélina ferma les yeux en levant les mains vers lui. Ses doigts effleurèrent ses boucles noires, errèrent sur ses joues, dessinèrent le contour de sa bouche. En aveugle, elle se jeta contre lui et l'embrassa. Tout de suite, leurs lèvres se firent complices, chaudes, avides. Il l'enlaça, fébrile, en plaquant ses paumes au creux de ses reins, mais, presque aussitôt, il la libéra en reculant d'un bond.

— Vous êtes folle ! gronda-t-il. N'importe qui aurait pu nous surprendre. Quel tempérament ! Combien d'hommes avez-vous provoqués ainsi ? Il ne faut pas les accuser par la suite de vous manquer de respect.

Douchée par la réprimande débitée d'un ton dur et rouge d'humiliation, Angélina prit la fuite. En larmes, elle n'eut pas le courage de rejoindre Rosette dans la cuisine et sortit carrément de la cour.

« J'ai tout gâché, se disait-elle en courant vers le haut de la rue Maubec, qui débouchait sur la route étroite bordée par le rempart nord. Nous étions amis, nous étions heureux, nous passions de si bons moments, tous ensemble ! J'aurais dû me contenter de ça. Depuis la mort de maman, jamais je ne m'étais sentie aussi sereine, à ce point en sécurité. »

À bout de souffle, elle dut s'arrêter. Des chênes aux branches tortueuses lui offrirent un ombrage bienvenu. Sur sa droite s'amorçait le sentier qui gagnait la terrasse du vieux palais des Évêques. Mais, à gauche, c'était un vaste paysage en contrebas, composé de modestes collines cultivées, de bois et de halliers, parmi lesquels pointaient les tours du manoir des Lesage.

« Et si Luigi avait raison ? se demanda-t-elle, au comble de la détresse. Pourquoi ai-je cédé si vite à Guilhem, toute jeune, à l'âge de Rosette ? Je n'ai récolté que du chagrin, de la honte et la solitude. Une autre fille aurait su résister à Guilhem et le repousser. Oui, Luigi a dit la vérité, il voit clair en moi ; je m'enflamme bien vite, sans réfléchir surtout. Il me jugera encore plus mal, maintenant. »

Il lui semblait impossible de revoir le baladin, tellement elle déplorait sa propre conduite. Tout en sanglotant, elle reprit sa course folle et descendit jusqu'au cimetière pour gagner son ultime refuge, là où reposait pour l'éternité la confidente de ses plus intimes chagrins, Adrienne Loubet, née Bonzom.

Elle se mit à genoux devant la tombe, fleurie d'un bouquet de roses d'un rouge intense.

— Maman, hoqueta-t-elle, qui t'a apporté ce beau bouquet ? Papa ? Ou bien une ancienne patiente pleine de gratitude ? Maman, si seulement tu étais encore là, avec nous ! Je t'en prie, aide-moi. Je ne sais pas ce qu'il y a en moi de mauvais, je suis une fille folle ; Luigi l'a compris et il me l'a dit. De ces filles folles que tu plaignais sans les juger, car tu étais la bonté incarnée. Maman, aie pitié, viens en rêve me montrer le chemin que je dois suivre. Peut-être que je suis destinée à vivre sans amour, sans un homme pour me serrer contre lui nuit et jour, pendant des années.

Elle contempla la croix où était gravé le nom de sa mère, ainsi que les dates de sa naissance et de son décès. Augustin avait fait lui-même cet assemblage de planches peintes en blanc.

— Maman, pourquoi es-tu partie si vite, en m'abandonnant ? gémit-elle.

Malgré son désespoir, elle eut soudain conscience d'une présence. Un bruit de pas fit crisser les cailloux derrière elle, ce qui confirma ce sentiment. Tremblante de nervosité, souhaitant et redoutant à la fois de découvrir Luigi, elle se retourna.

— Bonjour, mademoiselle Loubet, s'écria une jolie femme en costume d'amazone.

C'était Clémence Lesage, la belle-sœur de Guilhem qui lui avait témoigné beaucoup de gentillesse au moment de l'accouchement de Léonore.

— Bonjour, madame ! rétorqua-t-elle, embarrassée d'être surprise en larmes.

— Mon Dieu, comme vous pleurez ! J'étais venue fleurir la tombe de ma belle-mère à l'occasion d'une balade à cheval et j'ai entendu vos plaintes.

Angélina se releva, gênée. Elle essuya ses yeux et ses joues. À cause des travaux dans l'atelier de son père, elle portait ce jour-là une longue blouse grise, tandis qu'un vieux foulard bleu protégeait ses cheveux.

— Je suis moins élégante que vous, dit-elle en manière d'excuse.

— Pourtant, on vante souvent vos toilettes dans la cité. Je tends l'oreille quand je vais à la messe. Sur le parvis de la cathédrale, les commérages vont bon train, avoua Clémence.

— C'est étrange, je ne vous croise pas souvent dans la cité, le dimanche, s'étonna Angélina. Il faut dire que j'entre dans les dernières et que j'ai tendance à sortir avant la communion.

— Pourquoi donc ? Que faites-vous à l'église, si vous ne communiez pas ?

— Je préfère ne pas répondre, sans vouloir vous offenser. Comment se porte le petit Eugène ?

— Pour être franche, il ne profite guère ; je le trouve malingre et chétif. Guilhem et Léonore ont changé de nourrice ; ils logent une jeune femme de Caumont à demeure, mais le résultat n'est pas concluant. Hier, mon beau-frère a même fait chercher le docteur Buffardaud en prétextant que le docteur Ruffier ne valait rien.

Angélina ne fit aucun commentaire. Clémence la dévisagea attentivement avec un air compatissant.

— C'est votre mère, Adrienne Loubet, qui repose ici ?

— Vous le voyez bien !

— Pardonnez ma question, je suis sotte. En effet j'avais lu son nom. Mademoiselle, je suis désolée de vous avoir dérangée, mais, depuis la naissance d'Eugène, je désirais vous revoir sans oser frapper à votre porte. Ma démarche vous aurait sans doute paru bizarre. Mais le hasard nous met en présence et, par chance, nous sommes seules dans le cimetière. Marchons un peu, si vous voulez bien m'écouter...

Stupéfaite et intriguée, Angélina la suivit. Elle en oubliait ce qui la tourmentait.

— J'ai attaché mon cheval à la grille ; autant ressortir, indiqua Clémence Lesage. Dès que je peux, je pars me promener ; l'atmosphère devient pesante, au manoir. Mon mari et Guilhem s'absentent du matin au soir. Je suis donc confrontée aux humeurs de mon beau-père et aux lamentations de Léonore. Aussi, de plus en plus souvent, je m'enfuis. Ce matin, j'ai cueilli des dahlias pour ma belle-mère, que j'ai si peu connue. Eugénie…

Clémence soupira. Angélina, elle, revit une femme au faciès dur, petite et forte, au regard perçant.

— Je ne tiens pas à parler de feue madame Lesage, marmonna-t-elle.

— Je sais, il y a eu un litige, jadis, avec votre mère. Non, je vous en prie, ne vous offusquez pas. C'est de Léonore que je veux vous entretenir. Certes, ma belle-sœur n'inspire pas une sympathie immédiate, elle se montre parfois capricieuse, mais je la plains de tout cœur.

— Pourquoi ? interrogea sèchement Angélina.

— J'ai confiance en vous. Ce que je vous dis devra rester secret.

— Bien ! J'ai l'habitude, dans mon métier.

— Guilhem ne l'aime plus. Elle en souffre affreusement.

— Vous vous trompez, j'ai vu dans quel état d'anxiété était Guilhem le soir de l'accouchement. Il me suppliait de sauver son épouse, il cédait à une panique viscérale, comme bien des maris qui viennent me chercher. C'était l'attitude d'un homme très amoureux de sa femme, je vous assure !

Elles quittèrent l'enceinte du cimetière. La monture de Clémence, un splendide hongre noir, piaffait d'impatience. Angélina détailla d'un œil froid la belle selle d'amazone en cuir, confectionnée par Blaise Seguin et son père deux ans plus tôt.

— Je n'irai pas prétendre que mon beau-frère se serait réjoui de sa mort et, avant la naissance d'Eugène, il lui témoignait encore de l'affection, de l'intérêt. Mais c'est terminé et j'ai la conviction qu'il la frappe. Oui, mademoiselle, il la bat ! Cette violence me répugne, et je ne vois pas comment protéger cette malheureuse.

Bien que choquée, Angélina en avait assez entendu. Elle considéra Clémence avec une expression d'incrédulité, mêlée d'exaspération.

— Je trouve cela déplorable, si c'est la vérité, répliqua-t-elle. Mais, de toute façon, je ne me sens pas concernée. Même si nous avons grandi dans ce pays et que je l'ai croisé de temps en temps, enfant et jeune fille, je connais peu Guilhem. Qu'il s'en prenne à son épouse, c'est hélas possible. Certains hommes abusent de leur autorité et de leur force. Vous feriez mieux d'en avertir Honoré Lesage, ou bien votre époux qui, en tant que frère aîné, pourrait raisonner Guilhem.

— Mademoiselle, la loi du silence règne trop souvent dans notre société. Ce qui se passe derrière les portes fermées des chambres, il serait indécent d'en discuter. Mais les explications de Léonore pour dissimuler la chose me fendent le cœur. Une fois, elle se serait cognée au coin de sa cheminée en marbre, une autre fois, elle a fait une chute dans l'escalier, ceci pour justifier des ecchymoses au visage, puis au coude. La nuit dernière, je n'ai pas rêvé, j'ai perçu des cris et des bruits sourds. Je n'ai pas pu me rendormir. Guilhem finit par me faire peur. Dieu merci, il demeure câlin avec son fils premier-né, le petit Bastien, qu'il semble idolâtrer.

Angélina s'approcha du cheval afin de le calmer. Elle lui flatta l'encolure et le détacha.

— Votre bête pourrait se blesser, elle tire trop fort sur ses rênes, affirma-t-elle. Vous devez être une excellente cavalière, pour monter un animal aussi nerveux.

— Mademoiselle Loubet, ne changez pas de sujet, je vous en supplie. Vous seule pouvez sauver Léonore, lui venir en aide, du moins.

Sidérée, Angélina lui fit face avec un geste d'impuissance.

— Je suis une costosida, une sage-femme, Clémence. Mes compétences ne vont pas au-delà. Je n'ai pas été formée pour tempérer la violence imbécile des hommes.

Dans son emportement, elle l'avait appelée par son prénom, ce qui parut toucher son interlocutrice.

— Ce n'était pas à la costosida que je voulais parler, à qui je tenais à confier mes craintes. Tôt ou tard, j'aurais franchi votre portail, car je suis déjà passée dans votre rue, la semaine dernière. Angélina, qui d'autre que vous serait capable d'apaiser la haine subite de Guilhem pour son épouse ? J'ai tout compris, depuis leur retour. Il vous aime. Oui, c'est vous qu'il aime d'une passion dévorante. Il vous aimait déjà avant de convoler avec la femme choisie par Eugénie et Honoré. Léonore m'a avoué qu'il comptait se marier avec vous, il y a trois ans, mais que ses parents l'en ont dissuadé. Je vous en conjure, parlez-lui, acceptez de le rencontrer. S'il le faut, bien que ce rôle me coûte, j'arrangerai un rendez-vous. Il vous aime et cet amour le rend fou. Raisonnez-le, menacez-le de je ne sais quoi...

La voix de Clémence Lesage vibrait d'angoisse, d'une peine sincère. Pétrifiée, muette de saisissement et toute pâle, Angélina regarda à nouveau les toits du manoir, là-bas, à flanc de coteau.

— Ne me demandez pas ça, réussit-elle à articuler, remise de ses émotions. Léonore ne vous a raconté que des inepties, le fruit de sa jalousie en même temps que des divagations de sa belle-mère et de son beau-père. Je n'ai qu'une chose à dire, conseillez donc à ce couple de repartir dans les îles, de quitter le pays. Maintenant, je suis navrée, mais je dois vous laisser, on m'attend.

Résolument, elle lui tourna le dos et s'éloigna d'un pas rapide.

— Ce ne sont pas des inepties, et vous le savez parfaitement. Il n'y a pas de fumée sans feu, dit-on. Osez nier que vous avez eu une liaison avec Guilhem ! Angélina, vous n'avez pas le droit de refuser ! hurla Clémence. Je vous implore, vous qu'on dit bonne chrétienne.

Le cheval poussa un hennissement. Sa cavalière s'était mise en selle et le lançait au grand trot pour rattraper la jeune femme.

— Angélina, un seul rendez-vous, pour éviter le pire !
— D'accord, j'accepte ! Demain, à midi, près du lavoir communal, au départ de la route de Montjoie.

Angélina pressa le pas, furieuse d'avoir cédé. Cependant, elle avait senti une réelle angoisse chez Clémence. Elle ne tenait pas à apprendre plus tard qu'une tragédie était arrivée au manoir par sa faute. Il y avait autre chose, aussi. En dépit de tout, elle se sentait liée à Guilhem, le père de son enfant…

12

L'amour de Guilhem

Saint-Lizier, rue Maubec, même jour
Angélina fit halte une cinquantaine de mètres avant son portail. Elle avait chaud et soif, terrassée aussi par l'entrevue houleuse qu'elle avait eue avec Clémence Lesage. Durant le trajet jusqu'à la rue Maubec, elle s'était reproché à plusieurs reprises d'avoir consenti à ce rendez-vous.

« Qu'exige-t-elle de moi, en fait ? songea-t-elle encore. C'est bien simple, de me jeter entre les griffes de Guilhem. Car elle n'est pas sotte. Je ne dois ni le raisonner ni le menacer, mais lui donner la chance d'épancher le désir forcené qu'il a de mon corps. Au fond, elle me traite en catin, ce que je suis. Si je me montre docile et que je donne satisfaction à mon ancien amant, Clémence imagine qu'il laissera Léonore en paix. »

Reprise par une poignante envie de pleurer, elle faillit s'enfuir à nouveau. Presque épouvantée à l'idée de se retrouver en face de Luigi, elle posa une main sur son cœur. « Combien de fois ma vie tournera-t-elle au cauchemar ? » se dit-elle, tremblante de nervosité.

Un instant, elle pensa à se réfugier chez Gersande de Besnac, à qui elle pourrait se confier sans crainte d'être jugée. Mais elle renonça, soucieuse d'épargner la vieille dame.

— Inutile de gâcher son bonheur, murmura-t-elle.

Sans aucun courage, résignée à subir le regard méprisant de Luigi, Angélina parcourut, la mort dans l'âme, la distance qui lui restait. À peine entrée, elle vit Rosette sur le seuil de la cuisine.

— M'selle Angie, ça ne va pas, de disparaître comme ça ! Je me faisais du souci, moi. Du coup, m'sieur Luigi a filé lui aussi sans rien avaler du tout.

— C'est mieux ainsi, Rosette, soupira-t-elle. Seigneur, quel gâchis !

Elle caressa l'épaule de la jeune fille et l'entraîna à l'intérieur, où régnait une certaine fraîcheur. Après avoir bu un grand verre d'eau, elle lui exposa toute la situation.

— Je ne peux pas croire que, m'sieur Luigi, il s'est montré aussi méchant avec vous ! bredouilla Rosette. Vous aviez bien le droit de l'embrasser ! Non mais... Il vous avait bien embrassée, lui aussi, un soir.

C'était lors d'un récent moment de confidence, à l'heure du coucher, qu'Angélina avait évoqué ce baiser inoubliable.

— J'ai perdu la tête, déplora-t-elle. La preuve, j'ai accepté de rencontrer Guilhem.

— Ça, je vous l'accorde, c'est pas malin. Il ne faut pas y aller. Vous en tirerez que des ennuis.

Dépitée, Angélina secoua la tête. Son père ne tarderait pas à revenir travailler et il s'étonnerait de l'absence de Luigi.

— Comme dirait Octavie, tout va de travers, constata-t-elle. En plus, j'ai faim. Rien ne me coupe l'appétit, ces jours-ci.

— L'omelette est cuite, m'selle Angie, mais elle a dû refroidir.

— Mangeons-la quand même. Après, nous terminerons le nettoyage du sol de l'atelier. Pour Guilhem, j'ai une idée. Je n'irai pas au rendez-vous, je vais lui écrire tout de suite et courir à la poste. Il aura la lettre demain matin.

La bouche pleine, Rosette demanda :

— Vous allez dire quoi, dans votre lettre ?

— N'importe quelle excuse pour repousser notre entretien, une naissance qui s'annonce, par exemple… Je t'en prie, finis ta bouchée avant de parler, je te l'ai déjà dit.

— D'accord ! Mais, pour votre excuse, il vous croira pas, Guilhem.

— Je m'en moque.

— Voilà, faut pas vous laisser faire. Flûte, à la fin !

— Tu as raison, flûte, à la fin ! déclara bien haut Angélina.

Luigi surprit cette exclamation rageuse, alors qu'il s'apprêtait à rentrer dans la pièce.

— Vous n'êtes pas parti ? s'écria-t-elle.

— Je n'étais pas loin. Chez madame de Besnac où j'ai déjeuné dans le calme, malgré les pitreries de votre garnement.

— Dites, ce n'est pas gentil de m'avoir laissée tomber ! protesta Rosette. Vous auriez pu déjeuner avec moi, je me suis retrouvée toute seule ; mademoiselle vient d'arriver.

— Et où se trouvait mademoiselle ? s'enquit le baladin d'un ton amusé.

— Au cimetière, sur la tombe de ma mère, dit sèchement Angélina. Je m'y réfugie dès que je suis malheureuse ou humiliée.

— Merci du renseignement. La prochaine fois que vous vous sauverez, je saurai où vous dénicher.

Avisée, Rosette préféra les laisser face à face. Elle s'empara d'un seau en zinc et sortit.

— Je vais donner à boire à Blanca, indiqua-t-elle.

Luigi se pencha aussitôt sur la jeune femme qui s'écarta un peu pour ne pas le frôler.

— Petite folle ! chuchota-t-il. Je vous présente mes plus plates excuses, car je vous ai blessée, j'en suis conscient. Mais quand comprendrez-vous ? Je fais de gros efforts pour nouer une amitié sincère avec vous, ce qui implique notamment, je me répète, du respect, beaucoup de respect. C'est un véritable défi pour moi, un sacrifice même, qui me coûte terriblement. Tantôt, encore, je me disais que rien n'avait plus d'importance hormis vous et la passion que vous m'inspirez. Mais j'ai repris mes esprits et la maîtrise de moi-même. De plus, tout le monde espère nous voir mariés, ma mère, votre père et le reste de notre entourage. Même mon abbé m'y a exhorté. Or, je déteste l'ordre établi, les obligations. Je veux rester libre, au cas où il me viendrait l'envie de reprendre ma vie aventureuse. J'ajouterai que je ne suis guère tenté d'épouser une costosida qui déserterait la couche conjugale au milieu de la nuit, parce que, telle que je vous connais, ma fortune toute neuve ne vous empêcherait pas d'exercer votre métier.

— Quelle belle preuve d'amour ! répondit-elle avec amertume.

— Ai-je dit que je vous aimais ? Non, j'ai parlé d'un rêve d'amour étouffé dans l'œuf. Je me suis décrit comme obsédé par vous, désireux de vous conquérir, certes, et ce n'est pas à mon honneur. Mais je n'ai pas prétendu vous aimer de la manière dont je voudrais aimer la femme que j'épouserai, si je tombe un jour dans ce piège qu'est le mariage.

— Pourquoi tenez-vous tant à me faire de la peine ? dit-elle très bas, la gorge nouée. Je continuais à rêver, moi, de ce rêve d'amour. En le brisant, vous brisez également l'amitié qui naissait entre nous et tous les bons souvenirs de ces dernières semaines. Et puis, à la fin, en quoi ce serait tellement stupide de répondre à l'attente de nos parents ? Si vous m'aimiez de la manière requise, vous ne m'épouseriez pas simplement pour céder à l'ordre établi, à vos obligations !

Agacé, Luigi prit place à ses côtés, sur la chaise où était Rosette quelques minutes auparavant.

— Je suis désolé, je ne sais pas quoi vous répondre, avoua-t-il. Il y a certains matins où je me réveille très content d'être ici, dans la cité, et de trouver Octavie à la cuisine. Allons, je ne tricherai pas, je m'accoutume aussi aux regards éperdus de ma mère, à qui je trouve de précieuses qualités, au fil du temps. Mais, parfois, je me lève et je tourne en rond comme un ours en cage. J'observe l'horizon montagneux et je voudrais partir, un baluchon sur le dos, mon violon sur l'épaule. En fait, l'amour est une prison, toutes les sortes d'amour. Pour tout vous dire franchement, quand je m'imagine habitant jusqu'à mon vieil âge entre les murs de Saint-Lizier, je m'affole, effrayé. Angélina, ne soyez pas triste. Je ne suis plus le même que le soir de mon arrivée sur le toit de votre écurie. À cette époque, j'aurais pu facilement vous coucher sur la paille, vous faire mienne, et cela, sans aucun scrupule. J'en serais incapable, à présent. Alors, essayons au moins d'être des amis, frère et sœur, cousin et cousine... Et, par pitié, ne me sautez plus au cou, ne m'embrassez plus. Un homme ne peut pas vous résister, ou bien il n'est pas un homme. Épargnez-moi le chagrin de vous rejeter comme tout à l'heure. Je n'ai rien à ajouter. Je retourne déblayer votre futur dispensaire.

Il se releva et sortit à son tour. Toutes ses illusions envolées, Angélina demeura assise, accablée, les mains jointes sur le bois de la table. Plus rien ne l'intéressait, soudain. Son engagement de sage-femme lui paraissait vain, autant que son dispensaire. Pas une minute elle ne mit en doute les propos de Luigi. Elle se maudissait d'avoir cédé à l'amour qui la transportait le matin encore.

« J'aurais préféré me languir, croire au bonheur, l'attendre des années s'il l'avait fallu », déplora-t-elle.

De retour, Rosette s'alarma de la voir figée, livide, ses beaux yeux violets dans le vague.

— Vous, m'selle Angie, ça ne va pas mieux ! J'ai fait exprès de vous laisser, tous les deux. Qu'est-ce qu'il vous a dit, m'sieur Luigi ?

Une réelle compassion et une vive inquiétude se devinaient dans la voix de l'adolescente. Angélina en conçut de la honte. Rosette venait de perdre sa sœur aînée et elle ignorait de surcroît ce qu'étaient devenus ses petits frères. Pourtant, elle chantait de nouveau, laborieuse, serviable, affectueuse. De plus, elle surveillait vraiment son langage, avec une bonne volonté émouvante. « Je suis ridicule, pensa Angélina. Rosette me donne une rude leçon de courage, sans le savoir. À quoi bon m'apitoyer sur mon sort ? Je dois me consacrer uniquement à mon métier. »

— Tu es tellement gentille, toi ! dit-elle en se levant. Ne crains rien, je vais bien. Luigi m'a fait ses excuses.

— Tant mieux, sinon je me fâchais, moi. Sans blague, je lui tirais les oreilles.

Angélina se leva avec un grand sourire. Elle entoura les épaules de Rosette d'un bras câlin.

— Si nous montions examiner les meubles du grenier ? proposa-t-elle. Une fois bien lavés, nous pourrions les peindre en blanc. Ce serait chic, non ?

— Sûr, m'selle Angie ! On monte, alors ? Ou bien on attend votre papa ?

— Ce n'est pas la peine, viens vite.

Elles grimpèrent l'escalier main dans la main. Luigi les vit disparaître à l'étage. Du coup, morose, il posa un instant sa pelle et alla s'accouder à une des fenêtres.

— De quoi ai-je si peur, au fond ? Ma liberté est-elle si précieuse ? s'interrogea-t-il tout bas. Et pourquoi torturer Angélina ? Bon sang, je l'aime de plus en plus, de tout mon être, et je joue avec le feu.

Lavoir communal de Saint-Lizier, le lendemain, mardi 16 août 1881, à midi

Angélina n'avait pas écrit à Guilhem pour annuler le rendez-vous. Reprise par ses occupations ménagères, accaparée par son père et Rosette, elle avait envisagé cette rencontre sous un angle plus anodin. Le soir, Germaine Loubet les avait rejoints pour un autre dîner dans la cour, sous un ciel bleu teinté de rose. L'air était d'une extrême douceur et Luigi, la mine triste, s'était montré charmant. Quand elle croisait son regard sombre, Angélina y déchiffrait une expression tourmentée dont la cause lui échappait. Le baladin avait pris congé sitôt le repas terminé.

— Monsieur et madame Loubet, mesdemoiselles, je vous souhaite une bonne nuit, avait-il déclaré sans joie. Je rentre rue des Nobles. Maintenant que j'ai un piano, j'égaye mes soirées à composer.

Tout en marchant en direction du lavoir, Angélina se rappelait ces paroles énoncées d'un ton presque lugubre et qui résonnaient encore en elle. Le piano avait été livré une semaine auparavant et monté au prix de maintes manœuvres et de durs efforts jusqu'à la chambre de Luigi. C'était un instrument de qualité, commandé à Toulouse.

« Son piano, il n'y a fait allusion qu'hier soir, se disait-elle. Avant, il préférait s'attarder chez moi et accompagner Rosette au violon dès qu'elle fredonnait un air. Seigneur, aidez-moi, je ne dois plus penser à lui ! »

Elle pressa le pas. Des nuages gris, opaques, voilaient le soleil. L'heure qu'elle avait choisie pour rencontrer Guilhem présentait autant d'avantages que d'inconvénients. Les gens désertaient la rue et rentraient déjeuner, mais, rue Maubec, Augustin s'était étonné de la voir partir à pied. Luigi aussi.

— Aurais-tu une patiente à visiter ? avait questionné son père. Mangeons d'abord quelque chose. Tu iras plus tard.

— Voulez-vous que je vous accompagne ? avait renchéri le baladin, vaguement suspicieux.

Il aurait fallu mentir encore : Angélina avait préféré répondre qu'il s'agissait d'une affaire personnelle à régler d'urgence, ce qui était en partie vrai. Les deux hommes n'avaient pas osé insister, d'autant plus qu'elle assurait qu'elle reviendrait très vite.

« Mon Dieu ! Guilhem est déjà là ! Qu'est-ce que je vais lui dire ? » s'affola-t-elle en apercevant la silhouette de son ancien amant, debout à quelques mètres du lavoir. Il tenait son cheval par les rênes, une bête en apparence beaucoup plus calme que la monture de Clémence Lesage.

Dès qu'il la vit, il lui fit un signe de la main. Elle s'approcha, pleine d'appréhension.

— Quelle idée, de nous retrouver ici, à midi ! déplora-t-il très vite. Par chance, il n'y a pas de lavandières à l'ouvrage, aujourd'hui. Angélina, nous aurions été plus tranquilles dans notre grange. J'étais si heureux que tu veuilles enfin me revoir !

Guilhem la contemplait, radouci. Ses yeux verts semés d'or se faisaient tendres. Il ajouta, comme en transe :

— Même dans cette robe ordinaire, avec ta modeste coiffe blanche, tu es d'une beauté à couper le souffle.

— Je t'en prie, ne te méprends pas. Je consens à te rencontrer, mais ici, à la vue de tous, en pleine lumière. Je suis là pour te parler, rien d'autre.

Il l'écoutait à peine. D'un geste implacable, il s'empara de son poignet droit et l'attira vers lui. En haletant, il chuchota à son oreille :

— Viens donc, monte sur mon cheval, allons dans les bois. Je veux te serrer d'encore plus près, ma chérie, t'embrasser comme avant. Tu te souviens ? Comme avant. Tu t'allongeais toute nue sur la mousse, ton corps était blanc et rose, de la porcelaine, mais chaude et soyeuse. Viens, sinon…

Il serra si fort son avant-bras qu'elle poussa une plainte.

— Tu me fais mal, lâche-moi, espèce de brute ! se révolta-t-elle. Je ne t'appartiens pas, je ne suis pas à ta disposition. Qu'est-ce que tu imaginais ? J'en ai assez de ménager les uns et les autres. Que t'a raconté Clémence ?

— Eh bien, qu'elle t'avait croisée au cimetière et que tu souhaitais me voir, expliqua-t-il sans desserrer son étreinte.

— Ciel, quel toupet ! Ta belle-sœur semble connaître la vérité sur nous deux, et elle m'a suppliée de te raisonner, puisqu'il paraît que tu deviens fou à cause de moi et que tu frappes ton épouse, ce qui ne me surprend plus, maintenant. Vas-tu me lâcher, ou je hurle !

Il obtempéra, l'air soucieux. Ses traits hautains se crispèrent.

— Elle ment, je te jure qu'elle ment. Clémence invente des balivernes pour me déconsidérer à tes yeux.

— Tu m'as fait tant de promesses, avant de t'enfuir du pays, que je te conseille de ne pas jurer à tous les vents, Guilhem.

— J'étais sincère, au moment où je te faisais ces serments. Angélina, je ferais n'importe quoi pour te le prouver. Je ne supporte plus Léonore, cela, je l'admets. Et je lui en veux, oui, car elle incarne tout ce qui m'a séparé de toi. Il faut me croire, je t'aime, je n'ai jamais aimé que toi, ma chérie.

Il tremblait, comme prêt à pleurer. Il se dépouillait de son arrogance, de son cynisme, et la fixait avec une ferveur étrange. Touchée, mais cependant inquiète, la jeune femme recula.

— Non, ne t'en va pas ! s'écria-t-il. Je me moque des rumeurs et du scandale à présent, crois-moi. Sais-tu pourquoi ? Parce que je t'ai sacrifiée sur l'autel de la bienséance et des différences sociales. C'était une affreuse erreur. Mais je réparerai ma faute et je serai enfin heureux. Oui, tout m'est égal, maintenant. J'ai décidé de demander le divorce, en prenant tous les torts, si nécessaire. L'Église m'estimera encore marié à cette gourde, mais je n'en ai cure, je suis peu croyant. Je t'épouserai, Angélina. Une union civile, mais tu porteras mon nom.

En frissonnant, il l'enlaça avec ardeur, comme si elle seule pouvait le réchauffer.

— Que c'est bon de te sentir contre moi ! avoua-t-il encore d'une voix altérée. Ma femme, mon amour !

Rabrouée par Luigi la veille, troublée par la tendresse passionnée de Guilhem, Angélina s'abandonna un court instant. Cet homme aurait dû être son époux devant Dieu, le père légitime de son enfant.

— Si seulement tu étais revenu plus tôt auprès de moi, libre, encore célibataire, soupira-t-elle. Il fut un temps où j'aurais sangloté de bonheur en entendant ces mots-là. Je t'ai aimé avec constance durant des mois, Guilhem. Ensuite je t'ai haï, puis rayé de ma vie. C'est trop tard. Tu serais idiot de divorcer. Pense à tes fils, au chagrin qu'aurait Léonore…

— Je garderai Bastien, mon angelot, mon pitchoun, répliqua-t-il en frottant sa joue contre son front. Il est beau, précoce, superbe. Regarde, j'ai un daguerréotype de lui ; il a posé pour le photographe de Saint-Girons.

Exalté, Guilhem sortit de sa poche intérieure un carré de papier qu'il tendit à Angélina. Elle étudia le portrait avec curiosité. « Seigneur, comme ce petit ressemble à Henri ! Il lui ressemble vraiment. Si on les mettait côte à côte, cela serait évident qu'ils ont le même père. »

— Il est très beau, en effet, approuva-t-elle.

— Ce n'est pas le cas d'Eugène. Comment ai-je pu concevoir un enfant aussi laid ? Père lui-même en vient à supposer une infidélité de Léonore à la vue de cet avorton.

— Que tu es vaniteux ! Que vous êtes sots, ton père et toi ! C'est ton fils, lui aussi, j'en suis certaine. Ce pauvre nourrisson embellira bientôt, dès qu'il sera mieux alimenté. Un bébé peut être affublé d'un physique ingrat les premiers mois et s'épanouir ensuite. Vous devriez lui donner du lait de chèvre.

— Du lait de chèvre ? répéta Guilhem, ahuri.

— Oui, certains enfants digèrent mal le lait de leur mère ou de leur nourrice, un lait que la nature a pourtant créé pour eux.

Angélina s'écarta encore d'un pas. Une sourde angoisse montait en elle à mesure qu'elle observait son ancien amant. Il éveillait sa pitié, tant il semblait désemparé, égaré. Elle redoutait aussi sa propre faiblesse, car il existait entre eux assez de souvenirs pour la bouleverser corps et âme. D'un ton ferme, elle en revint à la raison première de leur rendez-vous :

— Guilhem, si tu m'aimes vraiment, promets-moi de ne plus frapper Léonore. C'est lâche, d'abuser de ta force. Elle n'a aucun moyen de défense. Si tu persistes à la détester et à la battre, tu pourrais commettre l'irréparable. Réfléchis bien. Tu es l'unique responsable de notre séparation. Tu aurais pu demander ma main à mon père, imposer ton choix à tes parents. Tu étais majeur, il me semble, à vingt-huit ans. Voilà, je ne peux pas être plus franche. Je suis navrée si j'ai ranimé les sentiments que tu me portais, jadis, mais admets que je n'ai pas cherché à te reconquérir.

— Tu m'as laissé te donner du plaisir, dans la grange, dit-il en la rejoignant. C'est là que j'ai compris que nous étions destinés l'un à l'autre. Jamais Léonore n'a consenti à cette caresse. Je peux difficilement la toucher où je veux, à moins de l'obliger sous la menace. Mais toi, Angélina, toi, tu m'as marqué au fer rouge dans ma chair, avec tes soupirs, les frémissements de ton corps, tes audaces, ta docilité.

Guilhem disait vrai. Elle baissa la tête, confuse et effarée, prenant conscience de façon aiguë qu'elle avait tout accepté de lui, victime de sa propre sensualité presque animale, de sa frénésie amoureuse. Sans nul doute, les autres femmes se montraient plus pudiques, moins conciliantes vis-à-vis des exigences de leur mari ou de leur amant.

— Viens-tu ? implora-t-il encore. Nous passerons l'après-midi ensemble, tous les deux, dans la forêt qui nous a si souvent abrités. J'ai besoin de toi, Angélina. De ta peau, de tes baisers, de sentir tes seins sous mes mains, de…

— Pitié, arrête ! coupa-t-elle. Je ne changerai pas d'avis, je ne serai ni ton épouse ni ta maîtresse. Je te demande d'expier le mal immense que tu m'as causé, Guilhem, en m'abandonnant il y a trois ans. Au nom de la souffrance que j'ai endurée, ne te venge pas sur Léonore. Offre-lui de l'affection, du respect, et retournez là-bas, à La Réunion. Avoue que vous étiez heureux, dans les îles, Léonore et toi.

— Non, c'est hors de question ! trancha-t-il. Je ne peux pas m'éloigner de toi. Du manoir, souvent, je regarde la cité et cela me rend stupidement heureux, parce que je sais tu es là, rue Maubec. Angélina, je suis prêt à faire ce que tu exiges, même si je pense que c'est normal de sévir, quand votre femme vous insulte ou vous impose ses jérémiades, alors qu'elle a engagé sa foi devant Dieu et qu'elle s'en est ainsi remise à la volonté de son mari.

Sidérée, Angélina céda à la colère et elle en fut soulagée.

— Si je comprends bien, un époux a décidément tous les droits, celui de violer, de cogner, de tromper ! Tu me déçois encore une fois et je comprends mieux que tu aies pu me quitter sans aucun remords, sans même m'écrire. Tu es égoïste, imbu de ta supériorité de mâle. Plus jeune, j'étais aveuglée par l'amour, mais ce n'est plus le cas. Je te vois sous ton vrai jour, et cela ne m'encourage pas à croire tes belles paroles. Mon Dieu, je plains Léonore de tout cœur, moi qui la jugeais vaine et capricieuse. Je dois partir, maintenant. Tiendras-tu ta promesse ?

Il fit oui en silence, avant de lui tendre les bras.

— Laisse-moi te tenir contre moi, un peu… Tant pis si des commères nous épient et se régalent de la chose. Ce matin, j'ai jeté à la figure de ma femme que je n'aimerais que toi jusqu'à ma mort.

— Vraiment, tu perds l'esprit ! Moi, je n'ai pas envie qu'on colporte des ragots sur ma conduite. Déjà, nous nous sommes suffisamment donnés en spectacle. Au revoir, Guilhem, je te permets de m'écrire, si tu y trouves de l'apaisement.

— T'écrire ? À quoi bon ? M'enverras-tu des billets doux en retour ?

Il ricana, défiguré par le chagrin, et remonta à cheval. Tout de suite, il éperonna l'animal qui poussa un hennissement de surprise. Angélina se mit en chemin, le cœur étreint par un obscur pressentiment. « Guilhem est bizarre, beaucoup trop exalté et agité, sensible, aussi, ce qui ne lui correspond guère, se disait-elle en marchant le plus vite possible, dans sa hâte de se retrouver rue Maubec, chez elle, en meilleure compagnie. Il paraissait parfois au bord des larmes, alors qu'il a tendance à imposer sa loi, à pratiquer plutôt la froideur et le sarcasme. »

Elle en conçut une réelle frayeur pour Léonore, qui risquait de faire les frais de leur rencontre et de l'immense déconvenue de Guilhem. « S'il en venait à la tuer ? s'alarma-t-elle. Un mauvais coup pourrait être fatal. »

Angélina se mit à courir. Elle ne trouvait pas de solution à cet épineux problème. Qui pouvait intervenir, freiner la violence de cet homme au tempérament de feu et de glace ? Elle déboula sur la place de la fontaine avec le fragile espoir qu'il tiendrait sa promesse et laisserait sa femme en paix.

Il y avait des clients attablés à la terrasse de l'auberge des Sérena. L'un d'eux la salua. Elle reconnut Jean-René Sadenac, dont elle avait accouché la très jeune épouse à la fin du printemps. Mais le bruit de plusieurs sabots ferrés sur les pavés la fit se retourner. La diligence desservant la cité remontait la route de Saint-Girons. Les quatre chevaux étaient lancés au galop, afin de tirer au plus vite la lourde voiture dans la côte. À demi dressé sur son siège, le cocher maniait son fouet avec des cris rauques d'exhortation : « Allez, allez, ya, ya, allez ! »

De tout temps, au gré du destin, certains événements pouvaient se produire sans permettre à quiconque d'en modifier le cours et les conséquences. Au moment précis où la diligence obliquait vers la fontaine, Guilhem arriva à bride abattue, debout sur ses étriers. Il dut comprendre qu'il allait heurter l'attelage et tenta d'arrêter net sa monture.

— Attention ! hurla quelqu'un.

Témoin de la scène, Angélina cria également, horrifiée. L'accident eut lieu à une vitesse hallucinante. Pour éviter ses congénères, le cheval de Guilhem fit un écart brutal, mais trop tard. Il heurta les brancards, bascula sur le flanc et s'écroula sur le sol. Désarçonné, son cavalier fut projeté entre les chevaux de la voiture. Il s'accrocha comme il put aux courroies et au timon. Gagnées par la panique, les bêtes s'affolèrent.

On accourait de toutes parts. Une religieuse de l'hôtel-Dieu qui sortait de la cathédrale se précipita pour prévenir les sœurs infirmières. Madeleine et Jérôme Sérena se ruèrent devant leur établissement. Le cocher vociférait sans parvenir à calmer ses bêtes, tandis que Guilhem, lui, recevait des coups de sabot au front, à l'épaule et dans le dos. Il hurlait, pris au piège des harnachements.

— Mon Dieu, il faut l'aider ! cria Angélina. Monsieur Sadenac, au secours, vite !

L'homme bondit de son siège, suivi par deux autres clients. Mais, en dépit des efforts de leur cocher, les quatre robustes animaux s'élancèrent au grand galop sur la place. Les passagers hurlaient aussi fort que Guilhem. Ce fut lui, cependant, qui se tut le premier. À la hauteur du virage autour de la fontaine, perclus de douleurs et à demi assommé, il lâcha le timon et roula de tout son poids entre les pieds ferrés des chevaux. Une roue de la diligence lui broya le bas du dos.

— Guilhem ! cria Angélina, épouvantée.

Les gens sortaient des maisons. Le curé qui, de retour du presbytère, se dirigeait vers la cathédrale, s'élança vers la malheureuse victime.

D'une des fenêtres du salon, celles qui s'ouvraient sur le bas de la rue des Nobles et l'entrée de la place, Octavie avait assisté au drame.

— Seigneur Jésus ! Il y a eu du grabuge, mademoiselle. Un homme écrasé par la diligence. Mon Dieu, Angie est là, oui, c'est bien elle !

— Dieu tout-puissant, ce n'est pas Luigi, au moins ? Mon fils, mon Joseph ! S'il meurt, je ne lui survivrai pas, entends-tu ! Va vite aux nouvelles, Octavie, vite ! Qu'est-ce que tu attends ?

La domestique se signa et s'empressa de sortir à son tour, en tablier.

Pendant ce temps, Angélina s'était agenouillée auprès de Guilhem et, penchée sur lui, elle guettait sa respiration sifflante. Il n'avait pas perdu connaissance et, comme elle lui prenait le pouls, il cligna les paupières.

— Mon ange ! Tu es là... Je rentrais au manoir. J'ai fait demi-tour... Je devais te rattraper, te dire...

— Ne vous épuisez pas à parler, monsieur, recommanda Jean-René Sadenac.

— Les sœurs arrivent avec un brancard ! brailla un garçon d'une douzaine d'années.

La jeune femme caressa le front blafard de Guilhem d'une main. De l'autre, elle soutenait sa tête. Elle n'osait pas imaginer la gravité de ses blessures.

— Que voulais-tu me dire ? demanda-t-elle.

— Ma promesse... Je la tiendrai, oui... pour avoir une dernière chance, Angélina.

Une écume rosâtre monta à la commissure de ses lèvres. Il referma les yeux. Il s'était évanoui. Quatre religieuses en longue robe noire firent s'écarter la foule des curieux.

— Nous devons transporter ce monsieur, dit la plus âgée. Place, place, laissez-lui de l'air ! Mais c'est mademoiselle Loubet ! L'avez-vous examiné ?

— Oui, ma sœur. Le pouls est faible, mais il est encore vivant.

Octavie arriva au même moment. Elle aida Angélina à se relever et toutes deux secondèrent les sœurs qui, avec ménagement, essayaient d'allonger Guilhem sur leur civière en toile. De toutes parts, on commentait l'accident avec maintes exclamations désolées. Une vieille dame annonça d'une voix chevrotante que son neveu était parti en quête du docteur Buffardaud, qui logeait en bas de la rue Neuve.

— Monsieur Sadenac, supplia alors Angélina, avez-vous votre cheval ? Il faudrait prévenir la famille. Le manoir des Lesage. En allant jusqu'au cimetière, vous verrez, il y a un large chemin de terre, à droite, qui descend à cette propriété. C'est bien plus court que d'emprunter la route de Gajan.

— Hélas, mademoiselle, je suis venu ici à pied depuis la papeterie, en compagnie du second contremaître.

— Je vous en prie, prenez la bête de Guilhem, alors.

— Guilhem, c'est ce monsieur ?

— Mais oui !

— Son cheval boite bas, rétorqua Jean-René Sadenac. Voyez par vous-même.

Angélina aperçut l'animal qui déambulait péniblement le long du mur de soutènement de la terrasse de l'auberge. Quant à la diligence, le cocher avait réussi à l'immobiliser, des hommes venus à la rescousse ayant maîtrisé les chevaux.

— J'peux y descendre, moi ! proposa le fils du maire, un gaillard de quinze ans, la face tavelée de boutons. Sur mon grand-bi[1].

— Tu vas casser ta machine, Hector, sur un chemin de terre ! l'avertit le curé.

— Mais non, elle est toute neuve, j'ai du caoutchouc sur les jantes et, le cadre, c'est de l'acier, pardi.

— Eh bien, vas-y ! s'impatienta Angélina. Demande monsieur Honoré. Fais vite !

Serrée contre elle, Octavie reniflait bruyamment. Elle ne connaissait pas Guilhem, même si elle l'avait parfois croisé à la messe. Cependant, la vision de ce beau jeune homme en pleine force de l'âge, le visage en sang et le corps inerte, lui brisait le cœur. Elle pensait également qu'il s'agissait du père de leur petit Henri ; à son sens, cela tissait une sorte de lien entre elle et le blessé.

— Il faut que je rentre rassurer mademoiselle, bredouilla-t-elle à l'oreille d'Angélina. Elle craignait que ce soit monsieur Luigi, la victime de l'accident.

— Va, va ! soupira la jeune femme, accablée.

Elle hésitait à suivre les sœurs qui emportaient Guilhem inanimé. Le curé les escortait, son bréviaire sous le bras.

— Quel terrible accident ! nota Jean-René Sadenac tout bas. A-t-on idée, aussi, de débouler sur cette place

---

1. Dès 1869 est mis au point un bicycle, surnommé grand-bi, tout en métal avec des roues à rayons et des boudins de caoutchouc autour des jantes.

à une vitesse pareille. Les fers des chevaux glissent sur les pavés.

— C'est vous qui dites ça ! s'étonna-t-elle, outrée. Avez-vous oublié comment vous meniez votre animal, le jour où vous êtes venu me chercher ? J'ai cru mourir cent fois, et cela aurait pu arriver, j'en ai la preuve. Mon Dieu, cet homme était un ami. J'espère de toute mon âme qu'il va survivre.

— D'après ce que j'ai vu, mademoiselle, il vaudrait peut-être mieux qu'il n'en réchappe pas, répliqua le contremaître. Une roue de la voiture, qui est fort lourde, est passée sur ses reins. Il risque de rester infirme.

La nouvelle arracha un gémissement incrédule à Angélina. Elle fondit en larmes, à bout de nerfs. « Seigneur, quelle tragédie ! Il a voulu me rattraper, et il y a eu cet accident, cet horrible accident », songea-t-elle.

— Mademoiselle, vous êtes d'une pâleur affreuse, déclara Sadenac. Venez boire un verre d'eau à l'auberge. Je vous accompagne... Ou bien vous souhaitez attendre la famille de ce monsieur ?

Elle fit non de la tête. Il était préférable qu'elle ne se trouve pas confrontée à Honoré Lesage, lorsqu'il arriverait devant l'hôtel-Dieu, dont l'entrée jouxtait la cathédrale.

— Je vous remercie, murmura-t-elle. Je crois que le mieux serait de rentrer chez moi et de prier pour mon ami. Au revoir, monsieur Sadenac. Transmettez mon bon souvenir à votre épouse, Sidonie. Comment se porte le bébé, Célestin ?

— C'est un magnifique poupon, joufflu et rouquin.

La costosida revit la ravissante Sidonie, âgée de quinze ans et déjà mariée à ce séduisant trentenaire.

« Rosette et moi, à ce train-là, nous finirons vieilles filles, cloîtrées toutes deux rue Maubec, à coudre pour les autres femmes et à cuire des brioches le samedi », pensa-t-elle non sans une ironie amère.

Elle salua l'homme et des personnes de sa connaissance, toujours regroupées près du lieu où gisait Guilhem auparavant. Cela lui coûtait d'abandonner son ancien amant, mais sa présence à l'hôpital aurait pu intriguer.

« Et ce serait indécent d'être près de son lit quand son père, son frère et Léonore accourront à son chevet. Clémence peut être fière d'elle et de ses initiatives. Sans elle, Guilhem serait sain et sauf. Mon Dieu, accordez-lui la vie ! Il a deux petits garçons à élever. »

Elle priait avec ferveur dans le secret de son cœur. Elle passa sous les arcades des Halles en évitant de monter chez Gersande de Besnac. « Plus tard, j'irai plus tard. Si je vois Henri, je vais pleurer de plus belle, le serrer contre moi, et ce genre d'attitude l'inquiète. Octavie s'est chargée de raconter l'accident… Mais qui plaindra Guilhem dans mon entourage ? Personne. Pour eux, c'est quasiment un étranger, un riche bourgeois arrogant. »

Elle se reposa quelques minutes sous la voûte du clocher-porche. Le ciel gris libéra alors une pluie fine, mais drue. Presque aussitôt, une fragrance familière s'éleva de la terre chaude, une odeur grisante qu'Angélina respira avec avidité.

— L'eau fraîche sur le sol sec, sur les roses et l'herbe des jardins, se dit-elle à mi-voix.

Luigi, qui partait à sa recherche sur les instances d'Augustin, la découvrit ainsi, appuyée au mur, son regard d'améthyste voilé de larmes.

— Où étiez-vous, bon sang ? s'exclama-t-il. Votre père ne faisait que bougonner. Il m'a sommé de vous ramener à la maison. Nous n'avons pas pris le repas de midi encore ! Angélina, que s'est-il passé ?

Inquiet, il lui toucha l'épaule très délicatement, comme s'il ne s'autorisait pas un geste plus câlin.

— Je m'étais abritée là, mais l'averse est finie. Je viens ! dit-elle. Aidez-moi, mes jambes tremblent.

Il renonça à l'interroger et la soutint par la taille jusqu'au portail, intrigué par son air absent et sa pâleur. Dès que le cordonnier, planté au milieu de la cour, les aperçut, il explosa.

— *Foc del cel !* Ma fille, ne me joue plus de tours pareils ! Tu files en refusant de nous dire où et tu ne reviens pas. Il est plus d'une heure ; je suis affamé, moi. Pour une fois que je déjeunais ici, tu me fausses compagnie.

— Ne vous fâchez pas si fort, m'sieur Loubet, protesta Rosette, alertée par ces cris. On va casser la croûte, j'ai gardé les haricots au chaud. Eh bien ! m'selle Angie, vous en faites, une drôle de tête !

— Prends-moi dans tes bras, Rosette, implora Angélina. Serre-moi fort.

— *Diou mé damné*, Angélina ! Qu'as-tu donc, à la fin ? s'enquit son père. Blottie contre l'adolescente, elle confia son chagrin :

— Il y a eu un accident, place de la fontaine. D'ici, vous n'avez rien dû entendre.

— Il m'a bien semblé percevoir une sorte de rumeur inhabituelle, concéda Luigi.

— Un cavalier a heurté au grand galop les chevaux de la diligence ; il est tombé sur le timon. Seigneur, je l'ai vu rouler au sol, piétiné par les sabots et écrasé par une roue de la voiture. C'était abominable.

Le souffle court, Angélina fixa Augustin dans les yeux d'un air halluciné.

— Papa, c'était Guilhem Lesage. Le malheureux crachait une mousse sanglante. Les sœurs l'ont emporté. Il est peut-être mort, à l'heure qu'il est.

— Flûte, alors ! balbutia Rosette.

— Guilhem Lesage ? grogna le cordonnier. Celui qui est revenu des îles ? C'est bien triste, ma fille, mais il n'y a pas de quoi te mettre dans un tel état. Tu as étudié à Toulouse, tu en as vu d'autres, à la maternité Saint-Jacques.

— C'est le père d'Henri, papa, oui, le père de mon pitchoun. Tu exigeais son nom, le jour où je t'ai avoué la vérité. Voilà, tu l'as, ce nom. Ses parents ont refusé qu'il m'épouse ; il a cédé, il a obéi. Mais il regrettait. J'avais rendez-vous avec lui, à midi. Il m'a répété à quel point il s'en voulait. Pourtant, il ignorait l'existence de notre fils. Nous nous aimions, c'est ma seule excuse.

La révélation changea Augustin en statue et lui mit une expression de totale incrédulité sur le visage.

— Les Lesage ! dit-il après un interminable silence. Cette famille de bourgeois qui s'est enrichie dans des combines frauduleuses ? Honoré Lesage ne s'en cache même pas. Il a extorqué des terres à ses voisins. *Foc del cel !* Que penserait ta mère, Angélina ? Tu as oublié ce qu'ils lui ont fait, les Lesage ? Elle a été frappée, humiliée, bafouée, elle qui était la meilleure femme de la terre. La plainte portée contre elle, pendant des années, elle en a eu honte. Et toi tu prétends que tu aimais leur fils ? Le fils de ces gens-là ? Il aurait mieux valu te taire. Je l'aime, ce petit, je me suis attaché à lui, déjà, et maintenant... maintenant, je ne veux plus le voir, plus jamais !

— Monsieur, ne rejetez pas cet enfant à cause de sa parenté avec les Lesage, intervint Luigi. Cette affaire me concerne, Henri étant mon frère adoptif par la force des choses. Il n'est en rien responsable.

— Peut-être, mais j'aurais préféré qu'il soit le fils d'un brave gars.

— Dans ce cas, votre brave gars aurait épousé Angélina.

— Boudiou, ne vous en mêlez pas, Luigi, c'est entre moi et ma fille ! enragea le cordonnier. *Foc del cel*, Guilhem Lesage ! Si je l'avais su avant, j'aurais eu bien du plaisir à lui casser la figure, à ce jean-foutre.

Rosette continuait à consoler Angélina, toujours secouée de sanglots convulsifs.

— Mais arrêtez un peu de crier, m'sieur Loubet ! s'indigna-t-elle. Vous voyez bien que votre fille, elle ne tient plus debout ou c'est tout comme. On s'en fiche, de savoir qui c'est, le père du bout de chou. Il s'appelle de Besnac, pas Lesage. Ce n'est pas la peine d'aller à la messe tous les dimanches et certains soirs, m'sieur Loubet, pour dire des méchancetés, après. Jésus, il veut qu'on pardonne à tout le monde ; il faut pas en vouloir à m'selle Angie ni à Henri. Quant à ce pauvre Guilhem, s'il est en train de mourir, ce n'est pas chrétien d'en dire du mal.

Rosette se signa, la mine grave. Luigi lui adressa un sourire attendri.

— Je ne pourrais pas trouver mieux que ce sermon, monsieur Loubet, affirma-t-il. Rosette, vous auriez du succès, si vous montiez en chaire, aux offices.

Elle haussa les épaules, mais répondit à son sourire. Un peu calmée, Angélina regarda tour à tour son père et le baladin.

— Si Guilhem a eu cet accident, c'était pour me rattraper, me répéter qu'il tiendrait la promesse qu'il m'avait faite de ne plus s'en prendre à son épouse qu'il brutalisait. J'avais accepté de le rencontrer, car sa belle-sœur, Clémence, me l'avait demandé. Voilà, il n'y a plus de mensonges dans notre famille ! Le reste ne concerne que moi. Mais j'aurai longtemps cette vision atroce devant mes yeux, la nuit, le jour, un homme piétiné par des chevaux, qui hurlait. Mon Dieu, comme il hurlait ! Je crois entendre encore le bruit de son corps qui heurtait le timon, le choc des sabots et ces cris, ces cris de terreur et de douleur. On aurait dit un pantin désarticulé, mais qui hurlait ! Je ne pourrai jamais oublier ces cris d'agonie. C'était affreux.

Angélina ouvrit la bouche. On l'aurait crue privée subitement d'air. Elle vacilla et s'appuya à Rosette. Luigi se précipita et la reçut dans ses bras.

— Elle fait un malaise, bougonna-t-il. Je la monte dans sa chambre.

— Je viens avec vous, gémit l'adolescente. J'apporte de l'eau froide et du vinaigre. Ma pauvre m'selle Angie !

Elle reprit connaissance dans son lit. Luigi était assis sur un tabouret. Elle constata, encore hébétée, qu'il lui tenait la main.

— Où est mon père ? interrogea-t-elle. Et Rosette ?

— Votre père a quitté les lieux de très mauvaise humeur, mais il va revenir prendre de vos nouvelles. Rosette brasse ses casseroles dans la cuisine.

— Est-ce que j'ai dormi ? Je me suis évanouie, n'est-ce pas ?

— Sans être docteur, je dirai que vous avez eu un léger malaise dû au choc que vous avez subi. Le vinaigre vous a ranimée, mais vous ne vouliez pas vous réveiller tout à fait. Une petite absence de cinq ou dix minutes.

— Que faites-vous ici ?

— Je vous admirais. Assoupie, vous êtes adorable. Et je voulais vous parler. Vous vous accusez de l'accident, mais ce n'est pas votre faute, pas plus qu'Henri ne peut être jugé coupable d'avoir du sang Lesage dans les veines. Dites-moi, sans ce déplorable drame, m'auriez-vous confié que vous aviez revu cet homme ?

— Je crois, oui...

— Vous n'en êtes pas sûre ?

— Si, j'en suis sûre, car Guilhem m'a paru très perturbé et je vous en aurais fait part. J'étais très inquiète et je ne savais comment lui signifier que je ne l'aimais plus. Il clamait sa passion pour moi, évoquait son divorce et d'autres folies du genre. J'ai senti qu'il était prêt à toutes les extrémités et j'ai eu peur. Alors, cet accident peu de temps après... Il ne faut pas m'en vouloir d'être si émue, si triste. C'était le père de mon enfant.

Luigi étreignit ses doigts avec douceur.

— Ne l'enterrez pas prématurément, il peut se rétablir. Angélina, ce n'est sans doute pas le bon moment, mais, je vous l'ai dit il y a un instant, je dois vous parler. J'ai pris une décision. Je partirai le lendemain de Noël pour Paris. Dans six mois environ. Je rêve de visiter la capitale, ensuite la Belgique ou l'Angleterre. Cette fois, ce ne sera plus sous la défroque d'un saltimbanque, mais en riche aristocrate, vêtu de neuf, avide de découvrir de nouveaux horizons.

— Toujours voyager, errer, riche ou pauvre... En quête de quoi, Luigi ? demanda-t-elle. Séduire, éblouir grâce à votre musique ? Loin de moi et de nous tous !

— Mais je reviendrai, parce que je vous aime.

Il lâcha sa main, se leva, et quitta la chambre en répétant :

— Oui, je vous aime.

Elle ferma les yeux, à la fois follement heureuse et follement malheureuse. Guilhem était peut-être mort, Luigi lui avouait son amour, mais en annonçant qu'il partirait des mois, peut-être des années.

— J'en ai assez, dit-elle tout bas. Assez, assez, assez !

Angélina pleura encore longtemps. Puis, lasse de sangloter et de mordre son oreiller, elle considéra les choses différemment.

Son regard violet ravivé par une étrange espérance, elle chuchota pour elle-même :

— Guilhem vivra, c'est une force de la nature, et Noël est encore bien loin. D'ici là, je saurai retenir Luigi. Et, s'il part, je partirai avec lui...

Saint-Lizier, rue Maubec, samedi 10 septembre 1881, le matin

Angélina était assise à la jolie table en bois d'acajou qui lui servait de bureau. Le meuble aux formes élégantes occupait un angle de la grande salle lumineuse devenue son dispensaire depuis six jours. Les anciens clients du cordonnier Loubet, s'ils étaient venus visiter, auraient peiné à reconnaître l'atelier de jadis, sombre, encombré d'une somme inouïe d'outils, de pièces de cuir, de planches inutiles, d'établis surchargés de vieilles chaussures.

Aucun détail n'avait été négligé, Gersande de Besnac et Luigi ayant dépensé sans compter. Mais, à la grande inquiétude de la costosida, aucune patiente n'avait encore honoré les lieux, le lit d'examen monté sur roulettes en acier, le matériel médical, les cuvettes émaillées flambant neuves, les linges repassés et pliés sur des étagères. Tout étincelait de propreté autour d'Angélina, les murs blancs, l'armoire à pharmacie peinte de couleur ivoire, les vitres des fenêtres et de la porte-fenêtre, nettoyées au vinaigre d'alcool. Au sol, un carrelage à damier noir et blanc luisait encore, fraîchement lavé par Rosette.

Si l'ouverture officielle avait été retardée, c'était notamment pour transformer en chambre une petite pièce du premier étage qui servait de débarras à la famille Loubet depuis des générations. Comme ses parents, Angélina y rangeait des objets usagés ou cassés, des vêtements devenus inutiles, le balai réservé au grenier et aux escaliers, ainsi que des panières poussiéreuses.

Au cours d'un repas, Luigi faisant remarquer qu'il n'y avait pas de chambre pour les patientes, Rosette s'était écriée :

— Si, on n'a qu'à vider le débarras !

Réquisitionnée, Octavie avait fait merveille, secondée par la jeune fille. Gersande avait offert un lit en cuivre, un matelas neuf et une table de nuit.

Cependant, tout ça laissait Angélina perplexe. Après avoir cédé à l'enthousiasme, qu'elle avait communiqué à tous, elle s'interrogeait sur le bien-fondé de son dispensaire. Ce matin-là, dépitée, elle se reprochait d'avoir fait dépenser une fortune à Luigi, et surtout à sa chère mademoiselle.

« Même si une de mes patientes venait accoucher ici, son mari n'appréciera pas de la savoir loin de son foyer et de ses proches parents. Depuis des siècles, la tradition veut qu'une femme, après la naissance, reste alitée chez elle, soignée par sa mère et sa grand-mère. Aussi cette chambre ne servira jamais à rien. Dans mon idée, le dispensaire était réservé aux examens précédant l'accouchement et à la surveillance des nourrissons. »

Soudain, quelqu'un frappa au carreau, ce qui la fit sursauter. Elle reconnut le facteur, Paulin. Le gendre des aubergistes, tout sourire, entra sans attendre sa réponse.

— Bonjour, mademoiselle Loubet ! claironna-t-il. Vous avez deux lettres, aujourd'hui. Désolé de vous déranger, hein ! d'habitude, votre servante accourt me prendre les enveloppes des mains.

— Rosette est partie au marché de Saint-Girons, expliqua-t-elle. Merci, Paulin.

— À votre service, mademoiselle. Fanchon et moi, on dit du bien de vous partout. Louise profite ; elle n'a plus de coliques, et c'est grâce à vos bons conseils. Bon, on est un peu tristes qu'elle soit placée en nourrice, mais, comme c'est une voisine, finalement, on peut la voir à notre guise. Dites, c'est impeccable, votre dispensaire. Parole, je vous enverrai du monde, moi !

Touchée, Angélina raccompagna le facteur sur le seuil de la pièce. Couché au milieu de la cour, Sauveur remuait la queue. Il aimait bien Paulin et ne grognait jamais quand il franchissait le portail.

— À demain ou à ce soir, mademoiselle Loubet !
— À demain !

La jeune femme retourna s'asseoir. Elle arrangea les plis de sa longue jupe noire et lissa le jabot de dentelle de son corsage. L'ouverture de son courrier la rendait nerveuse. En effet, depuis deux semaines environ, Clémence Lesage et Angélina correspondaient régulièrement.

Guilhem avait survécu à l'accident. Il avait séjourné cinq jours à l'hôtel-Dieu de Saint-Lizier, dûment soigné par les religieuses et le docteur Buffardaud. Il souffrait de contusions au crâne et d'une épaule démise. Mais Jean-René Sadenac avait vu juste, le fils cadet des Lesage était paralysé des membres inférieurs. Sollicité par son père, un médecin de Toulouse s'était montré optimiste : cette pathologie n'était peut-être que temporaire.

Angélina avait suivi le rétablissement du blessé, d'abord en questionnant les religieuses, puis grâce à la première lettre de Clémence. La belle-sœur de Guilhem avait pris les devants, profondément émue par ce drame dont elle s'attribuait la responsabilité. « Si elle m'écrit ça, elle sait comment l'accident est arrivé, avait alors pensé la jeune femme. Donc, Guilhem lui a tout raconté. »

La confirmation de ce soupçon lui avait été donnée dans la deuxième lettre. Seule Clémence était au courant du coup de folie du jeune homme, les autres croyant à un malencontreux coup du sort.

— Voyons un peu ! soupira-t-elle en décachetant une enveloppe en papier épais, d'un blanc pur.

Chère Angélina,
Cette correspondance me devient indispensable, car c'est une joie, dans notre malheur, de vous écrire et de recevoir vos réponses. Comme je vous l'ai promis, je vous transmets tout de suite des nouvelles de Guilhem. Pour l'instant, il est très raisonnable et nous répète

qu'il guérira rapidement. Rien n'a changé depuis ma précédente missive. Il passe ses journées dans le grand salon, près d'une porte-fenêtre ouverte sur le parc. Il a tout à disposition, de l'eau, des sucreries, des romans que j'ai choisis dans la bibliothèque du manoir. Le petit Bastien grimpe sur ses genoux matin et soir et cajole son papa. C'est un tableau émouvant que nous contemplons le cœur serré, mon mari, mon beau-père et moi. S'il est déplorable de le voir ainsi, nous considérons cependant que c'est un vrai miracle qu'il ait survécu à cet accident, qui aurait pu lui coûter la vie.

Du côté de Léonore, là aussi, rien n'a changé. Elle garde la chambre et n'aura donc accordé à son époux qu'une unique visite à l'hôtel-Dieu, le jour même de cette tragédie.

J'ai tenté de discuter avec elle, de la raisonner, mais elle s'obstine à bouder Guilhem. Malgré le triste état dans lequel il se trouve, elle ne lui pardonne pas les coups reçus, ni ce qu'il lui a avoué avant de galoper à votre rendez-vous, comme quoi il vous aimait et vous aimerait toujours. Mais à quoi bon ressasser ces tragiques circonstances ? Comptez sur moi pour vous annoncer la moindre amélioration dans l'état de mon beau-frère, qui fait peine à voir, souvent, le regard perdu, ses mains crispées sur les accoudoirs du fauteuil.

Bien à vous,
Clémence Lesage

Angélina replia hâtivement la feuille de papier et la remit dans l'enveloppe, qu'elle rangea dans le tiroir de la table. Ses prières avaient été exaucées. Guilhem avait eu la vie sauve. Mais à quel prix ? Cette question, elle se la posait souvent, et chaque fois les atroces images de son ancien amant sous les pieds des chevaux repassaient dans son esprit. Elle avait même revu la scène en rêve, en éprouvant la même impression d'impuissance, de fatalité implacable.

— Dieu fasse qu'il se rétablisse complètement, dit-elle tout bas, émue.

La seconde lettre était postée de Luchon. Au dos figurait le nom de Philippe Coste.

— Tiens, pourquoi m'écrit-il ?

Elle eut envie de déchirer ce courrier-là, l'obstétricien lui apparaissant comme un fantôme du passé dont elle se moquait éperdument. Mais la curiosité fut la plus forte.

Ma très chère Angélina,

Les jours, les semaines, les mois s'écoulent et, malgré toute ma volonté, votre souvenir demeure, vivace, invincible. Vous n'avez pas daigné répondre à mes cartes de vœux. Même si je le comprends, j'en ai été peiné.

Je vous ai présenté mes excuses, j'ai imploré votre pardon, et vous opposez un silence insupportable à mes remords.

Aussi ai-je pris la décision de vous rendre visite afin que nous puissions nous revoir. Je vous annonce mon arrivée à Saint-Lizier le mercredi 14 septembre, par le train de neuf heures.

J'ose espérer que vous m'ouvrirez votre porte, à défaut de votre cœur.

Votre attentionné,
Philippe

Furieuse, Angélina froissa la lettre et la jeta dans sa corbeille à papier. Elle ne voulait pas revoir le docteur Coste ni écouter ses doléances, ses déclarations d'amour. Seul Luigi occupait ses pensées, son âme, son cœur et, puisqu'il l'aimait également, elle refusait de prendre le moindre risque. « Si Philippe vient ici, chez moi, Luigi pourrait s'en offusquer ou, pire encore, m'encourager à épouser ce riche et sérieux quadragénaire », se dit-elle.

Afin de vaincre son exaspération, elle sortit dans la cour et marcha de long en large sous l'œil intrigué du pastour. Elle entendit un bruit de sabots dans la rue et s'immobilisa un instant. Mais le cheval poursuivit son chemin. Ce n'était donc pas Blanca et la calèche, qu'avaient empruntées Luigi et Rosette pour descendre au marché. En les revoyant avant leur départ perchés tous les deux sur le siège avant, joyeux et complices, elle dut contenir une vague jalousie. Sans leur prêter des sentiments amoureux, les sachant surtout très bons amis, elle enviait la jeune fille qui avait pu partir en compagnie du baladin et s'était promenée avec lui d'étal en étal, au sein de l'atmosphère animée et colorée de la grande foire du samedi matin.

— Ils doivent nous rapporter un jambon sec, Sauveur, confia-t-elle au gros chien blanc. Tu imagines ça, un jambon entier que nous accrocherons à une poutre. Du miel aussi, et du pain frais.

Le pastour se leva et se mit à aboyer de sa voix grave et puissante. Quelqu'un tira la chaînette qui actionnait une clochette en bronze, fixée de l'autre côté du portail. C'était encore une idée de Rosette. Angélina courut ouvrir. Elle fut sidérée de se trouver nez à nez avec Lucienne Messin, un beau poupon dans les bras.

— Bonjour, mademoiselle Loubet. J'ai su par l'annonce dans le journal que vous aviez ouvert un dispensaire. Je suis venue pour que vous examiniez mon petit. Vous le reconnaissez, au moins ? Le petit Pierre ?

— Pierre ? Entrez, je vous en prie.

Incrédule, Angélina se remémora sa dernière visite chez les fermiers où elle leur avait proposé d'adopter un nouveau-né que sa mère abandonnait. Jean Messin avait refusé, mettant sa femme au désespoir.

— Pierre ? Mais une sœur l'avait emmené à l'orphelinat de Foix ! s'étonna-t-elle.

— Oui, je sais. Je vais vous expliquer…

Elles pénétrèrent dans la salle. Tout de suite, Lucienne Messin s'extasia.

— Que c'est propre, dites donc, et bien aménagé ! Vous avez même des équipements modernes.

— Je vous remercie, madame, et je suis heureuse que vous soyez ma première patiente… enfin, Pierre est mon premier patient. C'est un beau bébé pour son âge. Trois mois depuis le 28 août.

— Vous connaissez sa date exacte de naissance ? Tant mieux, nous pourrons lui fêter ses anniversaires le véritable jour.

— Je tiens un registre où je consigne chaque accouchement, précisa Angélina, impatiente de savoir pourquoi et comment les Messin avaient récupéré l'enfant. Très souriante, la fermière embrassa le petit sur le front.

— Le lendemain de votre visite avec la religieuse, j'ai juré à mon mari que je me pendrais dans sa grange si je n'avais pas un bébé à mettre au sein. Déjà, j'avais pleuré toute la nuit. Ma belle-mère me rabâchait de couper mon lait, mais je refusais en hurlant. Mon pauvre Jean a pris peur. Vous savez, il m'aime beaucoup. Il a un sale caractère, boudiou ! Coléreux avec ça ! Mais il m'aime. Pendant deux jours, je l'ai menacé de me supprimer et, du coup, on discutait de ce pitchoun, qui était si beau, si robuste. Il avait remarqué ça, Jean… Figurez-vous, mademoiselle Loubet, qu'il a fini par céder, et j'en suis restée tout ébahie. Ensuite, ça n'a pas traîné, on a pris le train et on a pu ramener notre p'tit gars. Notre Pierre.

— L'avez-vous adopté légalement ?

— Oui, depuis un mois, il s'appelle Pierre Messin. Hein, mon mignon ?

La femme embrassa à nouveau le bébé qui éclata de rire. Angélina, en admiration, lui caressa la joue.

— Il est très éveillé et on le sent d'un tempérament joyeux. Comme je suis contente, madame ! Je pensais souvent à ce petit garçon qui avait si peu de chances de tomber dans une bonne famille. C'est un miracle, à mes yeux.

— À vos si beaux yeux, renchérit la visiteuse gentiment. Ce que je suis heureuse de vous revoir dans ces conditions, mademoiselle Loubet ! Je n'oublierai jamais ce que vous avez fait pour moi, parce que, pour revenir à la ferme après la grosse colère de mon mari, il vous fallait du courage. Si vous ne m'aviez pas parlé de Pierre, ce jour-là, j'aurai baissé les bras, je serais peut-être morte et enterrée. Dieu vous bénisse !

Lucienne Messin retenait des larmes de gratitude. Afin de couper court à l'émotion qui l'envahissait aussi, la costosida amorça une conversation plus pratique.

— Qu'est-ce qui vous amène, chère madame ? Pierre est-il malade ? Il n'en a pas l'air du tout.

— Il tète bien et ses selles sont fréquentes, mais il a des plaques rouges sur les fesses et de vilaines croûtes sur le crâne.

— Allongez-le sur le lit. Il faudrait lui ôter ses langes et son béguin.

Angélina eut plaisir à contempler le corps rose et potelé du nourrisson qui, une fois les jambes libérées, se cambra à plusieurs reprises avec une vigueur peu commune.

— Votre mari aura un solide gaillard d'ici une dizaine d'années, déclara-t-elle.

Elle examina soigneusement le bébé. Les rougeurs n'avaient rien d'alarmant, ni les plaques jaunâtres qu'on devinait sous ses cheveux bruns. La jeune femme en vint à songer que Lucienne Messin avait pris ce prétexte pour monter à Saint-Lizier et lui montrer Pierre. Elle lui conseilla un baume que le frère Eudes, le vieil apothicaire, préparait à sa demande pour les peaux fragiles des nourrissons.

— Contre les croûtes de lait, passez-lui de l'huile d'amande ou du saindoux. Elles disparaîtront dès qu'il mangera des purées et de la bouillie au lait de vache, s'il les digère bien.

Les deux femmes bavardèrent encore, le temps de rhabiller l'enfant.

— Que proposez-vous, mademoiselle, dans votre dispensaire ? demanda la fermière.

— Ce qui est indiqué dans l'annonce. Les soins aux enfants de la naissance à quatre ans et la surveillance de la grossesse, de même que ses suites. Quant à l'accouchement à proprement parler, j'y réfléchissais avant votre arrivée. Je crois que les femmes préfèrent donner la vie dans un cadre familial, mais il y aura peut-être des exceptions. Sans indiscrétion, comment êtes-vous venue à Saint-Lizier ?

— Un de nos valets m'a amenée en cabriolet. Il s'est garé plus loin, près du jardin public. Merci de votre gentillesse, mademoiselle Loubet, et merci encore pour Pierre.

Lucienne Messin tira une bourse en cuir de la poche de sa veste.

— Combien est-ce que je vous dois ?

— Deux francs, mais si vous jugez que c'est trop cher...

— Je vous donnerais bien davantage, si je pouvais ! répliqua la femme. Soyez tranquille, je parlerai en bien de cet endroit, ça oui.

Après son départ, Angélina s'empressa de nettoyer le lit et de retendre le drap en toile bise épaisse. Elle considéra les pièces d'argent avec une stupeur ravie.

— C'est un début, se dit-elle, toute fière.

Jusqu'à midi, elle rêva à une multitude de patientes et de très jeunes patients qui défileraient là, dans son dispensaire. Enfin confiante en l'avenir, elle ferma à clef et s'en alla, le pastour sur ses talons. Le déjeuner était prévu chez Gersande de Besnac, avec Rosette et Luigi qui ne tarderaient pas à revenir du marché.

« Je leur raconterai cette visite et l'histoire de Pierre, se promit-elle. Nous ferons un délicieux repas. Je pourrai câliner mon pitchoun et écouter Luigi jouer du piano. Seigneur, merci de m'accorder tant de grâces ! Guilhem est vivant et j'aime un homme de toute mon âme, monsieur Joseph de Besnac, le fils du vent, Luigi, le prince de la cité. »

Elle marchait vers la rue des Nobles, légère et très gaie. Un vol de tourterelles s'abattit sur le faîte d'un mur d'où croulait une nuée de roses rouges dont les pétales fanés jonchaient les pavés. Angélina cueillit une des fleurs qu'elle porta à ses lèvres.

« Le pire est derrière moi, pensa-t-elle, souriante. Derrière nous tous... »

13

Le dispensaire

Rue des Nobles, même jour, samedi 10 septembre 1881

— Angie, ma chère enfant, je te vois si peu ces temps-ci, soupira Gersande de Besnac. Je sais que vous avez tous été très accaparés par ton dispensaire, mais parfois je m'ennuyais beaucoup. Même Octavie me lâchait.

La vieille dame arborait un chignon haut et un peu de fard rose sur ses joues diaphanes. Un splendide châle en cachemire couvrait ses épaules menues. Les doigts parés de ses plus jolies bagues, un collier de perles au cou, elle était charmante.

— Je suis navrée, dit Angélina. Il faut que vous veniez plus souvent dans mon petit logis.

— À cause de l'affreuse côte qui monte rue Maubec, mon Dieu, chaque fois, j'ai les jambes endolories, au retour. Alors, qu'as-tu à me raconter ?

— Cela dit, ajouta malicieusement Angélina, l'exercice physique est excellent pour la santé. Mademoiselle, j'ai reçu mes premiers patients ce matin. Moi qui commençais à me tracasser, je suis un peu rassurée.

Octavie, en pleine préparation d'un coq au vin, leur apporta de la limonade. Un tablier maculé de taches rouges sanglé à la taille, la domestique éclata d'un bon rire.

— J'écoutais d'une oreille. Je suis bien contente pour toi, Angie.

— Moi aussi, content, Angie, gazouilla Henri, qui jouait avec une locomotive en métal, un modèle réduit d'un réalisme impressionnant.

— Quel beau jouet, mon pitchoun ! s'étonna-t-elle.

— Luigi l'a donné, ajouta le garçonnet en imitant le bruit d'un train.

— Oui, Luigi lui a fait ce cadeau, précisa Gersande, la mine réjouie. Le soir, mon grand fils s'amuse avec lui. Si tu les voyais ! Deux gamins ! Souvent, il emmène Henri dans sa chambre et lui joue des airs sur le piano, des comptines.

— Je l'ignorais, répliqua la jeune mère, très surprise.

— Dieu m'a accordé un immense bonheur, Angie. Tous les jours, je prie et je remercie le Ciel. Je me moque d'être appelée madame, car maintenant Luigi me le dit avec une sorte de tendresse. Hier soir, il m'a même embrassée sur le front, là.

Du bout de l'index, elle désigna une place au-dessus de son sourcil gauche. Attendrie, Angélina eut un sourire rêveur. Elle ne pouvait pas se vanter d'avoir reçu la moindre caresse, le moindre baiser de la part du baladin, ces dernières semaines.

— Et Guilhem, as-tu des nouvelles de lui ? demanda la vieille dame avec une réelle compassion.

— Clémence continue à m'écrire. Il n'y a pas d'amélioration. Cependant, il espère retrouver l'usage de ses jambes.

— Quel grand malheur, à son âge ! Je crains qu'il ne devienne infirme pour de bon. En Lozère, un des valets du domaine était tombé d'un plancher à foin sur la barre d'une charrue. Le pauvre homme a fini ses jours dans un lit, le bas du corps paralysé et le dos rongé par des escarres.

Il y eut un silence pendant lequel Angélina adressa une courte prière au Seigneur, à qui elle demanda d'épargner à Guilhem ce triste destin. Enfin, elle déclara tout bas :

— Philippe Coste m'a écrit. Il m'impose sa visite mercredi prochain. Je vais lui envoyer un télégramme pour le prier de ne pas faire le voyage.

— Tu as raison, cet homme doit te laisser en paix, à présent… Et avec Luigi ? Tu peux te confier à moi, ma chérie.

— Mademoiselle, nous sommes bons amis, c'est mieux ainsi. Je vous avais mise en garde dès son retour ici. Il n'est pas du genre à se marier. Pas encore, et peut-être pas avec une sage-femme au passé tumultueux.

— Fadaises ! s'emporta Gersande de Besnac. Vous seriez très heureux ensemble.

Un joyeux vacarme dans l'escalier les fit taire. Elles entendirent Octavie ouvrir la porte du palier. Rosette entra la première dans le salon, les joues empourprées et un rire muet plissant ses joues.

— Bonjour, mademoiselle Gersande ! s'exclama la jeune fille. On s'est bien amusés, m'sieur Luigi et moi. Vous avez entendu ça ? Il m'a appris à dire mademoiselle. Il a aussi marchandé pour acheter des coudenous[1]. On les fera cuire sur le feu demain soir, dans la cour rue Maubec. Il faisait ça, votre baladin, quand il courait la campagne… Il y a une surprise pour vous deux, mademoiselle Angie et vous.

Luigi les rejoignit. Il portait à bout de bras un panier rempli de fruits et de légumes. Dans sa main libre, il serrait des bouquets de dahlias d'un jaune orangé.

---

1. Saucisson à base de couenne de porc, charcuterie typiquement ariégeoise.

— Du soleil dans la maison, annonça-t-il. Ces fleurs m'ont ébloui. Un bouquet pour vous, madame, un autre pour vous, Angélina. Hum, comme ça sent bon, ici ! Octavie, je suis sûr que tu as fait du coq au vin.

Toujours affairée, la domestique répondit bien fort depuis la cuisine :

— Eh oui, avec le bon vin que vous avez fait livrer hier, monsieur.

— Boudiou ! jura Luigi en exagérant l'accent du pays. Je prends goût à la dépense.

— Merci pour les fleurs, mon enfant, soupira sa mère avec un sourire éperdu d'amour.

— Oui, merci, elles iront à merveille dans le dispensaire, renchérit Angélina.

Elle en profita pour parler de la visite de madame Messin, ce qui enchanta Luigi. Rosette s'enflamma à son tour :

— Je vous l'avais bien dit, mademoiselle. Vous aurez vite plein de patientes.

Durant le déjeuner, ils en discutèrent encore. Ce fut un peu avant le dessert que la costosida perçut une excitation anormale du côté de la cuisine, où Luigi et Rosette avaient filé avec des mines complices. L'affectueuse familiarité dont ils faisaient preuve inquiétait d'ailleurs Gersande.

— Sois vigilante, Angie, chuchota-t-elle, les sourcils froncés.

— Je n'ai pas à l'être, rétorqua-t-elle sur le même ton bas. Rosette change dans le bon sens en côtoyant Luigi. Avez-vous remarqué qu'elle s'exprime mieux et qu'elle retient les jurons qui lui venaient tout seuls sur les lèvres ?

La jeune femme distingua alors des coups frappés à la porte. Peu après, elle reconnut la voix de son père. C'était tellement improbable que son cœur s'emballa. Pourtant, le cordonnier lui apparut, tenant Germaine par le bras.

— Nous avons des invités pour déguster le gâteau à la crème que j'ai acheté en ville, déclara Luigi.

Il esquissa une révérence, l'air triomphant. Depuis quelques jours, il avait troqué sa large tunique et son gilet de cuir contre une chemise ajustée à grand col et une veste cintrée en drap de laine. Sa chevelure noire sagement attachée sur la nuque, il avait superbe allure.

Troublée, Angélina baissa la tête. Elle qui n'était pas d'une nature romantique, elle se prit à rêver d'un mariage dans la cathédrale de Saint-Lizier, avec la musique de l'orgue, des lys et des roses en abondance. Elle ne se parerait pas d'un voile, symbole de virginité, ni d'une robe blanche, mais d'une exquise toilette assortie à ses yeux, de la mousseline mauve ou parme.

— Mademoiselle, vous ne dites pas bonjour à votre papa ! lui reprocha Rosette.

— Mais si, bien sûr ! s'écria-t-elle en se levant vite de table. Papa, excuse-moi ; vous aussi, Germaine. J'étais abasourdie, je ne savais plus quoi penser. Vous voir ici…

Gersande offrait un sourire satisfait, ce qui indiqua à Angélina qu'elle était dans la confidence.

— Madame Loubet, monsieur Augustin, je suis vraiment flattée que vous m'honoriez enfin de votre présence. C'est un des plus beaux jours de ma vie ; nos deux familles sont réunies, et sous mon toit. Germaine, asseyez-vous, là, à mes côtés. Je peux vous appeler Germaine, n'est-ce pas ?

L'épouse du cordonnier ne répondit pas, d'abord gênée, mais elle parut bientôt se détendre. Elle croyait découvrir chez l'aristocrate un décor bien plus luxueux. Avec un léger soupir, elle prit place près de la maîtresse des lieux et observa le cadre harmonieux, mais sobre qui les entourait. Henri, qui attendait patiemment le gâteau, vint se coller aux genoux d'Augustin afin de lui montrer son train mécanique.

— Tu as vu ? Il est beau !

Mal à l'aise, son grand-père fixa le jouet d'un œil intéressé. Il considéra toutefois l'enfant avec une sorte de méfiance. Il ne l'avait pas revu depuis qu'il savait la vérité sur Guilhem.

— Écoute ! insista le petit. Le bruit, je sais faire, le bruit du train...

Pour imiter le son de la locomotive, le garçonnet gonfla sa bouche et secoua ses boucles châtain clair. Le cordonnier ne résista pas à ce spectacle pittoresque. Il tendit la main et caressa les cheveux de son petit-fils.

— Veux-tu venir sur mes genoux, mon joli pitchoun ? demanda-t-il, la gorge nouée par l'émotion.

— Oui.

Germaine essuya une larme, alors que Rosette jubilait. Le plan de Luigi s'était déroulé à la perfection. Le fantasque baladin avait réussi un véritable tour de force en persuadant Augustin de pactiser avec sa mère.

— Qu'avez-vous à lui reprocher, au fond ? s'était-il écrié après avoir invité le couple Loubet à venir prendre le dessert rue des Nobles. Gersande de Besnac appartient à une famille protestante, soit, mais, je peux en témoigner, elle ne va plus au temple depuis belle lurette et c'est une chrétienne tout comme vous. J'ai cru comprendre qu'elle veille sur votre fille avec tendresse depuis des années. Angélina lui doit beaucoup et elle souffre de votre froideur à l'égard de sa bienfaitrice, ce qui me peine aussi, cette dame étant ma mère.

La discussion avait eu lieu sur le champ de foire, en présence de Germaine qui s'était empressée de soutenir les idées de Luigi. Finalement, le cordonnier avait capitulé, ayant à cœur de ne pas contrarier celui qui, à son avis, devait à tout prix devenir son gendre.

Sidérée par l'événement, Octavie sortit deux assiettes à dessert supplémentaires.

— Je crois que c'est l'occasion de déboucher le champagne, proposa Gersande, la fameuse bouteille que nous n'avons pas pu boire le soir où madame Séréna est venue chercher Angélina.

— C'est que je l'ai remise à la cave, mademoiselle, pour qu'elle reste au frais, dit la domestique.

— J'y vais, proposa Luigi. Vous ne désirez rien d'autre, maman ?

Le mot lui avait échappé, résonnant tel un feu d'artifice dans le silence qui régnait à cet instant-là dans le salon. Bouleversée, Gersande demeura bouche bée, sans pouvoir répondre. Conscient du choc qu'il lui avait causé, le baladin plaisanta :

— Je suis désolé ! Vous n'allez pas vous évanouir, au moins ? Remettez-vous, maman !

La vieille dame fit un effort surhumain pour ne pas éclater en sanglots. Très digne, elle parvint à sourire.

— Oui, mon fils, je tiendrai bon, même si mon cœur lâche.

Rosette et Octavie frappèrent dans leurs mains, ravies de la réplique, qui parut plaire aussi à Luigi. Il salua sa mère, le regard brillant de malice, et sortit.

— Quelle journée ! s'extasia Angélina. Chère mademoiselle, vous en tremblez. Je suis si heureuse pour vous !

— Qu'est-ce qu'il y a d'extraordinaire ? s'enquit Germaine.

— Monsieur Luigi disait toujours des madame à m'selle, précisa Rosette. Pensez donc, elle était triste. Mais là, voilà qu'il lui a dit maman !

Un peu plus tard, le partage du gâteau en huit parts, une génoise garnie de crème chocolatée nappée d'amandes pilées et caramélisées, scella la réconciliation générale. Le champagne acheva de créer l'harmonie. C'était un cru de qualité qui ravit les palais.

Angélina vit son père causer chaussures avec celle qu'il surnommait si souvent la huguenote et Germaine donner une recette de cassoulet à Octavie. Luigi alla bientôt chercher son violon, le petit Henri perché sur son dos. Il joua des airs de sa composition qui suscitèrent une vive admiration.

« *Foc del cel*, ma fille doit l'épouser ! pensa Augustin. Qu'est-ce qu'ils attendent ? Je ne suis pas aveugle, ces deux-là se quittent rarement des yeux et passent la moitié de leur temps ensemble. Ce gars-là est un homme de valeur, intelligent, simple, modeste, et riche, très riche. »

Au même moment, Gersande de Besnac regardait son fils avec admiration.

« Mon fils, ma fierté, ma joie ! se disait-elle. Quel talent il a ! J'aurais voulu que mon William puisse l'écouter, le connaître surtout. Mon Dieu, vous qui m'avez déjà exaucée au-delà de mes espérances, faites que Luigi et Angélina se marient, que j'aie le bonheur d'être grand-mère. »

Grisée par la musique et le champagne, Rosette termina la part de gâteau d'Henri, qui n'avait pas pu finir son assiette. Très gourmande, la jeune fille se disait qu'elle n'avait jamais rien mangé d'aussi savoureux. Mais, une fois rassasiée, elle se sentit prise de nausées. Quand le cordonnier alluma sa pipe, ce fut bien pire.

— Je vais prendre l'air, annonça-t-elle. Je ne suis pas habituée à avaler tant de crème d'un coup.

Attendrie, Angélina la suivit des yeux. Elle avait souvent recommandé à sa protégée de ne pas abuser du sucre ou du saindoux.

Lorsqu'elle eut disparu, elle se retourna vers Luigi dont le profil se détachait en contre-jour, car il se tenait devant une des fenêtres. Elle l'aimait parce qu'il était bon, généreux, drôle, imprévisible aussi, et elle se promit à nouveau de le retenir entre les murs de sa cité par toutes les armes dont une femme disposait.

*

Le soir, Angélina et Rosette se retrouvèrent seules rue Maubec, gardées par le pastour. Elles avaient fermé le portail à clef, nourri Blanca, et c'était l'heure paisible de la veillée.

Assises au coin de la cheminée où flambaient trois grandes bûches de frêne, elles s'entretenaient des tâches ménagères à mener à bien le lendemain.

— Il restera des braises, au p'tit jour, dit la jeune fille. Avec, j'allumerai le poêle en ferraille du hangar pour faire la lessive. Ça séchera vite, avec ce vent chaud.

— Ne fais bouillir que les torchons et mes blouses. Je donnerai les draps à madame Eudoxie.

— La vieille lavandière ? Bah, elle ne fait pas mieux que moi, sauf que je rince dans votre bassin de la cour, pas au lavoir.

— Et tu te fatigues beaucoup. À ce propos, tu as encore mis à tremper le linge que je tiens à laver moi-même, Rosette. Tu vois de quoi je parle.

— Oui, le linge de vos périodes[1]. Ne vous tracassez donc pas, mademoiselle Angie ; je m'occupe de ça dans le coin du hangar ; personne ne me voit faire. Ne soyez pas gênée, je lavais les guenilles de Valentine, avant.

— Tu penses souvent à ta grande sœur, n'est-ce pas ? demanda gentiment Angélina.

— Pas tant que ça. Je me dis qu'elle est mieux là où elle est. Quand on a trop de misère et de malheurs, la vie, elle ne vaut pas grand-chose. Moi, je suis gâtée par le bon Dieu, je crois bien. Regardez, je n'ai pas osé le montrer à midi. C'est un cadeau de monsieur Luigi.

Rosette souleva son foulard pour exhiber un collier en cristal de roche, composé de minuscules pierres irrégulières d'une jolie transparence rosée.

— Je n'en suis pas peu fière.

— Je finirai par être jalouse, menaça Angélina en riant. Sais-tu, Luigi t'aime beaucoup.

— Oui, il me l'a dit à l'oreille, que j'étais comme sa petite sœur. Vu que je suis la vôtre aussi, j'en ai de la chance !

Angélina se leva et attrapa un livre posé sur le manteau de la cheminée.

— Ce soir, nous avons le temps, Rosette. Continuons tes leçons de lecture. Mais, d'abord, promets-moi

---

1. Terme usité à l'époque pour parler des règles de la femme.

d'obéir. Le mois prochain, tu ne touches plus à mes guenilles, comme tu dis. Je m'en chargerai. Tu as bien assez des tiennes !

L'adolescente approuva en levant les yeux au ciel, puis elle se concentra sur les lettres alignées au bas d'images qui la ravissaient, des animaux, des objets usuels, des fleurs et des fruits. Elle ânonnait, très appliquée :

— P et O, po, un pot...

Elle progressait, mais certains mots la déroutaient, ceux qui comportaient des consonnes accolées, comme cheval ou guitare. Indulgente, Angélina lui expliquait patiemment les secrets de la langue française.

— Bien, allons nous coucher, déclara-t-elle quand le feu fut réduit à un lit de braises rougeoyantes. En espérant que personne n'aura besoin de moi cette nuit...

— Oui, au pieu ! Pi... et eu... blagua la jeune fille.

— Vilaine, tu sais que je n'apprécie pas ce mot-là.

— Pardon ! Dites, ça m'a échappé.

— Ce n'est pas très grave. Mais tu me donnes toujours du mademoiselle. Si tu m'appelais Angélina. ? Je te le demande depuis plusieurs mois.

— Je n'y arriverai jamais.

— Mais si, essaie.

— D'accord, Angie, bonne nuit, Angie.

— Bravo, l'encouragea la jeune femme.

Elles montèrent en riant, chacune ayant un bougeoir à la main. Une fois couchée, Angélina ne pensa qu'à Luigi, dont elle chérissait chaque attitude. Soit il appuyait son menton sur le bois du violon, l'archet suspendu au-dessus de l'instrument comme un oiseau étrange, soit il lui souriait, une coupe de champagne à la main. Enfin, elle tenta de concevoir ce qu'elle ressentirait s'il était allongé à ses côtés. Malgré sa liaison avec Guilhem et le viol que lui avait fait subir Philippe, elle n'avait jamais vu ou caressé un homme complètement nu. Les joues brûlantes, le corps parcouru de frissons délicieux, elle poussa plus loin son imagination, affolée par le souvenir de leur baiser, qui laissait présager des plaisirs plus intenses encore. Enfin, épuisée par cette journée si particulière, elle s'endormit.

Dans la chambre voisine, Rosette fut incapable de trouver le sommeil. Une phrase d'Angélina l'obsédait, pareille à un insecte agaçant, peut-être même susceptible de la piquer et de la faire souffrir.

« Tu as bien assez des tiennes ! » avait dit la costo-sida pour évoquer les linges dégoûtants, souillés du sang menstruel, qu'il fallait laver dans la plus grande discrétion. Certaines femmes se livraient à cette corvée dans leur cave, d'autres au fond d'un cellier obscur, en l'absence des hommes de la maison.

Les yeux grands ouverts dans la pénombre, Rosette tentait de se rappeler la dernière fois où elle avait lavé ses propres guenilles, le plus souvent des bandes de tissu découpées dans des draps usés. Elle avait l'impression confuse que cela remontait à plusieurs semaines.

« Voyons, il y a eu les travaux du dispensaire, tout le mois d'août. Est-ce j'ai eu mes affaires ? Je ne crois pas, j'étais tout le temps en train de gratter le vieux plâtre, ou dans la cuisine à préparer à manger pour m'sieur Luigi et m'sieur Loubet. Avant, j'avais eu ce gros chagrin, ma Valentine qui est morte, et le père, ce sagouin. J'étais toute retournée, pardi, avec cette histoire. Bah, ça va arriver, sûrement… »

Elle posa ses mains sur son bas-ventre, en quête de la douleur sourde, parfois irradiante, qui préludait à ses jours d'indisposition.

« M'selle Angie, elle dit ça, qu'elle est indisposée. Il y en a qui causent de leurs ourses, d'autres de leurs lunes. Non, j'ai pas mal du tout. »

Rosette renonça à s'interroger davantage. Elle se pelotonna sous ses couvertures et, pour se distraire, elle revit le joyeux déjeuner chez Gersande de Besnac. Mais son esprit lui renvoya un épisode moins agréable, celui où elle avait vomi le gâteau et le coq au vin dans l'évier de la cour.

« Tu parles d'une tuile ! songea-t-elle. J'ai dû tirer de l'eau au puits pour rincer mes cochonneries. M'selle Angie a raison, je suis trop gourmande, ces temps-ci. Valentine aussi, ça lui prenait de vomir, même si on ne mangeait pas gras, nous autres. C'était quand le père lui avait fait un petit, la pauvre. Elle ne gardait rien ; elle n'avait plus que la peau sur les os. »

Cette réminiscence glaça la jeune fille, qu'un soupçon odieux terrassa. Elle se redressa dans son lit, le cœur cognant à grands coups irréguliers comme une machine déréglée.

— Ça y est, j'me souviens, la dernière fois que j'ai eu mes affaires. C'était à peu près une semaine avant que Luigi vienne faire le pitre sur le toit de l'écurie, un soir. On avait Henri ici. C'était au début du mois de juillet, misère ! Pourquoi j'me suis rendu compte de rien, moi ?

Sous l'emprise de la panique, Rosette eut une soudaine envie de hurler. Elle avait voulu tout oublier, le visage décomposé de sa sœur, les mouches, l'odeur et, pour effacer cette vision abominable, elle avait également enfoui dans les limbes de sa jeune âme l'acte contre nature que lui avait imposé son père. Un viol bref, rude, suffisant pour assouvir la pulsion aveugle d'un ivrogne, vite pris de désir, vite soulagé.

— Non, non, ça s'peut pas, non ! bredouilla l'adolescente. Y m'a pas fait ça, pas à moi ! Et merde, le salaud, le fumier !

Elle resta figée, aux aguets, comme si l'horrible doute, en se changeant en certitude, allait la tuer net. Tous ses efforts pour retrouver sa gaîté, sa confiance en la Providence, étaient réduits à néant. « J'avais repris goût à la vie, comme disait m'selle Angie, et puis voilà, j'suis fichue, ouais, fichue, si le père m'a fait ça, pensa-t-elle. J'préfère crever ! J'en veux point, d'un mioche qui serait mon frère et mon fils à la fois. »

Furieuse, pénétrée d'épouvante, Rosette se balança d'avant en arrière, les poings serrés. Elle accéléra ses mouvements dans l'espoir d'échapper à ce qui ravageait son esprit. Soudain, elle rejeta le drap et commença à se cogner le ventre, de toutes ses forces.

— Y tiendra pas, ce gosse du diable, j'vais le faire sortir, moi ! marmonna-t-elle avant de cracher tous les jurons les plus crus qu'elle connaissait.

Elle avait la sensation de se noyer. Elle suffoquait, comme aspirée au fond d'un gouffre peuplé d'ombres malfaisantes. Rien ni personne ne pourrait la sauver, la ramener au soleil, dans cet univers où elle voulait désespérément rester, celui des honnêtes gens, des filles neuves qui pouvaient se promener sur le champ de foire, rêver d'un galant bien gentil, des jours paisibles où il était si doux de pétrir des brioches ou de mettre des confitures en pots.

Contre son gré, presque sans en avoir conscience, Rosette se mit à hurler de terreur impuissante. Elle appelait au secours, au bord de l'hystérie. Réveillée en sursaut, Angélina ralluma sa chandelle et courut, son bougeoir en avant, voir ce qui se passait. L'adolescente la vit entrer en trombe dans la chambre, avec sa chevelure d'or rouge répandue sur ses épaules, dénudées sous une fine chemisette aux bretelles en dentelle. C'était une vision radieuse, qui la fit crier encore plus fort, comme si un ange accourait lui annoncer qu'elle était chassée du paradis.

— Rosette ! Qu'est-ce que tu as ? Tu as fait un cauchemar ?

— M'selle, allez-vous-en, m'touchez pas ! répondit la jeune femme, les yeux écarquillés, le visage convulsé. J'veux mourir, là, tout de suite.

Effrayée, la jeune femme s'assit au bord du lit et prit Rosette dans ses bras.

— Là, là, calme-toi ! Comme j'ai eu peur ! Je n'ai jamais entendu quelqu'un hurler si fort, même pas une de mes patientes. Enfin, peut-être ! Tu as dû faire un rêve affreux, mais c'est fini.

— Oh non ! hoqueta Rosette. C'est pas fini du tout, c'est pas un mauvais rêve.

Elle claquait des dents, secouée de longs frissons. Cependant le contact d'Angélina la réconfortait et elle sanglotait à présent, sans pousser les clameurs déchirantes qui avaient affolé sa protectrice.

— Dis-moi ce qui t'a mise dans un état pareil ? Tu as peur ? Tu as vu quelque chose ?

Bizarrement, Angélina venait de songer à une hallucination que Rosette aurait assimilée à l'apparition d'un fantôme. Elle n'y croyait guère, mais, ayant beaucoup lu, elle savait que le système nerveux, surtout chez un sujet jeune, pouvait provoquer ce genre de phénomènes.

— J'peux rien vous dire, rien, j'vous ai rien dit et, voilà, je suis fichue ! bégaya sa protégée.

Ce n'était plus possible de mentir, de tricher, à moins de quitter la rue Maubec dès le lendemain et, cette fois, de se jeter pour de bon dans la rivière. Néanmoins, malgré le chaos qui régnait dans son esprit, une évidence demeurait perceptible à Rosette. De par son métier, Angélina était à même de la conseiller, de l'aider, peut-être de la rassurer, aussi. Mais il fallait d'abord avouer l'inavouable.

— Ma chérie, tu me fais beaucoup de peine, à trembler ainsi et à pleurer. Parle, je t'en supplie !

— C'est à cause de ce que vous avez dit, ce soir, pour mes guenilles, que j'avais assez des miennes à laver. Ben, j'les ai pas lavées depuis le début du mois de juillet... Et j'ai vomi, dans la cour, chez m'selle Gersande, à midi. Alors, j'me suis dit que j'étais grosse, misère de misère !

Angélina nota que Rosette, fortement émue, en oubliait de surveiller son langage et elle se souvint d'avoir entendu, parmi les cris aigus, des jurons exécrables. Mais, dans la seconde, elle ne songea plus qu'à l'aveu inouï énoncé par saccades.

— Grosse, toi ? Tu serais enceinte ? C'est impossible, voyons !

Soudain, une odieuse éventualité lui apparut, et son cœur se serra, comme broyé par un gant de fer : Rosette et Luigi, si complices, si proches, qui se retrouvaient souvent seuls ou parlaient en tête-à-tête ! Ils lui auraient joué la comédie de l'amitié, afin d'être plus libres de s'aimer ? Une pareille trahison était bien de nature à causer une sorte de crise de nerfs chez l'adolescente, se sachant démasquée, et certaine de la faire souffrir, elle, Angélina. Mais, prudente, elle ne tira pas de conclusions hâtives et fit appel à ses connaissances en la matière :

— Es-tu sûre d'être enceinte, Rosette ? demanda-t-elle d'un ton plus dur qu'elle ne l'aurait voulu. Il peut s'agir d'un retard de tes règles, ce qui est fréquent, surtout quand on subit des épreuves morales. Les circonstances atroces de la mort de ta sœur ont pu te bouleverser, perturber tes fonctions intimes. Quant à tes nausées, elles ne sont peut-être pas si graves. J'ai moi-même eu du mal à digérer ce gâteau très gras.

Blottie jusque-là contre Angélina, Rosette se mordait à présent les lèvres, consternée d'avoir parlé. Un très fragile espoir l'habitait, mais il était trop tard, elle avait avoué une partie de la vérité.

Son amie la repoussa sans trop de délicatesse et lui dit d'un ton sec :

— Rosette, si tu crains d'être enceinte, cela signifie que tu as fréquenté un homme. Tu es intelligente et je te tiens au courant de bien des choses. Tu n'irais pas te prétendre grosse par l'opération du Saint-Esprit !

— Pourquoi vous me causez si méchamment, m'selle ? s'alarma l'adolescente.

— Parce que tu ne cours pas la campagne, le soir, et que tu ne t'absentes jamais, à moins que ce soit en compagnie de Luigi.

— Vous pensez que j'ai couché avec m'sieur Luigi ? Mais non, non, jamais y m'aurait touchée ni fait des avances. J'vous le jure, m'selle, j'serais la dernière des traînées, si j'avais fait ça !

— Je te crois. Dans ce cas, qui est-ce ? interrogea Angélina, tout de suite radoucie. Allons, je ne comprends pas, Rosette. Dis-moi son nom. Ce garçon peut t'épouser, il doit t'épouser.

Elle parlait sans conviction, car, même avec la meilleure volonté du monde, elle ne parvenait pas à imaginer comment la jeune fille avait pu céder à un homme. « Où et quand ? » se demandait-elle, médusée.

Silencieuse, Rosette triturait un coin de drap. Son joli visage, encadré par ses cheveux défaits où le tressage quotidien avait laissé son ondulation, exprimait une immense détresse. De grosses larmes roulèrent sur ses joues.

— C'est le père ! lâcha-t-elle enfin.
— Ton père ? Mais…
— Il m'a eue, ce fumier, quand j'suis allée là-bas.

D'une voix faible, par bribes de phrases entrecoupées de sanglots et de hoquets, elle raconta ce qui s'était vraiment passé dans le quartier des tanneries, à Saint-Gaudens.

— J'en mourais de honte ! J'voulais plus embrasser le pitchoun ; j'étais sale, m'selle, conclut-elle.

Au fil de la confession, Angélina avait plongé dans les abysses de l'horreur. Le viol en soi était répugnant, criminel, mais le même acte d'un père sur sa fille atteignait à son sens des sommets d'abjection. Elle avait pris également la mesure du martyre enduré par Rosette depuis ce jour de juillet. Dès les premiers mots, elle avait enlacé l'adolescente afin de la soutenir, de lui prouver à quel point elle avait pitié d'elle.

— Ma pauvre petite ! murmura-t-elle, saisie par une infinie compassion et par une révolte tout aussi profonde. Tu aurais dû te confier à moi. Quand tu m'as avoué que tu avais vu le cadavre de Valentine, il fallait me parler de… ça.

— Et pourquoi donc ? Ça aurait rien changé, le père m'a mis un gosse dans le ventre et j'en veux pas, de ce mouflet. M'selle, qu'est-ce que j'peux faire ? Peut-être que c'est juste un retard. Vous pouvez le savoir, vous ?

— Même en t'examinant, je n'aurais pas de certitude absolue. Il faut attendre environ deux semaines. As-tu eu des nausées, hormis celle de ce midi ?

— J'sais pas, l'autre matin, j'ai pas pu avaler mon café. Et vous, quand vous attendiez Henri ?

— J'ai été incommodée deux ou trois fois au début de la grossesse, mais cela dépend des femmes. Rosette, il faut garder espoir et patienter avant toute chose. Ma chérie, ma pauvre petite, je suis tellement désolée pour toi ! Je t'admire d'avoir eu un si grand courage. Il faut porter plainte, faire une déposition à la gendarmerie de Saint-Gaudens, qu'ils mettent ton père en prison, cette fois.

— Et tout le monde saura ce qu'il m'a fait ? J'ai pas assez honte comme ça ? Non, faut rien dire. Vous, m'selle, faut m'aider à me débarrasser de ce que j'ai dans le ventre. Même si j'ai rien, en vrai, autant essayer.

Angélina secoua la tête. Malgré son immense affection pour sa protégée, elle refusa d'emblée.

— Non, Rosette, jamais je ne consentirai à pratiquer un avortement. C'est un péché mortel et je me suis engagée à donner la vie devant Dieu et les hommes.

— Un péché mortel ? Et ce qu'il m'a fait, le père, c'est pas un péché mortel, ça ? Vous pouvez pas savoir, vous. Je l'ai vu forcer Valentine, la première fois. Elle avait quatorze ans. J'ai bouché les oreilles de Rémi et je lui ai fermé les yeux, parce qu'on dormait tous dans le même taudis. Ma sœur, elle a même pas crié, à cause de notre frère ; elle voulait pas qu'il ait peur, le minot. Moi, j'ai regardé en priant le bon Dieu de tuer notre fumier de père tout de suite, mais, là-haut, les saints et toute la clique, ils s'en fichent, des pauvres gens, des filles comme Valentine.

Révulsée et en larmes, Angélina serra plus fort Rosette contre elle.

— Je ne peux pas réparer les torts que ce monstre vous a causés, mais tu as raison, je suis mal placée pour savoir comment on résiste à de telles abominations. Mais je t'en supplie, ne baisse pas les bras, garde espoir. Déjà, nous devons prévoir comment cacher ton état, si tu es bel et bien enceinte. Je pourrai te conduire chez mon oncle Jean Bonzom. Il habite un hameau dans la montagne, au-dessus de Biert, dans la vallée de Massat. Son épouse est une femme très douce, très charitable, et mon oncle n'est pas en reste. Tu seras à l'abri, chez eux ; personne ne saura, ici. Ensuite...

L'adolescente répliqua d'un ton farouche :

— Ensuite, vous pensez que j'vais nourrir cet enfant et l'aimer ? J'en serais bien capable, hélas ! Aussi, j'veux pas qu'il voie le jour. Si ça arrivait, faudrait le donner à l'hospice, sans me le montrer. Et puis, je veux pas vous quitter, moi.

Ce cri du cœur acheva de meurtrir Angélina. Elle tremblait autant que Rosette, à présent, et toutes deux respiraient vite, comme prises dans un piège infernal, sans issue aucune.

— M'selle Angie, ayez pitié, vous avez étudié comment est fait le corps d'une femme, vous, et je suis sûre que vous saurez y faire. Faut m'enlever ce petit. Après on en parlera plus jamais.

— Rosette, non seulement c'est un crime et un péché mortel, je te le répète, c'est aussi un acte très dangereux qui a tué nombre de malheureuses. Si j'acceptais et que tu y laissais la vie, je me le reprocherais jusqu'à mon dernier jour. En plus, la loi punit sévèrement les sages-femmes qui pratiquent l'avortement. Même si elles ne sont plus exécutées, elles écopent de lourdes peines d'emprisonnement, quand elles ne sont pas envoyées au bagne. Celles qui ont avorté peuvent être jugées et condamnées aussi.

— Personne le saura ! protesta faiblement la jeune fille. Que vous et moi ! Je vous trahirai pas, j'vous le jure.

— Je t'en prie, n'en parlons plus. Mais je veux bien te garder près de moi. Tu te sentirais peut-être très seule, chez mon oncle. Écoute, si tu ne sors pas de la cour durant les derniers mois, les gens ne pourront pas deviner que tu portes un enfant. Je m'occuperai bien de toi et je t'accoucherai dans cette pièce. Rosette, je conçois que tu ne veuilles pas voir ce bébé et que tu envisages de l'abandonner. Je le conçois sans pouvoir l'accepter. Dès sa naissance, il serait donc plus charitable de le placer chez une bonne nourrice et de veiller à son éducation jusqu'à sa majorité. Mademoiselle Gersande nous aidera à payer ces frais-là.

Avec une plainte rauque, Rosette se dégagea de l'étreinte d'Angélina. En pleurant et en gémissant, elle implora de toute son âme :

— Non, elle doit pas le savoir, mademoiselle Gersande, ni Octavie, ni Luigi. Parole, j'en crèverais de honte, si ça se savait. Ce que je verrai dans leurs yeux, je le supporterai pas. Ce serait comme si, le père, y me prenait devant eux chaque jour.

Elle se cacha au creux de son oreiller, secouée de nouveaux sanglots, d'une rare violence.

— Si tu demeures dans la cité, Rosette, comment veux-tu leur cacher ta grossesse ? Viens, descendons au dispensaire. Je vais quand même t'examiner. Je regarderai le col de ta matrice avec le spéculum et je palperai ton ventre ainsi que tes seins. Ne sois pas gênée, surtout, je suis habituée et, vu ta situation, il faut faire une croix sur ta pudeur.

— D'accord, je vous suis, m'selle. Mais, dites, le père, il m'a prise qu'une fois et ça n'a pas duré longtemps. Pourquoi j'serais enceinte ? C'est la faute à pas de chance, comme disait mon pépé ?

— En effet, tu n'as vraiment pas eu de chance. Tu devais être à l'époque où tu étais féconde. Jadis, les matrones faisaient de savants calculs avant les mariages, pour que la jeune épousée conçoive un enfant durant la nuit de noces. Allons, du courage, Rosette ! Viens !

Dès qu'elle entra dans son dispensaire, Angélina alluma la grande lampe à pétrole qui irradiait une lumière blanche légèrement dorée. Elle dominait de son mieux son écœurement, son sentiment de totale impuissance. Un véritable tumulte régnait dans son esprit et son cœur, dont rien ne transparaissait sur ses traits impassibles, tandis qu'elle procédait à un examen attentif de l'adolescente.

— Dépêchez-vous, suppliait celle-ci, malade de honte et d'embarras, allongée sur le lit haut et étroit, les jambes relevées.

— Je fais de mon mieux, Rosette.

Il ne fallut pas longtemps à la costosida pour établir un diagnostic.

— Tu es enceinte, il n'y pas de doute, hélas ! dit-elle d'un ton navré. Ta poitrine a grossi et ta matrice aussi. Le col en est haut et fermé.

Rosette appuya son poing contre sa bouche pour ne pas hurler encore. Elle se leva et posa ses pieds nus sur le carrelage frais avec l'aide d'Angélina.

— Mademoiselle, dites, il y a bien des tisanes qui me feraient perdre le bébé ? Valentine, elle avait demandé à une vieille voisine, un jour, tiens, avant qu'on arrive ici, près de Saint-Lizier. Je ne me rappelle plus le nom, mais, une plante, elle sert à ça. Si vous connaissez une matrone, qu'elle veut bien me vendre les tisanes qu'y faut, je la paierai avec les bijoux que j'ai, celui de mademoiselle Gersande et le collier de monsieur Luigi.

— Rosette, tu te mettrais en danger. Ma mère m'avait parlé de certaines préparations qui pouvaient s'avérer abortives. Ce sont des décoctions puissantes, de véritables poisons. Je t'en conjure, ne prends pas ce risque. Quant à moi, même si je connaissais ces plantes-là, je n'en userais pas, surtout pas sur toi. Je ne suis pas une faiseuse d'anges et je ne le serai jamais.

— Une faiseuse d'anges ?

— Oui, on nomme ainsi les femmes qui usent de méthodes hasardeuses pour tuer le fruit dans l'œuf, cet enfant innocent, sans défense, qui est une créature de Dieu. Remontons nous coucher. Je ne te quitte pas, petite sœur, n'aie pas peur. J'ai caché mon état jusqu'au terme. Seule mademoiselle Gersande avait cru à un début d'embonpoint, parce que je ne m'habillais plus de la même façon. Je te donnerai les robes que je portais alors, sous un tablier assez large. Je t'aime tant, je ferai tout ce qui est en mon pouvoir, tu n'as rien à craindre.

En apparence résignée, l'adolescente approuva sagement. Elles se retrouvèrent toutes deux dans le lit d'Angélina, blotties l'une contre l'autre. Épuisée, Rosette s'endormit la première, la tête nichée au creux de l'épaule de la jeune femme.

« Mon Dieu, elle gardait secret ce viol odieux ! Comment l'empêcher d'avoir honte ? Elle s'était enfuie afin d'échapper au désir pervers de son père, et elle s'est jetée dans la gueule du loup », songeait-elle.

Maintenant, tout lui apparaissait significatif. Elle revit Rosette les rejoignant à la station de fiacre, très pâle, le regard fuyant. Dans le train, elle semblait accablée, meurtrie. D'avoir découvert Valentine morte aurait suffi, en effet, à expliquer la tristesse de la jeune fille les jours suivants, mais la gifle donnée à Henri et la fugue qui avait suivi se justifiaient encore davantage.

« Et moi, obsédée par Luigi et accaparée par les travaux du dispensaire, je n'ai pas pensé une seconde à une blessure plus profonde, plus grave que la perte de Valentine. Elle tenait à sa virginité, ma Rosette. C'était sa fierté, d'avoir pu se préserver malgré la fureur vicieuse de cet homme, de ce salaud ! »

Angélina était soulagée d'insulter le coupable qui, à cette heure-ci, devait se saouler quelque part au fond d'un bouge des bas quartiers de Saint-Gaudens. En larmes, elle caressa délicatement les cheveux de sa protégée, sans oser souffler la bougie dont il ne restait qu'un petit morceau.

— Dors, ma Rosette, dors, je veille sur toi, chuchota-t-elle.

Elle luttait contre le sommeil qui, par instants, la faisait cligner les paupières. Elle voulait réfléchir, organiser les mois à venir, trouver aussi comment consoler Rosette et la soutenir dans cette nouvelle épreuve. Sans cesse, elle repassait dans son esprit chaque scène de la soirée et leurs discussions, en se reprochant d'avoir été parfois un peu autoritaire, d'avoir même osé soupçonner une liaison entre Luigi et sa protégée. Confuse, honteuse à son tour, elle se réfugia dans la prière avec ferveur et humilité. Mais, à l'aube, elle céda à la fatigue.

Rue des Nobles, le lendemain matin, dimanche 11 septembre 1881

Octavie était partie à la messe, le premier office auquel assistaient les religieuses de l'hôtel-Dieu et certaines vieilles femmes qui redoutaient la foule de la grand-messe. La domestique avait emmené Henri, en costume de velours vert foncé à col de dentelle ivoire.

Gersande et Luigi, quant à eux, s'attardaient à la table du petit-déjeuner. En gourmande invétérée, la vieille dame aimait à disposer le dimanche d'un gâteau aux raisins et de petites brioches, le tout arrosé de thé anglais à la bergamote. La vaisselle, bols, assiettes et pot à lait en fine porcelaine chinoise, contrastait avec la cafetière en métal argenté, réservé au fils de la maison, le baladin apprivoisé, comme il se désignait lui-même.

Ce matin-là, il était de fort bonne humeur et sa mère eut l'idée d'en profiter pour aborder un sujet qui la préoccupait.

— Que fais-tu aujourd'hui, Luigi ? interrogea-t-elle en guise de préambule.

— Cela dépendra du temps. S'il pleut comme ces nuages l'annoncent, je jouerai du piano. S'il fait beau, j'aimerais bien partir pour l'abbaye de Combelongue. Vous pourriez m'accompagner. Je vous présenterais à mon père spirituel. Je lui ai écrit afin de lui raconter par le menu nos retrouvailles, mais il serait si heureux de me revoir ! Et de vous connaître, madame.

Elle retint un soupir de déception, car elle avait espéré entendre de nouveau ce *maman* à la fois spontané et un peu enfantin qui l'avait transportée de bonheur la veille.

— C'est très gentil à toi de me le proposer. Nous pouvons prendre un fiacre. Dans ce cas il faudra partir très tôt, avant le déjeuner. Mais avant toute chose, Luigi, je tiens à te parler d'un sujet qui me tient à cœur. Tu te confies à Octavie, parfois, et elle me répète tout sans que je l'interroge. Aussi, je sais que tu lui as dit que tu redoutes le mariage.

— Je ne m'en cache pas, rétorqua-t-il, inquiet du tour que pouvait prendre la conversation. Je méprise notamment les mariages convenus, ceux que tout le monde espère.

Gersande retint un soupir exaspéré. Mais elle revint à la charge.

— Mon fils, réponds-moi sans tricher ni jouer avec les mots. Angélina, hier, m'a dit que vous étiez bons amis, rien d'autre. Je suis cependant convaincue qu'elle t'aime. On le devine aisément à ses regards, à ses sourires dès qu'elle t'aperçoit. Et toi, est-ce que tu l'aimes ? Qu'éprouves-tu à son égard ?

— Je n'ai pas à vous répondre, madame, trancha-t-il, prêt à se lever de table.

— Non, attends. Cela me concerne également. Je ne vivrai pas éternellement, Luigi. Ce matin encore, mon cœur faisait des siennes. Je serai donc plus directe. Si tu aimes Angélina, pourquoi ne pas l'épouser ? Je serais vraiment heureuse de vous voir unis devant Dieu, engagés l'un envers l'autre. J'évoque ce sujet sur le plan juridique, aussi. Nous sommes allés chez le notaire, début août, et tout est en ordre. Mais le statut du petit Henri ne me convient pas. J'y pensais en me réveillant ; il serait préférable qu'il devienne ton fils adoptif et qu'il ne soit plus considéré comme ton frère. Si tu épousais Angélina, ce serait possible. Je sais, nous aurions là encore un imbroglio administratif à régler. Pourtant, je pense que cela pourrait se faire, à condition de consulter un autre notaire, à Toulouse, par exemple. L'argent fait des miracles.

— Je ne vois pas l'intérêt de provoquer autant de remue-ménage, protesta-t-il.

— Cela me semble plus équitable, car Angie est la véritable mère du petit.

— On ne jongle pas ainsi avec les lois, madame.

— Sans doute, mais, quand il sera grand et que j'aurai disparu, Henri apprendra la vérité et il en voudra sûrement à Angélina à cause de tous ses mensonges.

— Eh bien, il découvrira ainsi les rouéries dont sont capables les femmes. Faisons plus simple, laissons-le dans l'ignorance de sa véritable filiation. Angélina est sa marraine. Elle veillera sur lui, c'est suffisant.

Agacé, il quitta son siège et arpenta le salon. Malgré sa crainte de le contrarier, Gersande se fit plus éloquente, plus rusée.

— Bon, laissons cela de côté et reparlons de ce mariage. Tu désires voyager, visiter Paris et Londres. Comme tu l'as confié à Octavie, tu tiens à ta liberté afin de pouvoir déambuler à ta guise de pays en pays. Je te comprends, ce genre d'expérience est enrichissant, instructif. Mais en quoi une femme comme Angélina t'en empêcherait-elle ? Si vous êtes mariés, vu son obstination à exercer son métier, elle te laissera partir, sachant que tu reviendras encore plus amoureux, si toutefois tu es amoureux, bien sûr. Elle t'attendra ici. Les militaires et les marins n'hésitent pas à convoler, quitte à s'absenter de longs mois.

— Bon sang ! À quoi rime cet entêtement à nous marier ? Augustin Loubet doit brûler des cierges pour que j'épouse sa fille, je le lis dans son regard. Il en devient ridiculement aimable, prêt à tout me passer dans l'espoir que je sois son gendre très bientôt.

La vieille dame tremblait de nervosité. Elle but une goutte de thé en levant les yeux au ciel. Elle ajouta doucement :

— Je te l'accorde, Augustin cache mal son jeu. Mais c'est sans grande importance. Tu ne m'as pas répondu, Luigi. Je t'ai demandé si tu aimais Angélina. J'ai besoin de le savoir. Et, si tu l'aimes, je veux te mettre en garde, voilà !

— Contre quoi ? grogna-t-il.

— Contre Philippe Coste, qui lui a écrit et lui rendra visite ce mercredi. Un brillant médecin, un homme séduisant. Une jeune femme aussi belle et intelligente, lasse d'être célibataire, peut céder à une promesse de fiançailles. Et Guilhem ? Il prétend vouloir divorcer. Une fois guéri, il est capable de persuader Angélina de renouer avec lui. Il a un atout énorme, c'est le père d'Henri et elle l'a aimé. Même si ces deux prétendants n'ont guère de chance de te l'enlever, eux au moins lui montrent qu'ils l'aiment, ce que tu ne fais pas.

Luigi tomba dans le piège que sa mère lui tendait. À la fois furieux et vexé, il s'écria :

— Je lui montre que je l'aime à ma façon ! Je l'ai soutenue dans son projet de dispensaire, j'ai mis la main à la pâte, j'ai travaillé pour elle. Je me suis chargé des commandes de matériel et des installations indispensables. Et figurez-vous, madame, que je lui ai même avoué que je l'aimais. Qu'a-t-elle répondu en retour ? Rien, aucune déclaration, aucun élan de joie, juste un regard étrange, plein de mélancolie et de doute.

Il savait pertinemment qu'il travestissait la vérité, mais il n'avait pas le goût de se livrer davantage.

— Aimer ne suffit pas toujours, mon fils, il faut s'engager aussi, échanger des serments, ajouta Gersande qui triomphait en silence. Je trouve que vous devenez stupides, Angie et toi. Pourquoi ne pas vous fiancer, déjà ? Il peut s'écouler un an ou deux entre les fiançailles et le mariage, mais cela ferait taire les mauvaises langues. Je t'accorde que les gens de la cité t'ont accepté dès qu'ils ont su que tu étais mon fils, mais on cause, on jase parce que tu passes beaucoup de temps rue Maubec, et même des soirées. Songe à la réputation d'Angie.

— J'y songe, madame, je ne fais que ça. C'est même pour cette raison que je me retiens souvent de lui rendre visite à n'importe quelle heure. Je me suis promis de la respecter, ce qu'elle sait, d'ailleurs.

— Vous n'êtes que des idiots. Je t'en prie, donne-moi mon coffret à bijoux, là, en bas de la bibliothèque. Tu choisiras une bague pour la femme que tu aimes, tu la garderas avec toi et, s'il te vient un peu de courage, tu pourras l'offrir à Angélina. Elle y verra un gage de tes sentiments.

Perplexe, le baladin obéit et revint s'asseoir en face de la vieille dame. Il l'avait sous-estimée, cette mère qui lui convenait de plus en plus, dotée d'un caractère fantaisiste et passionné, d'un esprit habile et fin, d'une grande culture et d'une vive intelligence.

— Dites-moi, est-ce que mon père, quand il vous avait promis sa foi, vous avait offert une bague ? interrogea-t-il néanmoins dans le but secret de la peiner.

— Bien sûr, et elle est dans ce coffret, rétorqua Gersande. À toi de la reconnaître parmi les autres. William me l'avait donnée à Lyon, quand je lui ai annoncé que j'étais enceinte. Au début, il était affolé, car il avait conscience d'être gravement malade. Mais, durant quelques jours, il a été joyeux, il me parlait beaucoup de cet enfant que nous avions conçu. Sais-tu comment il me surnommait ? Sa petite marquise déplumée.

Ému, Luigi assista à l'ouverture du coffret à bijoux, garni d'écrins de différentes tailles soigneusement rangés. De ses mains blanches, sillonnées de rides et de veines bleuâtres, sa mère sortit un à un ses trésors en lui précisant leur origine et ses préférences.

— J'aime beaucoup cette émeraude sertie d'argent et de brillants. Tiens, mon bracelet de fillette en or. Ah, mon collier de perles, celui que je prête à Angie.

Bientôt, huit bagues étaient alignées sur la nappe brodée. Le baladin chercha la plus modeste, car il supposait que son père, comédien ambulant, n'avait pas les moyens d'acquérir un bijou de prix. Ce fut en pure perte.

— Tout ceci est très beau, madame, mais je ne suis pas devin et je déclare forfait.

— Allons, tente ta chance, plaisanta-t-elle.

Luigi soupira. Il avait une préférence pour un anneau en argent ciselé, sur lequel était monté un rubis. L'air morose, il s'en empara. La vieille dame hocha la tête, les yeux tout de suite embués de larmes.

— C'est elle, chuchota-t-elle, la gorge nouée.

— Non, impossible ! Vous mentez pour mieux me toucher, pour m'impressionner ! s'indigna-t-il. Je vous aurais montré n'importe quelle bague, vous auriez fait la même réponse.

— Je n'oserais pas, Luigi. Regarde donc, ce bijou n'est pas du tout à ma taille. Sais-tu pourquoi je n'ai pas pu le porter ? Il appartenait à la mère de William, ta grand-mère, Lucia. Je ne connais d'elle que son prénom, je n'ai pas eu le temps de la rencontrer, à l'époque. Jamais ton père n'aurait pu acheter un rubis, même aussi petit. Il parlait peu de sa famille, originaire du Piémont italien. Nous en discuterons plus tard. Garde cette bague et fais-en bon usage. Mais n'attends pas encore des mois ou des années. Le temps nous est compté, mon fils. Nous ne savons ni le jour ni l'heure de notre mort. Il faut jouir de la vie, aimer sans retenue ni calcul. Je n'ai jamais regretté de m'être enfuie et d'avoir suivi William. Jamais !

Bouleversé, Luigi dévisagea sa mère. Il l'imagina au sommet de sa beauté, sublime aristocrate blonde et rose, éduquée dans l'austérité d'une famille huguenote fortunée, et cependant capable de tout quitter pour un homme, un saltimbanque. Il revendiquait ce statut social mal vu des honnêtes gens et cette réminiscence l'ébranla. Ses dernières défenses fondirent, ses traits crispés se détendirent et un sourire très jeune naquit sur ses belles lèvres d'un rouge intense. Son regard sombre pétilla, rieur.

— Je crois, maman, que vous venez de me donner une jolie leçon, affirma-t-il. J'ai lutté avec entêtement contre l'amour que m'inspire Angélina, qu'elle m'a immédiatement inspiré, en fait. Je craignais sûrement d'être prisonnier de cet amour, de perdre toute liberté, de devoir renoncer à mes fantaisies, à mon excentricité qui me tenait debout, me rendait fort au milieu des grands froids et des nuits de pluie, qui m'aidait à oublier la solitude. Mais je me suis débattu en vain. Cette sublime et énigmatique créature hante mes pensées depuis presque trois ans, et pourtant, plusieurs fois, je lui ai conseillé d'en épouser un autre.

— Mais c'est absurde ! s'offusqua Gersande.

— Je l'admets et je serai franc. Avant de lui avouer mon amour, je lui ai annoncé que je m'en irai après Noël, et aussi que je n'ai aucune envie d'être le mari d'une sage-femme.

La vieille dame jeta une exclamation outrée. Elle pointa un index accusateur vers son fils :

— Et tu t'étonnes qu'elle n'ait pas sauté de joie, qu'elle n'ait rien dit en retour ? Luigi, pourquoi es-tu aussi cruel avec elle ?

— J'y ai réfléchi. Je crois que je lui en veux d'avoir une telle importance à mes yeux et je ne suis pas fier de le reconnaître. Je ne parviens pas à lui pardonner vraiment tous les tourments que je lui dois. Certes, je prétends lui avoir pardonné, mais c'est faux. Je fais allusion aux sinistres événements de l'été précédent, à mon arrestation, à la prison, à la vindicte populaire et, plus récemment, à ce que j'ai appris sur son passé amoureux, sans oublier Henri, qui représente pour moi l'incarnation de ce passé. Que voulez-vous, je ne suis pas un saint, mais un homme susceptible d'être jaloux, vindicatif et amer. Je ne suis même pas certain de pouvoir la rendre heureuse, d'entrer dans le moule du parfait époux.

— Tu dois essayer et écouter ton cœur, seulement ton cœur ! Va vite la voir, Luigi. Nous irons à Combelongue dimanche prochain ; rien ne presse.

Le baladin remit la bague dans son écrin. La mine résolue, il se leva et enfila son gilet en cuir.

— À tout à l'heure… maman !

Il contourna la table et, se penchant, il embrassa Gersande sur les deux joues.

*

Luigi franchissait le passage voûté du clocher-porche lorsqu'il vit Angélina accourir, un foulard sur les cheveux, en blouse grise, et surtout d'une pâleur de craie.

— Merci, mon Dieu, j'allais te chercher ! s'écria-t-elle en se jetant sur lui. Viens, je t'en prie, il faut m'aider. C'est Rosette. Elle a encore disparu.

— Comment ça ! s'étonna-t-il, tout en remarquant que la jeune femme l'avait tutoyé, dans son affolement.

— Cette fois, c'est bien plus grave, dit-elle, essoufflée. J'ai eu le malheur de m'endormir, alors que je voulais veiller sur elle. Luigi, j'ai si peur. J'ai fouillé la maison de fond en comble, l'écurie, le petit cellier…

Sur ces mots, elle s'accrocha à son bras, les yeux agrandis par une angoisse innommable.

— Viens, je suis sûre que Rosette n'est pas loin. J'ai vérifié, tous ses vêtements sont dans sa chambre, ses chaussures aussi. Elle est partie en chemise de nuit.

Il la suivit au pas de course, renonçant à lui demander des explications dans l'immédiat. « Je ne l'avais encore jamais vue aussi terrifiée, même après l'accident de Guilhem ! se disait-il. Que s'est-il passé ? »

Ils entrèrent dans la cour, dont le portail était resté entrouvert. Sauveur les accueillit en aboyant, planté au milieu de la cour.

— Le chien est là, nota Luigi. Il aurait dû partir avec Rosette, il me semble.

— C'est bien ce qui m'inquiète ! On dirait qu'elle est là, à proximité, mais je ne la vois pas, je ne la trouve pas. Mon Dieu, elle va mourir, si elle n'est pas déjà morte.

— Bon sang, mais pourquoi ? Dis-le-moi.

— Tu n'as qu'une chose à savoir, qu'elle a toutes les raisons de se détruire ou de se blesser gravement ! balbutia Angélina.

En dépit de son effroi et de son anxiété, elle répugnait à trahir le secret de Rosette. Elle le ferait plus tard s'il le fallait, quand la jeune fille serait saine et sauve, mais elle doutait de la retrouver, morte ou vive.

— Tu penses qu'elle aura tenté de se supprimer ? rugit Luigi, lui aussi envahi par la panique.

— Ça ou autre chose, mais peut-être... ça, oui !

— Voyons ! Comment m'y prendrais-je si je désirais en finir, ici même, à peine vêtu décemment ?

Soudain, son regard se posa sur le muret moussu surplombant l'abîme. Il se rua de ce côté, tandis qu'Angélina, tremblante, restait figée sur place. Elle n'avait pas pensé à se pencher au-dessus du vide. Maintenant, son esprit lui renvoyait la vision précise des pans de rochers entrecoupés des vestiges des anciens remparts gallo-romains. Là où la pente le permettait, certains habitants cultivaient d'étroites bandes de terre, mais le terrain abrupt faisait figure de ravin vertigineux sur sa plus grande partie.

— Je la vois ! hurla Luigi.

Il poussa un juron bien senti, à défaut d'invoquer les puissances divines.

— Est-ce qu'elle est... morte ? bégaya la jeune femme.

— Je n'en sais rien, répliqua-t-il, un sanglot dans la voix. Il faut que je descende. Je vais la ramener.

Angélina se précipita vers lui, alors qu'il s'apprêtait à enjamber le rebord de pierre.

— Sois prudent, par pitié.

— Mais oui... Préviens les sœurs de l'hôtel-Dieu, ton père aussi ; j'aurai sûrement besoin d'aide.

Elle fit oui d'un signe de tête avant de se pencher à son tour. Glacée, le cœur étreint par un chagrin intolérable, elle aperçut le corps de Rosette, face contre terre, les jambes dénudées, car sa chemise de nuit s'était retroussée pendant sa chute. Elle remarqua également un arbuste tout proche de l'adolescente, dont une branche pendait, en partie brisée.

« Seigneur, Sainte Vierge, mère de Dieu, je vous implore de toute mon âme, faites que Rosette soit vivante, je vous en supplie, rendez-la-nous », pria-t-elle en silence.

Avec une agilité surprenante, Luigi usait de la moindre prise pour se déplacer de replat rocailleux en pans de murailles à demi écroulés. Angélina recula, de peur de le voir tomber lui aussi. Aveuglée par des larmes de pure détresse, elle traversa la cour et sortit. « C'est ma faute ! se répétait-elle en courant vers la place de la fontaine. »

14

La mort dans l'âme

Saint-Lizier, même jour, même heure
Angélina s'arrêta à une dizaine de mètres de son portail. Désespérée, elle se reprocha sa lâcheté, même si elle avait voulu obéir aux ordres de Luigi. « Je pouvais attendre un peu qu'il soit auprès de Rosette, se dit-elle. Si elle est morte, à quoi bon ameuter les religieuses ou mon père. Il faudra faire croire à un accident, sinon je ne pourrai pas l'enterrer en terre chrétienne. Elle n'aura pas de messe. Si au contraire elle a survécu, je pourrai peut-être la soigner et la sauver discrètement. »

Elle avait le souci obsédant de préserver la pudeur de Rosette, sachant à quel point l'adolescente se consumait de honte. Brusquement, elle fit demi-tour, inquiète aussi pour le baladin qui, bien qu'excellent acrobate, avait pu se blesser. Lorsqu'elle se retrouva dans la cour, les cloches de la cathédrale sonnaient à la volée, mais Angélina ne les entendit même pas. Le cœur serré et la bouche sèche, elle se pencha à nouveau vers le vide. Environ vingt mètres plus bas, Luigi tenait Rosette dans ses bras. Celle-ci agitait doucement une main, la tête posée contre son épaule.

« Merci, mon Dieu, elle est vivante », songea Angélina.

Un indicible soulagement la submergea, ainsi qu'une émotion si forte qu'elle en eut un vertige, terrassée par ce mélange de joie et d'incrédulité. Ses jambes cédèrent et elle dut s'asseoir contre le muret, incapable d'appeler pour manifester sa présence.

Luigi, quant à lui, interrogeait Rosette. En constatant qu'elle respirait et que son pouls battait, il avait éprouvé des sentiments analogues à ceux d'Angélina, mais il s'était vite accroupi afin de l'examiner sommairement. Quand il avait palpé sa jambe droite, qui présentait un angle bizarre, elle avait repris connaissance en gémissant de douleur.

— Rosette ? Bon sang, petite, qu'est-ce que ça signifie ? avait-il demandé en lui tapotant les joues.

— J'suis pas morte ? avait-elle bredouillé. Flûte alors, ce que j'suis solide, moi !

Sidéré, il l'avait redressée avec la plus grande délicatesse et l'avait attirée contre lui.

— Pourquoi ? avait-il murmuré. Il paraît que tu voulais te suicider. Pourquoi ?

— Ça m'a prise au réveil, j'suis sortie de la maison et j'ai marché vers le mur. J'suis montée dessus et j'ai sauté le plus loin possible.

Elle avait esquissé le geste de s'envoler avec la main gauche et c'était à cet instant précis qu'Angélina les avait vus. Leur singulier dialogue se poursuivait.

— Rosette, à ton âge, es-tu devenue folle ? demanda Luigi. Je ne peux pas le croire. Te rends-tu compte combien la vie est précieuse ? Tant de gens la perdent contre leur gré, frappés par la maladie comme mon père que je n'ai pas connu, ou par accident.

Elle l'écoutait à peine, obnubilée par le fait d'être encore en vie. Dans un chuchotement à peine audible, elle avoua :

— Le mieux, c'était de me pendre, mais j'y ai pas pensé. C'est aussi bien, ça aurait fait peur à m'selle Angie, la pauvre. Je lui cause que des ennuis ! Ce que j'ai mal, m'sieur Luigi, à la tête et à ma jambe.

Il vit alors que du sang souillait sa chemise, là où le crâne de Rosette s'appuyait.

— Miséricorde ! s'écria-t-il. Comment te sens-tu ?

— Fatiguée, très fatiguée. Vous savez, c'est pas facile, hein, de se tuer. Dès que j'me suis vue tomber, j'ai eu une grosse peur. Même que j'ai atterri plus haut, sur ce rocher, et je m'y suis accrochée un peu. Après, j'ai lâché. Mes doigts avaient plus de force. Ensuite, j'ai roulé et j'ai attrapé cet arbre, là, une des branches, mais elle a cassé. J'me souviens plus de la suite. C'était tout noir, ça cognait dans mes oreilles, un drôle de bruit. Je me suis dit que c'était la fin.

— Il faut que je te remonte en ville. J'ai envoyé Angélina chercher du secours. Je vais essayer de te porter sur mon dos et de longer le replat, de passer dans le jardin, là, tout près. S'il y a un jardin, il y aura forcément un escalier.

— Mais laissez-moi donc crever ! s'écria soudain Rosette dans un sanglot. J'veux pas qu'on me soigne, j'veux voir personne !

— Dans ce cas, dis-moi ce qui se passe, supplia-t-il. Hier matin, nous étions tous les deux au marché et tu étais de très bonne humeur. Aujourd'hui, tu te jettes dans le vide.

— Vous pouvez pas comprendre, se lamenta-t-elle, le souffle saccadé. Je dois mourir, parce que, ma vie, elle est fichue. Jamais un brave garçon m'aimera, jamais j'irai à l'église toute en blanc, toute contente, toute fière.

J'peux bien vous le dire, vous êtes tellement gentil, m'sieur Luigi ! Là, dans vos bras, j'suis un peu comme au paradis. Vous êtes peut-être un ange comme m'selle Angie. Les anges, ça commet pas de péchés mortels, on est bien d'accord... Oh, j'ai mal, je m'sens partir...

Effaré, Luigi la berça. Il pleurait à son tour, révolté. La mort allait emporter Rosette et il n'était pas de taille à lutter.

— Le père, ce salaud, il m'a eue de force, le jour où j'suis allée chez eux, à Saint-Gaudens. Ma sœur, elle risquait plus rien, mais lui il était saoul, fin saoul. J'ai pas pu lui échapper, ce coup-ci. Et voilà, j'suis enceinte et, ce gosse, j'en veux pas. M'selle Angie, elle refuse de m'avorter à cause de la loi, et du bon Dieu. Ce matin, elle dormait bien, j'me suis levée et je me suis dit : « Rosette, y a qu'une solution, tu sautes et t'es débarrassée de tout. » Voilà, m'sieur Luigi, j'me suis confessée, vous avez qu'à me bénir avec le signe de croix et j'pourrai m'en aller en paix. Dites à m'selle Angie que je l'aime très fort, que j'suis pas fâchée. Flûte, ce que ça tourne, le ciel, les nuages...

Elle se détendit. Du coup, elle devint pesante. Assommé par ce qu'il venait d'apprendre, Luigi la serra sur son cœur avec une tendresse passionnée.

— Rosette ! appela alors Angélina. Rosette ! Luigi ?

Il leva la tête et distingua le visage blême de la jeune femme penchée au-dessus du muret.

— Elle est vivante, n'est-ce pas ? Répondez, enfin !

Luigi perçut la respiration de Rosette. Il colla son oreille sur sa poitrine.

— Oui, elle vit encore ! hurla-t-il. Où sont les sœurs ? Où est votre père ? Bon sang, vous êtes seule ?

— Je n'ai pas pu partir d'ici. Attendez, je vous rejoins. Je frapperai chez un de mes voisins ; il me laissera passer par son jardin.

Angélina disparut. Luigi entra dans une colère froide. Il en voulait au monde entier, mais surtout à la jeune femme qui, de par son métier, aurait pu éviter cette tragédie.

— Bon sang, on a violé cette pauvre gosse ! Son père a osé la souiller ! dit-il tout bas entre ses dents. Et, au nom de Dieu et de convenances stupides, il faudrait qu'elle porte l'enfant de cet acte odieux ? Tu rêvais de te marier, petite.

Oppressé, il se tut un court moment. Sa compassion pour Rosette prit une dimension cosmique. Elle devenait le symbole de l'innocence meurtrie, bafouée depuis des siècles, voire des millénaires, une sorte de victime universelle qui payait le prix fort sa gentillesse, de sa gaîté, de sa soif de vivre.

— Quand je pense que tu allais là-bas porter des cadeaux à ta sœur et à tes frères ! Je t'imagine toute joyeuse ; tu voulais leur faire partager ton bonheur. Sais-tu, Rosette, si la mort t'épargne, je t'épouserai, moi. Tu iras à l'autel sur un tapis de roses blanches, dans une belle robe, avec des perles, des dentelles et tout ce qui te plaira.

Mais Rosette ne l'entendait pas. Fébrile, égaré par le chagrin, Luigi sortit l'écrin contenant la bague de sa grand-mère Lucia. En tremblant de nervosité, il passa le bijou au doigt de l'adolescente, toujours inconsciente.

— Je réparerai le mal que cet homme t'a causé, je te ferai oublier la misère et la moindre blessure, marmonna-t-il encore, de plus en plus exalté.

Escortée du fameux voisin, Maurice Sutra, et du fils de celui-ci, venus tous deux à la rescousse, Angélina le découvrit ainsi. Il parlait du bout des lèvres comme s'il récitait une mystérieuse incantation.

— *Diou mé damné*, faut le voir pour le croire, qu'elle s'est pas brisé le cou, votre servante, mademoiselle Loubet ! Ce sera pas commode de la remonter.

— Elle a une jambe cassée, déclara Luigi. Une plaie à la tête aussi. Le mieux est de la porter assise, en faisant un siège de nos bras.

L'entreprise fut ardue. Elle nécessita une extrême prudence et beaucoup de méticulosité. Les trois hommes réussirent cependant à atteindre sans encombre le jardin des Sutra, qui n'était en fait qu'un carré de terre brune planté de pommes de terre et d'une rangée d'oignons. Avant de gagner la modeste parcelle, ils durent gravir des tas de pierres, contourner des ronciers et se hisser de l'autre côté de murets à demi écroulés.

— Si vous pouviez l'emmener jusqu'à mon dispensaire ! implora Angélina.

— J'y veillerai, trancha Luigi. Vous, allez donc prévenir un médecin ? Il serait grand temps.

Le vous avait claqué comme une gifle, sec et chargé de mépris. Désemparée, Angélina s'éloigna. L'épouse de Maurice Sutra, une alerte quinquagénaire, guettait le déroulement du sauvetage de la porte donnant sur l'arrière de son domicile.

— Alors, mademoiselle Loubet ? s'enquit-elle. Pauvre Rosette, *qué* malheur ! Elle sera tombée, pour sûr.

— Oui, sans doute, soupira Angélina.

La femme la raccompagna le long du couloir et sortit avec elle dans la rue Maubec.

— Vous faites pas de bile, je vous attendrai dans votre dispensaire. Le chien ne va pas me mordre ?

— Non, madame Sutra. Excusez-moi, je cours chez le docteur.

Angélina agissait dans un état second. Plus tard, elle se souviendrait d'avoir tambouriné chez le docteur Buffardaud sans obtenir de réponse et d'être ensuite allée à l'hôtel-Dieu prévenir les religieuses qu'il faudrait sans doute un lit dans l'heure qui suivrait. Toujours en courant, elle était repassée chez le médecin, qui arrivait à l'instant d'une visite. Depuis le siège de sa calèche, à peine mis au courant, il l'avait aidée à s'installer à l'arrière et avait lancé son cheval au trot.

Enfin, elle avait pu entrer dans son dispensaire, le front moite et la poitrine en feu. Il y avait là ses voisins, Luigi et, à sa grande désolation, Octavie et Henri. Terrifié, le garçonnet pleurait à chaudes larmes en fixant la jeune fille allongée sur le lit réservé aux examens.

— Bobo, Rosette ! Bobo ! bredouillait-il.

Il s'accrochait aux jupes de la domestique, qui demanda aussitôt :

— Seigneur, que s'est-il passé ? Monsieur Luigi refuse de dire quoi que ce soit.

— Pitié, Octavie, emmène vite Henri, ce n'est pas un spectacle pour lui. Je viendrai vous donner des nouvelles. Rosette a fait une mauvaise chute.

— Moi qui venais vous inviter à déjeuner. Le petit te réclamait, en plus, déplora la Cévenole.

Angélina souleva son fils et l'embrassa à la hâte. Livide, très émue, Octavie le prit à son cou et sortit.

— Je vous en prie, madame et monsieur Sutra, dit la maîtresse des lieux, le docteur doit ausculter Rosette. Il vaudrait mieux rentrer chez vous. Je vous suis très reconnaissante pour votre aide, mais vous comprenez, n'est-ce pas...

Elle désigna le médecin qui ouvrait sa mallette et s'équipait de son stéthoscope. Le couple approuva et prit congé. Vite, elle tira les rideaux en lin blanc qui protégeaient la couchette.

— Monsieur, je vous demanderai de nous laisser, dit le docteur Buffardaud à Luigi.

— Bien sûr, je patienterai dehors, répondit-il d'une voix dure.

Dès qu'il fut à l'extérieur, Angélina déboutonna la chemise de nuit de Rosette, afin de faciliter les investigations de celui qu'elle considérait un peu comme un collègue. Tous deux découvrirent un large hématome à l'épaule droite, ainsi que d'autres contusions sur la hanche et les cuisses.

— Encore une miraculée, grogna Buffardaud. Chacun s'émerveille, dans la cité, que Guilhem Lesage ait survécu. En voici une autre qui a de la chance. Je ne décèle aucune lésion sévère, mais il faut réduire la fracture de la jambe. Je soupçonne un choc violent à l'arrière du crâne ; la plaie est irrégulière. Et vilaine. Sûrement un caillou.

— Je vais la nettoyer. Docteur, j'ai averti les sœurs. Jugez-vous indispensable de transporter Rosette à l'hôtel-Dieu ?

— Non, si vous pouvez la garder ici, elle sera aussi bien soignée. Nos braves religieuses sont débordées, entre les indigents et les vieillards de l'hospice. Bien, nous avons de l'ouvrage, la fracture en dernier lieu. Je vous préviens, la douleur va la ranimer. Dans son cas, ce genre de léthargie est bienfaisante, mais le réveil sera pénible. J'ai l'habitude, hélas !

Angélina marmonnait des oui et des non en tentant de seconder efficacement le médecin, qu'elle savait fort compétent. De s'affairer, de proposer son matériel, de panser les plaies superficielles, tout ça l'empêchait de réfléchir et elle en éprouvait un apaisement provisoire.

— Je citais Guilhem Lesage, tout à l'heure, car je lui ai rendu visite avant-hier, dit Buffardaud à mi-voix. Votre servante remarchera, mais, en ce qui le concerne, lui, je crains une infirmité définitive. Sa famille refuse cette triste éventualité et je n'ose pas les détromper. Pas encore. A-t-on idée, aussi, de débouler au grand galop sur la place, où il y a souvent foule. Vous étiez là, je crois !

— En effet, et c'était affreux à voir.

— Hum, hum, je m'en doute, fit-il avec une moue perplexe. Dites-moi, mademoiselle Loubet, vous êtes très bien installée, ici. Mais on parle d'un dispensaire dans toute la cité, alors que vous n'êtes ni docteur ni infirmière. Sans vouloir vous inquiéter, avez-vous le droit d'ouvrir un endroit comme celui-ci ?

— Il y a confusion. J'ai eu le tort, parfois, d'appeler ce local un dispensaire. C'est simplement mon cabinet de sage-femme, où je reçois mes patientes. Je propose aussi la surveillance des nourrissons et des enfants en bas âge.

— En somme, nous voici concurrents, trancha-t-il. Gare à vous si je constate une baisse de mes consultations.

Le médecin eut un sourire poli. Cependant son ton s'était durci. Il ne plaisantait pas vraiment. Angélina l'observa. C'était un homme de taille moyenne d'une quarantaine d'années au physique agréable. Il avait la bouche charnue sous une moustache brune, le nez droit et le regard bleu.

— Je m'en souviendrai, répliqua-t-elle. Pour l'instant, soyez sans crainte, je n'ai eu qu'une visite.

Il haussa les épaules, l'air de dire que c'était bien normal. Angélina en fut vexée.

— Tenez bien votre servante, à présent, ordonna-t-il en empoignant à deux mains la jambe de Rosette.

Buffardaud manipula le membre, la mine grave. Il effectua une traction brutale. L'adolescente sursauta et poussa un long cri strident, en ouvrant des yeux affolés.

— Courage, Rosette, je suis là ! s'exclama Angélina. Tu as la jambe cassée ; le docteur a réduit ta fracture. Maintenant, nous allons te faire un bandage.

— Des bandes plâtrées ! rectifia le médecin. Je reviendrai dans l'après-midi avec le nécessaire. D'ici là, votre servante ne doit pas bouger d'un pouce. Je préviendrai les sœurs que vous prenez en charge notre malade, mademoiselle Loubet.

Sur ces mots, il se prépara à partir. De grosses larmes coulaient le long des tempes de Rosette. Elle jetait des regards apeurés autour d'elle.

— Je serai là vers quatre heures, ajouta le médecin.

Elles se retrouvèrent seules. Angélina caressa le front de sa protégée.

— Je suis désolée, murmura-t-elle. Rosette, rien ne vaut la peine de mettre fin à ses jours. J'avais un pressentiment, car je ne voulais pas m'endormir, mais je n'ai pas tenu bon. Mon Dieu, si tu étais morte, ce matin, je n'aurais plus jamais connu la paix de l'âme et du cœur.

— Je me disais que, comme ça, je vous causerais plus de tracas. J'm'en moque, de vivre, si je dois porter ce mouflet… Dites, m'selle Angie, peut-être que, la chute, ça l'a décroché, ce fichu mioche ?

— Non, je ne crois pas, sinon tu saignerais.

Quoique choquée par l'expression, Angélina ne la reprit pas. Elle était au-delà de ses principes de bonne éducation, au-delà de tout ce qui lui importait auparavant. « Je me suis retranchée derrière mes convictions religieuses, songeait-elle, derrière mon engagement de sage-femme de privilégier la vie et d'aider les femmes en couches. Mais, en refusant de délivrer Rosette de cette grossesse, j'ai failli la tuer. Qui me dit qu'elle ne recommencera pas dès qu'elle pourra marcher ? Ou même avant ? Mon Dieu, je n'oserai plus la laisser seule une seconde. Des gens se pendent avec leur foulard, leur cravate ou un simple bout de corde ! »

En la voyant perdue dans ses pensées, Rosette lui saisit la main et l'étreignit.

— Et voilà, je vous rends soucieuse, encore. J'suis bien navrée, m'selle Angie, parce que je vous aime très fort. Je crois même que je vous aime encore plus fort que ma pauvre Valentine.

— Moi aussi, je t'aime, Rosette. Allons, il faut te reposer. Tu as une belle plaie à la tête et des contusions un peu partout. Est-ce que ta jambe te fait souffrir ?

— Ça oui, j'ai l'impression qu'il y a du feu dedans.

— Je vais te faire boire un peu de laudanum ; cela te soulagera. Et sois tranquille, ma pauvre petite, je veux bien te libérer de ton fruit, car il est amer, vicié par le poids du crime qu'a commis ton père sur toi. Ce que tu ressens, je le conçois et, à ta place, j'aurais réagi de la même manière. Cet enfant, tu le porteras dans la haine, la honte et non l'amour, et je ne peux pas te le reprocher. La mort dans l'âme, certes, mais en ayant conscience que c'est l'unique solution à tes yeux. Tu as suffisamment souffert.

— Vrai, m'selle ? Bien vrai ? Merci, j'vous bénis, merci ! balbutia Rosette, dont le visage se détendit, empreint d'un indicible soulagement.

— C'est notre secret ; personne ne doit être au courant. Nous deux, rien que nous deux. Tu me le promets ?

— Oui, m'selle, affirma la jeune fille, l'air soucieux.

Au même moment, Luigi toqua à la porte vitrée. Le nez au carreau, il s'impatienta :

— Puis-je entrer ?

— Pas tout de suite ! lui cria Angélina.

— Il a été bien gentil, m'sieur Luigi, avec moi, confessa alors Rosette. Vous savez, je lui ai tout raconté.

— Quoi ? Mais… il ne fallait pas.

— J'suis désolée, m'selle Angie, je croyais que j'allais mourir dans ses bras. Alors, je lui ai tout dit.

— Seigneur, il ne manquait plus que ça ! Tant pis, il saura se taire, à mon avis.

Accablée, elle voulut dégager sa main de celle de Rosette. Elle vit alors à ses doigts un anneau en argent serti d'une pierre rouge.

— Tiens, tu n'avais pas cette bague hier soir, nota-t-elle.

— Quelle bague ? Ben, ça ! s'étonna Rosette qui considéra le bijou avec une réelle stupeur. Flûte, d'où elle sort ? J'en sais rien, moi... Dites, ça tourne encore, j'me sens pas bien.

— Trêve de bavardage, dans ce cas. Tu dois absolument te reposer. Inutile de se tourmenter pour une bague ni pour quoi que ce soit.

Bientôt, Rosette avalait une cuillerée de laudanum. Sa tête affublée d'un gros bandage demeurait calée au creux d'un oreiller et une couverture de laine l'enveloppait.

— Je reviens très vite, assura Angélina, qui tenait à discuter avec Luigi. Tu as entendu le docteur ? Surtout, ne bouge pas.

— Promis, m'selle. J'ai sommeil, là...

— Eh bien, dors vite.

Le baladin s'était assis en tailleur sous le prunier de la cour, un brin d'herbe entre les dents. Il paraissait plongé en pleine méditation. Angélina aurait pu lui communiquer les résultats de l'auscultation ou annoncer que la fracture était réduite, mais elle préférait aborder le sujet qui, de toute évidence, avait rendu Luigi furieux. Elle avait compris, grâce aux paroles de Rosette, pourquoi il s'était montré si froid à son égard. Sans aucun doute, il l'estimait responsable du geste désespéré de l'adolescente.

— Vous m'avez jugée cruelle, je suppose, et coupable de surcroît ? attaqua-t-elle d'emblée.

— Oui, mais conservons le tutoiement tombé du ciel ce matin. Pour se quereller, c'est plus simple.

— Que t'a dit Rosette exactement ?

— Son père l'a violée, elle est enceinte de lui et tu refuses de pratiquer un avortement. Résultat, elle a tenté de se supprimer. Bravo pour la moralité, pour les sacro-saintes lois de l'Église ! Ce sale type en a fait, des victimes : Valentine, les trois gamins dispersés dans la nature, peut-être déjà morts eux aussi, et Rosette qui a failli réussir son saut de l'ange.

— Je te préciserai qu'un avortement aussi peut causer la mort ; c'est un acte dangereux, et dont j'ignore tout. Certes, j'ai une solide connaissance du corps féminin, mais ce n'est pas toujours suffisant, et encore, ce n'est même pas le problème. Luigi, il faut me comprendre. Comment aurais-je pu consentir à détruire une vie, un être innocent, une créature de Dieu ? Il y avait d'autres solutions, que j'ai exposées à Rosette hier soir. Une fois l'enfant venu au monde par mes soins, je l'aurais confié à une nourrice en veillant à ce qu'il ne manque de rien. C'était plus charitable que de le remettre aux sœurs de Saint-Girons, qui conduisent les enfants abandonnés à l'hospice de Foix.

Luigi ne prit même pas garde à sa façon d'évoquer les choses. Il se leva et lui fit face, les traits sublimés par la colère.

— Mais enfin, est-ce si difficile de te représenter le calvaire que sera cette grossesse pour Rosette ? Porter en son sein le fruit d'un viol abominable, l'enfant d'un ivrogne qui est son propre père ! À mon sens, c'est condamner d'office la mère et le bébé. Rosette sombrera dans la mélancolie et ce petit a de fortes chances d'hériter de tares congénitales.

— Ciel, tu es bien renseigné ! ironisa-t-elle.

— Un saltimbanque n'est pas forcément ignare. J'écoute, je lis et je me souviens ensuite de ce que j'ai écouté ou lu. Il n'y a pas longtemps, j'ai emprunté un roman d'Émile Zola à ma mère. *L'Assommoir*. Une parution qui date de cinq ans environ. L'auteur y dépeint les conséquences de la misère et de l'alcoolisme dans le monde ouvrier. J'ai souvent pensé à Rosette, pendant ma lecture. Rosette qui a lutté pour échapper à son triste sort, qui veut apprendre à lire et à écrire, qui a le cran de chanter, même le cœur en deuil.

Bouleversée, Angélina se détourna. Encore une fois, elle tolérait mal l'attachement de Luigi à la jeune fille. Elle eut l'étrange intuition que Rosette finirait par conquérir le baladin, contre son gré et sans même y avoir songé.

— Tes principes ne t'honorent pas, ajouta-t-il sèchement. Dis-toi aussi que cette malheureuse, si elle ne t'avait pas rencontrée, aurait un jour ou l'autre été victime d'un homme, son père ou un autre pervers. Et, en cas de grossesse, qu'aurait-elle fait ? Là, oui, elle aurait mis sa vie en danger en ayant recours à une matrone cupide ou en essayant de se débarrasser seule de l'enfant. Valentine en est morte, il me semble. Toi, Angélina, même si tu n'as jamais procédé à cet acte, tu es capable de le mener à bien, j'en suis certain. Réfléchis un peu, bon sang ! Rosette s'est jetée dans le vide. Elle aurait pu mourir ou demeurer infirme jusqu'à la fin de ses jours, ou encore se réveiller gâteuse, idiote, à cause du choc à la tête.

— Adrienne, ma mère, n'a jamais accepté de tuer un enfant en devenir. Je lui avais promis de suivre son exemple.

Les mâchoires crispées, Luigi lui décocha un regard noir, incendiaire. Rageur, il tapa du pied dans un caillou, les poings serrés.

— Tu es bornée, orgueilleuse et égoïste ! aboya-t-il. Tu prétends aimer Rosette ? Quelle preuve en donnes-tu ? Elle sera marquée par cette horrible période de sa vie et, ce petit dont elle perdra la trace, elle y pensera jusqu'à sa mort... Avant de perdre conscience, dans mes bras, la pauvre petite m'a avoué qu'elle se voyait toute en blanc, en mariée, dans une église. C'est un bien sacré que son père lui a pris, sa pureté. Tu t'en moques, toi ! Tu ne t'es pas gardée vierge pour celui que tu aimerais de toute ton âme.

Humiliée, affreusement blessée, Angélina recula. C'était terminé, elle ne pourrait pas pardonner à Luigi ce qu'il venait de lui asséner.

— Tu prends décidément tout ça bien à cœur, dit-elle d'une voix tendue. C'est toi, n'est-ce pas, qui as glissé cette jolie bague au doigt de Rosette ?

— Elle t'était destinée. Je venais te proposer de nous fiancer, ce matin, mais le destin veillait.

— Me proposer des fiançailles ! se récria-t-elle. Comme on propose un contrat ou une marchandise ? Oui, le destin fait bien les choses, vraiment, tu as raison. Tu as tellement changé, Luigi ! Je te préférais en saltimbanque, en poète, pas en redresseur de torts ! Va donc auprès de Rosette, je n'en ai pas le courage pour l'instant.

Elle courut se réfugier dans la maison. Là, haletante, elle céda au chagrin qui la ravageait. Des sanglots la secouèrent. Elle pleura debout, avec l'atroce sensation de s'enfoncer dans un abîme de désolation, où il faisait noir et froid, où elle errerait longtemps, privée du bonheur d'aimer et d'être aimée.

Enfin, elle se calma. Sauveur s'était couché au fond de la pièce, contre le mur le plus frais. Le chien l'observait de son bon regard brun.

— L'amour ! chuchota-t-elle. C'est si douloureux, parfois !

Deux grands verres d'eau achevèrent de lui redonner la maîtrise de ses nerfs. Un autre souci se présentait. « Comment vais-je faire, sans l'aide de Rosette, de mon esclave, selon Luigi. Il peut critiquer Guilhem et le traiter de jean-foutre, il ne vaut guère mieux, enragea-t-elle en faisant les cent pas dans la cuisine. Peu importe, il me faut quelqu'un de sûr, qui puisse s'occuper des lessives et des repas, veiller sur ma malade, aussi. Elle ne sera pas rétablie avant l'hiver. »

Très vite, elle pensa à Octavie, en qui elle avait toute confiance. La besogne n'effrayait pas la brave Cévenole. « Le mieux serait qu'elle s'installe ici dès que j'aurai pratiqué l'avortement. Avec Henri… Luigi n'aura qu'à rester rue des Nobles à servir mademoiselle Gersande. »

Un frisson la parcourut. L'idée de se livrer à un acte qu'elle réprouvait la torturait. « Plus vite ce sera fait, moins je me rongerai le cœur. »

Résolue, elle alluma le feu dans la cheminée et mit de l'eau à chauffer. Après avoir épluché des pommes de terre et des carottes, elle éminça un poireau.

— Déception amoureuse ou pas, il faut préparer à manger. Une bonne soupe fera du bien à Rosette ! déclara-t-elle à l'adresse du chien.

Le pastour se leva dès qu'elle ouvrit le garde-manger afin de découper un morceau de lard.

— Tu auras un bout de couenne, gros gourmand ! promit-elle. Mon enfant va revenir chez nous, Sauveur. Nous serons bien, tous ensemble.

Mais, en dépit de tous ses efforts, Angélina reniflait encore, au bord des larmes. La scène qui l'avait opposée à Luigi repassait dans son esprit et elle se répétait chaque parole échangée.

— Il voulait m'offrir une bague de fiançailles, se désola-t-elle. Il envisageait donc de m'épouser un jour ! Pourquoi a-t-il été aussi méprisant, aussi cruel ? Avais-je besoin, moi aussi, de lui jeter mes convictions à la figure ? Il a cru que je refusais de délivrer Rosette. Ce n'était pas une raison pour m'accuser d'être une fille facile, de m'être offerte à Guilhem sans véritable amour. Je l'aimais, à l'époque, et je n'ai guère eu le choix. La première fois, même si j'avais voulu lui résister, il m'aurait prise de force.

Tremblante d'émotion, en proie au souvenir de son amant, elle faillit verser la moitié des légumes à côté de la marmite.

— Ah les hommes ! grogna-t-elle.

Ce fut au moment où elle maudissait la gent masculine que deux femmes et un enfant apparurent sur le seuil de la pièce.

— Mademoiselle Gersande, Octavie ! Mon bébé !

En robe verte évanescente, la vieille dame s'abritait sous une ombrelle aux décorations d'inspiration japonaise.

— Angie, nous venons aux nouvelles. Que s'est-il passé ? Octavie était bouleversée et je le suis aussi. Rosette a fait une terrible chute, selon un de tes voisins.

— Entrez ! Elle dort. Je lui ai donné du laudanum, car elle souffre beaucoup de sa fracture à la jambe. Le docteur Buffardaud doit revenir la plâtrer.

— J'ai apporté de quoi déjeuner, annonça la domestique, même s'il est plus d'une heure. Mademoiselle et moi, nous n'aurions rien pu avaler sans savoir comment allait la petite.

— J'ai aperçu Luigi par la porte-fenêtre du dispensaire, soupira Gersande. Il est assis au chevet de Rosette ; il m'a fait signe qu'elle dormait. Va donc le chercher, Angie, qu'il nous rejoigne.

— Non, je lui ai recommandé de ne pas la laisser seule un instant. J'irai le remplacer plus tard. Que nous as-tu apporté de bon, Octavie ? Moi, j'ai mis une soupe à cuire.

Angélina avait pris son fils dans ses bras. L'enfant, d'humeur câline, demeurait blotti contre elle, une joue nichée au creux de son épaule.

— Je t'aime, marraine ! chantonna-t-il tout bas.

— Mais, tu as très bien dit les r ! s'extasia la jeune mère. Vous êtes témoins, c'était un joli « marraine ». Mon petit, viens t'asseoir dans ta chaise haute. Regarde, Sauveur est bien content de te revoir.

Le pastour couina, comme un chiot qui aurait quémandé une caresse. Dans sa hâte d'être par terre, Henri gigota. Dès qu'il le put, il se jeta au cou de l'animal et le cajola.

— Ces deux-là, ils sont vraiment bons amis ! s'exclama Octavie. Bon, à table, mademoiselle est affamée.

Avec un sourire prometteur, elle déballa le contenu de son panier et posa sur la table un pain frais, un bocal de rillettes d'oie, du fromage de brebis, de superbes tomates d'un rouge luisant, deux bouteilles de cidre et une boîte de biscuits aux amandes.

— C'est appétissant, concéda Angélina.

L'air perplexe, Gersande de Besnac la dévisagea avant de l'interroger de nouveau :

— Voudrais-tu, Angie, m'expliquer comment Rosette est tombée dans le ravin ? C'est quand même bizarre !

— Mademoiselle, je n'ai pas bien compris, moi non plus. La pauvre, elle ne savait plus très bien où elle était ni ce qui lui était arrivé. D'après moi, elle a tenté de rattraper un objet et elle a basculé en avant.

C'était là une version qu'elle improvisait à mesure.

— Boudiou ! et quoi donc, comme objet ? insista Octavie.

— Je l'ignore. Peut-être le collier que Luigi lui avait acheté au marché ! Elle ne l'a plus au cou.

Assaillie par les questions, Angélina se décida à exposer les événements dans un ordre logique. En comprenant que Luigi n'avait eu l'occasion ni de parler fiançailles ni d'offrir la bague, la vieille dame se renfrogna.

— Nous devons être sous une lune néfaste, grondat-elle, exaspérée. Les accidents s'enchaînent. D'abord Guilhem, ensuite Rosette, sans oublier cet homme qui s'est jeté sous un train, à Lestelle, sur la ligne de Tarbes à Toulouse.

— Je vous en prie, coupa Angélina en désignant Henri d'un mouvement du menton. Puisque nous sommes réunies, autant vous informer d'une idée que j'ai eue. Mademoiselle, consentiriez-vous à ce que j'accapare Octavie plusieurs semaines ? Elle pourrait me seconder dans les soins du ménage et garder Rosette. Nous prendrions l'enfant ici et votre fils se ferait un plaisir de veiller sur votre confort.

Gersande décela le ton amer et dur qu'avait Angélina en évoquant Luigi. Alarmée, elle s'écria :

— Mon Dieu, Angie, seriez-vous fâchés, Luigi et toi ? Je ne suis pas dupe ! Tu devrais être plus joyeuse, aujourd'hui.

— Joyeuse ? Alors que Rosette aurait pu mourir ? Oui, Luigi m'a vexée, pour répondre à votre question. Blessée, même ! Cet homme-là est trop changeant à mon goût, il porte des jugements hâtifs, il se montre lunatique et fantasque. Je suis navrée de critiquer votre fils, mais il pratique le chaud et le froid, les compliments et les reproches. C'est lassant !

— Je le sais bien, Angie, j'ai été victime, moi aussi, de sa versatilité, admit Gersande. Mais il n'est pas méchant du tout. Ce matin, il était heureux et plein de projets vous concernant tous les deux. Que s'est-il passé ?

— Je vous l'ai dit, Rosette a failli mourir. Elle est sauvée, mais je dois m'organiser. Que pensez-vous de mon arrangement ? J'ai besoin d'une réponse, sinon je me verrai obligée d'engager une autre personne, qui ne connaît ni la maison ni Rosette.

— Moi, si mademoiselle le permet, je suis d'accord, affirma la Cévenole, secrètement réjouie de fuir son quotidien souvent monotone. C'est bien vrai, ça, on n'y songeait pas, mais Rosette abattait de l'ouvrage, toute jeune qu'elle est ! Angélina sera dans l'embarras, sans elle.

Les lèvres pincées, Gersande de Besnac pesait le pour et le contre. D'avoir son fils bien à elle du matin au soir lui semblait une perspective alléchante. « Nous irons à Saint-Girons faire des emplettes, il me jouera du piano et nous discuterons de nos lectures, se disait-elle. Mais quand même, me séparer d'Octavie durant un mois ou deux ! »

— Faisons ainsi, finit-elle par répondre. J'engagerai une bonne jusqu'à Noël.

— Ça ne me plaît guère, mademoiselle, protesta la domestique. Une étrangère au milieu de mes casseroles ? Saura-t-elle repasser vos corsages en soie, seulement ?

— Je pense à une nièce de la lavandière. Pas celle qui nous ramène le linge, mais son aînée, Marie.

Ladite Marie avait une qualité, au goût de Gersande, elle frôlait la quarantaine et manquait d'atouts féminins. Il n'était pas question d'introduire une jeune beauté rue des Nobles. « Sait-on jamais ! songeait-elle. Tant que mon fils n'aura pas épousé Angélina, je ne serai pas tranquille. Il a fallu qu'ils se chamaillent précisément aujourd'hui ! »

Pendant le repas, les trois femmes continuèrent à parler de cette nouvelle organisation.

Du dispensaire, Luigi percevait leurs voix et les rires du petit Henri. Il y avait plus d'une demi-heure qu'il était là, plein de compassion, au chevet de Rosette. De temps en temps, il effleurait son front, redoutant une montée de fièvre. Juste comme il esquissait un tel geste, elle ouvrit les yeux et le regarda.

— Tiens, m'sieur Luigi ! Vous êtes mon infirmier ?

— Eh oui ! Souffres-tu encore ?

— J'ai la tête lourde, et ma jambe me fait mal. C'est drôle à dire, hein, à cause de la chanson que vous aimez bien, vous savez, *boute selle... ma jambe me fait mal, boute selle mon cheval*.

— Bien sûr, je m'en souviens. As-tu soif ? Dis-moi ce dont tu as besoin ou envie. J'irai le chercher.

Le regard brun clair de la jeune fille reprit de l'éclat. Elle souleva doucement la main :

— C'est vous, la bague ?

— Oui.

— J'en veux pas ! Faut me l'ôter, m'sieur Luigi. Reprenez-la, je mérite pas un bijou pareil.

— Tu mérites bien plus, Rosette, affirma-t-il avec tendresse. Je voudrais t'épouser, petite, te rendre heureuse.

Si elle avait pu se redresser et bondir du lit, Rosette l'aurait fait sans hésiter, tant elle bouillonnait d'indignation. Mais, dans l'incapacité de manifester sa colère, elle retrouva toute sa gouaille populaire.

— Non, mais j'veux point écouter des sornettes pareilles ! Z'avez un de ces culots, vous ! Si j'me marie un jour, j'choisirai mon promis, pardi ! Vous m'causez de ça par pitié et, vot' pitié, j'en veux pas. Vous n'avez pas dégoté une fille plus misérable que moi, rapport à ce que j'vous ai raconté ? Je m'en mords les doigts, d'avoir craché le morceau.

— Rosette, enfin, tu te trompes et…

— Taisez-vous donc, m'sieur Luigi. Vous m'aimez pas d'amour et moi non plus j'vous aime pas comme y faudrait. J'vous aime bien, ça oui, comme un grand frère, et on épouse pas son frère. Y a assez de mon père qui se fichait de ça !

Prête à pleurer, elle eut un hoquet nerveux. Luigi n'osa rien répliquer, car les propos de Rosette sonnaient juste et, peu à peu, dissipaient la confusion de ses sentiments.

— Au fond, ce que vous voulez, c'est me consoler, et vous avez rien trouvé de mieux que de m'épouser. Et m'selle Angie, dans tout ça ? Déjà, elle était bien surprise, en voyant cette bague. Moi, ça me tracasse. Faut pas lui faire de la peine, elle est tellement gentille et généreuse !

— J'en doute, fit-il. Angélina ne t'a pas aidée, ce qui t'a poussée à te supprimer. Elle aurait dû prendre la mesure de ton désespoir et de l'horreur de ta situation.

Épuisée, la jeune fille referma les yeux. Pourtant, elle tenait à défendre celle qui représentait son salut, la meilleure chose qui lui soit arrivée sur terre.

— Vous vous mettez le doigt dans l'œil, sauf vot' respect, m'sieur Luigi. J'crois que vous savez pas qui c'est, Angie. Un ange, oui, un ange. J'oublierai jamais quand je l'ai reconnue, à Luchon. J'avais si froid, devant cette église ! Et si faim ! Elle m'a emmenée, elle m'a habillée et donné à manger. Le soir, quand j'suis entrée ici, elle m'a lavé les cheveux, elle m'a épouillée sans me faire mal, en riant. Après, on s'est couchées sur un matelas près du feu avec le chien. J'étais au paradis. J'veux y rester. Ce paradis-là, j'le quitterai jamais, jamais ! Et puis flûte ! de quoi vous vous mêlez ? Ce sont des histoires de femmes, tout ça ! Je m'en suis rendu compte hier soir, que le père m'avait mise enceinte. Angélina m'a examinée et on a beaucoup causé. Il lui fallait le temps de la réflexion, comme dit m'selle Gersande. C'est grave ce que je lui demandais. On peut même aller aux travaux forcés toutes les deux, si ça se sait. Mais elle va le faire, j'serai la Rosette d'avant, quand elle m'aura débarrassée de ce que j'ai, là, dans le ventre.

D'abord incrédule, Luigi perdit vite pied. Il eut peur d'avoir commis une erreur irréparable.

— Elle te l'a dit ? Quand donc ?

— Pendant que vous étiez dehors, après le départ du docteur. Maintenant, j'en peux plus de discuter. Soyez brave, m'sieur Luigi, enlevez-moi la bague. Et j'voudrais voir m'selle Angie. Elle devait revenir vite.

Rosette sombra dans une demi-somnolence. Docile, le baladin fit glisser le bijou de son doigt et le rangea dans l'écrin qu'il avait conservé. Il eut alors l'impression de s'éveiller d'un cauchemar absurde.

Angélina entra au même instant dans la pièce. Il la vit approcher et, très gêné, il baissa la tête.

— Au revoir, Angélina. Je pars immédiatement pour Combelongue. Le père Séverin saura me remettre les idées en place et une retraite à l'abbaye me fera le plus grand bien.

— Je suis navrée de contrarier tes plans, mais tu ne peux pas t'en aller. C'est facile de fuir, mais, là, tu vas devoir rester à Saint-Lizier.

D'un ton glacial, elle lui expliqua pourquoi, sans lui laisser l'opportunité de refuser.

— J'ai donc l'obligation de tenir compagnie à ma mère, conclut-il.

— Ce ne sera pas trop pénible. Mademoiselle Gersande se coupera en quatre pour te faire plaisir. Je te prie de sortir, à présent. Nous avons gardé ta part du repas.

— Angélina...

— Non, ne dis rien, ne dis plus rien, tu m'as fait assez de mal, déjà.

— Je n'avais pas compris. Rosette m'a dit que...

Elle le fit taire d'un regard implacable, assorti d'un geste de la main qui lui indiquait la porte.

— Il faut prendre le temps d'écouter les gens avant de les juger et de les insulter. Car tu m'as insultée ! Creuse-toi un peu la cervelle, si toutefois tu en as une. Toutes les femmes que tu as séduites au gré de tes pérégrinations, demande-toi si tu les aimais de toute ton âme et si l'une d'elles, se retrouvant enceinte de tes œuvres, n'a pas succombé à l'acte que tu parais considérer comme ordinaire, sans conséquence. Encore une chose, il est évident que tu dois garder le secret. Pas un mot de ce que je dois faire à personne, surtout pas au père Séverin. Maintenant, rends-moi un service, emmène mademoiselle, Octavie et Henri. Demeurez rue des Nobles jusqu'à demain midi. À elles non plus tu ne dois rien laisser soupçonner. Je suis rongée par une angoisse affreuse, je tremble de commettre une erreur fatale, mais j'affronterai cela seule, comme j'avais pris ma décision seule, avant tes menaces et tes imprécations. Sors, maintenant, et vite ! Je ne veux plus te voir.

Elle lui tourna le dos pour ne pas céder à son regard noir. Elle le devinait pétri de remords, pris au piège de sa propre fureur aveugle et stupide. « Mon Dieu ! Même là, je n'ai qu'une envie, me réconcilier, puiser du réconfort et du courage dans ses bras », se disait-elle, furieuse d'être si faible devant cet homme.

— Personne ne saura, Angélina, n'aie crainte, répliqua-t-il. Je te demande pardon, bien que je sois impardonnable, cette fois.

— En effet, coupa-t-elle. Tu as tout détruit. Tout.

Rosette ne dormait pas profondément. Elle avait perçu l'écho de leur querelle.

— J'vous en prie, balbutia-t-elle. Faut pas vous fâcher, vous deux. M'sieur Luigi, oubliez pas ce que j'vous ai dit.

— Sors donc ! réitéra la costosida. Et toi, Rosette, repose-toi. Je suis désolée, tu as besoin de calme et j'ai crié.

— Tu as crié à cause de moi. Je sors. Au revoir ! dit le baladin, totalement désemparé.

Il aurait voulu faire marche arrière, effacer les paroles cruelles qu'il avait prononcées, mais il était trop tard, elles avaient semé leur venin. Il avança dans la cour avec la sinistre perspective de passer des jours loin d'Angélina, livré aux bavardages de sa mère et à la routine des repas, sans jouir de l'exaltation inouïe qu'il ressentait auprès d'Angélina.

« Ma bien-aimée ! songeait-il. J'ai parlé mariage à Rosette ! Elle m'a vertement remis à ma place et elle avait raison, elle voyait juste. Mais qu'cst-ce qui m'a pris ? »

Hébété, Luigi se serait volontiers cogné le front contre le premier mur venu dans l'espoir d'échapper au chaos de ses pensées. En l'apercevant, Gersande l'appela.

— Luigi, viens donc déjeuner. Tu dois être affamé, après toutes ces émotions.

— J'arrive, soupira-t-il.

Il n'avait aucun appétit, hormis celui, dévorant, de se jeter à genoux devant Angélina pour obtenir son pardon et de l'enlacer, de la couvrir de baisers, de lui prouver la folle passion qu'elle avait fait naître en lui et qu'il s'avouait enfin. Son caprice insensé d'épouser Rosette avait eu le mérite de le confronter à ses craintes profondes, à l'inanité de ses doutes. Maintenant, il savait, il n'avait plus peur, mais cela ne changerait peut-être rien.

En grignotant une tartine de pain sous l'œil attendri de sa mère, il continuait à brasser ses regrets. « Quel imbécile j'ai été ! Je lui en voulais d'avoir aimé un autre homme avant moi et d'adorer l'enfant de cet homme. J'ai jugé Guilhem Lesage, mais je me suis comporté comme lui, en mâle tyrannique et possessif. C'est le souci avec Angélina ; elle diffère des autres femmes. Elle est trop belle, trop libre dans ses actes et son métier, trop fière pour se soumettre, trop courageuse aussi, car elle surmonte les épreuves sans donner l'impression d'avoir enduré le pire. Rosette dit vrai, c'est un ange, mais l'épée au poing, soucieuse de justice, et tellement intelligente qu'il est vain de chercher à l'influencer, à la diriger. Quelle femme ! Je dois lui écrire, lui expliquer pourquoi j'ai agi à tort et à travers. Je lui écrirai dix pages s'il le faut ! Si elle refuse quand même de me revoir, je n'abandonnerai pas, jamais ! »

Rue Maubec, le soir

Angélina avait eu soin de tirer les rideaux du dispensaire, en épaisse toile de lin beige. C'était le moment qu'elle redoutait de tout son être. Son cœur battait à grands coups dans sa poitrine. Elle adressa un regard anxieux à Rosette, qui fixait le plafond d'un air rêveur. Elle avait dormi plusieurs heures, après le passage du docteur Buffardaud, qui avait entouré de bandages enduits de plâtre sa jambe cassée, en recommandant bien l'immobilité parfaite à sa patiente.

— N'ayez pas peur de lui donner du laudanum souvent, avait-il dit en prenant congé. Elle souffrira moins et elle pourra dormir.

Il était presque minuit. Angélina retint un soupir. Durant toute la soirée, elle s'était exhortée au calme et avait révisé en pensée ses cours d'anatomie féminine. Deux fois, elle avait stérilisé ses instruments en les faisant bouillir et en les passant à l'alcool.

— M'selle Angie, je vous rends bien malheureuse, hein ! intervint soudain Rosette. Je le sens à votre voix, je le vois à votre mine.

— Ce n'est pas ta faute. Tu connais l'unique coupable. C'est l'homme qui t'a engendrée.

— Ce que vous causez bien, quand même ! Moi, j'y arriverai jamais. Misère, si vous m'aviez entendue, quand j'ai secoué m'sieur Luigi. J'étais dans une rogne noire. J'ai parlé très mal, de la façon que vous détestez. Mais, promis, à partir de ce soir, je vais m'appliquer.

Angélina vint se poster près du lit.

— Pourquoi étais-tu en colère ?

— La bague, c'était lui. J'ai expliqué que je n'en voulais pas, de son bijou, parce que ce monsieur avait décidé de m'épouser.

L'aveu acheva de briser la jeune femme. Pourtant, elle s'y était préparée.

— Ne tremblez pas comme ça. Flûte, faut bien que je vous le dise. C'était juste sa manière à lui de me consoler, vous comprenez ? Je lui ai envoyé à la figure, ce que j'en pensais.

Rosette relata en quelques mots le discours qu'elle avait tenu au baladin, avant de déclarer d'un ton sérieux :

— M'sieur Luigi, il a cru que j'avais besoin de me marier, d'être toute en blanc. Vu que j'étais grosse de mon fumier de père, il pensait qu'il était bien le seul homme sur terre qui voudrait de moi.

— Peu importe, Rosette. C'est la preuve qu'il ne m'aime pas, qu'il ne m'a jamais aimée. Sinon, il n'aurait pas osé te donner cette bague qui m'était destinée, d'après lui. Ne t'inquiète pas, je ne t'en veux pas. Tu n'es pour rien dans ses fantaisies. Bon, je dois m'occuper de toi, tu le sais ! Je n'oserai pas t'opérer, appelons ça ainsi, si je suis trop nerveuse. Déjà, de procéder à cet acte sans aucune aide m'apparaît compliqué et risqué.

— Attendez un peu, protesta Rosette. J'ai pas fini. Au fond, m'sieur Luigi, il vous ressemble beaucoup.

— Quoi ? Sûrement pas !

— Oh si ! Le jour où Guilhem a eu son accident, je vous revois entrer dans la cour, en larmes. Vous étiez toute blanche. Après, vous avez eu un malaise. Depuis, je sais bien que vous écrivez à sa belle-sœur et qu'elle vous répond. Moi, je parie que, si votre Guilhem se retrouvait seul au monde et infirme, vous seriez capable de vivre avec lui et de le soigner, même si vous aimez quelqu'un d'autre. Vous avez toujours pitié de ceux qui sont malheureux. Eh bien, m'sieur Luigi aussi ! Il avait tellement pitié de moi qu'il a rien trouvé d'autre que cette bêtise de mariage. Faut pas lui en vouloir.

— Rosette, je ne sais plus où j'en suis. Tu es gentille d'essayer de me consoler, mais oublions ça. Écoute-moi, à présent. Tu auras mal, quand je ferai ce que j'ai à faire, très mal. Aussi je voudrais que tu respires de l'éther. J'en ai toujours à ma disposition pour les patientes qui endurent de terribles douleurs pendant l'accouchement. Seulement, une fois que tu seras à moitié endormie, j'aurai des difficultés à maintenir tes jambes dans la bonne position, d'autant plus que tu as ce plâtre. J'ai peur, petite, j'ai très peur de te blesser, d'avoir un geste maladroit.

— Dans ce cas, m'donnez pas d'éther. Je m'en moque, d'avoir mal, je vous le jure.

— Rosette, je n'ai jamais pratiqué un avortement. Aider une femme à mettre un bébé au monde, ça, je suis experte en la matière. Mais là... Je compte utiliser une sonde en cuivre.

Angélina ne put rien ajouter. Une main sur son cœur, elle fondit en larmes.

— J'aurais préféré mille fois que tu dormes profondément, que tu te réveilles et que ce soit fini, hoqueta-t-elle entre deux sanglots.

— Allons, m'selle Angie, après, vous m'en filerez, de votre éther. J'passerai une bonne nuit. On va être fortes, toutes les deux. Je suis prête à souffrir si demain je suis la même fille qu'avant, la Rosette qui chante, qui pétrit de la pâte à brioche et qui peut biser votre pitchoun.

— D'accord.

La costosida respira profondément. Au prix d'un réel effort de volonté, elle parvint à maîtriser sa terreur, ses nerfs à vif. Vêtue d'une blouse impeccable sur laquelle elle avait noué un tablier blanc tout aussi propre, elle monta la flamme des deux grosses lampes à pétrole. Elle priait avec ferveur, en silence. « Pardonnez-moi, Seigneur Jésus, et vous, très sainte Vierge Marie. J'agis en mon âme et conscience, mais je vous implore de ne pas me juger trop durement. »

Lorsqu'elle eut ses instruments à la main, une autre crainte lui vint.

« Et si on venait frapper au portail pour une naissance, tout de suite ou dans une heure ? Mon Dieu, je ne pourrais pas mener ma tâche à bien ni laisser Rosette seule. Par pitié, faites que personne ne vienne ce soir. »

Treize minutes plus tard, ce qu'elle vérifia à l'horloge murale, Angélina avait terminé. Soulagée, elle se remit néanmoins à trembler convulsivement. « Tout ce sang ! C'est une créature vivante, en devenir, que j'ai tuée, une créature de Dieu. Mais pourquoi Dieu permet-il de telles horreurs ? Un père incestueux, alcoolique, qui use et abuse de ses filles ! » songeait-elle.

Pendant ce temps, Rosette reprenait son souffle, le ventre traversé de spasmes violents qu'elle subissait sans se plaindre. La douleur l'avait terrassée, à l'instant crucial où la sonde s'était enfoncée dans sa matrice, mais elle n'avait pas poussé un cri.

— Dites, m'selle Angie, je veux bien de l'éther, là, gémit-elle.

— Oui, je m'en occupe. Attends un peu, je ne me sens pas bien.

Sur ces mots, elle courut jusqu'au petit lavabo dressé dans un angle de la salle et, après un ou deux hoquets, elle commença à vomir.

— Misère, vous êtes malade ? s'inquiéta Rosette.

— Ce n'est rien...

Elle but de l'eau qu'elle gardait à disposition dans un grand broc en porcelaine, puis elle se rinça la bouche et le visage. Le cœur survolté, elle dut se retenir de clamer sa détresse, son chagrin et sa honte.

« Personne ne m'a dérangée et c'est tant mieux, se dit-elle. Demain, je fermerai le dispensaire, demain, je ne serai plus la costosida de la rue Maubec. Je ne peux plus exercer ce métier après avoir commis cet acte affreux. Non, j'ai trahi mon engagement, la promesse faite à ma mère, j'ai trahi Dieu et ma foi. Je ne serai plus sage-femme, plus jamais. »

— M'selle Angie, est-ce que ça va mieux ? demanda encore Rosette.

— Mais oui. Tu vas prendre du laudanum et respirer un peu d'éther sur un linge. Ce sera suffisant. Je dormirai près de toi, dans le fauteuil. Tout s'est bien déroulé. Tu n'as plus rien à craindre.

Peu de temps après, Angélina éteignit les lampes et alluma une bougie. Elle s'enveloppa d'un châle et s'installa dans le siège en cuir offert par Luigi. Couché au milieu de la cour, Sauveur montait la garde. Rosette semblait dormir, les traits apaisés, un vague sourire sur ses lèvres pâles.

Le lendemain, lundi 12 septembre 1881

Sauveur aboyait. Sa voix puissante et grave résonnait dans le silence de l'aube. Angélina se réveilla et, en découvrant le cadre de son dispensaire, elle se souvint aussitôt de ce qui s'y était passé, aux environs de minuit.

Vite, elle se leva et examina Rosette, encore profondément endormie.

« Bon, les saignements sont abondants, mais pas du tout inquiétants. Elle n'a pas de fièvre. »

Le pastour grognait à présent, campé devant la porte-fenêtre. Elle tira un peu le rideau et observa la cour, puis elle sortit, supposant qu'on avait tiré la clochette du portail, qu'elle avait fermé à clef la veille.

— Il doit être à peine six heures, se dit-elle à mi-voix en observant l'horizon, au nord-ouest.

Il faisait frais. Des pans de brume voilaient la vallée du Salat.

— Sage, mon chien, ordonna-t-elle. J'espère que tu n'aboies pas après un chat !

Par acquit de conscience, elle rendit visite à Blanca. La jument mâchonnait du foin.

— Bonjour, ma belle, murmura-t-elle.

Nul ne frappait. La cloche en cuivre semblait figée depuis des heures. Pourtant, Sauveur flairait le sol. Enfin, quelqu'un parla.

— Angélina, ouvre, je t'en supplie ! C'est Luigi. Je t'ai écrit cette nuit, mais j'ai déchiré toutes les lettres. Je suis inquiet de toi et de Rosette.

Elle appuya son épaule au battant et plaqua sa joue contre le bois.

— Angélina, je sais que tu es là, je t'ai entendue marcher et parler au chien. Ça ne peut pas s'arrêter ainsi, nous deux. J'aurais tellement voulu t'aider, te rassurer, hier, et j'ai fait le contraire, je t'ai blessée !

Toujours muette et déterminée à ne pas répondre, elle approuva cependant d'un signe de tête, comme si Luigi pouvait la voir. « Oui, tu m'as blessée, tu m'as affaiblie au moment où je devais être forte », pensait-elle.

— Angélina, je t'en prie, si tu savais comme j'étais heureux, hier matin, en gravissant la rue des Nobles, avec dans la poche de mon gilet la bague ayant appartenu à ma grand-mère ! J'avais prévu t'emmener dans le jardinet abandonné, te prendre les mains, tes jolies mains, et te parler de nos fiançailles. Je serai franc, c'était une idée de Gersande, qui m'avait sermonné, qui m'avait fait comprendre bien des choses, notamment que je ne te donnais aucune preuve d'amour, que je refusais de m'engager vis-à-vis de toi. Mais il y a eu Rosette, que tous les deux nous avons crue morte ou en passe de mourir. J'étais seul quand elle a repris connaissance et j'avais la certitude qu'elle agonisait. Elle m'a avoué ce que son père avait fait. J'étais à demi fou de rage, d'impuissance devant la bestialité de certains hommes qui ne méritent pas le nom d'homme, d'ailleurs. Rosette, je l'aime, oui, comme la petite sœur que je n'ai jamais eue, que je n'ai plus aucune chance d'avoir, vu l'âge de ma mère. Et j'ai poussé la folie jusqu'à lui proposer de l'épouser, sans songer un instant à ce que représentait le mariage. C'était le besoin de la protéger, de lui montrer qu'elle n'était pas méprisable, qu'elle demeurait pure à mes yeux. Pas une seconde, tu m'entends, je n'ai envisagé de l'aimer en tant que femme. J'imaginais une sorte de compagnonnage où je l'aurais choyée.

À bout de souffle, le baladin se tut un instant. Angélina essuya les larmes qui coulaient en abondance sur ses joues et le long de son nez, qui voilaient sa vision. Elle perçut alors le bruit caractéristique d'un attelage. Des roues cerclées de fer crissaient sur les pavés de la rue, tandis qu'une odeur familière montait dans l'air frais, une odeur de cheval et de lait tiède.

— Eh ! bonjour, m'sieur, fit une grosse voix rocailleuse. Boudiou, le temps change.

C'était le laitier qui distribuait ses bouteilles, une par une devant la porte de ses clients, dont faisait partie Angélina.

— Donnez, fit Luigi, je la remettrai à mademoiselle Loubet. Plus bas, il ajouta :

— Mais ouvre donc ! J'ai l'air de quoi, moi, collé à ce portail en train de discourir, dès l'aube ?

Le côté insolite de la situation arracha un pauvre sourire à Angélina. Elle frotta ses yeux et fixa la clef restée dans la serrure.

— Violetta ? Allons, Violetta, nous pouvons discuter face à face.

Elle persista à lui opposer un silence éloquent, l'unique réplique qu'elle comptait lui accorder.

— Pardonne-moi, reprit-il. Dans mes lettres, je t'expliquais ce que j'avais compris, hier, grâce à Rosette. Elle m'a rabroué, et pas de main morte. Elle m'a éclairé sur ce qui m'empêchait de te vouloir pour épouse. En fait, je ne me sentais pas de taille à partager ma vie avec une femme comme toi, sur laquelle je n'aurais aucune prise, aucune autorité, qui me délaisserait sans cesse pour courir au chevet de ses patientes. Et j'étais jaloux, oui, jaloux de ton passé. Angélina, s'il le faut, je me mets à genoux ! Tant pis pour le ridicule ! En poussant leurs volets, tes voisines verront le fils de Besnac, comme elles m'appellent souvent, en position de repenti, de mendiant. Je mendie ton pardon. Dis, tu ne crois pas que nous avons perdu assez de temps ? Ouvre-moi, que je te serre dans mes bras.

— Non, non et non ! s'écria-t-elle enfin.

— Eh bien ! je ne bougerai pas d'ici, je passerai la journée à genoux, qu'il pleuve ou qu'il vente. Tu dois me pardonner, parce que je t'ai pardonné des heures fort pénibles, à Biert. Tu m'as dénoncé, j'ai été roué de coups, on m'a jeté des pierres, mais je t'ai pardonné.

Lentement, Angélina tendit la main vers la clef et la tourna, dans un état second. Elle avait froid et elle était triste. Derrière ces planches délavées par les intempéries, il y avait Luigi, sa peau hâlée, ses boucles noires, sa bouche ardente, son corps d'homme, mince et vigoureux. Sa soif de lui triompha de sa rancœur et de son orgueil. Avec délicatesse, elle souleva le loquet.

— Viens ! chuchota-t-elle. Je te pardonne.

15

Renoncement

Saint-Lizier, rue Maubec, même jour, même heure
Angélina et Luigi se regardaient. Ils ne prêtaient aucune attention à la pluie fine que déversait un ciel d'un gris de perle. La jeune femme ne se souciait pas plus de sa chevelure éparse et des mèches folles qui entouraient son front. Elle était blême, les traits tirés par trop d'angoisse et de larmes, frileuse, aussi, dans sa blouse froissée. Lui n'avait pas meilleure allure, le teint livide, échevelé, les yeux cernés par une nuit de veille.

— Je ne pouvais pas te laisser agenouillé devant ma porte, déclara-t-elle, gênée, avec un timide sourire.

— Merci !

Il ne sut rien dire d'autre, fasciné par ce qu'il découvrait d'elle. Il la trouvait d'une beauté nouvelle, fragile, pathétique. Elle devait avoir cet air d'enfant perdue quand elle avait accouché seule de son fils dans une grotte de la montagne.

— Tu es ma bien-aimée, chuchota-t-il en tendant les mains vers son visage.

Elle reçut le contact de ses paumes chaudes comme une bénédiction et, paupières closes, savoura cette respectueuse caresse. Mais bientôt Luigi l'attira contre lui, doucement. Il l'étreignit, tremblant, et Angélina se laissa griser par cette tendresse et le refuge qu'il lui offrait. De petits baisers, très légers, effleurèrent ses joues, son front, puis sa bouche.

Leurs lèvres se retrouvèrent, comme animées d'une vie propre, avides de célébrer la fièvre amoureuse qu'ils combattaient depuis des semaines. Le même émerveillement les submergea, tandis que des étincelles de joie se répandaient dans leurs corps enlacés. « Toi, toi, enfin ! » pensait-elle. « Mon amour, mon amour ! » se disait-il.

Ils reprirent leur souffle et Angélina en profita pour nicher sa tête au creux de l'épaule de Luigi.

— Tout s'est bien passé, pour Rosette, annonça-t-elle. Mais je ne m'en remettrai pas ; c'était épouvantable pour moi.

— Je m'en doute, ma chérie. N'y pense plus, tu n'avais guère le choix. J'aime t'appeler ainsi, ma chérie, car cela signifie que je te chéris, que tu m'es précieuse, infiniment précieuse. J'étais sincère, tout à l'heure, derrière ce maudit portail. J'ai perdu l'esprit, hier. Je ne tolère pas l'injustice ni certains crimes.

— Je sais, je sais !

Elle le fit taire d'un nouveau baiser plus impérieux, auquel il répondit avec passion.

— Pardon, je t'ai fait tant de mal en quelques minutes, dit-il encore en la regardant droit dans les yeux. Ciel ! je n'aurai pas assez de toute ma vie pour contempler ces améthystes que la nature t'a offertes ! Violetta…

— Attends-moi dans l'écurie, souffla-t-elle à son oreille. Je ne serai pas longue. Je voudrais m'assurer que Rosette dort encore et qu'elle n'a besoin de rien.

Il approuva, perplexe, sans oser croire à ce qu'il pressentait, car elle lui avait souri d'une étrange façon, un sourire qui ressemblait à une promesse.

— Va, je t'attendrai des heures s'il le faut, répliqua-t-il.

Elle s'éloigna de son pas rapide et aérien. Le pastour hésita à la suivre, puis il jeta son dévolu sur Luigi et l'escorta jusqu'à l'entrée du bâtiment.

Une fois dans son dispensaire, Angélina s'immobilisa un instant, afin de saisir la réalité de ce qui se passait. Luigi lui avait avoué son amour, il l'avait cajolée, consolée, et elle en frémissait encore d'un bonheur incrédule. Malgré tout, elle lui gardait un peu rancune de ce qu'il appelait son coup de folie.

— M'selle ? murmura Rosette de son lit.

— Oui, je suis là. Comment te sens-tu, ce matin ?

— J'ai mal à la jambe, surtout. Misère de misère, est-ce que je vais rester longtemps sans pouvoir gambader ?

— Hélas, oui ! Peux-tu patienter avant de prendre un bon petit-déjeuner ? Luigi est venu, il est là, dehors. Je t'expliquerai plus tard.

— Vous êtes réconciliés ?

— Presque.

— Alors, filez le retrouver, j'ai pas faim. J'me rendors.

— Merci, tu cries très fort s'il y a un problème.

Rosette lui fit un clin d'œil. Angélina ressortit en toute hâte. Luigi l'accueillit à bras ouverts. Il faisait sombre et chaud dans l'écurie. La jument salua sa maîtresse d'un hennissement bas, assorti d'un mouvement de tête.

— Bonjour, ma Blanca, dit-elle en retour.

— Tu parles toujours à tes bêtes ? demanda-t-il, amusé.

— Oui, j'en ai pris l'habitude, car je suis souvent seule avec elles, que ce soit Sauveur ou Blanca.

Il la serra de toutes ses forces et déposa un baiser respectueux sur ses cheveux.

— Tu sens bon, un savant mélange de parfums, la rose, la lavande, la verveine… et le savon.

— Non, pas ce matin, je n'ai pas eu le temps de faire ma toilette.

— Si, tu sens bon… insista-t-il en l'embrassant dans le cou.

D'un doigt, il déboutonna le haut de sa blouse pour découvrir le tissu fleuri d'une robe ordinaire en cotonnade. Là aussi, une série de boutons en corne s'opposait à ses investigations. Il en vint à bout, dévoilant la dentelle d'une chemisette à fines bretelles. Haletante, elle le laissait faire.

— Tant de trésors à admirer, à chérir ! chuchota-t-il, la bouche contre sa joue. De toi, je ne connais que le visage sublime, le regard magnifique et les lèvres délicieuses. Je brûle de connaître tout de ton corps.

Ils se tenaient debout, au centre de la stalle inoccupée. Luigi l'entraîna vers une botte de paille qui leur servit de siège. Elle noua ses bras autour de sa nuque, tandis qu'il écartait davantage l'ouverture de sa robe. Ses doigts se glissèrent sous le tissu, tiède de la chaleur d'Angélina.

— Ton sein, rond et dru, si doux !

Elle quémanda un baiser, qu'il lui accorda avec fougue, tout en caressant sa poitrine en s'attardant sur ses mamelons durcis, d'un rose sombre.

— Eux aussi, ils ont envie d'être embrassés.

Silencieuse, les yeux fermés sur le plaisir exquis qu'elle éprouvait, Angélina tressaillit quand la bouche de Luigi parcourut sa chair. Il était penché et elle ne voyait de lui que la masse noire de sa chevelure.

— Je t'aime ! Comme je t'aime ! avoua-t-elle.

— Je t'aime aussi, de tout mon être. Ce matin, je suis plus heureux que je l'ai jamais été.

Il se redressa et la fixa longuement en lui touchant à nouveau les joues et le front. Toute songeuse, langoureuse aussi, elle ne cherchait pas à recouvrir ses seins laiteux.

— Viens contre moi, dit-il d'une voix câline.

Bien que consumé de désir, il ne voulait pas la brusquer. C'était déjà inespéré de pouvoir la tenir si près, de frôler ses lèvres et de s'en emparer à loisir. Mais elle s'enflammait et poussait des plaintes sourdes, étroitement liée à lui. Il céda, releva ses jupes et aventura une main sur sa cuisse gainée de soie. Ce fut Angélina qui l'obligea à rouler sur le sol, dans la paille propre qui embaumait l'été et les champs ensoleillés. Elle semblait en proie à un délire sensuel, et c'était bien le cas.

Elle s'était montrée docile, pareille à une élève attentive, au cours des étreintes qu'elle partageait avec Guilhem et, en bon libertin, il avait su lui faire découvrir l'extase, une jouissance âpre, immédiate. Cependant, ce qu'elle découvrait maintenant sous les caresses de Luigi était très différent. S'ajoutaient à son plaisir des ondes de félicité ; son âme et son cœur succombaient au même titre que son corps. Le moindre geste entre eux deux se teintait d'une harmonie étrange et, sans être encore allés au bout de leur joute amoureuse, ils s'en étonnaient, car Luigi vibrait au diapason d'Angélina.

Il était surpris également de sa fougue, de sa détermination à lui appartenir sur l'heure.

— Pas déjà, pas ici, déclara-t-il gentiment. Ma chérie, ma toute belle, tu dois apprendre à patienter, à dominer ce feu qui te consume et te rend irrésistible. Nous aurons notre nuit dans un grand lit, avec alentour des bougies et des bouquets de roses. Tu mérites mieux qu'une litière, qu'un plafond tapissé de toiles d'araignée.

— Je t'en prie, haleta-t-elle.

— Je pourrais dix fois céder à ta prière, mais je voudrais que tu savoures l'attente du moment idéal. Il m'en coûte, si tu savais !

Il se redressa sur un coude pour contempler ses jambes et le haut de ses cuisses dénudées par les bas, que des jarretières maintenaient. Il s'amusa à dégrafer complètement sa culotte bordée de dentelles, munie d'une ouverture, une pièce de lingerie fort pratique que la plupart des femmes portaient.

— Une jolie toison d'or, murmura-t-il en survolant son pubis du dos de la main. Une promesse de paradis !

Mais ce fut lui qui lui redonna une allure convenable. On l'aurait dit ravi de lisser le tissu de sa jupe et de reboutonner son corsage.

— Je t'en conjure, Angélina, ne te vexe surtout pas, dit-il alors. Tu t'es confiée à moi, un soir. Si j'ai bonne mémoire, tu n'as connu que des rendez-vous au coin d'un bois ou dans une grange en ruine, par conséquent, des actes d'amour charnel hâtifs et clandestins, sans oublier ce gredin de docteur Coste qui t'a forcée dans une chambre de sa luxueuse villa en te traitant comme une domestique à sa merci. Je ne m'abaisserai pas à les imiter, à coucher avec toi à la sauvette, ici ou ailleurs.

Agacée, elle se leva et s'apprêta à quitter l'écurie.

— Combien de fois ressasseras-tu mon passé ? s'enquit-elle, exaspérée.

— C'était la dernière fois, je te le promets. Ne te sauve pas, réponds plutôt franchement à cette question :

Guilhem t'a-t-il laissé le choix, quand il a jeté son dévolu sur toi et qu'il t'a séduite ?

— Je n'avais pas la force de résister. Résiste-t-on à une tempête qui dévaste tout ? On cède aux bourrasques, grisée par une sorte d'affolement. Comprends-tu ?

— Très bien. Le chapitre est clos, Angélina. Allons, n'aie pas cet air désolé, viens dans mes bras encore.

Il la caressa, si tendre et si doux qu'elle eut envie de pleurer des heures, blottie contre lui. Cet homme qu'elle aimait savait vraiment tout d'elle, à présent, et c'était apaisant. Il l'acceptait avec ses erreurs, ses défauts et ses qualités. Elle devait faire de même. Ainsi plus rien ne ternirait leurs sentiments.

— Moi aussi, j'ai une dernière question, dit-elle tout bas. Je peux concevoir l'état d'égarement et de panique qui t'a amené à vouloir épouser Rosette, mais tu as dit quelque chose d'odieux et d'injuste, en supposant qu'elle n'avait peut-être pas envie de me servir d'esclave toute sa vie. Comment as-tu osé comparer la façon dont je traite Rosette à de l'esclavage ? Elle travaille dur, je sais, mais elle se réjouissait d'être mon assistante, au dispensaire.

— Je ne le pensais pas ; c'était une boutade pour te faire du mal.

— Tu as réussi.

— Pardon, Angélina, je te demande encore pardon.

— Si j'avais refusé catégoriquement de procéder à cet avortement, serais-tu là à me tenir dans tes bras, à me répéter que tu m'aimes, ou bien aurais-tu persisté à vouloir épouser Rosette ?

Luigi ne s'était pas interrogé sur ce point, puisqu'Angélina avait agi comme il le souhaitait. Déconcerté, il resta muet un long moment.

— Le cas ne s'est pas présenté. Inutile d'en parler.

La réponse inquiéta Angélina. Elle voulait croire à leur amour, mais sa lucidité et son sens logique l'inclinaient à la méfiance. Il s'en douta et s'empressa d'ajouter :

— J'ai la certitude que tu aurais fini par délivrer Rosette de cette grossesse que je juge monstrueuse, parce que tu détestes l'injustice et la violence faite aux femmes. Je n'aurais pas épousé Rosette, de cela je suis certain. Je te l'ai déjà dit, j'étais dans un état second et en colère. C'était inconscient, mais j'avais trouvé là une manière de t'échapper.

Elle se dégagea de son étreinte pour le regarder dans les yeux.

— Es-tu vraiment sûr, à présent, que tu ne voudras pas encore m'échapper ? Luigi, j'ai assez souffert. Personne ne peut imaginer à quel point j'ai été malheureuse après la naissance d'Henri que je devais confier à des étrangères. Plus tard, j'ai aussi dû admettre que Guilhem ne reviendrait pas. Ces grands chagrins, je les ai endurés alors que je pleurais ma mère, morte quelques mois avant. Sans Gersande, je me demande ce que je serais devenue. Elle n'appréciait pas le métier que j'avais choisi, mais elle m'a aidée à suivre cette voie. Dès que j'ai étudié à Toulouse et que j'ai pu assister à des accouchements, ma vie a pris de la valeur. Et, chaque fois que je suis au chevet d'une patiente ou que je tiens un nouveau-né en bonne santé entre mes mains, je remercie Dieu de m'accorder cette joie, cette fierté. J'ai sauvé d'une mort atroce certaines de ces femmes, des enfants aussi, ce qui justifie ma présence sur terre et efface mes fautes.

— De bien petites fautes ! Aimer et céder au désir sont des péchés que j'absoudrais volontiers, si j'étais curé, plaisanta-t-il en la reprenant d'autorité contre lui. Angélina, je ne t'empêcherai jamais d'exercer ton art, ton métier qui est de préserver la vie. Tu es toute jeune et ta réputation est déjà exceptionnelle. Fais-moi un sourire, je t'en supplie.

Elle fit mieux en l'embrassant à pleine bouche, dans un besoin désespéré d'oublier la décision qu'elle avait prise de renoncer à son rôle de sage-femme, ce qu'elle n'avait pas le courage de lui annoncer. La magie fut au rendez-vous. Tous deux furent submergés par un bonheur lumineux, présage d'une entente rare entre leurs âmes. Leurs corps furent sublimés, non par un banal désir, mais par une authentique communion.

Enfin, Angélina se détacha de lui, le visage transfiguré, les yeux étincelants.

— Je dois m'occuper de Rosette. Et toi ? dit-elle.

— Je vais descendre à Saint-Girons faire des achats. Puis-je rapporter de quoi déjeuner ici ?

— Volontiers, je n'aurai pas le temps de cuisiner.

Ils hésitaient à se séparer, comme s'ils n'avaient pas pu se rassasier l'un de l'autre.

— Nous avons tant de choses à nous dire et à prévoir ! déclara Luigi. Ciel, mon existence a tellement changé, en trois mois ! J'en suis tout étourdi.

— Il y aura d'autres changements, insinua-t-elle. Nous les affronterons ensemble.

— Les affronter ? Seront-ils si redoutables ?

— Non, ne crains rien. À midi, alors ! J'ai honte de délaisser Rosette.

Ils sortirent main dans la main de l'écurie. Angélina se retrouva seule, près du portail qu'elle referma à clef. « J'ai déjà hâte de voir Luigi revenir », se dit-elle, attendrie.

La matinée s'écoula plus vite qu'elle ne l'aurait imaginé. Après l'avoir fait asseoir, elle servit à sa malade du café au lait et des tartines de confiture de myrtilles. Rosette semblait tellement soulagée que la costosida ne pouvait pas regretter son intervention.

— Vous verrez, m'selle Angie, bientôt, je saurai lire. Avec ma jambe plâtrée, j'aurai le temps de réviser mes leçons et de faire des lignes d'écriture. Je finirai savante, intelligente, mais pas autant que vous.

— Tu es très intelligente et tu raisonnes mieux que personne.

— Merci, vous êtes gentille de dire ça. Je serai votre assistante, un jour.

Angélina écouta les beaux projets de Rosette, après quoi elle fit sa toilette, l'ausculta et la pansa avec des linges propres.

— Tu vas saigner encore deux ou trois jours, comme si tu étais indisposée. À ce propos, si Octavie me remplace pour les soins, il faudra lui dire que tu as tes règles... Que je suis sotte ! Ce ne sera pas la peine.

— Pourquoi vous dites ça ?

— Octavie devait s'installer ici. Je n'avais pas pu te l'expliquer. Mais à quoi bon ? Ce n'est plus nécessaire. J'aviserai en temps voulu.

Une fois encore, elle refusait d'évoquer son choix, surtout devant Rosette, qui s'estimerait responsable. Il lui faudrait ensuite le dire à son père et à Gersande, mais, à son avis, ils ne seraient pas mécontents.

— Vous avez un drôle d'air. Qu'est-ce que vous me cachez ? s'écria Rosette.

— Rien du tout. Et ta jambe ?

— Bah, elle me fait mal, mais moins qu'hier.

Rassurée, Angélina monta se laver. Elle avait envie d'être à son avantage et elle se débarrassa de sa blouse. Debout devant son miroir, elle brossa ses cheveux, troqua sa robe pour un corsage blanc décoré de broderies violettes et rouges, et enfila une jupe assez ample en drap noir.

En étudiant son reflet, elle fut surprise de se sourire à elle-même, envahie par une gaîté dont elle avait oublié le goût.

— C'est comme si j'étais toute jeune, quinze ans à peine, constata-t-elle. Mon Dieu, voilà que je me vois partie en voyage avec Luigi, à Paris, Londres ou Venise.

Enivrée par ces rêves un peu fous, elle dévala l'escalier qui, vu les transformations effectuées, débouchait à présent directement dans le dispensaire, à l'abri d'un grand paravent en bois clair et en tissu vert.

— Rosette, il n'est que onze heures. Nous avons le temps de bavarder. Comment me trouves-tu ? J'ai natté mes cheveux.

— Vous êtes ravissante, Angie. Mais racontez-moi, avec monsieur Luigi.

— Si tu m'appelles Angie, appelle-le Luigi, sans le monsieur. Nous t'aimons comme une sœur ; tu n'as pas à nous témoigner tant de respect.

— Promis, je ferai de mon mieux. Asseyez-vous donc à côté de moi, si vous voulez causer un peu. Vous a-t-il fait sa demande en mariage ?

— Non, pas encore, mais c'est sans importance, nous sommes vraiment réconciliés. Il doit déjeuner ici à midi. Rosette, si je l'épouse, je vais découvrir quelque chose dont je n'ai guère idée, la vie conjugale. J'y songeais en me coiffant : se lever avec son mari, partager les repas, coucher dans le même lit... Bien des gens mènent ce genre de vie, mais pour moi ce sera une véritable aventure de chaque heure, de chaque jour.

— Vous vous habituerez. Pendant le mois d'août, monsieur Luigi... pardon, Luigi était là du matin au soir et vous déjeuniez ensemble. Il n'y aura pas grande différence.

— Quand même, ce ne sera pas tout à fait pareil. Je suis stupide de m'inquiéter. Mes parents ont vécu des années dans cette maison et je n'en garde que de bons souvenirs. À peine levé, Papa s'enfermait dans son atelier. Le portail restait ouvert et souvent les clients défilaient. Si elle n'était pas au chevet d'une patiente, maman veillait au ménage avec une énergie peu commune. Elle plantait des fleurs, aussi, des iris, des narcisses, et le rosier jaune devenu gigantesque. Je la revois traverser la cour pour aller nourrir notre mule, Mina.

— La pauvre bête morte au mois de mars dans le pré de madame Germaine ? s'enquit Rosette.

— Oui, Mina. Elle était âgée et elle en avait parcouru, des kilomètres, dans le pays ! Je me souviens des repas. Nous étions assis tous les trois et maman en profitait pour m'instruire de la façon de cuire un ragoût aussi bien que de la géographie et de l'histoire. C'était une femme merveilleuse. Et si jolie ! Les cheveux châtains, un visage très fin, des yeux noirs ! Moi, il paraît que je tiens mon regard violet et ma chevelure rousse de mon arrière-grand-mère Desirada. Un de mes frères, Claude, aurait eu les mêmes particularités, d'après papa.

— C'est triste, hein, qu'ils soient morts tout petits, vos frères, fit remarquer Rosette. J'aurais voulu les connaître.

— Moi aussi, mais le croup les a emportés, Jérôme et Claude, alors que je venais de naître. Ils avaient un an et trois ans. Enfin, mes parents étaient heureux, j'en suis certaine. Une fois, je les ai surpris en train de s'embrasser, dans l'ombre de l'écurie. Je me suis vite enfuie, mais je les entendais rire. Pourtant, à écouter mon père, maintenant, il maudissait le métier de maman. Elle partait à n'importe quelle heure sur sa mule, même en pleine nuit quand les routes étaient couvertes de neige gelée. S'il le fallait, elle restait deux ou trois jours dans la famille de l'accouchée. Je ne serai jamais digne d'elle. Jusqu'à l'accident qui l'a tuée, elle n'a pas cessé de se dévouer pour les autres femmes et leurs nourrissons.

— Vous ferez pareil, m'selle Angie.

Angélina se leva et alla au lavabo afin de cacher ses larmes. « Je n'aurai exercé que huit mois, pensait-elle. C'est bien peu, c'est même ridicule. Une autre vie m'attend. J'aurai sûrement des enfants, j'élèverai Henri, car nous le prendrons avec nous, Luigi et moi. De toute façon, je n'ai pas besoin de travailler, mon futur mari est riche. »

Ce terme de futur mari lui parut dérisoire, comparé à la force de son amour.

— Angie, je crois que vous pleurez, là, dans votre coin, et je ne peux pas me lever pour vous consoler, déplora Rosette. Surtout, à midi, vous devez manger en tête-à-tête avec monsieur Luigi. Flûte ! j'y arrive pas… avec Luigi. Ne vous occupez pas de moi. Je vous ai causé tant de soucis !

— Mais non, voyons, protesta Angélina.

Malgré ce cri du cœur, elle considéra ses mains et les revit souillées de sang, qui retiraient la sonde en cuivre de l'utérus de Rosette. Ce sang drainait un embryon, une créature vivante qu'elle avait assassinée. Qu'il fût le fruit d'un inceste et d'un viol ne parvenait pas à amoindrir sa faute, car, pour une sage-femme, c'était un écart grave, irrémédiable.

« Je ne dois rien montrer à Rosette. Elle ne se rend pas compte de la gravité de mon acte. Elle se sent libérée, elle renaît à cette vie toute simple qui la comble. »

— Tiens, voilà quelqu'un ! s'exclama la jeune fille. Sûrement votre fiancé.

— Chut, nous ne sommes pas encore fiancés, répliqua Angélina en essuyant une ultime larme. Tu as raison, c'est lui.

Le baladin fit une entrée théâtrale dans le dispensaire. Ses boucles noires répandues sur ses épaules, en bottes et tunique blanche, il avait le bras gauche encombré de bouquets de fleurs et un lourd panier à la main droite.

— Demoiselles, j'ai fait des folies, déclara-t-il. Pour toi, Angélina, ces roses rouges, symbole de l'amour passionné que je te voue en dépit de mes sottises d'hier. Pour Rosette, des roses blanches qui célèbrent la pureté de notre amitié et ton innocence. J'ai aussi des rubans de satin, du cidre, des pâtisseries succulentes, des tartelettes aux prunes et des fruits fondants un peu grillés, nappés d'un sirop doré.

Il renouait avec sa verve de saltimbanque, proche en ces instants d'un marchand ambulant qui aurait vanté des colifichets.

— Riez, demoiselles ! Si j'avais pu prendre mon violon, je vous jouerais une sérénade, mais il me manquait une ou deux mains supplémentaires. Pour le déjeuner, j'ai découvert un artiste en charcuteries. Il me fallait des mets raffinés. Du pâté en croûte, du pâté de canard et du foie gras de canard agrémenté de truffes émincées. Enfin, je désirais de la salade de pommes de terre aux échalotes et du vin blanc.

— Quel festin ! s'étonna Angélina.

— Allez donc vous régaler, tous les deux, recommanda Rosette. Je n'ai pas faim, moi, j'ai mangé trop de tartines. En fait, j'ai sommeil. Je déjeunerai plus tard.

Ils feignirent de la croire, même s'ils n'étaient pas dupes. Elle se mettait volontairement à l'écart. Ils s'isolèrent dans la cuisine, un peu gênés par cette soudaine intimité.

— Je mets le couvert, affirma Luigi. Où sont les assiettes ?

— Dans le buffet, à gauche. Il n'y a rien à réchauffer, je crois.

— Non, c'est un repas froid.

Angélina se chargea de disposer les roses dans des vases. Elle se pencha pour en respirer le parfum capiteux.

— Je devrais porter les siennes à Rosette ; elle pourra en profiter.

Luigi approuva distraitement. Il lui parut tendu et elle s'en inquiéta, sans oser l'interroger.

— Nous avons l'air de gamins empotés, lui dit-il en souriant. Je suis navré, mais je ne trouve ni les fourchettes ni les serviettes de table.

Elle s'approcha du meuble et ouvrit un tiroir.

— C'est là, et les verres sont dans ce petit placard d'angle.

Il en profita pour l'embrasser sur les lèvres, un baiser léger et rapide. Aussitôt, elle se jeta à son cou et l'étreignit.

— J'ai peur, Luigi, peur de rêver, peur d'être déçue. Sois sincère, tu m'aimes vraiment ?

— Oui, ma chérie, n'aie aucune crainte sur ce point. Va vite porter ses fleurs à Rosette et viens à table. Je débouche le vin blanc. Je fais des progrès, j'ai déniché le tire-bouchon, rangé près des couteaux.

Avec une grimace malicieuse, il brandit l'ustensile sous son nez. Luigi avait des traits séduisants, mais fort mobiles, si bien qu'il pouvait changer de visage en quelques secondes. Cela eut l'art de faire rire Angélina.

— Bravo, monsieur le baladin ! Comment débouchiez-vous du vin, au bord des chemins ?

— Ciel, mademoiselle, je ne buvais que l'eau des ruisseaux !

Elle sortit, rassérénée. Le quotidien auprès d'un homme de cette trempe ne devait pas manquer de piquant. « Je le supplierai de ne pas devenir trop grave et sérieux, se promit-elle. Je veux qu'il joue du piano et du violon, qu'il fasse encore la roue ou qu'il grimpe sur le toit de l'écurie. »

Rosette fut ravie de pouvoir contempler son bouquet de roses blanches. Les mains jointes sur sa poitrine dans la position des gisants de cathédrale, elle donna tout bas un conseil à Angélina.

— Amusez-vous bien et, je vous en prie, pardonnez-lui en vrai, même s'il vous a fait de la peine, hier. Il vous aime, Luigi.

— S'il m'épouse un jour, tu seras ma demoiselle d'honneur, chuchota Angélina.

— Ça me ferait bien plaisir, dites, encore plus que d'être la mariée. Filez, vous me raconterez tout à l'heure.

— Rosette, si tu savais combien je t'aime ! chuchota Angélina en l'embrassant sur le front.

— C'est pas à moi qu'il faut dire ça. Dites-le plutôt à monsieur Luigi. Elles se sourirent, complices, vraiment pareilles à deux sœurs, à deux amies.

Luigi avait fait des prouesses pendant la courte absence d'Angélina. Les victuailles étaient présentées dans deux plats et la bouteille de vin trônait près du vase garni de roses rouges.

Dès qu'elle entra, il écarta une chaise de la table.

— Si tu veux bien prendre place ! proposa-t-il en lui tendant la main. Je m'installerai en face de toi.

— Bien sûr !

Amusée, Angélina décida de savourer ce premier repas en tête-à-tête. Elle avait besoin de croire en cet amour qui prenait enfin son envol et elle chassa de son esprit les pénibles événements de la veille. De son côté, le baladin s'évertua à la faire rire, en relatant ses conversations avec les commerçants de Saint-Girons.

— L'accent des gens d'ici m'enchante, affirma-t-il. Ton père en est un bel exemple. Tu ne l'as pas beaucoup, toi, sauf sur certaines fins de phrases.

— C'est mademoiselle Gersande qui me reprenait sans cesse quand j'étais fillette. Petit à petit, je me suis exprimée comme elle le souhaitait.

— Tu fais la même chose avec Rosette. Ses efforts sont touchants. Mais tu devras bientôt renoncer à appeler ma mère mademoiselle.

— Pourquoi ?

Ils allaient déguster les tartelettes aux prunes, après avoir mangé parcimonieusement du pâté en croûte et un peu de pommes de terre en salade.

— Tu n'en as aucune idée ? demanda-t-il en lui servant du vin. Je crois que tu vas comprendre.

Luigi sortit de sa poche un écrin en cuir noir de très petite taille et le tendit à Angélina.

— Ma chérie, voici ta véritable bague de fiançailles, que j'ai choisie ce matin chez le bijoutier de la rue Villefranche.

Bouleversée, elle découvrit un ravissant bijou, une magnifique améthyste sertie d'une couronne de minuscules brillants, sur monture d'argent.

— J'avais vu une bague de ce genre à Barcelone et elle m'avait fait penser à tes yeux. Quand j'ai vu celle-ci en vitrine, j'ai su qu'elle t'était destinée.

— Elle est très belle ! s'extasia-t-elle.

— Moins que toi, Violetta ! Pardonne-moi, j'aime te nommer ainsi. Vite, essaie-la. J'espère qu'elle ira à ton doigt !

— Elle est à ma taille. Décidément, tu es un peu magicien.

Pourtant, en disant ces mots, Angélina fondit en larmes. Luigi bondit de son siège et contourna la table pour la rejoindre et l'enlacer avec tendresse.

— Pourquoi pleures-tu ? Regarde-moi, je t'en prie.

Il prit place auprès d'elle et lui saisit les mains, ayant pressenti qu'elle cédait à un chagrin, non à l'émotion.

— J'ai peur, Luigi. J'ai beau t'avoir pardonné, j'ai du mal à oublier certaines de tes paroles. Et puis, il y a ton attitude avec Rosette. Dès que tu prononces son prénom, j'ai un pincement au cœur comme tout à l'heure, quand tu disais qu'elle faisait des efforts pour parler correctement. Je l'aime tant ! Je ne veux pas me séparer d'elle, mais, si nous nous marions un jour et qu'elle partage notre vie, je serai peut-être toujours jalouse.

— Et ce petit souci te fait sangloter ? Non, il y a autre chose. Ma chérie, je suis sincère, j'ai eu le temps de réfléchir durant la nuit, puisque je ne pouvais pas dormir. Je veux t'épouser, te rendre heureuse. J'ignore encore où nous habiterons et si Rosette nous suivra, mais je te promets que je serai un mari amoureux, fidèle et attentionné.

— Je n'en doute pas. Tu es d'une rare gentillesse, et si prévenant. Mais…

— Pas de mais, juste la vérité ! Qu'est-ce qui te tracasse à ce point ?

Angélina contempla sa bague. Au bout d'un moment, elle fixa Luigi d'un air affolé.

— Je te le dirai plus tard. Embrasse-moi, je t'en supplie, et discutons de notre avenir. Ce serait difficile de loger ici, les chambres sont petites et nous n'avons que cette pièce au rez-de-chaussée.

— Bien, discutons, soupira-t-il. Après un baiser, notre premier baiser de fiancés.

Il s'empara de sa bouche, tandis qu'elle caressait ses cheveux et son dos. Elle s'abandonna tout entière, paupières closes, grisée par la douceur de ses lèvres d'homme. Le désir la fit bientôt murmurer des invites lascives.

— Viens, montons dans ma chambre, tous les deux seuls, enfin. Luigi, je t'aime, viens.

Il refusa en riant. Déçue, elle lui décocha un regard farouche.

— Nous verrons bien en temps voulu, s'obstina-t-il. Nous devions discuter. En effet, d'habiter sous ce toit me paraît inopportun, sans compter que nous prendrons Henri avec nous. Je me suis attaché à ton fils ; c'est un bambin intelligent et affectueux, quand il ne fait pas de caprices. Nous l'élèverons ensemble.

— As-tu songé que j'aurai sûrement d'autres enfants ? s'enquit-elle avec une sorte de timidité.

Luigi esquissa une moue dépitée. Alarmée, Angélina s'écarta de lui.

— Tu n'as aucune envie d'être père ?

— Je n'en éprouve pas la nécessité, je te l'ai déjà dit, mais sans doute, devant un poupon né de nos amours, je ferai comme la plupart des hommes, je serai fier et heureux.

— Mais qu'est-ce qui te rebute à ce point ?

— J'ai grandi dans un couvent, parmi d'autres orphelins. Malgré la vigilance des frères, la nourriture correcte, l'éducation, c'était très dur de ne pas avoir de famille, de mère à chérir, de père à prendre pour modèle. Ensuite, au gré des routes, j'ai croisé beaucoup de femmes enceintes ou de jeunes mères et, dans les deux cas, leur état me troublait, m'agaçait. J'avais l'impression que leur maternité les privait d'un bien essentiel à mon sens, la liberté. Non, ne te rebiffe pas ! Tu en es un vivant exemple, Angélina, toi qui m'as expliqué le sacrifice que tu as fait en confiant Henri à ma mère pour pouvoir étudier et exercer ton métier. Tu as dû renoncer à ton enfant pour suivre ta voie.

— Et j'ai eu tort, trancha-t-elle. J'aurais cent fois mieux fait de m'établir comme couturière avec l'aide de mademoiselle Gersande. J'ai honte de ne pas avoir nourri mon bébé de mon lait, honte de l'avoir privé de ma chaleur et de mes baisers. Si tu savais combien j'ai souffert ! Je rêvais d'entendre ce maman si doux auquel j'avais droit et qu'il ne me dira jamais. Et même si j'ai d'autres enfants, ce sera douloureux d'être leur maman, car Henri me considérera, lui, comme sa marraine.

Elle se tut, tremblante et de nouveau en larmes. Inquiet, Luigi se contenta de hocher la tête.

— Angélina, on ne peut pas savoir ce qui nous attend. Nous pourrions déjà tenter d'être heureux, tous les deux. Ensuite, nous aviserons au gré du destin. Il faudrait peut-être nous réjouir, apprécier le moment présent. Je suis un riche fils d'une noble famille, tu es une excellente costosida, alors, peu importe la maison où nous vivrons et le nombre d'enfants que nous aurons. Si nous pensions à nos fiançailles ! J'avais envie de t'emmener à Paris au mois de décembre, mais tu n'auras guère la possibilité de t'absenter.

— J'aimerais beaucoup visiter Paris, répondit-elle tout bas. J'ai lu jadis un roman qui se passe dans la capitale, et cela me plairait, oui… Luigi, autant te l'avouer maintenant. Je renonce à être sage-femme. Je refuse de continuer à exercer, après ce que j'ai fait, pour Rosette. Même si je n'avais pas le choix, je me sens coupable, presque criminelle. J'ai préféré la sauver, elle, car elle aurait recommencé, elle se serait supprimée d'une façon ou d'une autre avant la naissance. Mais, pour moi, le résultat est le même. Par cet acte, j'ai trahi mon engagement et la promesse faite à ma mère, j'ai le sang d'une créature innocente et sans défense sur les mains. Je ne peux plus, je ne veux plus exercer. Je suis donc libre, comprends-tu ? Libre de te suivre à Paris ou ailleurs, de dormir à poings fermés sans crainte d'être réveillée. Tu n'épouseras pas une costosida toujours par monts et par vaux.

Elle se tut, soulagée d'avoir pu se confier. Sidéré et plongé dans le tumulte de ses pensées, Luigi garda le silence.

— Comment peux-tu être aussi déterminée ? demanda-t-il enfin. Surtout, qui te succédera dans le pays ? Tu tenais tant à ouvrir ce dispensaire, aussi !

— Je t'en prie, ne complique pas les choses. Je ferai publier une annonce dans le journal comme quoi je ne prends plus aucune patiente en charge. Cet endroit, peut-être qu'il intéressera une autre sage-femme ! Je pourrais écrire à des élèves de l'hôtel-Dieu Saint-Jacques, à Toulouse. Elles ont obtenu leur diplôme la même année que moi. Je songe à celles qui étaient les plus studieuses, Désirée Leblanc, Odette Richaud, Armande Blanchard. Armande était la plus âgée et elle pratiquait des accouchements depuis des années. C'était une veuve très polie et très sérieuse. J'obtiendrai sûrement leur adresse en écrivant à madame Bertin, la sage-femme en chef.

— C'est une éventualité, en effet, de trouver une personne compétente, concéda-t-il. Pour ma part, je devrais m'en réjouir, puisque je me plaignais que tu exerces ce métier. Mais je trouve que tu t'imposes un terrible sacrifice. Imagine un peu, si tu apprends qu'une femme en couches est morte ! Ou un enfant ! Tout ça par la faute d'une matrone ou d'une costosida qui n'aura ni ta science ni ton talent.

— Luigi, aie pitié, il ne faut pas que je considère sous cet angle mon renoncement. Je ne suis quand même pas la seule sage-femme du pays. Il y en a trois à Saint-Girons, diplômées elles aussi. Non, je ne reviendrai pas en arrière. J'ai pu me consacrer huit mois à mes patientes. Huit mois, c'est bien court ! On m'oubliera vite.

— Je ne crois pas que tu seras vite oubliée, argumenta-t-il, soucieux. Les patientes que tu as soignées ou aidées se souviendront longtemps de toi, j'en suis persuadé. Toi non plus, tu n'oublieras rien de ce que tu as vécu ici pendant ces premiers mois où tu exerçais sur les traces de ta mère. Peut-être qu'en fin de compte il vaudrait mieux quitter Saint-Lizier.

— Mais pourquoi ?

— Ici, tu seras toujours au courant des accouchements, heureux ou désastreux, et tu auras souvent mauvaise conscience, surtout si tu apprends que, toi, tu aurais pu faire face à la situation. Il y a une possibilité ; j'y ai réfléchi.

— Laquelle ? demanda-t-elle doucement.

— Nous partirions en Lozère habiter le domaine des Besnac. Ma mère me l'a décrit ; c'est un bel endroit, en pleine campagne. Déjà, dans un premier temps, ce serait judicieux d'y aller avec ma mère et Henri. Une partie de ma famille a vécu là-bas. Ce serait une sorte de pèlerinage.

— Oui, nous pouvons faire le voyage bientôt, en automne. Mais y habiter, je ne sais pas.

— Sois tranquille, ce n'était qu'une idée, une suggestion. De pouvoir visiter le pays de mes ancêtres à ton bras me comblerait.

— Moi aussi, à ton bras, j'irais encore plus loin, renchérit-elle.

Ravi de voir Angélina dans de telles dispositions, Luigi éprouvait un bonheur infini. Tout de suite, il s'enthousiasma.

— Départ en train à Toulouse et arrivée à Mende ! Nous louerons une voiture à cheval pour rejoindre le domaine. Pendant ce temps, Octavie veillera sur Rosette.

Il lui caressa la joue et les mèches souples qui ondulaient autour de son front. Prenant une des tartelettes sur la table, il croqua dedans et lui tendit ce qui restait du gâteau. Elle l'imita, rieuse, rose d'émotion.

— J'ai bien peu voyagé, reconnut-elle. Toulouse et Tarbes. Alors, la Lozère, les Cévennes si chères à Octavie...

Luigi la saisit par les épaules et l'embrassa sur la bouche. Il ne s'en lassait pas, et ses doigts se glissèrent dans l'échancrure de son corsage, délicats, avides d'effleurer sa peau.

— Quand même, je dois porter son repas à Rosette ! dit-elle en se levant précipitamment. Elle doit reprendre des forces.

— Dommage, chuchota-t-il. Je vais t'aider à lui préparer un plateau. Pendant que tu seras avec elle, je rincerai la vaisselle.

Comme Octavie et Gersande, Angélina apprécia une fois encore ce trait de caractère du baladin qu'aucune besogne ne rebutait, toujours prêt à rendre service et d'une galanterie innée. Elle se demanda, attendrie, si Guilhem avait jamais fait un geste pour seconder sa mère ou son épouse. Même son propre père se cantonnait dans son ouvrage de cordonnier, du vivant d'Adrienne.

« Luigi a dû se livrer à des tâches réservées aux femmes quand il errait sur les chemins. Il fallait bien qu'il lave son linge. Si on lui offrait l'hospitalité, il avait sûrement à cœur de prouver sa gratitude », se dit-elle.

Plus fort que le désir, un sentiment nouveau naissait en elle qui ressemblait à une immense tendresse, à du respect mêlé de compassion. Cet homme prompt à la gaîté, dévoué et lunatique avait sans aucun doute beaucoup souffert, de l'enfance à l'âge adulte.

« Quelles rencontres a-t-il faites ? s'interrogea-t-elle. Qui a-t-il côtoyé ? Des saltimbanques, des montreurs d'ours, des miséreux ? Je ne m'étonne plus qu'il ait proposé le mariage à Rosette pour les raisons qu'elle a devinées. À cet instant-là, il n'y avait pas plus désespéré qu'elle. Je me plains souvent de mes malheurs, mais j'ignore tout des siens. Je ne sais presque rien de son passé. Il a dû avoir froid, et faim. Nous aurons de quoi bavarder au coin du feu, cet hiver, bien au chaud, serrés l'un contre l'autre. »

— Luigi ? appela-t-elle.

Il la dévisagea en souriant, occupé à disposer une pâtisserie dans une petite assiette.

— Luigi, je t'aime de toute mon âme. Je voudrais tant être ta femme ! Je t'en prie, épouse-moi à Noël.

— Si c'est un ordre, j'obéis, clama-t-il en la prenant par la taille.

Il la fit tournoyer avant de la soulever et de la faire tourner plus vite. Elle s'accrocha à son cou, euphorique, et réussit à lui voler un baiser.

— Coquine ! gronda-t-il en riant.

Elle se mit à rire aussi, un rire en grelot, léger et très jeune. Jamais elle n'avait ri ainsi depuis le décès de sa mère. Luigi le pressentit et il la serra fort dans ses bras, car c'était lui, à présent, qui avait envie de pleurer.

Rue Maubec, mercredi 14 septembre 1881

Il pleuvait sur l'ancienne cité de Saint-Lizier. D'épais nuages gris voilaient les montagnes. Angélina avait allumé un bon feu dans la cheminée et, assise près de l'âtre, elle raccommodait un drap. Couché devant la porte, le pastour somnolait.

— Comme ça, m'selle Angie, vous n'avez pas envoyé de télégramme à Philippe Coste, soupira Rosette.

— Non, je préfère lui parler, répliqua la jeune femme. Et n'essaie pas de me faire bavarder, révise ta leçon. Dans dix minutes, tu dois me lire les lignes que j'ai marquées d'une croix.

— D'accord !

Avec l'aide de son père et de Luigi, qu'elle appelait avec délice son fiancé sous n'importe quel prétexte, Angélina avait dressé un lit dans la cuisine. Rosette avait fait triste mine quand il avait été question de l'installer au premier étage, dans sa chambre.

— Je serai toute seule du matin au soir et, en plus, ça fera monter et descendre l'escalier à tout le monde plusieurs fois par jour. Mettez-moi une paillasse, dans un coin de la cuisine.

En guise de paillasse, Rosette disposait d'une couche confortable. Elle pouvait rester assise, le haut du corps soutenu par deux oreillers appuyés au dossier du lit. On lui servait ses repas sur un plateau et elle pouvait regarder les flammes du foyer avant de s'endormir.

— Je suis au paradis, Angie, dit-elle en posant de nouveau son livre d'école. Dites, vous le recevrez où, le docteur Coste ?

— Au dispensaire, car je tiens à lui montrer les aménagements et le matériel.

— Il va être épaté. Vous n'êtes pas trop déçue, au moins... Depuis dimanche, personne a demandé vos services, ni ici ni ailleurs.

— Ce n'est pas très grave, j'ai pu promener Henri et déjeuner avec mademoiselle Gersande. Tu te rends compte, Rosette ? Ce sera ma belle-mère, quand nous serons mariés, Luigi et moi. La vie est étrange, parfois. Je ne pouvais pas soupçonner qu'elle avait eu un fils, que ce fils, je le rencontrerais à Massat et qu'un jour il deviendrait mon époux… enfin, l'homme que j'aime, tout simplement.

Émue, Angélina reprit son ouvrage.

— Dites, est-ce que Luigi veut bien se marier à l'église ? demanda encore Rosette.

— Mais oui, il est baptisé et, même s'il professe certaines opinions anticléricales, c'est un bon chrétien.

— Misère, ce que vous causez bien ! Je crois que je n'arriverai jamais à votre cheville, dites.

— Déjà, perds la manie d'aligner les dites et les misère à chaque phrase. Et ne sois pas si pressée, tu fais de louables progrès.

Rosette ferma les yeux, en se laissant aller en arrière. Elle répéta en silence : « De louables progrès ». Bientôt les mots lui parurent dénués de sens. Comme cela se produisait souvent, elle s'endormit quelques minutes. Angélina le constata et eut un sourire attendri. « Dors, petite, tu es en sécurité. Je veille sur toi », songea-t-elle.

Angélina avait demandé à Luigi de garder secrète sa décision de ne plus exercer. Il était encore le seul au courant de ce qui ferait à tous l'effet d'un coup de théâtre. De plus, elle avait l'intention de profiter de la visite de Philippe Coste pour trouver une femme susceptible de la remplacer. À son avis, l'obstétricien serait de bon conseil, même s'il venait dans un tout autre but. Elle n'avait aucune crainte ; la bague qui ornait son doigt ferait office de bouclier.

— Je suis fiancée et bientôt mariée, dit-elle très bas, sur un ton de pure félicité.

Gersande de Besnac était aux anges, Octavie aussi. Les deux femmes voyaient leur rêve se concrétiser. Quant à Augustin Loubet, lui si taciturne, si peu enclin à la causette, il avait annoncé à tous ceux qu'il croisait en ville la bonne nouvelle : Angélina épousait Joseph de Besnac.

Quand on lui rétorquait que son futur gendre paraissait excentrique et s'accoutrait bizarrement, il arborait un sourire malin.

— *Foc del cel*, l'habit ne fait pas le moine ! ricanait-il. Cet homme-là possède une solide fortune. Il a le droit de se déguiser si ça lui chante.

La rumeur se répandait, et beaucoup pensaient avec justesse que la belle *costosida* renoncerait à son métier. Aurait-elle besoin d'accoucher les femmes du pays, une fois mariée ?

Confinée rue Maubec, Angélina ignorait qu'elle était au centre de bien des conversations. Luigi venait fidèlement partager le repas de midi, ou bien le dîner. Ils se montraient tous les deux d'une sagesse exemplaire, n'échangeant que des baisers et de pudiques caresses, qui exaltaient l'attente de la nuit d'amour promise par le baladin.

Elle terminait son raccommodage quand on tira la clochette en cuivre du portail. Sauveur bondit en aboyant.

— Ce doit être Philippe, murmura-t-elle. Rosette ?

— Oui, m'selle. Je m'étais assoupie. C'est joli, assoupi, hein ?

— Sans doute, petite, mais le docteur Coste est là, je crois. Tu as ce qu'il te faut sous la main. Je t'abandonne. N'hésite pas à m'appeler.

— Soyez tranquille, je me sens bien. Ça me gratte, sous les bandes plâtrées, mais tant pis. Dites, monsieur Luigi, ça ne le dérange pas que vous receviez votre ancien fiancé ?

— Pas du tout. Je lui en ai parlé et il en profite pour passer la journée avec mademoiselle et mon fils. As-tu oublié ? Ils sont partis de bonne heure pour l'abbaye de Combelongue.

— C'est vrai, ça ! Pardon, m'selle !

Angélina avait choisi une robe en velours fin, d'un brun roux assorti à sa chevelure relevée en chignon. Malgré son apparente sérénité, elle commençait à éprouver une certaine angoisse. Vite, elle sortit en ayant soin de laisser le chien à l'intérieur et traversa la cour, à l'abri d'un grand parapluie noir. Elle se remémora la dernière fois qu'elle avait vu Philippe Coste, à Luchon, dans la luxueuse villa familiale. C'était un souvenir pénible, puisqu'il l'avait prise de force. « Et je ne me suis pas débattue, car je le comprenais de vouloir se venger ; je lui avais menti », se remémora-t-elle, ce qui amena un peu de rose à ses joues.

Elle ouvrit le portail et se trouva nez à nez avec le médecin. Il était extrêmement élégant, dans son long manteau noir aux revers en cuir rehaussé d'un chapeau de même couleur. Au premier abord, elle fut surprise. Elle ne se souvenait pas qu'il était aussi grand et bien charpenté, mais il arborait les mêmes lunettes cerclées de cuivre, qui agrandissaient ses yeux bleu-vert, très clairs. Sa moustache oscillait toujours entre le blond et le gris.

— Angélina, je vous revois enfin ! s'écria-t-il. Quel sale temps ! Il pleut depuis Toulouse.

— Entrez, je vous en prie, dit-elle gentiment.

Il la suivit, fasciné par sa démarche rapide qui mettait en valeur sa silhouette d'une grâce infinie. L'émotion le rendait muet.

— Venez, je vous reçois dans un local sanitaire aménagé depuis peu. Je l'appelle mon dispensaire, mais ce serait plutôt un cabinet médical réservé aux sages-femmes. J'ai allumé le poêle à bois.

— Très bien, répliqua-t-il, stupéfait.

Son étonnement allait croissant. D'un œil professionnel, il jaugea le lieu sans pouvoir émettre de critique.

— C'est très propre et agréable, concéda-t-il après un examen minutieux des meubles et des instruments. Ciel ! Angélina, comment avez-vous pu engager de tels frais ? Je doute que vos patientes soient toutes fortunées et follement généreuses.

— J'ai eu la chance de dénicher un mécène, plaisanta-t-elle. Donnez-moi votre manteau, Philippe.

Il la dévisagea, incrédule, mais charmé. D'un geste familier, il se débarrassa de son vêtement et le lui tendit. Elle l'accrocha à une patère.

— Je savais que vous étiez ambitieuse, mais quand même ! insista-t-il. Quel donateur a dépensé ses deniers pour vous ? Ah ! Que je suis sot ! Il s'agit de cette vieille dame, Gersande de Besnac.

— En grande partie, mais son fils, Joseph, n'a pas lésiné sur la dépense, lui non plus. Philippe, je suis désolée si je vous cause encore de la peine, mais je préfère vous l'annoncer tout de suite. Je suis fiancée à ce monsieur et nous nous marions en décembre. Maintenant que vous êtes au courant, nous pourrons discuter sans arrière-pensée, du moins, de votre côté.

— Seigneur, où a disparu la jeune et timide Angélina Loubet ? ironisa-t-il immédiatement.

— Vous n'oseriez pas me reprocher d'avoir pris de l'assurance, ces derniers mois ? répliqua-t-elle avec un doux sourire. Après notre altercation, à Luchon, je suis rentrée ici et j'ai exercé. Je n'avais qu'une ambition, pratiquer mon métier le mieux possible, et je suis satisfaite de cette expérience. Mais j'ai choisi l'amour, un véritable amour, si bien que je renonce à mon engagement.

Sidéré, Philippe Coste prit place sur le siège le plus proche.

— Angélina, c'est stupide ! Vous étiez la meilleure élève de madame Bertin et vous avez fait vos preuves à Tarbes. Je vous ai vue à l'œuvre. Vous ajoutez à vos acquis un autre talent, celui de suivre votre instinct, d'appliquer le savoir de votre mère et de prendre des initiatives surprenantes. Abandonner si vite, j'estime que c'est regrettable. Le mariage n'est pas un obstacle à votre métier !

— Ce serait plutôt ce genre de professions qui s'oppose à une union solide. Êtes-vous marié ? Vous êtes encore célibataire à quarante ans bien sonnés.

— Figurez-vous que j'espérais convoler bientôt avec la femme dont je rêve obstinément depuis Noël dernier, vous, Angélina. Je ne vais pas ressasser mes arguments, mais nous aurions pu mener de front une vie de couple et notre travail, à l'hôpital ou dans le cadre d'une clinique privée[1]. Je suis venu plein d'espoir, déterminé à me faire pardonner ma conduite scandaleuse. Vous voyez à quoi je fais allusion !

— Je vous ai pardonné. Changeons de sujet, je vous en prie.

---

1. Ces établissements se développèrent en grand nombre à l'époque.

Elle se tenait à un mètre de lui, très droite. Son corps aux formes exquises était moulé par le velours soyeux de sa robe. Il reprenait possession de la ligne de son cou et de ses épaules, tout en contemplant ce visage aux traits parfaits, d'une beauté irrésistible. Mais il n'osait pas la regarder dans les yeux. L'éclat de pierre précieuse de son regard l'avait bien assez souvent bouleversé.

— Ainsi, un homme a su vous conquérir de main de maître, hasarda-t-il, sincèrement dépité. Suis-je sot ! Ce n'est pas le premier. Lui avez-vous aussi caché votre passé, votre enfant illégitime, à votre futur époux ?

— Non, je lui ai raconté tout ce qu'il devait savoir avant même d'envisager nos fiançailles. Philippe, je suis navrée.

— Navrée ? Vous me brisez le cœur, et vous êtes navrée ! Mon Dieu, pourquoi m'avoir laissé venir jusqu'ici ? Ce n'était pas difficile de me télégraphier.

— J'en avais l'intention ; cependant j'ai cru nécessaire de vous rencontrer. Nous resterons bons amis, n'est-ce pas ?

Le docteur Philippe Coste était d'un tempérament assez paisible, et il prônait la logique. Conscient d'avoir perdu la partie, il essaya d'être beau joueur.

— Très bien, si c'était nécessaire, je m'incline. J'espère que vous serez heureuse, car vous le méritez, je serais ingrat de le nier. Après notre séparation, j'ai beaucoup réfléchi, si bien que j'ai pu concevoir les motifs impérieux de votre silence au sujet de votre fils et de votre liaison avec son père. Peut-être qu'à votre place j'aurais agi de la même façon. Je veux dire qu'il n'est jamais aisé de dévoiler ce genre de choses à un fiancé qui vous répète ses intimes convictions. Je vous désirais neuve, ignorante en amour, je rêvais de vous enseigner le plaisir et je m'en réjouissais. Vous le saviez et, forcément, cela vous effrayait de m'apprendre le contraire.

— En effet, concéda-t-elle, soucieuse de ne pas le décevoir.

Il était vain de lui expliquer qu'elle avait compris, à Luchon, qu'un mariage avec le célèbre obstétricien Philippe Coste ne l'intéressait pas. Elle se revit penchée à la fenêtre de la grande villa, avide d'air glacé, les yeux rivés sur les cimes enneigées, prête à s'enfuir pour ne pas être l'épouse docile de cet homme. La liberté lui avait semblé le bien le plus précieux, liberté de mener son existence à sa guise, liberté d'exercer son métier, quitte à demeurer parmi les humbles comme l'avait fait sa mère. En cela aussi elle ressemblait à Luigi.

— Angélina, puis-je vous inviter à déjeuner dans ce restaurant au bord du Salat, où nous avions fêté nos fiançailles avec votre père ?

Il y avait dans la voix du docteur une note suppliante. Elle songea que ce repas faciliterait une conversation plus générale, et qu'elle pourrait lui demander conseil sur le choix de sa remplaçante.

— J'accepte, Philippe. Mais je dois prévenir une jeune malade que j'ai installée dans ma cuisine. En fait, il s'agit de ma servante, Rosette. Ce terme me hérisse, car elle me seconde efficacement dans la tenue de la maison et je la considère comme la petite sœur que je n'ai pas eue.

— De quoi souffre-t-elle ?

— Une fracture du tibia qui la condamne à garder le lit. Elle a fait une mauvaise chute, dimanche. Je suis à vous dans un moment.

— Si seulement c'était vrai... plaisanta-t-il sur un ton amer. Excusez-moi !

Elle lui fit une moue perplexe, puis sortit du dispensaire, loin de se douter qu'il émanait d'elle, de ses expressions et de ses mouvements une séduction infinie, ce qui faisait son charme, sa force d'attraction sur les hommes.

« Autant finir vieux garçon ! pensa Philippe. Aucune autre femme ne me satisfera. » Il regretta d'avoir cherché à la revoir, mais le mal était fait.

*

Le restaurant disposait d'une terrasse. Ce jour-là, malgré la pluie battante, Angélina et le médecin purent déjeuner en plein air. Le Salat, dont les eaux remontaient, composait un bruit de fond monotone, les flots transparents se brisant sur les masses rocheuses qui émergeaient de son lit. La jeune femme tournait le dos à la rivière, assise près de la balustrade en fer forgé. Pour elle, ce spectacle familier ravivait un trop cruel souvenir, sa mère ayant trouvé la mort dans un affreux accident à cet endroit précis, en amont du pont.

— Boirez-vous un peu de vin ? demanda Philippe. Un cru du Bordelais irait bien sur le navarin d'agneau que nous avons choisi. De me retrouver attablé en votre compagnie me rappelle notre déjeuner au buffet de la gare de Boussens, il y a deux ans environ.

— Je n'ai pas oublié, dit-elle d'une voix douce. Je vous dois tant ! Vous avez su être un excellent enseignant, à l'hôtel-Dieu Saint-Jacques. Simple curiosité, pourriez-vous me donner des nouvelles de mes compagnes de chambre, Désirée Leblanc, Odette Richaud et Armande Blanchard ?

— Seigneur, je ne fais guère attention aux noms des élèves, hormis le vôtre que je voulais connaître sur-le-champ.

— Philippe, je vous en prie ! Ce serait agréable de bavarder sans toujours remettre vos sentiments de jadis en avant.

— Ces sentiments n'ont pas changé, se rebiffa-t-il. Mais je ne voudrais pas gâcher ce repas et je ferai un effort. Attendez, je peux vous parler de Sophie des Montels. Nous l'avons engagée à la Maternité et elle se montre très efficace. Désirée Leblanc, ce n'était pas une petite blonde au nez un peu fort ?

— Si, tout à fait !

— Elle a dû quitter Toulouse une fois son diplôme obtenu. Je suis désolée, Angélina, j'ignore ce qu'est devenue Odette Richaud, mais je crois qu'Armande Blanchard, fort compétente, a trouvé un poste à l'hôpital d'Albi. Ah, ça me revient ! Vous avez connu une certaine Janine, une très jolie fille ?

— Oui, la grande amie d'Odette Richaud.

— Elle s'est établie à son compte dans le quartier Saint-Michel, j'en discutais l'autre jour avec madame Bertin. Un quartier populaire mal famé, ce dont elle s'est plainte alors qu'elle accompagnait une de ses patientes dans mon service. Voilà, êtes-vous contente ?

Une serveuse apporta l'entrée, une salade verte garnie de noix, de morceaux de fromage de chèvre et de croûtons. Angélina hocha la tête, envahie par la nostalgie. Durant six mois, elle avait partagé le dortoir de ces jeunes femmes. Le soir, les confidences et les blagues douteuses allaient bon train. Elle se souvenait particulièrement de Magali Scotto, une Méridionale au langage cru, dotée de la même gouaille que Rosette. Les visages d'Odette, de Janine et de Désirée s'imposèrent à elle ; il s'y ajouta celui, ravissant, de Lucienne, tuée et violée par Blaise Seguin, lors d'une de ses expéditions crapuleuses à Toulouse.

— J'aimerais pouvoir leur écrire, leur donner de mes nouvelles, déclara-t-elle. J'étais assez proche de Désirée. Votre secrétariat a dû garder leur adresse...

— Bien évidemment ! Je suppose que vous me demandez de manière détournée de vous les communiquer par courrier dès mon retour ? Vous souhaitez leur envoyer un faire-part de mariage ?

— Non, pas du tout. En vérité, Philippe, je voudrais proposer à l'une d'entre elles mon local et mon matériel. Sans vanité aucune, j'ai déjà eu nombre de patientes et il faut une sage-femme à Saint-Lizier. Une costosida de confiance, capable de faire face à des situations épineuses.

Angélina se mit à lui raconter les accouchements les plus pénibles qu'elle avait dû pratiquer depuis qu'elle avait obtenu son diplôme, mais aussi les plus heureux.

Après le navarin d'agneau, qu'ils jugèrent excellent, ils échangèrent leur avis sur certains cas complexes, en se conseillant mutuellement des instruments précis ou des solutions de fortune, dignes des matrones de campagne.

— Que c'est instructif et plaisant de parler obstétrique avec vous ! constata Philippe Coste. Le fameux massage capable de retourner le bébé mal placé, juste avant la naissance, a fait école à la Maternité. Madame Bertin l'enseigne à ses élèves de l'année et le surnomme le massage Loubet.

— Vraiment ? s'étonna la jeune femme.

— Je vous assure et, à ce propos, je vous en conjure, réfléchissez encore à la décision aberrante que vous avez prise.

— Non, je n'exercerai plus, trancha-t-elle, soudain grave et inquiète.

Ils burent un café. La pluie s'était calmée. Le médecin devint songeur. Il avait fait le voyage pour la reconquérir et, déçu, il se morfondait déjà à l'idée de la séparation, des heures à venir aussi.

— Je comptais reprendre le train demain matin, soupira-t-il. Je suis un incorrigible optimiste, j'avais prévu un dîner dans le meilleur établissement de Saint-Girons et une nuit d'amour, où je me serais efforcé de vous faire oublier ma brutalité, cet acte dont j'ai encore honte.

— Ciel, vous faites peu de cas de ma réputation, docteur Coste, murmura-t-elle en souriant. Pour un homme de science, vous avez des accès de romantisme déconcertants.

— Je sais ! Bah, je vais en profiter pour rendre visite à l'hôpital de la ville. Un de mes confrères en a pris la direction. Quel hôtel me conseillez-vous ?

— L'Hôtel du Chêne blanc, près de l'école communale. Il y a une station de fiacre place de la fontaine ; je donnerai le nom de la rue au cocher. Philippe, je vous remercie pour ce déjeuner et pour votre gentillesse. Effaçons le passé, voulez-vous ?

— Jamais je n'effacerai les heures exquises que nous avons partagées, Angélina. Restons bons amis, selon votre vœu. Et je me charge de vous transmettre l'adresse de vos camarades de dortoir.

Philippe régla la note. Ils remontèrent d'un pas tranquille vers la cathédrale. Angélina pensait à Luigi qui, à son retour de l'abbaye, devait venir dîner rue Maubec. Cette perspective l'emplissait de joie.

— Disons-nous au revoir, ma chère, déplora le docteur avant de grimper à l'intérieur d'une voiture noire, tirée par un cheval à la robe grise. Inutile, je présume, de vous inviter ce soir ?

— En effet, j'attends mon fiancé et il est très jaloux, dit-elle d'une voix malicieuse. J'attends votre lettre. Nous pourrons correspondre, si cela ne vous ennuie pas.

Elle lui tendit la main, il la souleva d'un geste élégant et déposa un baiser sur ses doigts gantés de dentelle.

— Prenez soin de vous, Angélina.

Elle suivit le fiacre des yeux, tandis qu'il s'éloignait dans un grincement de roues sur les pavés de la place. Une page de sa vie se tournait, au parfum un peu âpre du renoncement.

« Adieu, costosida Loubet ! » se dit-elle.

16

Rédemption

Saint-Lizier, même jour, mercredi 14 septembre 1881
Angélina s'était attardée près de la fontaine. Elle contemplait d'un air mélancolique le large porche de la cathédrale et l'imposante porte cloutée en bois sombre en songeant à son enfance. Si souvent elle avait franchi le seuil du sanctuaire, entre ses parents ! Adrienne, très pieuse, lui tenait la main, lui recommandant d'être sage et de bien suivre la messe.

— C'est la maison de Notre-Seigneur Jésus et de sa mère la Sainte Vierge, lui soufflait-elle à l'oreille.

Impressionnée, pétrie de respect, la fillette qu'elle était alors suivait l'office avec ferveur, fascinée par les flammes des cierges et par la hauteur de la nef entièrement peinte d'un décor géométrique, ponctué cependant de petites fleurs. C'était le cadre de sa communion, en robe blanche, une jolie toilette ornée de dentelles confectionnée par Adrienne.

« Je me marierai ici », pensa-t-elle, émue.

Mais sa joie et son exaltation s'éteignirent d'un coup, comme soufflées par un vent d'orage.

« En ai-je le droit ? se demanda-t-elle, toute pâle. Après ce que j'ai fait ! J'aurais honte de recevoir l'hostie, alors que j'ai tué une créature divine, une âme en devenir ! Je l'ai fait pour Rosette, mais je l'ai fait quand même, alors que c'est un crime. Déjà, j'ai gardé le silence sur mes péchés, celui de m'offrir à Guilhem hors des sacrements du mariage, celui de mettre mon enfant au monde en secret. Je ne me confesse plus, je ne communie plus. J'assiste à la messe en pécheresse, réfugiée au fond de l'église. Je suis la brebis galeuse. Mais comment avouer mes fautes au père Anselme, qui m'a baptisée, qui m'a encouragée à étudier pour devenir costosida ? Il m'a souvent dit que c'était un métier honorable et que maman avait gagné son paradis, car elle avait sauvé bien des femmes et des nouveau-nés. Peut-être qu'il me comprendra, lui, lui seul. »

Étreinte par un besoin forcené d'expiation, Angélina se dirigea à vive allure vers la cathédrale et, sans plus réfléchir, y pénétra. Un office serait célébré à la fin de l'après-midi. Elle avait même peu de chance de trouver le prêtre. Pourtant, il sortit de la sacristie en simple soutane, sans regarder dans sa direction.

« Je peux encore m'en aller », se dit-elle. Cependant elle n'en fit rien. Le père Anselme tourna la tête et l'aperçut. Tout de suite il la rejoignit, l'air intrigué.

— Bonjour, ma chère enfant. Qu'est-ce qui t'amène ici ?

Il la toisait maintenant d'un œil perspicace et elle comprit qu'en fait, le religieux avait dû se poser bien des questions ces trois dernières années.

— Pouvez-vous m'entendre en confession, mon père ? demanda-t-elle d'une voix faible.

— Oui, ma fille. Il n'est jamais trop tard, n'est-ce pas... Même si je te voyais à la messe le dimanche, j'espérais que tu te rendais dans une autre paroisse, au gré de tes déplacements, ce que font certains de mes paroissiens.

Angélina ne répondit pas. Ils prirent place dans le confessionnal en bois verni d'une teinte sombre. Son cœur battait à se rompre, tant elle appréhendait les moments qui suivraient. Pourtant, dès qu'elle fut assise, séparée du prêtre par la grille en cuivre, un calme étrange l'envahit.

— Je t'écoute, mon enfant.

— Mon père, j'ai péché, j'ai trahi des serments et, aujourd'hui, la honte me ronge. Je cache ce tourment à ceux qui m'aiment et me sont proches, mais je ne peux plus me mentir à moi-même. Ma foi est demeurée intacte et, dans l'exercice de mon métier, qui exige dévouement et compassion, je remercie fidèlement le Seigneur de me soutenir.

Elle fixait la cloison qui lui faisait face, hésitant encore. Le père Anselme respecta le temps de silence qu'elle s'accorda, mais il finit par l'exhorter à parler. Il percevait son souffle oppressé, sa gêne immense.

— Parle sans crainte, ma fille, dit-il d'un ton ferme. Si tu es venue ici ce jour précis, je citerai pour t'encourager les épîtres de Paul : *Tout cela vient de Dieu, qui nous a réconciliés avec lui par Jésus-Christ et qui nous a confié le ministère de la réconciliation. Car Dieu réconciliait le monde avec lui-même dans le Christ, n'imputant pas aux hommes leurs offenses et mettant sur nos lèvres la parole de la réconciliation. C'est donc pour le Christ que nous faisons les fonctions d'ambassadeurs, Dieu lui-même exhortant par nous ; nous vous en conjurons pour le Christ, réconciliez-vous avec Dieu !* C'est valable pour toi aussi, Angélina, si tu as gravement péché et que tu en éprouves du repentir.

Angélina ressentait à juste titre un sincère désir de se réconcilier avec Dieu. Une nouvelle existence s'ouvrait à elle aux côtés de Luigi et elle voulait être délivrée du poids de ses erreurs passées, du crime qu'elle estimait avoir commis.

Elle se confessa sans rien omettre, depuis sa liaison coupable avec Guilhem Lesage, dont était né un fils. Ses aveux prirent vite un ton véhément, comme si elle tentait de prouver combien, à cette époque, elle avait eu peur, combien elle avait souffert et espéré en vain que le jeune homme réparerait ses torts.

Quand elle relata l'aide inattendue de Gersande de Besnac, le prêtre hocha la tête, une grimace contrariée sur les lèvres. La vieille demoiselle, protestante avérée, lui avait souvent inspiré de la méfiance. On disait dans la cité qu'elle ne se rendait plus au temple, sauf pour étrenner une nouvelle toilette. Mais il garda le silence. Curieusement, il n'était pas vraiment surpris, la filiation du petit Henri lui ayant parfois semblé sujette à caution. Cependant, l'enfant était baptisé et serait élevé dans la religion catholique, ce qui le rassura. Angélina se tut un instant.

— As-tu autre chose sur la conscience, ma fille ? s'enquit-il d'un ton neutre.

— Oui, mon père, et c'est très grave. J'implore votre pitié, car j'ai agi la mort dans l'âme, confrontée à un choix tragique.

— Je t'écoute...

Il était inutile de reculer, à présent. Elle lui raconta tout bas comment elle avait connu sa jeune servante Rosette, et dans quelles conditions misérables elle et sa sœur Valentine vivaient. Lorsqu'elle évoqua les agissements affreux de leur père, le religieux se signa, accablé. Encore une fois, plus Angélina s'expliquait, plus elle s'enflammait et, quand elle en vint au drame qui s'était déroulé le dimanche précédent, il ne put mettre en doute le cruel dilemme auquel l'avait confrontée un destin impitoyable.

— J'ai refusé tout d'abord, avec fermeté, plus effrayée par le fait d'enfreindre la loi divine que la loi des hommes. Et ce n'était même pas de la frayeur, au fond, mais l'horreur de cet acte, une réticence viscérale. J'ai proposé à Rosette la solution la plus morale à mes yeux, mettre cet enfant au monde et le placer ensuite en nourrice. L'abandon dans une institution me paraissait préjudiciable à l'avenir de ce petit, conçu dans la violence, la pire des violences, celle d'un père à l'endroit de sa fille.

Angélina narra d'un ton désespéré les conséquences de son refus. Rosette avait essayé de se supprimer.

— Je la connais bien, elle aurait recommencé, hantée par sa volonté de ne pas donner vie à ce bébé. J'ai dû choisir qui sauver.

— Ce choix ne t'appartenait pas ! s'indigna le prêtre. Pourquoi n'êtes-vous pas venues toutes deux me confier ce qui se passait ? J'aurais pu raisonner cette jeune fille, une bonne catholique, honnête et travailleuse, je te l'accorde. Dieu est la vie même, il ne peut tolérer la destruction d'une vie. Je prends acte de ta compassion pour Rosette, Angélina, mais c'était à toi de la guider, de lui montrer le chemin que le Seigneur aurait aimé lui voir suivre. L'austérité d'un orphelinat et la seule affection d'une nourrice valaient mieux pour cet innocent que d'être sacrifié, lui qui était pur de tout péché, bien que né d'un péché mortel abominable. Dieu m'est témoin, jamais Adrienne, ta mère, une sainte personne, n'aurait consenti à cet acte. L'avortement est un crime condamné par l'Église.

— Je le sais, mon père ! Mais mettre fin à ses jours quand on a dix-huit ans et l'envie de s'instruire, de mener une existence humble et laborieuse, n'est-ce pas un crime aussi ? J'y ai songé des heures, je me voyais obligée de mentir si Rosette se tuait, afin qu'elle ait droit à une cérémonie religieuse et que je puisse pleurer sur une tombe chrétienne. Je ne cherche pas d'excuse. Pour quiconque, j'aurais tenu mes engagements, celui des costosidas de ce pays, des sages-femmes dignes de ce nom, qui est de ne jamais pratiquer d'avortement. Mais, Rosette, je l'aime de tout mon cœur comme une sœur. Sa détresse m'a bouleversée, en bousculant mes convictions profondes.

À la grande surprise d'Angélina, le père Anselme lui fit cette réponse :

— Je peux comprendre ce qui t'a poussée à agir ainsi. Ma pauvre enfant, je t'ai baptisée, j'ai écouté tes premières confessions qui me faisaient sourire. Tu t'accusais d'avoir jalousé une camarade de classe toute blonde, toi qui subissais des moqueries à cause de tes cheveux roux. Tu m'avouais avoir dérobé un bout de sucre dans le placard familial. Seigneur, il en est tout autrement aujourd'hui. Je te connais bien, ma fille, et jusqu'à présent je ne pouvais que louer ton courage, ta loyauté et ton dévouement. J'étais heureux de savoir que tu succédais à Adrienne et tu as fait tes preuves. Mon sacerdoce me contraint à écouter les gens de la paroisse depuis des années, certains soucieux de recevoir l'absolution, quitte à commettre de nouveaux péchés le lendemain. Mais toi, comment t'es-tu tenue éloignée de l'église durant presque trois ans ? Et pourquoi négliger le secours divin ? J'aurais pu parler à Honoré Lesage, le convaincre d'accepter votre union, à Guilhem et toi.

— J'étais une brebis galeuse, je m'enfonçais dans le mensonge et, peu à peu, on s'accoutume à vivre ainsi.

— Une brebis perdue, Angélina, celle que le Bon Pasteur ramène dans le troupeau. Ma fille, ce que tu as fait est très grave, nous le savons tous les deux.

— J'ai décidé, pour expier, de renoncer à mon métier, avoua-t-elle encore. Jamais plus je ne consentirai à délivrer une femme de son fruit, Dieu m'en est témoin.

Sur ces mots, elle se mit à pleurer sans bruit. C'était des larmes apaisantes, qui chassaient la honte, le poids du secret. Peu lui importait d'obtenir la rémission de ses péchés. Le vieux prêtre, qu'elle savait intelligent, instruit, tolérant, serait seul juge et il pouvait lui infliger les plus sévères pénitences, elle sortirait de la cathédrale infiniment soulagée.

— Je déplore le décès brutal et prématuré de ta mère, déclara-t-il d'un ton grave. Si Adrienne était parmi nous, tu n'aurais pas été entraînée sur cette pente dangereuse. Tu viens de le dire, peu à peu tu t'es habituée à mentir, à agir dans l'illégalité et la honte. Angélina, souhaites-tu vraiment te réconcilier avec Dieu, mener désormais une vie exemplaire, sans mensonges ni subterfuges ?

— Je le veux de toute mon âme, mon père. Je ne sais pas si vous êtes au courant, mais je dois me marier bientôt. J'étais prête à renoncer à cette union aussi, m'estimant indigne de recevoir les saints sacrements.

— Est-ce à toi d'en décider ? s'offusqua-t-il. Il ne manquerait plus qu'une relation illégitime au sombre tableau que tu viens de dresser, car les couples qui tardent à convoler ont rarement la patience d'attendre la bénédiction divine et s'adonnent au péché de chair. Pour ce qui est de ton métier, je te ferai le même reproche. Tu renonces à l'exercer en expiation, mais par quelle autorité ? La tienne, encore, ce qui démontre à quel point tu as coutume de n'en faire qu'à ta tête. Je suis très peiné, ma pauvre enfant. Écoute-moi...

Le père Anselme la sermonna longuement, mais il le fit d'une voix chaleureuse, comme un berger soucieux de ramener à l'abri du danger une de ses bêtes.

— Tu t'es égarée, conclut-il. À la lumière de ton repentir, sache désormais ne plus pécher, du moins pas de si terrible façon. Tu savais en te confessant auprès de moi que je ferais montre de miséricorde, pour la simple raison que je t'ai vue grandir et que ta foi n'a jamais été ébranlée, j'en ai la certitude. Tu n'es ni vaniteuse ni intéressée, ma fille, mais un peu trop indépendante pour notre siècle. Je bénis le Ciel de t'avoir entendue et de pouvoir t'aider. Tes aveux suffiraient à eux seuls à ce que je te donne l'absolution. Cependant, il faut me promettre de faire pénitence.

— Je vous le promets, mon père.

— Bien. Après ton mariage, à la date de ton choix, mais sans trop tarder, tu partiras en pèlerinage pour Saint-Jacques-de-Compostelle, en Espagne. Les chemins ne sont pas sûrs, surtout à pied ; ton époux pourra t'accompagner, mais dans l'abstinence et la prière, en ce qui te concerne, notamment. Il te faudra dire chaque jour les litanies du Sacré-Cœur de Jésus.

Angélina ne songea pas une seconde à protester. Le père Anselme se révélait d'une telle clémence à son égard qu'elle avait l'impression de rêver, de renaître, elle qui s'imaginait bannie de la communauté chrétienne, interdite d'eucharistie sa vie durant.

— Oui, mon père, dit-elle dans un souffle.

— Fais l'aumône autant que tu le pourras et, en expiation, je te demanderai aussi de continuer à exercer, du moins jusqu'à ton départ. Comment oserais-tu abandonner à un sort hasardeux les femmes en espoir d'enfant de la paroisse, qui ont confiance en toi parce que tu es la fille d'Adrienne Loubet ? Tout homme d'Église que je suis, je n'ignore rien du monde alentour. Combien de malheureuses meurent en couches, Angélina, au fond des vallées reculées, dans les hôpitaux et les hospices ! Tu renonçais à ton savoir de costosida ? Moi, je te demande de te dévouer davantage encore. Au lieu de déposer les armes, ce qui est d'une grande lâcheté, sois prête à accomplir la noble tâche de présider à la naissance d'une nouvelle âme. Chaque nouveau-né dont tu entendras le cri rachètera la mort dans l'œuf de l'innocent que tu as supprimé en toute connaissance de cause.

— Je le ferai, mon père !

Tous deux perçurent des bruits de porte et des pas sur les dalles de marbre plusieurs fois centenaires. Le prêtre récita alors tout bas :

— Que Dieu notre Père te montre sa miséricorde ! Par la mort et la Résurrection de son Fils, il a réconcilié le monde avec lui et il a envoyé l'Esprit Saint pour la rémission des péchés. Par le ministère de l'Église, qu'il te donne le pardon et la paix. Et moi, au nom du Père, du Fils et du Saint-Esprit, je te pardonne tous tes péchés. Ainsi soit-il.

La jeune femme se signa. Elle éprouvait un extraordinaire sentiment de rédemption et de félicité.

— J'espère te voir à la messe dimanche, ma fille, ajouta encore le religieux. Tu pourras enfin communier. Je ne suis pas aveugle ! Je t'avais observée et je m'inquiétais. Ceux qui refusent le corps de Notre-Seigneur Jésus n'ont pas bonne conscience. Si tu étais appelée au chevet d'une patiente, je comprendrais, mais encore, il y a des offices le soir et toute la semaine. Dis aussi à Rosette que je lui rendrai visite.

— Merci, mon père, merci, balbutia-t-elle en se levant.

Elle quitta le confessionnal en état de grâce. Le visage transfiguré, empreint de sérénité, elle marcha vers l'autel et contempla la fresque médiévale représentant le Christ, qui ornait la voûte du chœur. Elle pria du bout des lèvres, les larmes aux yeux. Enfin, s'avisant qu'elle avait laissé Rosette seule plusieurs heures, elle sortit de la cathédrale. À quelques mètres du parvis entièrement pavé de petits galets se tenaient un couple de commerçants et leurs deux enfants, la vieille lavandière Eudoxie et sa nièce, ainsi qu'une jeune personne aux frisettes châtain clair, en robe noire et coiffée d'un chapeau.

Tous la saluèrent d'un signe de tête. Elle comprit que sa confession avait duré longtemps et que ces gens venaient assister à la messe du soir. Son père et Germaine allaient arriver d'un instant à l'autre. Vite, elle se hâta en direction de la fontaine. L'inconnue lui décocha un regard insistant, brillant de curiosité, mais Angélina n'y prêta pas vraiment attention.

« Rosette doit m'attendre avec impatience, se disait-elle. Pourvu qu'elle ne soit pas tombée en voulant se lever, malgré les recommandations du docteur et les miennes ! »

Cependant, rue Maubec, tout était calme. Rosette dormait, les mains croisées sous ses seins, et le pastour était couché près du lit. Elle dut rallumer le feu, réduit à une poignée de braises. Luigi avait acheté une jolie grille à trois panneaux articulés, qui arrêtait les escarbilles enflammées et prévenait la chute d'un morceau de bûche.

« Le père Anselme m'a donné l'absolution, s'extasiat-elle encore. Maintenant, je dois bien me conduire, ce qui signifie ne plus provoquer mon fiancé, ne plus l'embrasser à en perdre l'esprit et le sens commun. Nous patienterons jusqu'à la nuit de noces. »

Le mot rédemption l'obsédait et elle se sentait capable de tous les sacrifices pour racheter ses fautes.

— Je vais préparer un bon potage de vermicelle avec le reste de bouillon de poule, dit-elle tout bas.

— M'selle Angie, appela Rosette, vous êtes de retour ? Ce que je suis contente !

— J'aurais dû rentrer plus tôt, excuse-moi ! Moi aussi, je suis contente. Tu as bonne mine ; tu t'es reposée.

Rosette eut un sourire malicieux. Angélina s'approcha et lui caressa la joue.

— Je n'aurais pas dû m'absenter, quelqu'un aurait pu sonner et te déranger.

— Je n'ai pas entendu la clochette. Dites, vous avez dû beaucoup causer avec le docteur Coste. Il est tard, non ?

— Plus de cinq heures et, par ce temps nuageux, le crépuscule vient vite. Veux-tu que je t'installe mieux pour la soirée ?

Sans attendre sa réponse, Angélina l'aida à s'asseoir et lui cala le dos avec les oreillers. Ses gestes se faisaient doux, tendres, maternels.

— J'ai une petite surprise pour vous, m'selle Angie, annonça l'adolescente. Asseyez-vous deux minutes sur votre tabouret et fermez les yeux. Sans blague, hein, les ouvrez pas !

Amusée, Angélina s'empressa d'obéir. Il y eut un bref silence, puis, de sa voix flûtée, Rosette ânonna :

> *La lune était sereine et jouait sur les flots.*
> *La fenêtre enfin libre est ouverte à la brise,*
> *La sultane regarde, et la mer qui se brise,*
> *Là-bas, d'un flot d'argent brode les noirs îlots*[1].

— Vous avez entendu ? interrogea-t-elle d'un ton passionné. Vous pouvez regarder, j'ai le livre dans les mains. J'ai lu, oui, j'ai lu tout ça, m'selle Angie ! Je ne sais pas ce que c'est, la sultane, mais tant pis.

— Rosette ! s'écria Angélina. Quelle merveilleuse surprise ! Tu as vraiment lu. Je t'en prie, recommence, que je te voie, cette fois.

L'adolescente s'exécuta avec une fierté enfantine. En pleurant de joie, Angélina se précipita et la cajola.

— C'est un poème de Victor Hugo. Je t'avais laissé le recueil à portée de main. Tu sais lire, mais... comment as-tu progressé aussi vite ?

— J'sais pas trop, j'ai passé l'après-midi à déchiffrer les lettres, comme vous dites, à les épeler, à les coller ensemble et, d'un coup, c'est venu. J'en transpirais, dites donc ! Quand j'ai vu que ça voulait dire quelque chose et que c'était bien beau, j'ai recommencé, encore et encore, pour vous faire la surprise. Et même, quand vous

1. Extrait de *Clair de lune*, poésie de Victor Hugo.

êtes entrée, je faisais semblant de dormir. J'avais hâte de vous montrer !

— Toi, alors ! bredouilla Angélina en l'embrassant de plus belle. Tu finiras maîtresse d'école, à ce rythme. Demain, j'inviterai Gersande et Octavie pour le goûter et tu leur liras ce poème.

Malade de joie, Rosette souriait. Elle était d'une joliesse touchante avec ses nattes brunes, son teint mat et ses yeux couleur de noisettes mûres.

— Je voudrais lire tout le temps, avoua-t-elle.

— Bientôt, tu n'arrêteras plus et, puisque tu es clouée au lit, je te choisirai des romans d'aventures. Moi aussi, j'ai une chose à t'annoncer. Philippe Coste a pris un fiacre place de la fontaine. Peu après, je suis allée me confesser au père Anselme. Rosette, surtout ne t'adresse aucun reproche, mais je souffrais d'avoir commis un acte sévèrement jugé par l'Église, au point d'avoir décidé de ne plus exercer mon métier. J'ai tout raconté au prêtre. Il m'a pardonné, j'ai été absoute de mes fautes, car, quand je dis tout, c'est tout. Pour Guilhem, Henri, et ce qui te concerne.

— Vous avez pas fait ça, m'selle ! Non, fallait pas ! Personne devait savoir. Moi, j'pourrai plus jamais supporter le regard de monsieur le curé. J'aimais tant la messe, la musique, les chants, les prières…

Rosette éclata brusquement en sanglots. Désemparée, Angélina se défendit.

— Ne pleure pas, enfin ! Un prêtre est tenu au secret ; il ne nous trahira pas. Tu t'étais bien confiée à Luigi, et tu peux toujours le regarder. Le père Anselme va te rendre visite, sans aucun doute pour t'aider, non pour te juger. Rosette, excuse-moi d'être franche, mais je ne pouvais pas continuer ainsi. Renoncer à être costosida, cela me torturait et je me sentais en faute. Désormais, nous pouvons revivre. Comprends-tu ce mot-là ? Revivre, suivre les offices le cœur en paix et l'âme légère. Je suis réconciliée avec Dieu et c'était indispensable, crois-moi. Tu éprouveras le même sentiment de délivrance quand tu auras parlé avec le prêtre.

— Peut-être que oui, peut-être que non, renifla la jeune fille. Vrai, à cause de moi, vous ne vouliez plus exercer ?

— Ce n'était pas à cause de toi, mais j'étais déterminée, oui. Je l'avais annoncé à Luigi. Il s'en était réjoui. Nous devions voyager, aller à Paris avant Noël.

Rosette sécha ses larmes à l'aide d'un grand mouchoir qu'elle dissimulait sous son oreiller.

— Misère de misère ! Le curé, y sera gentil, sûr de sûr ? bredouilla-t-elle.

La moindre émotion lui faisait retrouver le langage abrupt qu'Angélina avait si souvent déploré.

— C'est un saint homme, sensible à la détresse et plein de compassion. Ne t'inquiète pas. Si je t'expliquais ce qu'est une sultane, à présent ?

— Ouais, j'veux ben.

— Rosette !

— Oui, mademoiselle, je veux bien.

— Sois courageuse, petite ! Le plus dur est passé. Tu sais lire, tu vas continuer à t'instruire et je ne t'abandonnerai jamais. Je suis désolée si je t'ai peinée, seulement, je te devais la vérité. Allez, souris.

En guise de sourire, Rosette lui tendit les bras avec une sorte de grimace pathétique. Angélina l'étreignit et la berça contre elle.

— C'est fini, nous devons être heureuses et penser à l'avenir. Il y a un projet auquel je tiens, car il fera plaisir à mon fiancé et à mademoiselle Gersande.

— Lequel ?

— Nous irons tous en Lozère, découvrir le fameux domaine de la famille de Besnac. Octavie me l'a décrit, un jour. C'est, semble-t-il, un manoir entouré d'un grand parc ; il y aurait même un petit étang et des écuries superbes. Pour le voyage, je t'offrirai ma toilette en velours marron, celle que je portais quand je suis entrée à l'hôtel-Dieu Saint-Jacques, intimidée et en retard.

Ces promesses eurent raison du chagrin de Rosette. Elle ajouta, d'une voix égayée :

— La veste me flottera à la poitrine ; j'en ai moins que vous.

— Je l'ajusterai à ta taille, jeune coquette ! Bon, nous parlions d'une sultane. On nomme ainsi l'épouse d'un sultan, le sultan étant un roi ou un prince dans les pays ottomans. Souvent ce souverain a plusieurs femmes, plusieurs sultanes, qui sont parées de bijoux, très maquillées, vêtues de robes colorées et brodées. Je te montrerai une illustration, mais il me faudra emprunter un livre à Gersande. Maintenant, je m'occupe de la soupe.

Elle enfila un tablier en toile bleue et remit du bois dans le feu. Le chien suivait chacun de ses déplacements, attentif, en bon gardien du foyer. Soudain, tandis qu'elle posait une marmite sur un trépied, il aboya de sa grosse voix caverneuse. Presque aussitôt, le visage d'Octavie apparut derrière la vitre ovale de l'œil-de-bœuf au-dessus de l'évier.

— Entre vite ! lui cria Angélina.

La domestique fit son apparition, un panier sur la hanche.

— Bonsoir, mesdemoiselles ! claironna-t-elle. Boudiou, ça rafraîchit, ce soir ! Je suis montée prendre des nouvelles de notre malade. Si c'est pas dommage de faire une mauvaise chute comme ça. Il te faudrait un peu plus de plomb dans la cervelle, petite imprudente ! Comme ça, tu tiendrais mieux sur tes jambes.

Sa plaisanterie débitée, la Cévenole éclata de rire. Elle croyait ferme à la version de l'accident, établie par la costosida et Luigi, qui estimaient préférable de taire le geste désespéré de Rosette et sa cause.

— As-tu retrouvé son collier, Angie ? ajouta-t-elle.

— Quel collier ?

— Celui qu'elle a voulu rattraper, qui était tombé du muret dans la pente.

— En fait, nous n'avons pas eu l'occasion de le chercher.

— Oui, renchérit Rosette. Monsieur Luigi m'a promis de m'en acheter un autre. De toute manière, c'était un bijou bon marché, un simple colifichet.

— Un colifichet ! Dame, tu en apprends de jolis mots, petite.

Octavie se débarrassa de son panier et se dirigea vers le lit afin d'embrasser la jeune fille. La domestique affichait un air ravi, car elle aimait beaucoup la maison de la rue Maubec.

— Je me demande à quelle heure mademoiselle et monsieur seront de retour, soupira-t-elle. Je m'ennuyais, toute seule. Sans le pitchoun, c'est vide, chez nous. Je me suis dit : Octavie, tu n'as qu'à rendre visite aux demoiselles.

— Tu as eu raison. Rosette, si tu lisais la poésie ?

Elle ne se fit pas prier. Elle avait à peine terminé que la sonnette tinta au portail. Le pastour bondit en grognant.

— J'y vais ! s'écria Angélina.

Elle fut bientôt nez à nez avec une femme d'une cinquantaine d'années, assez élégante. Un phaéton noir était garé derrière elle, tiré par un cheval bai et conduit par un jeune homme.

— Allez vite prévenir la costosida Loubet, implora-t-elle. Dites-lui que c'est urgent, ma fille souffre le martyre.

— Je suis la costosida Loubet ! Que se passe-t-il ? Où habitez-vous ?

— Ah, c'est vous ! Venez, je vous en supplie ! Nous logeons rue du Pujol, à Saint-Girons. C'est ma fille. Les douleurs ont commencé au milieu de la nuit, et là elle n'en peut plus. C'est son premier. Mais il y a un souci, j'en suis sûre.

— Un premier enfant demande des heures, quelquefois deux jours. Pourquoi ne la conduisez-vous pas à l'hôpital ?

— L'hôpital ? Jamais ! Ma fille aînée y est morte en couches au début de l'année dernière. Madame Darrous, la sage-femme de Lacourt, est à son chevet, mais elle ne sait plus quoi faire. Mademoiselle, on dit beaucoup de bien à votre sujet, sur vos méthodes, je veux dire. Venez, par pitié ! Nous vous emmenons en voiture.

— Je viens, le temps de prendre ma sacoche et une blouse propre. Je ferai mon possible, madame.

Les paroles du père Anselme résonnaient dans l'esprit d'Angélina, impérieuses : « se dévouer, sauver la mère et l'enfant ».

Il lui fallut à peine cinq minutes. Octavie promit de s'occuper du repas et des soins de Rosette. Sa nouvelle sacoche, une mallette en cuir rouge équipée d'une robuste bandoulière, contenait tout le matériel qui lui était indispensable. En grimpant dans le phaéton, elle éprouva le calme profond qui la pénétrait avant chaque accouchement. La mère de sa future patiente, quant à elle, semblait au bord de la crise de nerfs.

— Je ne perdrai pas une autre enfant, ça non ! balbutia-t-elle. Vous savez, mademoiselle Loubet, nous sommes encore en deuil d'Albertine, mon aînée. Bien sûr, la vie continue. Sa sœur était déjà mariée quand cette tragédie nous a frappés. En apprenant que Denise attendait un bébé à son tour, j'ai pleuré toutes les larmes de mon corps et, à présent, je suis franchement terrifiée. Mon Dieu, si elle mourait à son tour, je ne m'en remettrais pas.

— Madame, je conçois votre anxiété et, je vous l'accorde, malgré les progrès de la médecine, l'accouchement demeure une dure épreuve, avec ses dangers inévitables. Pardonnez-moi de vous demander des précisions sur les couches de votre aînée, mais cela peut être important pour Denise, votre cadette.

La voiture fut ébranlée par un violent cahot, ce qui empêcha la femme de répondre. Furieuse, elle apostropha son fils, qui conduisait l'attelage.

— Sois prudent, Victor ! Si nous cassons un essieu, ce sera du temps perdu ! Excusez-le, mademoiselle Loubet. Albertine avait un bassin étroit et l'enfant était gros. Le docteur de l'hôpital a essayé de le sortir avec les fers ; une infirmière a coupé les chairs intimes de ma pauvre grande. Elle a saigné, beaucoup saigné et l'hémorragie l'a emportée.

— Et le bébé ?

— Nous l'avons enterré avec sa maman.

— Je suis vraiment désolée, madame. Prions de toute notre âme pour Denise et son petit.

Spontanément, Angélina saisit la main de la femme, comme pour lui insuffler du courage. Celle-ci, émue, la considéra avec un regain d'espérance.

— C'est madame Darrous qui a parlé de vous, tout à l'heure, et de votre mère, Adrienne. Il paraît que c'était une costosida de grande valeur et qu'elle vous a enseigné ses secrets.

— Il n'y a pas de secrets, mais un savoir, une expérience. Je vous le répète, je ferai tout mon possible.

Le cheval galopait, ce qui secouait d'autant plus le véhicule dont les roues grinçaient. Elles se turent, chacune perdue dans ses pensées. Enfin, la course folle s'arrêta rue du Pujol, devant une maison bourgeoise.

— C'est ici ! Je ne me suis pas présentée. Madame Agnès Piquemal ! Mon mari est huissier de justice. Venez vite. Peut-être que Denise a accouché. Peut-être qu'elle est morte elle aussi.

— Madame, gardez confiance, l'exhorta Angélina.

L'agitation propre à une naissance, difficile de surcroît, régnait dans toute la demeure, cossue et encombrée d'un mobilier de style Napoléon III, de lourdes tentures et de bibelots. Dès que les deux femmes furent dans le vestibule, une bonne se précipita à la rencontre de sa patronne.

— Madame, votre fille souffre toujours. Elle en devient folle. Monsieur a envoyé votre gendre chercher un docteur.

Une porte ouverte sur un grand salon laissait voir trois hommes en grande discussion, tandis que deux femmes faisaient les cent pas, apparemment en larmes.

— Seigneur, quel docteur ? s'égosilla Agnès Piquemal.

Sans attendre de réponse, elle se rua dans l'escalier, suivie par la costosida. Un individu corpulent en chemise et gilet rayé les rattrapa.

— Agnès, est-ce mademoiselle Loubet, que tu as ramenée ?

— Oui, monsieur ! répliqua Angélina.

En père affolé, maître Piquenal la dévisagea et se cramponna à son bras, l'obligeant à s'arrêter au milieu de la volée de marches.

— Mademoiselle, pitié, sauvez notre petite ! Je l'entends crier depuis des heures. Elle endure un calvaire. Sauvez-la !

— Si c'est en mon pouvoir, monsieur, je le ferai, trancha Angélina en se libérant. Mais le temps presse.

— Oui, bien sûr, pardon. Faites, faites, marmonnat-il, l'air totalement égaré.

Angélina avait déjà compris une chose importante. Profondément marqués par le décès de leur fille aînée, ces gens avaient cédé à une peur immense, proche de la panique, ce qui était bien compréhensible. Il en était sûrement ainsi de la parturiente, sans aucun doute certaine d'être condamnée au sort funeste de sa sœur. Dans ces conditions, les douleurs de l'enfantement apparaissaient comme autant de menaces de mort, et cette peur pouvait freiner, même bloquer le processus de l'accouchement.

« Maman insistait sur ce point. Quand une femme éprouve de fortes craintes, qu'elle redoute de mourir en couches, son corps se défend et le travail de mise au monde est compromis », se souvint-elle en entrant dans la chambre.

Denise était une jeune personne très brune et toute menue. Son visage devait être assez plaisant, mais, pour l'instant, il était crispé, congestionné, et ses yeux bruns jetaient des éclats de pure terreur.

— Dieu soit loué, mademoiselle Loubet ! s'exclama une robuste quadragénaire.

C'était Maria Darrous, la costosida du bourg de Lacourt, qui jouissait d'une bonne réputation. Elle avait mis son manteau et tenait un gros sac à bout de bras.

— Je dois me sauver, j'étais demandée dans une autre maison, sur la route de Foix. J'arriverai trop tard, l'enfant sera né, un cinquième, pensez-vous ! Mais j'aurai des soins à donner.

À la consternation générale, Angélina comprise, elle s'apprêta à quitter la pièce.

— Je n'ai pas de solution, pour votre fille, ajouta-t-elle. Mademoiselle Loubet, venez donc un peu avec moi.

Angélina se retrouva dans le couloir, tandis que Denise poussait des cris déchirants.

— Autant vous prévenir, murmura Maria Darrous, si on ne sort pas l'enfant avec des forceps, il va mourir ; la mère aussi. J'ai donc dit d'aller chercher un docteur. Nous n'avons pas le droit d'utiliser les fers ; c'est bien dommage[1].

— Quel est le problème ?

---

1. Authentique. À cette époque, seul un médecin pouvait se servir des forceps.

— La tête du petit s'est coincée contre l'os du bassin. Cette malheureuse se démène et fait des efforts, mais ça ne mène à rien. Je pense qu'à Paris, dans un hôpital, ils auraient tenté une césarienne.

— Cette opération échoue trop souvent, soupira Angélina. Je vous remercie, madame Darrous. Je vous laisse.

Ce qu'elle venait d'apprendre la bouleversait. Livide et la bouche sèche, elle retourna dans la chambre.

— Qu'est-ce qu'elle vous a dit ? hurla Agnès Piquemal. Je n'aime pas ces conciliabules, mais alors pas du tout. Pitié, mademoiselle Loubet, ayez pitié !

— J'ai juste écouté l'avis de madame Darrous et pris note des renseignements qu'elle m'a transmis. Maintenant, il me faudrait de l'eau chaude et une cuvette.

Hors d'elle, Denise demeurait centrée sur sa terreur et la douleur qui la faisait se cambrer par intervalles rapprochés. Angélina enfila sa blouse, noua son foulard blanc sur ses cheveux et, une fois les mains savonnées, elle procéda à un examen minutieux de sa patiente. « Seigneur, l'enfant ne sortira pas. Cette pauvre jeune femme est à bout de force, les poussées se font rapides, mais sans résultat aucun », se dit-elle.

Il y avait autour d'elle Agnès, tremblante, et la bonne, âgée d'environ vingt ans. On frappa au même instant et un homme hors d'haleine fit irruption. C'était le gendre des Piquemal.

— J'ai couru comme un fou ! s'écria-t-il. Le docteur Renaudin est là, le nouveau docteur, vous savez ! Il monte, là. Comment va ma femme ?

Sur ces mots, il jeta un coup d'œil affolé vers le lit.

— Mademoiselle Loubet est là ! répliqua sa belle-mère en désignant la costosida. Il vaut mieux que vous descendiez au salon, mon pauvre ami.

Il obtempéra, un futur père assistant très rarement à un accouchement, sauf en cas d'extrême nécessité. Le médecin le croisa sur le seuil de la pièce. La scène se déroulait avec en bruit de fond, les plaintes, les gémissements ou les cris de Denise. Angélina se rassura, car l'emploi des forceps pouvait s'avérer providentiel. Mais les propos du docteur Renaudin, fraîchement sorti de la faculté de médecine de Toulouse, la consternèrent.

— Ce sera mon premier accouchement, déclara-t-il. Je n'ai pas été formé en obstétrique. J'ai quand même eu soin d'emporter des fers, puisque l'enfant tarde à sortir.

Sur ces mots inquiétants, il extirpa d'une sacoche une paire de forceps qu'il étudia d'un regard circonspect.

« Si on ne maîtrise pas bien ces instruments, cela vire à la catastrophe, songea Angélina, effarée. Mon Dieu, ne permettez pas ça ! »

Soudain, elle pensa à Philippe Coste, obstétricien renommé et délicat.

— Attendez ! s'exclama-t-elle. Madame Piquemal, je vous en prie, envoyez vite votre fils à l'Hôtel du Chêne blanc, c'est tout près d'ici, et faites demander le docteur Coste de la part d'Angélina Loubet. Dites que c'est urgent, que c'est très grave, une naissance difficile. Ramenez-le à tout prix.

— D'accord, je vais le dire à Victor ! répondit la femme en sortant.

Denise hurla alors de toutes ses forces.

— Madame, je vous en supplie, calmez-vous et, surtout, essayez de respirer ! lui dit Angélina. Vous êtes raidie par la peur et vos souffrances en sont décuplées.

— Je ne veux pas les fers, parvint-elle à répondre.

— Qui est ce docteur Coste ? enchaîna sa mère.

— Un brillant obstétricien, sous les ordres duquel j'ai étudié, à Toulouse. Il a pris une chambre à Saint-Girons pour la nuit ; il m'avait rendu visite. C'est une chance inouïe qu'il soit en ville, car j'ai toute confiance en lui. Maintenant, Denise, si vous acceptez que je vous appelle Denise, je vais procéder à un massage qui peut vous soulager. Madame Piquemal, je voudrais aussi lui faire boire un peu de laudanum.

— Faites donc, si elle souffre moins. J'en suis malade, de la voir dans cet état.

Ce fut en palpant à plusieurs reprises le ventre distendu de la jeune femme qu'Angélina eut l'impression de ne pas trouver la bonne solution. Une petite voix intérieure lui conseillait de réfléchir, de puiser dans son expérience.

— Je me sens un peu mieux, avoua Denise après quelques minutes.

— C'est le laudanum. Ma mère me répétait qu'il faut surtout maîtriser ses nerfs, pendant une naissance.

— Ce sont vos mains, aussi. Oh, j'ai encore une douleur, il faut que je pousse... Mademoiselle, si je pousse, vraiment, ça ne fera rien, le bébé ne peut pas descendre ?

— Non ! Pas encore. Mais, avec les forceps, ce sera plus facile.

Le docteur Renaudin restait à l'écart, un peu vexé par l'initiative de cette belle fille au regard violet. Elle faisait demander un autre médecin, si bien qu'il avait fort envie de s'esquiver. La curiosité le retint jusqu'à l'arrivée de son confrère. Philippe Coste fit irruption dans la chambre, le chapeau de travers, le manteau sur le bras. Angélina aperçut derrière lui, au milieu du couloir, maître Piquemal, Victor et le mari de Denise, qui ne s'était pas résigné à regagner le rez-de-chaussée.

— Me voici, s'écria l'obstétricien. Mademoiselle Loubet, où en sommes-nous ? Ce jeune homme m'a dit en chemin que c'était très grave.

— Oui, je pense qu'il faut employer les forceps, que le docteur Renaudin a eu la bonne idée d'apporter. Mais c'est son premier accouchement, donc…

— Donc vous avez pensé que je serais plus à même de manier ces instruments ?

— J'ai songé à ce qui serait le mieux pour ma patiente, uniquement à ça, docteur Coste.

Le praticien se lava les mains et ausculta Denise des pieds à la tête. Il vérifia ensuite la dilatation du col de l'utérus et la position de l'enfant.

— Je vais essayer les forceps, dit-il d'un ton lugubre, la mine atterrée. Mais ce sera extrêmement douloureux et je crains de causer un accident au bébé, des lésions irréversibles à la boîte crânienne. Je risque aussi de blesser la mère et de provoquer une hémorragie. Dans ce cas précis, seule une césarienne pourrait avoir une issue heureuse.

Agnès Piquemal poussa un cri rauque en s'affalant dans un fauteuil.

— Une césarienne ? balbutia la parturiente d'une voix pâteuse. Mais il faut être à l'hôpital, et il paraît qu'on en meurt. Je vais mourir de toute façon, c'est ça ? Mon bébé aussi, mon pauvre petit bébé.

La bonne fondit en larmes bruyantes, en écho aux sanglots épouvantés de sa patronne. Angélina s'approcha de Philippe et le fixa de son regard violet.

— Vraiment, vous ne pouvez pas utiliser les forceps ?

— Je ne prendrai pas le risque ici, mais, si nous étions à Toulouse, je tenterais la césarienne. Il reste la pire des méthodes, si vous avez des scalpels, chuchota-t-il à son oreille.

La jeune femme frémit d'horreur. Elle avait compris. Il proposait de découper l'enfant vivant, dans le ventre de sa mère, afin de la sauver, une pratique affreuse, encore trop souvent nécessaire.

— Non, non, pas ça, jamais, répliqua-t-elle. Je m'y oppose ! C'est ma patiente !

Révoltée par cette perspective qu'elle savait cependant peut-être inévitable, Angélina ferma les yeux quelques secondes en invoquant de toute son âme un secours divin. Des images la traversèrent alors, confuses, mais l'une d'elles se détachait, d'une netteté hallucinante. C'était celle d'une grande femme à la peau couleur de caramel, Fidélia, la Martiniquaise qu'elle avait accouchée à l'hôtel-Dieu de Tarbes, Fidélia, qui l'avait suppliée de la laisser mettre son enfant au monde debout.

« Il faut essayer ! » se dit-elle.

— Denise, levez-vous immédiatement ! ordonna-t-elle. Madame Piquemal, venez m'aider. Votre fille va marcher un peu et vous la soutiendrez. Il faut qu'elle se tienne debout !

— Debout ! s'effara le docteur Renaudin.

— Mais enfin… protesta la femme.

— Angélina, êtes-vous devenue folle ? s'indigna Philippe.

Depuis des siècles, depuis des générations, selon des traditions ancestrales et les convenances, les femmes donnaient la vie couchées sur un lit ou une grande table couverte d'un drap. Mais Angélina se revoyait dans la grotte du Ker, soumise aux contractions de plus en plus fortes qui lui annonçaient l'imminence de la naissance. Elle n'avait pas cessé de déambuler, de se plier en deux, parfois. La poche des eaux s'était rompue et Henri était né très vite. Fidélia, les mains serrées sur les barreaux du lit d'hôpital, trépignait et se contorsionnait, debout. L'enfant avait ainsi trouvé le passage, un beau bébé en pleine santé.

— Je vous en prie, laissez-moi faire ! s'écria-t-elle.

Sans tenir compte des mines outragées qui l'entouraient, elle fit se lever Denise. Celle-ci, égarée, secouée de frissons, ouvrait de grands yeux de bête à l'agonie. Agnès Piquemal se précipita et prit sa fille par la taille.

— Marchons un peu, recommanda Angélina en tenant sa patiente par le bras. Et respirez bien, respirez à fond.

— Voyons, Loubet, c'est ridicule ! tonna le docteur Coste en l'appelant par son patronyme, à l'instar de madame Bertin, la sage-femme en chef de Toulouse.

— Non, ça me soulage ! gémit Denise. Je suis mieux debout que couchée, j'ai moins mal au dos.

Plus tard, Angélina se souviendrait d'avoir eu l'impression d'être guidée, dirigée par une présence invisible. Sous le regard ébahi des deux médecins et de la bonne, elle conduisit bientôt sa patiente devant le dossier en bois du lit et lui demanda doucement de s'y cramponner.

— Maintenant, je vais recommencer à vous masser, Denise, dit-elle. J'ai déjà réussi à orienter l'enfant comme il le fallait par ce genre de manipulations. Criez si vous en ressentez le besoin et, si une poussée se déclenche, acceptez-la, ne vous raidissez pas. Imaginez que vous êtes seule, en pleine forêt, oubliez tout ce qui vous effraie, concentrez-vous sur votre bébé, qui veut vous connaître et boire votre lait.

— Là, c'est du grand n'importe quoi, grogna le jeune docteur qui sortit en trombe, abandonnant ses forceps sur la commode.

Il y eut alors dans le couloir des discussions virulentes. Mais Angélina n'entendit rien de ces voix viriles dont les intonations dénotaient encore une fois l'indignation et la colère. Philippe Coste, lui, perçut une exclamation :

— Dieu du Ciel, empêchez-la de tuer ma femme !

Contre toute logique, lui qui avait protesté le premier, l'obstétricien alla entrebâiller la porte pour intimer à ces hommes l'ordre de se taire.

— De toute façon, cette jeune dame est condamnée, ajouta-t-il entre ses dents.

Il referma le battant. Angélina n'avait pas pris garde à l'incident. Elle s'était placée derrière Denise, toujours debout, les jambes légèrement écartées. De ses mains menues, elle massait le ventre de la parturiente ; sous ses doigts se dessinait la forme de l'enfant. Elle appuyait, traçait des cercles, comme pour communiquer avec lui.

« Bouge, petit ! pensait-elle avec ferveur. Trouve ton chemin, le chemin de la vie, de la lumière. Le monde est si beau, tu dois te promener sous les platanes au bord du Salat, tu dois goûter au miel, aux pâtisseries du dimanche, jouer avec un cheval en bois que tu tireras au bout d'une ficelle ! Petit, viens, viens ! »

Soudain, une sorte d'onde discrète passa sous ses paumes. Elle appuya plus fort, puis elle noua ses bras autour de l'abdomen de Denise, pour le serrer à intervalles réguliers.

— Une poussée ! hoqueta la parturiente. Seigneur, c'est fort, très fort !

— Eh bien, allons-y ! s'écria la costosida. Poussez, poussez ! Tournez-vous, faites-moi face ! Vous, Agnès, tenez-la bien sous les aisselles. Oui, comme ça.

Philippe se précipita et soutint lui aussi Denise. Angélina s'était mise à genoux.

— Il arrive, Denise ! Votre pitchoun, la tête est engagée, allez-y, poussez, poussez, oui, oui, bravo, il arrive. Les épaules maintenant.

Haletante, survoltée, elle recueillit le nouveau-né entre ses mains, notant aussitôt une cyanose.

— Philippe, pincez le cordon, vite, les pinces sont là, dans ma mallette, et les ciseaux. Vite, il faut faire vite.

— C'est un garçon, bredouilla Agnès Piquemal. Mon Dieu, un beau garçon.

Promue grand-mère, elle n'osait se réjouir, car le bébé n'avait pas encore poussé un cri. Denise choisit ce moment pour succomber à un malaise, épuisée par des heures de souffrance et l'ultime effort accompli.

— Recouchez-la ! ordonna Angélina dès que le cordon ombilical fut coupé. Philippe, surveillez la délivrance !

Elle lui donnait des ordres d'un ton sec, sans se soucier de le vexer ou de le choquer. Seul importait ce petit être encore vivant, au corps chaud, mais la face bleuie, comme chiffonnée.

Pendant que l'on s'occupait de ranimer la jeune mère et de l'installer confortablement, elle déposa l'enfant sur l'oreiller préparé à cet usage, au milieu d'une table. Avec des gestes délicats mais impérieux, elle le frictionna d'une huile que le vieux frère Eudes, l'apothicaire du couvent, confectionnait à sa demande. Le liquide onctueux, à base d'huile d'amande, de millepertuis et de lavande, embaumait.

« Je t'en supplie, petit, respire, crie, ne t'en va pas ! implorait-elle en silence. Maman, aide-moi, maman, aie pitié ! » C'était son suprême recours d'invoquer Adrienne Loubet, costosida renommée, doublée certainement d'un don de guérisseuse, d'un instinct sans faille pour contrer les plans de la mort, de la Faucheuse, comme elle disait.

Sans plus réfléchir, Angélina se pencha sur le bébé et colla ses lèvres aux siennes, en les entrouvrant de l'index. Avec d'extrêmes précautions, elle insuffla un filet d'air dans la minuscule bouche à plusieurs reprises, en contrôlant son souffle, car elle avait affaire à de très petits poumons.

« Allez, respire, reviens parmi nous, mon beau pitchoun, ne nous abandonne pas, ta maman sera si heureuse de t'embrasser, de te chérir ! » priait-elle en son for intérieur.

Elle continuait, farouche, habitée d'une volonté étrange. Cet enfant qu'elle tenait désespérément à sauver, c'était aussi Henri, son propre fils, ses frères emportés trop tôt et qu'elle n'avait jamais connus, et tous les nouveau-nés qui avaient poussé leur premier vagissement contre son sein de costosida. C'étaient tous les enfants de la terre, sans défense, nus, espérés ou rejetés, faibles ou forts.

« Dieu de bonté, Vierge Marie, Seigneur Jésus, ayez pitié de cet innocent ! pria-t-elle encore. Accordez-lui la vie que j'ai volée à l'enfant de Rosette, ayez pitié de lui, de sa mère, de son père. Faites-moi cette grâce infinie, à moi, la pécheresse ! »

Philippe s'approcha et lui effleura l'épaule.

— Arrêtez, Angélina, c'est déjà un miracle que sa mère ait survécu.

Elle se redressa et le fixa, exaltée. Il recula sous le feu violet de ce regard.

— Il me faut un autre miracle, Philippe, déclara-t-elle.

— Eh bien, je crois que vous l'avez ! s'exclama-t-il. Seigneur, comment est-ce possible ?

La jeune femme baissa les yeux sur le bébé qui venait de pousser une sorte de miaulement. Presque immédiatement, il lança un véritable vagissement, suivi d'un cri. Sa peau, tout de suite, avait viré du bleu au mauve, puis à l'incarnat. Enfin, il urina, un jet clair, limpide.

— Dieu soit loué, il est sauvé ! hurla-t-elle. Merci, mon Dieu, merci ! Agnès, Denise, le petit est sauvé !

Ses jambes tremblaient sous elle, son cœur battait à se rompre, mais elle résista et enveloppa le nouveau-né dans un lange douillet. À présent, il grimaçait, toujours criant, les paupières plissées et la bouche béante.

Maître Piquemal entra, flanqué de son gendre. Agnès et la bonne sanglotaient de joie et de soulagement, dans un état proche de l'ivresse.

— Norbert, notre fille est vivante ! s'égosilla l'épouse de l'huissier en le saisissant par les revers de sa veste. Le bébé aussi ! C'est un miracle, un vrai miracle ! Non, c'est grâce à mademoiselle Loubet !

L'homme considéra Angélina avec une expression extasiée. Il se rua vers elle et lui attrapa les mains.

— Mademoiselle, je vous dois une reconnaissance éternelle, je vous bénis, je...

Il ne put en dire davantage, terrassé par une crise de larmes.

— Vous pourrez tout nous demander à l'avenir, renchérit Agnès Piquemal. Nous sommes à jamais vos débiteurs devant Dieu et la Vierge Marie.

Angélina ne répondit rien. Elle berçait le poupon qui célébrait son salut d'une voix énergique, maintenant. Nichée dans ses oreillers, Denise tendit les bras. Son malaise n'avait été que passager. Elle savourait maintenant le bien-être qui la pénétrait, teinté d'un bonheur indicible. Assis près du lit, son mari lui couvrait le visage de baisers. Il pleurait également, comme ses beaux-parents.

— Un fils, j'ai un fils ! répétait-il.

— Le voici. Il est temps que ce poupon soit près de sa maman et de son père, dit Angélina en déposant l'enfant dans le lit. Mettez-le vite au sein, Denise, cela le réconfortera après cette pénible venue au monde.

— Dès que vous m'avez fait lever, ce n'était pas si pénible que ça, affirma la jeune mère en souriant. Mademoiselle, je ne sais pas comment vous remercier, vraiment. J'étais persuadée que j'allais mourir comme ma sœur, et sans même laisser un enfant à ma famille.

— Je vous paierai vingt francs… non, trente francs et un louis d'or, annonça le jeune père à la moustache blonde et aux yeux bleus.

La somme était exorbitante. Maître Piquemal, cependant, proposa de la doubler.

— Vous êtes tous très généreux et fort aimables, mais je ne veux pas un sou, répliqua la costosida. Je suis déjà payée, payée au centuple.

Elle eut un merveilleux sourire, tandis que les paroles du père Anselme tournaient dans son esprit et qu'un mot retentissait en écho, obsédant : rédemption.

Agnès Piquemal s'empressa de protester, mais Philippe s'interposa.

— Mademoiselle Loubet sait ce qu'elle dit et, vu son caractère, n'insistez pas. J'avais cru comprendre qu'elle cessait d'exercer. Je suis bien content qu'il n'en soit rien.

— Le docteur Coste dit vrai, avoua Angélina. Ce soir, ce sont les puissances divines qui ont versé mon dû. Ce beau bébé est sauvé, vous aussi, Denise.

— Oui, grâce à vous et à la volonté de notre Seigneur, concéda celle-ci. Nous le baptiserons Albert, en souvenir de ma grande sœur.

Après la terreur et l'angoisse, ce fut le moment de la paix revenue, de la liesse générale. Angélina et Philippe durent descendre au salon boire un verre de vin. La cuisinière de la maison leur servit des tartines de rillettes d'oie et du saucisson tranché. Il était plus de dix heures quand maître Piquemal demanda à Victor, le benjamin de la famille, de les raccompagner en phaéton. L'adolescent ne se fit pas prier. Il adressait des coups d'œil admiratifs à la costosida, fasciné par son allure et sa beauté, tout en songeant que cette jeune femme avait su déjouer le destin et vaincre la mort.

— Je suis bien content d'être tonton ! s'écria-t-il une fois dans la rue, en grimpant sur le siège avant.

Philippe Coste aurait pu rentrer à pied, l'hôtel n'étant qu'à une centaine de mètres, mais il voulait parler à Angélina. Il s'exprima tout bas en frôlant son oreille de ses lèvres, autant par souci de discrétion que pour se faire entendre malgré le bruit que produisait l'attelage ; le martèlement des sabots sur les pavés, les grincements des essieux et les crissements des roues cerclées de fer composaient un concert familier qui, en plein jour, s'amplifiait pour devenir assourdissant, tant il roulait de charrettes, de calèches et de cabriolets.

— Angélina, je vous félicite pour l'issue heureuse de cet accouchement, mais franchement, comment osez-vous aller à l'encontre de tous mes enseignements et de ceux de madame Bertin ? Mettre cette jeune femme debout, c'est prendre un risque énorme. Vous avez eu une sacrée veine, au fond.

— Quoi ? Une sacrée veine ? Vous pensez que c'était un hasard, que j'ai agi au mépris de la santé de ma patiente ? J'avais un exemple édifiant, celui d'une domestique, à Tarbes, originaire de la Martinique. Elle m'a suppliée de la laisser enfanter ainsi, ce qui a précipité la naissance. Je sais aussi que j'ai orienté le bébé vers le col, car il n'avait plus la tête bloquée contre les os pelviens. Je suis certaine que c'est le changement de position de la mère qui a permis ce petit miracle. Ensuite, j'ai misé sur les lois de la pesanteur.

— Permettez-moi d'en rire ! On le saurait, s'il suffisait de faire gambader une femme en couches pour que son enfant sorte facilement ! ironisa le médecin.

— Pour moi, seul compte le résultat. Denise n'a pas été déchirée, elle n'a pas fait d'hémorragie et le petit Albert est bien vigoureux. J'ai promis de revenir demain m'assurer que tout va bien pour eux.

— Et votre bravade de refuser l'argent de ces gens ! C'est vrai que vous allez épouser un riche héritier.

— Même si Luigi était pauvre, même miséreux, je l'épouserais.

— Luigi ? Vous m'aviez parlé d'un Joseph. Il faudrait savoir qui vous passera la bague au doigt.

— C'est un surnom qu'il s'est choisi. Philippe, nous sommes devant l'hôtel. Merci d'être venu à mon secours aussi vite.

— Je n'ai servi à rien du tout, mais j'ai eu le plaisir de vous revoir et de vous voir à l'œuvre, plaisanta-t-il.

— Vous avez été très utile. Si je n'avais pas fait appel à vous, ce jeune docteur aurait sévi avec ses forceps, qu'il regardait comme un engin du diable.

Ils rirent de bon cœur. Tout en lui prenant la main, l'obstétricien confessa d'un ton faussement navré :

— Par votre faute, j'ai délaissé un dîner alléchant. Angélina, ma chère Angélina, j'ai du mal à vous quitter. Au fait, dois-je encore vous chercher une remplaçante ?

— Non, ne vous donnez pas cette peine. Je me trompais, je ne renoncerai pas à mon métier.

Victor Piquemal sauta de son perchoir afin d'allumer les lanternes de la voiture. L'adolescent se promettait de conduire l'animal à une allure très modérée jusqu'à Saint-Lizier, pour profiter de la présence de sa radieuse passagère.

— Adieu, ma chérie, murmura Philippe. Je vous souhaite beaucoup de bonheur.

Sur ces mots, il l'embrassa sur la bouche, un baiser avide, rapide, mais sans équivoque. Le docteur Coste lui signifiait qu'il la désirait, qu'il l'aimait encore.

— Au revoir, dit-elle, tandis qu'il descendait du phaéton.

Sidérée, elle se toucha les lèvres de l'index. « Décidément, on fait peu de cas de ma vertu ! Je devrai retourner à confesse », songea-t-elle, plus amusée qu'outragée.

Mais elle n'était pas au bout de ses surprises. Son cocher occasionnel mit le cheval au trot, en direction de la route montant vers la cité. En tenant les rênes d'une main, il se retourna pour la dévisager.

— Je voudrais vous remercier encore, mademoiselle ! s'exclama-t-il. J'ai eu tant de chagrin, à la mort d'Albertine ! Je me disais que, si Denise nous quittait à son tour, je me ferais soldat.

— Vous le serez bientôt, de toute façon, répliqua-t-elle, émue.

— J'ai dix-neuf ans, j'ai encore le temps d'endosser l'uniforme. Au fond, je n'en ai guère envie. Mais j'avais pris ma décision, je vous en donne ma parole.

— Vous auriez laissé vos parents seuls avec un terrible chagrin ?

— Oui, c'est peut-être ce grand chagrin qui m'aurait fait fuir la maison, rétorqua-t-il. Grâce à vous, je peux demeurer au pays un bon bout de temps.

À la faveur du faible éclairage que dispensaient les deux lanternes, Angélina l'observa mieux. C'était un joli garçon au regard sombre. Son nez était un peu fort, mais il s'accordait à son front haut, barré d'une mèche brune.

— Je vous inviterai volontiers à mon mariage, en décembre, dit-elle avec malice, consciente de l'intérêt que lui portait ce jeune mâle en puissance.

— Non ! Vous vous mariez ? Zut ! blagua-t-il.

— Désolée si je vous déçois, mais je suis fiancée, que voulez-vous… Cela dit, ma demoiselle d'honneur n'a pas de cavalier.

— Est-ce qu'elle est aussi belle que vous ? osa-t-il demander.

— Rosette est ravissante ! À présent, monsieur Piquemal, j'aimerais bien que vous regardiez la route. Il fait noir et votre cheval commence à dévier sur la gauche.

— Bah, il n'y a personne, à cette heure-ci.

Néanmoins il suivit son conseil. Épuisée et grisée par la joie infinie qu'elle ressentait, Angélina s'appuya au dossier en cuir de la banquette. À la faveur d'un virage, un tableau de choix lui apparut. L'antique cité de Saint-Lizier, sa cité bien-aimée, se profilait à l'horizon. Les nuages s'étaient dispersés et un quartier de lune se dessinait dans le ciel nocturne, au-dessus des toits du palais des Évêques. Les fenêtres illuminées évoquaient une nuée de petites lumières suspendues au sein des ténèbres, de celles qui réchauffent l'âme d'un foyer et font rêver les cœurs solitaires.

« Encore quelques minutes et je reverrai Luigi, ainsi que tous ceux que j'aime. Il y aura un feu dans ma cheminée, une moisson de sourires à récolter. » Elle était profondément heureuse. Ses beaux yeux, vite embués de larmes de gratitude, se posèrent sur la tour crénelée de la cathédrale. « Se réconcilier avec Dieu, disait le père Anselme. Je comprends enfin à quel point c'était important. »

Victor Piquemal s'arrêta rue Maubec, devant le portail. Il bondit au sol pour l'aider à descendre du phaéton. Il la dépassait d'une tête. Il s'inclina, très courtois :

— Bonne nuit, mademoiselle, et encore merci pour ma sœur. Demain, je ferai brûler un cierge à l'église pour rendre grâce au Seigneur et à la Sainte Vierge.

— Vous avez raison, Victor. Moi, je vous dis à demain, puisque j'ai promis d'aller m'assurer que la maman et le bébé se portent bien.

— Quelle heure vous conviendrait ? Je me ferai un plaisir de venir vous chercher.

— J'ai ma calèche, de même qu'une jument douce et blanche comme un agneau. Je vous remercie quand même.

— C'est bien dommage, j'aurais peut-être fait la connaissance de votre demoiselle d'honneur.

Angélina se mit à rire. Ce garçon lui plaisait.

— Venez à dix heures, demain matin.

— Entendu, je serai ponctuel, n'ayez crainte.

Elle le salua et rentra vite dans la cour. Une masse neigeuse se rua à sa rencontre. C'était le pastour, qui posa ses grosses pattes sur ses épaules et lui lécha le menton.

— Veux-tu, Sauveur ! Sage, mon chien. En voilà, des façons !

Ce furent alors des bras d'homme qui l'enlacèrent. Dès qu'il l'avait vue, Luigi était sorti de l'écurie. Il la serra contre lui.

— Angélina, il paraît que tu as volé au secours d'une patiente, toi qui avais fermement décidé de ne plus exercer !

Il murmurait, dans le creux de sa nuque en l'embrassant sous ses cheveux nattés.

— J'avais tellement hâte de te retrouver ! dit-il encore. Je voulais te raconter ma visite à l'abbaye. Viens, tu trembles. Tout le monde t'attend.

— Je tremble de joie, Luigi, balbutia-t-elle. Moi aussi, j'étais pressée de te voir.

Il la conduisit vers la maison en l'étreignant toujours.

— Octavie t'a gardé une part du dîner. Henri s'est endormi contre Rosette. Ma mère fait des réussites ; elle a bu du café pour tenir bon jusqu'à ton retour. Angélina, je dois te faire un aveu avant que nous entrions. J'ai eu un entretien privé avec le père Séverin. Certes, notre mariage le réjouit, mais il est surtout soulagé que je mette un terme à une existence de libertin. Ce sont ses propres paroles. Hélas, je lui ai promis de respecter notre temps de fiançailles et de ne pas te toucher avant la bénédiction nuptiale. Il y a de quoi devenir mécréant ou athée.

Elle le considéra avec un air sérieux et fit une moue qu'il jugea adorable.

— C'est une sage résolution. Je me suis engagée sur la même voie de chasteté et de sagesse, aujourd'hui. Je t'expliquerai ce qui s'est passé. Nous saurons patienter, n'est-ce pas ? Deux mois et demi, un peu plus, ce n'est pas si long.

— Ce sera une éternité pour moi, déplora-t-il. Mais quelle délicieuse et fébrile attente, quel compte à rebours excitant !

— Chut ! fit-elle en riant.

Ils échangèrent un baiser au parfum d'interdit, protégés par l'ombre tiède de la douce nuit de septembre.

17

La costosida

*Saint-Lizier, jeudi 29 septembre 1881,
deux semaines plus tard*

Angélina et Rosette étaient assises au coin du feu. C'était une matinée pluvieuse, froide pour la saison. Les flammes ronflaient et se tordaient, le bois craquait. Parfois, des nuées d'étincelles dorées naissaient du foyer et, portées par la chaleur, s'envolaient le long du mur noirci par la suie et la fumée.

— Luigi m'a dit hier soir qu'il avait neigé sur le massif du mont Valier, déclara Angélina, occupée à coudre des boutons sur un corsage.

— Oui, on se croirait en hiver, répliqua l'adolescente, toute songeuse.

Le docteur Buffardaud lui avait permis de passer la journée dans un fauteuil, sa jambe plâtrée posée sur un tabouret.

— Cette demoiselle est jeune et en bonne santé. La fracture guérira rapidement, avait-il affirmé. Je vous promets qu'elle gambadera avant Noël et qu'elle dansera à votre mariage, mademoiselle Loubet.

Toute la cité savait maintenant qu'elle épouserait Joseph de Besnac en décembre. Chaque fois qu'elle croisait une voisine ou qu'elle se rendait dans un commerce, elle devait montrer sa bague de fiançailles. C'étaient alors de joyeuses exclamations, notamment sur le choix de la pierre précieuse, l'améthyste, qui rappelait la couleur de ses yeux.

Rosette déplorait son immobilité, mais elle se rendait utile de toutes les manières possibles. Un tablier sur les genoux, elle tenait à éplucher les légumes ou à écosser les haricots, tout en consacrant des heures au raccommodage des draps et des torchons. Certaines pièces de linge lui avaient été confiées par Octavie, qui ne prisait guère la couture.

— Nous aurons peut-être la visite de Victor Piquemal, hasarda Angélina d'une voix douce. Il vient souvent, ce garçon !

— Je préférerais qu'il ne vienne plus du tout, intervint Rosette. Je vous l'ai déjà dit. C'est bien gentil de l'avoir invité à votre mariage, mais je n'avais pas besoin d'un cavalier.

— Il est pourtant charmant.

— Justement, quand il entre, j'ai le cœur qui bat plus vite. Après, je suis toute bizarre.

— Je crois qu'il éprouve la même sensation, vu sa mine gênée, ses regards en coin.

Elle exhala un petit soupir et referma le livre qu'elle tenait à la main.

— Vous devriez comprendre, mademoiselle Angie. Ça rimerait à quoi de fréquenter Victor ? Ses parents sont des bourgeois, des notables. Moi, je viens des bas-fonds ; je suis une pauvresse, votre servante. En plus, avec ce que le père m'a fait, je ne pourrai jamais me marier. Vous savez bien comment sont les hommes, non ? Le docteur Coste, il était furieux en apprenant que vous aviez un pitchoun. Monsieur Luigi aussi, il a été déçu au sujet de votre passé.

Ce rappel blessa un peu Angélina, mais elle dut admettre que c'était la vérité.

— Je te l'accorde, Rosette. Cependant, Philippe m'a pardonné ; il a souhaité m'épouser quand même, une fois calmé. Quant à Luigi, il m'accepte telle que je suis parce qu'il m'aime. Petite, l'amour vient à bout de bien des obstacles !

— Peut-être... De toute façon, ça ne m'intéresse pas, d'avoir un galant. Ce que font les couples ensemble, vous voyez de quoi je parle, je trouve ça dégoûtant, moi.

Apitoyée, Angélina s'apprêtait à convaincre son amie du contraire, lorsque Paulin, le facteur, frappa à un carreau.

— Entre ! cria la jeune femme.

— Bonjour, mesdemoiselles ! dit-il en apparaissant. V'là le courrier.

Il remit trois enveloppes et sortit en les saluant, sa lourde sacoche en bandoulière.

— Je les lirai plus tard. Nous allions discuter d'une chose sérieuse. Je sais ce que tu as vécu, mais tu ne vas pas t'interdire d'aimer et d'être aimée à cause de ça.

— Si ! Je n'épouserai jamais personne ! Je vais continuer à m'instruire et je resterai à votre service... enfin, si vous voulez toujours de moi. Quand vous aurez des enfants, je m'en occuperai. Cet avenir-là, il me plaît bien, je vous assure. Je serai votre Octavie.

— Octavie adorait son mari et elle a eu une petite fille. Sans l'épidémie de choléra qui a décimé la population, à l'époque, elle vivrait sûrement avec sa famille. Quant à tes arguments en ce qui concerne Victor, ils ne tiennent pas. Je t'ai présentée comme une amie très chère ; il ignore tout de tes origines, qui d'ailleurs ne sont pas honteuses. Tu t'es exprimée parfaitement devant lui. Si tu devenais institutrice, par exemple, je ne vois pas pourquoi ses parents s'opposeraient à ce qu'il te fasse la cour d'ici un an ou deux.

Rosette eut un regard navré à l'adresse d'Angélina. Malgré sa nature encline à l'optimisme, elle ne se faisait pas d'illusions sur sa condition. Souvent, aussi, marquée par la lutte perpétuelle qu'elle avait menée durant des années pour survivre, elle se sentait plus mûre que sa patronne. Les violences répétées de son père contre Valentine lui faisaient mépriser l'acte sexuel. Néanmoins, elle était intelligente et se doutait que, dans des circonstances différentes, ces ébats devaient être agréables, même d'une grande importance dans l'harmonie d'un ménage.

— Dans ce cas, Angie, si je tombais amoureuse de Victor, et ça ne risque pas de se produire, il faudrait que je lui cache mon passé. Et, justement, je n'ai pas envie de mentir.

— Le père Anselme t'a pourtant rassurée sur ce point. Il t'a dit et redit qu'un honnête homme, un bon catholique, comprendra que tu n'es coupable de rien, que tu as subi un préjudice.

— Sans doute, mais ce préjudice-là, à mes yeux, il est bien trop grave et je le garde pour moi. Vous, Luigi et le prêtre, c'est assez de gens au courant.

— Compte aussi ton père, qui demeure introuvable. Les gendarmes de Saint-Gaudens continuent de le rechercher en vain.

Rosette retint les paroles qui lui venaient : « J'espère qu'il est en train de pourrir dans un fossé, ce salaud. » Maintenant, elle avait pris l'habitude de contenir sa gouaille, ces injures virulentes qui déplaisaient tant à Angélina. Mais, en silence, elle maudissait son père presque quotidiennement et souhaitait sa mort.

Tout haut, elle ajouta d'un ton résigné :

— Ils ne le trouveront jamais. Il a dû changer de région. Vous feriez mieux de lire vos lettres.

— Petite, je suis triste que tu te condamnes au célibat.

— Songez donc à votre mariage à vous !

Comme pour mettre un terme à la conversation, Rosette reprit son livre et se plongea de nouveau dans *Les Trois Mousquetaires*[1]. C'était une édition illustrée du roman et la jeune fille ne se lassait pas d'en contempler les dessins. Mais, sous son air attentif, elle pensait à tout autre chose. L'entretien qu'elle avait eu avec le père Anselme l'avait beaucoup impressionnée. Le religieux s'était montré bienveillant, compatissant, et tous deux avaient fini par évoquer la vie de couventine. Depuis, elle s'imaginait en religieuse, à l'abri des vicissitudes du monde, se consacrant à Dieu. Elle ne regrettait pas d'avoir avorté, mais, à la lumière des discours du prêtre, elle avait compris que c'était un acte très grave. De prendre le voile pour mener une existence chaste et sage de dévotion et de labeur lui semblait une douce manière d'expier.

— Tiens, mon oncle Jean m'a écrit, s'étonna Angélina. Je ne lui ai pas donné de nouvelles depuis le Premier de l'an, il doit s'inquiéter.

Jean Bonzom était le frère aîné de sa mère. Il habitait Encenou, un hameau de montagne perché au-dessus de Biert.

---

1. Célèbre roman d'Alexandre Dumas, paru en 1844.

— Le fameux oncle Jean, répondit Rosette. Vous n'en dites que du bien !

— Je l'admire, c'est un esprit libre, un homme juste. Je voudrais que tu le connaisses.

— Hélas, je ne suis pas prête de grimper chez lui. Octavie m'a raconté la fois où vous êtes allées là-haut, avec elle et Henri. Le paysage lui avait bien plu et elle m'a dit que votre tante Albanie est d'une grande gentillesse.

— En effet...

Angélina décacheta l'enveloppe. Rosette ferma les yeux un moment. Tout de suite, le visage de Victor Piquemal lui apparut, serti d'un halo lumineux. Elle le trouvait beau, avec le grand sourire chaud comme un soleil qu'il avait et son regard brun doré, pétillant de gaîté. Chaque fois qu'il la fixait, elle baissait pudiquement la tête, mais son cœur s'affolait. « Le mal est déjà fait, même si je prétends que non, se dit-elle. J'ai le béguin, oui, mais je n'ai pas le droit. Je pourrais être toute neuve, que le père ne m'ait pas touchée, devenir institutrice, causer à merveille que je ne serai jamais une fille pour lui. »

— Rosette, écoute donc ! l'interpella Angélina. Je vais te lire la lettre de mon oncle.

— Vous donnez pas cette peine.

— Mais si, écoute, c'est assez drôle, je t'assure !

— D'accord ! Avec vous, je ne finirai pas mon livre de sitôt.

— Ce ne sera pas long. Que tu es de mauvaise humeur, ce matin !

Elle lut à voix haute, un sourire rêveur sur les lèvres.

Ma chère nièce,

Étant sans nouvelles de toi depuis ta carte de vœux, je me demande si je ne devrais pas monter dans ta cité de notables et de bigots pour te tirer l'oreille. Il faut croire que les femmes, par chez toi, accouchent tous les quatre matins, puisque tu n'as pas eu le temps de coucher trois ou quatre mots sur le papier.

Ce n'est pas le propos de ma lettre. J'ai entendu dire que tu étais fiancée à un aristocrate et j'en ai été tout ébahi. Je me doute que tu voudrais savoir qui a colporté la chose jusqu'à mon hameau ! Je t'annonce que c'est monsieur le facteur, qui l'a su par Eulalie Sutra, la nourrice, dont la langue ne cesse de grandir, tant elle la fait marcher.

En bref, ma chère nièce, j'aimerais bien que tu me présentes ce fiancé à particule, que j'aie la joie de le voir patauger dans le fumier de ma bergerie et avaler du millas dégoulinant de sucre et de saindoux.

Si tu peux quitter Saint-Lizier au début du mois d'octobre, vers le 6 ou le 7, ça arrangerait aussi ma voisine Coralie, qui attend son premier et pense accoucher à cette période. La pauvre fille n'aura que son époux à ses côtés et Albanie, peu instruite en la matière, ce qui n'est pas ton cas. Cela dit, les lois de la nature sont imprévisibles, il se peut que l'enfant soit né à ton arrivée ou qu'il vienne au monde après ton départ.

Mais je compte sur toi. Je serai bien content de revoir ton pitchoun, qui a dû grandir et qui sait sûrement causer.

Albanie et moi, nous t'embrassons. Préviens-moi par courrier si tu comptes monter à Encenou.
Ton oncle affectionné,
Jean

— Il écrit bien, dites, votre oncle, constata Rosette, qui avait finalement écouté avec intérêt.

— C'est vrai, mais, quand il est en face de toi, il a un langage plus coloré, enfin plus rude. Octavie était choquée dès qu'il s'emportait et tempêtait, ce qui arrive fréquemment.

— Est-ce qu'il ressemble à votre maman ? Vous m'avez parlé de lui, mais sans le décrire.

— Non, il paraît que je lui ressemble au point que je pourrais passer pour sa fille. Il est roux, d'une teinte plus claire que moi. Il est très grand et il a les traits fins. Il est costaud, aussi. Il doit avoir cinquante-quatre ans, mais on ne lui donnerait pas son âge. Je suis certaine que Luigi sera heureux de m'accompagner là-bas. Ce sera notre premier pèlerinage dans la vallée où nous nous sommes rencontrés, avant le départ pour Saint-Jacques-de-Compostelle.

— Vous me manquerez quand vous serez sur les chemins, déplora Rosette. Vous allez mettre des mois dans ce voyage. Il y a plus de six cents kilomètres.

— Nous rentrerons vite. Toi, tu logeras chez mademoiselle Gersande et tu veilleras sur le petit.

Avec la permission du père Anselme, Angélina avait dû travestir la vérité pour expliquer la nécessité de cette expédition à la vieille dame, à Octavie, ainsi qu'à Augustin Loubet. Elle s'était efforcée de mentir le moins possible, en précisant que le prêtre en avait décidé ainsi après sa confession. C'était sa pénitence pour sa liaison coupable avec Guilhem Lesage et la conception d'un enfant illégitime.

— Je n'osais plus communier, je me refusais le droit à l'eucharistie, avait-elle conclu. Comme je tenais à l'absolution, j'ai promis.

— Ce sera un bien étrange voyage de noces ! s'était récriée Gersande. Un pèlerinage, passe encore, mais cette condition inique d'abstinence entre deux jeunes mariés...

— Cela me convient, avait-elle affirmé.

C'était un cri du cœur. La perspective de ce long périple en la seule compagnie de Luigi la ravissait. Ils n'auraient pas le droit de faire l'amour, mais ils se rattraperaient une fois de retour au pays. Marcher côte à côte, main dans la main, partager des repas sur le bord de la route, bavarder le soir sous les étoiles, elle était certaine que ça les comblerait.

Depuis ce qu'elle appelait sa rédemption, elle évoluait dans un état de félicité et de légèreté, avec la subtile impression d'être encore une enfant innocente. Elle en était persuadée, jamais elle n'aurait sauvé Denise et son bébé si elle ne s'était d'abord réconciliée avec Dieu.

Pour l'instant, elle ouvrait la deuxième lettre non sans un pincement au cœur, car elle avait reconnu l'écriture de Clémence Lesage. La belle-sœur de Guilhem ne lui avait adressé qu'une brève missive, la semaine précédente, et Angélina ne lui avait pas encore répondu. Cette fois, elle évita de lire à voix haute, ce qui permit à Rosette de se perdre à nouveau dans de mélancoliques songeries.

Ma chère Angélina,

J'ai attendu en vain quelques lignes de vous, mais je ne vous en tiens pas rigueur, sachant que vous êtes très demandée et sûrement très occupée.

Je prends la plume aujourd'hui l'âme en peine, totalement désemparée, car j'ai de tristes nouvelles à vous transmettre. Mon beau-père et mon mari ont conduit Guilhem à Toulouse, afin de consulter un médecin renommé. Le verdict est tombé : mon beau-frère restera paralysé, condamné à terminer ses jours dans un fauteuil roulant, à dépendre de nous. Le coup a été dur pour nous tous, mais surtout pour Guilhem. Il refusait ce diagnostic, hébété, et nous n'osons plus le laisser seul, de crainte qu'il ne commette un geste irréparable. Son désespoir faisait peine à voir. J'en ai pleuré des heures.

Très affecté, mon beau-père vient d'engager une infirmière, madame veuve Mesnier, une femme de quarante-six ans de constitution robuste, ce qui est indispensable pour manipuler notre malade. J'estime peu utile de vous donner des détails sur ce qu'implique et impliquait déjà l'invalidité d'un homme en pleine force de l'âge. Nous avons aussi aménagé en chambre le fumoir du rez-de-chaussée jouxtant le grand salon, cela il y a une semaine. Léonore se montre attristée, mais, étant très intuitive, je la sens soulagée, presque triomphante, ce qui me répugne. Cette jeune femme ne me plaît guère ; c'est à peine si elle témoigne de l'affection à ses fils. Bastien passe la plus grande partie de la journée avec ma nurse et ma fille Nadine, âgée de trois ans. Quant au petit Eugène, sans sa nourrice, une brave personne, il n'aurait droit à aucune attention particulière. Il n'aurait ni affection ni soins. Ce pauvre nourrisson de trois mois dépérit et c'est l'objet de ma lettre.

Guilhem souhaiterait que vous veniez examiner l'enfant et, même si je soupçonne qu'il nourrit le désir caché de vous revoir, je pense que vos conseils seront salutaires pour améliorer la santé de ce petit.

Dites-moi par retour du courrier la date de votre visite. Je vous accueillerai au manoir avec une joie sincère et toute ma sympathie.

Votre toute dévouée,
Clémence Lesage

La gorge nouée et très pâle, Angélina replia la feuille et la rangea dans la poche de son tablier. Elle ne pouvait pas croire au sort tragique qui avait frappé Guilhem, cet homme foudroyé à l'approche de la maturité, cet homme qu'elle avait aimé.

— Mon Dieu ! soupira-t-elle. Que va-t-il devenir ?
— Qui ça, m'selle ? interrogea distraitement Rosette.
— Guilhem, il restera infirme. Seigneur, comme je le plains, lui qui aimait tant monter à cheval et parcourir les bois ! Ses fils ne connaîtront de lui qu'un homme aigri dans un fauteuil roulant. Si seulement j'avais refusé le rendez-vous exigé par Clémence, cet affreux accident ne se serait pas produit.
— Ce n'est pas votre faute, protesta Rosette.
— Je voudrais m'en convaincre. J'ai hâte de marcher du matin au soir sur les routes d'Espagne en priant de toute mon âme. La vie est étrange. J'ai souffert et maintenant je suis heureuse, mais Guilhem, lui, commence son chemin de croix. Il était tellement bizarre, ce jour-là,

au lavoir. On aurait dit qu'il n'avait plus toute sa tête, qu'il cédait à une exaltation anormale.

— Vous croyez qu'il est dérangé ?

— Je ne sais pas vraiment, mais j'ai songé à une sorte de crise de démence, sur le moment. J'irai au manoir demain. Je vais écrire tout de suite à Clémence.

Angélina prit le temps d'ouvrir la dernière missive. Il s'agissait d'une facture à régler concernant une commande de compresses pharmaceutiques qu'elle avait faite récemment et qui lui avait été livrée. Elle replia la feuille, se leva et prit dans un tiroir du papier, un encrier et un porte-plume.

— Angie, demain, vous deviez déjeuner chez votre papa avec Luigi, lui rappela Rosette.

— Tant pis, nous irons après-demain. Je dois revoir Guilhem. J'espère que Luigi le comprendra.

Elle rédigea un court message, qu'elle glissa dans une enveloppe.

— Je cours à la poste. J'en profiterai pour envoyer un mandat. As-tu tout ce qu'il te faut ?

— Oui, ne vous inquiétez pas, vous pouvez même aller embrasser Henri au passage.

Dès que Rosette fut seule, elle posa son livre et fixa les flammes d'un air désolé en caressant le pastour, couché près de son fauteuil.

— Tu es un bon chien, murmura-t-elle. Toi, tu n'as pas plein de questions dans la tête. Tu manges, tu dors, tu aboies si quelqu'un vient, c'est tout simple, ta vie. Mais moi je ne sais plus quoi faire de la mienne. J'peux le dire à personne, surtout pas à m'selle Angie, mais il y a quelque chose de cassé, là, dans mon cœur ou ailleurs, j'sais pas bien où. Je croyais que je serais toute contente, après être débarrassée de cet enfant, mais non, je suis triste, si triste ! Mais ça, Sauveur, c'est à cause de ce garçon, Victor. Celui-là, j'aurais voulu jamais le croiser ! L'autre lundi, il m'a apporté des châtaignes dans un joli panier ; avant-hier, des pâtes de fruits. Si le père m'avait pas touchée, si j'étais encore jeune fille, y me plairait bien, Victor. Mais je suis maudite, voilà, misère de misère !

Après cet aparté avec l'animal, où elle s'était autorisé des libertés de langage, comme disait Gersande de Besnac, Rosette se mit à pleurer. L'apprentissage de la lecture et son immobilité forcée la confrontaient aux immenses chagrins dont elle fuyait la piqûre acérée par une activité inlassable, avant sa chute. Au fil des longues heures solitaires, elle devait lutter sans aucune arme contre le visage cadavérique de Valentine et le souvenir déchirant de ses petits frères dont elle ignorait tout. Le pire demeurait les instants d'une violence hallucinante où son père l'avait saisie à la gorge et projetée au sol, afin de la salir, de la blesser à jamais. Elle les revivait souvent, trop souvent, ces instants, bien éveillée ou dans des cauchemars d'une poignante réalité.

— J'vais te dire, Sauveur ! reprit-elle tout bas. Si j'pouvais courir, je retournerais sauter dans le vide. Comme ça, j'aurais fini de me tracasser.

Le chien ne comprit pas le sens de ces paroles, mais il perçut des notes de pure détresse dans la voix de Rosette. Il se dressa sur ses pattes puissantes et cala sa grosse tête blanche sur ses genoux. Dans ses yeux bruns brillants, elle crut lire de la tendresse, du souci.

— Te bile pas, mon beau toutou, j'peux pas bouger de là. Même que j'le ferai plus. Mon courage, y va revenir, et peut-être que je vais recommencer à pousser la chansonnette, va ! Mais j'veux plus voir Victor Piquemal. C'est ce gars-là qui me chamboule l'esprit.

À court de confidences, Rosette sécha ses larmes et rejoignit les vaillants mousquetaires qui l'attendaient entre les pages de son livre.

Manoir des Lesage, le lendemain, vendredi 30 septembre 1881

Angélina s'était habillée avec un soin particulier pour se rendre au manoir de la famille Lesage. Grâce aux bontés répétées de Gersande qui serait bientôt sa belle-mère, elle disposait d'une garde-robe conséquente. Assise dans sa calèche, elle menait Blanca sur la route longeant le Salat, vêtue d'un costume en velours gris perle à la veste cintrée et à la jupe ample, une écharpe en soie violette nouée à son cou, maintenue par une broche en argent.

Rosette l'avait aidée à se coiffer en réalisant un chignon tressé qui dégageait l'ovale parfait de son visage.

— Allez, ma belle, allez ! cria-t-elle à la jument qui se contentait d'un petit trot nonchalant.

Les nuages de la veille avaient cédé la place à un ciel d'un bleu pur et à un grand soleil. Certains arbres se teintaient déjà de nuances d'un tendre jaune d'or et l'air frais était chargé de l'odeur âcre des fumées de la papeterie voisine.

« Luigi n'a pas apprécié ma décision, songea-t-elle en soupirant. Il n'a presque rien dit, mais je le voyais dans son regard. Enfin, il m'a quand même demandé d'être prudente. Mais prudente par rapport à quoi ? Au trajet en calèche, ou à l'entretien que j'aurai avec Guilhem ? Je lui ai promis d'être de retour pour déjeuner. »

Ces derniers temps, le baladin consacrait une grande partie de ses journées à la musique. Mais il rendait visite à sa fiancée en fin d'après-midi, ou bien c'était elle qui venait dîner rue des Nobles.

« Enfin, il sera de meilleure humeur tout à l'heure. Il compose, et la musique lui fait oublier le reste du monde. »

Elle fit tourner Blanca sur une route plus étroite qui montait vers la propriété des Lesage. Le toit pointu d'une tour couverte en tuiles ocre se dessinait sur les sous-bois de la colline.

Plus l'édifice se rapprochait, moins Angélina avait envie de se retrouver confrontée à Clémence et à Guilhem. De surcroît, elle serait forcément amenée à croiser Honoré Lesage ou Léonore. Deux fois, elle faillit rebrousser chemin, mais elle pensa à Eugène, le nourrisson malingre, et aux exhortations du père Anselme.

— Je ne reculerai pas, décréta-t-elle en agitant les rênes.

Blanca prit le galop et déboula ainsi dans la grande cour du manoir. Le cocher, qui faisait office de palefrenier, sortit de l'écurie et accourut.

— Votre bête s'est emballée, on dirait ? hurla-t-il en agitant les bras.

— Non, pas du tout. Elle est juste vive, avec des allures généreuses. Si vous pouviez en prendre soin, je ne serai pas longue.

Elle descendit de sa voiture après s'être chargée de sa mallette et d'un autre sac en cuir. Immédiatement, elle aperçut le visage de Guilhem derrière un des carreaux d'une large porte-fenêtre. Il la fixait, la face crispée et blafarde, le regard comme halluciné. L'instant suivant, Clémence sortait sur le perron, en robe noire, ses longs cheveux châtain clair retenus en arrière par une résille de velours.

— Angélina, comme c'est gentil d'être venue dès aujourd'hui ! s'exclama-t-elle en dévalant les marches. N'ayez crainte, nous serons tranquilles. Mon beau-père et mon mari sont partis pour Salies-Du-Salat, à la banque. Ils déjeunent là-bas.

— Bonjour, Clémence. Puis-je voir l'enfant, avant toute chose ? demanda la costosida d'un ton ferme.

— Si vous le souhaitez, je n'y vois aucun inconvénient. Je vais vous conduire à la nurserie. Je vous préviens, la nourrice parle à peine le français ; elle s'exprime en patois. Léonore en est excédée, si bien qu'elle ordonne à cette pauvre fille de se taire dès qu'elle ouvre la bouche.

— Pourquoi la traiter ainsi ? Sans son lait, Eugène serait sûrement mort. Ici, les paysans parlent le patois, il n'y a rien de honteux à ça ! C'est un langage ancestral, l'occitan !

— Excusez-moi, ma chère, mais je ne disais pas cela avec mépris.

Elles traversèrent le hall et empruntèrent le grand escalier aux marches couvertes d'un tapis rouge. La porte donnant sur le salon était fermée. « Guilhem sait que je suis entrée et il doit enrager de ne pas me recevoir aussitôt, pensa Angélina. Mais je tiens à examiner le bébé d'abord. »

La belle demeure était plongée dans le silence le plus total. Aucune domestique ne se montrait et il n'y avait pas un rire de garçonnet ni les bruits ordinaires qui résonnent dans une grande maison au milieu de la matinée. Les deux femmes suivirent le couloir du premier étage, décoré de peintures représentant des paysages pyrénéens dans des cadres dorés aux moulures savantes.

— Vous pourrez faire la connaissance de ma fille, annonça Clémence. C'est le portrait de Jacques.

— Je n'ai pas vu votre époux depuis fort longtemps. La dernière fois, je sortais de l'école communale ; il chevauchait un poney sur la place.

— Il a beaucoup changé. Disons que sa moustache a poussé et qu'il souffre d'un début de calvitie. C'est l'aîné. Nous fêterons ses quarante ans en février prochain.

Sur ces mots, elle ouvrit une porte double qui révéla une vaste pièce baignée de soleil. Les murs étaient tapissés de vert pastel. Des frises ravissantes à motifs floraux couraient à mi-hauteur, tandis que des rideaux en mousseline rose encadraient les fenêtres.

— Je vous présente mademoiselle Loubet, annonça Clémence. Hortense, qui veille sur ces chérubins, Nadine et Bastien.

— Bonjour, mademoiselle, dit très vite la nurse, une petite personne grisonnante vêtue d'une blouse blanche.

— Bonjour, mademoiselle, répéta une fillette brune aux yeux en amande vert clair.

Angélina lui adressa un doux sourire, puis elle observa le fils de Guilhem. Bastien ressemblait vraiment à Henri. Le garçonnet jouait avec une balle en baudruche et ne lui prêta aucune attention. Un peu à l'écart se tenait une jeune femme corpulente qui donnait le sein à Eugène, en dissimulant sa poitrine sous un pan de châle. C'était la nourrice.

— Bonjour, mademoiselle. Ne vous dérangez pas, je vais regarder comment tète le bébé, lui dit la costosida en patois, qu'elle maîtrisait parfaitement.

Surprise, mais rassurée, la paysanne hocha la tête. Elle devint cependant écarlate quand l'élégante visiteuse se pencha sur ses seins.

— Ciel, vous parlez patois ! murmura Clémence, sidérée.

— Évidemment, rétorqua Angélina. Si vous aviez grandi en Espagne ou en Angleterre, je suppose que vous sauriez la langue du pays. Nous sommes en Occitanie, ici.

Par cette répartie, elle renouait avec le sang rebelle de Jean Bonzom, qui revendiquait avec ferveur ses liens avec ses ancêtres cathares, comme l'attestait son nom, puisque les prêtres de cette religion disparue étaient appelés les « bons hommes ». Les flammes des bûchers de l'Inquisition avaient eu raison de ces chrétiens cantonnés dans le sud de la France, notamment dans les contreforts pyrénéens, mais certains montagnards restaient attachés à ces souvenirs d'un autre temps.

La nurse, originaire des pays de Loire comme Clémence, fronça les sourcils. Nadine, quant à elle, s'approcha d'Angélina et observa aussi le bébé avec une mine sérieuse fort comique à voir.

— Il ne prend guère de poids, m'selle, murmura la nourrice, toujours en patois. Pourtant, j'ai du lait, boudiou ! Voilà, il a fini et il va en recracher une bonne partie.

— Donnez-le-moi.

Elle prit le bébé, qui ne pesait pas lourd. Elle le mit en position verticale en lui tenant le dos et l'amena jusqu'à la table à langer.

— Je vais t'examiner des pieds à la tête, petit poussin chétif, chuchota-t-elle à son oreille.

Une fois démailloté, l'enfant révéla une maigreur inquiétante. Il n'avait vraiment rien des jolis poupons de trois mois, aux joues rondes et au corps potelé.

« Comment est-ce possible ? se demanda-t-elle. Il devrait grossir, allaité correctement. »

— Est-ce qu'il pleure beaucoup ? interrogea-t-elle à voix haute.

— Seigneur, on n'entend que lui, se plaignit la nurse. Heureusement, la nuit, il couche dans une des chambres du second étage avec la nourrice, sinon Nadine et Bastien ne fermeraient pas l'œil.

Angélina eut beau réfléchir, elle ne trouva pas d'explication à ce cas si particulier. Cependant, en songeant à Louise, la fille de Fanchon et du facteur, elle envisagea la possibilité qu'il s'agît du lait.

— Il faudrait absolument essayer une autre alimentation, déclara-t-elle. Je l'avais dit à monsieur Lesage, déjà, du lait de chèvre donnerait peut-être de bons résultats. Aussi, faites-lui boire de l'eau bouillie sucrée au miel. Ce petit ne digère pas ce qu'il ingurgite, à mon avis.

— Mais, alors, il faudra renvoyer la nourrice, protesta Clémence, alarmée. Qui s'occupera d'Eugène ? Il ne faut pas compter sur Léonore.

— Pourquoi ? C'est son enfant, elle l'a mis au monde !

— Elle prétend qu'il est affreux et condamné et elle ne veut pas s'attacher à lui.

— Quelle honte ! clama bien fort Angélina. De toute façon, il s'agit d'une tentative de quelques jours. Si Eugène semble aller mieux, il sera temps de congédier sa nourrice. Elle peut aussi tarir son lait et veiller sur le bébé.

Mais la jeune paysanne, qui comprenait un peu le français, poussa des cris indignés.

— Je vais pas couper mon lait ! Je me placerai ailleurs, dans une meilleure maison, affirma-t-elle très vite avec son accent chantant, toujours en patois.

Seule Angélina la comprit. Elle traduisit d'un ton neutre. Exaspérée, Clémence s'emporta.

— J'en ai assez ! Je dois tout gérer dans cette maison, du matin au soir ! L'ordonnance des repas, les gages des domestiques, les crises de nerfs de ma belle-sœur, les rages de mon beau-père... Je n'en peux plus. Tiens, de nouveaux soucis, je parie ! Entrez !

Quelqu'un avait frappé. Une jeune bonne apparut. Ses formes ravissantes étaient moulées d'une robe noire et un tablier blanc à volants était noué à la taille. Angélina reconnut celle qui l'avait fixée avec curiosité sur le parvis de la cathédrale, après sa confession. Une minuscule coiffe en dentelle ornait ses cheveux très frisés d'un châtain lumineux. Ses yeux gris-bleu avaient une expression insolente.

— Que se passe-t-il, Nicole ? s'enquit sèchement la maîtresse des lieux.

— Monsieur Guilhem s'impatiente. Il veut que cette dame le rejoigne au salon avec monsieur Eugène.

Angélina ne put s'empêcher de sourire à l'énoncé du monsieur Eugène.

— Dites-lui que je vais descendre avec le bébé dès qu'il sera rhabillé, dit-elle.

— Très bien, fit Nicole d'une voix pointue, sans le moindre accent.

Dès que la bonne fut sortie, Clémence confia son mécontentement.

— C'est mon beau-père qui l'a engagée, celle-là ! Mais nous n'en tirerons rien de bon, elle affiche des airs hautains et n'obéit que quand elle en a envie. Pensez donc ! Nicole vient de Paris. Elle nous considère sans doute comme des arriérés. Hélas, Léonore s'en est entichée, ce en quoi elle a bien tort, selon moi.

Tout entière absorbée par le nourrisson, Angélina écoutait distraitement. Il lui venait une idée au sujet du petit Eugène et elle comptait l'exposer à Guilhem. Après avoir fait quelques recommandations à la nourrice, elle quitta la nurserie, son précieux fardeau dans les bras. Clémence la suivit, avide de bavarder, voire de jouer les commères.

— Angélina, j'ai des raisons de croire que Nicole couche avec Guilhem, avoua-t-elle tout bas. Mon beau-frère n'est paralysé que des membres inférieurs. Vous me comprenez ? Le médecin que nous avons consulté à Toulouse l'a bien spécifié, il pourra concevoir à nouveau.

Avant de descendre l'escalier, agacée par le mutisme de la sage-femme, elle ajouta sur un ton outré :

— Et je pense que Léonore a encouragé cette fille à céder à mon beau-frère.

— La lie des familles bourgeoises ne m'intéresse pas, trancha Angélina. Je me sens peu concernée, sauf par le sort de ce pauvre enfant. De plus, Clémence, j'aimerais m'entretenir avec Guilhem en tête-à-tête.

— Comme il vous plaira, mais je vous retourne la pique. Moi, c'est la lie du peuple qui me répugne.

— Chacun ses goûts et peu m'importe, au fond. Je n'appartiens à aucune de ces classes sociales.

— Ah, vous faites la fière, maintenant que vous êtes fiancée à un aristocrate !

— Je me moque bien de ce genre de détails. Je vais épouser l'homme que j'aime.

Elles ne s'adressèrent plus la parole jusqu'au rez-de-chaussée. Guilhem eut un frémissement nerveux quand il vit entrer Angélina, le nourrisson niché contre son cœur.

— Te voilà enfin ! s'écria-t-il avec un sourire pitoyable qui brisa le cœur de la jeune femme. Viens t'asseoir près de moi. J'ai fait servir du thé à la bergamote et des biscuits au miel.

Elle lui rendit son sourire et s'installa dans un large fauteuil en tapisserie.

— As-tu vu dans quel lamentable état je suis à cause de ce maudit accident ? C'est un grand malheur, n'est-ce pas ? Le cadet des Lesage réduit à végéter jusqu'à sa mort, posé ici ou là au gré de sa famille. Enfin, ce fauteuil roulant, un modèle perfectionné, me permet de déambuler du salon à ma chambre. Père a sacrifié le fumoir. Ma chambre est là-bas, sur la droite. Elle donne sur le petit salon, de sorte que j'entends Clémence jouer du piano.

Guilhem parlait vite et beaucoup en gesticulant des bras, comme pour compenser l'immobilité de ses jambes.

— Comment va Eugène ? s'enquit-il du même débit fébrile. La nourrice me le montre deux fois par jour. Il est toujours laid, mais c'est mon fils, mon sang.

— Je te l'ai déjà dit, un nourrisson aussi maigre ne peut pas être très beau. S'il se remplume, il deviendra un adorable poupon.

Gênée, Angélina s'obstinait à contempler l'enfant. Elle était choquée de voir Guilhem en robe de chambre, dans ce siège équipé de deux grosses roues, une couverture écossaise sur ses cuisses et les pieds dans des chaussons. Elle avait noté aussi qu'il la dévorait des yeux, des yeux injectés de sang aux pupilles dilatées.

— Que tu es belle ! déclara-t-il à mi-voix. Tellement élégante ! Une vraie grande dame. Ainsi, tu épouses Joseph de Besnac. On me l'a rapporté. Les nouvelles vont vite. Je suis rassuré à ton sujet, au moins. Tu n'allais pas te marier avec un infirme et, même si j'étais encore valide, tu le préfères, lui. Je ne t'en veux pas, sais-tu ! J'ai le temps de cogiter, prisonnier de cette machine. Tu méritais de porter un beau nom et de vivre dans l'aisance. Quand on aime sincèrement une personne, on désire le mieux pour elle. Je tenais à te le dire en face, Angélina.

— Guilhem, je t'en prie, protesta-t-elle. Tu me fais tant de peine ! Si tu savais comme j'ai imploré Dieu de te guérir, comme j'ai pleuré après t'avoir vu gisant sur les pavés de la place ! Mais je te remercie, tu viens de me faire la plus belle des déclarations d'amour. Si cet accident était survenu il y a trois ans, à l'époque où tu étais tout pour moi, j'aurais passé ma vie à tes côtés à te soigner et à te chérir. Le destin abat ses cartes à sa guise et il en a décidé autrement. Je suis heureuse, désormais ; aussi, je te supplie de ne pas désespérer pour que tes fils aient un père. Même dans cette chaise, tu peux les éduquer, leur apprendre à lire, veiller sur leurs jeux. Tu as une garde-malade, je l'ai su par ta belle-sœur. Quand il fera beau, elle peut te promener dans le parc avec les enfants et tu leur montreras les fleurs, les papillons, les oiseaux, et que sais-je encore ?

Des larmes de compassion coulaient sur les joues d'Angélina. Guilhem tendit la main et les essuya tendrement.

— Comme c'est étrange ! dit-il. Eugène dort bien, dans tes bras. D'ordinaire, je l'entends hurler d'ici, car la nourrice le garde le plus souvent à l'étage.

— Je voulais te parler de lui, justement. Ce bébé paraît fragile. Pourtant, il s'accroche à sa vie toute neuve. Certes, il ne profite pas, mais il manifeste son mal-être avec énergie. Guilhem, je crois qu'il manque surtout d'amour, d'affection. Clémence prétend que personne ici ne voudra s'en occuper. Toi, tu le pourrais.

— Moi ?

— Oui, toi qui disposes de tes journées. Donne-lui le biberon, garde-le simplement sur tes genoux ou dans une bercelonnette, parle-lui, aime-le, puisque sa mère s'en désintéresse.

— Mais, Angélina, j'aurais l'air de quoi ? grogna-t-il. Depuis quand un homme jouerait-il les nourrices ? Ce n'est pas suffisant que je sois cloué au pilori, il faudrait que je me rende ridicule, en plus ?

— Depuis quand est-ce ridicule de sauver son fils ? Ce serait plus judicieux que de lutiner la nouvelle bonne.

— Lutiner Nicole ! Qui t'a débité ce mensonge ?

— À ton avis ?

— Ma chère belle-sœur, investie du pouvoir absolu sous ce toit. Il fallait bien une femme de tête pour succéder à ma mère. Oui, Nicole m'accorde ses faveurs et je ne m'en plains pas, j'ai au moins cette consolation. Léonore m'évite et me fuit ? Tant mieux ! Sa seule vue m'est intolérable.

Sur ces mots, il versa du thé dans les deux tasses posées sur le guéridon et attira à lui un plateau en cuivre sur lequel se trouvait un nécessaire à pipe, également en cuivre martelé.

— Feras-tu ce que je t'ai dit, interrogea-t-elle, pour cet enfant qui est si tranquille, réconforté par une présence humaine ? J'ai constaté qu'il était calme quand la nourrice l'avait au sein. En dehors des tétées, je suppose qu'il est dans son berceau ?

— Sans doute, rétorqua Guilhem qui bourrait sa pipe de tabac.

— J'ignorais que tu fumais.

— J'y ai pris goût dans les îles. Mon beau-père m'offrait des cigares de prix. Mais un cousin de Léonore fumait du haschich et j'y ai pris goût aussi. J'en ai ramené. Ça procure des sensations agréables, étonnantes. Le poète Baudelaire en consommait et en a vanté les mérites dans un texte, *Les Paradis artificiels*. Il est mort à Paris il y a environ treize ans, après une existence scandaleuse. Fait amusant, dans sa jeunesse, il a séjourné à La Réunion.

— Je ne vois pas ce qui est amusant dans cette anecdote, coupa Angélina. Mon Dieu, Guilhem, tu es drogué. On m'a décrit les effets du haschich, quand j'étudiais à Toulouse. Je comprends mieux, maintenant, pourquoi tu m'as paru si différent à ton retour, exalté, nerveux, maladivement sensible. Là encore, tu as un regard bizarre et les yeux rouges.

— Admets que j'ai le droit de lutter contre mes crises de rage et de trouver une compensation à mon nouveau statut d'infirme. Déjà, je ne bois pas. D'autres le feraient, dans mon cas.

— Non, tu n'as pas le droit. Songe à tes fils. Bastien, que tu adores et qui te le rend bien, selon Clémence. Et celui-ci, rejeté par toute votre famille. Je t'en prie, Guilhem, je ne sais pas comment tu ingères cette drogue redoutable, mais débarrasse-toi de ce que tu as ici.

— J'en fume surtout le soir, répondit-il d'un ton las.

Furieuse, Angélina se leva et déposa Eugène dans les bras de son père. Elle lui arracha sa pipe de la main et la posa sur le guéridon.

— Je préfère m'en aller, Guilhem ! Tu as été franc, je ne peux te faire aucun reproche sur ce point. Seulement, je ne suis pas à mon aise dans votre beau manoir. J'ai l'impression que tout y est corrompu, vicié. Ta belle-sœur s'aigrit, la nurse m'a adressé des regards mornes, la malheureuse nourrice semble perdue. Quant à ton épouse, on se demande où elle se cache, pendant que tu couches avec une des bonnes. J'ai besoin d'air frais et de côtoyer des gens simples. Au revoir. Surtout, n'oublie pas mes recommandations, pour le bébé.

— Adieu, Angélina ! Reviens quand tu le souhaites. Tu n'as même pas fini ta tasse de thé. Peux-tu demander à Clémence, qui doit avoir collé son oreille à la porte, de venir et d'emporter Eugène ?

Il tenait maladroitement son dernier-né contre lui. Excédée, elle reprit le nourrisson et traversa le salon d'un pas déterminé. Dès qu'elle ouvrit, elle aperçut Clémence qui feignait d'accrocher un chapeau à une patère.

— Conduisez-moi à la chambre de Léonore, je vous prie ! lui dit-elle sèchement.

— Mais... Angélina !

— Il n'y a pas de mais, je veux lui parler.

— Vu la situation, ma belle-sœur refusera de vous recevoir.

— Après tout, je n'ai pas besoin de vous ; je connais le chemin.

Elle se rua dans l'escalier et gravit les marches le plus vite possible. Elle supposait que l'épouse de Guilhem occupait toujours la même pièce, au premier étage, sur la droite. Révoltée par les aveux de son ancien amant, elle se moquait des convenances et des politesses en tous genres. De son poing fermé, elle tambourina à une des portes.

— Qui est-ce ? Je ne veux pas être dérangée, fit une voix aiguë.

Angélina tourna la poignée ; ce n'était pas fermé à clef. Un instant plus tard, elle faisait irruption dans la chambre. Léonore était couchée, vêtue d'une chemise de nuit en satin rose, sa chevelure blonde répandue sur ses épaules.

— Vous ? hurla-t-elle. Comment osez-vous entrer ici ? Et qu'est-ce que vous faites avec mon enfant ?

— C'est votre enfant, tout à coup ? Vous le laissez dépérir, privé de toute tendresse et de votre vigilance de mère, mais, si je le tiens dans mes bras, c'est votre enfant ! Madame, je ne remettrai jamais les pieds au manoir. Aussi, je veux vous dire ce que je pense de vous. Peut-être que votre mari a prétendu m'aimer, moi et moi seule, peut-être que c'est la vérité. Peut-être qu'il vous frappait. Il me semble que, dorénavant, Guilhem ne peut plus vous nuire, terrassé par son accident et l'esprit perturbé par la drogue dont il use et abuse, sans doute. Pourquoi vous venger sur ce nourrisson de trois mois, né de votre chair, et qui lutte pour vivre, comme je l'ai expliqué à Guilhem ? Je n'ai aucun recours légal pour sauver cet enfant que vous maltraitez, mais il y a quelqu'un de bien plus haut placé que moi, à qui vous devrez rendre des comptes tôt ou tard.

— Et qui donc ? ironisa Léonore, dont les joues rouges trahissaient une certaine confusion.

— Dieu ! À présent, écoutez-moi bien ! J'ai donné mes conseils à Clémence et à votre époux. Je ne vais pas les répéter. Mais, ce qui manque le plus à votre bébé, c'est vous. Je sais qu'il est de bon ton, dans les familles bourgeoises, de placer les nouveau-nés en nourrice. Oubliez un peu vos principes et aimez Eugène, choyez-le, chantez-lui des berceuses. J'ai ouvert un cabinet de sage-femme à Saint-Lizier. J'espère que vous y enverrez cet enfant dans un mois par les soins de votre belle-sœur ou de la nurse et que je le trouverai en meilleure forme.

Sous le regard éberlué de Léonore, elle déposa le bébé sur le lit. Il se réveilla en clignant les paupières.

— Prenez-le donc ! dit-elle encore. Et pardonnez à Guilhem. Plus rien ne m'étonne de son comportement aberrant, mais il n'est pas trop tard pour l'aider à redevenir l'homme que vous aimiez. Quant à moi, je me marie bientôt, je ne serai donc plus une rivale pour vous. Adieu, madame.

Angélina sortit, son cœur battant à grands coups. Elle courut le long du couloir et dévala l'escalier. Léonore guetta le bruit de ses pas, puis elle se pencha sur son fils. Troublée par les invectives de la visiteuse, elle l'observa avec curiosité. Deux sentiments se disputaient en elle, une haine renouvelée pour la belle demoiselle Loubet, superbe dans sa toilette de velours brun, parée de ses yeux violets aux cils dorés, et une sorte de pitié amère pour le petit être qui s'agitait sur la couverture.

« Pour qui se prend-elle, cette costosida de malheur ? s'indigna-t-elle. Ce n'est qu'une vaniteuse, fière de son savoir, et chanceuse en plus. Elle épouse un noble, qui est fort séduisant, dit-on. Mais elle me le paiera un jour, ça oui ! »

Malgré ses pensées vengeresses, la jeune mère s'empara du bébé et l'installa au creux de son coude. Il la regarda de ses prunelles sombres toutes rondes.

— Tu n'es pas si vilain, toi, en fait, chuchota-t-elle. Dors, petit moustique, dors.

Il revint à la mémoire de Léonore une chanson que lui fredonnait sa nourrice malgache au temps béni de son enfance à La Réunion. Elle l'entonna tout bas, en refoulant une terrible envie de pleurer.

Saint-Lizier, même jour, à midi

Angélina se retrouva avec soulagement rue Maubec. Luigi l'attendait. Dès qu'il entendit le bruit de la calèche, il ouvrit le portail et se chargea de dételer Blanca et de la remettre à l'écurie. La jeune femme le suivit dans le bâtiment.

— Comme tu es pâle ! constata-t-il.

— Ce n'est rien, je suis tendue et nerveuse. Mais je suis là, près de toi, et rien d'autre n'a d'importance.

— La jument est en sueur, constata-t-il. Tu lui as fait mener un train d'enfer !

Elle eut un sourire songeur avant d'ajouter :

— Oui, pour vite m'éloigner de l'enfer ! Luigi, si tu savais ! C'était affreux, là-bas.

Il finit de bouchonner l'animal et s'approcha. Tout de suite, Angélina noua ses bras autour de son cou et cacha son visage au creux de son épaule.

— À ce point ? Ma chérie, tu trembles.

Luigi l'enlaça avec tendresse en couvrant son front et ses joues de légers baisers.

— Calme-toi. Ici, il n'y a aucun souci. J'ai abandonné mon piano dès dix heures et je suis venu tenir compagnie à Rosette. J'ai entretenu le feu et préparé le repas. Un coup de balai était nécessaire, aussi.

Elle l'écoutait, sensible à la caresse de sa voix grave, toujours surprise par sa gentillesse et son dévouement.

— Tu es un oiseau rare, plaisanta-t-elle, au bord des larmes. Les hommes veillent rarement à ces détails ménagers. Tout à l'heure, j'ai supplié Guilhem de s'occuper de son dernier-né et il a poussé des cris outragés. Je te raconterai, mais plus tard.

La sentant bouleversée, il n'insista pas. Comme il l'entraînait vers la cour, Angélina leva la tête vers lui.

— Restons un peu tous les deux, Luigi.

Elle l'embrassa sur la bouche de ses lèvres fraîches et satinées. Il répondit à son invite avec passion. Durant son absence, il avait éprouvé une jalousie instinctive, la sachant confrontée à son ancien amant, au père d'Henri.

C'était déraisonnable, il en avait eu conscience, mais il craignait sans cesse de la perdre. Son amour se renforçait chaque jour et, lui qui redoutait la prison du mariage, il en venait à s'impatienter, à appréhender un coup du sort, pressé d'être son époux devant Dieu et les hommes, de la posséder enfin corps et âme.

— Luigi, mon amour, fils du vent, murmura-t-elle en reprenant son souffle. Je suis tellement heureuse que tu existes et que tu sois près de moi !

Il la contempla avec le grand sourire qui la faisait fondre de joie et d'émerveillement.

— Encore un baiser ! implora-t-elle.

— Non, je risquerais de faillir à ma promesse. Je ne voudrais pas décevoir le père Séverin, gardien de notre vertu à tous les deux.

— Et moi je me suis engagée de mon côté, se désola-t-elle. Tant pis, juste un baiser.

Il s'empara de sa bouche, délicat mais ardent, plein d'une retenue parfois entrecoupée d'un élan plus fougueux. Ils se grisèrent de ce jeu subtil, vite étourdis, submergés par le désir.

— Angélina, ma chérie, dit-il enfin en abandonnant ses lèvres, je ne tiendrai pas longtemps si tu me tortures ainsi. Je rêve de te voir nue, de rendre hommage à tes seins, à ton dos, à chaque parcelle de toi. Tu dois être si belle ! J'ai tant de trésors à découvrir.

— Tu seras déçu, répliqua-t-elle, rieuse. Je suis peut-être horrible, sous mes jolies toilettes.

— Petite sotte ! gronda-t-il en riant à son tour. Allons manger, tu dois être affamée.

Ils traversèrent la cour main dans la main. En les voyant arriver par la fenêtre, Rosette eut un pincement au cœur.

Elle se réjouissait de leur bonheur, mais cela éveillait en elle de poignants regrets. Jamais elle ne marcherait ainsi, liée par de profonds sentiments à un jeune homme qui éprouverait la même chose à son égard. Néanmoins, elle chassa ses idées noires et, durant le repas, ils bavardèrent gaiement tous les trois.

Angélina espérait passer la journée en compagnie de son fiancé, mais le sort en décida autrement. Alors qu'elle lui proposait une promenade avec Henri pour ramasser des châtaignes et des noix dans les bois, on sonna au portail. Elle courut ouvrir, car quelqu'un hurlait :

— Costosida Loubet, à l'aide !

Luigi se précipita également. Ils découvrirent un couple vêtu de noir, l'homme soutenant sa femme, pliée en deux. Derrière eux, un enfant d'une dizaine d'années tenait un mulet par sa longe. La bête était attelée à une charrette encombrée de meubles, de ballots de linge et d'ustensiles de cuisine.

— Que se passe-t-il ? demanda Angélina.

— Mon épouse a perdu les eaux, expliqua le futur père, la mine affolée. On mangeait un morceau à l'auberge, sur la place. La patronne nous a donné votre adresse. C'est qu'on déménage. On vient de loin, de Lavelanet.

— Venez vite, je vais vous installer dans mon cabinet, madame, et vous examiner. Luigi, dis à leur garçon d'entrer dans la cour avec l'attelage.

Angélina conduisit sa patiente dans le dispensaire, où elle maintenait un ordre parfait et la plus extrême propreté.

— On se croirait dans un hôpital, bredouilla la femme.

— Je suis établie ici en tant que sage-femme. Souffrez-vous beaucoup ?

— Oui, ça me lance, on dirait des fers rouges dans les reins.

— Ciel, avez-vous déjà eu droit à pareil traitement ? s'esclaffa la jeune femme qui enfilait sa blouse et nouait un foulard sur ses cheveux.

— Eh non, sûr ! Vous êtes drôle, vous !

Angélina avait atteint son but. L'inconnue se détendait, capable même de sourire. Son mari, lui, faisait les cent pas devant la porte vitrée.

— Je vous tiens au courant, monsieur, lui dit Angélina en tirant les rideaux de lin pour assurer l'intimité du lieu.

Elle s'apprêta à procéder à l'examen, satisfaite de ses installations et de son matériel toujours soigneusement stérilisé et disponible, quand la parturiente jeta une clameur rauque.

— Cette fois-ci, c'était encore plus fort, gémit-elle.

Angélina retroussa jupe en serge grise et jupon, et déboutonna la culotte en calicot. Un détail la marqua : cette femme avait de bonnes notions d'hygiène, ce qui était rarement le cas.

— Mon Dieu ! s'écria-t-elle aussitôt. Je vois les cheveux du bébé ! Il arrive, madame ! Avez-vous envie de pousser ?

— Oui, oui...

— Eh bien, allons-y ! Ce ne sera vraiment pas long.

Au bout de cinq minutes à peine, elle reçut entre ses mains un bébé qui se mit à pleurer immédiatement. Jamais encore elle n'avait vu une naissance aussi aisée, aussi rapide.

— C'est une fille, madame, qui doit peser près de trois kilos d'après mes estimations, et je ne me trompe pas souvent. Je la pèserai plus tard.

— Eh bien, ça alors ! En fait, j'ai moins souffert que pour mon premier, le gaillard qui est dehors. Croyez-le si vous voulez, il n'a que huit ans. On lui en donnerait deux de plus.

— Je suis bien d'accord, répondit Angélina, qui coupait le cordon ombilical. Tenez, prenez votre petite, je vais chercher de l'eau chaude pour la laver et vous nettoyer. Je serai de retour avant la délivrance. Mais, si vous ressentez une douleur, respirez et n'ayez pas peur, ça peut attendre quelques minutes.

Elle sortit au pas de course. L'homme et son fils qui attendaient près de la charrette l'interrogèrent du même regard soucieux.

— C'est une belle pitchoune, annonça-t-elle. Vous pourrez la voir très vite.

Elle n'eut pas à entrer dans la cuisine. Luigi accourait, chargé de la lourde marmite en fonte qui, posée sur un trépied, assurait la disponibilité d'eau bouillante du matin au soir.

— As-tu de l'eau froide ? lui demanda-t-il.

— Bien sûr ! Comme tu es gentil !

— Il faut bien que je remplace Rosette. Un peu plus et elle se levait. J'avoue qu'elle m'a conseillé de vite te porter la marmite.

— Un seau aurait suffi. Fais attention à ne pas te brûler.

— On voit que vous êtes mariés depuis un petit bout de temps, tous les deux, fit l'heureux père.

Ils se sourirent, complices, émus. Mais Angélina avait beaucoup à faire. Elle retrouva sa patiente, qui grimaçait en haletant.

— Me voici, madame. Vous allez expulser la délivrance. Ne vous raidissez pas, ce ne sera pas douloureux.

Elle recueillit le placenta dans une cuvette en fer émaillé et l'examina, comme on le lui avait enseigné à Toulouse. En dépit de cet accouchement facile, une petite note discordante vrillait son esprit, à laquelle semblèrent répondre en écho les mots de la femme, qui tenait toujours son bébé dans ses bras.

— Dites, elle me paraît bizarre, ma petite.

— Comment ça, bizarre ?

— Sa figure, elle n'est pas ordinaire, quoi...

Envahie par un pénible pressentiment, Angélina se pencha sur le bébé pour observer ses traits. Le nouveau-né avait un visage aplati, les fentes des paupières obliques, les yeux très écartés, le teint jaune, le cou épais et le thorax déformé. La gorge serrée, la costosida fouilla dans sa mémoire. Durant ses cours, madame Bertin, la sage-femme en chef de l'hôtel-Dieu Saint-Jacques, leur avait parlé d'enfants atteints in utero d'une sorte de dégénérescence, qu'un médecin psychiatre français, Jean-Étienne Esquirol[1], avait décrite. Un docteur anglais, John Langdon Down, surnommait ce syndrome l'idiotie mongoloïde, car les malades présentaient des ressemblances avec les peuples de Mongolie[2].

---

1. Jean-Étienne Dominique Esquirol (1772-1840) : psychiatre français, considéré comme le père des hôpitaux psychiatriques en France, le premier médecin à décrire la trisomie 21 en 1838.
2. Authentique.

— Qu'est-ce qu'elle a ? s'enquit la mère.

— J'hésite à me prononcer, madame.

— Dans mon village, à Léran, il y avait un gamin qui était né crétin. Il n'a jamais pu parler, il savait juste rire, la bouche toujours ouverte. Le pauvre, ses parents l'ont enterré l'hiver dernier. Il avait une malformation du cœur. Dites, ce n'est pas une crétine, ma fille ?

— Il faudra consulter un médecin, madame. Je ne suis pas assez qualifiée. Quel âge avez-vous ?

— Quarante-trois ans. Ce n'est pas tout jeune pour avoir un enfant, mais, mon mari et moi, on était bien contents. Je rêvais d'avoir une pitchoune. Par la Madone ! Qu'est-ce qu'il va penser, mon homme ?

Très gênée, Angélina caressa les cheveux bruns du bébé. Elle cherchait des mots de réconfort, devant la détresse poignante de sa patiente dont les larmes ruisselaient.

— Quand le malheur s'en mêle... balbutia encore la femme. On a dû quitter Lavelanet, parce que Robert avait perdu sa place à la fabrique de peignes en corne. Il paraît qu'une grosse papeterie embauche, dans ce pays. Alors, on a quitté le logement qu'on habitait depuis dix ans pour venir par ici.

— Et où alliez-vous dormir ce soir ?

— On s'arrange. On tend une toile depuis un des côtés de la charrette ; ça nous fait un abri. Depuis deux nuits, on dort à la belle étoile. Robert a prévu vendre le mulet, une bonne bête.

— Ce n'est pas étonnant que votre enfant soit venu au monde si vite. Courir les routes alors que vous étiez proche de votre terme, ce n'était pas prudent. Madame, cette nuit, vous coucherez dans un bon lit, votre mari et votre fils aussi. J'ai une chambre à l'étage réservée à mes patientes. Nous y dresserons un lit de camp pour votre garçon. Vous devez vous reposer et prendre un repas chaud.

— Mais on n'a guère de sous. Comment on vous paiera tout ça ?

— Vous êtes mes invités. Demain, je demanderai au docteur Buffardaud, un médecin de confiance, de venir examiner votre petite fille. Il établira un diagnostic. Rien ne sert de s'affoler. Comment vous appelez-vous, que nous fassions connaissance ?

— Irène. Mademoiselle, je vous remercie de tout mon cœur. Vous êtes si bonne, si généreuse ! Et vous, c'est quoi votre petit nom ?

— Angélina.

— Angélina... Ça vous va bien, vous êtes aussi belle et douce qu'un ange.

— Vous me flattez. Je ne suis pas meilleure qu'une autre. Je vous en prie, ne pleurez plus. J'ai de la layette dans un coffre. Nous allons habiller votre pitchoune et, ensuite, je préviendrai votre mari de notre arrangement.

— Expliquez-lui, vous, pour le bébé...

— C'est mon devoir et je le ferai. Reposez-vous un peu.

Courageusement, Angélina sortit de la salle et, nimbée du soleil de ce début d'après-midi, elle marcha droit vers l'homme, qui la regardait s'approcher. Pas un instant il ne soupçonna combien elle avait mal au cœur et appréhendait de lui dire la mauvaise nouvelle. Il comprit enfin à l'éclat navré de ses grands yeux violets.

— Seigneur Jésus, y a un ennui ? demanda-t-il d'une voix tremblante.

— Votre épouse se porte à merveille, votre fille aussi, mais je crains que ce soit une enfant… une enfant différente des autres, peut-être atteinte de mongolisme.

— Et alors ? Je m'en moque, on n'est pas tous fabriqués dans le même moule. C'est ma toute petite, j'veux la voir et l'embrasser. Le bon Dieu nous l'a envoyée, on l'aimera comme elle est.

— Dans ce cas, allez vite les embrasser toutes les deux ! s'écria Angélina.

Elle le vit courir vers le dispensaire à travers des larmes d'émotion. Une main se posa sur son épaule. C'était Luigi.

— J'ai servi un repas froid à ce robuste garnement de huit ans qui taquinait Sauveur. Il fait la conversation à Rosette en dévorant tout le fromage du garde-manger. Ils n'ont pas de toit pour la nuit. Nous pourrions les héberger ! Qu'en penses-tu ?

Le baladin souriait et son regard sombre brillait de compassion. Soudain, Angélina fut éblouie.

— Toi, toi ! Tu es celui qui devait vivre à mes côtés, tu es celui dont je serai toujours fière d'être la compagne. Luigi, merci, merci !

Elle se jeta à son cou, transportée d'un bonheur au parfum de paradis. Peu lui importait la communion de leurs corps qu'ils célébreraient tôt ou tard, ils ne faisaient qu'un par la profonde bonté de leurs âmes. Des âmes sœurs.

18

Le bel automne

Saint-Lizier, rue Maubec, même jour, le soir
Il n'était pas loin de minuit. Angélina et Luigi étaient allongés sur le lit de la jeune femme qui, blottie contre l'épaule de son fiancé, venait de lui raconter par le menu sa visite au manoir des Lesage. Une chandelle éclairait les murs repeints en ocre jaune, le vieux coffre en bois sombre, la petite cheminée d'angle et la grande armoire fabriquée par le père d'Adrienne Loubet des décennies auparavant.

— Ainsi, Guilhem est un adepte du haschich, soupira le baladin. Et tu attribues son comportement exalté à cette pratique ? Peut-être as-tu raison. Il faudrait se renseigner auprès d'un docteur. Je t'avoue que, pour ma part, je n'ai jamais rencontré d'hommes qui en consommaient, même à Barcelone. Cela dit, je ne fréquente ni la haute société ni les milieux artistiques.

— J'ai regardé dans le dictionnaire de Gersande, quand je suis allée chercher des couvertures pour nos invités. Il s'agit de chanvre indien. En Orient, on appelle ça l'herbe des fakirs. Elle provoquerait des illusions étranges, une sorte d'état second.

— Alors, tu n'es en rien responsable de son accident, la rassura-t-il.

— C'est ce que je me suis répété en revenant ici. Je suis soulagée, mais je m'inquiète au sujet de ce pauvre bébé, le petit Eugène.

Luigi la serra plus fort en déposant un baiser sur son front. Il la sentait fatiguée, très douce, toujours préoccupée.

— Allons, tu n'en peux plus. Aujourd'hui, tu as fait au mieux et tu as le droit de te reposer, toi aussi. Je crois que tu as donné une bonne leçon à Léonore Lesage et qu'elle veillera sur son enfant. Reconnais que nous avons passé une excellente soirée. Tes pommes de terre au lard étaient savoureuses, Robert joue très bien de l'accordéon et son fiston a bien fait rire notre Rosette.

Angélina eut un sourire attendri. Avant de répondre, elle frotta sa joue contre celle de Luigi et quémanda un baiser.

— Non, non et non ! protesta-t-il tout bas. Ce serait beaucoup trop dangereux. Mine de rien, tu as introduit le loup dans la bergerie, sachant très bien que je pourrais te croquer. Je ne suis pas certain de résister, sur ce lit où tu as passé tant de nuits solitaires à rêver de moi !

— Prétentieux ! chuchota-t-elle, soucieuse de ne pas faire de bruit.

Irène, sa patiente, occupait la chambre voisine, celle de Rosette, tandis que Robert, son mari, dormait avec leur fils surnommé Pierrot dans l'autre petite pièce, récemment aménagée.

— Ces gens sont admirables, déclara-t-elle. Quand je vois comment ils affectionnent leur fille, malgré la situation ! Cette enfant ne sera jamais comme les autres. Elle souffrira d'un retard mental et de problèmes de santé. Mais ils l'aiment déjà et ils lui ont choisi un bien beau prénom.

— Angèle ! C'est très proche du tien.

— J'en suis touchée, Luigi, et je voudrais les aider davantage. Je déteste vous solliciter, mademoiselle Gersande et toi, mais il y a une maisonnette à louer, sur la route de Taurignan, au bord de la rivière. Pour se rendre à la papeterie, il suffit de franchir le pont. Vous pourriez avancer la somme nécessaire au propriétaire. C'est un vieux monsieur qui s'est retiré à l'hospice, car il ne pouvait plus habiter seul.

— C'est une bonne idée. Pierrot sautera de joie. J'ai senti qu'il était triste de ne plus aller à l'école. Surtout, ne te fais aucun souci, j'irai moi-même régler cette affaire.

— Merci pour eux. Luigi, tu es tellement généreux ! Comme ta maman, qui a toujours eu le cœur sur la main. Il y a autre chose. Je n'ai pas eu le temps d'en discuter avec toi, mais mon oncle, Jean Bonzom, m'a écrit. J'ai reçu la lettre ce matin. Il voudrait que nous lui rendions visite. Je ne sais pas par qui, mais il a appris nos fiançailles et, bien sûr, il désire faire ta connaissance. Moi, ça me ferait un immense plaisir de t'emmener dans la montagne, un hameau sur les hauteurs de Biert. Mon oncle te plaira ; c'est un libre penseur, un fort caractère. À lui, j'ai confié tout de suite qu'Henri était mon fils. Seigneur ! c'était l'été dernier, quand j'ai commis la terrible erreur de te dénoncer à la police.

— Chut ! fit-il. Oublie cette époque, cela ne sert à rien de ressasser les mauvais souvenirs. J'étais arrogant. Tu me fascinais tant que je te défiais sans cesse, comme pour me défendre contre les sentiments passionnés que tu m'inspirais. Au fond, j'étais le suspect idéal.

Angélina frissonna, reprise par l'angoisse épouvantable qu'elle avait éprouvée l'été précédent, confrontée à des crimes odieux.

— Tu dis vrai, il faut oublier, c'est terminé. Alors, est-ce que tu m'accompagneras chez mon oncle ?

— Certainement ! Là ou ailleurs, je te suivrai sur tous les chemins de la terre, ma petite fiancée.

Il contemplait son profil, digne des statues antiques. Il observa le jeu de la lumière sur une mèche d'or rouge et sur ses cils. Son corsage était entrouvert, dévoilant la naissance de ses seins. Il détourna les yeux.

— Pourquoi faut-il obéir à la volonté de nos confesseurs respectifs ? interrogea-t-il à son oreille. Le péché de la chair est le plus agréable, le plus inoffensif. Est-ce si mal, de s'aimer, puisque nous allons nous marier ?

— Luigi, je suis une pénitente, je ne veux pas trahir la confiance du père Anselme.

— Mais tu m'invites dans ta chambre. Angélina, ma chérie, tu tentes le diable, là !

Il pencha un peu la tête et l'embrassa sur la bouche. Du bout des doigts, il continua à dégrafer son corsage. Un fin parfum de lavande lui parvint, qui se dégageait de sa lingerie et de sa chair.

— Amusons-nous un peu, sans franchir les limites fatidiques que réprouvent ces austères messieurs en soutane, dit-il.

Elle approuva en silence, s'abandonnant à ses caresses d'une délicatesse exquise. Il dénuda ses seins, dont la peau laiteuse scintilla à la clarté de la bougie.

— Est-ce pécher que d'admirer une œuvre d'art ? insista-t-il. Ciel, ta poitrine en est une. Toute ronde, drue, superbe. Maintenant, dénouons ces cheveux. Tu es si belle, mon amour !

Il la fit asseoir et défit son chignon, en posant les épingles une à une sur la table de chevet.

— Cette nuit, je voudrais juste te voir, que tu poses à demi nue comme si j'étais un peintre.

Il arrangea la masse somptueuse de sa chevelure d'un roux sombre, une teinte rare sur laquelle il s'extasiait souvent en secret. Il lui ôta son corsage et sa chemisette brodée. Elle se laissait faire, fébrile sous son air soumis.

— Tu es très belle ! s'émerveilla-t-il. J'aurai toujours cette vision de toi, désormais.

Du bout des doigts, il parcourut les lignes de son buste et l'arrondi de l'épaule ; il revint effleurer ses mamelons couleur de framboise. Enfin, il explora son dos et s'aventura au creux de ses reins, à peine révélé par la ceinture gansée de sa jupe.

— C'est un supplice, gémit-elle. Embrasse-moi, je t'en prie, embrasse-moi…

— Pour qui est le supplice ? murmura-t-il avant de déposer un baiser sur sa gorge. J'adore ce supplice, en tous les cas.

Angélina lui adressa un regard voluptueux et, quittant son attitude passive, elle dénoua d'un geste rapide le cordon qui fermait sa tunique. Elle lui enleva le vêtement et défit ensuite le lien de cuir qui maintenait ses boucles noires sur sa nuque.

— Nous sommes à égalité, monsieur de Besnac, dit-elle.

— Mais j'ai moins d'attraits que toi…

— Je vais vérifier.

Elle passa ses paumes chaudes sur son torse lisse à la carnation dorée. Il ferma les yeux, haletant.

— Quel jeu dangereux ! soupira-t-elle. Bien proche du péché de chair, quand même !

Il reprit ses lèvres en la serrant contre lui. Ils s'étreignirent, s'enlacèrent, incapables l'un et l'autre de mettre fin à ce nouveau baiser qui les inondait de sensations étincelantes, d'ondes de désir inouïes. Luigi perdit pied le premier. Il releva sa jupe et glissa une main impatiente entre ses cuisses afin de découvrir ce calice féminin bien caché, doux et tendre, dont il prendrait possession dans un paroxysme de jouissance. Bientôt, mais pas ce soir-là.

Le hasard les sauva d'une folie charnelle prête à les terrasser. Le bébé pleura, dans la chambre d'à côté, un cri aigu, virulent, auquel répondit la voix d'Irène.

— Là, là, ma petiote, là... répétait-elle.

Presque aussitôt, le silence revint. Sur le qui-vive, Angélina s'écarta de Luigi. Il y eut alors un second cri.

— Costosida Loubet, venez vite ! hurlait la mère d'un ton effrayé.

— Mon Dieu, Luigi, mon corsage ! s'affola Angélina. Surtout, ne fais pas de bruit, je t'en prie. Il vaut mieux que tu partes. À demain... Passe par le dispensaire.

Il promit tout bas. Elle se précipita au secours de sa patiente dans une tenue à peu près correcte. Un moignon de bougie dispensait une vague clarté jaune.

— Qu'y a-t-il, Irène ?

Robert déboula à son tour, en pyjama rayé et pieds nus. Il se pencha lui aussi sur son épouse qui secouait leur enfant dont le visage était cramoisi.

— Elle tétait et, d'un coup, elle s'est arrêtée et a crié très fort. Ensuite, elle a suffoqué. Regardez, elle ne peut pas respirer ! Seigneur Jésus, pitié, laissez-nous notre Angèle, notre pauvre pitchoune !

D'autorité, Angélina s'empara du bébé. Elle lui mit la tête en bas et, tenant ses minuscules chevilles de la main gauche, elle lui tapota le dos, entre les omoplates. La petite fille cracha des glaires immédiatement.

— Ses bronches étaient encore encombrées des mucosités, comme chez beaucoup de nouveau-nés. C'est ma faute, je ne l'ai pas suffisamment examinée, cet après-midi.

Elle avait redressé Angèle et la tenait contre sa poitrine.

— Allons, ne vous faites donc pas de reproches, mademoiselle Angélina, intervint l'homme. Vous vous êtes démenée, avec votre promis, pour nous installer et nous préparer un bon repas. Surtout que votre servante a la jambe cassée, alors…

Chaque fois qu'on désignait Rosette comme sa servante, cela la hérissait. Tout en surveillant le bébé, elle décida d'y remédier le plus rapidement possible.

— Elle respire bien, à présent, affirma-t-elle. Si elle s'endort, couchez-la sur le côté et gardez-la près de vous.

Robert s'empara de sa fille et couvrit son front de légers baisers.

— Ma mignonne, tu as fait peur à ton papa, dis ! Reste avec nous, Angèle, hein ? Tu verras, tu ne seras pas malheureuse.

Irène sanglotait, une main à la hauteur de son cœur.

— Par la Madone, j'ai cru qu'elle allait mourir dans mes bras ! bredouilla-t-elle. Excusez-moi, mademoiselle ! J'ai hurlé. Je vous ai peut-être réveillée.

— Non, je ne dormais pas. Vous avez bien fait de m'appeler. N'hésitez pas, si vous avez encore besoin de mes services. Je viendrai.

Le calme revint dans le petit logis de la rue Maubec. Angélina retrouva sa chambre, mais Luigi s'en était allé. Elle s'assit au bord du lit, toucha la courtepointe rouge et évoqua en silence les instants où ils s'étaient embrassés, peau contre peau, soudain embrasés par une force magnétique. « Mon amour, tout est si beau et simple, auprès de toi. Tu es doux, prévenant et d'une rare gentillesse. Tu as pansé chacune de mes blessures. »

Elle s'allongea et souffla la bougie. Ses pensées prirent un autre tour, centrées sur Robert et Irène, des gens ordinaires. Certes, ils n'avaient pas d'argent, mais ils étaient immensément riches d'un cœur pur comme le diamant, capable d'aimer sans condition leur petite fille anormale. Angélina les compara au couple Lesage et elle grimaça de dédain dans le noir. Ces deux-là roulaient sur l'or entre les murs d'un élégant manoir au luxe tapageur, mais ils étaient privés du plus important, qui était à son sens la compassion et la dévotion pour les défavorisés.

« Comment ai-je pu aimer Guilhem ? Comment ai-je pu envisager de l'épouser ? se demanda-t-elle. Si cela s'était produit, serais-je devenue dure, aigrie et méprisante ? Je ne crois pas. Les choses se sont ordonnées au mieux, de toute façon. Après avoir souffert, je découvre la saveur unique du bonheur. »

Elle s'endormit ainsi, tout habillée, les cheveux épars et un sourire sur les lèvres.

Dans la cuisine, Rosette aurait bien été en peine de s'assoupir. Assise dans son lit, elle avait repris sa lecture à la lumière d'une lampe à pétrole. De déchiffrer un texte lui coûtait encore des efforts. Elle mettait longtemps à parcourir une page et certains mots lui posaient problème. Mais elle s'entêtait, ce soir-là, afin de fuir les pensées qui l'agitaient.

Elle avait entendu pleurer le nouveau-né. Le silence rétabli, elle chercha la ligne où les cris l'avaient interrompue. Mais, très vite, son regard erra dans la pièce, songeur. Tout était en ordre et le décor familier la réconforta, les dernières flammèches de l'âtre, le bouquet de roses sur le buffet, la masse blanche du pastour, étendu devant la porte en gardien fidèle...

« On dirait qu'il ne s'est rien passé ! » s'étonna-t-elle.

Pourtant, l'après-midi et les heures suivantes avaient été très animés. Rosette, de son fauteuil, avait fait la connaissance de Robert et de son fils Pierrot. Elle s'était chargée de diriger Luigi dans les tâches ménagères indispensables, vexée d'être condamnée à l'immobilité et de ne pas pouvoir se rendre utile. Par chance, de son siège, elle pouvait observer la cour, et rien ne lui avait échappé des activités de chacun. Le spectacle de la charrette encombrée des pauvres biens de la famille l'avait émue, tandis que les déambulations du mulet, en quête du moindre brin d'herbe entre les pavés, l'avaient amusée.

« Heureusement, j'ai pu aider à la cuisine, se souvint-elle. C'est moi qui ai épluché les pommes de terre et coupé des oignons. »

Rosette referma son livre. Comme Angélina et Luigi, elle avait été impressionnée par la chaleur humaine qui émanait de Robert, devenu père d'une enfant atteinte d'une grave tare dont il parlait néanmoins avec une tendresse infinie. Pierrot renchérissait :

— Personne se moquera de ma sœur ; je la protégerai. Le premier qui la taquine, je lui casse la figure, disait-il en plissant son nez retroussé.

Ce garçon, costaud et futé pour ses huit ans, s'était beaucoup intéressé à elle. Il lui demandait sans cesse si elle avait besoin de quoi que ce soit, si sa jambe malade ne la faisait pas trop souffrir. En lui, Rosette avait retrouvé un peu de son frère Rémi, qui avait le même âge la dernière fois qu'elle l'avait vu, Rémi emporté par le vent de la misère, qu'elle imaginait souvent sur les pâturages d'altitude, sans un bon manteau pour se garder du froid, sans même une paire de sabots.

« Je dois être plus courageuse, se dit-elle en éteignant la lampe. J'étais bien malheureuse, hier, à cause de Victor Piquemal et de tout ce qui m'est arrivé, mais je ferais mieux de regarder en avant, toujours devant moi, pas en arrière. Je vais étudier, beaucoup étudier, et peut-être que je serai maîtresse d'école un jour. J'apprendrai de belles choses à mes élèves, je leur ferai réciter des poésies de Victor Hugo. Tiens, je n'avais pas fait attention. Victor Piquemal a le prénom d'un grand écrivain, comme dit Angélina. Enfin, s'il revient, ce garçon, je saurai quoi lui dire. Je n'ai plus honte, non, parce que, Robert, il n'a pas honte de sa pauvre pitchoune aux yeux bridés. »

Sur cette résolution, Rosette poussa un petit soupir et se mit à prier. Elle n'en finissait plus de se confier à la Vierge Marie, à Jésus qui savait si bien pardonner et aimer. Le père Anselme lui avait parlé du Christ, de sa grande miséricorde, et il lui avait aussi offert un exemplaire du Nouveau Testament.

— Puisque tu commences à savoir lire, ma chère enfant, cette lecture-là t'apportera sûrement un peu de paix, lui avait-il dit en souriant. C'est l'histoire de Jésus.

La jeune fille n'avait ouvert le recueil que deux fois, mais elle le conservait précieusement, le cachant sous son oreiller la nuit. Grâce au livre saint, elle ne faisait plus de cauchemars, du moins en était-elle persuadée.

Dans les gorges de Peyremale, mercredi 5 octobre 1881

La calèche venait d'atteindre le carrefour de Kercabanac, au confluent de l'Arac et du Salat. Les eaux limpides couraient sur un lit de gros galets bruns, parsemé de blocs de rocher qui s'ourlaient de vaguelettes écumeuses. C'était là aussi que passait la voie ferrée reliant Saint-Girons à la station thermale d'Aulus.

— Nous aurions pu prendre le train jusqu'ici, fit remarquer Luigi.

— Et ensuite ? Nous aurions dû marcher plus d'une dizaine de kilomètres, avec tout notre chargement. Mais je veux bien, une autre fois, que tu m'emmènes déjeuner à Aulus, où il y a d'excellents restaurants, très fréquentés par les curistes.

Elle éclata de rire, radieuse sous son chapeau de paille fine, orné d'un ruban violet. Elle était si heureuse, ce matin-là, qu'elle ne faisait que plaisanter, excitée comme une enfant partant en vacances.

— Ris à ton aise, ma chérie, tu es encore plus belle quand tu es toute gaie ! affirma-t-il tendrement. Nous irons où tu le souhaites. Je ne suis pas près de perdre le goût du voyage.

Il arrêta Blanca, car une diligence arrivait en sens inverse, tirée par quatre chevaux noirs. Il s'agissait d'une des lourdes voitures qui effectuaient le trajet entre Massat et Saint-Girons deux fois par jour. Angélina l'avait souvent empruntée pour rendre visite à son fils, quand il était placé en nourrice à Biert.

— J'espère que nos cadeaux plairont à tante Albanie et à mon oncle, dit-elle en posant sa main sur la cuisse de Luigi.

— Ils seraient difficiles, sinon, tes montagnards ! feignit-il de ronchonner. Sais-tu que je suis un peu anxieux à l'idée de rencontrer Jean Bonzom ? Ton père me voue une amitié sans failles, mais, cet homme, comment me jugera-t-il ?

— Ce sera la surprise ! Déjà, je t'ai lu sa lettre. Il jubile à la perspective de te voir patauger dans le fumier de ses bêtes. Il va être déçu, au vu de ta tenue.

— Je n'allais pas me présenter en Joseph de Besnac, quand même !

Pour ce séjour dans le hameau d'Encenou, le baladin s'était habillé à son goût. Ses bottes en cuir noir, achetées chez un fripier, lui montaient aux genoux, son pantalon était en gros velours brun et il portait sa large tunique d'un blanc écru, ainsi que son gilet de cuir. Un chapeau de feutre à large bord complétait le tableau.

— C'est ainsi que je te préfère, affirma Angélina en l'embrassant sur la bouche furtivement, tel que je t'ai vu à Toulouse, au bord du canal.

Il remit la jument au trot, ému par ce baiser aussi léger que le vol d'un papillon. Après le carrefour, la route se fit caillouteuse ; bien que très fréquentée par divers attelages, elle était parfois creusée d'ornières. Cela exigeait une vigilance constante, d'autant plus que leur calèche était un modèle plutôt adapté à la ville.

— Crois-tu vraiment que nous monterons facilement le chemin qui mène au hameau ? s'inquiéta-t-il.

— En allant au pas, oui. Mais il faudra se méfier des loups et des ours...

— Si tu penses m'effrayer, c'est en pure perte, ma chérie. J'ai dormi en haute montagne dans de sombres forêts et jamais une bête ne m'a attaqué.

— Je le sais bien. Seulement, j'aurais voulu prendre Sauveur avec nous. Je lui fais mener une drôle de vie, à ce pastour. C'est un chien qui se plaît en liberté dans les bois, un chien de berger.

— Il est bon gardien. Sa présence rassurait Octavie et ma mère, lui rappela Luigi. Surtout Henri. Tu n'es pas trop triste d'avoir dû laisser ton pitchoun ?

Tout de suite, les prunelles violettes d'Angélina se voilèrent, si bien qu'il regretta de lui avoir posé la question. Mais, l'instant suivant, elle lui répondit en toute sincérité :

— J'étais triste, oui. Cependant, j'ai pris ma décision après avoir bien réfléchi. Le temps peut changer, la route est longue et il y a la voisine qui peut accoucher demain ou après-demain. Je n'aurais pas été à mon aise. En plus, un petit enfant de son âge ne prise guère le changement. Il a ses habitudes, entre ta mère et Octavie. Et il rendra visite à Rosette.

Ils avaient dû songer au moindre détail pour quitter Saint-Lizier l'esprit tranquille. Robert et Irène étaient toujours hébergés rue Maubec. Angélina avait toute confiance en eux pour la tenue de la maison et elle était satisfaite de les voir à l'abri.

— Je ne serais pas partie si Irène ne se remettait pas aussi vite de ses couches, ajouta-t-elle. Cette femme a une santé de fer. Elle se lève à la moindre occasion. Le bébé s'alimente bien ; il a repris du poids, déjà.

Le verdict du docteur Buffardaud était tombé, irréfutable selon lui : la petite Angèle souffrait de mongolisme. Mais, en dépit de ce diagnostic, il avait estimé l'enfant robuste et assez éveillée.

— J'ai connu trois cas depuis le début de ma carrière, avait-il déclaré. Je ne suis pas d'accord avec les grands noms de la médecine qui considèrent ces enfants comme des idiots. Certains parviennent à s'exprimer correctement. Ils sont souvent joyeux et très affectueux, si on ne les traite pas comme des abrutis, évidemment.

Le couple avait répliqué que leur fille recevrait tout l'amour nécessaire. Angélina ne pouvait pas penser à eux sans avoir la larme à l'œil.

— Je te prie de m'excuser, insista Luigi. Tu étais si gaie, depuis notre départ, et te voilà songeuse !

— Ce n'est rien, je pensais à Angèle, à Octavie, surtout. Nous exigeons beaucoup d'elle.

— Là, tu exagères, car Octavie s'est proposée pour veiller au grain, rectifia-t-il.

— Peut-être, mais elle devra s'occuper de Rosette, qui ne peut pas faire sa toilette seule ni aller aux commodités sans aide. C'était difficile de demander ce service à Robert ou à Pierrot. Rue des Nobles, elle devra garder Henri, le baigner, lui faire ses repas.

— Ma chère mère n'est pas impotente, il me semble ! s'indigna Luigi. Angélina, nous rentrons samedi. Je suis certain que tout se passera bien pendant notre absence. Tu n'avais aucun accouchement prévu ces jours-ci.

— Parfois, on vient me chercher en urgence, des femmes que je n'ai pas rencontrées avant la naissance. C'est pour cette raison que mon dispensaire pourrait être très utile. Je voudrais tant pouvoir examiner mes futures patientes avant le moment crucial, suivre le déroulement de leur grossesse ! De toute façon, j'ai prévenu Robert. Si quelqu'un a besoin de mes services, il doit l'envoyer chez madame Figaret, la sage-femme qui exerce aussi à l'hôtel-Dieu de la cité.

— Profitons donc de notre escapade ! s'écria-t-il. Allez, Blanca, trotte, trotte...

La jument allongea son allure. Ils suivaient le cours de l'Arac, dont les berges étaient plantées d'une végétation basse, encore exubérante, mais teintée de jaune et de roux. Sur leur droite se dressaient des pans de falaise d'un brun intense piqueté du vert clair des lichens et des plaques de mousse gorgées d'humidité. L'eau ruisselait dans les anfractuosités de la roche en fines cascades d'un blanc pur que le soleil nimbait de reflets argentés. C'était un décor austère et sauvage, mais adouci par les frondaisons d'or vif des hêtres et le rose des bruyères. L'air était vif et frais, riche en senteurs âpres, celles de la terre humide et des plantes sur leur déclin.

— Il y aura trois ans en novembre que j'ai suivi ces gorges, montée sur notre vieille mule, dit tout bas Angélina. Je savais mon terme proche. J'avais compté les pleines lunes et je n'avais qu'une hâte, parvenir en temps voulu dans la grotte du Ker. Je n'aurais plus ce courage, à présent.

— Je crois que si, car tu es étonnamment forte et déterminée, répliqua Luigi. Mais je t'admire d'avoir accompli tout ça sans personne pour t'assister, te tenir la main et te soigner.

— Ma mère m'avait tout enseigné. J'ai pu mener à bien la naissance de mon bébé. J'aurais tellement aimé que tu la connaisses ! C'était une femme d'exception et, chaque fois que je revois mon oncle, j'ai l'impression de la retrouver un peu, vu qu'il est son frère aîné.

Angélina se tut, sa belle humeur comme envolée. Afin de dissimuler son émotion, elle se retourna et vérifia si leurs colis étaient bien calés à l'arrière de la voiture, équipée d'une sorte de coffre ouvert où l'on pouvait placer des bagages.

— Mais… tu as emporté ton violon ? s'exclama-t-elle.

— Au dernier moment, quand tu embrassais Henri et que tu lui promettais un cadeau à ton retour. Il me fallait mon instrument, pour amadouer Jean Bonzom ! Tu me disais qu'il chante fort bien.

— Oui, il a une voix magnifique. Luigi, regarde, nous arrivons à Castet d'Aleu. Tu te souviens ?

Angélina eut un frisson, malgré la tiédeur de ce beau jour d'automne et sa veste en drap de laine. Elle crut revenir en arrière, un matin d'hiver, par un froid glacial. Le paysage était alors d'une blancheur figée, chaque branche étant nappée de givre.

— Je m'en souviens avec une précision inouïe, répondit-il. Je t'avais escortée jusqu'à cette auberge, là-bas, celle qui a une terrasse couverte de glycine. Tiens, il reste quelques fleurs de la couleur de tes yeux, comme les violettes ou les lilas. Sais-tu ce que je pensais, alors ?

Angélina fit non de la tête, avec une mine intriguée.

— Je pensais que, si le destin m'avait mis en présence d'une fille aussi jolie, favorisée par un regard aussi extraordinaire, ce n'était vraiment pas un hasard. Je me disais que tu aurais un rôle décisif dans ma vie. Au fond, j'avais la certitude de te croiser à nouveau et je ne me trompais pas. Avoue que c'était assez étrange, nos retrouvailles à Toulouse. Je venais du Midi, j'avais été tenté par un voyage en péniche qui me conduirait à Agen ou à Bordeaux, et tu déjeunais sur l'herbe avec tes amies.

Ils se sourirent, soucieux de ne pas aller plus avant dans ces réminiscences, liées notamment à la mort tragique de Lucienne, une des élèves de l'hôtel-Dieu Saint-Jacques. Des clients assis à une des tables en marbre de l'auberge les saluèrent d'un geste de la main.

— Nous pourrions faire une petite halte ici, proposa Luigi. Blanca soufflerait un peu. Que dirais-tu d'un café qui doit mijoter au coin du fourneau ou d'un verre de vin aigrelet ?

— Ni l'un ni l'autre, mais la patronne sert sans doute du cidre ou de la bière. Tu as raison, arrêtons-nous. Et ne songeons plus qu'à l'avenir. D'évoquer le passé est encore douloureux pour moi. C'était l'époque des mensonges et des soupçons. Je me débattais dans trop de chagrins et de peurs. Maintenant, tu es là, nous sommes fiancés et je suis heureuse.

— C'est vrai. À quoi bon remuer des cendres toutes grises, par ce bel automne ? Je ne me plaignais pas de mon existence vagabonde, mais, si je la compare à ma situation présente, elle ressemble à un roman de quatre sous, du genre où les héros, après bien des déboires, ont droit au bonheur. J'ai une mère et une femme que j'aime, une famille en somme. En plus, je suis riche.

— Chut ! fit-elle en riant. Les gorges de Peyremale sont réputées pour être un lieu de brigandage. Ne clame pas si fort que tu es un héritier fortuné, nous aurions vite la gorge tranchée avant de parvenir à Biert.

Luigi haussa les épaules d'un air dubitatif. Il conduisit la calèche à l'ombre d'un grand tilleul, un des arbres de la liberté plantés en 1848 en l'honneur de la Seconde République, le roi Louis-Philippe ayant abdiqué. Blanca était accoutumée à demeurer sagement attachée.

Après quelque dix-huit kilomètres de route, Angélina fut soulagée de se dégourdir les jambes. Elle avait laissé ses cheveux défaits et ils étincelaient dans la lumière matinale, leurs souples ondulations effleurant sa taille. Son ample jupe de serge noire bruissait sur ses bottines à lacets et c'était pour elle un doux plaisir de marcher vers la terrasse de l'auberge en tenant la main de son fiancé.

Ils respectaient de leur mieux la chasteté imposée par l'Église, mais cela ne les empêchait pas, au fil des soirées ensemble, de s'autoriser de longs baisers, des caresses et des étreintes innocentes qui ne faisaient qu'attiser leur désir mutuel. Ils n'en étaient que plus amoureux.

Saint-Lizier, rue Maubec, même jour
Rosette était en plein raccommodage, mais ce n'était plus au coin de la cheminée. Robert lui avait proposé d'installer un fauteuil dehors, près du prunier.

— Il fait soleil et l'air est doux. Vous serez mieux dans la cour, mademoiselle.

Pierrot s'était chargé de déplacer le siège, alors que son père avait porté la jeune fille, en lui affirmant qu'elle était plus légère qu'une plume. Depuis, elle savourait sa position privilégiée, pouvant à loisir profiter du grand air et des jeux du garçon, adepte de la balle au mur.

« Ce sera la première fois depuis des mois que je ne verrai pas Angélina pendant plusieurs jours, se disait-elle en tirant l'aiguille. Mais je suis bien contente pour eux. Ils seront souvent en tête-à-tête. »

Il y avait dans ce constat une vague envie de connaître des moments semblables. Pour se consoler, elle se remémora son enfance, le temps béni où sa mère vivait encore, leur maison de Perpignan avec sa cour aux murs crépis de blanc où poussait un citronnier. « Le père était gentil comme m'sieur Robert, à l'époque. Il a changé dès que maman a été enterrée. Pardi, il buvait tant ! Le chagrin, bien sûr ! »

Quelqu'un l'appela alors de la fenêtre du premier étage. Rosette leva le nez et vit Irène, debout à la croisée, son bébé dans les bras.

— Bonjour, mademoiselle ! cria la femme. On n'avait pas encore eu l'occasion de se voir, nous deux. Mais il me tarde de descendre et de veiller sur vous.

— Bonjour, madame Irène. Dites, ça ne presse pas, il faut vous reposer encore. Octavie est déjà venue, aux aurores ; je n'ai besoin de rien.

Robert et Pierrot, qui nettoyaient l'écurie où le mulet occupait la seconde stalle, sortirent du bâtiment.

— Hé ! mes hommes, figurez-vous que notre petite Angèle vient de me faire un sourire ! leur dit-elle.

— À la bonne heure ! s'égosilla son mari. Ce ne sera pas le dernier, Dieu merci !

Sur ces mots vibrants d'espoir, le père et son fils reprirent leur travail. Irène recula et disparut de la fenêtre. La journée s'annonçait paisible. Mais la sonnette du portail tinta. D'ordinaire, le pastour aboyait de sa grosse voix, mais il était chez Gersande de Besnac.

— Entrez, ce n'est pas fermé à clef ! cria Rosette, dont le cœur se mit à battre plus vite.

Son pressentiment était juste. Victor Piquemal lui apparut, en costume de jersey gris, chemise rayée et cravate. Il avait dû enduire ses cheveux bruns de pommade, car sa mèche rebelle ne lui barrait plus le front. Il portait d'une main un panier d'où dépassait un bouquet de dahlias rouges.

— Quelle bonne surprise de vous trouver là, mademoiselle Rosette ! dit-il en s'approchant. Bonjour. Comment allez-vous ?

Elle tressaillit, soumise à un flot d'émotions contraires, joie et angoisse mêlées, timide bonheur et regret de ce qui ne serait jamais. Victor lui plaisait, elle ne pouvait pas le nier, et ce sentiment secret la bouleversait.

— Bonjour, répondit-elle à mi-voix. Je vais bien.

Tout de suite, elle lui exposa la situation. Du coup, il chercha alentour le fameux Robert et son fils. Mais elle ajouta, entre taquinerie et amertume :

— Vous devez être déçu de ne pas voir Angélina ! Vous nous avez rendu visite quatre fois et, dès qu'elle s'éloignait, vous me répétiez à quel point vous l'admiriez, combien elle était belle.

Désemparé, Victor se mordilla la lèvre inférieure. Enfin, il rétorqua avec un grand sourire :

— Sans doute, mais c'était parce que je n'osais pas vous faire les mêmes compliments, étant un garçon bien éduqué. Mes parents m'ont ordonné de respecter les jeunes filles.

Ces quelques mots blessèrent Rosette qui, malgré toute sa volonté, se jugeait indigne de ce terme-là.

— Tenez, dit-il gentiment, je vous ai apporté des fleurs de notre jardin et des pommes. Elles sont délicieuses.

— Merci beaucoup. Il vous faut récupérer le panier ; si vous voulez bien vider les fruits sur la table de la cuisine et mettre vos fleurs dans l'eau... Je ne peux pas m'en charger, hélas !

Elle s'appliquait à articuler, à s'exprimer le mieux possible.

— Bien sûr, je comprends.

Le jeune homme connaissait la maison, puisqu'Angélina l'avait fait entrer dans la cuisine à chacune de ses visites. Pendant qu'il s'affairait à l'intérieur, Robert vint parler à Rosette.

— Dites, mademoiselle, je monte aider ma femme à sa toilette et à faire son lit. Pierrot m'a demandé la permission de se promener dans la cité et j'ai accepté. Je parie qu'il va rôder près de l'école communale. Comme ça, vous serez tranquille avec votre galant.

— Ce n'est pas mon galant, protesta-t-elle tout bas.

— Excusez-moi, j'avais cru...

Robert s'éloigna, gêné. Il passa par le dispensaire, tandis que Pierrot franchissait le portail en sifflotant. Victor, lui, revenait, son panier délesté de ses offrandes.

— Puis-je m'asseoir un peu près de vous ? demanda-t-il.

— Oui, si vous voulez.

Ils se turent, aussi embarrassés l'un que l'autre. Rosette se répétait qu'elle était convenable, vêtue d'une ancienne robe d'été d'Angélina en cotonnade beige, un tissu à motifs fleuris. Elle avait natté ses cheveux en une unique tresse brune, joliment disposée sur son épaule droite.

— J'ai causé de vous à ma mère, commença Victor, le teint soudain coloré. Enfin, je lui ai dit que je serai votre cavalier au mariage de mademoiselle Loubet. Mes parents sont invités également.

— Je sais, Angélina me l'a dit.
— Bien. Que lisez-vous en ce moment ?
— Les Évangiles, répondit-elle. Je me destine à la vie de couventine. Je deviendrai novice l'an prochain.

Victor fronça les sourcils, très déçu.

— J'en suis très peiné, avoua-t-il. Dans ce cas, je n'aurai plus qu'à m'engager comme soldat.
— Faites attention, Angélina me raconte tout. Vous lui avez dit la même chose quand elle vous a annoncé qu'elle était fiancée.

Victor éclata de rire, mais il redevint aussitôt sérieux. Son regard brun, très brillant, chercha celui de Rosette.

— Avec votre amie, je plaisantais. Mais là, je suis sincère. Mademoiselle Rosette, je n'ai jamais rencontré une jeune fille comme vous. Certaines choses ne s'expliquent pas. Dès que je vous ai aperçue près du feu, penchée sur votre couture, j'ai eu un coup de cœur. Alors, d'apprendre que vous souhaitez consacrer votre jeune existence à Dieu, c'est affligeant.

Au supplice, Rosette baissa la tête et fixa le drap d'enfant qu'elle brodait aux initiales d'Henri.

— J'aurais dû vous le confier la première fois que vous êtes venu ici, soupira-t-elle.

Un terrible conflit agitait son esprit. Elle aurait pu être tellement heureuse de recueillir les tendres aveux de Victor ! Mais non, elle se désespérait, car, profondément honnête, elle se croyait obligée de le décourager.

— Rosette, nous sommes seuls ; vous pouvez me parler en toute franchise. Je suis bon catholique, je suis plein d'admiration devant votre choix, mais j'aimerais savoir ce qui vous a poussée dans cette voie.

— Je ne vois pas l'intérêt de vous l'expliquer. Il y a beaucoup d'autres filles dans le pays qui vous apprécieraient. Écoutez, monsieur Victor, il ne faut plus venir me voir.

Il la dévisagea, attendri par une fossette qu'elle avait au menton et par sa voix aiguë encore enfantine.

— Je suis quelqu'un de sérieux, pourtant. Je ne conte pas fleurette à n'importe qui. Certes, j'adore danser quand on donne un bal sur le champ de foire et j'ai fait valser bien des demoiselles, mais, avec vous, c'est différent. D'ici Noël, je pourrai peut-être vous faire renoncer à votre vocation religieuse. Angélina, qu'en pense-t-elle ?

— Elle n'est pas encore au courant.

— Mais vous lui manquerez. Je croyais que vous étiez son assistante, au dispensaire, du moins elle m'a parlé de vous dans ce sens, avant de nous présenter.

Des larmes jaillirent des yeux de Rosette. Elle était à bout de nerfs, épuisée à force de surveiller chacun de ses mots et de mentir. Elle n'eut plus qu'une envie, chasser Victor de la cour, de son esprit, de son cœur tout neuf, que son inclination pour ce garçon torturait à l'instar d'une cruelle maladie.

— Angélina est trop gentille ! s'écria-t-elle. Je ne suis ni son amie ni son assistante, je suis sa servante, entrée à son service l'hiver dernier. Je mendiais sur le parvis d'une église quand elle m'a prise sous son aile. Je suis sans famille, monsieur, une enfant des rues, une gamine des taudis ouvriers. Et vous, votre père est huissier de justice, vous avez grandi dans une belle maison bien propre sans avoir froid ni faim.

De gros sanglots la firent taire. Stupéfait, le jeune homme se détourna, ne sachant que faire ni que dire.

— Je lui dois tout, à Angélina, ajouta Rosette. Regardez cette robe, c'était une des siennes. Même le châle, elle me l'a donné. Elle m'a appris à lire et à parler comme il faut...

Après ce bref discours, elle se frotta les yeux d'un geste si puéril que Victor en eut le cœur brisé.

— Vous pouvez vous en aller, maintenant, hoqueta-t-elle.

— Si c'est un ordre, je m'en irai. Sinon, je n'en vois pas la raison. Vous pleurez ! Je serais un rustre de vous abandonner à votre chagrin, ne croyez-vous pas ?

— On est mieux tout seul, pour pleurer, bredouilla-t-elle. Si vous restez là, je risque de vous dire de vilaines choses, rien que pour vous dégoûter de moi.

Il hésitait, sensible à sa détresse. Victor Piquemal, bachelier, avait beaucoup lu Zola et, au grand dam de son père, il se réclamait de la gauche républicaine, fasciné par les opinions de certains partisans socialistes, ce qui l'inclinait à considérer la jeune fille en larmes comme une victime des inégalités sociales.

— Mademoiselle Rosette, je suis navré de vous avoir mise dans l'embarras. Mais je suis touché par votre franchise et émerveillé par votre volonté de vous instruire. Je vous devine intelligente, généreuse et d'une humeur joyeuse, dans d'autres circonstances.

— Pourquoi ? demanda-t-elle.

— Votre visage reflète la gaîté ; vos fossettes aux joues et au menton en témoignent.

— Oui, j'étais souvent gaie, avant, je chantais sans arrêt. Monsieur Luigi prétendait même que j'avais un beau brin de voix.

— Avant ? s'étonna-t-il. Excusez-moi encore, vous semblez très attachée à Angélina, qui vous a recueillie. Si vous étiez malheureuse, c'était donc avant cet hiver...

— Zut, à la fin ! s'emporta-t-elle. Qu'est-ce que vous voulez ? Me tirer les vers du nez ? Avant, c'était avant, un point c'est tout. Laissez-moi donc, ayez pitié !

Elle retint in extremis un juron bien senti. Docile, Victor se leva du pliant en toile qui lui avait servi de siège.

— Tout à l'heure, vous m'avez menacé de me dire de vilaines choses, rien que pour me dégoûter de vous, dit-il doucement. Or, j'ai la manie de la logique. Pourquoi désirez-vous me dégoûter de vous ? Si c'est, selon mon idée, parce que mes parents sont des bourgeois et que vous êtes née dans le ruisseau, comme on dit, vous avez tort, mademoiselle Rosette. Je serais un bien misérable personnage si je vous méprisais à cause d'une différence sociale dont nous ne sommes ni l'un ni l'autre responsables. Ai-je demandé à naître chez maître Piquemal, possesseur d'une solide fortune, propriétaire de trois immeubles à Saint-Girons ? Non ! Avez-vous exigé de naître dans les taudis ouvriers, pour reprendre vos mots, qui sont le résultat des décisions de gouvernements iniques, le fruit aussi de la révolution industrielle ? Non ! Nous naissons et devons demeurer libres et égaux en droit, ce que stipulait la Déclaration des droits de l'homme et du citoyen en 1789. Quant au Dieu que vous vénérez, n'a-t-il pas prêché l'humilité, la foi et le mépris de l'argent ? Jésus a chassé les marchands du Temple...

Étourdie par ce flot de paroles, Rosette hocha la tête. Elle n'était pas préparée à un tel discours et fut incapable de répondre.

Exalté, sa mèche de nouveau en bataille sur son grand front, Victor murmura :

— Angélina a dû vous dire que, l'an dernier, ma sœur Albertine que j'aimais tendrement est morte en couches. Je l'ai veillée en compagnie de ma famille. C'était un tableau affreux de la voir dans son lit, si jolie encore, avec son bébé, mort lui aussi, que nous avions installé près d'elle. J'ai été horrifié, révolté par cette tragédie, par cette injustice. Depuis, je vois la vie sous un autre angle. Enfin, je veux dire que la vie est un bien très précieux, qu'il ne faut pas la gaspiller en quêtes inutiles ou en vanités. Il est préférable de saisir le moindre brin de joie et de bonheur. Il importe surtout de respecter son prochain. Moi, je vous respecte infiniment, mademoiselle Rosette.

— Asseyez-vous encore un peu, Victor. Vous n'allez plus me respecter du tout dans quelques instants. Je ne vous connais presque pas, mais j'ai compris, là, en vous écoutant, que vous êtes un gentil garçon. Vous me plaisez aussi et c'est pour ça que je ne vous cacherai pas la vérité. Après, vous vous en irez pour de bon et, un jour, vous rencontrerez une vraie demoiselle, digne de vous.

Très inquiet, il reprit sa place. Rosette ne pleurait plus ; elle était grave et d'une pâleur de craie. Il déchiffra dans ses yeux une sorte de panique viscérale et il faillit la supplier de se taire.

— J'ai deux choix, dit-elle, entrer au couvent ou passer le reste de mes jours auprès d'Angélina et de Luigi quand ils seront mariés. Ils me répètent que je fais partie de la famille, qu'ils m'aiment comme une sœur, et je les crois. Mais je me sentirais mieux au couvent, car je ne croiserais plus jamais de gentils garçons dans votre genre, qui voudraient me courtiser ou m'épouser. Je ne peux pas me marier, voilà. Ce qu'un mari et sa femme font, une fois mariés, cela me fait peur ; je ne pourrai pas le supporter. À cause de mon père... Après la mort de maman, il s'est mis à boire. Nous habitions du côté de Perpignan, ma grande sœur Valentine, mon petit frère Rémi et moi... C'est dur à dire, hein ! Valentine, notre père lui a fait deux enfants. Elle a vécu un enfer, ça, je peux vous le jurer !

Rosette continua à raconter de façon concise sa première rencontre avec Angélina dans une masure voisine de la cité, puis leur existence à Saint-Gaudens, le quartier des tanneries, la crasse, les rats, la peur, toujours la peur.

— Je me suis sauvée, pour échapper au père et rester pure. Ça, j'y tenais ! Je mendiais à Luchon et Angélina m'a reconnue. Elle m'a offert le paradis. Toute contente d'apprendre l'alphabet et d'envoyer des mandats à ma sœur et à mes frères, j'ai voulu retourner voir ma Valentine. Et là, elle était morte, mais il y avait mon père... Mon Dieu, quelle horreur !

La confession se poursuivit d'une voix affaiblie et tremblante. En avouant l'acte de barbarie dont elle avait été victime, Rosette claqua des dents. Abasourdi, horrifié, Victor fixait obstinément la pointe de ses chaussures.

— Ma jambe, je l'ai cassée en sautant du muret, là, derrière moi. Je voulais mourir. Il fallait que ça s'arrête, la honte et les images dans ma tête. Monsieur le curé m'a dit que ce n'était pas ma faute, que j'oublierais un jour, mais c'est faux, je n'oublierai pas ! Ma jeunesse, ma vie, tout est sali. Mon père a détruit ma joie et mon innocence.

Elle tut cependant les conséquences de ce viol. Cela devait demeurer secret pour protéger Angélina. De toute façon, elle aurait été bien en peine de dévoiler cette partie de son histoire, qu'elle essayait d'effacer de sa mémoire avec une énergie farouche.

— Je vous en prie, partez vite, je ne pourrai plus vous regarder en face, à présent. C'est mieux comme ça, je vous assure. Je ne suis pas celle que vous pensiez.

Bien qu'elle gardât la tête baissée, Rosette éprouvait un étrange apaisement. En avouant tout, elle avait cédé à sa nature profonde, car elle détestait tricher et mentir.

— Je m'en vais, oui ! fit Victor Piquemal.

Le cœur serré, Rosette fut certaine qu'il irait droit vers le portail, sans même se retourner. Elle souffrait déjà de ne plus le voir, d'avoir perdu tout intérêt pour lui, mais elle puiserait dans les livres et dans la foi la force de guérir de cette blessure-là. Cependant, il se passa quelque chose d'inouï. Ce fils de bonne famille se mit à genoux près de son fauteuil et s'empara de ses mains.

— Rosette, regardez-moi donc ! Il faut me regarder ! insista-t-il.

Hébétée, elle lui obéit. Il la contemplait, avec un grand sourire, chaud comme le soleil. Troublée, elle cligna les paupières, muette de stupeur. Aussitôt, il se redressa un peu et déposa sur sa joue un rapide baiser, doux et léger.

— Vous êtes la fille la plus loyale et la plus courageuse que je connaisse, affirma-t-il en se levant d'un bond. Au revoir, Rosette ! Je reviendrai.

Sur le chemin d'Encenou, même jour,
trois heures de l'après-midi
Blanca marchait au pas. Elle s'ébrouait souvent, inquiète. Les arbres immenses qui les cernaient, l'écho

des cascades toutes proches, les odeurs du sous-bois, tout la rendait nerveuse dans ce décor étrange. Un quart d'heure plus tôt, des sangliers avaient déboulé de la pente hérissée de hêtres gigantesques pour traverser le chemin et la jument avait fait un écart très brusque. Luigi avait eu du mal à la calmer ; il avait bien cru que la calèche allait se renverser. Depuis, Angélina essayait de rassurer l'animal en lui parlant beaucoup, selon son habitude.

— Là, là, ma belle, nous sommes bientôt arrivés.

— En es-tu sûre ? demanda Luigi. Je ne vois aucun toit à l'horizon.

— Mais si, ce n'est plus très loin. Après ce pan de falaise, nous trouverons un autre chemin sur la droite.

Malgré ses innombrables périples d'une région à l'autre, le baladin s'était rarement aventuré dans ce genre de vallée encaissée. Le paysage l'éblouissait, présentant toute une palette de couleurs automnales, du jaune d'or au rouge, du vert fané des frênes au roux somptueux des chênes. Des colchiques poussaient en abondance sur les talus de terre brune, modestes fleurs d'octobre qui ponctuaient ce décor grandiose de leurs clochettes mauves.

— Crois-tu que ton oncle a reçu ta lettre ? reprit Luigi. Vraiment, le facteur monte jusqu'ici depuis Biert ?

— Il emprunte un sentier plus court, bien qu'abrupt, qui coupe à travers la forêt, précisa Angélina, amusée. Pauvre monsieur de Besnac, vous n'êtes pas accoutumé à cette nature hostile !

— Quoi ? Tu te moques de moi ? s'insurgea-t-il en la pinçant à la taille. Ton père m'a mis en garde. Il prétend que ton sang d'hérétique, de petite rebelle, se réveillera dès que tu seras avec ton fameux oncle Jean Bonzom.

— C'est possible, rétorqua-t-elle. Mais les Cathares dont je suis la descendante étaient de purs esprits. Ils voyaient dans le monde terrestre l'œuvre du diable, et l'attrait de la chair était méprisable, ce qui nous met encore plus à l'abri du péché.

— Costosida Loubet, vous désespérez votre fiancé.

— Ne m'appelle pas comme ça, pas toi !

Elle se pendit à son cou pour l'embrasser sur la joue et au coin des lèvres. Il arrêta la jument pour répondre à cette invite, tant elle était douce et tendre.

— Pardon, ma chérie, pardon, dit-il en cherchant sa bouche. Tu es d'une beauté particulière, dans ces grands bois dorés. Tes yeux ont la teinte exacte des colchiques. Je t'aime comme un fou, sais-tu !

— Moi aussi, je t'aime vraiment. J'ignorais même que l'on pouvait aimer ainsi.

Ils échangèrent un long baiser, dans l'attente sans cesse renouvelée de la mystérieuse alchimie qui naissait chaque fois entre eux. Ils partageaient alors des sensations bien proches, subtil mélange d'excitation, de sécurité enfin trouvée, de bonheur intense et éblouissant.

— Ce seront nos dernières privautés avant d'être sous le toit des Bonzom, soupira Luigi.

Elle eut un petit rire de gorge qui démentait ces mots. La jument repartit d'elle-même. Bientôt, après avoir franchi un pont enjambant un ruisseau aux eaux bondissantes, ils abordèrent une côte assez rude. Les arbres firent place à des genêts, des arbustes sauvages, de hautes touffes de galènes[1]. Le soleil inondait ce pan de montagne plus dégagé. Deux chevreuils à la robe couleur de miel s'enfuirent à leur approche.

1. Variété de bruyère, plus élancée, fréquente en montagne.

— Qu'ils sont gracieux ! s'extasia Angélina. T'ai-je dit que, le soir où j'accouchais d'Henri, des loups s'en sont pris à ma mule, qui s'est enfuie ? Sauveur a fait son apparition peu de temps après. Sans lui, j'aurais eu peur le restant de la nuit.

— La divine Providence, encore ! s'exclama Luigi. Tu ne me l'avais pas dit, mais ma mère me l'a raconté, un soir que nous bavardions dans le salon.

— Il y a une autre chose que je ne t'ai pas dite. Coralie, la voisine de mon oncle, cette femme qui doit accoucher pendant mon séjour, c'est la cousine de Blaise Seguin.

— Est-ce que cela te trouble ou te perturbera si tu dois l'assister pendant la naissance ?

— Non, au fond, je n'y attache aucune importance. Fillette, elle habitait une ruelle derrière la rue de la République. Je la croisais parfois au marché. Sa mère discutait un peu avec la mienne. Les Seguin sont d'honnêtes gens. Le père de Blaise et son frère cadet, Michel, étaient très aimables, mais ils ont fermé l'atelier de bourrellerie et ont déménagé.

— Je les comprends. Quand un membre d'une famille se révèle un abominable assassin, il est difficile d'endurer le regard de ses voisins, parfois d'une ville entière.

Ils se turent, l'humeur assombrie par la seule évocation du bourrelier. Luigi ne l'avait jamais vu et pour lui ce n'était qu'un patronyme derrière lequel il se représentait un individu redoutable, au faciès bestial. Angélina, elle, se souviendrait longtemps de cet homme d'une brutalité sans limites, un pervers doublé d'un tueur, qui l'avait accusée d'être responsable de ses actes sanguinaires.

— Si nous abordions un sujet agréable, pour ne pas arriver chez ton oncle avec une mine désolée ! proposa le baladin.

— Lequel ?

— Notre mariage... notre projet de fêter Noël en Lozère...

— Il me semble que c'est encore très loin, mais je sais que mademoiselle a reçu le tissu de ma robe. Une merveille, de la couleur dont je rêvais. Tu auras la surprise. Le futur marié ne doit absolument pas voir la toilette de sa fiancée avant la cérémonie, ni même le tissu.

— Moi, je porterai une queue-de-pie pour la première fois de ma vie, mais j'ai refusé le haut-de-forme.

— Et tes cheveux ?

— Ils seront attachés dans mon dos. Voudrais-tu que je les coupe ?

— Non, je t'en prie, garde-les ainsi !

Le jeune couple devisa encore, tandis que la jument, humant une odeur de foin et de village, prenait le trot d'elle-même. Luigi la guida dans le virage annoncé et très vite des toitures en chaume leur apparurent.

— Oncle Jean habite un peu à l'écart du hameau, précisa Angélina. N'oublie pas, ma tante n'a pas pu avoir d'enfant. Ne pose pas la question.

— Tu me l'as déjà dit. Ne te fais aucun souci.

Luigi observa les maisons basses, aux façades de granit blond, baignées de soleil en ce début d'après-midi. Les fenêtres étaient étroites et munies de barreaux en fer, mais sans volets. Souvent autour des portes pendaient des tresses d'oignons et d'ail.

Des poules déambulaient, grattant la terre d'un noir de suie. Blanca se mit à hennir. Tout de suite, un concert de bêlements s'éleva des bergeries édifiées à l'arrière des habitations.

Le passage d'une élégante calèche tirée par un cheval blanc titillait la curiosité. Des hommes au visage buriné sortaient sur le seuil de leur porte, en gros sabots et chemise longue sur des pantalons dont le bas était maculé de terre séchée. Derrière eux, dans la pénombre, on devinait une femme à coiffe blanche qui se tordait le cou pour mieux voir les visiteurs.

— Bonjour, je suis la nièce de Jean Bonzom, cria Angélina à l'un d'eux, en patois.

Aussitôt, on la salua d'un geste du bras. Un chien au poil noir et feu surgit alors de l'angle d'une grange en aboyant. La jument fit une embardée, secoua sa crinière, et prit le galop.

— Oh là, là ! hurla Luigi en tentant de la ralentir.

— Blanca, doucement ! renchérit Angélina. Là, là, ma belle !

Elle s'était emparée des rênes et, debout dans la voiture, elle ralentit l'animal et le dirigea vers une maison à étages flanquée d'un balcon en bois. Une grosse pierre plate était disposée sous une des fenêtres du rez-de-chaussée en guise de banc. Un homme de haute taille semblait les attendre, debout, appuyé sur le manche de sa fourche dont les dents étaient plantées dans le sol.

— Boudiou, ma nièce, enfin ! dit-il d'une voix grave à l'accent rocailleux.

Ce fier quinquagénaire ne manquait pas d'allure. Il avait les épaules carrées, un cou robuste et une tête bien plantée, couronnée d'une toison rousse étincelante. Une femme le rejoignit dehors, petite et menue, en robe grise à col bleu foncé. Ses cheveux châtain clair grisonnaient aux tempes. Pourtant, Albanie Bonzom avait seulement quarante-quatre ans. Luigi sauta de la calèche et aida Angélina à emprunter le marchepied.

— Bonjour, madame, bonjour, monsieur ! s'exclama-t-il en avançant au bras de sa fiancée.

Bizarrement, le baladin était intimidé. Mais Jean Bonzom, lui, se gratta le menton, une moue perplexe sur les lèvres.

— *Foc del cel !* éructa-t-il, les yeux écarquillés. Mais qu'est-ce que tu m'as raconté comme sottises, ma nièce ? Où est-il, ton Joseph de Besnac ?

— Mais il est là, mon oncle, à mes côtés ! Laisse-moi le temps de souffler et de faire les présentations.

— Oui, Jean, pourquoi cries-tu aussi fort ? protesta son épouse.

— Boudiou ! je le reconnais, ce gars-là, c'était celui que la populace voulait lapider, à Biert. Je n'ai pas la berlue, que diable ! celui que tu avais livré à la maréchaussée !

Angélina devint toute rouge. Jean Bonzom avait appris ses fiançailles par la rumeur publique et elle lui avait confirmé la chose dans sa lettre sans aucune explication.

— Oui, c'est lui, le violoniste que je soupçonnais, Luigi ! lâcha-t-elle d'un trait. Excuse-moi, mon oncle, je n'ai pas pris la peine de te raconter notre histoire. En fait, je comptais le faire en te rendant visite.

— Balivernes ! grogna-t-il. Si je ne t'avais pas écrit y a une quinzaine, tu n'aurais pas remis les pieds ici. La preuve, est-ce que nous t'avons revue, Albanie et moi, depuis l'été dernier ? Et ton pitchoun, pourquoi tu ne l'as pas emmené ?

Stoïque, Luigi patientait. Cet orage incarné finirait bien par se calmer.

— Je préférais le laisser à Saint-Lizier, aux bons soins de ma future belle-mère, Gersande de Besnac, pour le cas où je devrais accoucher ta voisine. Je t'en prie, mon oncle, tu comprendras mieux quand j'aurai pu te parler tranquillement. Je n'ai même pas pu embrasser ma tante.

Angélina étreignit la petite femme qui en trembla de joie. Elle osa murmurer :

— Entrez donc, ton fiancé et toi. J'ai préparé du millas. On a pressé des pommes, Jean et moi ; j'ai du bon jus tout frais.

— Une seconde ! tonna le maître des lieux. Ma nièce, si tu veux me faire avaler des couleuvres, tu n'y parviendras pas. Et vous, monsieur, auriez-vous perdu votre langue ?

Jean Bonzom toisait Luigi avec curiosité et un brin de malice.

— Pas du tout, monsieur, répliqua le baladin. J'ai simplement jugé utile de me taire, puisque personne ne m'aurait écouté, excepté peut-être votre charmante épouse. Je me présente, Joseph de Besnac, l'enfant perdu puis retrouvé de Gersande de Besnac, qui a veillé sur Angélina des années. Je suis aussi ce Luigi que vous regardiez sans haine ni mépris, près du lavoir de Biert, quand il était soumis à la vindicte de braves gens qui le considéraient comme un épouvantable meurtrier. Ce jour-là, malgré l'état pitoyable où j'étais, j'ai pu remarquer un homme de bien parmi la foule déchaînée. Vous ne m'accusiez pas, je l'ai senti, sans doute à défaut d'une certitude absolue. Merci, monsieur, pour cette compassion et cet amour de la justice.

Sidéré, mais secrètement flatté, Jean Bonzom resta muet un instant.

— *Diou mé damné !* s'exclama-t-il ensuite. Vous n'êtes pas quelqu'un de rancunier, vous, au moins. Et moi, je ne me trompais guère, car je me disais que ma nièce en pinçait pour vous, déjà. C'est bien les femmes, ça ! Quand vous leur plaisez, elles font tout pour se débarrasser de vous ! Allez, venez boire un verre.

Le grand montagnard tapa dans le dos de Luigi, qui réussit à ne pas basculer en avant.

— Il faudrait d'abord dételer Blanca et la mettre à l'abri, dit Angélina. La route a été longue, pour elle.

— Je m'en occupe. J'ai pas souvent l'occasion de soigner une si jolie bête. Mon mulet va en tourner de l'œil, d'avoir une princesse pareille dans son écurie.

Maintenant, Jean Bonzom riait et ce rire résonnait haut et fort dans l'air vif qui fraîchissait déjà. Il marcha d'un bon pas vers la jument et, au passage, chatouilla le menton de sa nièce.

— Jeune bourrique, je suis ben content que tu sois là avec ton promis, dit-il entre ses dents.

Amusée, Angélina jeta un coup d'œil ému à Luigi. Elle était rassurée ; son fiancé avait fait d'emblée la conquête de cet irascible personnage qu'elle chérissait.

— Je regrette de ne pas pouvoir vous consacrer plus de temps, à mon oncle et à toi, confia-t-elle à Albanie. Il faudra que je vienne plus souvent.

— Nous en serions bien heureux, avoua la femme.

Luigi nota l'expression ravie d'Angélina et son enthousiasme presque enfantin. Rien ne paraissait la rebuter, ni l'interminable chemin ni les vociférations de son oncle.

Il regarda autour de lui le vaste paysage d'une sauvage magnificence, les cimes poudrées des premières neiges, le glacier du mont Valier, le dessin des sapins gigantesques sur un azur pâle voilé d'une lumière rose et or. La femme qu'il aimait était chez elle, là, où s'étaient tissés ses plus beaux souvenirs d'enfance, plus près du ciel.

19

Les lois du destin

Hameau d'Encenou, même jour

Rose de confusion, Albanie avait fait entrer Angélina et Luigi dans la maison. Au plancher impeccable et au brillant des meubles construits sur place par Antoine Bonzom, le père de Jean, ils devinèrent qu'elle avait soigneusement fait le ménage. Un modeste feu brûlait dans l'âtre de la cheminée, pourtant d'une dimension imposante.

— Asseyez-vous, je vous donne des verres, leur dit-elle. Il faut reprendre des forces, après votre voyage.

Pour cette petite femme au doux visage, la cité de Saint-Lizier représentait le bout du monde. Elle n'avait jamais quitté sa vallée natale et, quand son mari la conduisait en charrette jusqu'à Massat, c'était un événement.

— Le millas est encore tiède, je venais de le faire frire à la poêle. Vous comprenez, monsieur, je sais que c'est le régal de ma nièce. J'en ai préparé hier une bonne quantité.

À petits pas discrets, Albanie disposa sur la table un pot de confitures de myrtilles, quatre assiettes, des cuillères et les verres. Ses gestes avaient quelque chose de cérémonieux, comme si c'était d'une importance capitale de bien les accueillir. Elle en tremblait presque.

— Ma tante, ne te donne pas tant de mal, protesta Angélina.

— Pour une fois que je reçois de la famille, ça me fait bien plaisir, répondit-elle en manière d'excuse. Voilà, tout est prêt, nous n'avons plus qu'à attendre mon mari. Alors, monsieur, comment est-ce que je dois vous appeler, Joseph ou Luigi ?

— Luigi. Je ne suis pas habitué à porter mon vrai prénom.

— Bien, bien !

Jean Bonzom pointa son nez à la fenêtre en fixant le baladin de son regard inquisiteur.

— Hé ! l'aristocrate, vous pourriez pas me donner un coup de main ? Faudrait m'attraper une botte de paille pour la jument.

— J'arrive, monsieur ! s'écria Luigi en bondissant de son siège. Je rapporterai nos bagages, Angélina.

Il sortit, certain d'être appelé à patauger dans le fumier, du moins à montrer qu'il ne craignait pas les efforts physiques. Restées seules, les deux femmes se sourirent à l'idée de la confrontation entre le montagnard et le jeune homme.

— J'espère que Jean ne va pas trop taquiner ton fiancé, soupira Albanie.

— Il saura se défendre, ne t'en fais pas.

— C'est un beau garçon, dis donc, mais je ne le voyais pas comme ça, avec de si longs cheveux et une boucle d'oreille...

— En ville, ma tante, on le considère comme un excentrique.

— Un excentrique ! Je ne connais pas ce mot.

— Quelqu'un qui se conduit en opposition avec les choses auxquelles nous sommes habitués.

— Boudiou, que tu es savante ! Quand vous mariez-vous ?

— Sûrement le samedi 10 décembre. J'en ai discuté hier avec le père Anselme, le prêtre de la paroisse. Je voudrais que vous veniez, mon oncle et toi. Je vous offrirai une chambre à l'auberge de madame Sérena, sur la place de la cathédrale.

Albanie ouvrit de grands yeux effarés. Elle fit non de la tête avant de s'expliquer.

— Comment veux-tu que nous allions là-bas ? Et nos bêtes ? Jean n'a pas confiance en nos voisins. Tu le connais, ton oncle ! Il ne laissera pas ses brebis pendant deux jours.

— Mais vous êtes ma famille. En diligence, il suffit de quelques heures.

— Mais je te ferai honte. Je n'ai que ma robe de deuil, que je porte le dimanche aussi quand je peux aller à la messe.

— Je n'aurai jamais honte de ceux que j'aime, ma tante.

Albanie eut une moue attristée. Tout bas, elle demanda :

— Pourquoi n'as-tu pas emmené le petit Henri ? J'aurais été si contente de le voir ! Jean m'a dit que c'était ton pitchoun. Sais-tu, j'avais deviné, moi aussi. Alors, ce mignon, je l'aurais cajolé un peu.

La poignante douleur rejaillissait. Albanie souffrait depuis plus de vingt ans de ne pas avoir eu d'enfants à chérir.

— Si vous venez au mariage, tu verras Henri, insista Angélina. Il aura un joli costume en velours gris. Il a bien changé depuis notre dernière visite. Il discute très bien, maintenant. J'ai préféré le laisser chez mademoiselle Gersande. Je pensais à Coralie qui devait accoucher. Je suis désolée, ma tante.

— Je l'aurais gardé, pendant ce temps. Enfin, tu as fait ce qui te semblait le mieux, sans doute. Eh oui, il y a Coralie ! Elle est très fatiguée et se plaint du dos. Je lui apporte des tisanes d'écorce de saule et de millepertuis, ça la soulage un peu.

— J'irai l'examiner avant la nuit.

Elle se tut, envahie par un vague remords. Elle avait privé sa tante d'une grande joie, et c'était un peu par égoïsme. « C'est vrai, je pouvais très bien emmener Henri, mais j'avais envie d'être seule avec Luigi, reconnut-elle en son for intérieur. Je me suis trouvé des excuses, des prétextes. Au fond, je voulais profiter pleinement de ces trois jours ici sans avoir à m'inquiéter du bien-être de mon enfant. »

Mortifiée par ce constat, elle releva la tête et découvrit sa tante en larmes.

— Oh non ! Tu pleures et c'est ma faute ! Je te demande pardon.

Angélina la serra dans ses bras. Albanie sanglota de plus belle.

— Que je suis sotte ! bredouilla-t-elle. Tu n'es pas en cause, voyons. Mais je ne suis pas à mon aise, en ce moment. Je crois que c'est mon retour d'âge. J'ai des bouffées de chaleur presque à m'évanouir, je dors mal et, depuis le printemps, je ne suis plus indisposée. Alors, tu comprends, je me dis que c'est bien fini, que je n'aurai jamais de bébé. Si le bon Dieu m'en avait accordé un, même sur le tard, j'aurais été tellement contente !

— Ma pauvre petite tante ! Je suis navrée. Il te faut boire de la tisane de sauge en quantité.

Des éclats de voix retentirent à l'extérieur. Affolée, Albanie essuya ses joues humides et respira un bon coup. On ne montrait pas son chagrin à un homme de la trempe de Jean Bonzom.

— C'est un gros malheur d'être stérile, souffla encore la douce femme.

— Tu n'es pas forcément stérile, répliqua très vite Angélina. Germaine, la seconde épouse de mon père, n'avait jamais eu d'enfant avec son premier mari. Cette année, elle était enceinte. Certes, elle a fait une fausse couche, mais j'ai beaucoup réfléchi ensuite. Il se pourrait que le problème vienne de certains hommes, et non uniquement des femmes, comme on le croit toujours. Un jour, la médecine trouvera peut-être la réponse.

— Hélas ! ce jour-là, je serai au cimetière, déclara sa tante avec une bonne dose de fatalisme.

Luigi et Jean Bonzom entrèrent quelques minutes plus tard. Le baladin était encombré d'une valise et d'une mallette, tandis que le montagnard portait un sac en cuir et l'étui à violon.

— Eh bé, *qué* fourbi ! s'exclama-t-il. On dirait que vous venez vous installer chez nous pour l'hiver.

— Non, mon oncle, dans ce cas, il y aurait deux ou trois malles en plus, plaisanta Angélina. Posez tout votre chargement et venez manger du millas ; il est froid, à présent. Ensuite, j'irai chez Coralie l'examiner.

— Bah, hier, je l'ai avertie que tu montais à Encenou et ça ne lui a pas trop plu. Elle n'est pas finaude, cette fille. Vu que son cousin a fini pendu en prison après t'avoir cherché des noises, elle croit que tu ne voudras pas l'accoucher.

— Chercher des noises ? Les mots sont faibles, protesta la jeune femme d'un ton amer.

— Ce sont ses mots à elle, grogna Jean. Je lui ai dit que tu n'étais pas du genre à cracher sur une future mère. Ai-je eu tort, ma nièce ?

— Tu sais bien que non !

— Si nous dégustions ce fameux millas, coupa Luigi. Je suis affamé... Ma chérie, j'ai visité la bergerie et j'ai paillé la stalle de Blanca. Après j'ai lavé mes bottes à l'abreuvoir.

— « Ma chérie », *qué* bêtise y faut pas entendre ! se moqua le montagnard en s'asseyant pesamment sur une chaise.

— Mon oncle, tu fais exprès de jouer les rustres, lui reprocha Angélina. Moi qui ai dit tant de bien de toi à Luigi !

L'œil doré du descendant des Cathares s'alluma d'une étincelle de pure malice.

— Et alors, môssieur l'aristo, êtes-vous déçu ? rugit-il.

— Non, simplement amusé. Et j'ignorais que j'étais un aristocrate il y a quelques mois encore. Ce terme que vous galvaudez ne signifie pas grand-chose à mes yeux tant que je n'ai pas fait la preuve de ma valeur. Il évoque une élite, le règne des meilleurs dans les sociétés antiques et le prestige de ceux qu'on qualifie de nobles dans la société moderne. En conséquence, vous êtes peut-être plus un aristo que moi, môssieur Bonzom, ici, à Encenou, et même dans la vallée, puisque je sais par Angélina qu'on vous y apprécie et qu'on vous y respecte grandement, malgré votre anticléricalisme notoire.

— *Foc del cel*, *qué* charabia ! s'exclama le montagnard. Boudiou, me voilà aristo ! Y entends-tu goutte, ma femme ?

— Vas-tu cesser, Jean ! gronda Albanie. Sers-nous donc du jus de pomme, au lieu de jacasser. Angélina a raison, pourquoi joues-tu les rustres ? Chaque fois que j'ai des visites, tu me gâches mon plaisir.

— Hé ! je te le gâche pas toujours, ton plaisir ! insinua-t-il tout bas.

Albanie devint écarlate. Elle ne put contenir des larmes de vexation. Apitoyé, Luigi s'empressa de faire diversion, cela non sans finesse, car il aborda l'unique sujet capable de calmer l'humeur taquine de leur hôte.

— Pour en revenir à ma classe sociale, j'aimerais préciser que j'ai parcouru les chemins du sud de la France et de l'Espagne pendant des années. Je gagnais mon pain grâce à mon violon. Souvent, je m'acoquinais avec les montreurs d'ours ou les jongleurs de foire. Ce soir, à la veillée, nous vous raconterons, Angélina et moi, comment le destin nous a réunis, mais, pour l'instant, je voudrais vous parler d'un soir particulier de ma vie de saltimbanque. Enfin, d'un matin particulier. J'avais passé une semaine à Mirepoix, une plaisante cité où les badauds étaient généreux, enclins à délier le cordon de leur bourse. J'avais comme projet de revenir du côté de Massat, où un ami m'hébergeait dans son village de Bernède. En cours de route, j'ai décidé d'aller jusqu'aux ruines du château de Montségur, dont un poète de rencontre m'avait vanté la beauté étrange.

Luigi se tut un instant, sensible à la qualité du silence. Au seul nom de Montségur, Jean Bonzom s'était fait grave et recueilli. Il dévisageait le baladin, impatient d'entendre la suite du récit.

— Je suis arrivé au crépuscule au pied du *pog*. C'est ainsi que les gens du pays nomment ce pan de montagne d'une forme étrange. C'était à la fin du mois de juin 1878. J'avais de quoi me nourrir. Je suis monté vers le château, qui se découpait sur un ciel rose, lui-même doré par les feux du couchant. Une sorte de force irrésistible me poussait à grimper au milieu des rochers et des broussailles pour atteindre le sommet avant la nuit. Quand je me suis retrouvé tout là-haut, j'ai éprouvé un profond sentiment de paix. Il faut vous dire qu'à l'époque j'étais un incorrigible vagabond, en quête de ma famille. Je n'avais aucune attache, je menais une existence parfois dissolue, hasardeuse, soumis à la charité des femmes, notamment, qui ont la pitié facile et qui offrent un fruit ou une tranche de pain assortis d'un sourire... Mais je m'égare. J'étais donc à Montségur, entre ces pans de muraille dévastés par les pluies, les neiges et les grands vents de plusieurs siècles. Je me sentais protégé, à l'abri des bassesses humaines, très loin du monde ordinaire. Ma foi religieuse, qui battait souvent de l'aile, reprit de la vigueur et je me souviens d'avoir prié, agenouillé sur une pierre plate, grisé par le parfum si frais des buis. Je priais, je demandais au ciel si proche de moi de me guider sur la bonne voie, celle où je ne serais plus seul sur terre, ignorant des circonstances de ma naissance, ayant comme seul viatique le prénom de Joseph et une médaille en or gravée de deux initiales entrelacées.

Angélina frissonna, bouleversée, se représentant Luigi désespérément seul sur cette montagne que beaucoup disaient sacrée.

— J'ai contemplé l'horizon immense, magnifique spectacle où des brumes voilaient le vert vif des forêts de sapins. La vue porte à l'infini. Enfin, la nuit est tombée. Je n'ai même pas touché à mes maigres provisions. Habité par une sensation de paix et de joie profonde, je me suis endormi au milieu de la cour intérieure du château. Le chant des oiseaux m'a réveillé à l'aube et j'ai assisté à un phénomène d'une rare beauté. Le soleil se levait et ses rayons d'un rouge intense pénétraient par une meurtrière de l'enceinte, irradiant les pierres alentour. Le ciel avait des nuances mauves, d'une délicatesse de fleurs printanières, et ces lueurs flamboyantes semblaient allumées par la main de Dieu. J'ai vu là une réponse à mes prières, et c'en était une, je pense. Alors, j'ai pris mon violon et j'ai joué cet air-là...

Le baladin se leva prestement, devant son petit public médusé. Il sortit l'instrument de sa boîte et joua une musique à la fois mélancolique et joyeuse, dont la mélodie faisait songer à celle de *Se Canto*, ce chant occitan si cher aux Ariégeois.

Des larmes perlèrent au coin des yeux de Jean Bonzom. Comme le montagnard refusait de s'abandonner davantage à l'émotion, il se leva lui aussi, son verre à la main.

— Bravo, tu es bien un aristo, fiston, l'élite des troubadours, déclama-t-il. Trinquons, tu me retournes les entrailles, avec tes boniments !

— Jean, non, non ! gémit Albanie, qui avait subi le charme de cette touchante confession. Ce n'était pas des boniments. Tu n'as pas honte de dire ça ? Monsieur Luigi, ne faites pas attention à mon mari. Dites-moi, quelle était cette réponse ?

— Je vais vous expliquer. Cette réponse qui vous intrigue, elle avait forme humaine, et une des plus gracieuses du monde. C'était la même année, au début de l'hiver, à Massat, un matin de foire. Je portais mon accoutrement de saltimbanque, une vieille veste en peau de loup et un anneau de cuivre à l'oreille. Afin de gagner trois sous, je jouais du violon près d'un montreur d'ours, bien content de l'aubaine. Le malheureux animal dansait, pataud, tenu au bout d'une chaîne reliée à l'anneau qu'il avait dans le nez. La foule alentour m'apparaissait comme une masse grise, compacte, composée d'hommes et de femmes vêtus de sombre, et j'en éprouvais une sorte de mélancolie. La neige menaçait, le ciel était couleur de plomb, lui aussi. Soudain, j'ai aperçu une jeune fille parmi la foule. Mon cœur a bondi dans ma poitrine, car cette demoiselle semblait illuminer ce triste matin au froid mordant. J'étais fasciné. Elle avait les yeux mauves, d'un violet très clair, et des cheveux dignes des plus belles aurores, d'un roux sombre. C'était Angélina. Mais, comme j'ignorais son prénom, je lui en ai vite donné un, Violetta, la merveilleuse réponse à mon errance.

Bouleversée, la jeune femme lui dédia un regard ébloui, brillant de gratitude. Elle résista à l'envie de le rejoindre et de l'embrasser devant sa tante et son oncle. Mais elle finit par envoyer au diable pudeur et convenance ; elle se leva et courut se jeter à son cou. Il l'enlaça et la fit tourner autour de lui.

Albanie frappa des mains, ravie. Quant à Jean Bonzom, il ronchonna :

— Alors, ce millas, va-t-on le manger, oui ou non ? Tu nous feras encore de la musique ce soir ! Hé, ma nièce, lâche-le donc, ton bonimenteur.

Le couple revint s'asseoir, main dans la main. Ils savourèrent tous quatre ce goûter copieux, mais en n'échangeant plus que des banalités.

— Mon oncle, je voudrais rendre visite à Coralie, déclara Angélina quand ils eurent terminé. Je pourrais juger de son état et peut-être savoir si la naissance approche ou non.

— Je vais t'accompagner, ma nièce.

— D'accord, je me prépare.

Ils la virent ouvrir sa mallette pour s'assurer que rien ne manquait. Elle prit une blouse propre dans le gros sac en cuir, ainsi qu'un foulard.

— Tes gants en chevreau ? s'inquiéta Luigi. Tu ne les as pas oubliés !

— Non, je les ai mis dans une de mes poches.

— Pourquoi as-tu besoin de gants ? demanda son oncle.

— Par mesure d'hygiène, pour me préserver de certaines matières organiques[1]. J'en ai plusieurs paires, maintenant que j'ai un riche fiancé. Luigi m'a équipée. Si vous pouviez voir mon dispensaire !

Elle n'osa pas ajouter que beaucoup de ses patientes ne se lavaient pas à l'endroit du corps où, justement, elle officiait. Ce fut le cas avec Coralie Seguin, épouse Jacquet. Son oncle l'avait laissée sur le seuil de la maison. Angélina se retrouva confrontée à une jeune femme de trente ans environ, aux traits poupins et au regard bleu, accablée d'un sérieux embonpoint, le ventre énorme et le teint sanguin, vêtue d'une robe informe maculée de taches. Une coiffe jaunie couvrait ses cheveux bruns.

— Bonsoir, mademoiselle Loubet, dit-elle sans quitter la chaise qu'elle occupait au coin de la cheminée.

---

1. L'usage médical des gants en latex a débuté en France en 1904. Avant, les docteurs tenaient surtout à se protéger et non à ne pas contaminer les patients.

Dites, vous êtes bien brave de vous soucier de moi ! J'en croyais pas mes oreilles quand m'sieur Bonzom m'a annoncé ça.

— Si vous faites allusion à votre cousin Blaise, madame, sachez que je vous considère comme totalement étrangère aux crimes affreux qu'il a commis. À partir de ce soir, vous êtes ma patiente et rien d'autre ne compte.

Le logement, malodorant, sombre et enfumé, avait un aspect désolant. Les rideaux qui dissimulaient le lit arboraient une couleur indistincte, du beige au jaune avec des zones de gris. Le sol était en terre battue. Comparée à cet antre insalubre, la maison d'Albanie Bonzom prenait des allures de palais rustique.

— Comment avez-vous calculé votre terme ? interrogea-t-elle de son ton net et chaleureux de costosida. La date était assez précise, d'après mon oncle.

— Boudiou, c'est la brouche[1] du plateau de Guirel ! Je l'ai croisée, à la Saint-Jean, sur le chemin. Elle a pointé son doigt sur mon ventre et elle m'a dit que le petit naîtrait le 6 octobre. Celle-là, elle se trompe jamais.

— Bien. Il faudrait vous allonger sur le lit, que j'examine le col de votre matrice. C'est votre premier enfant...

— J'ai été grosse deux fois, mais ça a coulé.

— On dit ça pour les juments et les vaches, madame ! s'indigna Angélina.

— Dites, si on passe des heures toutes les deux, appelez-moi donc Coralie. Déjà que vous causez bien pointu, comme une dame.

1. Sorcière, en patois occitan.

— *Qu'ès cal malfisa dès qu'an éstudiat lé lati*[1] ! s'écria Angélina. Je peux parler patois, si vous préférez.

— Non, j'trouve ça joli à entendre, votre façon de parler. On dirait que vous chantez.

Elle se leva en ahanant, une main sur sa hanche gauche. Elle respirait difficilement et se déplaçait de même.

— Où est votre mari ?

— Yves travaille sur une coupe de bois, du côté d'Auragnou. Y sera pas là avant la nuit. Je suis toute seule du matin au soir. C'est pas drôle, dans mon état !

Angélina enfila ses gants en espérant ne pas vexer la future mère. Elle l'aida à s'étendre et ouvrit sa mallette. Mais, très vite, un problème se présenta : la lumière lui ferait cruellement défaut.

— Avez-vous une lampe à pétrole ou des chandelles ?

— J'ai que des chandelles. Seulement, on les utilise pas. Le soir, le feu éclaire bien assez et on se lève avec le soleil. Si ça vous fait défaut, regardez donc dans le placard, près de la cheminée. Les chandelles sont emballées avec un papier bleu.

La costosida en alluma trois qu'elle disposa sur une chaise. Dès qu'elle retroussa la robe de sa patiente, une odeur écœurante monta à son nez.

— Coralie, ne vous vexez pas, mais il faut vous laver les parties intimes au savon et à grande eau au moins une fois par jour. Surtout avant un accouchement.

— Oh, dites, j'suis pas une grue[2] de la ville !

— Je n'en suis pas une non plus. Pourtant, je me lave soir et matin. Je prône une hygiène rigoureuse à toutes

---

1. Il faut se méfier des gens instruits, en occitan.
2. Ici, signifie putain, allusion aux prostituées qui faisaient le pied de grue sur les trottoirs.

les femmes que je soigne, Coralie. Si vous étiez dans les douleurs, je vous nettoierais, mais, là, vous allez le faire vous-même. Il y a bien une cuvette, chez vous ?

Elle en dénicha une sur les conseils de la maîtresse de maison, qu'elle sortit rincer dans l'abreuvoir qui s'adossait au mur d'une bergerie. C'était de l'eau de source, fraîche et limpide. Elle en remplit à demi le récipient. De retour dans la pièce, elle y versa l'eau bouillante qui frémissait dans une marmite près des braises.

L'air penaud, Coralie s'était relevée. Elle marcha de son pas pesant vers le grand buffet en bois noir où elle rangeait son pain de savon, réservé aux lessives.

— Et comment j'fais ? bredouilla-t-elle.

Angélina lui montra comment mettre la cuvette sur une chaise basse. Enfin, elle lui donna deux compresses.

— Vous les imbibez d'eau, vous vous frottez entre les jambes et vous rincez. Ce n'est pas plus dur que de laver une assiette ou un torchon. J'attends dehors.

Elle ressortit avec soulagement, s'assit sur le seuil et admira les montagnes, parsemées d'écharpes de nuages. Le soleil se couchait. L'air lui parut froid, mais délicieusement pur.

« C'est un drôle de métier, que je fais, quand même ! songea-t-elle. Papa me l'a répété souvent, mais je ne le comprenais pas. En fait, je pénètre au sein d'une famille, je vois tout de sa condition, misère ou pauvreté, saleté ou propreté. Par les confidences que je reçois contre mon gré, j'en apprends beaucoup sur les secrets des couples, d'où le serment de discrétion qu'on prêtait jadis et qu'on doit respecter encore. »

Un léger sourire sur les lèvres, elle se remémora les aveux gênés de sa belle-mère Germaine qui se découvrait enceinte, ou la petite remarque malicieuse de son oncle, tout à l'heure, à propos du plaisir. « Évidemment, tous les couples mariés ou adultérins font l'amour, et l'âge importe peu, d'après ce que j'ai pu constater. Mais, si je n'étais pas sage-femme, j'y penserais beaucoup moins en observant mes semblables. »

— J'suis propre, je crois ! lui cria Coralie de l'intérieur.

— J'arrive...

Angélina put procéder à l'examen. L'essoufflement de sa patiente la préoccupait. Elle l'attribuait à son embonpoint, mais cette respiration irrégulière et bruyante résonnait dans son esprit comme un signal d'alarme.

— Est-ce que vous avez consulté un docteur ? s'enquit-elle après avoir pris le pouls et écouté le cœur du bébé avec un petit cornet en bois fin. Il me semble que vous devriez le faire sans tarder.

— Ben oui, mais ça demande de descendre à Massat en charrette et j'avais peur de pondre le petit en chemin.

La costosida renonça à lutter. Coralie usait d'un vocabulaire destiné aux animaux pour évoquer ses couches.

— Vous devez être contente d'avoir enfin porté un enfant à terme ? hasarda-t-elle.

— Pas tant que ça, va ! Si encore j'ai un garçon, y pourra aider son père. Une fille, ce sera que du malheur. On gagne peu. Alors, une bouche de plus à nourrir... J'aurais jamais dû quitter Saint-Girons. Là-bas, je pouvais me placer comme bonne. C'est dur, par ici ! On est enfermés du mois de novembre au mois de mai, avec la neige et les loups qui rôdent. Paraît pourtant qu'ils vont ouvrir une école.

— Une école ?

— Dites, y a une vingtaine de gamins et de gamines à Encenou qui descendent trois kilomètres plus bas, au hameau neuf du Ramé, suivre les leçons d'un jeune maître qui loge dans une cabane près du ruisseau[1].

Angélina avait laissé parler Coralie, sachant qu'elle se détendait ainsi, car elle devait appréhender l'examen le plus approfondi.

— Eh bien ! votre petit pourra aller à l'école sans faire ce trajet-là. C'est une bonne nouvelle. Maintenant, il vous faut plier les jambes et les tenir écartées. C'est très gênant pour vous, j'en ai conscience, mais pensez à toutes les femmes que j'ai vues dans cette position. On s'en remet et je n'ai pas d'autre moyen pour m'assurer que tout va bien.

— D'accord !

— Seigneur ! s'écria-t-elle dès qu'elle eut ausculté la future mère. Votre col est bien ouvert. Vous devriez ressentir des contractions, déjà. Vraiment, Coralie, vous n'avez pas de douleurs régulières ?

— Ben non, ça me tire en bas des reins, c'est tout.

— Il se peut que vous ne perceviez pas les spasmes de votre matrice, qui me semble très distendue, le bébé étant assez gros, à mon avis. Demandez à votre mari, ce soir, de vous aider à marcher le plus possible.

— Boudiou, y voudra pas, y mangera sa soupe et y se couchera.

Soucieuse, Angélina pensait que sa patiente aurait été plus en sécurité en accouchant à l'hôpital. Cependant, il était trop tard pour la transporter à Saint-Girons.

1. Fait authentique.

— Coralie, je suis chez mon oncle. Dites à votre mari de venir me chercher s'il se passe quoi que ce soit, si vous perdez les eaux ou si vous souffrez. Même en pleine nuit !

Elle s'efforçait de prendre un ton serein afin de ne pas effrayer la mère.

— Oui, on fera comme ça. Vous êtes ben gentille, dites donc ! On vous disait fière ; moi, j'trouve pas.

— Il faut toujours juger les gens soi-même, répliqua Angélina en souriant. Je vous laisse. À très bientôt, je crois.

*

À son retour, Angélina avait surpris Jean Bonzom et Luigi lancés dans un véritable débat politique et théologique. Assis sur la pierre de l'âtre, les deux hommes semblaient partager les mêmes idées.

— Alors, ma nièce, avait rugi le montagnard, où en est-elle, Coralie ?

— L'enfant devrait naître demain, selon les prévisions d'une brouche du plateau des sorcières, avait-elle répondu. Après examen, j'en suis arrivée à la même conclusion.

Albanie s'était signée, comme chaque fois qu'on évoquait en sa présence les forces diaboliques dont elle redoutait la puissance occulte. Puis, de son pas régulier et discret de souris, elle s'était affairée à assurer le bien-être de ses invités.

— Je t'ai préparé un lit dans la chambre de l'étage, Angélina. Ton fiancé sera obligé de coucher dans le grenier, mais il y a un autre lit là-haut, celui où tu dormais petite fille.

— Ce sera très bien, avait affirmé le baladin. J'ai souvent passé la nuit à même le sol de la forêt.

Ces derniers mots avaient changé le cours de la discussion. Luigi avait dû raconter ses années d'errance et son amitié presque filiale pour le père Séverin, maintenant prieur de l'abbaye de Combelongue. Il avait résumé la sombre histoire de son arrestation et enjolivé son évasion, de même son séjour en Espagne. Pendant ce temps, Albanie avait servi un excellent repas, composé de saucisson, de pâté de lapin, d'une grosse omelette aux cèpes et d'une salade du jardin, le tout arrosé de vin blanc.

— Nous élevons un cochon chaque année, avait-elle expliqué. Je vous donnerai du lard ; il est sec à point.

Jean Bonzom avait débouché du cidre. Il exultait, ravi d'avoir à sa table sa belle nièce et son fiancé. Luigi lui inspirait toute confiance, et même davantage. Il était fasciné, conquis.

— C'est un homme comme lui qu'il te fallait, Angélina, avait-il affirmé. Ton docteur de Toulouse que tu comptais épouser, ça ne me disait rien qui vaille. Ton aristo, tu l'aimes pour de bon. Je sens ces choses, moi.

— Merci, monsieur ! s'était esclaffé Luigi.

— Hé ! Plus de môssieur ni de vous à tout bout de champ ; appelle-moi Jean. Ou bien oncle Jean, puisque tu entres dans la famille.

— À ce propos, avait coupé Angélina, je voudrais vraiment que vous assistiez à notre mariage, ma tante et toi. Tu ne peux pas refuser, mon oncle. Ce sera un peu comme si maman était là pour ce grand jour.

— Finaude, va, tu me prends par les sentiments. Entendu, nous viendrons. Si je reçois un carton d'invitation ! *Foc del cel*, je pourrai faire les gros yeux à ton père et à sa Germaine.

— Jean, tu veux gâcher la noce ? s'était effarée Albanie.

Malgré cette exclamation navrée, son épouse s'était illuminée à la perspective de découvrir la cité de Saint-Lizier avec sa cathédrale et de dormir à l'auberge. Témoin de sa joie muette, Angélina se leva brusquement en annonçant :

— Je crois que c'est l'heure des cadeaux !

— *Qué* cadeau ? grogna le montagnard. C'est toi, mon cadeau, fillette.

Mais elle fit la sourde oreille, tendit un paquet volumineux à sa tante et deux paquets moins gros à son oncle.

— Par la Sainte Vierge ! s'extasia Albanie quand elle déballa une robe en velours vert assorti à ses yeux.

C'était une toilette comme elle n'aurait jamais imaginé en porter, avec des finitions soignées et des détails charmants qui en faisaient l'élégance, à savoir des boutons en nacre et un col en dentelle. Il y avait aussi dans le carton des gants en fin crochet de couleur beige et une toque en velours assorti.

— Mon Dieu, je ne mettrai ces belles choses qu'une fois, à ton mariage ! déplora-t-elle. Mais je les admirerai souvent, ça oui.

Ravi, son époux lui rétorqua qu'il la conduirait tous les dimanches à la messe et qu'elle épaterait ainsi les commères de Biert.

— Ouvre aussi tes paquets, oncle Jean, supplia Angélina, heureuse d'avoir comblé sa tante.

— Bah, c'est ben lourd, tout ça ! blagua-t-il.

Dès qu'il eut déchiré le papier, son expression joviale céda la place à un silence respectueux. Il lissa du plat de la main la couverture du premier ouvrage, puis examina la tranche des quatre autres livres. Ses yeux brillaient, tandis que sa bouche esquissait un sourire ébloui. À cet instant, Luigi put constater à quel point Angélina ressemblait à son oncle. Ils avaient les mêmes traits délicats et harmonieux. Jusqu'au dessin des sourcils qui était identique.

— Ma nièce, je ne sais pas quoi dire, laissa-t-il enfin tomber.

— Mais qu'est-ce que c'est, Jean ? demanda Albanie.

— *L'Histoire des Albigeois*, en cinq tomes, de Napoléon Peyrat[1], déclara Angélina. C'est une parution qui date de neuf ans, mon oncle. Luigi a parcouru ces livres. Ce pasteur, qui était aussi poète, pense qu'une femme d'exception, Esclarmonde de Foix, reposerait dans une crypte creusée dans le roc sous le château. En plus, c'est un Ariégeois. Il est né au début du siècle à Bordes-sur-Arize.

— Esclarmonde ! s'écria Jean Bonzom. La noble dame cathare qui a fondé la citadelle de Montségur et qui l'a protégée[2] ! En voilà, un magnifique cadeau, mes enfants ! J'ai hâte qu'il neige, que je puisse lire au coin du feu toute la journée, maintenant que le pharmacien de Massat m'a vendu des binocles. Viens là que je t'embrasse, petite !

---

1. Napoléon Peyrat (1809-1881) : poète et pasteur des Églises réformées, historien du catharisme. Il a publié *L'Histoire des Albigeois* en 1872.
2. Cette assertion répond à des suppositions de l'époque, souvent démenties par les historiens actuels.

Angélina reçut un baiser un peu rude de son oncle. Luigi sortit alors son offrande, une petite bouteille d'armagnac.

— Ce nectar est le bienvenu aussi, fiston. Autant en boire une goutte pour fêter vos fiançailles ! Maintenant, je veux savoir la suite de votre histoire, à vous, les tourtereaux.

Ce fut sa nièce qui narra sans beaucoup de détails le retour de Luigi dans la cité et ses retrouvailles avec sa mère, Gersande de Besnac. Elle se garda de dépeindre toutes leurs hésitations, leurs chassés-croisés et leurs querelles. Malgré sa gaîté apparente et l'humour dont elle parait certaines anecdotes, Angélina n'avait pas vraiment l'esprit en paix. Souvent, elle guettait les bruits dehors qui ne se produisaient pas, ou bien elle revoyait le visage sanguin de Coralie et elle croyait entendre l'écho de sa respiration saccadée. Cependant, chacun leur tour, son oncle et sa tante la pressaient de questions sur Rosette, sur le pastour, sur Henri. Elle se lançait dans de nouveaux discours, sans parvenir à se libérer de la sourde angoisse qui la taraudait.

— Il serait sage de se coucher, je crois, dit Jean Bonzom peu avant onze heures. Je n'ai pas coutume de veiller si tard, moi ! Luigi, demain, je t'emmènerai sur la crête, au-dessus du plateau des sorcières. La vue sur les Pyrénées vaut la peine de grimper là-haut et, en chemin, il y a fort à parier qu'on ramassera un bon panier de châtaignes et des cèpes.

— J'en serai enchanté, affirma le baladin. Je suis désolé, je ne vous ai pas joué de violon.

— Vous nous ferez de la musique demain soir, alors ! murmura timidement Albanie. Nous deux, Angélina, nous sortirons les brebis. Il y a encore de l'herbe dans la pâture.

— Avec joie, ma tante.

On sentait le couple profondément heureux d'héberger les jeunes gens durant trois jours. Très unis, très épris en dépit des années écoulées, ils goûtaient leur isolement, mais ils appréciaient tout autant un peu de compagnie, surtout celle de leur nièce.

Luigi et Angélina montèrent à l'étage et se dirent bonne nuit sur le palier. Des tresses d'oignons séchaient là, ainsi qu'une ribambelle de saucissons enduits de cendre de hêtre et des quartiers de lard.

— Tu m'as l'air soucieuse, ma chérie… s'inquiéta à mi-voix le baladin. Viens dormir avec moi dans le grenier ; personne ne le saura et je serai sage. Nous jouerons à Tristan et Yseut, séparés par l'épée du roi Arthur.

— Je suis désolée de refuser, mon amour ! soupira-t-elle. Comment te remercier ? Tu es si prévenant, tu devines quand je suis triste ou contrariée. En plus tu as amadoué mon oncle, qui peut se montrer si farouche et intolérant. Je suis certaine qu'il vient à notre mariage grâce à toi. Luigi, serre-moi fort dans tes bras. J'ai peur, en fait, au sujet de la voisine, Coralie. Elle est jeune, une trentaine d'années, mais j'ai la certitude qu'elle a un grave problème, soit le cœur, soit les poumons. Un accouchement avec ces pathologies peut virer à la tragédie.

— Si tu veux, nous pouvons la conduire chez le médecin de Massat demain matin, ou aller le prévenir.

— C'est gentil de me le proposer, mais, pour l'instant, un docteur ne pourra rien faire de plus. Elle aurait dû consulter bien avant. Je le lui ai dit. Je me souviens qu'à Toulouse madame Bertin, notre sage-femme en chef, a perdu une patiente dont le cœur a lâché après la délivrance. C'était à l'hôpital. Les médecins sont venus, mais ils n'ont pas pu la sauver.

— En conclusion, tu crains que ta patiente soit condamnée ?

— Non, non, quand même pas ! C'est de l'appréhension, une légitime appréhension.

Luigi l'enlaça avec tendresse, dans un élan de passion contenue. Le cidre, le vin blanc et l'armagnac l'avaient grisé. Sa lucidité battait de l'aile, ses bonnes résolutions également. Son baiser se fit impérieux et une de ses mains s'égara sur les hanches de sa fiancée pour remonter vers sa poitrine.

— Ma beauté, ma toute belle, dit-il près de sa bouche, viens, je t'en prie. Je n'en peux plus de te désirer, de rêver de ton corps. Je ne ferai rien, je voudrais te voir nue des pieds à la tête et te caresser.

— Luigi, non, pas ici ! Je t'en supplie, ne sois pas fâché, je ne peux pas. Mon oncle pourrait entendre du bruit. Il doit être aux aguets, tel que je le connais.

— Et moi je crois qu'il s'en moque, de notre vertu ! Pourquoi ferions-nous du bruit. Ôte tes chaussures et viens ! Aie pitié, je t'aime tant !

Elle lui céda en se persuadant que leurs jeux amoureux l'aideraient à oublier la peur sournoise qui l'oppressait. Il faisait froid sous les combles. Des pommes étaient rangées sur des clayettes de bois ; dans un angle, un tas de châtaignes dans leurs bogues faisait songer à une étrange bête à piquants qui se serait tapie là. Le lit se dressait sous la lucarne avec ses deux montants en bois, garni d'un unique oreiller, de draps et d'une couverture.

— Là, regarde, la lune nous éclaire, balbutia Luigi, fébrile.

Il la souleva et la fit asseoir au bord du matelas qui dégageait une odeur tenace de laine de mouton.

— Accorde-moi ce bonheur, ma petite fiancée, ma bergère aux yeux de colchique !

— Chut, tais-toi ! lui intima-t-elle l'ordre.

Il approuva d'un signe de tête, tout en déboutonnant sa robe, qu'il lui enleva avec une sorte de frénésie. Angélina ne portait plus de corset ; aussi, ses bas tenaient-ils à mi-cuisse grâce à des jarretières ornées de petits rubans roses. Elle lui apparut ainsi, en chemisette à bretelles, les épaules et les bras dénudés, les jambes gainées de soie noire.

— Tu es exquise, chérie, tu me rends fou...

Haletante à présent, elle le fixait dans le clair-obscur lunaire. Luigi se pencha et insinua un doigt le long de sa culotte en calicot, un modèle très court qui se révéla délicieusement impudique.

— Mais d'où sort cette lingerie coquine ? s'enquit-il en lui parlant dans le creux de l'oreille.

— Je l'ai commandée dans un catalogue que je reçois par la poste. C'est une boutique de Toulouse. Les culottes longues seront bientôt démodées, monsieur qui a trop bu. Tu trembles comme une feuille.

— Je tremble de désir, Angélina.

Elle l'attira contre lui. Il sentit la pointe de ses seins frôler son torse et perdit toute maîtrise. Lui d'ordinaire si pondéré et maître de ses pulsions, il se transforma en un libertin audacieux, dont le souffle précipité trahissait l'excitation. La chemisette de la jeune femme s'envola sur le plancher. De ses lèvres brûlantes, Luigi dévora de baisers un mamelon, puis l'autre. Enfin, il posa son front sur la toison dorée, en bas du ventre doux et velouté.

Elle eut un mouvement de recul, car Guilhem adorait rendre hommage à sa fleur intime et la menait parfois à la jouissance d'une langue habile.

— Non, pas ça ! gémit-elle tout bas.

Mais il ne l'écouta pas et sa bouche prit possession de sa chair moite et chaude. Alors elle oublia son premier amant, le baladin déployant des trésors de subtilité et de persévérance afin de la sentir offerte, abandonnée au délire des sens. Soudain, il se redressa et demeura à l'écart, immobile.

— Angie, quelqu'un frappe, en bas, dit-il très vite.

— Ce doit être le mari de Coralie ! Quelle heure est-il ?

— Je n'en sais rien, aux environs de minuit.

Angélina remit sa robe, mais oublia la chemisette par terre. Sans un regard pour Luigi, elle descendit l'escalier sur la pointe des pieds et entra tout aussi discrètement dans la chambre qui lui était dévolue. Des coups continuaient à retentir à la porte du rez-de-chaussée. Elle se demanda pourquoi ni sa tante ni son oncle n'ouvraient. Sans plus feindre d'être réveillée, elle dévala les marches. Jean Bonzom, furibond, lui apparut, un bonnet de nuit sur sa tignasse rousse, un bougeoir à la main.

— *Foc del cel !* aboya-t-il. C'est quoi, ce bazar ?

— Faudrait venir chez nous, pardi ! répondit une voix grave à l'accent prononcé.

— J'arrive, monsieur, retournez près de votre femme, cria-t-elle. Mon oncle, tu es sourd, ma parole ! Ce bazar, c'est un mari qui demande mes services, Yves Jacquet. Allons, éclaire-moi que je mette ma blouse et que je prenne ma mallette. Si ma tante pouvait me rejoindre au petit jour et faire un peu de ménage chez cette pauvre

Coralie ! J'en suis malade, d'imaginer un bébé dans autant de crasse.

— Fariboles, ma nièce ! Bien des pitchouns de ce pays sont nés dans la gadoue. Ils sont devenus des hommes costauds, bien plantés. Un peu de saleté n'a jamais tué personne.

— Trop de femmes en couches en sont mortes ! rétorqua-t-elle.

— Dans tes hôpitaux, pas ici, en montagne.

Elle haussa les épaules et se rua dehors, après s'être assurée qu'elle n'avait rien oublié. Luigi la rattrapa une dizaine de mètres avant la maison des Jacquet.

— Angélina, ma chérie, courage ! Pardonne-moi, tu avais raison, j'étais ivre.

— Je n'ai rien à te pardonner.

Ils échangèrent un rapide baiser, dénué de la fièvre amoureuse qui les avait terrassés, mais plein de tendresse.

— Je ne sais pas combien de temps je serai retenue au chevet de Coralie. Va dormir, repose-toi.

Sur ces mots, elle courut jusqu'à la porte derrière laquelle l'attendait sa patiente. Il y avait de la lumière à la fenêtre, une bougie disposée là, près d'une vitre. Yves Jacquet lui ouvrit. Il devait la guetter. La costosida se trouva nez à nez avec un homme de sa taille à la carrure massive. Il devait avoir l'âge de Luigi, mais la vie au grand air, le soleil brûlant l'été et le gel l'hiver avaient buriné son visage allongé au nez aquilin. Brun comme Coralie, il la fixait d'un regard gris-bleu.

— Ça a commencé il y a une heure, expliqua-t-il dans un français aisé. Elle a perdu les eaux. Du sang, aussi.

— D'accord, je vais l'examiner. Si vous pouviez mettre du petit bois dans le feu et des écorces ! J'ai besoin d'y voir clair. Faites chauffer de l'eau, aussi, une bonne quantité.

— Pas de tracas, la marmite chauffe déjà. Prenez vos aises, mademoiselle.

— Qu'est-ce que je vous avais dit ? intervint Coralie. Minuit vient de sonner. Le petit va naître le 6 octobre.

— Ressentez-vous des douleurs, à présent ? Quand la poche des eaux se rompt, le travail s'accélère.

— Oui, j'ai des douleurs, mais pas très fortes.

Angélina procéda à un nouvel examen. Elle qui avait craint une naissance par le siège fut rassurée. L'enfant se présentait par la tête. « J'ai eu du mal à me faire une idée, cet après-midi, à cause de l'embonpoint de Coralie. À la palpation, je ne sentais pas la position du bébé », se dit-elle.

— Bien, les choses vont suivre leur cours, annonça-t-elle. Ce futur écolier semble pressé de faire votre connaissance.

Yves Jacquet s'était assis au coin de la cheminée et il fumait sa pipe, la mine grave. Angélina se dit que cet homme respirait la morosité, comme s'il était dépourvu de toute jovialité, de toute cordialité. Elle plaignit Coralie, qui passait tous les mois de l'année dans ce hameau perdu, avec un mari toujours par monts et par vaux.

— Vos voisines ne viennent pas ? s'étonna-t-elle.

C'était une tradition de se réunir autour d'une femme en couches. Angélina le déplorait assez souvent, obligée de congédier certaines curieuses qui s'ajoutaient à la famille.

— Il est un peu tard et Yves n'aime pas être dérangé, chuchota Coralie. La journée, ça, on cause près du lavoir.

Vous savez, ma voisine la plus gentille, c'est votre tante. Je peux bien vous le dire, l'affaire de mon cousin, le monde est au courant par ici. Depuis, on me regarde plus de la même manière.

« Évidemment ! Les journaux ont noirci des colonnes avec cette horrible histoire ! songea Angélina. Un bourrelier qui avait pignon sur rue à Saint-Girons, l'assassin de trois jeunes filles. Un violeur ! Mon Dieu, il aurait pu tuer Rosette. Sans mon pastour, il abusait d'elle et l'étranglait comme les autres. »

— Les gens sont ainsi, dit-elle à voix haute. Je suis navrée pour vous, Coralie. Mais il faut vous défendre, expliquer que vous n'y êtes pour rien.

La femme eut une moue résignée. Tout de suite après, elle se crispa, défigurée par une grimace de souffrance.

— Oh, fi de loup, là, c'était une grosse douleur ! J'ai envie de pousser ! Faut que je pousse !

— Non, non, pas encore, je vous en prie. Le col de la matrice est effacé, mais le bébé doit s'engager, d'abord. Dans quelques minutes. Il faut patienter un peu. Dites-moi plutôt où se trouve le trousseau de l'enfant, que je prépare ses langes et sa layette.

— Dans le coffre au bout du lit, hoqueta Coralie.

— Moi, j'vais prendre l'air, annonça Yves Jacquet. Vous me ferez signe quand le petit sera là.

Révoltée devant tant de froideur et d'indifférence, Angélina n'osa pas protester. Elle pouvait avoir besoin d'aide. En ruminant sa colère, elle déplia les pièces de linge nécessaires au nouveau-né. Malgré l'attitude du futur père, elle éprouvait un réel soulagement. Sa patiente gardait son calme et respirait sans gêne. La naissance serait sûrement plus facile qu'elle ne le croyait.

— Encore une douleur, mademoiselle, l'avertit Coralie. Sainte Vierge, ça me bloque tout le ventre...

Angélina revint à côté du lit et massa l'abdomen durci de la jeune femme. Elle l'examina à nouveau.

— Bravo, cette fois, le bébé approche. Au prochain spasme, vous pourrez pousser.

Au même instant, on gratta à la porte. Sans attendre de réponse, Albanie entra, en tablier de toile bleue, un foulard noir sur la tête et un châle sur les épaules.

— Si je peux me rendre utile ? se hasarda-t-elle doucement.

— Ma tante, comme c'est gentil ! Le bébé arrive, tout se passe bien, mais tu me seras d'un grand secours. Il me faudrait une cuvette très propre d'eau chaude, de même qu'un baquet d'eau tiède et savonneuse. Coralie, avez-vous dîné ?

— Non, j'pouvais rien avaler.

— Vous aurez faim, une fois délivrée. Ma tante ?

— Ne t'en fais pas, Angélina, je vais essayer de lui tenir un repas au chaud.

La présence d'Albanie réconforta la patiente autant que la sage-femme. Elles l'entendaient aller et venir, remuer des ustensiles, s'occuper à diverses tâches. Mais les minutes s'écoulaient et aucune contraction utérine ne se manifestait. Coralie s'en inquiéta :

— C'est-y normal ? J'ai plus envie de pousser.

— Inspirez profondément. Assoyez-vous, aussi. C'est une meilleure position. Il se peut aussi que l'enfant soit fatigué ou manque d'air.

Bientôt, grâce à ces conseils, un spasme d'une grande ampleur contraignit la parturiente à se cambrer, le regard halluciné.

— Voilà, c'est bien, poussez maintenant, poussez, ça ne sera pas long, allez-y !

Debout près du feu, Albanie se tordait les mains, ses lèvres pâles, en récitant une prière muette. Le visage congestionné de sa voisine la terrifiait, comme la vision de ses cuisses ouvertes sur une toison brune qui entourait le sexe dilaté.

— Poussez encore, respirez, poussez ! répétait Angélina, prête à intervenir. Je vois les cheveux. Attendez, il a le cordon autour du cou. Je vais le libérer.

L'accouchée émit une plainte rauque en maîtrisant de son mieux le formidable travail de son bassin, qui s'écartait pour livrer passage au bébé.

— Ça y est, je l'ai dégagé ! cria la jeune femme. Un dernier effort et ce sera terminé.

Coralie, la face écarlate, hocha la tête. Elle se courba en avant en s'accrochant aux mains d'Angélina et poussa de toutes ses forces. Un hurlement strident lui échappa, clameur de douleur, de soulagement aussi. Le nouveau-né jaillit de sa prison de chair et hurla à son tour, mais dans un flot de sang.

— C'est un garçon, Coralie, un beau garçon !

En larmes, Albanie se signa et, de tout son cœur pétri d'une foi naïve, elle remercia Dieu. Ce fut un peu après qu'elle vit sa nièce livide, bouche bée, l'air affolé.

— Je coupe le cordon ! dit-elle d'une voix tendue. Ma tante, vite, viens prendre le petit.

La mère s'était rejetée en arrière sur ses oreillers. Elle continuait à inspirer et à expirer avec une frénésie anormale.

— Je dois stimuler sa matrice, elle fait une hémorragie, chuchota Angélina à sa tante. Mon Dieu, pourvu que le flux de sang s'arrête.

Elle effectua sans trembler les gestes salutaires que lui avait enseignés sa mère, ainsi que madame Bertin. Les doigts joints, elle appuya à plusieurs reprises sur l'utérus, allant jusqu'à donner de légers coups de poing. Le sang coulait toujours.

— Il faut appeler son mari, ma tante, qu'il vienne vite à son chevet !

— J'vais crever, hein ? prononça difficilement Coralie. J'me sens toute lasse, d'un coup. Je saigne, ça coule, je le sais.

— Tenez bon, par pitié ! cria Angélina, survoltée. Je vous fais encore souffrir en frappant votre ventre, mais c'est pour vous sauver.

Alerté par Albanie, Yves Jacquet entra sans hâte. Il se pencha sur le bébé en profitant de la lumière des bougies et fit une grimace bizarre. Enfin, il marcha vers le lit en évitant de regarder les draps ensanglantés.

— Comment ça va, ma pauvre femme ? demanda-t-il.

— Mal, mon homme, ben mal…

Angélina perçut un nouveau spasme. Elle tira avec d'infinies précautions sur le cordon et le placenta s'expulsa, suivi d'un jet de sang.

« Maman, Seigneur Jésus, faites que cette malheureuse survive, oh ! je vous en prie ! » implora-t-elle.

Comme en réponse à ses prières, l'hémorragie parut se résorber. Elle reprenait espoir quand Coralie, les yeux exorbités et la bouche béante, se mit à suffoquer. Albanie retint un cri d'horreur, car c'était affreux à voir, cette jeune mère qui se débattait faiblement, soudain d'une blancheur de craie.

— Coralie, Coralie ! appela Angélina. Restez avec nous, avec votre pitchoun !

Ces exhortations furent vaines. Coralie sombrait, privée d'air. Elle perdit connaissance et, quelques minutes plus tard, elle était morte[1].

— Mon Dieu, non, non ! dit la costosida avant de tomber à genoux, le front appuyé au matelas.

Albanie et Yves Jacquet se signèrent, hébétés. Ils fixaient la défunte avec incrédulité, dans un silence que ne troublaient que les vagissements du nouveau-né.

— En voilà, du malheur ! soupira enfin le mari. J'ai guère de quoi payer les frais de l'enterrement. Dites, qu'est-ce qui s'est passé ?

— Je l'ignore, monsieur, déclara Angélina en se relevant. J'appréhendais l'accouchement pour votre épouse, car, en l'auscultant aujourd'hui, j'ai pu observer les difficultés qu'elle avait à respirer. Peut-être que son cœur a lâché à la suite d'efforts trop violents. Elle a fait une hémorragie. Je ne suis pas médecin, pardonnez-moi, je ne sais pas expliquer ce qui a tué votre femme. Le cœur, sans doute, ou bien une embolie.

— C'est quoi, ça ?

— Un vaisseau sanguin obstrué qui perturbe l'organisme.

— Bah, de toute façon, de savoir y changera rien. Je me retrouve veuf avec un gamin sur les bras. Mes parents sont morts il y a longtemps.

---

1. Il s'agit ici d'un cas d'embolie amniotique, pathologie méconnue à l'époque, qui provoque une mort rapide ou foudroyante, notamment s'il y a hémorragie.

Choquée par l'indifférence apparente de son voisin, Albanie serra l'enfant contre sa poitrine. Le destin se moquait d'elle ; il lui avait refusé la joie d'être mère, mais il faisait de ce petit garçon un orphelin.

— Je peux l'élever, moi, ton fils, Yves, s'entendit-elle articuler d'un ton ferme, malgré sa timidité et sa discrétion. J'en voulais, des enfants, Dieu en a décidé autrement. Si ça t'arrange, je le prendrai chez moi. Il sera nourri au lait de brebis. Tu le verras quand tu voudras. Il saura que tu es son père dès qu'il aura l'âge de comprendre les choses.

— Et Bonzom, y sera d'accord ?

— Même si Jean n'est pas d'accord, je vais te le garder, ce beau pitchoun. Il ne manquera de rien, crois-moi.

Stupéfaite et encore toute tremblante, Angélina assistait à la scène. Elle avait envie de vomir, de pleurer jusqu'à l'aube, mais il lui restait le plus pénible, nettoyer Coralie, changer les draps et rendre la pauvre femme présentable.

— Emmène-le donc, le petit, grogna Yves Jacquet. Faudra le baptiser. C'est la Saint-Bruno, le 6 octobre. Appelle-le comme ça. Bruno ! Je te donnerai de l'argent sur mes coupes de bois.

Albanie jeta un coup d'œil apeuré à sa nièce, comme si celle-ci pouvait s'opposer à ce contrat verbal, et s'apprêta à sortir en protégeant son précieux fardeau sous son châle.

— Ma tante, lave ce bébé et habille-le. Tout est prêt, ses langes sont sur la table. Il faudra un biberon et, surtout, fais bien bouillir le lait.

— Un biberon, j'en ai un que Jean avait acheté pour les agneaux. Je le ferai bouillir avant de m'en servir et nous en achèterons vite un autre à la pharmacie de Massat.

— Je te fais confiance, répondit tout bas Angélina.

Dix minutes plus tard, Albanie s'en alla, pareille à une fugitive qui aurait dérobé un trésor. Il fallut deux heures au mari et à la costosida pour venir à bout de leur sinistre labeur. Enfin, ils purent voir Coralie Jacquet, née Seguin, étendue dans son lit, les cheveux coiffés, vêtue de sa robe des dimanches, un chapelet entre ses mains jointes sur la poitrine.

— Je veillerai avec vous, monsieur.

— Ce n'est pas la peine, vous feriez mieux de rentrer chez votre oncle et de dormir. Tout bourru que je suis, comme disait ma femme, je préfère être seul avec elle.

— Je comprends. Je reviendrai demain matin.

Angélina rangea sa mallette et ôta sa blouse ensanglantée. En proie à un accablement insupportable, elle franchit le seuil. Une superbe nuit étoilée l'accueillit. Le ciel lui sembla d'une immensité extraordinaire, l'air d'un parfum ineffable.

« Pourquoi, mon Dieu, pourquoi ? » pensa-t-elle.

Épuisée, brisée, elle s'éloigna à petits pas. Dans la maison des Jacquet, un homme pleurait, assis au coin de la cheminée.

Chez Jean Bonzom, même nuit

Jean Bonzom rêvait. Il voyait en songe un chaton affamé dont les miaulements répétés l'agaçaient un peu. L'animal était perché sur le toit de la bergerie et il se demandait comment le faire descendre. Finalement,

Albanie posait une assiette de lait par terre et le chat sautait pour venir boire à leurs pieds. Mais il miaulait toujours, une fois rassasié. Il poussa un juron et, peu après, se réveilla. Bizarrement, tout en reconnaissant les rideaux qui fermaient le lit, il entendait toujours ce cri plaintif, celui du chaton. « *Foc del cel !* Qu'est-ce que c'est ? » se demanda-t-il, les yeux grands ouverts.

Le montagnard s'appuya sur un coude et écarta un des pans du tissu. La couche conjugale se dressait dans un angle de la pièce principale où Albanie et lui vivaient depuis des dizaines d'années.

— Boudiou, je rêve encore ! marmonna-t-il.

La scène qu'il découvrait aurait pu lui apparaître au début de leur mariage : son épouse était assise près du feu qu'elle avait dû garnir de bois et berçait un bébé dans ses bras. La clarté des flammes lui donnait un air très jeune, autant que son sourire extatique.

Les miaulements n'étaient autres que les pleurs de l'enfant. Pendant un instant, Jean Bonzom se crut victime d'une hallucination, ou bien passé dans une autre vie où ils auraient pu aimer et choyer un petit être né de leur amour. Enfin, la raison lui revint. Il se leva brusquement, en longue chemise de nuit de cotonnade blanche.

— Albanie ? appela-t-il tout bas en s'approchant d'elle. D'où y sort, ce pitchoun ? Ce serait pas celui de nos voisins ?

Sa femme leva vers lui un visage déterminé où son regard brillait d'une autorité nouvelle.

— Si, hélas ! Coralie est morte. Yves ne savait pas quoi faire, pour son fils. Je lui ai proposé de l'élever. Si tu n'es pas d'accord, Jean, je suis capable d'aller habiter la maison des Jacquet. Mais, ce pauvre petit gars, il aura les soins nécessaires. Son père me l'a confié et je m'en occuperai. Regarde comme il est beau !

Son mari se pencha et observa le nouveau-né qui s'était arrêté de pleurer et dormait paisiblement, à présent.

— Oui, il est beau. Albanie, écoute-moi. Tu ne m'as jamais rien demandé, ça, jamais. Je n'ai donc pas pu t'accorder ou te refuser quelque chose depuis que tu as pris le nom de Bonzom. Je sais bien le gros chagrin que tu as au cœur, de ne pas avoir eu de petiot. Ce n'est pas la peine que tu ailles l'élever de l'autre côté des montagnes ou chez les Jacquet. On va le garder, ce pitchoun.

Sur ces mots énoncés d'un ton attendri, il entoura son épouse d'un bras protecteur. Son visage tout proche du sien, il frotta un instant sa joue contre la sienne.

— J'ai toujours voulu ton bonheur, ma douce ! chuchota-t-il. Mais c'est bien triste que ce soit au prix d'un grand malheur pour d'autres.

Avant de se redresser, il embrassa Albanie sur les lèvres avec ferveur. Sous sa rudesse, le montagnard dissimulait une belle et grande âme, un cœur pur comme le diamant.

Quand Angélina rentra, sa tante n'avait pas bougé. Son oncle était couché. Elle posa sa mallette et s'installa au coin de l'âtre. Elle était livide et avait les traits tirés.

— Je suis désolée, je n'ai pas pu vous aider, Yves et toi, dit Albanie tout bas.

— Qu'aurions-nous fait du bébé ? Demain, j'enverrai mon oncle et Luigi chercher la bercelonnette que Coralie avait récupérée chez une de ses sœurs. Comment va-t-il ?

— Il est très calme. Tout à l'heure, il pleurait un peu et je l'ai bercé. Pour cette nuit, je ne sais pas trop où le coucher.

— Dans votre lit, bien au chaud.

— Ton oncle s'est levé et il l'a vu, chuchota Albanie. Il veut bien que nous le prenions ici.

— Ma tante, je sais que tu es heureuse d'avoir ce petit garçon à chérir, mais ne t'attache pas trop à lui. Yves Jacquet peut se remarier et te le reprendre.

— L'avenir le dira, répondit Albanie, mais j'en serais étonnée, Yves aimait sa femme. Seigneur, pauvre Coralie ! Je prie de toute mon âme pour elle. Même, je lui parle, sais-tu ! Je lui promets de bien m'occuper de son enfant. Toi, ma nièce, tu devrais aller dormir. Tu as mauvaise mine. Prends le bougeoir ; la chandelle tiendra encore un moment. Ton sac est déjà là-haut, ton fiancé l'a monté.

— Oui, tu as raison, je suis épuisée.

Angélina n'eut pas le courage de lui confier sa peine, sa révolte. Elle se releva, fourbue et la tête lourde. Chaque marche lui coûta un effort, tant elle était accablée par ce qu'elle considérait comme un échec, une abominable tragédie.

Une fois dans la chambre, elle se déshabilla entièrement et, avisant un broc et une cuvette disposés sur une table, elle fit sa toilette. D'abord, elle s'aspergea le visage et le cou avant de se laver de la poitrine jusqu'aux pieds. L'eau froide la revigora.

« De quoi est morte Coralie ? s'interrogeait-elle, obsédée par ce qui demeurait une énigme pour elle. J'écrirai à Philippe, je lui décrirai point par point l'accouchement. Peut-être qu'il aura une explication. »

Ce fut en cherchant sa chemise de nuit dans son sac de voyage qu'Angélina aperçut l'éclat d'un regard noir. Luigi avait déserté le grenier et s'était couché là, dans le lit qui lui était destiné.

— Surtout, ne souffle pas la bougie, murmura-t-il.
— Oh non ! Tu m'as regardée ?
— Pardonne-moi, je croyais que tu me verrais tout de suite, mais tu n'as pas jeté un coup d'œil vers le lit. C'était un si charmant tableau que je n'ai pas osé t'interrompre.

Outrée, elle cacha sa nudité derrière la chemise qu'elle n'avait pas eu le temps d'enfiler.

— Là, tu exagères, Luigi. Tu pouvais me dire un mot, tousser, je ne sais pas...

Elle ne put rien ajouter et fondit en larmes. Il lui tendit la main.

— Viens près de moi, ma chérie.

Presque à l'aveuglette, elle s'allongea entre les draps, secouée de terribles sanglots. Luigi l'attira contre lui, devinant que l'accouchement avait été fatal à la mère.

— Coralie est morte, avoua Angélina. Je n'ai pas pu la sauver. Pourtant, j'avais réussi à endiguer l'hémorragie. Elle avait perdu beaucoup de sang, mais ce n'était pas de quoi en mourir. Le souffle lui a manqué. Elle suffoquait, les yeux pleins d'incompréhension et de détresse.

— C'est la première fois que tu perds une patiente ? lui demanda-t-il gentiment.

— Oui. Enfin, à Toulouse et à Tarbes, il y a eu des décès par hémorragie, ou bien à cause de la fièvre puerpérale. Mais ce n'était pas quand j'étais de service. Je ne comprends pas ce qui s'est passé. Ça a été si rapide, si brutal ! Pourquoi Dieu permet-il une telle injustice ?

Coralie avait trente ans. Elle n'a même pas pu dire adieu à son mari et à son fils. Nous prions, nous implorons la clémence divine, mais à quoi bon ? En aidant Yves Jacquet à habiller sa femme, j'ai pensé à Rosette. Je crois que j'ai bien agi en la délivrant de son fruit. Te rends-tu compte ? Rosette que nous aimons tant, une jeune fille intelligente et d'une bonté inouïe, elle aurait pu mourir en couches parce que son père, un ivrogne sans foi ni loi, l'avait violée ! L'Église me semble plus indulgente à l'égard d'un homme comme lui que pour sa victime.

Angélina continuait à pleurer, blottie dans les bras de Luigi qui lui caressait les cheveux.

— Tes craintes étaient donc justifiées, hasarda-t-il.

— Sûrement ! Même pendant le repas, je n'étais pas vraiment avec vous, je pensais sans cesse à Coralie, et j'avais peur.

— Tu as fait de ton mieux.

— Ce n'est pas suffisant. Les femmes ne devraient pas mourir en donnant la vie. Ma mère s'est battue contre cette fatalité et je me battrai aussi.

— Ma chérie, ne te rends pas malade, je suis persuadé que tu ne pouvais pas la sauver. Ce doit être son cœur qui a lâché.

— Sans doute ! Maintenant, je me dis qu'un docteur aurait peut-être eu de meilleurs réflexes que moi.

— Le temps qu'il soit prévenu et vienne jusqu'ici, ça n'aurait rien changé. Et le bébé ?

— Ma tante l'a recueilli.

Sans le vouloir vraiment, elle leva son visage vers celui, tout proche, de son amoureux. Leurs lèvres se frôlèrent. Elle eut alors conscience de sa nudité et de la sienne. Leurs corps se touchaient, chauds, accoutumés l'un à l'autre au fil de la discussion.

— Je veux être ta femme, là, tout de suite, chuchota-t-elle à son oreille. Je suis déjà ta femme, car je t'aime de toute mon âme, et je le serai officiellement bientôt. Luigi, mon chéri, je me moque du péché. J'irai sur les genoux à Saint-Jacques-de-Compostelle, s'il le faut, mais j'ai besoin de me sentir vivante, j'ai besoin de toi en moi.

— Vraiment ? Tu ne le regretteras pas ?

— Non ! Je t'en prie.

Angélina rejeta drap et couverture. Dans la clarté mourante de la chandelle, Luigi admira ses seins aux pointes dressées, la finesse de sa taille, son ventre, la naissance de ses cuisses, autant de merveilles qu'il avait observées à la dérobée quelques instants plus tôt. Il la dévisagea, fasciné par le dessin exquis de ses traits, l'éclat humide de son regard d'améthyste. Une mèche d'or rouge ornait son front et, ainsi, éplorée, fragile, il la jugea plus belle encore, plus attendrissante.

Elle le fixait, en attente. Ses yeux se voilèrent avant d'errer le long de ses épaules d'homme, de son torse mince, de ses bras aux muscles déliés. Le désir la submergea et, se redressant, elle caressa de sa bouche son cou et ses joues, les doigts plongés dans le désordre de ses boucles noires. Luigi retint une plainte voluptueuse. Paupières mi-closes, il se coucha sur elle pour un baiser interminable où s'exprimait son propre désir. Peu à peu, ils oublièrent l'endroit qui les abritait, la mort cruelle, les principes de l'Église et ceux de la société bien-pensante.

Plus rien ne comptait en cette nuit d'octobre, hormis l'avènement d'un plaisir tissé d'amour et de respect et les étincelles de bonheur qu'il allumait dans la moindre parcelle de leur être.

20

Le vent de la montagne

*Hameau d'Encenou, chez Jean Bonzom,
six heures du matin*
Il faisait encore nuit quand Angélina se réveilla. Elle jeta un regard vers la fenêtre, dont les vitres embuées laissaient deviner le bleu sombre du ciel. Elle sentit tout de suite le corps de Luigi contre le sien, et un sourire très doux lui vint sur les lèvres. Jamais encore elle n'avait partagé un lit avec un homme. La chaleur des draps, l'odeur de leurs corps et cette intimité nouvelle ravivèrent le souvenir d'une étreinte dont la perfection lui laissait un goût de paradis terrestre. Ce n'était pas un plaisir ordinaire, fulgurant, qu'elle avait ressenti, mais plutôt une extraordinaire félicité, née de l'harmonie des gestes et de l'aboutissement fabuleux d'une joie infinie.

Troublée par la réminiscence de cette joie, Angélina se tourna vers son fiancé. Elle écouta le bruit ténu de sa respiration, résistant à l'envie de l'embrasser. « Mon mari, mon bien-aimé, songea-t-elle. Cette nuit, nous avons célébré nos noces clandestines, car désormais nous ne faisons plus qu'un. »

Elle se rappela contre son gré la relation très charnelle qu'ils avaient entretenue, Guilhem et elle. Certes, son premier amant savait la combler, lui offrir une jouissance foudroyante, mais, elle en avait conscience à présent, totalement dénuée du sentiment de plénitude amoureuse qui l'avait transportée de bonheur au moment de son union avec Luigi. Il l'avait faite sienne d'une manière extrêmement délicate, comme s'il accomplissait un rite sacré où chaque seconde avait une signification capitale.

« J'ai pleuré, ensuite... se remémora-t-elle. Des larmes de gratitude et d'extase. J'avais l'impression d'avoir été emmenée vers le ciel, vers des lumières magnifiques parmi lesquelles je volais, libérée, émerveillée. »

Tremblante d'une émotion rétrospective, Angélina posa une main sur le bras de Luigi. Personne ne lui ferait croire, dorénavant, que l'acte d'amour pouvait être un péché, à condition, bien sûr, de s'aimer de toute son âme et de tout son cœur. Elle ne regrettait rien, certaine que le seul fléau sur terre demeurait la mort et les multiples pièges où elle attirait les malheureux humains. La vision de Coralie, inerte, les yeux révulsés, lui revint. Elle étouffa un sanglot.

— Qu'est-ce que tu as, ma chérie ? demanda tout bas Luigi, réveillé à son tour.

Sans répondre, Angélina se réfugia dans ses bras et lui couvrit le visage de baisers.

— J'étais très heureuse, à l'instant, mais j'ai pensé à Coralie, confessa-t-elle. Pardon de te dire ça, dès le matin !

— Mais je comprends, ne t'inquiète pas.

Il l'étreignit et caressa son dos. Pour lui, c'était un petit miracle de la retrouver là, toute nue. Ses doigts savouraient le contact de sa peau soyeuse, d'une tiédeur délicieuse. Le désir le reprit ; son sexe se tendit et elle perçut cet aveu de sa chair d'homme.

— Tu es si douce, si câline ! dit-il en manière d'excuse.

— Viens ! chuchota-t-elle à son oreille.

Il s'en étonna, car il croyait qu'elle se montrerait réticente. La veille, selon lui, c'était différent. Elle était bouleversée par le décès de sa patiente, à bout de nerfs et, si elle ne l'avait pas supplié de l'aimer, il aurait respecté son chagrin et sa fatigue.

— Alors, tu ne m'en veux pas ? hasarda-t-il.

— Pourquoi t'en voudrais-je ?

— En fait, je m'étais couché dans cette chambre pour te réconforter à ton retour, te réchauffer aussi. Et puis je t'ai vue qui te déshabillais, tellement adorable !

— Luigi, peu importe. Tu as eu raison, je n'aurais pas supporté d'être seule dans ce lit après ce que je venais d'endurer. Je suis ta femme, maintenant.

— Non ! Tu es ma petite femme adorée, dit-il en l'embrassant, le calice céleste où je boirai toute la joie du monde.

— Ciel, voilà le troubadour qui réapparaît ! plaisanta-t-elle.

Ils échangèrent encore, bouche contre bouche, des mots de tendresse folle, des cajoleries verbales propres aux amants exaltés d'être ensemble. Soudain beaucoup plus grave, Luigi s'allongea sur Angélina et s'abîma lentement en elle, les yeux mi-clos. Elle noua ses jambes autour de ses reins et ondula souplement, si bien qu'il commença à aller et venir sans hâte, ébloui de sentir à nouveau sa chair intime offerte, complice du moindre de ses mouvements. Ils étaient silencieux, recueillis, attentifs l'un à l'autre, mais elle perdit la notion du temps et du lieu avant lui, qui se maîtrisait pour la mener au paroxysme de ses sensations. Dès qu'il la vit rouler la tête en tous sens, un poing entre les dents afin de ne pas crier, il s'abandonna à son propre plaisir, fébrile, tremblant, abasourdi de découvrir en pleine maturité un tel summum d'émotion.

— Jamais je n'ai connu ça avec les autres femmes, lui confia-t-il. Ce n'est pas très galant d'évoquer ce côté-là de mon passé, mais je devais te le dire. Cette fois, mon cœur s'investit lui aussi, ce cœur qui ne battait guère, en fait, quand mon corps exultait.

— Je comprends, je ressens la même chose, répliqua-t-elle. Embrasse-moi, oublions nos passés respectifs.

— Volontiers, belle dame !

Des coups frappés à la porte les firent sursauter. Ils se regardèrent, effarés. La voix de Jean Bonzom retentit, pareille au tonnerre.

— Et alors, ma nièce ? On a besoin de toi, en bas ! Il y a un rejeton qui piaille et refuse le biberon. Dis donc, pitchoune, ton fiancé est déjà debout, lui. Son lit est froid et vide. *Qué* malheur ! À moins que tu aies dégoté un curé cette nuit, qu'il vous ait mariés et que l'aristo soit dans le tien, de lit ?

— Pas du tout, mon oncle ! s'écria Angélina d'un ton net. Va vite dire à ma tante que j'arrive.

— Ouais, c'est ça, j'vas lui dire ! Après, j'irai traire mes bêtes, histoire de sauver les apparences, si jamais ton Luigi se demandait comment sortir de là.

Le montagnard descendit l'escalier pesamment, en riant tout son soûl.

— Je l'aime, ton oncle, chuchota le baladin. Cet homme-là ne craint pas Dieu.

— Je t'avais prévenu, c'est un libre penseur. Je dois me lever, mon amour.

Ils échangèrent un dernier baiser, désolés de se séparer si brusquement. Angélina se glissa hors des draps. Une clarté blême et bleuâtre se devinait derrière la fenêtre qui lui permit de s'habiller. Elle enfila une longue jupe en lainage, un corsage et un gilet tricoté par Rosette.

— Je me coifferai plus tard, souffla-t-elle, constatant qu'elle était un peu échevelée.

En bas des marches, elle entendit pleurer le bébé de Coralie. C'était un vagissement assez faible qui l'inquiéta. Elle se reprocha de ne pas avoir mieux examiné l'enfant au cours de la nuit. Sa tante déambulait dans la pièce, le nouveau-né dans les bras. Le feu crépitait, sûrement ranimé par les soins de son oncle.

— Angélina, je suis navrée d'avoir dû te faire réveiller ; tu dormais bien, sans doute ! Mais j'ai essayé de lui faire boire du lait de brebis au biberon. Il refuse de téter.

— Du lait tiré hier ?

— J'en fais toujours bouillir un litre dès que Jean m'en rapporte un bidon et je mets la bouteille au frais dans le cellier.

— Montre-moi la tétine. Si elle servait à des agneaux, elle est forcément trop grosse. Est-ce qu'il a dormi, ce bout de chou ?

— Oui, près de moi dans le lit. Mon Dieu, je me suis couchée sans quitter ma robe. Ce pauvre pitchoun cherchait mon sein. Angélina, peut-être que je suis égoïste, que je n'ai pensé qu'à moi. Il vaudrait mieux le mettre en nourrice.

— Si tu lui donnes beaucoup d'amour, il s'accommodera du lait de brebis et il profitera. Je peux te citer un exemple édifiant. Je connais des gens riches qui ont eu un bébé et qui l'ont immédiatement confié à une jeune nourrice. Ce pauvre poupon fait peine à voir ; il a les traits marqués, il est maigre et chétif, parce que personne ne s'occupe de lui.

Elle faisait allusion à Eugène, le dernier né de Guilhem, mais elle évita de donner des noms.

— La tétine est correcte, ajouta-t-elle après avoir observé la bouteille en verre gradué et le caoutchouc en forme de poire. As-tu coupé le lait avec de l'eau. Tu peux le sucrer un peu, aussi. Je vais le prendre, ce petit Bruno.

Albanie remit le bébé à sa nièce et s'empressa de suivre ses conseils.

— As-tu ce qu'il faut pour le changer et nettoyer le cordon ? s'enquit Angélina. C'est important de laver son nombril à l'eau savonneuse. Le morceau qui reste va se dessécher et tomber, mais il faudra t'assurer chaque jour qu'il n'y a pas d'infection.

— D'accord, je le ferai. Hélas, pour les langes, il faudra retourner chez Yves récupérer les affaires que Coralie avait préparées.

Tout en berçant le bébé qui continuait à pousser des vagissements plaintifs, Angélina tenta d'évaluer son poids. C'était un bel enfant, robuste et au caractère paisible en apparence.

— Est-ce qu'un de vos voisins possède une chèvre ? demanda-t-elle encore.

— Oui, madame Bertrande. Ce serait meilleur pour lui, du lait de chèvre ?

— Il est plus digeste, paraît-il.

Malgré tout, dix minutes plus tard, Bruno Jacquet, du haut de ses quelques heures de vie, avait bu le contenu du fameux biberon. Repu, il s'endormit, niché au creux de l'oreiller d'Albanie.

— C'est grâce à toi, Angélina, soupira-t-elle. Seigneur, j'ai mal au dos, maintenant. Il pèse, ce pitchoun…

— Courage, ma tante, tu n'as pas fini de le porter, ton protégé.

— Ça, du courage, j'en aurai ! Sais-tu, je crois que Jean est bien content. Dis, est-ce mal de notre part ? Cet enfant qui nous tombe du ciel et je me réjouis de pouponner, alors que sa mère qui vient de mourir. Dieu me punira peut-être !

— Bruno aurait pu mourir également, ma tante. Au moins, il va grandir, jouer devant la maison, admirer les montagnes, bénéficier de tendresse et d'une bonne éducation. Pourquoi Dieu te punirait-il parce que tu fais une bonne action ? Moi, parfois, je me dis que Dieu et ses saints ont d'autres chats à fouetter que nous, pauvres pécheurs soumis à bien des bouleversements, à bien des pièges du destin. Je suis sûre d'une chose, tante Albanie, si Coralie s'était vue mourir, si elle avait eu le temps de dicter ses dernières volontés, je pense qu'elle t'aurait confié son fils. Avant la naissance, la malheureuse m'a avoué que tu étais la seule ici à lui témoigner de la gentillesse et de l'amitié.

Touchée par ces paroles, Albanie fondit en larmes.

— Je te remercie, Angélina.

Luigi fit son apparition par la porte donnant sur l'extérieur. Le baladin arborait des bottes trempées et le teint frais comme après une promenade.

— Bonjour ! s'écria-t-il. Le ciel est dégagé et il n'y a pas un nuage en vue ; nous aurons du soleil.

— Du soleil, il y en a déjà dans votre sourire, répliqua finement Albanie. Vous avez dû partir avant l'aube...

— En effet, mentit-il, néanmoins un peu honteux de duper cette femme qu'il appréciait beaucoup.

Mais elle eut un léger rire plein de malice. Le jeune couple comprit ainsi qu'il était démasqué, autant par l'oncle Jean que par son épouse. Angélina s'empourpra, tandis que Luigi eut une mimique de confusion.

— Nous allons boire un bon café tous les trois, annonça la maîtresse de maison, l'air de rien.

Elle attrapa un gros pain enveloppé d'un torchon sur une étagère qui courait à mi-hauteur du mur. Une bouilloire sifflait sur les braises et bientôt l'arôme du café chaud se répandit dans la pièce. Attablé, Luigi semblait chercher quelque chose des yeux.

— Ah, je vois le bébé, dit-il à mi-voix. Je me demandais où il était.

Il se leva et alla se pencher sur l'enfant. Ses pensées se mirent à folâtrer. « Je serai peut-être bientôt père d'un individu aussi minuscule. Fille ou garçon, il sera né de notre amour. Mais... et si Angélina mourait en couches. Non, une telle abomination ne peut pas nous arriver ! »

Cependant, la peur le rendit morose. Il revint s'asseoir en scrutant le profil ravissant de la jeune femme, saisi par une réelle angoisse en l'imaginant paupières closes, d'une blancheur sépulcrale, perdue à jamais. Ce fut à cet instant qu'il eut vraiment conscience de l'engagement d'Angélina à l'égard de ses patientes et de sa volonté farouche de mener à bien chaque accouchement. Depuis des siècles, matrones, ventrières[1] et sages-femmes

1. Ancien terme qui désignait une sage-femme non diplômée.

luttaient au chevet de leurs sœurs en souffrance, afin de les aider à donner la vie et surtout à ne pas en mourir.

« Je ne l'empêcherai jamais d'exercer son art, car c'en est un. Mais qui mettra notre enfant au monde ? » s'interrogea-t-il.

Angélina s'alarma de lui voir une expression tourmentée. Elle lui prit la main.

— Luigi ? Qu'est-ce qui te contrarie ?

Elle souriait, d'une beauté sublime, les yeux un peu cernés, la bouche gonflée par leurs baisers, couronnée de mèches folles que la lueur des flammes dorait. Il songea que, trois ans plus tôt, elle s'était réfugiée dans une grotte et avait donné le jour au petit Henri sans aucune aide ni soutien.

— Rien, rien du tout… enfin, rien de précis, affirma-t-il. Disons que j'ai eu un élan de compassion et de pitié pour la mère de ce bébé, tout en vous admirant, madame Albanie, de l'avoir accueilli sous votre toit. Je sais qu'il sera heureux et choyé.

— Merci, Luigi, mais il faut m'appeler tante Albanie.

— Je vous le promets.

Il n'y eut ce jour-là ni excursion sur les crêtes ni gambades dans la pâture des brebis. Jean Bonzom décida qu'il fallait se rendre à Massat faire des achats.

— C'est nécessaire, vu qu'on a hérité d'un pitchoun.

Il pointa son index vers Luigi.

— Je t'emmène, fiston ! Les femmes n'auront qu'à pouponner pendant ce temps. Jacquet m'a demandé de prévenir le curé, pour Coralie. Pauvre gars, il fait peine à voir. Je suis passé le saluer et faire mes adieux à notre voisine.

— Bien, je vais atteler Blanca, crut bon d'offrir le baladin.

— *Foc del cel !* pourquoi se retarder, le cul dans votre calèche de citadins ? On sera plus vite arrivés à pied, par les estives de l'Ouert. Après, il n'y a que de la pente.

— Mais, mon oncle, c'est loin, quand même ! protesta Angélina.

— Marcher n'a jamais tué personne ; ton fiancé le sait, non ? Il a parcouru la moitié de la France sur ses deux jambes et même un tiers de l'Espagne. On sera là pour la soupe.

Une demi-heure plus tard, les deux femmes se retrouvèrent seules. Toute la matinée, elles discutèrent sur le ton de la confidence, chacune ouvrant son cœur pour livrer ses souvenirs. Elles mangèrent à midi sonnant une omelette à l'oseille. Le bébé avait bu un deuxième biberon et, à l'instar de tous les nouveau-nés rassasiés, il s'était rendormi profondément.

Dès le début de l'après-midi, les habitantes d'Encenou, souvent flanquées de leur progéniture, rendirent visite à Albanie, après être allées présenter leurs condoléances à Yves Jacquet. Les lamentations allèrent bon train, comme les exclamations flatteuses devant le petit Bruno.

Angélina seconda sa tante, qui mettait un point d'honneur à servir du cidre, de l'eau fraîche et du café. Le défilé s'acheva quand ce fut l'heure de la traite.

— Toutes ces dames t'ont félicitée, ma tante, d'avoir pris Bruno sous ton aile, constata la nièce.

— Elles sont soulagées, oui, ironisa Albanie. Quand je pense que certaines croisaient les doigts dans leur dos en présence de la pauvre Coralie, comme si elles se trouvaient devant une sorcière. Était-ce sa faute, les crimes de son cousin ?

— Les parents ou l'épouse d'un assassin sont souvent victimes de ce genre d'attitude, déplora Angélina. J'espère que Bruno, quand il aura l'âge d'aller à l'école, ne subira pas les mêmes vexations !

— De l'eau aura coulé sous les ponts, d'ici là, répondit Albanie.

Peu après, Yves Jacquet entra, encombré de la bercelonnette. Il souleva son béret, grogna un bonsoir et déposa son chargement près de la cheminée.

— J'ai d'autres bricoles à vous apporter, dit-il, tête basse.

Angélina l'attendit sur le seuil de la maison. L'homme revint vite, une malle sur le dos qu'il tenait à l'aide de courroies.

— C'était pour l'enfant, du linge, des vêtements. Coralie avait travaillé des mois, annonça-t-il, de retour dans la pièce. J'ai mis un jouet en bois de peuplier, que je lui avais fait, au petiot. Albanie, quand ma femme sera enterrée, je m'en irai. Je te laisserai la clef de chez nous, au cas où tu aurais besoin de quelque chose.

— Mais où t'en vas-tu, Yves ? s'alarma-t-elle.

— Trouver de l'embauche sur un chantier, n'importe où, loin du pays. Je me supporterai plus, à Encenou. Boudiou ! j'étais pas trop mal tant que j'avais Coralie, mais j'veux point rester. J'enverrai des mandats, pour Bruno.

— Ce n'est pas la peine ; économise tes sous, Yves. Nous ne sommes pas dans le besoin, Jean et moi. Ton fils mangera à sa faim et il saura qu'il a un père. Regarde-le, il est à son aise.

Yves Jacquet jeta un coup d'œil vers le lit.

— Moi, j'en voulais pas, d'un gamin. Mais on peut pas toujours y échapper. Voilà, ma femme en est morte. Ma mère aussi, en me mettant au monde. Allez, je m'en retourne.

— Viens manger la soupe avec nous, ce soir.

— Non, Coralie serait toute seule. Je préfère pas. Au revoir, mademoiselle Loubet, au revoir, Albanie. Je remercie le bon Dieu que tu sois sur terre. Le petiot aura une bonne mère, avec toi.

La gorge nouée, l'homme sortit aussitôt. Angélina retenait ses larmes. Elle avait mal jugé Yves Jacquet. À sa manière, il aimait son épouse, mais il refusait de montrer son chagrin, comme il avait refusé de lui témoigner de l'affection alors qu'elle était dans les douleurs.

— Seigneur, quelle tragédie ! soupira sa tante en caressant d'un doigt respectueux le bois du berceau, un joli meuble peint en blanc. Enfin, je pourrai le bercer facilement en étant assise près de lui. Allons, ma nièce, occupons-nous d'installer ce pitchoun.

— Ouvrons la malle d'abord.

Elles purent draper le petit matelas d'un tissu épais, en lin blanc. Avec des gestes délicats, elles sortirent certaines pièces de layette : bonnets, chaussons, brassières en laine.

— J'ai gardé de belles peaux de mouton. Je lui ferai un manteau bien chaud avant les grands froids de janvier, décida Albanie. Et des bottillons fourrés. La peau de mouton, il n'y a que ça pour éviter les engelures.

Angélina observa sa tante, qui paraissait avoir rajeuni d'une dizaine d'années. Elle l'imagina se lançant dans de nombreux travaux de couture au coin de l'âtre, obnubilée par le souci de vêtir chaudement le petit enfant qu'une étrange providence lui avait offert.

Elles plaçaient la malle près du buffet, à proximité du lit d'angle, lorsque Jean Bonzom et Luigi rentrèrent de leur expédition à Massat. Les sacs qu'ils avaient apportés étaient bondés.

— Et alors, les femmes ? hurla le montagnard.

— Jean, moins fort, voyons ! Le petit dort, s'indigna son épouse.

— *Foc del cel*, je l'avais oublié, celui-là, ricana-t-il. Où est-il, ce poussin ? Encore dans notre lit ?

Il courba sa grande silhouette au-dessus du nouveau-né, qui avait les yeux ouverts. L'homme et le bébé se regardèrent, tous deux intrigués.

— Et alors, pitchoun, es-tu à ton aise, chez les Bonzom ? demanda-t-il de sa grosse voix aux accents d'orage.

Il ignorait qu'un enfant de quelques heures était encore quasiment aveugle et qu'il ne distinguait que des formes vagues. Aussi, quand Bruno Jacquet se mit à sourire, il en fut subjugué et se rengorgea comme un coq.

— Hé ! le pitchoun connaît son monde, boudiou ! Il a fait risette à tonton.

Harassé, Luigi s'était assis à la table. Debout derrière lui, Angélina lui entoura les épaules de ses bras et lui donna un baiser sur la joue.

— As-tu fait une belle promenade ? demanda-t-elle à son oreille.

— Oui, oui… dit-il. Mais je suis éreinté. Ton oncle a des jambes en acier. J'avais peine à le suivre, surtout au retour où il a fallu escalader des sentiers abrupts.

— Il a l'habitude, il a grandi ici. Toi aussi, tu as beaucoup marché, pourtant.

— C'était à mon rythme et je m'arrêtais quand j'en avais envie. En outre, depuis que je vis à Saint-Lizier, j'ai perdu du muscle et ma mère m'a engraissé.

Ces jérémiades eurent le don de faire rire Albanie. Pas du tout vexé, Luigi la dévisagea et la jugea vraiment très jolie.

— Chère tante, si j'ai la chance de vous distraire, je ne regrette pas mes pieds en feu et mes mollets recrus de crampes, déclara-t-il.

— Ouais, *qué* femmelette, ton aristo, ma nièce ! Et il veut me faire gober qu'il est monté tout dret[1] à Montségur ! Bon, si tu déballais nos sacs, Albanie.

Tout content, Jean Bonzom prit place au coin de la cheminée. Il contempla sa femme qui poussait des cris de satisfaction à chacune de ses trouvailles.

— Deux vrais biberons pour nourrissons, des tétines neuves ! Oh, du coton pharmaceutique et des langes en éponge. Un hochet aussi, un thermomètre. Et là, des biscuits de la pâtisserie, ceux que j'apprécie tant, à la vanille.

Du sac que portait Luigi, elle sortit une pièce de viande enveloppée d'un épais papier brun.

— Un rôti de bœuf ! Mais, Jean, ça coûte cher !

— Diable, nous avons des invités de choix.

Il avait acheté du pain frais, une grosse brioche aux fruits confits et deux bouteilles de vin rouge, un cru bordelais.

— Ce soir, on festoie ! annonça-t-il.

Angélina courut embrasser son oncle. Jamais cet homme-là ne la décevrait et c'était rassurant. Elle était

---

1. Droit, en patois occitan.

fière d'être de son sang, quitte à passer pour une graine d'hérétique auprès de certains mauvais penseurs.

— Merci, lui dit-elle tout bas.

Elle se revit mêlée à la populace biertoise, l'été précédent. Effrayée d'assister au supplice de Luigi que les gens étaient prêts à lapider sans procès, elle avait été vertement sermonnée par Jean Bonzom. Furieux, il lui avait reproché d'avoir dénoncé le baladin sans aucune preuve sérieuse. « Et il voyait juste. Luigi était innocent, songea-t-elle. J'aurais pu le perdre, passer à côté de cet amour unique, magnifique ! »

Émue et de nouveau envahie par des remords rétrospectifs, Angélina alla se blottir près de son fiancé en collant sa chaise à la sienne. De toute la soirée, elle ne le quitterait pas et, quand viendrait l'heure du coucher, ils retrouveraient la chaleur du vieux lit en bois qui avait présidé à leur nuit de noce clandestine.

Saint-Lizier, samedi 8 octobre 1881

Octavie venait d'aider Rosette à faire sa toilette. Vêtue d'une robe propre en satinette rose foncé, la jeune fille se laissait maintenant coiffer.

— Comme ça, petite, tu voudrais un chignon ? s'étonna la domestique. Et un chignon de quelle sorte ? Sur la nuque ? Au sommet de la tête ?

— De la façon dont Angélina relève ses cheveux. Tu sais, un peu en hauteur, derrière la tête.

— D'accord. Dis donc, c'est bien aujourd'hui qu'ils reviennent, nos fiancés ?

— Oui, ils avaient dit samedi. Je suis pressée de revoir Angie. J'ai quelque chose à lui raconter.

— Et moi, je ne compte pas ! Tu ne veux rien me dire ?

— Ne te vexe pas, Octavie. C'est une surprise.

La Cévenole haussa les épaules. Elle attrapa des épingles à chignon en corne et entreprit de dompter les souples mèches brunes de Rosette.

— Le docteur est-il venu ? demanda-t-elle encore.
— Hier soir. Il ôtera le plâtre dans trois semaines. Ensuite, il me faudra des béquilles. J'espère que je pourrai marcher et danser le jour du mariage.
— Fi de loup, ce mariage ! Mademoiselle n'a que ce mot à la bouche. Elle a établi au moins dix menus, mais ça ne lui plaît jamais. En plus, telle que je la connais, elle prépare un drôle de coup à son fils...
— De quoi parles-tu, Octavie ?
— Pardi, crois-tu qu'une protestante mettra un pied dans la cathédrale ? J'ai eu droit à ses confidences. Mademoiselle n'ira pas à la cérémonie religieuse. Personne n'a encore pensé à ça, vu que monsieur Luigi est catholique, Angie aussi. Mais une Gersande de Besnac têtue comme tout, rien ne la fera fléchir.
— Flûte alors ! s'écria Rosette. Ce n'est pas gentil de sa part, quand même !

La domestique poussa un gros soupir. Elle avait achevé son œuvre et alla chercher un miroir de petite taille qu'elle tendit à la blessée.

— Es-tu contente, petiote ?
— Tout à fait. C'était ça que je voulais. Merci, Octavie, tu t'es bien occupée de moi, ces jours-ci. Et de la maison.

Elles jetèrent un regard circulaire dans la pièce. Des bûches de chêne flambaient sur les chenets en fonte ; la table astiquée à la cire d'abeille étincelait ; le sol, balayé matin et soir, était impeccable.

— As-tu vu comme les bouquets qu'a cueillis Pierrot font joli ? interrogea Rosette. Il a de l'idée, ce garçon !

Octavie admira de bonne foi les branches de noisetiers aux feuilles jaunes, mêlées à des asters mauves, ces petites fleurs aux allures de marguerite qui s'épanouissaient en octobre.

— Dis-lui donc d'en apporter à mademoiselle ; elle lui donnera une pièce. Et madame Irène ? Se rétablit-elle ?

— Ça oui, on peut dire que c'est une vaillante femme qui a une santé de fer. Le matin, son mari l'oblige à rester couchée, mais passé midi je la vois descendre et se mettre à cuisiner ou à ranger la vaisselle. Figure-toi qu'elle me confie sa petite pour avoir les mains libres. Je la garde sur mes genoux. Elle est toute mignonne, Angèle. Et monsieur Robert, dès qu'il la voit, il lui fait des chatouilles ou il la bise sur le front. J'en ai les larmes aux yeux, parole !

Octavie et Rosette bavardèrent encore un peu, puis la Cévenole regarda la pendule.

— C'est l'heure, je redescends rue des Nobles. Henri déjeune à onze heures et mademoiselle à midi. Surtout, dis à Angie et à monsieur Luigi de venir nous embrasser quand ils seront de retour.

Rosette promit. Une fois seule, elle étudia de nouveau son reflet dans le miroir que la domestique avait laissé à sa disposition. Victor Piquemal n'était pas revenu depuis le mercredi où elle lui avait avoué son douloureux passé, mais il s'en était expliqué dans une lettre. La feuille de papier bleu, sûrement parfumée d'un peu d'eau de Cologne à la lavande, était pliée en quatre et nichée entre la chemisette de Rosette et son corsage, non loin de son cœur. Elle en connaissait le texte sur le bout des doigts. Cependant, elle la sortit de sa cachette et la relut encore.

Ma chère Rosette,
Je vous adresse ces quelques lignes depuis Tarbes, craignant que vous doutiez de mon amitié en ne me voyant pas revenir comme je vous l'avais promis. Mon père m'a expédié dans cette ville de garnison afin que j'y rencontre un colonel de ses amis, qui doit discuter avec moi de ma vocation militaire. Je serai franc, je n'ai plus aucune envie d'être soldat, mais mes parents, dès que je leur ai parlé de vous, ont décidé que je devais d'abord faire mes preuves et surtout patienter deux ans avant d'envisager des fiançailles.
Je ne suis pas dupe, ils voudraient bien m'éloigner de vous. Mais vous devez savoir une chose, Rosette, j'ai la constance et la fidélité comme qualités premières, cela dit sans vanité. Le jour où je vous donnerai mon amour, ce sera pour toujours et sans condition. J'espère être de retour samedi dans la journée et pouvoir vous rendre visite, ce qui me permettra de revoir vos doux yeux de faon craintif et votre visage aux rondeurs charmantes.
Je vous remercie encore une fois d'avoir eu assez confiance en moi pour m'avouer les pages affreuses de votre vie, des pages que je vous aiderai à tourner, à effacer si possible.
Je vous embrasse.
Votre attentionné,
Victor

— Pourvu qu'il vienne, murmura Rosette. Pourvu qu'il arrive avant l'arrivée d'Angélina et de Luigi, après le départ de Robert, qui a prévu aller ramasser des châtaignes avec Pierrot. Nous serions plus à l'aise tous les deux.

Elle tendit l'oreille. Quelqu'un marchait à l'étage. Quelques minutes plus tard, Irène fit son apparition, son bébé dans les bras.

— Dieu du Ciel ! Que tu es belle, coiffée comme ça, Rosette ! s'extasia-t-elle.

D'un milieu simple toutes les deux, elles en étaient vite venues à se tutoyer et à s'appeler par leur prénom, ce qui conférait à leurs relations une sympathique intimité.

— Veux-tu prendre ma petiote ? Faudra le dire, si ça te fatigue.

— Pas du tout, c'est un plaisir de la tenir. Il faut bien que je me rende utile.

— Sais-tu, Rosette, Robert et moi, on a pensé à toi pour être sa marraine. Dans une semaine, on s'installe route de Taurignan, grâce à la générosité de monsieur Luigi. Je suis impatiente de retrouver un toit bien à moi, mais je serai triste de vous quitter tous. Tu te rends compte ? Robert y est allé faire un tour, dans notre futur logement. Il y a deux ouvriers qui refont les peintures et c'est encore monsieur Luigi qui a payé les frais. Je remercie Dieu dès que je me réveille de nous avoir guidés jusqu'à Saint-Lizier et que la patronne de l'auberge nous ait envoyés ici, chez la costosida Loubet. Sinon, j'aurais accouché au bord d'un chemin, à côté de notre charrette. Après le déménagement, on vendra le mulet ; ça nous fera un peu de sous en poche. Alors, voudrais-tu être sa marraine ? On la baptisera quand tu tiendras debout, pour sûr…

— Je suis flattée. Moi, marraine ! Évidemment que je veux bien ! Et qui sera le parrain ?
— Monsieur Luigi… précisa Irène.
Avec un soupir heureux, elle confia le bébé à Rosette qui, tout de suite, lui chanta son refrain favori :

Ma jambe me fait mal, boute selle, boute selle
Ma jambe me fait mal, boute selle mon cheval !

Robert et Pierrot, en balade derrière la cité où ils cherchaient des champignons, furent à l'heure pour déjeuner. On poussa le fauteuil de Rosette contre la table et tous dégustèrent un plat de haricots parfumés à la sauge et agrémentés de morceaux de lard.

— Vous êtes en beauté, aujourd'hui, Rosette, déclara Robert après le repas. Je parie que ce garçon, qui n'est pas votre galant, mais qui pourrait le devenir, va pointer le bout de son nez au portail.

— Je suis jaloux, moi, blagua Pierrot. Rosette, je voudrais la marier, quand je serai grand.

— Et tu aurais une femme plus vieille que toi de dix ans, petit garnement, rétorqua l'adolescente, amusée.

— Je m'en moque, parce que tu seras toujours belle dans dix ans.

Ses parents éclatèrent de rire. Irène fit du café coupé de chicorée. Lorsqu'elle s'apprêta à monter dans sa chambre pour nourrir sa fille, son mari la menaça gentiment.

— Tu as ordre de faire une sieste, surtout si une certaine demoiselle ici présente a de la compagnie. Moi et le fiston, on va se charger de la vaisselle et on repart dans les bois. Je suis sûr que ça ferait bien plaisir à mademoiselle Angélina de manger des châtaignes grillées, ce soir.

Bientôt, Rosette fut seule près de la cheminée. Elle déplorait l'absence du pastour, mais mademoiselle Gersande le gardait, ce qui réjouissait le petit Henri.

« Je voudrais bien être guérie, pensa-t-elle. Qu'est-ce que ça me manque, de gambader dans la cour et dans les rues ! Le jour du mariage, je marcherai et je suivrai Angie jusqu'à l'autel, le long de l'allée centrale de la cathédrale. Paraît que j'aurai une belle robe. Victor me tiendra le bras. »

Perdue dans ses rêveries, elle n'entendit pas le portail s'ouvrir. Robert ne le fermait pas à clef, le jour, afin de faciliter les allées et venues d'Octavie et les siennes. On frappa à la porte deux coups légers.

— Entrez ! cria Rosette, fébrile.

Déjà, son cœur battait à se rompre et ses joues s'empourpraient. Victor Piquemal pénétra dans la pièce, en manteau marron de beau drap de laine, une toque assortie sur ses cheveux bruns.

— Bonjour, Rosette, dit-il avec son grand sourire. Ciel, vous êtes ravissante, coiffée ainsi !

— Merci.

Il tenait un bouquet de roses blanches, entouré d'un papier de soie d'un bleu nacré.

— Bonjour, Victor, répondit-elle d'une voix tremblante. J'ai reçu votre lettre, vous savez, et je l'ai lue souvent. C'était bien gentil de votre part.

Elle s'empressait de lui avouer l'importance qu'avait eue cette missive à ses yeux. Il devait le savoir, ne pas en douter une seconde.

— J'en suis très heureux, avoua-t-il en lui offrant les fleurs.

— Merci bien ! Mais vous les avez achetées, celles-ci. Il ne fallait pas.

— J'étais obligé, il n'y en avait plus dans le jardin, à la maison. Mais ce n'est pas grave du tout. Je voulais des roses blanches, qui sont symbole d'amitié, de notre douce amitié.

Il la laissa admirer le bouquet et se mit en quête d'un vase, mais Pierrot les avait tous utilisés.

— Prenez la carafe en verre, conseilla Rosette.

Son cœur continuait de s'affoler. Elle en perdait le souffle. Quand Victor lui reprit les fleurs au parfum subtil, leurs doigts se frôlèrent.

— J'ai été surpris de ne pas vous trouver dehors par ce temps superbe, dit-il d'un ton léger. À ce propos, je voudrais vous proposer quelque chose. Je suis venu avec le phaéton de mes parents. Nous pourrions faire une promenade autour de la cité. Est-ce que ça vous plairait ?

— Oui, j'en serais toute contente, mais comment faire ?

— J'y ai déjà réfléchi. Je peux reculer la voiture dans votre cour et vous porter.

— Je ne sais pas si c'est très convenable, Victor. Des gens nous verront, dehors. Il faudrait que je demande la permission à mademoiselle Gersande de Besnac, la future belle-mère d'Angélina.

— Seigneur, avez-vous besoin d'une permission ? Est-ce vraiment mal de vous distraire un peu, de prendre l'air, de contempler les feuillages des collines qui ont de si belles couleurs en cette saison ? Je vous ramène dans une heure, je vous le promets.

Rosette céda, trop tentée pour protester davantage.

— D'accord, mais rien qu'une heure.

Victor afficha dès lors un enthousiasme communicatif. Dix minutes suffirent. Rosette se retrouva assise dans le phaéton, une couverture sur les genoux et un châle noué autour de ses épaules. Le bruit des sabots du cheval dans la cour et le grincement des roues attirèrent Irène à la fenêtre.

— Qu'est-ce qui se passe ? cria-t-elle.

— Monsieur Piquemal m'emmène en promenade, expliqua Rosette.

— En voilà, une gentille idée ! Profites-en bien.

— Vous pouvez avoir confiance, madame, renchérit Victor.

— Je vous crois, monsieur.

Enfin, la voiture tourna dans la rue Maubec en direction des remparts. Après des jours enfermée, c'était très agréable pour Rosette de revoir les frondaisons des chênes plantés à l'arrière du palais des Évêques, l'immensité de la plaine qui s'étendait au nord-est, la floraison des colchiques et des dernières roses. Dans les jardins potagers, d'énormes citrouilles orange gisaient à même la terre, parmi un fouillis de végétation fanée.

— Je mène ma bête au pas pour ne pas trop vous secouer, dit Victor, juché sur le siège avant. Est-ce inconfortable pour votre jambe plâtrée ?

— Je ne sens rien du tout. Ne vous inquiétez pas.

Ravie, elle se tenait très droite. Elle jouait les dames, déplorant de ne pas avoir mis de chapeau, ce qui aurait fait plus chic. Sa timidité s'envolait, ses craintes également, et elle revivait sans cesse le moment où Victor l'avait soulevée et portée jusqu'au phaéton. Il avait glissé un bras dans son dos, le second sous ses cuisses, tandis qu'elle s'accrochait à son cou. « Je serais restée plus longtemps comme ça, songea-t-elle. J'avais l'impression d'être toute légère et je n'avais pas peur de lui. »

Victor prenait déjà beaucoup de place dans son esprit et dans son cœur. Rosette l'observait, avide du moindre détail. Il était de dos et des mèches brunes effleuraient le col de son manteau.

— J'aurais été mieux assise à côté de vous ! s'exclama-t-elle. Nous ne pouvons même pas causer.

— Je sais, admit-il en se retournant à demi. Mais, pour votre jambe blessée, c'était incommode. Je m'arrêterai sur la route de Montjoie. En fait, je souhaitais vous conduire là-bas. Ce village possède un remarquable clocher avec trois cloches dans son fronton triangulaire. Je m'intéresse à l'architecture, voyez-vous.

Rosette approuva. Cependant, elle ne voyait que le profil mutin de son compagnon d'escapade, dont la lèvre supérieure s'ornait d'une fine moustache.

— Allons à Montjoie ! dit-elle.

Victor mit le cheval au trot. La jeune fille respira à pleins poumons les senteurs familières des sous-bois humides, en s'interrogeant sur les mystères de l'existence. Il y avait à peine quatre semaines, elle avait sincèrement voulu mourir, en proie à un atroce désespoir. Maintenant, elle éprouvait un soulagement infini d'avoir survécu grâce à Luigi et à Angélina. Une suite de circonstances imprévisibles l'avait amenée là, dans cette élégante voiture, vêtue d'une jolie robe, bien coiffée, des gants en dentelle beige à ses mains. Et il y avait ce garçon qui l'avait embrassée sur la joue le mercredi d'avant, ce garçon qui lui parlait de fiançailles dans sa lettre.

« Pourquoi j'ai autant de chance ? se demanda-t-elle, presque apeurée. Jamais je n'aurais pu deviner que ça m'arriverait, tout ça ! Peut-être que je rêve ? Mais non, je ne rêve pas. »

Le clocher de Montjoie se dessinait sur le ciel d'un bleu pâle, sillonné par des vols d'hirondelles. Les oiseaux noirs, qui avaient strié l'azur du pays du printemps à ce bel octobre, se préparaient pour leur long voyage vers de lointaines contrées au climat plus doux.

— Nous y voici, fanfaronna Victor. Rosette, je ne vous ai pas conduite ici seulement pour contempler l'église. Regardez cette maison sur votre droite où il y a un tilleul qui dépasse du mur. Ce sera mon héritage. Quand je me marierai, je vivrai là avec mon épouse.

Subjuguée, elle n'osa pas dire un mot. Le cheval ralentit son allure, obéissant aux ordres de son maître qui le mena sous un orme non loin de la mairie, un modeste bâtiment. Victor passa alors à l'arrière et s'installa près de Rosette.

— Vous avez été franche avec moi, commença-t-il, je le serai à mon tour. J'ignore si vous serez ma femme et mes discours vous semblent sans doute bien enflammés. Je ne vous connais pas depuis longtemps, mais, si je pouvais espérer un avenir commun, je m'en irais le cœur moins lourd et plein de courage. Rosette, je repars lundi pour Tarbes, où je ferai mes classes en tant qu'engagé volontaire. On m'a assuré que j'aurai des permissions, en décembre, notamment. Je serai votre cavalier au mariage de mademoiselle Angélina et nous nous reverrons à cette occasion. Rosette, ma chère petite, je n'ai pas eu le choix. Si vous acceptez de m'attendre, nous nous écrirons souvent.

— Je ne sais pas encore écrire, bredouilla-t-elle. Mon Dieu, que je suis triste que vous partiez !

Incapable de feindre l'indifférence ou la résignation, elle éclata en sanglots. Touché par sa détresse, Victor s'empara de ses mains et les étreignit.

— Je vous en prie, ma chère petite, ne pleurez pas. Rosette, j'ai parlé de vous à mes parents. Mon père me considère comme un gamin. Il m'envoie à l'armée, histoire de m'endurcir. Ma mère serait plus encline à vous rencontrer. Elle est sur un petit nuage depuis que ma sœur Denise a un beau bébé. Cependant, tous deux m'ont demandé de patienter, de ne pas vous fréquenter sérieusement avant un an ou deux. N'ayez crainte, nous nous retrouverons, j'en fais serment. Il faut vite apprendre à écrire, que je lise vos lettres, que je les garde précieusement en gage de notre affection. Allons, séchez vos larmes.

Elle hocha la tête et prit son mouchoir, propre et repassé, afin de tamponner ses yeux.

— Les sentiments que nous éprouvons l'un pour l'autre seront mis à l'épreuve du temps. Instruisez-vous, Rosette, travaillez afin d'être enseignante. Faites-le pour moi.

— Je le ferai, Victor, je vous le promets, répondit-elle en reniflant. Mais j'aurai toujours la crainte de vous perdre. À Tarbes, vous croiserez sûrement de vraies demoiselles, du genre qui conviendrait à vos parents.

— Aucune ne vous supplantera dans mon cœur, car vous êtes très jolie, et c'est vous qui me plaisez. J'ignore comment vous le prouver, hélas. Écoutez, le soir où je suis venu à Saint-Lizier avec ma mère faire appel à mademoiselle Angélina, j'étais obsédé par la peur de voir mourir ma sœur. Quand j'ai eu la certitude qu'elle était sauvée et son bébé aussi, j'ai été dans un état de bonheur indescriptible, presque ivre de joie. J'avais l'impression qu'un événement extraordinaire suivrait, que j'allais avoir une sorte de révélation quant à mon avenir. Le lendemain matin, toujours grâce à votre amie Angélina, je vous ai vue. Ce que j'ai ressenti à cet instant, je ne l'oublierai jamais. J'y pense bien souvent. Vous étiez à l'évidence la personne dont j'avais tant rêvé depuis que j'étais en âge de songer à l'amour. Rosette, nous devons être patients, rien d'autre. J'aurai vingt ans en janvier. Douze mois plus tard, j'atteindrai ma majorité. Si vous le souhaitez encore, nous serons vite fiancés. Tenez, j'ai un cadeau pour vous, un premier gage de mon amitié. Je n'ose pas dire un autre mot, de crainte de vous gêner.

Il lui offrit un écrin plat en carton vert foncé. À l'intérieur, Rosette découvrit un ravissant collier, composé d'une chaînette en or et d'un pendentif représentant une fleur, dont le cœur était une pierre rose.

— C'est un magnifique bijou, balbutia-t-elle. Je ne le quitterai jamais, Victor, je le porterai jour et nuit.

Il eut un sourire comblé devant son expression émerveillée. Rosette lui inspirait une profonde tendresse. Il avait envie de la protéger, de la choyer, en compensation des malheurs qui l'avaient si durement accablée. Elle releva les yeux et le fixa un instant avec une telle adoration qu'il en frissonna.

— Merci, Victor, murmura-t-elle. Jésus doit m'aimer un peu, puisqu'il place des anges sur mon chemin. Angélina, monsieur Luigi… et vous, maintenant. J'ai eu tant de bonheur, aujourd'hui, grâce à vous !

— Rosette, du bonheur, si je peux, je vous en donnerai toute ma vie. Puis-je vous embrasser pour sceller nos promesses ?

Les joues rouges d'émotion, elle fit oui d'un signe de tête. Il posa ses lèvres sur sa bouche, se contentant d'un chaste baiser, délicat et respectueux.

— Je vous remercie de m'avoir accordé ces quelques secondes de paradis, chuchota-t-il. Rosette, j'ai encore une question à vous poser qui me coûte un peu. Si je vous épouse un jour et, je vous le répète, c'est mon vœu le plus cher, croyez-vous que vous pourrez m'aimer comme on s'aime entre mari et femme ? Vous me comprenez, n'est-ce pas ?

— Je comprends, mais je n'en sais rien du tout, dit-elle spontanément. Je ne peux pas vous répondre, Victor. Il me semble que oui...

— Ciel, vous êtes vraiment charmante et vous ne trichez jamais. Combien de filles à votre place auraient juré que si afin de ne pas me décourager ! Je ne vous ennuie plus, nous aviserons l'instant venu. Le temps aidant, il se peut que vos blessures morales cicatrisent.

— Avec vous en guise de remède, ça se pourrait bien, répliqua-t-elle gaiement.

Ils se mirent à rire, soudain confiants en cet amour qu'ils partageaient, un sentiment inné qui avait bousculé leur jeune existence et auquel ils n'étaient préparés ni l'un ni l'autre.

— Nous devons prendre le chemin du retour, mille fois hélas ! soupira-t-il en lui baisant les mains.

*

Rue Maubec, le portail étant resté ouvert, Victor gara le phaéton près du prunier. Il transporta Rosette dans la cuisine, mais, cette fois, joue contre joue. Personne ne fut témoin de cette attitude significative, dont la jeune fille chérirait le souvenir avec ferveur. Ils se séparèrent bien à regret.

— Puis-je revenir demain à la même heure afin de vous dire au revoir ? demanda-t-il d'une voix attristée.

— Bien sûr ! Mais il y aura du monde, ici. Angélina revient ce soir avec son fiancé. Je vous attendrai dans la cour. Monsieur Robert installera mon fauteuil sous l'arbre.

— Alors, à demain, ma chère Rosette.

Il la salua en s'inclinant, sans solliciter un dernier baiser, ce qui la désola. Muette de déception, elle eut une mimique suppliante.

— Dieu merci ! s'écria-t-il. Je n'osais pas, je crains tellement de vous brusquer !

Il se pencha et, en l'enlaçant, il effleura ses lèvres et les caressa de sa bouche chaude. Lorsqu'il prit la fuite, ce fut dans un délicieux état d'exaltation.

Rosette passa la fin de la journée à se remémorer les étranges sensations qui avaient parcouru son corps au contact de Victor, sans réussir à les juger agréables ou désagréables. C'était différent de tout ce qu'elle connaissait. Elle fut très distraite, voire absente, même en présence de Robert et de Pierrot, tout heureux de rapporter un lourd panier de châtaignes.

Dès qu'elle franchit le seuil de sa maison, à huit heures du soir, Angélina remarqua l'air mystérieux de sa protégée. Elle alla vite l'embrasser ainsi que Pierrot, avant de serrer la main à Robert, occupé à gratter les braises du foyer.

— Eh bien ! tout tourne rond, blagua-t-elle. C'est bizarre, j'ai l'impression d'être partie depuis des semaines. Comment se portent Irène et la petite Angèle ?

— Elles sont en bonne santé toutes les deux, affirma le brave homme. Mademoiselle Angélina, je fais griller des châtaignes. Je vous avais entendue dire que vous aimiez ça.

— C'est mon régal. Merci beaucoup, Robert ! En plus, nous devions en manger chez mon oncle, mais pas plus que Luigi il n'est allé en ramasser. Je vous raconterai pourquoi pendant le dîner.

— Et m'sieur Luigi, où est-il ? s'inquiéta Pierrot.

— Il détèle la jument et lui donne son grain.

— J'vais l'aider ! hurla le garçon en se ruant dehors.

Rosette regardait Angélina comme s'il s'agissait d'une apparition féerique. Le teint vif, les yeux aussi brillants que des pierres précieuses, les traits sublimés par une sérénité nouvelle, elle était d'une beauté inouïe. Sa silhouette gracieuse était moulée dans un costume de voyage de velours gris.

— Vous avez quelque chose de changé, m'selle Angie, hasarda-t-elle, éblouie.

— C'est le vent de la montagne. Un vent qui a un petit parfum de liberté et de folie. Mais toi, tu as un drôle de sourire aussi.

— Pardi ! moi, c'est le vent des collines qui me tourneboule l'esprit. Figurez-vous donc que m'sieur Victor m'a emmenée faire un tour de phaéton, cet après-midi. En tout bien tout honneur, comme dit toujours m'selle Gersande.

Angélina eut un sourire intrigué. Elle savait qu'elle aurait très vite le fin mot de l'histoire. Rosette se confierait volontiers, mais elle, de son côté, tairait pudiquement son doux secret, les nuits d'amour fou qu'ils avaient vécues, Luigi et elle, sous le toit de Jean Bonzom, avec sa tacite bénédiction.

Rue des Nobles, vendredi 11 novembre 1881

Grande frileuse, Gersande de Besnac s'était réfugiée le plus près possible de la cheminée du salon. Il pleuvait depuis une semaine sans discontinuer et, sur les sommets pyrénéens, la neige abondait déjà. La vieille dame, tête haute, subissait les regards consternés de Luigi et d'Angélina. Ils avaient fêté les trois ans d'Henri, mais, après la dégustation du gâteau, le petit garçon une fois couché pour sa sieste, une querelle avait éclaté et se poursuivait.

— Maman, j'espère que c'est une plaisanterie, de très mauvais goût, mais une plaisanterie quand même, fit le baladin, blême de contrariété. Octavie en avait parlé à Rosette pendant notre absence le mois dernier, mais cela m'était sorti de l'esprit. Vraiment, vous refusez d'assister à notre mariage religieux ?

— Mademoiselle, j'ai réagi comme Luigi quand Rosette m'en a soufflé un mot, renchérit Angélina. C'était tellement absurde que je n'y pensais plus. J'ai cru à un caprice passager, et là vous nous annoncez que vous ne mettrez pas un pied dans la cathédrale. Vous me faites beaucoup de peine, d'autant plus que vous avez assisté au baptême d'Henri, il me semble. C'était dans cette même cathédrale, non ?

— Un baptême dure bien moins longtemps qu'une cérémonie nuptiale, mes enfants, rétorqua Gersande. Nous étions en petit comité, sans curieux alentour. En plus, j'étais la mère adoptive d'Henri ; je devais être là.

Luigi fulminait. Debout à côté du fauteuil de sa mère, il leva les bras au ciel.

— Je vous rappelle, au cas où vous l'auriez oublié encore une fois, que vous êtes également ma mère... pas adoptive, du moins je le suppose. Mais sait-on jamais, avec vous ? Bientôt, vous me direz que je ne suis pas votre fils ?

— Luigi, ne remets pas tout en question, gémit Gersande. Il n'est pas bon de renier la religion de ses ancêtres quand on approche des portes de la mort.

Angélina perdit patience. Retenant des larmes de dépit, elle balbutia :

— Vous n'êtes pas aux portes de la mort, que je sache ! Tant pis, autant renoncer à nos noces, mademoiselle, et à la fête de Noël que nous devons passer en Lozère. Luigi et moi, nous n'avons qu'à partir le plus vite possible pour Saint-Jacques-de-Compostelle. En cours de route, il y aura bien un curé qui acceptera de nous unir !

Octavie écoutait la querelle depuis le vestibule. L'entêtement de sa patronne et amie la désolait. Elle décida d'intervenir, quitte à s'attirer d'âpres reproches ensuite.

— Quel malheur ! soupira-t-elle en entrant dans la pièce. On vous entend de la cuisine et, si ça continue, vous allez réveiller le pitchoun, qui était si joyeux en se mettant au lit avec son nouveau joujou. Mademoiselle, sauf votre respect, je suis de l'avis d'Angie et de monsieur Luigi. Autant ne pas les marier ici, dans la cité. Pourquoi donc vous êtes-vous épuisée à tout organiser, si vous les privez de votre présence dans la demeure du Seigneur, qui est le même pour les catholiques et les protestants, je vous le ferai remarquer ? Et vous avez la mémoire courte, car je vous rappelle que vous êtes allée aux obsèques de cette malheureuse jeune fille, Lucienne, une des victimes de Seguin. Au retour de Toulouse, vous m'avez vanté la beauté de l'église Saint-Sernin où avaient lieu les funérailles. Alors ?

Son regard bleu soudain effaré, Gersande perdit pied devant les invectives de sa domestique.

— Personne ne me connaissait, là-bas, répliqua-t-elle en guise d'excuse. Personne ne pouvait deviner que j'étais une protestante. Je voulais soutenir Angélina, éprouvée par ce décès. Mais enfin, arrêtez de me dévisager ainsi, tous les trois. Je serai quand même présente au mariage civil. Je ne pensais pas que c'était d'une telle importance, que je vienne à l'église.

Tremblante de nervosité, Angélina s'indigna.

— Comment osez-vous dire une chose pareille, mademoiselle, vous qui m'avez prise sous votre aile dès le matin de ma communion, qui m'avez éduquée et instruite ? Vous êtes comme une mère pour moi et vous le savez parfaitement. Ma chère maman me manquera beaucoup, ce jour-là. Si vous vous obstinez à m'abandonner, je n'aurai que mon père pour famille, puisque mon oncle Jean ne viendra pas, lui non plus.

Excédée et amèrement déçue, Angélina se leva et alla se poster à une fenêtre. Elle y pleura sans bruit, le nez à la vitre.

— Voilà, vous êtes satisfaite ? rugit Luigi. Vraiment, vous me décevez, maman. Une future mariée en larmes, le jour de l'anniversaire de son enfant, ça ne vous dérange pas ? Viens, ma chérie, partons.

Très élégant dans un costume gris trois pièces, il courut prendre Angélina dans ses bras.

— Attendez ! implora Gersande. Il faudrait que vous descendiez à Saint-Girons. La couturière m'a écrit ; elle aurait besoin d'effectuer un dernier essayage de ta robe, petite. La robe dont j'ai dessiné le modèle, qui fera de toi la plus belle mariée du pays depuis des lustres.

— Mademoiselle, je suis navrée, je n'irai pas. Je préférerais épouser Luigi dans une modeste chapelle, dans une toilette toute simple, mais avec vous à mes côtés. Je vous l'ai dit, et je peux être têtue aussi, il n'y aura pas de mariage à la cathédrale.

Luigi aidait sa fiancée à mettre sa cape en drap de laine, munie d'un capuchon. Il se promettait de la consoler. Il prévoyait un voyage à Paris avec elle, loin de la cité et de son excentrique génitrice envers qui il éprouvait une terrible colère. Mais, soudain, Gersande fut terrassée par une violente crise de sanglots, entrecoupés de petits cris affolés.

— Oh non, mademoiselle, qu'avez-vous ? s'effraya Angélina en se précipitant vers elle.

— Ma petite, ma chère petite fille ! gémit la vieille dame en se jetant à son cou. Pardon, pardon ! Je ne voulais pas te causer du chagrin. Pardonne-moi ! Et toi, Luigi, mon fils adoré, ne m'en veux pas. Vous devez me comprendre, il le faut.

— Comment pourrions-nous comprendre quoi que ce soit, si vous ne vous expliquez pas, maman ? interrogea-t-il d'un ton sec. Nous avions déjeuné avec vous, en parlant encore une fois des détails de ce mariage qui vous tenait tant à cœur et, après le café, vous nous dites négligemment qu'étant protestante, vous n'entrerez pas dans la cathédrale. Avouez-le, c'est une décision absurde, voire imbécile. Depuis que je partage votre quotidien, je n'ai pas souvenir de vous avoir vue partir au temple.

— Je n'y vais plus depuis que le pasteur, qui était un ami très cher, a succombé à une crise cardiaque. Son successeur ne me plaît pas.

Gersande pleurait encore et hoquetait, très pâle. Angélina resserra son étreinte, en songeant qu'il était vain de tourmenter sa chère demoiselle, d'une nature capricieuse de toute façon.

— Tu veux des explications, Luigi ? Je n'en ai pas, reprit-elle, rassurée par la tendresse que lui manifestait à nouveau Angélina. Je suis comblée par votre union. J'ai passé des jours délicieux à choisir de belles toilettes, pour Octavie, pour Rosette et pour toi, Angie. J'ai établi une foule de menus avant d'en choisir un à ma convenance. Je m'imaginais guettant d'une fenêtre votre retour de la cathédrale, parée de mes plus beaux bijoux, prête à recevoir nos invités. J'aurais été auprès de vous deux en pensée et, je suis sincère, je ne me croyais pas indispensable, là-bas, à l'église. Le plus beau, c'était notre départ, le lundi, pour la terre de mes ancêtres, la Lozère, le domaine de ma famille. Je suis sans aucun doute une imbécile, mon fils, mais je ne pensais pas provoquer un drame en vous annonçant ma décision. Angélina, toi, tu peux en témoigner, je n'ai jamais été acceptée, ici, dans la cité. À notre arrivée, nous étions, Octavie et moi, les seules huguenotes de Saint-Lizier et, ce terme péjoratif, nous l'avons assez entendu !

— Ça, c'est vrai, mademoiselle, opina la Cévenole.

— Ton père en usait et en abusait, admets-le, petite, renchérit la vieille dame. Certes, au fil des ans, nous avons été tolérées parce que j'étais noble et fortunée. Mais les commères seraient trop contentes d'épier la huguenote, pendant la cérémonie, de m'accuser de coquetterie, parce qu'il est de notoriété publique que je prône une élégance peu appropriée à ma foi. Je vous rappelle aussi qu'il y a eu trop de massacres ignobles, par le passé, trop d'exactions honteuses à l'encontre de mes coreligionnaires. J'y ai beaucoup réfléchi depuis un mois, et je ne parvenais pas à me raisonner. Tu m'as souvent parlé des bûchers allumés dans ce pays, Angie, afin de brûler les bons hommes albigeois, les Cathares dont se réclame ton oncle Jean. Eh bien, moi, Gersande de Besnac, au nom des enfants protestants jetés sur des piques il y a deux siècles par les soudards catholiques, au nom de tous ceux qui ont dû s'exiler afin de fuir les persécutions des rois et des papes, je refusais de franchir le seuil de la cathédrale. C'était plus fort que moi, je ressentais un effroi sacré à l'idée de suivre une messe, d'être mêlée à la foule des paroissiens. Mais, si vous en venez à annuler votre mariage, n'ayez crainte, je serai là, auprès de vous, car je vous aime de toutes mes forces.

Une main sur sa poitrine, son visage émacié ruisselant de larmes, Gersande se dégagea de l'étreinte de sa protégée et se tourna vers le feu.

Interloqué, Luigi eut un regard perplexe vers Octavie. La domestique hocha la tête avec l'air embarrassé d'une personne dépassée par la situation.

— Ne vous imposez pas ce sacrifice, mademoiselle, déclara alors Angélina. Ce samedi 17 décembre où le père Anselme nous unira, Luigi et moi, faites ce que vous aviez prévu. Mettez votre robe de soirée, vos bijoux, et priez pour nous selon votre foi, la foi de vos ancêtres et de vos parents. Je saurai que vous êtes heureuse, en paix avec votre conscience. Surtout, guettez notre retour de la fenêtre, prête à nous accueillir dans ce salon qui sera tout illuminé, avec la table dressée. Moi, je vous comprends, comme je comprends mon oncle Jean. Vous savez qu'ils ont recueilli le bébé de leurs voisins, ma tante et lui. Ils craignent le trajet jusqu'à la cité pour le petit Bruno, surtout qu'il risque de neiger dans la vallée de Massat, à cette période.

— Si j'avais entendu vos arguments plus tôt, je n'aurais pas cédé à la colère, ajouta Luigi, radouci. Il suffisait de vous expliquer, maman.

— M'en as-tu laissé le temps, mon fils ?

— Non, je vous l'accorde. Excusez-moi, d'autant plus que je suis catholique par force, n'ayant pas eu le choix. Mais la religion des uns et des autres m'importe peu. Ce qui compte à mes yeux, c'est la bonté, la charité et la tolérance. Je dois ces valeurs au père Séverin, un homme de Dieu, tout simplement.

Brusquement ému, le baladin s'approcha de sa mère et l'embrassa sur le front.

— Ne pleurez plus, chère maman, dit-il tout bas. Dans un mois, vous foulerez la terre de Lozère, entourée de tous ceux que vous chérissez et qui vous aiment. Oublions vite cette triste querelle, voulez-vous ?

Gersande approuva en silence, un faible sourire sur ses lèvres pâles. Angélina la cajola encore, bouleversée de la sentir aussi fragile.

— Et le rendez-vous chez la couturière ? s'enquit enfin la vieille dame d'une voix humble et suppliante.

— Luigi va me conduire à Saint-Girons, promit-elle. Nous prendrons ma calèche. Reposez-vous bien, surtout. J'ai hâte d'essayer ma robe de mariée.

Le couple sortit en se tenant par la main. Derrière les fenêtres, la pluie redoublait de violence, tandis que le vent sifflait en rafale sur les toits. La mine soucieuse, Octavie remit une bûche dans la cheminée.

— Vous grelottez, mademoiselle, déplora-t-elle. Désirez-vous quelque chose, un châle plus épais, une boisson chaude ?

— Non, je te remercie. Dis, me comprends-tu, toi qui es mon amie depuis des années ? s'inquiéta Gersande dans un murmure.

— Sûr, que je vous comprends. Même qu'aujourd'hui vous m'avez fait regretter de m'être convertie. Mais, celui qui a vu juste, dans tout ça, c'est bien monsieur votre fils. La meilleure religion, c'est celle du cœur, mademoiselle, celle du bonheur à donner et à recevoir. Allez, trêve de grands discours, je m'en vais préparer de la pâte à crêpes pour le goûter du pitchoun.

Restée seule, Gersande de Besnac ferma les yeux, épuisée, mais apaisée. La lutte avait été rude, mais elle avait gagné, encore une fois.

21

Une noce en hiver

Rue Maubec, mercredi 23 novembre 1881
Angélina remettait de l'ordre dans son dispensaire après une consultation. Depuis le début du mois, elle avait eu plusieurs visites, de futures mères dont la grossesse n'était pas encore à son terme, ce qui lui semblait de bon augure pour l'avenir. Elle avait pu évaluer la date de la naissance et dispenser à ses clientes certains conseils d'hygiène.

— Pourrais-tu noter le nom de cette dame dans le registre ? demanda-t-elle à Rosette. Catherine Bordes, qui habite rue Neuve.

— Oui, m'selle Angie, répliqua la jeune fille, assise devant le bureau en marqueterie. Ne vous inquiétez pas, je m'applique pour écrire. Je suis tellement contente d'y arriver ! Ce n'était pas difficile.

— Tu as eu un bon professeur, avec Luigi. Il est plus patient que moi. Mais tu dois encore progresser.

— Je le sais bien, mes lettres sont moins belles que les vôtres ; je tremble encore un peu en les traçant.

Elle poussa un soupir. Avec un sérieux enfantin, elle prépara son porte-plume et enleva le petit couvercle de l'encrier. Depuis trois jours, elle se déplaçait à l'aide de béquilles. Le docteur Buffardaud avait retiré les bandes plâtrées et se disait satisfait de l'évolution de la fracture. Vêtue d'une blouse blanche, Rosette faisait donc office de secrétaire. Chaque examen se déroulait à l'abri d'un grand paravent en tapisserie, afin de ménager la pudeur des patientes, mais, si sa présence, pourtant fort discrète, gênait vraiment, elle regagnait la cuisine.

— M'selle Angie, il faut bien un h à Catherine, après le t ?

— Oui, évidemment ! Surtout, demande-moi, si tu as un doute ; ne fais pas de fautes, je déteste les ratures. Tu notes à la date d'aujourd'hui Catherine Bordes, rue Neuve. Hélas ! je pense que l'accouchement aura lieu autour de Noël, donc pendant mon absence. Il faudra qu'elle fasse appel à la sage-femme de l'hôtel-Dieu. Je suis bien ennuyée, Rosette, car, sur ces trois patientes enceintes, deux d'entre elles mettront leur petit au monde, l'une en janvier, la seconde en mars, et je ne serai pas là. Dès que je leur recommande une de mes consœurs, elles sont déçues.

— Vous ne pouvez quand même pas renoncer à notre voyage en Lozère, ni à votre pèlerinage !

— C'est surtout ce long périple jusqu'aux confins de l'Espagne qui me préoccupe. Le père Anselme m'a intimé l'ordre d'exercer mon métier avec le plus grand dévouement, mais il m'oblige à quitter le pays plusieurs semaines, peut-être plus de deux mois. De toute façon, même si je repoussais mon départ au printemps, il y aura toujours de nouvelles patientes. C'est un cercle vicieux.

Angélina se tut, soucieuse. Elle disposait d'un réchaud à alcool sur lequel elle faisait bouillir de l'eau dans une marmite en fer réservée à cet usage. Après avoir bien nettoyé son spéculum en cuivre avec de l'éther, elle le mit à stériliser.

— Ne faites pas cette tête, m'selle, lui dit Rosette. On dirait jamais une future mariée ! Votre robe est-elle terminée pour de bon ?

— La couturière la livrera demain, la tienne également. Le petit costume d'Henri est adorable, du velours bleu foncé avec un col en dentelle. Je suis navrée d'être d'une humeur aussi morose, mais, plus les jours avancent, plus j'appréhende la cérémonie du mariage. Chaque personne que je rencontre me promet d'y assister. Bientôt, la cathédrale ne sera pas assez grande...

Elle se mit à rire en se moquant d'elle-même.

— Vous êtes nerveuse, voilà, conclut Rosette. Moi, je ne vaux pas mieux. Le jour de vos noces, Victor va me présenter à ses parents. J'en suis malade ! Qu'est-ce qu'ils vont penser de moi ?

— Ils seront enchantés de découvrir une très jolie demoiselle. Je t'assure, ce sont des gens charmants. Agnès Piquemal, la maman de ton amoureux, est simple et chaleureuse.

— Ne dites pas ça, mon amoureux. Chaque fois, je rougis !

— Rosette, ce garçon a eu un véritable coup de foudre pour toi. D'après ce que tu m'as confié, il souhaite t'épouser. Tu n'as pas à rougir. C'est quelqu'un de si intelligent et de si charitable qu'il n'attache aucune importance à ton passé. C'est une belle preuve d'amour.

— Ça oui, m'selle Angie, mais je ne sais pas si j'ai envie de me marier, au fond, parce que je serai forcée de vous quitter. Je vous aime tant ! C'est comme si vous étiez ma grande sœur pour de bon.

— Les sœurs se séparent quand elles épousent l'homme de leur choix, l'homme qu'elles aiment. Peut-être n'aimes-tu pas assez Victor !

— Je l'aime beaucoup, il me plaît, mais je ne le connais pas encore très bien. Et vous savez ce qui me fait peur...

Angélina hocha la tête en la considérant avec un sourire apitoyé. Elles avaient eu un soir une longue discussion sur les relations charnelles, une des obligations, en principe, du mariage. Malgré des confidences parfois osées sur l'extrême bonheur que pouvait procurer l'acte physique, rien n'était venu à bout des craintes de Rosette, certaine qu'elle ne supporterait pas les assauts virils d'un éventuel époux. Hantée par le viol dont elle avait été victime, elle jugeait ces choses-là répugnantes.

— Tiens, vous avez une autre visite ! annonça Rosette.

Il pleuvait encore. Angélina aperçut deux femmes assez élégantes qui s'abritaient chacune sous un large parapluie noir.

— Seigneur, je crois qu'il y a un bébé, aussi ! s'écria-t-elle en se précipitant pour leur ouvrir la porte du dispensaire. Entrez vite, mesdames !

— Quel temps de chien ! répondit une voix aigre, celle de Léonore Lesage. Bonjour, costosida Loubet.

— Bonjour, madame.

En revoyant l'épouse de Guilhem, Angélina eut un long frisson de déplaisir, mais elle s'efforça d'être polie, à défaut de se montrer cordiale. Quant à la seconde femme, c'était Nicole, la bonne du manoir aux yeux inquisiteurs. Pour l'instant, elle se chargeait de refermer les parapluies et de les caler le long du mur extérieur.

— Vous êtes bien installée ! C'est propre, ici, constata Léonore en examinant les lieux. J'ai l'impression de vous surprendre. Pourtant, c'est vous qui m'aviez demandé de vous amener Eugène, il y a quelques semaines.

— En effet, je viens de m'en souvenir. Excusez-moi, madame, j'ai été très sollicitée depuis. Comment se porte ce bébé ?

Les lèvres pincées, Nicole entra à son tour. Penchée sur ses écritures, Rosette releva le nez discrètement et observa les deux visiteuses. « Elles sont presque habillées pareil, de jolis costumes en drap de laine brune, des écharpes en soie beige et des bibis à voilette », se disait-elle, ignorant qu'il s'agissait en fait d'une domestique et de sa patronne.

Angélina, quant à elle, s'était emparée du bébé, soigneusement emmitouflé. Rien qu'en le tenant, elle fut rassurée : il avait pris du poids. D'un doigt, elle écarta son capuchon et étudia la physionomie de l'enfant.

— Il a de bonnes joues. C'est un joli poupon, maintenant. En plus, il me fait un sourire ! Comment le nourrissez-vous ?

— Mais nous avons suivi vos conseils. Au lait de chèvre un peu sucré. Son père lui donne le biberon. Vous pouvez jubiler. De changer Guilhem Lesage en nounou, c'est un exploit.

Le ton était mordant, ironique. Nicole crut bon de pouffer, afin de bien montrer sa complicité avec Léonore.

— L'essentiel est que votre fils soit en bonne santé, il me semble, trancha Angélina. Puis-je le dévêtir un peu pour l'ausculter ?

— Si vous jugez la température suffisante, oui. Mon cher mari, de son fauteuil roulant, m'a ordonné de ne surtout pas vous contrarier, costosida Loubet.

— N'usez pas votre langue, faites simple, madame, j'ai un prénom. Ce terme de costosida que vous me jetez à la figure vient de la langue occitane, la langue de mon pays, duquel vous n'êtes pas originaire. À quoi bon l'employer, vous qui méprisez le patois ? Cela dit, je suis rassurée. Vous venez de réagir en mère en vous inquiétant de la température de la pièce. Mais il n'y a aucun souci à se faire. Le poêle ronfle et il y a des rideaux aux fenêtres. Eugène ne prendra pas froid.

Douchée par ce bref discours, Léonore ne répondit pas. Seul son regard étincela d'une rage contenue. Rosette retint sa respiration. Elle avait compris la situation et, malgré son expression impassible, elle était de tout cœur avec son amie.

— Votre bébé se porte à merveille, constata Angélina après un examen attentif. Je suis soulagée. Je n'avais aucune nouvelle, votre belle-sœur Clémence ne daignant plus m'écrire.

— Madame Clémence serait bien en peine de tracer une ligne, précisa Nicole. Elle s'est cassé le bras droit ; une mauvaise chute de cheval.

— Eh oui, le manoir ressemble à un hôpital, pérora Léonore. Vous pourriez postuler comme infirmière, costosida Loubet.

— Ça suffit ! s'enflamma Angélina. Vous pouvez partir, à présent, si vous continuez à me parler de haut, pendant que cette grue ricane dans votre dos. Eugène va bien, c'est la seule chose qui compte à mes yeux. Rentrez dans votre nid de vipères et ne remettez plus les pieds ici. Vous vous moquez de votre mari infirme ! Vous riez de votre belle-sœur, alors qu'elle s'est tourmentée à votre sujet il n'y a pas si longtemps. Vous ne m'impressionnez pas, madame, avec vos grands airs. Pire encore, vous me faites pitié. Sortez de chez moi !

Tremblante d'indignation, Angélina acheva de rhabiller le bébé qu'elle tendit à sa mère.

— Quel culot ! s'écria Léonore, rouge de colère. Vous vous croyez tout permis parce que vous épousez un aristocrate et que vous porterez un nom à particule, vous, la fille d'un cordonnier ?

— Sortez !

— Je m'en vais, mais vous me le paierez, et très cher ! Viens, Nicole.

— Oui, madame, je passe devant vous pour ouvrir les parapluies.

La bonne adressa un étrange regard à Angélina, puis à Rosette, toujours muette, effarée par la violence de l'altercation. Enfin, les visiteuses quittèrent la cour. Le hennissement d'un cheval résonna dans la rue.

— Le cocher des Lesage devait les attendre, soupira Angélina. Mon Dieu, j'ai failli la gifler. Quelle peste !

— Ça, c'est sûr, m'selle Angie, une vraie mégère ! L'autre chipie, c'était qui ?

— Une bonne du manoir. Je n'avais pas jugé utile de t'en parler, Rosette, mais j'ai mes raisons pour l'avoir traitée de grue. Cette fille, Nicole, couche avec Guilhem et apparemment cela ne dérange pas Léonore. Je pense même qu'elles s'entendent très bien et qu'elles ont dû conclure une sorte d'arrangement. Seigneur, ces gens me désespèrent. Sais-tu, je comprends de plus en plus l'attitude de mademoiselle Gersande. Tout ce beau monde du manoir se confesse et communie, puis recommence à mentir et à se conduire de façon immorale. Honoré

Lesage, le père de Guilhem, en est un parfait exemple. Ces deux-là aussi... Je n'ai pas à les juger, mais, quand j'y réfléchis, la religion protestante me paraît moins hypocrite. On avoue ses fautes directement à Dieu en essayant ensuite de ne plus commettre de mauvaises actions. Il n'y a pas d'absolution, souvent monnayée à grands frais par les notables, juste du repentir et de la contrition. Pardonne-moi, je suis sotte de te dire ça. J'ai les idées confuses, en ce moment.

— Ne pensez plus à tout ça. Causons plutôt de nos belles robes et du repas. Je ne sais même pas qui est invité.

Dominant ses nerfs à vif, Angélina s'assit sur un tabouret, à côté de Rosette. Elle devait oublier Léonore Lesage, ainsi que Nicole, dont le regard sournois lui laissait une sensation pénible.

— Le repas de noces, voyons... il y aura bien sûr Germaine et papa, une certaine demoiselle Rosette et son cavalier Victor Piquemal, le père Séverin, prieur de l'abbaye de Combelongue et le père Anselme, deux respectables religieux, Irène, Robert et Pierrot, car je les ai invités ; ce sont des personnes que j'admire vraiment. Il manquera mon oncle Jean et tante Albanie, ce qui me chagrine beaucoup. Nous aurions été seize à table, mais nous ne serons que quatorze. Mademoiselle Gersande a engagé une des serveuses de l'auberge pour remplacer Octavie, qui mérite de dîner en notre compagnie.

— Mais ça ne l'empêchera pas de se lever et de courir à la cuisine, surveiller la bonne marche du banquet, fit remarquer Rosette. Octavie n'est pas à son aise, loin de ses fourneaux.

— Elle fera un effort pour moi, du moins je l'espère. Ma future belle-mère refuse d'entrer dans la cathédrale et mon oncle se retranche sur sa montagne. Je commence à me demander si une catastrophe ne va pas se produire au dernier moment. Il reste plus de trois semaines à attendre. C'est long, tellement long !

Rue des Nobles, samedi 17 décembre 1881
Les trois longues semaines que redoutait Angélina s'étaient écoulées, paisibles, ponctuées de menus événements du quotidien, sans aucune conséquence sur le mariage tant attendu. Le petit Henri s'était enrhumé et Octavie s'était blessée à la main gauche en découpant une pièce de viande, un dimanche.

C'était enfin le grand jour. Pourtant, le silence régnait dans la maison à deux étages de la rue des Nobles, et non la folle effervescence qui aurait pu être de mise.

— Octavie, nous devons être à la mairie dans moins d'une heure, dit Gersande de Besnac. Que fait mon fils ? Il devrait descendre de sa chambre. Un homme ne met pas autant de temps qu'une femme à s'habiller, quand même !

— Monsieur Luigi est aussi nerveux que notre Angie, répliqua la domestique. Il doit défaire et refaire son nœud de cravate.

— Angélina voulait qu'il l'attende ici, dans le salon. Appelle-le, je t'en prie, qu'il descende vite, qu'il puisse la voir apparaître par cette porte, là.

Fébrile, la vieille dame tapa du pied. Elle avait soigné son apparence afin d'éblouir les gens de la cité qui les verraient monter en cortège jusqu'à la mairie, située sur une place, à l'ombre du clocher-porche. Ses cheveux d'un blanc argenté étaient relevés en chignon haut, voilé d'une écharpe arachnéenne bleu ciel assortie à ses yeux azuréens, ainsi qu'à sa robe de velours, au bustier ajusté et à la jupe ample, sur laquelle elle portait un manteau court à brandebourgs dorés. Un collier et des pendants d'oreilles en saphir complétaient sa toilette, d'une sobre élégance.

— Dieu tout-puissant, calmez-vous un peu, mademoiselle ! recommanda Octavie. Le maire ne va pas s'envoler ! En plus, nous avons du beau temps, vous qui étiez sûre qu'il pleuvrait à verse. Je vous l'accorde, il fait frisquet, mais le soleil brille, au moins.

En costume gris foncé, la veste cintrée et la jupe droite et frôlant ses chevilles, la robuste Cévenole arborait une lavallière blanche, ornée d'une broche en or. Gersande de Besnac avait dépensé sans compter pour habiller de neuf sa domestique, Rosette et Angélina, en vue également du voyage en Lozère.

— Si je disposais les menus devant les assiettes, mademoiselle, pendant que la mariée se prépare !

— Non, je le ferai moi-même pendant la cérémonie religieuse. Je veux que nos invités aient la surprise, nos amoureux aussi. Si tu places les cartons maintenant, quelqu'un pourrait y jeter un coup d'œil.

— Et qui donc ? s'esclaffa la domestique. Dès qu'Angie sortira de votre chambre, belle comme une princesse, nous partirons pour la mairie. Monsieur Loubet et son épouse nous rejoignent là-bas, l'autre témoin aussi.

Octavie signifiait ainsi sa fierté d'avoir été choisie par Angélina pour ce rôle solennel. Luigi avait désigné

Robert, ouvrier de son métier qui, selon lui, était un homme de bien comme il en avait rarement rencontré.

— Ah, le voilà, votre fiston, mademoiselle, ajouta-t-elle, soulagée.

En admirant son unique enfant, Gersande se rengorgea, toute fière. Sa chevelure noire et bouclée attachée sur la nuque, en redingote de velours d'un violet sombre, l'ancien saltimbanque avait superbe allure. Les pans de son vêtement laissaient deviner un gilet en satin noir, sur une magnifique chemise blanche et une cravate violette. C'était une idée de la vieille dame, afin de rendre hommage à la couleur si rare des yeux de la mariée. La décoration de la table déclinait une gamme de teintes évocatrices, du parme au mauve, de petits bouquets de violettes en tissu ponctuant une nappe en brocart ivoire.

— Vraiment, Luigi, tu refuses de porter le haut-de-forme que je t'ai acheté ? insista-t-elle.

— Tout à fait, maman, comme vous refusez de mettre un pied dans un sanctuaire papiste.

— Vilain garçon, va donc te marier tête nue, lui reprocha-t-elle en souriant. Ciel, je suis dans tous mes états ! Et toi, comment te sens-tu ?

— Oppressé, la gorge nouée, admit-il d'un ton faussement plaintif. Je respirerai mieux quand je verrai ma fiancée. Il faudrait décider de se marier la veille. Cette attente m'a paru un supplice. Et vous étiez insupportable, maman, perdue dans vos croquis de mode, vos listes de victuailles, vos allées et venues de la cité à Saint-Girons. Vite, qu'on en finisse !

Luigi eut une grimace moqueuse en songeant que sa mère devait le croire impatient de partager enfin le lit de sa bien-aimée. Mais c'était chose faite en grand secret, même si, ces derniers jours, ils avaient évité de céder à la passion dont ils vibraient tous deux, amoureux fous, obsédés l'un par l'autre du matin au soir.

— Mais que fabriquent ces demoiselles ? s'étonna Gersande.

— Peut-être que ma future épouse s'est enfuie par la fenêtre, hasarda-t-il.

— Luigi, ce n'est pas drôle !

Pourtant, derrière la porte qui communiquait avec une des deux chambres du premier étage, celle dévolue à la maîtresse des lieux, Angélina était prête. La couturière, rose d'excitation, vérifiait son œuvre. Assise au bord du lit, Rosette s'occupait du petit Henri, pressé de gambader à son aise. Gêné par ses beaux habits, l'enfant ne tenait plus en place.

— Je veux Sauveur. Où il est, mon chien ? répétait-il.

— Nous ne pouvons pas l'emmener, mon pitchoun, il est rue Maubec, dans la cour.

— Sois sage, mon chéri. Nous allons bientôt nous promener, renchérit Angélina, dont le cœur battait à se rompre.

C'était l'instant qu'elle appréhendait le plus, celui où elle se présenterait à Luigi, dans une robe d'une telle magnificence qu'elle n'osait plus bouger un cil.

— Mademoiselle de Besnac aurait dû vivre à Paris et créer des modèles, fit remarquer la couturière, qui dirigeait une boutique de confection pour dames à Saint-Girons.

— Oui, sans doute ! murmura Angélina, éblouie par l'image d'elle que reflétait la psyché dressée près d'une fenêtre.

La vieille dame avait voulu une toilette féerique et elle avait réussi. La robe, tout en mousseline, aurait pu sembler blanche, mais elle était en fait d'un parme très clair. La jupe évasée, gonflée par deux jupons, évoquait les crinolines en vogue sous le Second Empire. Le corsage moulait la poitrine, entièrement constellé de perles mauves auréolées d'une corolle en soie nacrée comme autant de fleurs miniatures. Des manches à gigot et un décolleté en pointe conféraient à l'ensemble une originalité séduisante. Sur ses cheveux répandus en vagues souples sur ses épaules, une couronne gansée de satin et piquetée de perles servait à maintenir un voile en mousseline, lui aussi nuancé de mauve.

— On dirait une princesse de conte de fées, affirma Rosette qui, devenue une lectrice assidue, adorait les histoires fantastiques de Charles Perrault et des frères Grimm, Gersande lui ayant prêté leurs ouvrages.

— Tout à fait ! approuva la couturière, une jolie femme de quarante ans blonde et ronde. Ces couleurs vous vont à ravir, vu votre teint clair et vos beaux yeux, mademoiselle Loubet.

— La nature m'a octroyé cette bizarrerie. Personnellement, je n'y pense jamais, affirma Angélina. Bien, je crois que je ne peux plus reculer. Je dois sortir de cette pièce.

Vite, Rosette se leva, impatiente de se montrer elle aussi et de marcher bien droite, sans béquilles. Devant la mairie, elle reverrait Victor Piquemal sans ses parents et elle en tremblait d'émotion. « Je ne l'ai pas revu depuis notre balade à Montjoie, mais il m'a écrit deux fois par semaine », se dit-elle, les joues brûlantes d'exaltation.

— Viens te regarder, Rosette, supplia alors Angélina. Tu es belle à ravir.

— Non, non, pas moi !

Malgré ses dénégations, elle se posta à son tour devant le miroir. Un sourire béat naquit sur ses lèvres. Demoiselle d'honneur, elle avait eu droit à une robe presque aussi somptueuse que celle de la mariée, mais la teinte choisie s'accordait plutôt à son prénom. Enveloppée d'un nuage de mousseline rose, ses nattes brunes relevées autour de son front, elle se reconnaissait à peine. « J'savais pas que j'avais la taille aussi fine et un joli décolleté ! » s'extasia-t-elle en silence.

— N'oubliez pas vos vestons en fourrure, recommanda la couturière. Nous sommes en décembre et l'air est froid. Le blanc en peau de zibeline pour la mariée, le brun en renard pour vous, mademoiselle Rosette.

— Si vous pouviez les garder un instant, madame Jeanne ! Nous les enfilerons en quittant la maison, lui demanda Angélina.

— Bien sûr ! Où avais-je la tête ?

La commerçante se serait coupée en quatre pour satisfaire ses clientes. Grâce à Gersande de Besnac, elle avait gagné en deux mois ce qu'elle gagnait d'ordinaire en un an.

Luigi vit tourner la poignée de la porte. Il retint son souffle quand le battant s'ouvrit et qu'une vision sublime lui apparut. Son rêve d'amour avançait vers lui d'un pas glissant, qui pourtant faisait bruisser et se mouvoir le tissu évanescent de sa robe.

Octavie joignit les mains sur sa bouche avec une expression émerveillée.

— Seigneur, Angie, ma petite, tu n'as jamais été aussi belle ! s'écria la vieille dame.

— Est-ce que je vous plais ? interrogea timidement la mariée. Chère mademoiselle, comment vous remercier ?

Sa voix se brisa et elle dut retenir ses larmes. Luigi se précipita et l'enlaça avec délicatesse.

— Ma chérie, ne pleure pas, tu nous as éblouis, moi le premier, chuchota-t-il après un léger baiser. Tu as tout d'une allégorie du printemps aux portes de l'hiver et c'est un brin de magie qui illumine nos noces. Viens, il est l'heure…

Ce fut un modeste cortège qui remonta la rue des Nobles jusqu'au clocher-porche, vestige de l'enceinte médiévale qui enfermait la cité initiale aux ruelles étroites. Le ciel limpide, la clarté du soleil sur les pierres séculaires des façades et le grand air avaient apaisé les nerfs d'Angélina. Tout sourire, radieuse, elle arriva devant la mairie. Des exclamations enchantées s'élevèrent aussitôt. Un garçon de huit ans, mais qui paraissait plus âgé, frappa dans ses mains, surexcité. C'était Pierrot, endimanché, entouré de ses parents.

— Ma fille… Boudiou, qu'elle est belle ! marmonna Augustin Loubet, frappé de stupeur. J'espère qu'Adrienne voit ça de là-haut.

Germaine approuva et versa une larme, car elle avait le cœur tendre. Le maire fit entrer la noce. Rosette s'attarda sur le seuil. Victor n'était pas au rendez-vous.

« Mon Dieu, pourvu qu'il n'ait pas eu un empêchement ! implora-t-elle. Je veux qu'il vienne. Je me disais que je n'avais pas très envie de le voir, mais c'était faux. J'avais peur, rien d'autre. Il faut qu'il vienne ! » Elle ferma les yeux un instant, incrédule, reprise par des doutes affreux. Il ne l'aimait plus, il l'abandonnait.

— Rosette, je suis navré ! fit une voix essoufflée. Mon train avait du retard.

— Victor, vous êtes là ! cria-t-elle en le regardant. Dieu soit loué !

Le jeune homme était en uniforme. Une course à pied haletante depuis le pont sur le Salat avait coloré son teint.

— Rosette, mais... vraiment, vous êtes très en beauté ! bafouilla-t-il. Et debout, vous êtes debout.

— Oui, je pourrai même danser !

Il éclata de rire, ébloui. Elle lui prit la main et l'entraîna dans la salle de la mairie.

*

Une heure plus tard, uni civilement, le couple approchait de la cathédrale, en tête d'un cortège plus imposant. Il y avait foule sur la place de la fontaine, guettant le passage des mariés. Déjà, tout le long de la rue des Nobles, des curieux penchés aux fenêtres des hautes maisons bourgeoises s'étaient extasiés sur la toilette de la belle costosida et sur l'élégance de son époux. On leur avait jeté des poignées de riz non loin de la fameuse maison de l'ange, une tradition ancestrale, censée être un gage de fertilité et d'une union heureuse.

Dans sa robe aux reflets parme, auréolée par l'or rouge de sa chevelure que le vent faisait voleter, Angélina tenait son voile sur un bras pour éviter de le salir. Derrière venaient Octavie et Henri, le cordonnier et sa femme, Victor et Rosette, les yeux pétillants de joie, Robert et

Irène, mais aussi des voisins de la rue Maubec, de même que des badauds qui rôdaient autour de la mairie et qui s'étaient laissé entraîner par la liesse générale.

— Est-ce que tu te sens bien ? demanda tout bas Luigi.

— Oui, puisque nous sommes mari et femme, unis selon les lois de la Troisième République, sous l'œil de Jules Grévy[1], notre Président, plaisanta-t-elle à mi-voix.

— Et tu te nommes désormais Angélina de Besnac ! dit-il avec un sourire très tendre.

Ils se regardèrent, complices, un peu indifférents à tous les visages réjouis qui les cernaient, aux vivats et aux commentaires flatteurs. Après la cérémonie, ils auraient tout loisir de saluer les uns et les autres et de discuter avec eux, mais, à présent, ils devaient entrer dans la cathédrale.

Selon le rituel ordinaire, la mère du marié aurait dû conduire son fils jusqu'à l'autel, mais Gersande s'y étant refusée, Luigi avança seul dans l'allée centrale, ses prunelles noires rivées sur les vitraux du chœur. Les bancs et les chaises se remplissaient alentour ; on murmurait, on se bousculait.

Augustin Loubet, en costume du dimanche, tendit son bras à Angélina. Tremblante, de nouveau submergée par l'émotion, elle lui adressa un faible sourire.

— Allons, petite, du cran ! dit-il.

Elle se redressa et respira profondément, saisie d'admiration devant l'abondance des fleurs de serre, dont

1. Jules Grévy (1807-1891), président de la République française de 1879 à 1887.

le blanc délicat et la verdure sombre s'irisaient sous la clarté répandue par les lustres en fer forgé garnis de grandes bougies ivoirines.

« Luigi a fait des folies, pensa-t-elle. Toutes ces roses, ces lys... et ces lumières ! Mon Dieu, comme c'est beau, comme je suis heureuse ! Merci, Seigneur, de m'accorder autant de joie. »

Son père fit un pas en avant. Elle le suivit. Aussitôt, la marche nuptiale du musicien allemand Mendelsohn[1] retentit sous la voûte colorée du sanctuaire, jouée sur les grandes orgues par le père Séverin en personne, brillant organiste. C'était le souhait du marié.

Au bras de Victor, Rosette surveillait le petit Henri, chargé de tenir le bas du voile. L'enfant avait répété le geste dans la chambre deux heures auparavant et il effectuait sa tâche avec un sérieux adorable. Dissimulé parmi d'autres citadins, Guilhem Lesage aperçut depuis son fauteuil roulant ce bel enfant en costume de fête, dont le profil lui sembla étrangement familier. Il demanda à Clémence, sa belle-sœur qui l'accompagnait :

— Qui est ce petit garçon ?

— J'ai posé la question à une des sœurs du couvent, tout à l'heure, quand je l'ai vu parmi le cortège. Ce serait le neveu de la domestique de mademoiselle de Besnac qui l'aurait adopté, à l'époque où elle désespérait de retrouver son fils. Angélina est sa marraine.

Guilhem ne répondit pas, se contentant de hocher la tête. Il avait tenu à assister au mariage sans y être invité, mais il n'était pas le seul dans ce cas. Des patientes de

---

1. Jakob Ludwig Félix Mendelsohn (1809-1847), chef d'orchestre, pianiste et compositeur allemand.

la costosida avaient fait le déplacement, ainsi que des femmes d'âge mûr qui avaient eu recours à sa mère, Adrienne. Elles venaient toutes pour offrir au moins un sourire à Angélina, en gage de leur gratitude et de leur sympathie en cette occasion exceptionnelle.

Madeleine Sérena, l'aubergiste, dans ses vêtements les plus élégants, avait investi un des sièges du deuxième rang, en compagnie de sa fille Fanchon, de son gendre Paulin, le facteur, et de leur bébé, Louise, une jolie fillette de sept mois. Augustin Loubet, Germaine et Octavie, qui avait la garde d'Henri, bien soulagé de se blottir contre la domestique, prirent place au plus près de l'autel, non loin de Rosette et de Victor.

— Vous avez beaucoup plu à mes parents, chuchota le garçon à l'oreille de sa cavalière.

Il avait réussi à leur présenter Rosette avant de franchir le parvis de la cathédrale.

— Vraiment ? Oh ! c'est juste parce qu'ils ne savent pas la vérité sur moi.

— Chut, ne dites pas ça. Vous seriez bien étonnée si vous saviez les abominations qui se cachent parfois dans le cœur des notables d'une ville. La vérité sur vous, je la connais : vous êtes la plus exquise demoiselle de la cité.

La musique s'arrêta. Le père Anselme, en chasuble blanche et mauve, la mine grave, considéra le couple qui lui faisait face. Il fut frappé par le visage sublimé d'Angélina, nimbé de parme, et par la séduction de Joseph de Besnac, dans son costume d'un violet sombre. Dignes d'une illustration onirique, ces mariés-là lui semblèrent sortis des pages d'un livre. C'était un peu trop de magnificence à son goût, mais il songea qu'autant de splendeur réjouirait ses paroissiens en ce début d'hiver et que Dieu ne pouvait s'offusquer de ce spectacle, lui qui était la source même de toute la beauté du monde. « Il était grand temps de célébrer leurs noces », se dit-il encore.

Angélina s'était confessée une semaine plus tôt et lui avait avoué sans honte aucune qu'elle avait cédé au péché de chair, qui n'en était pas un, à son avis, plutôt un acte d'amour. Elle s'en était expliquée en racontant la mort tragique de Coralie, dans un hameau de montagne, son propre chagrin et son besoin d'être l'épouse de l'homme qu'elle adorait. Ébranlé par la sincérité d'Angélina, le prêtre lui avait donné l'absolution, sans rien changer à sa pénitence initiale.

— Que feront mes patientes pendant mon pèlerinage ? s'était-elle inquiétée.

— Ce qu'elles faisaient quand tu étudiais à Toulouse, ma chère petite. Elles s'en remettront à une autre que toi ! avait-il rétorqué.

La célébration du mariage commença. Les enfants de chœur admiraient Angélina dans sa parure de princesse, qui écoutait chaque mot d'un air recueilli. Luigi, lui, jetait des coups d'œil attendris à son épouse, tout en se demandant s'il avait bien les alliances dans la poche de sa redingote. Enfin, les paroles tant attendues résonnèrent.

— Joseph de Besnac, consentez-vous à prendre pour épouse Angélina Loubet, à l'aimer, à l'honorer...

Il y eut alors un cri aigu, des éclats de voix, une sorte de rumeur de surprise en provenance des rangées de bancs situées près de la porte du sanctuaire. Étonné, le père Anselme chercha du regard qui osait troubler la célébration religieuse. Un second cri se fit entendre, tandis qu'un homme gesticulait, debout, son chapeau à la main. Luigi se retourna, ébahi, car la rumeur ne faisait que croître.

— Peut-on me dire ce qui se passe ? s'enquit le prêtre. Nous sommes ici dans un lieu saint et je ne tolérerai aucun scandale ni charivari.

— C'est ma femme ! hurla l'homme en rejoignant l'allée centrale. Elle a perdu les eaux et elle souffre.

Incrédule, Angélina crut que l'appel habituel vrillait son esprit : « Costosida Loubet, à l'aide ! » Mais c'était un effet de son imagination. Désemparée, elle hésita, ne sachant que faire.

— M'selle, je crois que c'est Catherine Bordes, votre patiente de la rue Neuve, la renseigna Rosette, qui avait tendu l'oreille aux différentes exclamations.

Plus qu'embarrassé, le père Anselme leva les yeux au ciel.

— Je dois aller la voir, déclara Angélina. Je la rassurerai et l'enverrai à l'hôtel-Dieu.

Sans attendre de réponse, elle virevolta et se précipita vers le mari affolé dans un doux bruissement de mousseline, son voile volant derrière sa longue jupe. Déjà, des personnes secourables soutenaient la future mère, pliée en deux, livide.

— Ah, mademoiselle Loubet, gémit la femme. Je suis désolée, ça me tenait à cœur de venir à votre mariage, et voilà…

En larmes, Catherine Bordes haletait, une main sur son ventre bien rond.

— Il vous faut aller à l'hôtel-Dieu. C'est à côté, vous savez bien, près du couvent ! dit Angélina d'un ton ferme. Le travail sera rapide, puisque vous avez perdu les eaux.

— Mais c'est mon premier ! Paraît que ça peut prendre des heures. Ma mère me l'a dit.

La situation parut soudain aberrante à la costosida. Certains témoins de la scène en riaient tout bas. « Le jour de mon mariage ! pensa-t-elle. Je le sentais, qu'il y aurait un drame quelconque ! Tout allait à merveille, et voilà que je me retrouve dans cette robe hors de prix, en face d'une de mes patientes en couches ! »

— Je vous en prie, je veux que vous m'examiniez ! implora Catherine, le visage crispé. La sage-femme de l'hospice, je la connais pas. Je n'ai confiance qu'en vous.

— Madame Bordes, je vous en prie à mon tour, laissez-moi au moins me marier. Monsieur, ramenez votre épouse chez vous ou conduisez-la chez les sœurs. Je viendrai dès que possible, je vous le promets. Vous aurez des douleurs de plus en plus rapprochées, madame. Restez calme, respirez bien et n'ayez pas peur. Il suffira qu'on m'indique où vous trouver après la cérémonie.

— Je vous remercie, mademoiselle, c'est bien gentil, affirma le mari en lui empoignant la main. Merci, parce qu'un jour pareil, hein, on vous en cause du souci ! Désolé, hein !

— Ne soyez pas désolé, ce n'est pas votre faute, soupira-t-elle. La nature décide du jour et de l'heure.

— Mais vous viendrez, dites, se lamenta encore Catherine Bordes avec une grimace de souffrance. Voyez, ça revient déjà.

Angélina faillit céder et accompagner sa patiente jusqu'à l'hôtel-Dieu. Augustin, qui l'avait rejointe, la saisit par le coude.

— Ma fille, va vite près de Luigi ! ordonna-t-il en retenant son juron favori, ce *foc del cel* qui aurait été de mauvais ton en un tel lieu.

Ce fut pendant qu'elle remontait l'allée qu'Angélina vit Guilhem et Clémence sur sa gauche. Elle leur fit un petit signe de la main et, enfin, se retrouva devant l'autel. Après quelques minutes, durant lesquelles le père Anselme reformula les questions rituelles, leur union était consacrée.

— Vous pouvez embrasser la mariée, dit le prêtre. Vite, avant qu'elle ne vous échappe !

Il avait parlé bas, mais les premiers rangs s'esclaffèrent. Les cloches de la cathédrale se mirent à sonner à la volée. De sa fenêtre, Gersande de Besnac les écouta, le cœur serré, au bord des larmes. La nuit tombait sur la cité[1].

« Mes enfants chéris ! Comme je suis heureuse ! Merci, Seigneur, merci de votre bonté. Vous m'avez redonné mon fils et accordé une fille, la meilleure qui soit ! »

La vieille dame abandonna son poste de guet pour vérifier encore une fois l'ordonnance de la table du salon. Yvonne, une des serveuses de l'auberge, disposait des corbeilles de pain.

— Est-ce que cela vous convient, madame ? s'enquit-elle.

— C'est superbe. Il faudra allumer les bougies violettes en premier, mais quand le cortège approchera de la rue, pas avant. Et les menus ?

---

1. À cette époque, l'heure solaire était en vigueur ; donc, en France, la nuit tombait vers seize heures.

— J'en ai placé un sur chaque assiette, par-dessus la serviette.

— Parfait !

— La patronne a promis que les commis de cuisine livreront les plats chauds à dix-neuf heures. J'ai préparé les petites douceurs que vous proposez avec le champagne avant le dîner.

— Vous êtes une perle, Yvonne. Je retourne à la fenêtre de ma chambre...

Un aboiement aigu les fit sursauter. Gersande éclata de rire.

— Ciel, c'est le cadeau de Noël de mon fils Henri qui se manifeste. Je l'ai enfermé dans la chambre du pitchoun. Un caniche nain, Yvonne, couleur de caramel. Vous comprenez, en janvier, nos mariés partent pour Saint-Jacques-de-Compostelle et ils emmènent le pastour. Il fallait un joli toutou à mon chérubin, sinon il aurait été très triste.

Angélina, qui recevait maintes congratulations sous la voûte peinte de la cathédrale, était dans le secret, mais elle n'y pensait plus, à ce petit chien acheté chez un notaire de Saint-Girons dont l'épouse possédait une famille complète de caniches nains. On la complimentait sur sa robe et sur sa beauté, mais elle pensait surtout à Catherine Bordes, qui pouvait très bien accoucher plus vite que prévu, même s'il s'agissait d'un premier enfant. Il y avait de nombreuses allées et venues, un bruit de fond qui s'ajoutait au tintement joyeux du clocher.

Clémence Lesage se fraya un chemin et vint la féliciter à son tour.

— Vous êtes merveilleuse, une reine de conte de fées ! affirma la belle-sœur de Guilhem.

— Et votre bras ? s'étonna Angélina. J'ai appris que vous vous l'étiez cassé à cheval.

— Qui a débité de telles fadaises ? Je vous l'aurais dit dans mes lettres, que j'aurais dictées à quelqu'un, si c'était le cas.

— Nicole, la bonne... Et je n'ai reçu aucune lettre depuis ma visite au manoir.

— Les pestes ! souffla Clémence. Je n'ai pas posté mes missives moi-même. Ceci explique cela, comme on dit.

Personne ne prit attention à deux faits particuliers. Pendant la cérémonie, le ciel s'était couvert de nuages et des flocons voletaient dans l'air froid. D'autre part, Henri de Besnac, perdu au milieu d'une cohorte de jambes d'adultes et de jupes, s'était hasardé vers une des colonnes au décor de marbre, à quelques pas de Guilhem. L'infirme reconnut l'enfant et l'appela :

— Viens par là, petit, viens...

Confiant, le garçonnet approcha. Ses cheveux pommadés se rebellaient déjà. Ses yeux verts pailletés d'or brillaient de curiosité.

— Comment t'appelles-tu ? demanda Guilhem.

— Henri, monsieur. Et j'ai trois ans. J'ai soufflé trois bougies, alors, j'ai trois ans. Marraine l'a dit.

La ressemblance du petit avec son fils Bastien causait un choc à Guilhem. Auparavant, il avait aperçu Henri de profil et de loin, mais, là, il pouvait observer ses traits, le dessin de sa lèvre supérieure, la forme de son front...

— Trois ans ! répéta-t-il en calculant à quelle date ce beau garçon avait pu être conçu.

Il en eut le vertige et appuya une main tremblante sur ses propres yeux.

— Tu as bobo ? interrogea Henri.

— Non, ça va ! Et qui est ta maman ?

— Ge'sande de Besnac ! bafouilla l'enfant en écorchant le prénom. J'ai un frère, Luigi…

— Je sais. Tu en as, de la chance, balbutia Guilhem. Reste près de moi, petit, quelqu'un viendra te chercher. Sinon, tu pourrais te perdre encore une fois.

Ces derniers mots, pour lui, étaient à double sens. Son instinct ne pouvait pas le tromper. Henri était pratiquement le sosie de Bastien et il était né environ sept mois après son départ pour les îles.

— Pardon, monsieur, je l'emmène, intervint Rosette, qui cherchait le petit garçon. Merci de l'avoir gardé.

Elle eut un sourire plein de compassion. Le sort de ce bel homme d'une trentaine d'années la révoltait, mais elle n'en oubliait pas pour autant qu'il avait cruellement fait souffrir sa sœur de cœur. Elle s'éloigna vite.

— Transmettez tous mes vœux de bonheur à Angélina, lui dit Guilhem. Et qu'elle veille bien sur son filleul !

Sur ces mots, ravagé par ce qu'il venait de comprendre et blême de désespoir, il fixa le christ en croix derrière le chœur. Tout s'éclairait, le mépris de la jeune femme, sa rancœur tenace, ses reproches virulents.

« Comment a-t-elle fait ? Qui est au courant ? Pourquoi l'a-t-elle fait adopter par cette vieille aristocrate ? Que Dieu m'aide à prendre patience ! J'aurai les réponses un jour, et de ta bouche, Angélina, se promit-il. Je suis sûr qu'Henri est de mon sang, qu'il est né de ma chair ! C'est notre fils. Pourquoi ? Pourquoi ne m'as-tu rien dit ? »

Clémence revenait. Elle fut effarée de l'expression qui défigurait son beau-frère.

— Qu'est-ce que tu as ?

— Je suis épuisé. Aide-moi à sortir, je veux rentrer au manoir. Il me faudra un fauteuil roulant plus perfectionné, que je ne dépende plus de personne...

Elle obéit et le conduisit vers leur voiture. Le cocher sauta de son siège et se chargea d'installer Guilhem à l'intérieur de l'habitacle. Un instant plus tard, Angélina quittait à son tour la cathédrale.

— Je suppose qu'il est inutile de chercher à te retenir ? avait hasardé Luigi. Dépêche-toi, nous saurons patienter.

La belle costosida courait vers l'hôtel-Dieu, avertie par une religieuse que Catherine Bordes s'y était rendue. Elle relevait sa robe somptueuse, les cheveux au vent, transie malgré le veston en zibeline. Il neigeait sur la cité et les pavés glissaient, mais rien ne l'aurait arrêtée.

*

Gersande ne décolérait pas. Un peu plus et elle aurait accusé Angélina de l'avoir fait exprès pour gâcher le dîner de fête qu'il faudrait réchauffer encore une fois, si la jeune mariée ne rentrait pas très bientôt.

— Maman, ne vous rendez pas malade ! Il n'est que sept heures.

— Nous devions boire le champagne vers six heures ! Tout est gâché.

— Calmez-vous, mademoiselle, vous ne changerez pas notre Angie, renchérit Octavie.

— Si vous pouviez imaginer ce que j'ai enduré, avec ma première épouse, Adrienne ! ajouta Augustin, qui avait bu deux verres de vin de Madère et qui fumait sa pipe au coin de la cheminée. Mon gendre, je vous plains, vous serez souvent seul, à toute heure du jour et de la nuit.

— Eh bien, je jouerai du piano pour passer le temps, déclara Luigi.

— Si nous allions aux nouvelles ? proposa Victor.

— Qui donc, nous ? se moqua Irène, très à l'aise parmi cette aimable compagnie.

Elle portait une robe du dimanche que lui avait prêtée Octavie et, soigneusement coiffée, elle ne manquait pas d'allure, avec sa petite Angèle nichée contre sa poitrine.

— Rosette et moi, répliqua le jeune militaire, les yeux étincelants de gaîté.

— Bonne idée ! s'exclama Gersande. Filez, jeunesses, et ramenez-moi Angie immédiatement.

Ils s'esquivèrent main dans la main, ivres d'une joie naïve, comme si le monde leur appartenait et qu'un avenir merveilleux s'ouvrait sous leurs pas. Dès qu'ils furent dans l'ombre des arcades, Victor enlaça la jeune fille.

— Je vous aime, Rosette ! Ciel, comme je vous aime ! À la sortie de la noce, près de la fontaine, ma mère m'a répété que vous étiez charmante, bien éduquée et très jolie. Nous serons bientôt fiancés, l'an prochain, sans doute, et mariés nous aussi, dans deux ou trois ans, après mon service.

— Rien ne presse, tant qu'on est heureux, répondit-elle en se blottissant dans ses bras. Je vous aime tendrement, Victor. Je vais étudier, beaucoup étudier. Quand vous reviendrez pour de bon, je serai peut-être institutrice.

Ils scellèrent ces promesses d'un timide baiser, puis d'un autre encore.

— En voilà, des manières ! fit une voix douce et rieuse.

— Angie, tu es là ? s'étonna Rosette. Mon Dieu, nous partions te chercher, mademoiselle Gersande est dans tous ses états, comme elle dit si souvent.

— Je vous ai vus depuis l'angle de la rue. Vous ne sembliez pas très pressés de me trouver ! Victor, attention, je vous confie un de mes biens les plus précieux.

Dans la faible clarté des réverbères, drapée de son voile, Angélina resplendissait.

— Catherine Bordes a donné naissance à une toute petite pitchoune qui avait hâte de venir au monde. Un peu plus, elle se présentait à nous dans la cathédrale. Tout s'est bien déroulé, avec une facilité inouïe. Mais je suis affamée.

L'entrée du trio dans le salon fut saluée par un concert de cris joyeux et de soupirs de soulagement. Luigi étreignit sa bien-aimée et la fit tournoyer.

— Enfin, je tiens ma femme ! Je ne la laisse plus filer je ne sais où ! blagua-t-il. Augustin, faites donc sauter le bouchon du champagne.

Étourdie, mais radieuse, Angélina embrassa son mari, puis Gersande, à qui elle présenta toutes ses excuses.

— Méchante fille ! gronda la vieille dame. Ne te plains pas si le repas est un désastre.

Cependant, les convives se régalèrent, comme l'annonçaient les menus imprimés sur une carte en papier de luxe ornée de motifs en relief du plus bel effet, des guirlandes, des colombes et des branches fleuries. La liste des plats écrite en lettres dorées complétait l'ensemble.

Hors-d'œuvre variés
Consommé de volailles
Bouchées à la Reine
Truites au bleu, sauce mayonnaise
Poularde de Bresse rôtie
Salade
Pièce montée en nougat
Café liqueur

Angélina et Luigi présidaient le banquet, tous les deux rayonnants d'un bonheur immense dont chacun se réjouissait, excepté le petit Henri qu'il avait fallu coucher avant le retour de sa prétendue marraine. Dès qu'il avait fait la connaissance de son caniche, un chiot de quatre mois, l'enfant s'était montré d'une sagesse surprenante, fasciné par son nouveau compagnon de jeu. Il dormait, à présent, l'animal couché au bout de son lit.

Les discussions allaient bon train entre les différentes délices servies ce soir-là. Le père Séverin raconta comment il s'était pris d'affection pour Luigi, ému de lui découvrir un réel talent de musicien. Ce fut bouleversée que Gersande écouta son récit, car c'était une page inconnue du passé de son fils qui se dévoilait à elle.

Le père Anselme, quant à lui, prit congé avant le dessert, jugeant qu'il avait suffisamment fait acte de présence. Au fond, chacun était fatigué, après cette journée exceptionnelle. Robert et Irène se sentirent obligés de remercier publiquement Luigi et sa mère pour leur grande générosité, tandis qu'Octavie, frustrée de rester assise, parvint à fuir la table pour apporter elle-même la magnifique pièce montée en nougat, au sommet de laquelle trônait un couple de colombes blanches en sucre candi.

Ce chef-d'œuvre fort nourrissant, à la suite d'une somme impressionnante de victuailles, acheva d'alanguir les invités.

— Seigneur, quel festin ! concéda le cordonnier. Mais il faudrait danser un peu, pour digérer.

Gersande, la tête lourde, eut un sourire las.

— Mon cher Augustin, le petit dort tranquille. Qui pourrait danser sans musique ? Luigi ne peut pas jouer du violon et mener le bal, surtout dans mon salon…

— Je dois au moins accorder une danse à mon épouse, protesta le baladin. Que tout le monde fredonne un air de valse !

Amusé, le petit comité s'exécuta, ravi de voir les mariés tourner en cadence, l'ample jupe d'Angélina ondulant au moindre mouvement. À la fin, ils saluèrent, toujours enlacés. En vérité, ils n'avaient plus qu'un souhait, s'enfuir, être seuls, livrés au désir brûlant qui les consumait.

— Mesdames, messieurs, ma chère maman, j'enlève la reine du bal, annonça Luigi d'un ton serein.

Ils se sauvèrent, encouragés par des applaudissements discrets et des sourires complices. Rosette couchait rue des Nobles, ainsi que le père Séverin. Cette nuit-là, le petit logis de la rue Maubec était réservé aux nouveaux mariés.

Minuit sonnait au clocher-porche quand ils franchirent le portail qu'ils refermèrent à clef.

— Je te préviens, ma chérie, même si toutes les femmes de la cité décident d'enfanter maintenant, je ferai la sourde oreille à leurs suppliques. J'ai cru rêver, du moins vivre un étrange cauchemar, quand cette jeune personne a troublé la cérémonie.

— Chut, plus un mot sur ce sujet, ordonna-t-elle. Regarde, mon amour, il neige. Noël approche et nous sommes là, toi et moi.

Luigi la souleva pour franchir le seuil de la cuisine. Il la monta ainsi jusqu'à sa chambre, où le brasero rougeoyait encore, grâce à la vigilance discrète d'une bonne âme, en l'occurrence Robert, le témoin du baladin. Mais quelques braises ne suffisaient pas à chauffer la pièce. Ils se déshabillèrent en grelottant et, vite, se réfugièrent dans le lit.

— Ma mère voulait que je t'emmène à l'Hôtel du Chêne, lui rappela Luigi. C'était plus luxueux, là-bas, plus confortable.

— Et j'ai refusé, dit-elle d'une voix tremblante. Nous devons nous endurcir en prévision de notre pèlerinage…

— Alors, je n'ai pas le choix, je dois te réchauffer, ma petite femme.

Leurs corps se retrouvèrent, tout au long d'un interminable baiser. Leur ardeur semblait renouvelée. Leurs doigts se joignaient, puis se dénouaient pour des caresses subtiles ; leurs jambes se mêlaient au gré des aveux qu'ils pouvaient répéter à l'envi.

— Je t'aime et tu es là. Je n'ai plus froid, je n'aurai plus jamais froid, tant que tu seras là, contre moi.

— Je t'adore, tu me rends fou, tes seins, ton ventre…

Ils s'abandonnèrent peu à peu à un délire sensuel débridé, à la soif encore inassouvie qu'ils avaient l'un de l'autre. Chez Jean Bonzom, ils avaient cédé au plaisir en silence, furtivement, mais ils étaient enfin libres de gémir, de crier, de décliner les gestes les plus audacieux en repoussant les barrières de la pudeur. Lui ne se lassait pas de se perdre en elle. Angélina se cambrait, le retenait ou lui échappait, haletante et hagarde. Quand il l'engagea à se placer au-dessus de lui, afin de le chevaucher, elle refusa, désemparée, mais il sut l'encourager avec des mots rassurants. Enfin, elle consentit et découvrit une jouissance inconnue, maîtresse du jeu, bientôt terrassée par une extase infinie.

Jusqu'à l'aurore, ils égrenèrent les mille facettes de leur passion, sans cesse étonnés d'être toujours en accord, victimes comblées de l'harmonie totale du corps et de l'âme qu'ils avaient pressentie l'instant d'un baiser volé.

Angélina s'endormit la joue contre l'épaule de Luigi. Tous deux étaient harassés, mais comblés. Dehors, il neigeait encore, une pluie fine de minuscules flocons. La cité de Saint-Lizier semblait somnoler elle aussi, avec ses toits blancs, les fumées grises de ses cheminées et le silence qui régnait dans ses rues désertes.

« Ce sera mon plus beau Noël, mon premier véritable Noël. Un Noël en Lozère, la terre ancestrale », songea l'ancien baladin avant de fermer les yeux à son tour.

Domaine de Besnac, en Lozère,
samedi 24 décembre 1881

Luigi suivait l'allée cavalière qui menait droit à un bois de châtaigniers parsemés de sapins. Il tenait Henri par la main, le petit garçon voulant absolument marcher comme un grand dans la neige fraîche qui lui arrivait presque aux genoux.

— Il faut nous dépêcher, mon bonhomme, car il fera vite nuit, aujourd'hui.

— T'as pas oublié la hache pour couper l'arbre de Noël ? s'inquiéta l'enfant.

— Non, ne crains rien, j'ai ce qu'il faut dans ma besace.

Le ciel était bas et d'un gris opaque. Devant eux, le pastour déambulait. Son poil blanc paraissait presque jaune comparé au paysage environnant, immaculé et ouaté.

Ils étaient arrivés la veille dans le grand manoir aux allures de château qui appartenait depuis des siècles à la famille de Besnac. Avec ses toitures pointues couvertes d'ardoises pâles, ses fenêtres à meneaux et sa façade en pierre sombre, l'édifice avait d'abord semblé quelque peu austère aux jeunes mariés. Mais Gersande, de la fenêtre de la voiture à cheval qu'ils avaient louée, s'était enflammée, les yeux noyés de larmes.

— Regarde, là, Luigi, le pigeonnier, l'étang, les saules pleureurs, et à droite, derrière cette haie, la grange où Octavie a voulu se supprimer.

Pour les deux femmes, qui avaient vécu des années en ces lieux, le voyage était aussi un pèlerinage. La Cévenole avait prévu aller prier sur les tombes de son époux et de sa fille ; Gersande tenait à fleurir de houx, à défaut de roses, le mausolée de ses parents, situé au fond du parc.

— Je vais te porter, mon garçon, décida Luigi. Au retour, j'aurai ton sapin sur le dos et tu devras marcher encore.

— D'accord, mais tu portes aussi Toutou.

— Non, il s'amuse bien avec Sauveur.

Le caniche, en effet, s'en donnait à cœur joie, excité par l'air froid et les odeurs confuses qu'il flairait sur les buissons ou dans le vent. Le pastour, débonnaire, avait tout de suite accepté la présence du chiot, dont il tolérait les coups de dent et de pattes, ainsi que les aboiements aigus.

— Je crois que j'ai trouvé le plus joli sapin de Noël ! s'écria enfin le baladin. Tu l'as vu, Henri ?

L'enfant scruta le sous-bois, en quête de l'arbre. Mais le grand chien blanc se mit à gronder sourdement, le poil hérissé. Intrigué, Luigi observa les alentours. La forêt s'étendait à perte de vue, de vallons touffus en monts arrondis. Soudain, il distingua des formes grises entre les troncs de châtaigniers.

« Des loups ! » se dit-il.

Au fil de ses errances, il avait parfois croisé ces bêtes sauvages, toujours sur le qui-vive, méfiantes, pourchassées depuis des décennies par l'homme, fermier ou berger, riche ou pauvre.

— Tiens-toi bien à mon cou, recommanda-t-il au petit.

Les loups s'acharnaient sur une maigre proie raidie par le gel. Sauveur grogna plus fort. Le caniche l'imita, puis, humant l'odeur fauve des intrus, il fonça en aboyant.

— Reviens ici ! hurla Luigi, qui n'aimait guère le nom du chiot.

— Toutou, mon Toutou ! appela Henri.

Le téméraire animal demeura sourd à leurs cris. Sauveur se rua sur ses traces, si bien que les loups, surpris, détalèrent et se fondirent dans les brumes du soir.

Aussitôt l'ennemi mis en déroute, les deux chiens s'apaisèrent et firent demi-tour pour rejoindre l'homme et le garçonnet.

— Eh bien, j'en connais que cette histoire va amuser, soupira le baladin.

Néanmoins, il coupa vite le sapin et réussit l'exploit de rentrer au domaine doublement chargé, un enfant de trois ans pendu à son cou et un arbre assez lourd en main qu'il tirait derrière lui.

À demi cachée par un épais rideau de velours rouge, Angélina vit d'une fenêtre approcher ses deux amours, son mari et son fils.

— Les voilà ! dit-elle d'un ton enthousiaste. Rosette, as-tu terminé les guirlandes ?

— Bientôt, Angie, tu pourras les accrocher avec le pitchoun.

Le tutoiement lui était venu instinctivement le soir de la noce, quand la jeune femme l'avait surprise dans les bras de Victor. Depuis, elle le pratiquait sans réfléchir, ce qui enchantait Angélina.

— Alors, est-ce que vous vous plaisez ici ? demanda Gersande, assise dans une bergère tapissée de toile verte dressée près d'une cheminée monumentale où flambaient des bûches tout aussi imposantes.

— Oh oui, mademoiselle ! affirma sagement Rosette. C'est tellement beau, votre château ! Je n'avais jamais vu des meubles si grands et si bien sculptés.

— Moi, j'ai été surprise de trouver le domaine entretenu, les terres, le parc, et cette superbe demeure... On dirait que vous êtes partie depuis un mois, pas des années.

— Angie chérie, je t'avais pourtant expliqué mes dispositions. J'avais nommé un régisseur, l'homme qui loge dans le pavillon de chasse avec son épouse. Il gère le domaine. Sa femme a pour tâche d'aérer le château durant l'été et de le chauffer en hiver. Pour s'acquitter de ces tâches, le couple a droit à des gages intéressants. Je gardais l'espoir de revenir ici, avec mon fils, et ce miracle s'est produit. Mais tu ne m'as pas répondu. Est-ce que tu t'y plais, ou même mieux, t'y plairais-tu à longueur de temps ?

— Peut-être ! répliqua tout bas Angélina.

Après un trajet en train, encombrés qu'ils étaient de leurs malles, des deux chiens et d'un enfant en bas âge, elle était heureuse de se reposer enfin dans un cadre cossu, un décor riche et sobre à la fois. Mais sa cité de Saint-Lizier, ses ruelles, son vieux palais décrépit, ses montagnes arrogantes au dessin dentelé, tout ça lui manquait déjà. Elle ne s'imaginait pas constamment dans les solitudes de ce domaine, même si la ville de Mende n'était guère éloignée.

L'entrée de Luigi escorté d'Henri lui évita de devoir préciser le fond de sa pensée.

— Quel froid, dehors ! s'écria son mari en riant. J'ai coupé le plus joli sapin de la propriété.

— Hum... Il sent bon ! nota Rosette. C'est quand même dommage que monsieur Augustin ne soit pas là.

— Je sais, concéda Angélina. Que veux-tu, papa ne prise guère les voyages. Nous serons bien heureux, tous les six !

Elle retrouva son entrain, ses beaux yeux violets rivés à ceux de Luigi. Il lui envoya un baiser du bout des doigts.

— Vite, il faut le décorer ! s'exclama-t-elle. Mademoiselle, vous nous aiderez. Pas de dîner sans le sapin de Noël...

Un pas résonna dans un large couloir voisin. Octavie abandonnait ses fourneaux et leur rendait visite dans le salon.

— Misère, c'est trop grand, chez vous, mademoiselle ! se lamenta-t-elle. J'ai les jambes en compote. Sans la petite jeune fille qui me seconde, je ne tiendrais plus debout. Bon, l'oie est bientôt rôtie et les marrons baignent dans le jus. La femme du régisseur m'a offert des bocaux de myrtilles au sirop ; je vais cuire une grande tarte.

Épuisé par la promenade, Henri escalada une méridienne en velours rose. Ses chaussures maculées de boue et de neige y laissèrent des traînées brunes. Le petit se mit à sucer son pouce, paupières mi-closes.

— Monsieur Toutou a fait fuir une horde de loups, dit alors Luigi. Enfin, une horde de trois bêtes faméliques...

— Des loups ? s'affola Angélina, son instinct maternel aussitôt sollicité.

— Oh, il n'y a pas de quoi trembler, se moqua Gersande. C'est une contrée de loups, notre Lozère. Allons, occupons-nous de ce sapin.

Rosette montra son savant travail de découpage sur du papier doré, fière des guirlandes qu'elle avait confectionnées à coups de ciseaux. Sous le regard songeur du petit Henri, Angélina, en jupe de laine et gilet assorti d'un rouge foncé, suspendit bientôt aux branches odorantes des boules de verre scintillantes et des figurines en plâtre doré. Octavie et Luigi avaient installé l'arbre dans un gros pot en terre cuite, près d'un clavecin protégé par un tissu.

« Demain ou ce soir, je jouerai de ce vieil instrument ! se promettait le nouveau maître du domaine, Joseph de Besnac. Et, cette nuit, je serai nu contre ma belle épouse, si douce, si chaude, si tendre ! Bon sang, c'est vraiment ce que l'on nomme un revers de fortune, mais en bien. Je n'avais rien, ni or ni famille, et la Providence m'a comblé. Je suis sur mes terres, sous mon toit. »

Au gré des courants d'air, fort abondants dans la vaste bâtisse, un fumet alléchant de graisse brûlante parvenait jusqu'à eux, réunis autour du sapin. Toute contente, Rosette frappa des mains et entonna son chant de Noël, celui qui avait bercé sa petite enfance :

> *Tous les bergers,*
> *Campés dans la montagne,*
> *Tous les bergers,*
> *Ont vu le messager,*
> *Qui a crié : « Mettez-vous en campagne ! »*
> *Qui a crié : « Noël est arrivé ! »*
> *Ma jambe me fait mal,*
> *Boute selle, boute selle*
> *Ma jambe me fait mal,*
> *Boute selle mon cheval...*

Elle dansait en même temps, les bras un peu écartés, ivre d'un bonheur au parfum de forêt, de feu de bois, d'oie rôtie et surtout d'amour reçu et donné, ainsi que du souvenir d'un au revoir sur la place de la fontaine. Elle gardait dans son cœur l'image de Victor qui souriait, Victor prêt à pleurer parce qu'il devait la quitter.

— Encore, Rosette, encore ! supplia Henri. Chante !

— Eh oui, c'est Noël, mon garçon ! s'écria Angélina en le soulevant pour l'embrasser. Notre plus joli Noël !

Gersande s'était assise à nouveau, toujours frileuse. En tendant ses mains vers les flammes, elle contempla le ravissant tableau que formaient Luigi, sa chère Angélina et Henri. Rosette avait repris son refrain et tous trois l'écoutaient, la tête un peu penchée, liés à jamais.

La soirée s'écoula dans la même atmosphère de gaîté et de tendresse. Demain, ils iraient à la messe au village le plus proche, demain, ils évoqueraient le passé, le présent et l'avenir.

Il y eut l'échange de cadeaux, des futilités, mouchoirs et cravates, sucreries et livres d'images pour le petit garçon.

À l'heure du coucher, Angélina déplora la fraîcheur de l'escalier en pierre et des couloirs de l'étage. Octavie avait déposé des bouillottes en grès dans chaque lit, mais elle préféra prendre Henri dans le sien, où il aurait bien chaud.

Le pastour s'allongea devant la porte de la chambre dévolue au jeune couple. Derrière cette porte en bois sombre aux ferrures séculaires, les mariés s'étaient enlacés, étroitement serrés, bouche contre bouche.

— Tu as vu, le ciel s'est dégagé et la lune se lève, chuchota Luigi. Viens, la vue doit être féerique, de la fenêtre.

Elle le suivit, oppressée par la hauteur des plafonds et les masses colossales du lit à baldaquin et de l'armoire.

— C'est vrai, le paysage est splendide, reconnut-elle.

Le parc enneigé se parait d'ombres bleues et de scintillements ténus. Les grands chênes qui encadraient l'allée étaient autant de sentinelles fantomatiques perlées de givre.

— Ma chérie, voudrais-tu de ce château pour nid ? lui demanda-t-il alors. Je t'en prie, parle en toute franchise sans te soucier de moi. Je serai sincère, ces terres sont les miennes et ce pays m'attire, mais seulement si tu es à mes côtés.

Il l'embrassa et lui caressa la joue, où s'aventurait une larme timide.

— Je ne veux pas te décevoir, mon amour, dit-elle tout bas.

— Parle, Angélina, parle, ma douce !

— Pourquoi t'imposer ma patrie, mon pays ? Luigi, près de toi, je serais heureuse n'importe où, mais...

— Mais ?

— Mais j'éprouve un malaise, ici ; je me sens en exil. J'ai besoin d'entendre sonner le clocher-porche, d'apercevoir la cime du mont Valier à l'horizon, de guetter la floraison du rosier jaune qu'a planté maman au début de son mariage... Pendant quelques années encore, je voudrais vivre dans ma petite cité, vis-à-vis des montagnes, ces *tant hautes montagnes* de la chanson, qui ne m'empêchent plus de voir où est mon amour.

— Ta chanson, la chanson d'Angélina ! Je l'appelais ainsi, en Espagne. Ne pleure pas, mon amour, ne pleure pas, surtout, je respecterai ton vœu. Nous habiterons là-bas, entre maman et ses fantaisies de huguenote, ton père et ses jurons en occitan. Mon pays natal, ce sera toi, toi qui m'as offert une nouvelle vie, le plus bel amour du monde, dont je ne faisais que rêver.

Angélina l'étreignit, ivre de gratitude, en amante passionnée aussi. Après le jour de l'An, ils s'en iraient ensemble sur les chemins des Pyrénées, modestes pèlerins. Mais, au retour, elle reprendrait sa place, derrière le portail de la rue Maubec, pour guetter nuit et jour l'appel qui la hantait et lui conférait son rôle essentiel sur terre, celui d'accueillir dans ses mains un nouveau-né : « Costosida Loubet, venez, à l'aide, costosida... »

Forte de cette certitude, Angélina de Besnac murmura :

— Noël est arrivé, mon petit mari adoré.

En guise de réponse, Luigi l'entraîna sur le lit et tira les rideaux. Très loin sur les collines, un loup poussa une longue plainte. Plus près, sur le toit du pigeonnier, une chouette hulula, puis ce fut le vent qui siffla, lui dont la course folle ramenait des processions de nuages. Il neigea toute la nuit sur le vieux château, où, dans le silence et la joie, se concevait une nouvelle âme, un germe d'humanité, né d'un fol amour et d'une noce en plein hiver.

Composition et mise en pages réalisées
par IND - 39100 Brevans

*Achevé d'imprimer par N.I.I.A.G.
en avril 2013
pour le compte de France Loisirs, Paris*

N° d'éditeur : 72591
Dépôt légal : mars 2013
Imprimé en Italie